Laurent Botti



# Un jour, des choses terribles...

roman

XO EDITIONS

ISBN : 978-2-84563-237-0

*A Jean-Pierre Botti,*
*peintre de grand talent*
*et homme de bien,*
*qui nous manque.*

## Prologue

## *Un jour, plus rien ne sera comme avant*

L'accident de Jules fut au commencement de tout. Il eut lieu par une belle après-midi d'avril, une de ces journées qui vous prend par surprise et vous rappelle que l'été, les vacances, sont à la porte.

Quelques jours auparavant, Caroline Moreau accueillit son fils Bastien, au retour de l'école, avec une tartine de Nutella et, posée sur un chevalet au milieu de la cuisine, une nouvelle toile.

— Qu'est-ce que tu en penses, trésor?

Bastien ne fut pas surpris. Depuis la naissance de son petit frère, seize mois plus tôt, sa mère travaillait à mi-temps et profitait souvent de l'après-midi pour peindre – Bastien savait qu'elle avait étudié la peinture juste avant de tomber enceinte (« Nos années Beaux-Arts », comme elle disait avec son amie Olga avec qui elle avait partagé cette époque; elles l'évoquaient souvent et Bastien aimait entendre le rire blanc et chaud de sa mère fuser lorsque Olga venait à la maison).

Le cartable à peine jeté, la tartine de Nutella en main, il s'absorba quelques instants dans la contemplation de la composition violet-jaune posée sur le chevalet : une tache floue, aux contours indéfinis et légers, caractéristique du style de Caroline Moreau (franchement bizarre aux yeux de son fils). Après hésitation, parce qu'il ne voulait pas la vexer et pressentait confusément que sa réaction paraîtrait ambiguë, il répondit par une question qui lui brûlait les lèvres depuis plusieurs mois déjà :

— Pourquoi tu ne peins pas des chats, ou des poissons, ou des gens... Comme tout le monde ?

Caroline, qui se tenait à côté du tableau, se déplaça un peu pour mieux regarder son œuvre, et sourit, avec ce petit air que lui connaissait son fils – elle semblait dans la pièce, et en même temps, ailleurs, détentrice de secrets connus d'elle seule...

— Mais c'est exactement ce que je peins, répondit-elle rêveusement. Des chats, ou des poissons, ou des gens. Simplement c'est comme les nuages : tu vois ce que tu veux voir...

*C'est comme les nuages : tu vois ce que tu veux voir...*

Cette phrase frappa Bastien. Il fixa longuement le tableau et, soudain, discerna un arbre caché dans la tache. Une balançoire devait y être suspendue. Ou un pneu... Elle avait l'air d'attendre un enfant.

— Tu devines quelque chose ? lui demanda sa mère.

Il tourna vers elle un visage radieux :

— Oui, je vois... Il y a...

— Chut. Il ne faut pas me dire. Cela n'appartient qu'à toi.

Et elle sortit de la cuisine, le laissant émerveillé par cette vérité magique : dans chacune des toiles de sa mère, il s'en glissait une autre, celle que l'on créait soi-même en la regardant. Cette révélation le rendit euphorique : il se vit soudain grandir de plusieurs centimètres en quelques minutes... Gagner une ou deux années de raison. À neuf ans, cela n'est pas rien.

Plus tard, quand les tableaux auraient brûlé, quand tout aurait disparu, il se rappellerait toujours cet instant la gorge nouée, les larmes aux yeux : son dernier souvenir très précis d'une période où leur vie était encore normale.

* * *

Le dimanche qui suivit cette découverte, Caroline passa la tête dans la chambre de son fils peu après le déjeuner :

— Si on allait faire un tour, avec ce beau soleil ?

La proposition de sa mère l'étonna. Parfois, le dimanche, Bastien sortait faire du roller avec son père, mais ces moments-là étaient devenus rares depuis la naissance de Jules : Caroline Moreau profitait de la présence de son mari pour lui confier le petit et s'enfermer avec toiles et pinceaux dans la cuisine. De fait, la plupart du temps, Bastien occupait ses week-ends avec Patoche, son voisin de deux étages, et élu officiellement « meilleur ami ». Ils jouaient au Risk, aux cartes Magic ou, selon la couleur du ciel, au ping-pong dans le petit square en bas de la blanche et proprette résidence Les Feuillades qui abritait leur trois pièces.

Mais ce dimanche, Patoche était de sortie avec sa mère (événement tout à fait exceptionnel, car « Mme Patoche » vivait tire-bouchonnée dans une robe de chambre rose sans âge, le nez collé à la télé) et Daniel Moreau, qui promouvait auprès des médecins les antidépresseurs pour le compte d'un grand laboratoire, était parti dans un séminaire de délégués médicaux quelque part au soleil. Bastien s'était donc résigné, en dépit du temps radieux, à rester seul avec ses cartes Magic, la télé, la Xbox...

Il n'avait pas encore répondu que sa mère enfonçait le clou :

— Tu pourras essayer les nouveaux rollers que ton père a achetés...

Quelques minutes plus tard, il s'élançait, goûtait à la liberté de glisser dans des patins neufs au son lisse, pur, métallique, contre le bitume. Derrière lui, sa mère promenait Jules dans une nouvelle poussette « sport » acquise en même temps que les patins (« Comme ça, on pourra l'emmener sur les quais le dimanche avec nous », avait expliqué son père).

Sur le chemin, Bastien s'essaya à quelques figures, tourna autour de sa mère et de Jules – qui donnait de grands coups de pied excités, visiblement impatient d'imiter son frère – tomba, se releva, reprit son manège pour essayer de l'impressionner, elle et les promeneurs qu'il croisait.

À quelques mètres du parc des Buttes-Chaumont, ils s'arrêtèrent à la demande de Bastien devant une guérite toute blanche et rose où l'on vendait crêpes, glaces et barbes à papa.

Dans la guérite, l'homme vêtu d'une tenue blanche comme un mitron lui adressa un clin d'œil :

— Dis donc, tu as une sacrée jolie maman, hein ? C'est pas courant d'avoir une maman, comme ça, hein !

Bastien garda le silence. Il savait qu'il se glissait toujours autre chose dans ces paroles que de simples compliments... Comme il savait sa mère belle – non pas comme tous les petits garçons le pensent, mais aussi parce qu'il l'avait entendu toujours, partout : « Qu'elle est belle ta mère... », « Oh ! qu'elle est belle, Caroline... »

— Tu sais à qui elle ressemble ta maman ? demanda-t-il en tendant le cornet. À une actrice. On vous l'a déjà dit, madame ?

Bastien prit le cornet, leva les yeux vers sa mère... Elle avait rougi, et plongé la tête dans son sac pour piocher de la monnaie.

Soudain, quelqu'un cria :

— Mais où il court celui-là ?! Eh ! attention !

Bastien et sa mère se retournèrent ensemble pour découvrir Jules, libéré de sa poussette, trottant, filant même, comme un lézard. Vers la chaussée.

Caroline Moreau poussa un cri. Elle lâcha son sac, d'où jaillirent en gerbe cent petites choses qu'elle y entassait, et se mit à courir. Bastien resta planté, pétrifié, les rollers aux pieds, les rouges à lèvres et les papiers autour de lui, et il pensa : *Jules est emporté par son poids ; et c'est ça qui va le sauver. Dans une seconde, il va tomber. Juste avant la route... Il va avoir mal, il va brailler, mais il va tomber juste avant la route.*

Et c'est presque ce qui se produisit. La rue était un peu en pente et Jules manqua le trottoir. Il roula sur un bon mètre pour finalement s'arrêter. Au-delà du caniveau. *Sur* la chaussée.

Et Jules n'eut pas le temps de se mettre à pleurer. Bastien pas davantage celui de souffler. Parce que c'est là qu'elle surgit.

D'où elle venait, il l'ignorait. Depuis le virage, sans doute, de l'autre côté de la rue. Une Mercedes bleu nuit, toute brillante, qui devait sortir du garage, énorme, emballée par la vitesse.

Caroline Moreau était à la moitié du chemin quand elle aperçut la voiture. Alors il se produisit cette chose incroyable : la voiture accéléra. Elle fit une embardée en direction du bébé. Les gens hurlèrent et Caroline se jeta carrément vers son fils. Elle retomba comme un sac, tendit le bras pour saisir Jules : ses doigts se refermèrent sur le vide, à une vingtaine de centimètres du petit tee-shirt bleu.

Étrangement, Bastien fut traversé de cette pensée – un bref éclair qu'il n'enregistra pas : *Si j'étais Harry Potter, je ferais décoller la voiture. Ou Jules... Ou je sauterais sur un balai et je l'attraperais au vol...*

Au lieu de quoi, il saisit cette vérité insupportable : Jules allait mourir. Et plus terrible encore : il vit dans les yeux de son petit frère que lui-même avait compris. Car à l'instant où ce dernier avait relevé la tête, il avait découvert le pare-chocs rutilant, démesuré, qui lui arrivait dessus à pleine vitesse.

Quand les roues passèrent, le corps céda avec un bruit terrible, une sorte de craquement gluant... Un Titi qu'on aplatit dans un *cartoon*.

Après... les images devant ses yeux se brouillèrent. On lui raconta plus tard que la voiture avait blessé quelqu'un d'autre... Qu'elle s'était enfuie... mais il n'en discerna rien. Il resta immobile tandis que les gens criaient autour de lui, que des sirènes s'étaient mises à hurler quelque part, que le barbapapeur dans sa maison comme un gâteau lui serinait : « Faut pas regarder gamin, faut pas regarder... »

Bastien ne l'écouta pas. Il vit sa mère s'agenouiller, avec la main en sang et un visage qu'il ne lui connaissait pas, les cheveux en bataille, un de ses pieds nu car elle avait perdu une chaussure, et toucher ce qui restait de son frère, incrédule. Il la vit se lever, avec cette tête de folle, et... s'arracher les cheveux. Oui, s'arracher les cheveux, là, devant tout le monde ! Au beau milieu de la rue ! Bastien avait toujours cru que s'arracher les cheveux était une expression, comme

« ma main au feu » : personne ne faisait vraiment ces choses. Mais il y avait bien des touffes dans sa main. Des touffes de ses beaux cheveux lisses et noirs. Elle s'arrachait les cheveux, et elle était... laide !

Il la vit se frapper le visage avec ses poings.

Il vit des infirmiers se jeter sur elle et lui planter une seringue dans l'épaule

Il la vit se débattre... Et il entendit son cri. Il monta du sol comme un geyser. Il vola. Et Bastien leva les yeux, comme pour suivre ce cri.

Il remarqua alors cette chose étonnante : au-dessus de leur tête, le ciel avait changé. Il avait pris une drôle de couleur. Quelque part entre bleu et noir. Une couleur qu'il ne pourrait pas vraiment décrire par la suite, mais un des tableaux de sa mère baignait dans un fond identique : bleu, zébré d'ombres noires. Et, sous ses yeux incrédules, le cri de sa mère se matérialisa en un filet rouge, comme de la peinture. Une rigole de sang, aspirée par les nuages, qui gonfla et embrasa le ciel.

C'est là qu'il entendit la voix pour la première fois.

Elle ne lui parla pas vraiment. Elle chuchota, elle murmura... Juste quelques mots. Des mots qu'il connaissait, qu'il avait déjà entendus, ailleurs, dans une autre vie, enfin, il n'aurait su dire.

Une simple phrase, jaillie directement dans sa tête : « *Un jour, des choses terribles arriveront ; et ce jour-là, plus rien, jamais, ne sera comme avant.* » De toute sa courte vie, Bastien Moreau n'avait jamais entendu plus grande vérité.

Première partie

# Un jour, Laville...

# 1

On l'appela pour lui signaler le corps un matin que l'on ne peut pas oublier : celui des premières brumes.

Elles étaient tombées pendant cette nuit de début octobre, volutes transparentes, souffles suaves dans l'air pâle, car telle est la règle à Laville-Saint-Jour : le brouillard des premiers jours est vaporeux comme une rosée, vole avec la légèreté d'une plume.

Il était en train de le découvrir, posté devant la fenêtre du salon, son corps trapu sanglé dans un peignoir trop court, ses pieds glissés dans des tongs, cette drôle de phrase à l'esprit : *Cette fois pas de doute, nous sommes villois...*

C'était une évidence qui aurait dû s'imposer bien avant à Claudio Bertegui, depuis cinq mois qu'ils avaient pris possession, avec sa femme Meryl et sa fille Jenny, de cette mignonne petite maison ; depuis, aussi, que lui-même était entré en fonction à Laville-Saint-Jour : commissaire Bertegui. Mais ces cinq mois n'avaient apparemment pas suffi. Arrivés à la mi-mai, ils avaient traversé la fin du printemps, puis l'été, sous un ciel radieux ; et lui avec l'impression, parfaitement irrationnelle, qu'ils étaient des touristes, des visiteurs... Que *tout ça* – dénomination assez floue dans laquelle il jetait, pêle-mêle : la proposition de venir s'installer ici, qu'il avait d'abord énergiquement refusée, l'alerte cardiaque qui avait suivi dix jours plus tard, les suppliques de sa femme Meryl de ralentir le rythme, de changer de vie... – l'impression, donc, que *tout ça* n'était qu'une affaire transitoire. Un sale contretemps qui allait tôt ou tard se terminer.

Évidemment, il s'était trompé. Et à présent, il comprenait mieux les raisons de ce sentiment inexplicable : durant tous ces derniers mois, il avait manqué la brume. Car Laville-Saint-Jour n'est vraiment elle-même qu'enveloppée dans le brouillard qui compose sa légende.

La brochure du syndicat d'initiative bourguignon lui revint soudain en mémoire : Laville-Saint-Jour, le joyau gothique dans un nid de verdure. Elle évoquait l'architecture gothique unique, la qualité de vie mais aussi le climat particulier induit par sa disposition géographique (la ville est ceinturée par des plateaux assez élevés pour la région) : d'octobre à fin mars, parfois même dès avant, à la fin de l'été, une brume persistante stagne au-dessus de la ville...

Le commissaire Bertegui était là, donc, pensif, à suivre des yeux les ondulations blêmes et transparentes qui veloutaient le jardinet, autour de la balançoire rouge de sa fille, du grand chêne à l'ombre duquel ils avaient dressé une table, quand le téléphone qui ne le quittait jamais vibra dans la poche de son peignoir. En maugréant, il vérifia le nom qui s'affichait à l'écran. Il grimaça : aucune raison que Clément l'appelât aussi tôt. Aucune, sinon une mauvaise, évidemment.

Il prit l'appel.

— Oui, Clément ?

— On a un mort sur les bras. Enfin, une morte.

— Homicide ? demanda-t-il.

— Je ne sais pas trop. Homicide, je ne sais pas trop.

Le commandant Bertegui se tut, attendant les explications. Depuis son arrivée, il commençait à connaître les caractéristiques de chacun. Le lieutenant Clément, un grand blond filiforme affublé de deux énormes feuilles roses là où les gens ont normalement des oreilles, était plutôt à ranger dans la catégorie « bon flic mais lent à la détente, rare au verbe ». Un émotif à ne pas brusquer.

— Ça ressemble pas trop à un homicide, lâcha finalement le lieutenant, plutôt à une crise cardiaque mais... Je voudrais que vous veniez voir avant de décider de classer l'affaire.

Bertegui fronça les sourcils et faillit demander à son lieutenant : c'est une manie ?

Dix jours plus tôt, on avait retrouvé le corps d'un gosse de quatorze ans dans la cave de ses parents. Tout indiquait un suicide, notamment les plaquettes de somnifère vides retrouvées autour du corps, mais Clément, premier arrivé sur les lieux, avait appelé le commandant, saisi d'un doute :

— Vous comprenez, avait-il expliqué, j'en ai déjà vu des suicidés : il n'y a que les vieux qui s'enferment la tête dans un sac quand ils prennent des somnif'. Des vieux qui veulent vraiment y passer. Mais les jeunes... ils font jamais ça. Et lui, pourtant, il en avait un... Ficelé autour du cou, son sac en plastique, vous imaginez ?

Dans le doute, Bertegui avait ordonné une enquête. Pour l'heure, elle n'avait rien donné. L'autopsie confirmait le suicide, autant que le goût avéré du garçon pour le morbide, ainsi qu'en témoignait la phrase inscrite en fond d'écran sur son ordinateur, en belles lettres gothiques rouges sur une page noire : *Un jour, des choses terribles arriveront ; et ce jour-là, plus rien, jamais, ne sera comme avant.*

— Commandant ?

— Oui, je suis là... Tu peux m'en dire un peu plus ? demanda-t-il.

— Ben... (L'homme soupira :) Je crois vraiment qu'il faut que vous voyiez vous-même.

Bertegui gratta l'épaisse tignasse qui fleurissait au-dessus de son crâne, un crin noir dont il avait toujours espéré qu'il justifiât son surnom depuis ses premières années de service – le Sanglier – plutôt que sa silhouette courtaude. Il comprit qu'il était inutile d'insister.

— Bon, OK, j'arrive.

Au moment de couper la communication, le lieutenant lança :

— C'est dans le quartier des Braquéolles. C'est une drôle de maison, un... un drôle de coin. Enfin, vous verrez... Juste après un tabac.

Il raccrocha sur ces paroles sibyllines.

Circonspect, Bertegui glissa le portable dans la poche et alla prendre une douche rapide.

Quelques minutes plus tard, il descendait vêtu d'un beau costume et d'une veste de cuir Armani (car l'homme était ainsi : trapu, peut-être, comme un sanglier, mais tiré à quatre épingles comme un coq italien, et résolument porté sur les marques milanaises).

Il glissa rapidement la tête dans la cuisine. Meryl était en train de préparer le petit déjeuner familial – Américaine de douze ans sa cadette, elle avait gardé le goût de ces repas solides que l'on sert outre-Atlantique. Leur fille Jenny attendait le service, attablée devant un grand verre de jus d'orange.

— Il y a du café au chaud pour un policier très pressé ? demanda-t-il.

Meryl se retourna, un peu surprise. Depuis leur arrivée, leur vie suivait presque le rythme de celui des bureaux, et elle s'en félicitait chaque jour, elle qui avait vécu neuf ans aux côtés d'un homme sans horaires et sans week-ends.

— Il y a une urgence, précisa-t-il.

Sans étonnement, il entendit sa fille demander, les yeux brillants :

— Il y a un... un mort ?

Meryl et Claudio Bertegui échangèrent un bref coup d'œil complice et désolé. Depuis un an, en effet, Jenny, qui avait toujours voué à son père une admiration confinant à l'adoration, commençait à se montrer fascinée par son travail. Et chaque fois qu'elle posait des questions – « Mais papa, il fait comme les policiers de la télé, avec les morts et... et tout ça ? » – ils étaient l'un comme l'autre totalement désemparés, incapables de répondre et de savoir l'attitude à adopter.

— Jenny, tu sais bien que ton père n'a pas le droit de parler de ces affaires-là. C'est secret.

Gros soupir de déception.

— Tu rentres tard ? demanda Meryl en tendant une tasse à son mari.

— Je ne sais pas... Je ne pense pas, répondit-il en ignorant volontairement les grands yeux marrons ouverts de sa fille, curieux, prêts à capter la moindre information qui pourrait filtrer d'un geste, d'un regard.

Meryl tourna vers lui un visage plein de questions et cilla imperceptiblement tandis que les yeux de Jenny passaient de l'un à l'autre avec l'air soupçonneux.

— Bon, les filles... Je dois y aller maintenant. Je suis très en retard.

Il déposa un rapide baiser au coin des lèvres de sa femme, puis sur le front de sa fille.

— Dad ?

— Oui, poupette ?

— Tu me raconteras, quand je serai plus grande ?

Il sourit, passa une main dans ses cheveux clairs – par chance, Jenny avait hérité du type anglo-athlétique de Meryl plutôt que de la génétique discutable des Lijero (la branche hispano-maternelle de Claudio Bertegui).

— *Claro, hija, te diré todo-todo !*

Puis il sortit, traversa le couloir, ouvrit la porte.

Un instant, il resta sur le perron de la maison, en haut des trois petites marches qui surplombaient le gazon, inspira une grande bouffée de l'air frais du jour qui éclaircissait doucement, et songea : *Cette fois, pas de doute : nous y sommes.*

Finalement, il *entra* dans la brume.

Oui, c'est exactement ainsi que s'ouvrit le bal de l'horreur : la brume à sa fenêtre, le coup de fil de Clément, un baiser à sa fille Jenny... et ces mots à l'esprit : *Voilà, ça y est, nous sommes villois.*

* * *

Il arriva aux Braquéolles une dizaine de minutes plus tard, tourna dans le dédale de ce quartier de résidences neuves à la recherche de la rue des Carmes, enfilant des allées qui, sans repère, sans commerce, à la clarté de ces matins qui hésitent entre les bleus de la nuit et les blancs lactés du jour, semblaient toutes identiques. Après quelques minutes, il avisa un café-tabac qui déversait sur la chaussée le halo froid de son néon, dans lequel dansaient les rubans de brume comme des anguilles dans un bocal. Ce devait être là. Il vérifia le nom de la rue à droite – Rue des Carmes – et s'y engagea.

Il roula le long d'immeubles roses, blancs ou beiges identiques, jusqu'aux numéros de la trentaine. Il comprit ce que Clément définissait comme « une drôle d'adresse ».

Le 36 n'existait pas.

À sa place, coincé entre le 34 et le 38, deux immeubles d'une même résidence, s'ouvrait une allée minuscule, une venelle moussue. Un passage fantôme. Oui, c'était exactement ainsi : la « drôle d'adresse » de Clément s'ouvrait sur un lieu fantôme.

Il se gara, traversa la rue et, curieux, s'engagea dans l'étroit corridor.

Le 36 surgit au fond du passage, dans une cour pelousée, une clairière au cœur du béton plantée d'une maison de brique, escamotée à la vue des passants, construite toute en hauteur comme pour échapper au puits dans lequel les immeubles récents l'avaient acculée, gagner un souffle d'air.

En avançant vers le bâtiment, Bertegui nota les volets neufs, la combinaison harmonieuse de pots de fleurs sur les marches de l'entrée qui témoignaient d'habitants soigneux, d'une existence qui sentait le propre. Pour autant, songeat-il, la maison dégageait une impression floue, mais tenace : ce n'était pas là un endroit où l'on avait pu être heureux...

Il parcourut les derniers mètres, poussa la porte. L'entrée était vétuste mais, à l'instar de la façade, féminine, briquée.

Un agent l'accueillit – un gars blond un peu bovin. Verdon se rappelait-il. C'était là aussi un avantage de travailler dans une ville de cette taille : on apprenait vite à mettre un nom sur chaque visage.

— Bonjour, commandant... Le lieutenant Clément est au-dessus, à l'étage. Il vous attend.

— OK, Verdon, merci.

Bertegui se dirigea vers l'escalier, posa la main sur la boule de bois. Avant de monter, il se retourna brusquement et parcourut l'entrée du regard.

Sous les yeux de Verdon qui l'observait avec intérêt, il eut une moue énigmatique, hocha la tête, murmura un mot inaudible. Puis il s'engagea dans l'escalier étroit et sombre, laissant l'agent ravi de s'être vu confirmer en direct que, parmi les informations qui avaient précédé le Sanglier (entre autres : son surnom, sa ravissante épouse américaine de douze ans sa cadette, ses vêtements griffés rital, son caractère taciturne-colérique-de cochon, pas de sanglier, ah ah, tout le service en rigolait !), entre autres éléments, donc, sa réputation était fondée : l'homme fermait les yeux, remuait du chapeau, et parlait tout seul. Oui, Bertegui était bien tel qu'on le disait : un contemplatif, un poète de l'enquête.

* * *

À l'étage, Clément surgit d'une pièce et vint à sa rencontre.

— Ah, vous êtes là ! lança le grand gaillard blond qui rendait une bonne tête à son supérieur

— Tu m'expliques ? demanda Bertegui.

— Elle s'appelle Odile le Garrec et... ben suivez-moi, ce sera plus simple.

Un brin agacé, Bertegui s'exécuta. Au fond du couloir, Clément s'arrêta devant une porte, s'effaça pour laisser passer son supérieur.

La chambre était intime et féminine, un nid bordeaux garni de bibelots sans valeur, de velours pourpres, de coussins ouatés. Au pied du lit, elle reposait : une femme d'une soixantaine d'années, sèche comme une feuille morte, la peau fine et tramée d'un réseau de rides, jaune par endroits, bleutée à d'autres. Dans une main noueuse, elle tenait un téléphone, elle avait levé l'autre à hauteur de son visage comme pour se protéger. Sa chemise de nuit, relevée jusqu'au ventre, exhibait impudiquement un corps à demi nu, la flaccidité blême des chairs vieillissantes rigidifiées par la mort.

Bertegui resta quelques instants à l'entrée de la chambre, immobile, choqué, le cœur au bord des lèvres. En vingt-cinq ans de carrière, il lui avait été donné de voir des morts par dizaines : des hommes, des femmes, des enfants... Battus, poignardés, noyés. Il avait toujours détesté le spectacle de la mort, mais, avec le temps, sa révolte avait plié devant un inévitable fatalisme.

Pour autant, à l'instar de la maison, le cadavre d'Odile le Garrec l'indisposa, non pour sa laideur, mais pour ce qu'il révélait des instants qui avaient précédé l'ultime seconde. Car les yeux grands ouverts, écarquillés, comme hantés de visions, exprimaient une terreur sans nom ; sa bouche béante s'ouvrait en un cri muet. Tout son visage révélait cette évidence : la mort avait été pour elle une expérience abominable... Une épouvante.

— Bon Dieu, souffla-t-il.

— Je sais, dit Clément. C'est pour ça que je vous ai appelé.

Le commandant s'approcha et s'agenouilla précautionneusement auprès du cadavre. D'un geste méthodique et sûr, il palpa les chairs raides, chercha une trace de sang, une plaie, une marque de coup... En vain.

— Qu'est-ce que vous en pensez ? demanda l'adjoint.

— La même chose que toi. Elle est morte il y a plus de vingt-quatre heures ; elle ne s'est pas débattue ; elle a voulu appeler avant de mourir mais elle n'en a pas eu le temps.

Il se tut une seconde avant de conclure :

— Et elle a l'air absolument terrifié.

Clément hocha la tête.

— Bon, tu m'expliques maintenant ? demanda Bertegui en se relevant.

— C'est la femme de ménage qui a appelé les pompiers. Le problème, c'est que j'ai fait le tour du proprio déjà... Je n'ai rien trouvé. Pas de fenêtre ouverte, pas de bris de glace. La porte était bien fermée, les pompiers ont dû la défoncer. Et comme vous voyez, il n'y a pas de clé. C'est juste un petit verrou qui ferme à la main de l'intérieur. Donc elle était seule dans la chambre au moment où elle est morte.

Bertegui s'approcha de la fenêtre, inspecta le pêne : Clément avait raison. Aucune trace de forçage...

Soudain absorbé par ce mystère, il revint vers Odile le Garrec et s'agenouilla. Une bête crise cardiaque ? Il avait du mal à le croire. Les gens qui meurent d'une faiblesse coronarienne ne laissent pas aux vivants ce témoignage gravé dans leur chair : J'ai vu le diable ; et il est encore pire que ce que vous imaginez.

Il inspecta à nouveau le corps – sourcils froncés, selon une mimique qui impressionnait toujours un peu sa fille et aurait horrifié tout amateur de Botox –, à la recherche d'une trace, même infime, qui indiquerait une lutte : une marque de liens, un bleu mal placé. Il s'approcha des iris gris bitume, fixes, vitreux, exorbités, et les scruta longuement. Oui, c'étaient bien les yeux de quelqu'un qui avait quelque chose à dire... ou plutôt non : à hurler. Impossible, naturelle ou pas, que sa mort eût été une délivrance. Impossible qu'Odile le Garrec fût partie en paix.

— Le téléphone... murmura-t-il.

— Pardon ? demanda Clément.

— Tu n'as pas vérifié le téléphone.

Ce n'était pas une question. Bertegui l'annonçait comme un fait. L'homme rosit.

— Je... je vous attendais, eut-il la présence d'esprit de lancer.

Mais Bertegui ne l'écoutait plus. Il entreprenait déjà de dégager le combiné. Il força, doigt après doigt, pour le décrocher de l'étreinte d'Odile le Garrec. La main crochetée comme une serre lâcha finalement après un craquement sinistre suivi d'un claquement sec, et Bertegui reposa doucement le bras au sol. Il s'empara du téléphone, marcha jusqu'à la base sur la table de chevet.

Il appuya sur la touche *bis*, écouta... appuya encore.

Il se tourna vers Clément.

— Tu peux appeler le légiste, annonça-t-il. C'est le noir complet au bout du fil. Pas de dérangement, aucune tonalité.

Le grand lieutenant s'empourpra et ses oreilles virèrent au fuchsia tendance maillot brésilien. À l'instar de son chef, il comprenait ce que ce silence signifiait et que lui-même aurait pu découvrir s'il avait procédé à cette simple vérification : quelqu'un avait coupé la ligne du téléphone. Et cet élément, à tout le moins, n'avait rien de naturel.

* * *

Tandis que Clément appelait des renforts, Bertegui raccrocha le combiné.

Il leva la tête, parcourut la pièce des yeux à la recherche d'un indice, un signe, un détail, une issue : le fauteuil, la coiffeuse, un beau miroir, des photos dans des cadres dorés sur une commode...

Il s'approcha des photos – souvent, avait-il remarqué, les gens alignaient leurs cadres selon une subtile chronologie, comme s'ils racontaient une histoire.

Dans plusieurs d'entre eux, Bertegui découvrit un séduisant visage de femme à différents âges de la vie : à son mariage, brune et lointaine, elle souriait mystérieusement à l'objectif tandis que son mari posait sur elle un regard confiant et amoureux; jeune maman à la plage, elle tenait un bébé coiffé d'un bob et riait aux éclats – dans le soleil, on devinait une couleur d'yeux intense, entre gris et noir, dont l'enfant avait hérité; à la trentaine, dans une robe noire à l'élégance sans artifice, elle se tenait au milieu d'une assistance. Bertegui chercha des ressemblances, n'en trouva aucune; de toute façon, on ne voyait qu'elle et il comprit que cette femme, pourtant pas vraiment belle avec son visage un peu trop ossu, carré, imprimait à l'image le magnétisme qu'elle avait dû naturellement exercer dans la vie.

Plus loin, un portrait d'homme dans un cadre : le regard ombrageux, les yeux gris foncé, le petit garçon était devenu un adulte et posait sous une belle lumière. Un instant, Bertegui s'attarda sur le cliché, avec une inexplicable sensation de déjà-vu. Connaissait-il le fils d'Odile le Garrec? Aurait-il pu le rencontrer au cours d'une autre enquête?

L'histoire s'arrêtait là. Il manquait de nombreux chapitres : qu'était devenu le mari depuis la photo des noces? Pourquoi le petit garçon vieillissait-il de trente ans en deux clichés?

— Vous le reconnaissez? demanda Clément dans son dos.

Bertegui sursauta – il avait cette capacité à s'absorber totalement, à s'extraire de son environnement.

— Je... Je ne sais pas vraiment, répondit-il.

— Je crois que c'est un auteur. Un écrivain... Nicolas le Garrec.

* * *

Madeleine Rabatet avait une cinquantaine d'années, le visage tanné et les mains cuites par des décennies de rude labeur, le chignon gris, la toilette aussi – elle portait une tunique comme une robe-tablier... ou l'inverse.

Elle avait trouvé la porte de sa patronne close quarante-cinq minutes plus tôt et restait visiblement en état de choc. Assise sur une chaise au paillage blond sans âge, elle pressait un mouchoir entre ses mains en racontant, de façon un peu désordonnée, son aventure :

— J'ai commencé à faire le ménage juste après que son fils est parti... Et puis avec le temps, pas que le ménage : les courses, régulièrement, parce qu'elle détestait les supermarchés... Et puis aussi la conversation des fois, parce qu'elle était assez solitaire. Trois fois par semaine, parce que même si elle vivait seule, elle voulait que la maison soit propre, partout, même dans les pièces où on allait jamais. Vingt ans, répéta-t-elle, vous imaginez !

— Vous n'avez rien remarqué de spécial, ce matin ? glissa Bertegui à la faveur d'une pause dans son récit. La porte de l'entrée ouverte, par exemple ?

— Spéc... ? demanda-t-elle surprise. Non, rien du tout. Je suis entrée comme d'habitude, très tôt – parfois cela m'arrange de venir plus tôt, alors je la préviens. Mais hier soir, quand j'ai essayé d'appeler, cela sonnait occupé...

Sa voix s'étouffa en prononçant les derniers mots, et elle pressa le mouchoir contre sa bouche. Évidemment, songea le commandant, elle avait dû apercevoir le cadavre, fût-ce une seconde, quand les pompiers avaient forcé la porte. Elle avait vu les yeux, l'expression d'horreur au visage. Et aussi le téléphone dans sa main...

Comme pour confirmer, elle poursuivit :

— Elle aura eu une crise cardiaque, et elle a voulu appeler...

— Une crise cardiaque ? demanda Bertegui.

— Oui... Enfin... Je ne sais pas. Elle a eu une attaque l'an dernier. J'imagine que c'est possible, non ?

Elle tourna vers le policier un regard plein d'espoir.

— Oui, bien sûr, répondit-il, une crise cardiaque c'est très probable. Vous savez qui a un double des clés ?

— Les cl... ? Ah mais... Non, enfin... Voyons que je réfléchisse. Il y a peut-être son amie Suzy... Oui, sûrement. Suzy. Et je ne sais pas, je ne vois personne d'autre.

Bertegui la dévisagea quelques instants et elle s'empourpra violemment.

— Et moi, bien sûr, mais...

Ses mots moururent. Elle fixa Bertegui avec l'air de demander : *Vous ne croyez pas qu'elle était seule ? Vous ne croyez pas à un... accident ?*

Des bruits de pas contre les graviers de la cour annoncèrent le médecin légiste. Clément alla l'accueillir.

Restée seule avec Bertegui, Madeleine Rabatet lui jetait des regards anxieux.

— Vous savez qui on doit prévenir en cas d'urgence ? demanda-t-il. Enfin, quelle famille... Son mari ? hasarda-t-il en songeant aux photos.

Le ton du commandant sembla la rassurer.

— Elle est veuve. (Elle fronça les sourcils.) Elle était veuve...

— Son fils, peut-être ?

Elle détourna les yeux.

— Son fils... Elle ne le voyait jamais son fils. Pourtant il habite Paris, c'est à moins de deux heures de TGV, mais... Je ne sais même pas s'ils s'appelaient. Et elle n'en parlait pas.

Elle se tut un instant avant d'ajouter :

— Il était célèbre.

Les mots tombèrent tandis que résonnaient, au-dessus de leur tête, les pas du légiste et de Clément s'agitant dans la chambre.

— Célèbre ? s'étonna-t-il en songeant à l'homme aux yeux de bitume dans son cadre.

— Oui, il est écrivain. Il y a des livres à lui ici, précisa-t-elle. Si vous voulez, je vous les montre, ils sont dans le salon.

— Je vous suis.

Elle se leva, à la fois trottinante et lourde dans sa robe grise informe, conduisit Bertegui dans une pièce qui ressemblait à ce qu'il avait déjà vu de la maison : disparate, composée de pièces, meubles, bibelots, amassés au hasard de la vie.

Madeleine Rabatet traversa la pièce, s'arrêta près d'un petit meuble bas garni de babioles à deux sous, essoufflée comme si elle avait marché cinq cents mètres.

— Voilà, c'est là...

Bertegui s'approcha. Pressés entre deux angelots de cuivre, quelques livres dont la tranche évoquait une collection policière. Et, un peu à l'écart, un ouvrage présenté de face. Il en reconnut immédiatement la couverture : un fond bleuté, un lys taché d'une goutte de sang... et soudain tout s'éclaira : ce livre, il l'avait aperçu sur la table de nuit de sa femme au printemps dernier (Meryl était maître-assistant de lettres anglaises à la fac, et, depuis neuf ans qu'il la connaissait, il s'endormait chaque nuit bercé par le froissement sec des pages qu'elle tournait) : *Lys bleu*... Et la photo sur la commode, il la connaissait également : elle figurait au dos du livre, minuscule. Sans doute était-ce la raison pour laquelle Bertegui n'avait pas immédiatement identifié l'homme : on ne s'attend pas à voir le visage d'un auteur que lit votre femme sur la commode du cadavre qui repose à vos pieds.

La photo, donc, était bien celle de Nicolas le Garrec.

Bertegui sortit un mouchoir de sa poche, prit précautionneusement le livre entre ses mains.

— Alors c'était la mère de Nicolas le Garrec... marmonna-t-il en faisant tourner le livre dans ses mains.

Madeleine Rabatet acquiesça avec fierté comme si, par quelque mystérieux chemin de son esprit, la notoriété de l'auteur rejaillissait sur elle.

Il parcourut le texte de la quatrième de couverture. L'éditeur avait souhaité entretenir le mystère :

*Claire aimait les lys. Elle en recevait chaque semaine depuis deux ans. Anonymes... Un admirateur secret.*

*Claire est morte. Un lys peint de bleu déposé sur sa poitrine. Nue.*

*Pour le lieutenant Cuttoli, pas de doute : le coupable et l'homme des fleurs ne font qu'un. Seulement Claire a une vie bien compliquée : deux maris, des amants, une maîtresse... Qui lui envoyait ces fleurs ? Et surtout : pourquoi ?*

Il ferma les yeux un instant, fronça les sourcils. Meryl avait dit quelque chose à propos de ce livre, mais il ne parvenait pas à se le rappeler.

Il poursuivit sa lecture.

*À trente-huit ans, Nicolas le Garrec publie son cinquième roman. Avec* Lys bleu, *l'auteur de* Bleu émeraude *et de* Blanc impur *achève son* Quintette des couleurs *et les aventures du policier corse qui l'a rendu célèbre : le lieutenant Cuttoli.*

Voilà, la mémoire lui revenait à présent. C'était un soir, juste avant qu'il ne s'endormît. Elle avait lancé, un peu absente comme si elle savait son Sanglier déjà en train de battre la campagne de ses rêves : « C'est drôle, c'est le premier roman que je lis de cet auteur mais j'ai déjà l'impression de connaître le personnage... En fait, il te ressemble, baby. »

Il reposa le livre.

— Il n'est pas précisé qu'il est de Laville-Saint-Jour, nota-t-il, davantage pour lui-même que pour Madeleine Rabatet.

— Si, si... Il est bien d'ici. Il a grandi dans cette maison. Il a toujours une chambre au deuxième étage mais....

Elle marqua une hésitation.

— Mais ? insista-t-il

— ... mais il ne venait jamais. Je ne l'ai jamais vu. Pas une fois en vingt ans. Tout ce que je connais de lui, c'est ça : les livres et sa photo...

Sa voix avait baissé d'un ton, pris une intonation lourde de sous-entendus.

Depuis le couloir, lui parvinrent les voix de Clément et du légiste.

Madeleine Rabatet lui jetait à présent des yeux suppliants. Le policier avait pourtant d'autres questions à lui poser : Odile le Garrec avait-elle des ennemis ? Un amant ? Il renonça. Il ne tenait pas non plus à voir enfler une rumeur infondée. À Laville, depuis quelques années, on marchait sur des œufs.

— Bien, tout paraît clair... Pardon de vous avoir retenue. Vous pouvez partir. Je ne pense pas avoir besoin de vous revoir. Au cas où... (il plongea sa main dans sa poche)... s'il vous revient quelque chose, on ne sait jamais, voilà mes coordonnées.

Il lui tendit un bristol.

Elle le prit comme si l'objet était piégé.

— Bon... (Elle se frottait les mains.) Bon, ben je vais y aller, alors...

À la porte, elle croisa Clément en compagnie du médecin légiste, Auberty, un jeune fraîchement nommé.

— Clément, tu peux raccompagner Mme Rabatet à la porte ? Et t'assurer qu'on a bien ses coordonnées.

Le lieutenant s'exécuta.

— Très probablement un accident cardiaque, lança le médecin.

— Vous êtes sûr... docteur ? (Bertegui avait hésité sur le titre car il avait toujours du mal à considérer le jeune homme comme titulaire d'une bonne quinzaine d'années d'études validées.)

— Pas à cent pour cent, mais après un premier examen, je ne vois rien d'autre ! lança-t-il joyeusement en parcourant la pièce d'un œil distrait. À confirmer avec un examen plus approfondi si vous l'ordonnez, mais ce sera votre choix. (Il ajouta sans transition :) Elle avait du goût cette femme. Je me demande si elle savait faire la cuisine...

Bertegui ne répondit rien. Il connaissait cette inclination des professionnels de la mort : imaginer le cadavre... vivant ; cerner sa personnalité, connaître sa vie.

— Mais il n'y a pas beaucoup d'indices pour solliciter une autopsie, insista Auberty d'un ton toujours aussi distrait.

Ses yeux tombèrent soudain sur la couverture de *Lys bleu*.

— Eh ! Il me semblait bien avoir reconnu l'auteur en photo en haut... C'est de la famille ? demanda-t-il.

— Son fils... répondit Bertegui dans un murmure, avant de confirmer : Je vais quand même demander une autopsie.

Le jeune médecin s'arracha à l'étude des livres dans le petit meuble.

— Pas de problème, c'est vous le chef. Qu'est-ce qui vous motive ? Cela m'aiderait peut-être de savoir ce que vous cherchez...

— Eh bien voyez-vous, doc, Clément aurait dû vous le préciser en haut : il y a un élément que vous n'avez pas pu remarquer...

Auberty tourna la tête de côté, comme un jeune chien étonné.

— ... par notre faute en fait. (Bertegui planta son regard dans celui, abrité derrière des lunettes aussi rondes que celles de Harry Potter, du médecin :) elle est morte un téléphone à la main... Et au bout, la ligne était coupée.

Auberty ne bougea pas, ne répondit pas immédiatement. Mais, sous les yeux de Bertegui, la mâchoire se contracta et structura les joues rondes.

— Eh bien, je ne sais pas si l'autopsie va nous révéler qui elle voulait appeler, murmura-t-il, mais je serais bien curieux de savoir ce que la mère de Nicolas le Garrec a à nous apprendre...

# 2

Il émergea du sommeil comme d'une plongée en eau profonde : le souffle court, le cœur battant. Durant quelques instants, Bastien parcourut la pièce des yeux, désorienté : un plafond haut, des moulures à chaque angle – des petits angelots tarabiscotés –, une grande porte-fenêtre dont les volets découpaient les lueurs du petit matin en tranches pâles sur le plancher. Quand ses yeux tombèrent sur la cheminée, il reprit ses esprits : là où aurait dû brûler un feu, il reconnut les paniers d'osier qui accueillaient ses vieux jouets – des GI Joe, des Batman, des choses qui ne l'amusaient plus car, à près de douze ans, il les avait délaissés au profit de consoles vidéo et des cartes Magic.

En une seconde, le réel reprit ses droits : *L'accident de Jules... Le déménagement... Laville-Saint-Jour... Sa chambre.*

Il soupira. C'était toujours ainsi après les cauchemars : un temps d'absence, une minute d'errance, entre veille et sommeil, nuit et jour.

Il se tourna vers le réveil, un gros cube design et coloré. Les chiffres 6 : 35 brillaient dans la pénombre claire. Il se redressa contre son coussin, tendit l'oreille. Son père et sa mère étaient probablement encore au lit – le réveil sonnait à 6 h 50 chez les Moreau, et personne ne montrait le bout de son nez avant 7 heures.

Peu importait : il n'avait aucune envie de rester au lit – le lit, la chambre n'étaient plus vraiment des refuges. Et puis il arrivait que, très tôt le matin, Patoche fût connecté sur MSN. Or Bastien aimait retrouver son ami sur le net. C'était un lien avec une ancienne vie, qui avait été heureuse, et la promesse de se voir bientôt, pour des vacances, à Noël ou à Pâques.

En frissonnant, il sauta du lit, passa un sweat-shirt sur son pyjama, chercha les pantoufles sous le sommier – le sol de sa chambre était parqueté, mais le couloir et plusieurs pièces étaient carrelés, de ces dalles glacées que l'on trouve dans un château mais qui, selon lui, n'avaient pas leur place dans une maison habitée par de vrais gens (surtout des gens qui avaient toujours vécu pieds nus dans un T3 tendu de moquette !).

Au moment de sortir de sa chambre, il s'arrêta, s'immobilisa une seconde.

Quelque chose était différent ce matin.

Il réfléchit, se retourna, contempla la pièce, encore un peu vide, trop grande de toute façon pour jamais être encombrée. S'arrêta sur les objets qui la composaient : le lit tout neuf – un grand bateau de bois acheté quelques semaines plus tôt en salle des ventes –, la commode rapatriée de Paris peinte par sa mère, les posters au mur – Zidane côtoyait une immense publicité pour la Xbox 360, une affiche du *Seigneur des anneaux*, six cadres *Star Wars*, des tableaux signés Caroline Moreau...

L'impression avait disparu.

Il haussa les épaules, sortit, traversa le couloir, entra dans le bureau. De nouveau, cette vague impression l'indisposa, mais il décida de ne pas y prêter attention, alluma l'ordinateur, entra le code de sa session. Pendant que Mac Os X se chargeait, il leva les yeux.

Et c'est là qu'il la vit.

La brume.

Oui, la brume à la fenêtre. C'était ça qui avait changé ce matin. Enfin, qui donnait au monde une autre couleur.

La brume... et la lumière : blanche. Épaisse. Ouatée. Même la clarté dans sa chambre, bien que filtrée par les volets, était différente.

Il oublia l'ordinateur, s'approcha doucement de la fenêtre comme on marcherait, fasciné, vers un animal terrifiant.

Il la découvrit, voluptueuse, à la fois légère et lourde, qui dansait dans le jardin, serpentait autour des arbres, caressait les murs du petit atelier que sa mère avait aménagé dans une vieille remise... Et soufflait sur la balançoire. La-balançoire-du-jardin, ainsi qu'on l'appelait dans la maison (comme s'il y en avait eu une autre). Et qui ondulait, toujours, matin et soir... Alors que personne, jamais, ne s'y balançait (et surtout pas Bastien).

Il ferma un instant les yeux, recula. Un voile noir s'abattit sur lui : *Un jour, des choses terribles arriveront ; et ce jour-là, plus rien, jamais, ne sera comme avant.*

Il revint à l'ordinateur, car décidément, ce matin, il avait besoin de parler. Parler à Patoche de la dernière extension des cartes Magic, ou du tournoi de tennis qu'ils allaient disputer en live, et à distance, sur leur console Xbox... Parler des prochaines vacances, et de Sandra Joubert qui, paraît-il, avait fait la rentrée avec deux pommes qui poussaient sous le tee-shirt... Parler de tout et des riens qui composaient son ancienne vie. Loin de Laville-Saint-Jour. Loin de la brume. Loin des cauchemars.

Sur le bureau, la fenêtre MSN restait désespérément vide... Pas de Patoche.

Il attendit. Évita de tourner la tête vers la fenêtre. Et, malgré lui, se souvint.

* * *

Ils avaient décidé de partir six mois plus tôt. Enfin, IL, son père... à cause d'ELLE, sa mère.

Au fil des mois qui avaient suivi l'accident, Caroline Moreau avait fini par ressembler à la mère de Patoche. Même si elle ne buvait pas comme le dragon alcoolique qui veillait à l'éducation de son meilleur ami, elle vivait en recluse, en robe de chambre, les yeux gonflés par le chagrin, parlait avec un même débit pâteux, et posait sur le monde son « nouveau regard », endormi-ouvert comme l'appelait Bastien. Quand elle tournait la tête, les yeux réagissaient toujours avec une ou deux secondes de retard, comme incapables de suivre un mouvement rapide, naturel.

Elle avait cessé de vivre. Elle avait aussi cessé de peindre. La seule fois où elle s'y était essayé avait scellé leur destin à tous. Bastien n'avait pas oublié l'énorme tache rouge, qui barbouillait la toile comme un bouillon de sang, qu'il avait découverte en pénétrant dans la cuisine... Pas davantage, le visage concentré de sa mère tandis que, sous leurs yeux à tous – et même ceux de Patoche, qui se trouvait là par hasard –, elle avait planté des ciseaux dans le tableau et lacéré la toile avec un acharnement mécanique.

Le lendemain, son père lui proposa un tour à rollers. Ils sortirent vers 21 heures, après dîner – le repas avait été calme, sans dispute, sans pleurs, sans gros soupirs non plus. C'était un vendredi soir; il flottait un air tiède sur Paris, ce drôle de mélange de pollution et de pollen. Ils firent une belle balade, silencieuse, jusqu'aux quais de Seine. Son père s'essoufflait un peu – il avait perdu le rythme, c'était la première fois qu'ils patinaient ensemble depuis l'accident – mais c'était un bon tour, et malgré lui, malgré la situation, Bastien aima cette balade.

Sur les quais, son père s'arrêta pour s'asseoir sur le muret de pierre. Et lui annoncer sa décision : partir.

— Partir? Tu veux dire... déménager?

Daniel Moreau soupira.

— Pas juste déménager. Je vais chercher du travail ailleurs.

— Un autre labo?

— Un autre labo... Dans une autre ville. Il nous faut un

changement, Bastien. Tu vois, un vrai changement. Une nouvelle vie.

*Partir... Une autre ville...*

*Une nouvelle vie...*

Il ne savait pas comment réagir. Il s'attendait à un divorce, une séparation... Et même si le monde est un lieu affreusement froid quand vous le partagez avec deux fantômes, c'était un grand soulagement de savoir que ce n'était pas dans leurs projets (en fait, il aurait dû s'en douter, car il avait toujours su son père fou de sa mère, même avec ses yeux endormis-ouverts, même avec sa robe de chambre). Mais partir? Pour où? Quand?

Et Patoche? Il était comme un frère, ce copain qui vivait à deux étages...

— Qu'est-ce que tu en penses? demanda son père.

Il ne pouvait rien répondre. Il n'avait aucune envie de partir. Aucune envie de rester non plus, du moins pas avec eux deux dans cet état. Ce dont il avait envie n'était pas possible : ne jamais avoir vu les yeux de son petit frère quand il avait levé la tête vers la voiture; ne jamais avoir entendu ce bruit d'un insecte qu'on écrase; continuer à se réveiller la matin avec ces bahbohbeuh qui seraient sûrement devenus des mots avec le temps; voir sa mère rire dans la rue, faire des balades avec son père sans qu'il y ait une raison pour ça...

Il demanda quand même :

— Vous irez mieux si on part?

Daniel Moreau renifla, tourna la tête. La *rando* à rollers du vendredi passa à ce moment-là et ils contemplèrent le spectacle en silence : des milliers de garçons et filles qui glissaient en riant, en criant, en se doublant, sous le nez des voitures qui avaient arrêté leur moteur et attendaient le passage, tous phares allumés. Bastien pensa : on n'aura plus jamais des moments comme ça, ailleurs... Ce sera différent. Ce sera moins bien. Ce sera sans Patoche.

Quand la circulation reprit, son père eut cette phrase :

— Ce serait tellement plus facile si on avait retrouvé le coupable.

C'est la seule et dernière fois qu'il y fit allusion et Bastien ne savait pas si elle s'adressait à lui. Mais il sentit une main glacée se poser sur sa nuque.

Le coupable, c'était lui-même.

Bien sûr, il y avait le gars qui conduisait la Mercedes, mais c'est Bastien qui avait insisté pour cette glace, sans pourtant avoir vraiment faim... C'est lui qui avait fait une sorte de... caprice. Sans cet arrêt, ils n'avaient aucune raison d'être là à ce moment précis.

Sans la glace, Jules aurait eu trois ans ce jour-là.

* * *

Bastien crut que, finalement, ils n'allaient pas partir. Pendant des mois, son père écrivit des lettres... Pendant des mois, il l'entendit soupirer quand il remontait le courrier.

C'est au retour de quelques jours de vacances que Bastien avait passés avec « les » Patoche dans le Sud-Ouest que la lettre arriva : une enveloppe blanche avec un logo high-tech. Et son père partit pour son premier rendez-vous à Laville-Saint-Jour.

Ce jour-là, Bastien descendit dans l'après-midi chez Patoche. Sa mère l'accueillit les rideaux tirés, avachie dans le salon, même pas dans sa robe de chambre : à cause de la chaleur, elle portait une espèce de chemise de nuit-gandoura violette avec des broderies effilochées qui ne cachait pas les grosses jambes, les bras gonflés-mous qui pendaient. Elle empestait le vin.

— J'ai vu ton père ce matin, marmonna-t-elle quand il passa avec son fils dans le salon.

— Mon père ?

Elle dodelina de la tête et décolla les yeux de *Derrick*.

— Oui, ce matin. Il paraît que vous allez peut-être déménager, alors ?

— Je... Je ne sais pas. Pas cette année, je pense...

— Oh ! si, cette année, elle a répondu. Enfin en tout cas, ce matin, il croyait que c'était possible. Même qu'il m'a dit que vous iriez peut-être à Laville-Saint-Jour ! Tu te rends compte ? Laville-Saint-Jour... C'est une drôle d'idée, quand même !

— Pourquoi une drôle d'idée ? demanda-t-il un peu vexé.

Les yeux de Mme Patoche se plissèrent – une fente dans deux chamallow – son cou se tendit comme celui d'un gros serpent qui redresse la tête.

— Tu ne connais pas Laville-Saint-Jour ?

Sans raison, Bastien se sentit rougir, comme pris en faute.

— Ben, c'est un drôle d'endroit... Oh ! c'est vrai que c'est joli... C'est ce qu'ils disent, tous les touristes, quand ils y passent. C'est joli... Y a du cachet... Y a du caractère... Y a une ambiance. Ton père, il doit penser la même chose. Y a une ambiance. Évidemment, quand on passe, on ne peut pas savoir. Mais quand on y vit, c'est pas pareil. Pas pareil du tout... C'est une ville, elle vous prend dans la brume...

— La brume ?

— Oui, la brume... Tu n'en as jamais entendu parler non plus ? (Elle tourna la tête vers *Derrick*. Poursuivit, d'une voix de robot mort :) Elle tombe à partir de fin septembre, début octobre. Au début, tu trouves ça plutôt joli. Mais au bout de quelques semaines... c'est plus un voile : c'est une grosse couverture blanche. Et ça dure, ça dure... Des mois entiers.

Elle se tut. Bastien espéra qu'elle en avait terminé.

— Et puis, il y a les choses...

— Les... choses ?

Elle ne répondit pas tout de suite. Sur son visage tout rouge – rouge de boire, rouge des deux semaines de vacances avec eux – la télé dessina des ombres lumineuses et animées. Ses yeux clignèrent lentement, et Bastien songea à Jaba the Hut dans *Le Retour du Jedi*.

— Oui, les choses... dit-elle avec une voix qui traînait comme la jambe d'un boiteux : « leees chooooses... ». C'est une vieille ville. Une trèèès vieille ville. Avec une longue histoire derrière elle. Il y a les choses qu'on raconte... et celles qu'on ne raconte pas. Comme les meurtres, il y a quelques années. Tes parents, ils doivent s'en souvenir. Des meurtres d'enfants... Ils en ont parlé à la télé, mais pas tellement... C'est à cause de la brume : les choses, elles sortent pas.

« Mais... c'était pas les premiers de toute façon. Non, pas les premiers, ça c'est sûr ("çaaa c'eeest sûûûr... "). Il y a toujours eu... les chooooses à Laville-Saint-Jour... C'est une ville, elle vous prend... Et elle vous lâche plus. Plus jamais...

Elle se tut.

Bastien et son ami restèrent quelques secondes à la regarder : ses bajoues à la peau craquelée, sa bouche entrouverte, ses gros yeux qui ne se fermaient plus du tout, qui ne voyaient plus *Derrick*... Des yeux qui n'étaient jamais revenus de Laville-Saint-Jour.

Quand Patoche vit une larme couler sur sa joue cuite, il tapa dans ses mains :

— Bon, allez ! On a Yu-Gi qui nous attend...

Bastien le suivit dans la chambre, un peu comme un automate. Avant de fermer la porte derrière lui, il se retourna : elle était toujours posée sur le canapé, une grosse poupée, un baigneur monstrueux. Ses yeux n'avaient pas bougé ; ils étaient juste plus humides.

* * *

Le soir même, il tapa « Laville-Saint-Jour » dans Google – en vérité, il se leva la nuit pour le faire, pendant que ses parents dormaient. Il n'avait aucune raison de se cacher, et pourtant, il lui semblait se livrer à quelque acte coupable.

Il chercha sur Internet, donc. Et il vit : les images de Laville-Saint-Jour, les petites rues serrées dont avait parlé Mme Patoche, les monuments dans la brume, les gargouilles... L'histoire du *joyau gothique dans un écrin de verdure*...

Et il lut : l'affaire Talcot comme on l'appelait, les meurtres, les enlèvements d'enfants, les scandales, les rumeurs...

Il passa plus d'une heure à surfer, dans la pénombre du salon, seulement éclairé par l'écran de l'ordinateur. Il aurait sans doute pu continuer encore et encore, mais plus il lisait, plus la déprime s'abattait... Quand il tomba sur une histoire de médecin légiste paralysé – un homme qui avait autopsié le premier corps et que le choc avait mystérieusement laissé handicapé à vie, disait l'article – il décida d'éteindre ; il en savait assez sur Laville-Saint-Jour... assez sur ses monuments et son climat ; son affaire d'enfants sacrifiés. Assez pour savoir qu'une ville comme ça ne pourrait guérir ni sa mère ni son père.

Assez pour savoir que c'était le dernier endroit où il avait envie de vivre.

Assez aussi pour deviner – sans comprendre comment – que c'était bien là qu'ils iraient.

* * *

Ils partirent dix jours plus tard – il voyait encore la silhouette d'Olga, l'amie de sa mère, rapetisser tandis que la voiture s'éloignait... Il revoyait la mine de Patoche, le matin quand il était allé lui dire au revoir, ses yeux humides, sa gorge serrée... et le drôle de sourire de Mme Patoche aussi.

Il avait dormi tout le long du voyage, comme assommé.

À son réveil, ils étaient presque arrivés. Son père avait pris un chemin de traverse pour leur montrer les lieux « d'en haut », depuis un plateau, comme s'il avait voulu les convaincre de son choix.

Elle surgit ainsi, juste au détour d'un virage : la ville.

C'était vrai, depuis les hauteurs, on aurait dit un bijou, surtout dans le soleil – il faisait beau –, un petit bijou gris, ancien, un peu brut, posé sur une mousse verte à perte de vue. Bastien pouvait presque imaginer, de là, les gens leur faisant des coucous depuis les rues : « Ohé, on est là... on vous attend... »

*creepy*.

Une demi-heure plus tard, il découvrait la maison avec, selon son père « *... le jardin et la balançoire pour toi, Bastien, et regarde, tu as une chambre immense, on va pouvoir te construire un sacré circuit – et Caroline, tu as un atelier au fond du jardin... et... et...* ». C'était une sacrée grande maison, il s'était même demandé comment ils pouvaient s'offrir pareille demeure, avec moulures et cheminées, des chambres immenses, comme la sienne, qui s'ouvraient sur le jardin et sur la fameuse balançoire, une balançoire qui bougeait doucement, tout le temps, alors qu'il n'y avait pas de vent... Une balançoire qui lui avait étrangement rappelé celle qu'il avait décelée dans un tableau de sa mère, le jour où elle lui avait révélé les secrets de sa peinture.

Cette nuit-là, il avait eu son premier cauchemar. C'était un mois plus tôt. Il lui semblait que c'était il y a un an.

* * *

— Eh bien trésor, tu rêves ?

Bastien leva les yeux. Caroline Moreau venait de passer la tête à la porte. Elle souriait et, à son corps défendant, force était de constater que ce sourire-là évoquait au garçon un temps révolu. Oui, depuis leur arrivée à Laville-Saint-Jour, elle allait mieux. N'eût été sa manie de s'enfermer des heures dans la remise au fond du jardin – enfin son atelier, où nul n'était autorisé à entrer –, n'eût été son air rêveur, légèrement flottant, quand elle en sortait... N'eût été Laville-Saint-Jour elle-même, Bastien se serait réjoui de cette rémission.

— Je me suis levé tôt, je venais voir si Patoche était en ligne...

Elle s'approcha, passa une main tendre dans ses cheveux – des cheveux aussi noirs que les siens, presque bleutés.

— On a dormi la porte ouverte avec ton père, cette nuit. Tu n'as pas crié. Pas de cauchemar... Je suis contente. Tu vas t'habituer, tu sais ?

Non, il ne savait pas. Ou plutôt : il était certain du contraire. Mais il n'avait aucune envie de s'en ouvrir... Ni d'évoquer le cauchemar qui l'avait tiré du lit avant tout le monde.

— Oui, sûrement, soupira-t-il.

— Comment ça va à l'école ?

— Bah... ça va...

Mensonge. L'établissement d'enseignement privé Saint-Exupéry ne ressemblait en rien à ce que Bastien avait connu jusqu'alors. De toute façon, il n'avait jamais vraiment eu le don de la communication aisée. Mais de ce problème non plus, il n'avait aucune envie de parler... pas avec elle en tout cas. Pas en ce moment. Avec Patoche, peut-être ? Et encore.

— Tu as des cours intéressants aujourd'hui ?

Elle faisait des efforts, il le reconnaissait. Elle s'ouvrait... Renouait avec les petites choses de la vie. C'était lui, à présent, qui s'était fermé. Comme si, en arrivant à Laville-Saint-Jour, une fenêtre s'était close en lui. Et qu'en même temps, une porte s'était ouverte, sur une cave où ses cauchemars donnaient des bals nocturnes. Mais il n'était pas question d'empoisonner sa mère avec ses problèmes... de boucher le minuscule coin de ciel bleu qui commençait à percer sous les nuages amoncelés depuis deux ans et demi.

— Aujourd'hui, je pense que ça va être cool : il y a un auteur qui passe à Saint-Ex... Heu... Nicolas le Garrec. Il vient faire une conférence. C'est un auteur de roman policier, je crois. Tu le connais ? demanda-t-il.

Au-dessus de sa tête, pas de réponse.

Bastien leva les yeux : Caroline Moreau était ailleurs. Elle regardait la fenêtre... la brume à la fenêtre.

Ou plutôt non : ses yeux étaient fixés sur la remise.

Et elle souriait.

Un drôle de sourire. Qu'il n'aima pas.

*... creepy...*

Une sonnerie MSN brisa le silence. Bastien revint à l'écran du Mac, lut le message qui s'affichait. Et il sentit une coulée froide glisser de sa tête à ses pieds.

— Oh mon Dieu, on est en retard Bastien ! s'exclama sa mère que le bip avait tirée de sa torpeur. Va vite prendre une douche pendant que je prépare le petit déjeuner.

Elle s'éloigna dans le couloir, et Bastien l'entendit vaguement marmonner :

— Je dors trop ici... Vraiment je dors trop...

Puis la cuisine la happa et le silence s'abattit, seulement troublé au loin par la voix indistincte de son père. Longtemps, il regarda l'écran, l'image fixe. Incapable de réagir. Incapable même de savoir s'il devait ou non accepter la requête : *JulesMoreau@hotmail.com souhaite être votre ami. Autoriser cette personne à vous contacter. Ajouter cette personne à votre liste d'amis.*

Jules Moreau.

Le nom de son frère.

Mais c'était impossible, bien sûr... Jules était mort deux ans plus tôt. Et de toute façon, il avait seize mois ! Pas vraiment un âge auquel on maîtrise le clavier et la souris ! Et cette pensée lui arracha un rire bref, sinistre et nerveux.

Alors qui ? Comment ? Pourquoi ?

Qui était ce Jules Moreau ? Comment avait-il découvert l'adresse MSN de Bastien ? Pourquoi souhaitait-il... être son ami ?

Il songea à des gars de l'école. Une mauvaise blague ? Il réfléchit. Ferma les yeux... Compta.

1... 2... 3....

Hésita. Il n'avait pas envie de devenir l'« ami » de *Jules-Moreau@hotmail.com.*

... 4... 5...

Pas davantage celle d'en rester là, sans en savoir davantage.

... 6... 7...

Avec la sensation de pactiser avec le diable, il appuya sur OK.

# 3

À l'instar du commissaire Bertegui, et à peu près à la même heure, Audrey Miller découvrait les premières brumes depuis le balcon de son appartement, au dernier étage d'une petite résidence des Vonges, un de ces quartiers récents situés en léger surplomb du centre de Laville-Saint-Jour. Durant quelques instants, elle observa les fils de dentelle se déchirant contre les branches des grands arbres sur lesquels s'ouvrait sa baie vitrée, le cœur lourd de soupirs, noué de colère, de récriminations... et de haine. Riche d'espoirs aussi : récupérer son fils et partir au plus vite, quitter la ville...

— Maman, je crois que papa a sonné...

Elle se retourna. David était habillé, prêt à partir. Exceptionnellement, Jocelyn le lui avait laissé une nuit de plus – en principe, David ne dormait chez elle qu'une nuit par semaine, celle du samedi (et encore, comme il avait fallu se battre, alors, pour mériter ce droit !). Le week-end passé, son ex-mari lui avait demandé de le garder jusqu'au lundi matin. N'eût été le bonheur de passer quelques heures supplémentaires avec son fils, elle aurait évidemment refusé. Elle n'avait rien à accorder à Jocelyn... Plus rien. Jamais !

— Tu es sûr, trésor ? Je n'ai rien entendu...

Évidemment elle n'avait pas entendu : cette sonnette lui rappelait, comme un glas, la situation.

Il hocha sa petite tête blonde, le blouson bleu déjà sur le dos – elle l'avait choisi elle-même, quelques jours plus tôt. Elle s'agenouilla, remonta le col du blouson qui était rentré dans les épaules. David lui sourit – il était de ces enfants qui apprécient les attentions d'une mère : l'histoire lue au coucher, le bisou volé sans raison, les recommandations mille fois répétées...

— Ça va aller, poussin ?

Il se redressa.

— Bien sûr, t'inquiète pas...

Mais si justement, elle s'inquiétait.

La sonnerie les rappela à l'ordre.

— Pfff, il est pressé... Comme d'habitude, maugréa David.

La gorge nouée, la rage au ventre, elle traversa le salon jusqu'à l'entrée :

— Il arrive ! cracha-t-elle dans l'interphone.

Elle raccrocha avec violence.

En robe de chambre et en pantoufles, elle se rendit dans le petit hall, appela l'ascenseur. Quand les portes s'ouvrirent, elle embrassa chaudement son fils.

— N'oublie pas David... S'il y a quoi que ce soit, tu as le portable, d'accord ? Mon numéro est enregistré, il fait partie des quatre que tu peux appeler, alors tu ne peux pas te tromper. N'hésite pas, OK ?

Il hocha la tête. Il savait tout cela par cœur, et était encore trop petit pour manifester sa lassitude à l'égard d'une mère trop anxieuse.

Elle appuya elle-même sur le bouton du rez-de-chaussée... Les portes se fermèrent. Voilà, c'était fini.

Elle se replia dans la cuisine. Celle-ci donnait sur le parking, à l'arrière de l'immeuble. Elle identifia immédiatement le 4x4 de Joce – il avait toujours nourri un goût pour les voitures voyantes. Elle nota qu'au sol, la brume paraissait un peu plus dense qu'aux niveaux élevés.

Elle aperçut la silhouette de son fils trottant vers la voiture. Joce descendit, non pour l'accueillir, elle le savait, mais pour se donner en spectacle. Il déposa un bref baiser sur la joue de son fils et lui ouvrit la portière arrière. Puis, tandis que David grimpait en voiture, il leva les yeux.

À cette distance, dans la brume, elle ne pouvait distinguer son visage. Joce n'était plus qu'une ombre enveloppée dans un manteau de laine bleue, sur le parking. Mais elle n'en doutait pas : son regard était plein du même triomphe que celui qu'il affichait au sortir de l'audience. Du triomphe et du défi : Tu ne l'auras pas... Tu as peut-être réussi à trouver un travail et à t'installer à moins de deux kilomètres de chez moi, mais quoi que tu fasses, tu ne l'auras pas !

D'une manière ou d'une autre, il se trompait.

Elle tira violemment les stores vénitiens et gagna la salle de bains pour se préparer.

* * *

Il était 8 h 20 quand elle passa le portail de Saint-Exupéry, l'établissement scolaire le plus privé – le plus cher aussi – de Laville-Saint-Jour et, sans doute, de Bourgogne. D'un pas décidé, elle traversa la belle cour gazonnée cernée de galeries voûtées de pierre écrue, vestiges de l'ancien couvent autour duquel l'école avait, au fil des dernières décennies, étendu ses bâtiments.

Sur le chemin, elle ne croisa personne car, à cette heure, Saint-Exupéry ne bruissait que de la rumeur studieuse des élèves en plein cours, mais plusieurs professeurs, depuis l'estrade de leur salle de classe, aperçurent leur collègue dans son beau manteau de peau veloutée, marchant de ce pas qui faisait résonner le claquement de ses talons contre les murs séculaires, voler ses cheveux clairs aux reflets de feu. Certains, même, perdirent un instant le fil de leur exposé en suivant des yeux la silhouette mince et pressée, à se demander où courait ainsi Mme Miller, la nouvelle professeur de lettres, celle dont tout Saint-Ex parlait, que tout Saint-Ex observait secrètement....

Au fond de la grande cour-jardin, elle chemina en direction d'une des dépendances de Saint-Exupéry, s'efforçant, droite et fière, d'ignorer les regards qui lui collaient au corps comme une ombre froide depuis son arrivée.

Le bruit d'une course l'arrêta dans son élan. Elle se retourna : une petite silhouette venait de faire irruption dans la cour. Une casquette, des Nike et une paire de rollers à la main (il était interdit de patiner à Saint-Ex, d'ailleurs le lieu, entre graviers et gazon, ne s'y prêtait guère). Un sourire s'esquissa sur ses lèvres : Bastien Moreau... Un de ses élèves de cinquième. Elle l'avait remarqué dès la première heure de cours, un mois plus tôt. Impossible, du reste, de le manquer : il faisait tache dans l'école. Il était nouveau, avait-elle vite compris en le croisant sous les arcades, seul la plupart du temps... Comme elle.

Où courait-il avec tant de retard ? Au bureau de surveillance, sans doute, pour quémander un billet de rentrée. Audrey était à demi étonnée. Moreau avait les cernes d'un gosse qui dormait peu, ou mal... Et les silences d'une adolescence qui s'annonçait à problèmes, en dépit des premiers devoirs qu'il avait rendus, intelligents et sensibles. Un gosse doué, trop peut-être. Elle s'était promis de le surveiller.

Elle reprit son chemin jusqu'à une lourde porte de bois. Une chaude odeur de viennoiserie l'accueillit quand elle entra.

* * *

La cafétéria des professeurs de Saint-Ex était à l'image de l'école elle-même : la subtile harmonie de pierres brutes combinées à un sens esthétique de la modernité. Plafonds voûtés et tables de bistrot, grande cheminée et éclairage halogène, dalles claires et comptoir rutilant... Loin, très loin de la salle des professeurs du lycée Descartes où elle avait fait ses premières armes. Lorsque Antoine Rochefort, le directeur, lui avait fait visiter les lieux, durant l'été, il avait précisé : « Nous sommes livrés tous les matins en croissants et petits pains, et nous avons même une serveuse. »

En l'espèce, avec ses cheveux roux montés en gâteau, un maquillage témoignant d'un goût certain pour les couleurs vives et sa blouse rose, la femme qui se tenait derrière son comptoir semblait sortie d'un de ces *diners* qui accueillent les étudiants américains de « Happy Days ».

— Bonjour madame Miller, lança-t-elle toutes dents dehors, un crème, comme d'habitude ?

Audrey lui rendit son sourire. Sonia était sans doute la seule employée de Saint-Ex à lui parler, la considérer, comme n'importe quel autre professeur. Pour l'heure, la serveuse s'évertuait à lui donner du « madame Miller », malgré les invitations d'Audrey à l'appeler par son prénom.

— Oui, Sonia, merci...

Audrey déposa ses affaires sur une table près de la fenêtre, tout en parcourant la salle des yeux. À cette heure, la cafétéria était encore déserte. Elle avisa seulement, à quelques tables, M. Lefèvre, un prof de physique-chimie. Lunettes dorées, moustache militaire, et sur le dos une éternelle veste écossaise aux coudes encuirés. Elle lui adressa un salut silencieux qu'il lui rendit poliment, avec la suspicion nécessaire pour marquer sa défiance à l'égard de cette collègue trop inexpérimentée, trop... sulfureuse ! pour mériter sa place au sein de l'institution.

(« *... et à propos : c'est vrai qu'elle est la maîtresse du directeur, M. Rochefort ?... Qu'elle a un enfant dont on lui a retiré la garde à cause de son mode de vie ?... Des problèmes de drogue ?...*)

Elle vérifia l'heure : elle était en avance de quelques minutes. Elle s'approcha de la fenêtre la plus éloignée pour contempler la cour. Une impression de déjà-vu la parcourut comme une vague. Qu'avait dit Antoine, déjà, lors de l'entretien ?

— Voilà, mademoiselle Miller, j'aime cet endroit. J'y ai fait toute ma scolarité, j'y ai été heureux. Et je veux que mes élèves y soient heureux aussi. Vous voyez, cette cour, ces arcades... C'est un lieu unique. C'est pour ça que les gens payent ce prix-là.

Avec Rochefort, depuis cette même fenêtre, elle avait contemplé les galeries soutenues par de beaux piliers de pierre sculptés, les arbres centenaires, le jardin parfaitement entretenu ; conclu qu'effectivement, Saint-Ex était un bel endroit, hors du commun. Et aussi, elle s'était demandé à quoi ressemblait « ce lieu unique » en hiver, quand la lumière des néons se déversait depuis les classes dans la cour dès 16 heures, que la silhouette des élèves glissait, fantomatique, sous les arcades noyées de la brume qui avait gonflé dans la cour toute la journée... Ce matin, elle avait un début de réponse.

— Ça fait drôle, n'est-ce pas ?

Elle sursauta.

Sonia s'était approchée d'elle en silence, le café à la main.

— La brume... précisa Sonia.

— Oui, ça fait drôle comme vous dites...

— Et encore ce n'est que le début. Moi, je ne me suis jamais habituée. Jamais. Même après toutes ces années...

Ce matin, plus qu'aucun autre, Audrey la comprenait. Certes, il y avait les vestiges gothiques classés. Certes, son salaire lui avait permis de louer, pour une somme dérisoire, un appartement assez grand pour une famille de quatre personnes ; on respirait ici, on baignait dans un calme de coton. Mais que dire de la noirceur impalpable qui empoisonnait Laville ? De la tranquillité cossue de fortunes familiales, de bonnes manières et de coucheries discrètes qui enveloppait les lieux ?

Que dire du récent passé de la ville ? Ce scandale qui avait ensanglanté la réputation sans tache d'un lieu surtout notoire pour ses pierres et son climat : plusieurs enfants massacrés dans des mises en scène de cauchemars – à l'époque, les titres de presse parlaient d'eux-mêmes : LE DIABLE AU CŒUR DE LA BOURGOGNE... LE JOYAU GOTHIQUE FAIT COULER LE SANG... DANS LA BRUME, LES MONSTRES... On en avait même tiré un livre ou deux, se rappelait-elle, et elle avait récemment lu qu'une adaptation hollywoodienne de l'affaire était à l'étude, transposée en Nouvelle Angleterre.

Que dire, enfin, de cette brume perpétuelle ?

*Oui, récupérer ton fils et partir au plus vite...*

La silhouette sombre d'un homme s'encadra à l'entrée de la cour, l'arracha à ses ruminations. Elle crut le reconnaître et son cœur manqua un battement. Puis l'homme avança et un soupir de lassitude lui échappa. Quand on aime, on croit parfois apercevoir l'objet de son désir à chaque coin de rue. C'est encore plus vrai, savait-elle désormais, quand on hait.

Depuis la fenêtre, elle discernait à présent une veste de cuir, un jean noir, de lourdes chaussures, des cheveux bruns qui tombaient en mèches floues, une allure sportive : Nicolas le Garrec venait d'arriver.

À mi-chemin, il s'arrêta sous une galerie, sembla marquer une hésitation, leva le nez. Audrey crut deviner une expression soucieuse, un regard sombre, deux barres tranchant le front... Mais peut-être était-ce juste un effet de son imagination.

— Mon rendez-vous est là, murmura-t-elle un brin tendue.

— Vous avez rendez-vous avec Nicolas le Garrec? s'étonna Sonia.

Audrey hocha la tête.

— Il vient donner une conférence pour les élèves. Ant... M. Rochefort le connaît, je crois...

Dans la cour, Nicolas le Garrec n'avançait toujours pas.

— Que fait-il ? se prit-elle à murmurer.

— Il se rappelle, sans doute...

Elle se tourna vers Sonia.

— Il a été élève ici... En même temps que Rochefort, d'ailleurs. Je crois même qu'ils ont été dans la même classe. C'est probablement pourquoi il a accepté cette conférence. J'ai toujours entendu dire qu'il ne donnait quasiment ni interviews, ni entretiens... enfin, rien de ce genre de choses. (Elle se tut, avant de reprendre :) C'est étrange, je ne m'attendais pas du tout à le revoir à Laville-Saint-Jour.

Audrey fixa un instant le profil de la femme à ses côtés – elle lui évoquait Shelley Winters dans *L'Aventure du Poséidon*.

Pourquoi ? faillit-elle demander. Pourquoi s'étonner de la présence de l'auteur s'il avait grandi ici ? Et pourquoi Antoine ne lui avait-il pas précisé l'avoir connu plus jeune ?

Mais déjà, Sonia se repliait vers le comptoir... Et Nicolas le Garrec reprenait sa marche en direction de la cafèt'.

* * *

C'était un homme séduisant. Il avait de belles mains, tout à la fois longues et puissantes, un sourire chaleureux qui contrastait avec ce regard un peu sombre. Audrey Miller était surprise : à connaître sa littérature, elle avait anticipé une sorte de vampire à l'expression hantée et non un « jeune homme » en jean, empreint d'une sorte d'élégance sportive naturelle. Mais elle aurait dû se douter : déjà au téléphone, lorsqu'elle l'avait appelé pour confirmer le rendez-vous, il s'était montré simple et direct. Et puis, Stephen King est-il un croquemitaine ? Thomas Harris un cannibale ?

Ils étaient assis face à face depuis quelques minutes, Le Garrec mordant à pleines dents dans un croissant, elle un peu empruntée, intimidée, non par la notoriété de l'auteur mais son activité, son talent – Audrey était de ces gens qui vouent un profond respect aux écrivains, pressentent la somme de travail, de douleur, de solitude derrière chaque œuvre.

— Alors, comment cela va-t-il se passer ? demanda-t-il entre deux bouchées.

— Ce sera assez simple. Les élèves vont vous poser des questions sur votre travail, votre inspiration... Et sur le livre lui-même. Ils... ils ont beaucoup aimé, ajouta-t-elle.

— Il y aura du monde ?

— Nous serons une centaine d'élèves, je pense...

— Hum... Combien d'élèves y a-t-il aujourd'hui à Saint-Ex ?

Elle se sentit rougir. Elle comprenait le sens implicite de la question. Pourquoi tous les élèves ne seraient-ils pas conviés ?

— Je vous rassure, en fait cela n'a aucune importance, la sauva-t-il. Je sais bien qu'un auteur de thriller n'a pas vraiment la considération de tous les professeurs de lettres.

Il semblait s'en amuser. Elle ne décelait aucune amertume dans ses propos. Du reste, il avait vu juste : la plupart des collègues d'Audrey nourrissaient un mépris revendiqué pour son œuvre et avaient décliné l'offre de Rochefort.

— Je... j'aime beaucoup ce que vous faites, moi, osa-t-elle en guise d'excuse.

— Ah, c'est vrai ? Cela me fait plaisir...

— Y compris les premiers romans...

Surtout ceux-là faillit-elle ajouter, mais à ces mots, les yeux de Nicolas le Garrec s'étaient brièvement dérobés et Audrey s'en voulut : était-il vraiment besoin d'apporter cette précision ? Écrits sous un pseudonyme, les deux premiers romans étaient les plus sulfureux... Les moins compris aussi.

— Vous n'êtes pas d'ici, n'est-ce pas ?

La question la prit par surprise.

— Non. Je suis parisienne de naissance mais je vivais dans le Sud. Je suis arrivée il y a quelques mois.

— C'est votre premier automne alors ? Vos premières brumes ?

Elle tourna la tête vers la fenêtre.

— Oui...

— C'est drôle de quitter le Sud pour la Bourgogne, insista-t-il... Qu'est-ce qui vous a amenée à Saint-Ex ?

Elle réfléchit. Elle n'avait pas du tout anticipé que la conversation prendrait un tour si brutalement personnel. Elle supposa là une curiosité d'écrivain. Et d'ailleurs, que répondre ? *Un sale divorce... Il a obtenu la garde de notre fils – MON fils ! – par des moyens fallacieux. Il a voulu mettre sept cents kilomètres entre lui et moi. Et comme je ne suis pas du genre à lâcher prise, je les ai suivis ici. Et je vais le récupérer. Je ne rentrerai peut-être pas avec les couilles de cette ordure, mais avec mon fils, ça c'est sûr...*

— Le hasard.

— Hum. Étrange...

— Étrange ? Comment ça ?

— Parce que ce n'est jamais le hasard qui vous conduit à Laville-Saint-Jour. Laville n'est pas Rome. Tous les chemins n'y mènent pas. Juste des petites routes de campagne... des sentiers tordus sur lesquels on se perd. (Il se tut.) Et on ne se perd jamais sans raison, n'est-ce pas ?

Elle battit des cils, mal à l'aise.

— C'est vrai... Laville n'est pas Rome. Mais avec la brume, l'architecture... C'est un peu un lieu magique. Et c'est souvent le hasard qui vous emmène dans des endroits comme ça, non ? Mais vous savez tout ça, de toute façon... Vous êtes écrivain. Et vous êtes d'ici...

— C'est Antoine qui vous a dit ça ? s'étonna-t-il. Enfin, M. Rochefort...

Elle éluda la question. S'enhardit. Après tout, c'est lui qui avait incliné la conversation vers un registre plus intime.

— J'ai été surprise... Je connais votre biographie. On y fait mention de la Bourgogne mais... je ne me rappelle pas avoir jamais lu que vous aviez grandi à Laville-Saint-Jour. En tout cas, je comprends mieux votre univers. Si j'étais écrivain, je pense que je viendrais ici, parfois, écrire. Ou chercher une inspiration...

Depuis sa chaise, Audrey aperçut ses yeux s'étrécir. Puis il tourna la tête.

— Mais c'est exactement pour ça que je suis là... murmura-t-il.

Un silence les isola. Audrey s'aperçut que M. Lefèvre et Sonia avaient les yeux braqués sur l'auteur et elle-même. Et sans doute, aussi, les oreilles. Elle revint à Le Garrec, perdu dans la contemplation de la cour. Et tout à coup, tandis qu'elle l'observait, elle s'aperçut qu'elle avait fait fausse route : à de brefs instants, Nicolas le Garrec se montrait bien tel qu'elle l'avait imaginé : un homme sombre, taciturne... Un auteur ombrageux. Au regard hanté.

Chaque fois, en fait, qu'il le plongeait dans la brume.

# 4

Le Garrec, Odile...

Bertegui tapa le nom sur le clavier de l'ordinateur et attendit quelques instants. En vain... Odile le Garrec était inconnue des services de police. Du moins à en croire les archives. Or, il commençait à l'apprendre avec le temps, les archives de Laville-Saint-Jour n'étaient guère fiables.

Des pièces, des dossiers, des témoignages, avaient disparu... des noms avaient été effacés, au mépris de tout respect de la procédure. Celui d'Odile le Garrec en faisait-il partie ?

Le commissaire s'enfonça dans son fauteuil en aspirant une bouffée de cigarette (laquelle lui vaudrait les foudres de Meryl si elle en avait connaissance), perplexe. Décidément, le mystère Odile le Garrec le taraudait. L'indisposait, même... Meurtre ? Mort naturelle ?

... *Morte de peur...*

Il ne pouvait pas encore trancher. Après le départ du légiste, Bertegui avait inspecté toute la demeure sans relever la moindre trace d'effraction.

Au cours de la visite, il s'était attardé dans une chambre. Vraisemblablement celle de Nicolas le Garrec, enfin celle qu'il avait dû occuper enfant. En dépit de l'absence quasi maniaque de poussière, la chambre semblait intacte, figée dans le temps : au mur, quelques posters témoignaient du goût de l'auteur pour la *new wave* dans sa jeunesse – The Cure, Depeche Mode prenaient la pose dans des tenues gothiques. Sur des étagères, des romans de Stephen King côtoyaient plusieurs Agatha Christie, des James Hadley Chase, des *Astérix*... Dans un coin, on avait aligné quelques haltères, d'antiques chaussures de sport, des K7 VHS : *L'Exorciste*, la série des *Damien-La Malédiction*, *Halloween*... Rien d'anormal, en vérité, si Le Garrec avait effectivement quitté cette maison jeune homme : c'est parfois à cet âge crucial de la vie que l'on aime raviver des peurs d'enfance ; que l'on développe une fascination pour la mort, un concept nébuleux s'il en est lorsque l'on a quinze ou vingt ans.

Alors pourquoi ce sentiment oppressant, comme si chaque mur, chaque meuble portait la trace... d'autre chose ? Bertegui ne pouvait l'expliquer. Il s'était passé quelque chose dans cette maison : quelques heures plus tôt, ou des années auparavant, Bertegui l'ignorait, mais la maison du 36, rue des Carmes en conservait le souvenir.

Des coups secs à sa porte interrompirent ses réflexions et le décor reprit sa place : une table moderne où Meryl et Jenny posaient en riant dans un des rares coins dégagés de dossiers – la plupart avaient trait à des cambriolages, des délits d'importance mineure, la gestion du personnel –, deux fauteuils de cuir, un peu perdus dans une pièce spacieuse mais terne, quelques plantes, la paroi de verre à demi close par des stores vénitiens ouvrant sur le petit couloir... Rien n'évoquait ici la réussite d'un homme qui, après s'être dévoué à la protection d'autrui, aurait pu prétendre à un poste de premier plan au quai des Orfèvres.

Bertegui chassa sa soudaine amertume d'un geste vif, comme s'il époussetait le revers de sa veste Armani en laine froide.

— Entrez...

Clément fit son apparition.

— C'est confirmé, les fils ont bien été sectionnés. Pas de possibilité de rongeurs, pas d'accident de réseau... On a clairement retrouvé où ça a été fait. À l'arrière de la maison.

— Des traces ? Quelque chose ?

— Les gars sont sur place. J'ai pris sur moi de les faire venir afin d'effectuer tous les relevés... Mais de toute façon, il n'y a aucun doute : on voit clairement le coup de cisaille ou de sécateur qui a coupé le réseau.

Bertegui ferma les yeux. Quelqu'un avait coupé les fils... Il y avait préméditation. Mais de quoi ? Aucune effraction... Pas de vol apparent... Elle était morte dans sa chambre, fermée de l'intérieur. Rien dans la maison ne témoignait d'une volonté extérieure agressive. Pourquoi avait-on voulu l'isoler ?

Pour simplement l'empêcher de téléphoner en cas d'attaque ? Sans cet indice – elle tenait le téléphone en main au moment de sa mort –, qui aurait suspecté autre chose qu'un infarctus ?

Une idée lui vint.

— Ce nom... Odile le Garrec...

— O... oui ?

— Tu ne l'as jamais entendu auparavant ?

— Je... Je ne comprends pas ce que vous voulez dire, bafouilla le garçon.

Bertegui eut une moue. Clément devait savoir à quoi il faisait allusion... et devait savoir qu'il savait. Il était temps pour les deux hommes d'avoir une conversation sérieuse. Peut-être aurait-elle dû avoir lieu avant, mais il avait voulu d'abord se faire adopter par une ville, un clan, qu'il savait fermée, plutôt que de braquer ses hommes dès son arrivée. Le temps était venu de passer aux choses sérieuses. Même si, au final, il n'y avait peut-être aucun rapport direct avec Odile le Garrec.

D'un froncement de sourcils, il désigna un des fauteuils.

— Assieds-toi, intima-t-il.

* * *

L'affaire avait éclaté huit ans plus tôt. Bertegui l'avait alors suivie, depuis Paris, avec l'intérêt incrédule et révolté qu'avait partagé toute la France.

On avait trouvé le premier corps sous les feuilles mortes du parc de la Truandière, le poumon de la ville, que l'on appelait ici le « bois du Parc » : le gosse avait sept ou huit ans ; il avait été éviscéré ; décapité ; castré... Une boucherie, prélude d'une macabre série : un bébé kidnappé dans un square, un enfant happé par les bois lors d'une randonnée équestre... D'autres encore, dont un, sauvé par la ténacité d'un policier d'une mort atroce au cours d'un rituel satanique. Car c'était bien de cela qu'il s'agissait : non pas l'acte isolé d'un *serial killer*, mais l'héritage d'une tradition ancestrale. Non pas l'œuvre d'un Gilles de Rais, mais bien celle d'un groupe... d'une certaine manière, même : l'œuvre d'une ville.

Au final, l'affaire avait été partiellement élucidée. Pour autant, qui connaissait vraiment la vérité ?

Certes, les coupables directs avaient été identifiés : la famille Talcot, notable parmi les notables depuis le siècle dernier, tenait la main sur cette... entreprise. Une famille maudite, qui avait scellé son destin dans le sang et étendu son influence bien au-delà de la ville, sur la Bourgogne, et même ailleurs, en France, à l'étranger... Aujourd'hui encore, huit ans plus tard, leurs motivations apparaissaient pour le moins nébuleuses – les documents, les traces, avaient brûlé dans un gigantesque incendie ; des survivants du carnage s'étaient immolés par le feu pour échapper à la justice ; quant aux rares prévenus passés en jugement, ils n'avaient apporté aucune lumière : muets ou ignorants, fanatiques ou simples exécutants, ils n'avaient livré ni noms ni lieux ni dates... Deux s'étaient suicidés avant leur procès (une autre immolation, et une artère fémorale sectionnée par une lame de rasoir habilement dissimulée contre le palais lors de la fouille de routine) ; la poignée d'autres avaient pour la plupart été placés à l'isolement pour échapper aux détenus et entretenaient une correspondance délirante avec des exaltés du monde entier.

Il était en tout cas ressorti de l'enquête que loin d'agir de façon isolée, la famille Talcot, notamment sous la coupe de Madeleine, celle que tous appelaient La Mère, avait bénéficié de complicités internationales et de fortes protections intérieures, en plus haut lieu. Elle avait agi en toute impunité, enlevant, violant, sacrifiant des enfants... les trafiquant également. Elle n'en avait vraisemblablement tiré aucun avantage financier – du moins pas directement. Mais Madeleine et les siens avaient tissé les fils d'un empire qui dépassait les traditionnelles fortunes de province, et sans doute l'aventure aurait-elle encore prospéré si des dissensions à l'intérieur du groupe n'avaient conduit à son implosion.

Les Talcot avaient-ils agi par simple appât du gain ? Par conviction mystique ? On l'ignorait... de même que l'on ne savait pas depuis quand les enfants étaient kidnappés dans la brume, massacrés, torturés. Pas davantage la liste, le nombre, des coupables réels. C'était là l'aspect le plus vertigineux de l'affaire.

On avait à ce jour retrouvé trente-huit corps – du moins la preuve que les restes d'au moins trente-huit enfants différents avaient été enterrés au cours de la quarantaine d'années précédentes dans les bois qui cernaient la Talcotière, la propriété de la famille où se tenaient ces sabbats... D'autres ossements suspects, mais impossibles à identifier, avaient aussi émergé des décombres de la maison en flammes... Et peut-être aurait-il fallu retourner la ville sens dessus dessous pour commencer à évaluer la vérité.

Au fond, Laville-Saint-Jour était parvenue, même dans la lumière, à conserver sa part d'ombre, bien tapie, palpitant peut-être encore, dans son ventre de brume.

Plusieurs chercheurs – l'affaire avait suscité des vocations – creusaient encore. Certains hasardaient que ces actes s'imposaient « simplement » comme un héritage de la tradition. Une partie de la population qui s'était établie à Laville-Saint-Jour au XVe siècle, quand le lieu n'était encore qu'un trou pâle entre des plateaux, venait d'Arras. Ils avaient fui ce qui reste un des plus grands procès de sorcellerie de l'histoire, la « Vauderie d'Arras », et trouvé refuge dans les limbes de l'automne villois.

L'arbre généalogique des Talcot remontait d'ailleurs à ces temps austères et froids où l'on jetait des sorts et buvait des potions. Était-ce assez pour en tirer des conclusions ? On ne voulait y croire. Trente-huit en quarante ans, calculait-on... Combien cela fait-il en plus de quatre siècles ?

Alors bien sûr, on repoussait l'idée... On préférait l'enterrer. Mais, loin des plateaux de LCI ou de France 2, d'aucuns remarquaient parfois, le soir, entre deux confidences, quand le blanc des grands hivers étouffait chaque ruelle sous l'étoupe blême de ses baisers, que décidément, la ville avait connu un drôle de destin à travers les âges. On se rappelait une Révolution française vécue dans la douceur, sans tête coupée. Des Allemands charmants, accueillis à bras ouverts pendant l'Occupation – certains officiers venaient même parfois, le temps d'un week-end, en villégiature, quand la ville pourtant n'avait pas vraiment à offrir à ses hôtes les douceurs de son climat. Et les langues se déliaient... les statistiques, même, prenaient un sens : si elle connaissait un taux quasi nul de petite délinquance, Laville-Saint-Jour comptait en revanche un pourcentage élevé de morts violentes – suicides, meurtres familiaux ou passionnels. Oui, quand on se penchait un peu sur les archives de la ville, on découvrait, miraculeusement épargnée par la modernité, une histoire en marge, un chemin de vie qui lui était propre, et que suivaient ses habitants, en toute quiétude, de génération en génération, ponctué de drames inexplicables... On évoquait le père Perrodin qui, un beau soir de novembre 1968, avait attaché sa femme et ses quatre enfants dans la grange, égorgé sous leurs yeux tout le cheptel – soixante-dix-huit vaches exactement –, avant de leur infliger le même sort. On l'avait retrouvé trois jours plus tard, hagard, nu dans les champs près de la Talcotière, à quelques encablures de Laville. C'était le seul moyen, disait-il, de faire taire les voix... « *Non, pas des voix... des chuchotements... le chuchotement des enfants...* » Ou encore Magali Picard, cette jeune pédiatre appréciée de tous, qui avait étranglé un de ses patients, pendant que sa mère attendait dans la salle d'attente. « *Je devais le faire... Il voulait que je le fasse...* » Qui était ce « Il » ? On ne l'avait jamais su.

Oh ! oui, quand la mémoire éructait ce que la raison s'était évertuée à ranger dans un tiroir bien clos, les histoires ne manquaient pas. Et à la fin de la soirée, les plus audacieux osaient chuchoter : et si les anciens d'Arras avaient... sacrifié des enfants pour gagner la paix... et le pouvoir ? S'ils avaient pactisé ? Si la ville était... maudite ?

* * *

Bertegui, lui, n'avait que faire de ces spéculations-divagations ! Les faits seuls l'intéressaient. Or les faits étaient simples : une famille d'illuminés avait sacrifié des enfants. Peut-être avaient-ils bénéficié de complicités... ou peut-être pas. Il ne lui appartenait pas d'en juger. L'affaire avait été officiellement close deux ans plus tôt.

Mais il avait vite compris ceci : la ville abritait jalousement ses secrets. Les Villois avaient vécu comme un traumatisme les années de médiatisation – un temps, même, un véritable chaos avait régné, défigurant le site et les pierres : des hordes de journalistes, et la justice, et la police, tout ce beau monde parisien se croisant dans les cafés et les restaurants de la ville, se donnant du tu et du toi, se volant les informations, se marchandant scoops, aveux, pièces à conviction...

Et les Villois, comme en un accord tacite, s'étaient davantage fermés encore. Durant les deux premières années, à mesure que la lumière des caméras perçait le brouillard, les mines se verrouillaient, les volets se tiraient dès 3 heures, et l'on vivait caché... Laville-Saint-Jour avait enfilé les oripeaux d'un vieil ermite.

Puis Marc Dutroux avait tiré de sa torpeur une autre partie du monde... Puis Outreau, Angers avaient pris la relève. D'autres viendraient sûrement. Mois après mois, devant le mutisme et l'étendue de l'horreur, on commençait à hésiter... À renoncer. Les journalistes étaient repartis – plusieurs équipes, tenaces, avaient tenté de revenir, la folie passée, mais les pneus crevés, les regards torves, les silences, avaient désarmé les meilleures volontés. Certains en avaient conclu qu'il valait mieux, encore, essayer d'interroger des Corses ! Et l'on ne croisait plus, avec le temps, que quelques vieux fous – chercheurs, osaient-ils se définir – venus se perdre dans la bibliothèque pour consulter des documents sur l'histoire d'une ville qui n'avait jamais fait couler sa vérité sur aucun texte publié...

À présent, la ville s'éveillait doucement à nouveau, comme une belle endormie. Intacte. Immuable. Drapée dans ses voiles blancs.

Propre.

Et c'était bien là un des problèmes de Bertegui. De nombreux interrogatoires et auditions manquaient, rappelant là l'affaire de la scientologie, quand un dossier regroupant deux ans d'instruction avait disparu de la chancellerie, mettant purement et simplement un terme aux poursuites. Comme si Laville s'était elle-même absoute de ses péchés.

Il ne lui appartenait pas de se substituer à l'IGS et de lancer une enquête d'envergure. Après tout, l'affaire était close. Mais sa nomination au commissariat central de Laville-Saint-Jour répondait à la volonté de l'institution de reprendre la main sur les services et de leur rappeler que, l'affaire Talcot désormais classée, il fallait filer droit.

* * *

— Tu as enquêté sur l'affaire Talcot n'est-ce pas ? demanda Bertegui. Tu as fait partie des gars qui ont suivi ça de près, ou je me trompe ?

Le grand navet s'empourpra violemment, les oreilles prêtes pour une mise à feu imminente.

— Je... Oui, j'ai suivi l'affaire, effectivement... enfin, comme presque tous les flics du coin, s'empressa-t-il d'ajouter.

— C'est ce que je pensais... savais, même, en vérité. Alors j'ai une question à te poser, Clément : où sont les procès-verbaux ?

Clément s'agitait dans son fauteuil.

— Les... les procès-verbaux ? bafouilla-t-il.

Bertegui confirma d'un hochement de tête :

— Il y a ce que la chancellerie a enregistré et archivé... Mais aussi ce que les services de police auraient dû sauvegarder. De cela, on ne sait rien. Les noms, par exemple, de ceux qui ont été entendus comme simples témoins ont disparu. Au final, à part les inculpés, on a l'impression, à la lecture des dossiers, que personne n'a été inquiété. Pour autant, si j'en crois mes souvenirs, des dizaines de personnes ont été auditionnées, et plusieurs ont frôlé une inculpation. Qui étaient ces gens ? Que sont-ils devenus ?

Clément détourna le regard.

— Je l'ignore, murmura-t-il. Nous l'ignorons tous. Nous savons bien que... enfin, qu'il s'est passé un truc anormal. Mais on ne sait pas qui, comment, cela s'est fait...

— Il y a des officiels à Laville, ou en Bourgogne, qui ont intérêt à ce que des pièces disparaissent ?

— Il y a beaucoup de monde qui a un intérêt à ça... Oui. Officiels ou pas... (Il leva soudain le nez des chaussures vers lesquelles il avait plongé :) Vous n'étiez pas là... vous ne savez pas... les corps... ce qu'on a vu. Entendu... (Il prit une inspiration :) J'ai fait partie de l'équipe qui a enquêté sur le premier gosse qu'on a découvert...

— Celui du parc ?

— Oui, celui du parc de la Truandière. C'était il y a huit ans, mais j'en rêve encore. Nous en rêvons tous. Vous n'avez jamais rien vu de pareil. Au moins quatre gars depuis ont quitté la police, vous saviez ça ? Parce que c'était... trop, vous comprenez. On ne s'attend pas, quand on intègre un service à Laville-Saint-Jour, à se retrouver confronté à un... Enfin je ne sais pas comment l'appeler : un carnage...

« Alors si vous me demandez où sont passés les documents, je ne peux pas vous répondre. Je peux bien vous dire que oui, y a forcément des gars qui ont appuyé les doigts un peu facilement sur les “ delete ” des PC, mais cela peut être n'importe qui ici, ou ailleurs... n'importe lequel d'entre nous qui en ait eu assez de ne plus dormir, et de travailler non loin des photos, des rapports d'expertise, des autopsies, qui veuille oublier... Or, ils veulent oublier. On veut *tous* oublier.

Le silence s'abattit dans le bureau de Bertegui. Ce dernier était surpris : il n'avait pas souvenir d'avoir jamais entendu Clément se lancer dans un aussi long discours.

— Odile le Garrec, reprit-il. Ce nom te disait quelque chose, auparavant ?

— Pas plus que ça. Je n'ai jamais eu à l'interroger dans le cadre de l'enquête si c'est ce que vous voulez savoir.

— Entre autres, mais pas seulement... Est-elle apparue à un moment sur une liste de suspects ? On sait que des noms sont sortis des interrogatoires... Des accusations invérifiables qui n'ont pas abouti. Mais ces noms sont sortis.

— Franchement, je n'en ai aucune idée. Qu'est-ce qui vous fait penser qu'elle pourrait y être liée ?

Bonne question, songea Bertegui. Que répondre ? Il réfléchit.

— Rien de précis. C'était une question de pure routine. Une éventualité qu'on ne peut pas ignorer quand on enquête sur quelqu'un ici. En tout cas, je vais avoir besoin de toi, reprit le commandant. Je veux que tu fasses le tour de tous les services : essaie de savoir si Odile le Garrec a été entendue d'une façon ou d'une autre. À moi, ils ne diront rien. À toi, ceux qui ont partagé cette... expérience... ils se confieront plus facilement.

— Cela peut prendre un peu de temps... Je veux dire, vu le contexte, et tout ça, je ne peux pas passer de bureau en bureau pour claironner mon truc.

— On n'est pas pressés. Il n'y a pas d'urgence. Je compte sur toi, c'est tout.

Clément hocha la tête, et s'apprêta à prendre congé. Il avait déjà la main sur la poignée de la porte lorsqu'il se retourna :

— C'est la maison ? proposa-t-il.
— Quoi donc ?
— C'est la maison qui vous fait penser que... enfin qu'elle était peut-être liée aux Talcot.

Bertegui prit le temps de réfléchir.

— La maison, peut-être... oui. Pas seulement. Il y a le téléphone. Couper les fils du téléphone, c'est empêcher de parler. Personne n'a essayé de l'agresser apparemment... personne n'a essayé de s'introduire dans la maison. On voulait juste qu'elle fasse... silence.

# 5

Audrey se tourna, regarda le garçon : une quinzaine d'années, l'adolescence bourgeonnante, le regard studieux. Elle ne le connaissait pas, sans doute s'agissait-il d'un élève de première de Mlle Rouvet, l'autre professeur de lettres que la venue de Le Garrec n'avait pas épouvanté. Et il venait de lever le doigt pour poser une question.

Une question, enfin !

C'était un soulagement, et Audrey sentit, à l'expression de Nicolas le Garrec, que l'auteur le pensait également.

— Qu'est-ce qui vous a donné envie d'écrire ? demanda le jeune homme avec cet accent un peu trop poli, presque affecté, que l'on entendait parfois à Saint-Exupéry.

Ils se trouvaient dans la salle de spectacle de l'école – un vrai petit théâtre avec ses planches poussiéreuses, son rideau rouge, sa sono dernier cri, et même ses moulures dorées. C'était là qu'Antoine Rochefort ouvrait l'année par une de ces conférences-fleuves dont il avait le secret, et qu'il l'achevait au cours d'un bal évoquant davantage la tradition américaine de la *prom* que la kermesse à la française.

Nicolas le Garrec, assis sur la scène à une petite table tendue d'une nappe blanche, faisait face aux élèves et aux deux professeurs.

*Qu'est-ce qui vous a donné envie d'écrire ?*

— C'est mon premier ordinateur, en fait...

Une vague de murmures amusés ondula dans la salle.

— Enfin, je ne dirais pas que c'est mon premier Mac qui m'a vraiment donné envie d'écrire, mais c'est lui qui m'a libéré. Vous voyez, j'ai toujours griffonné, j'ai toujours imaginé des histoires. Mais même si j'aimais bien écrire, je m'essoufflais toujours après quelques pages... Et puis j'ai acheté un Mac, et j'ai découvert ce que vous maîtrisez tous aujourd'hui, je suppose : le Copier-Coller... Simplement, moi je suis d'une époque où on découvrait ces choses-là.

« Ça m'a libéré. J'ai écrit une première scène, puis une seconde... Et un jour – enfin des mois et des mois plus tard, et des litres et des litres de café plus tard ! – le livre était fini...

Il avait répondu avec franchise, simplicité. C'était payant : la glace était rompue. D'autres doigts se levèrent, et les questions commencèrent à s'enchaîner sans temps mort, pertinentes, ou drôles, ou naïves...

— Est-ce que vous angoissez devant une page blanche, parce que moi, chaque fois que je dois faire une rédac, ça me donne mal au ventre. (Rires dans la salle...)

— Vous étiez bon en lettres quand vous étiez ici ?

— Vous avez connu Rochefort... Alors, il était comment quand il était jeune ?

— Dans votre roman, ce qui surprend, c'est la structure : comment vous y prenez-vous pour gérer tous ces personnages ? Vous faites un plan ?

— Pourquoi avez-vous décidé de tuer Lizbeth ? Moi je l'aimais bien, et j'ai trouvé ça très dur quand elle est morte...

Audrey apprit ainsi que Nicolas le Garrec avait suivi des études de droit et de criminologie, sans bien savoir alors où ça allait le conduire... Il ne se voyait pas avocat, avait un temps été tenté par la police, mais l'aventure de son premier roman, comme un « accident de vie » disait-il, avait changé le cours des choses. Le livre achevé, il l'avait envoyé à des dizaines de maisons. Une seule, une petite, l'avait accepté. De là, au lieu de préparer les concours administratifs, il avait attaqué son deuxième roman tout en écrivant quelques articles ici ou là, pour survivre... C'est seulement avec le premier opus des aventures du lieutenant Cuttoli qu'il avait gagné sa notoriété, un personnage qu'il allait abandonner – car *Lys bleu* clôturait *Le Quintette des couleurs*...

Tandis qu'il parlait, Audrey l'observait : Le Garrec s'exprimait avec chaleur. Et pourtant : elle percevait des... silences. Des non-dits. Il restait vague, général, comme jaloux de son propre mystère. Au-delà des plaisanteries (*... eh bien pour tout dire, Antoine Rochefort était plutôt un élève... déconneur si vous me passez l'expression !*), il éludait, se dérobait parfois, avec un tour de passe-passe, des réponses cliché :

— Qu'est-ce qui vous pousse à tuer vos personnages de la sorte ?

— Je ne sais pas... les mêmes raisons, je pense, qui poussent les gens à courir voir *Le Silence des agneaux* ou à lire Agatha Christie... Ce que P. D. James a appelé : *un certain goût pour la mort*... qu'au fond, on a tous plus ou moins, non ?

— Qu'est-ce qui vous inspire ?

— Ça c'est vraiment une question à laquelle je ne peux pas répondre, parce que je ne contrôle pas le processus...

Ou encore :

— On n'écrit pas par envie, plutôt par besoin... etc.

Elle conservait la même impression que lors de leur petit déjeuner à la cafétéria : celle d'un être double, solaire et sombre, simple et complexe, accessible et distant. Tout à la fois un homme ouvert à son prochain et un auteur hanté par la brume.

La brume.

Audrey tourna un instant la tête en direction de la fenêtre : le voile commençait à se lever, les pierres de Saint-Exupéry révélaient à nouveau leur charme ancestral. Elle n'était pas encore familière du phénomène, mais on le lui avait expliqué : les premiers jours, la brume tombe la nuit et se dissipe peu à peu dans la matinée ; ce n'est qu'avec le temps, l'arrivée de l'hiver, qu'elle finit par s'abattre définitivement.

Un bruit froufroutant attira son attention : elle aperçut les ailes noires d'un corbeau qui s'éloignait en croassant. Elle suivit, distraite, son vol en direction du bureau d'Antoine. Il tournoya quelques secondes devant la fenêtre du directeur avant de disparaître – étrangement, lui vint cette image d'un oiseau messager rendant des comptes au maître sur le bon déroulement des opérations. Cette pensée l'amusa. C'était « une pensée Harry Potter », songea-t-elle et, aussitôt, tandis qu'elle écoutait toujours le bal des réponses et des questions, un coin de son esprit s'évada. L'évocation d'Harry Potter la ramenait inévitablement à son fils David. Il adorait le héros ; même s'il était trop jeune pour saisir toute la complexité des intrigues, il avait lu les premiers tomes et ses aventures à l'écran l'enchantaient. C'est ainsi qu'Harry était devenu une sorte de membre virtuel de la famille. Audrey avait appris à vivre avec. Lorsqu'elle était seule, lorsque son fils se trouvait avec son père – soit douze jours sur quatorze –, le seul nom d'Harry Potter, l'affiche d'un film, ou une news relative à son auteur la ramenait à la situation, l'absence, l'horreur du divorce.

Dans son dos, une voix de fille la tira de ses pensées :

— J'ai lu votre premier roman, celui que vous avez écrit sous un autre nom, avec votre ordinateur tout neuf justement (rires dans la salle). Il est très différent de *Lys bleu*... beaucoup plus sombre. Il m'a fait peur, en fait. Très peur même. On ne dirait pas que c'est la même personne qui écrit...

Audrey crut identifier la voix et se retourna. C'était bien elle : Opale Camerlin.

Chaque année, dans chaque classe ou presque, il est des élèves qu'un professeur remarque après seulement deux heures de cours, quand il faut parfois plusieurs semaines pour associer un nom à un visage. Ce n'est pas tant une question de physique que, tout simplement, la réalité d'une présence qui exprime souvent une forte personnalité.

Opale Camerlin faisait indéniablement partie de cette « élite » : ceux que la lumière a choisis. Certes, elle était jolie. Elle avait cette rousseur intense qu'accompagnent souvent des yeux verts, des cils épais, une bouche pleine et gourmande. Mais bien au-delà, elle arborait un air intense et farouche, une expression grave en contraste avec sa joliesse et les taches d'enfance qui constellaient son visage.

Audrey revint à Nicolas le Garrec. Son visage, sur la petite estrade, sous la lumière un peu crue, avait changé ; comme si un masque était soudain tombé. Elle sut immédiatement que le commentaire l'indisposait – car il s'agissait bien d'un commentaire et non d'une question : *J'ai lu votre premier roman... Il fait très peur... On ne dirait pas que c'est la même personne qui écrit...*

Le silence s'étira.

Puis il y eut le cri.

Il fut bref et terrible : un cri de terreur, qui traversa la salle, glaça les sangs, figea les élèves et les deux professeurs.

Un instant, comme tous ses élèves, Audrey se pétrifia : son cœur manqua un battement, tandis qu'à ses côtés Martine Rouvet faisait un bond de gazelle apeurée.

Leurs esprits retrouvés, les deux femmes se levèrent à la recherche de l'auteur du cri. Spontanément, les yeux d'Audrey se portèrent vers le fond de la salle – par expérience, elle savait que les problèmes prenaient souvent leur source près du radiateur. Il n'y avait pas de radiateur au fond du théâtre, mais enfin, le réflexe était là... Elle balaya la rangée des yeux, aperçut Mendel – le redoublant forte tête de sa classe de cinquième – qui la dévisageait, et comprit qu'il n'y était pour rien.

Elle se retourna, croisa le regard de Nicolas le Garrec – du moins le crut-elle, avant de remarquer que lui aussi fixait le fond de la salle.

Elle suivit son regard. C'est alors qu'elle le découvrit, tout au fond effectivement, à quelques fauteuils de Mendel : Bastien Moreau, le seul élève qui ne la fixait pas mais regardait...

*... le mur ?*

Oui, il avait bien la tête complètement tournée vers le mur, et l'air en état de choc.

En quelques pas rapides elle traversa la salle, tandis que Mlle Rouvet restait en retrait – Bastien était un de ses élèves de cinquième, la même classe que Mendel et Opale.

Lorsqu'elle fut à sa hauteur, Moreau tourna vers elle un visage de robot qui la laissa un instant désemparée.

— Bastien, qu'est-ce qu'il se passe ?

En la voyant, le garçon écarquilla les yeux, comme si elle était le diable en personne. Elle perçut vaguement la sonnerie d'un téléphone portable résonnant dans son dos mais elle n'y prit pas garde.

— Bastien ? répéta-t-elle en approchant sa main du bras du garçon avec précaution car elle ne voulait pas le choquer.

— La... dame ! chuchota-t-il.

Audrey resta interloquée.

— La dame ?

L'enfant tourna à nouveau la tête vers le mur. Dans son dos, des ricanements fusèrent : Bastien Moreau, le mec « zarbi » par excellence, était en pleine crise. Trop fun. Morts de rire.

— Taisez-vous, intima-t-elle en faisant volte-face.

Le silence s'abattit. Quand elle revint à Bastien, elle avisa le garçon qui cillait, étonné.

— Ça va ? demanda-t-elle doucement.

Il regarda à droite, à gauche, leva les yeux vers elle avec une soudaine expression désolée, embarrassée, s'empourpra tandis qu'il avisait tous les visages tournés vers lui, anxieux, curieux, excités. Il passa une main sur ses yeux, puis dans son épaisse tignasse, renifla.

— Oui... ça va. Je... je suis désolé. Je crois que j'ai fait un cauchemar.

Cette déclaration provoqua l'hilarité générale.

— Ouah, trop fort ! s'exclama César Mendel dans le dos d'Audrey.

Elle se retourna :

— Mendel, si jamais j'entends encore un mot, c'est direct le Bureau.

Le redoublant marmonna en la fixant avec un air mauvais. Si elle en avait eu le temps, Audrey aurait soutenu son regard, mais il fallait parer à plus urgent. Il y avait Bastien Moreau, Nicolas le Garrec, cent élèves en train d'attendre...

Elle reporta son attention sur le jeune, en s'efforçant de ne pas trahir son trouble. Car enfin, si au cours de sa carrière elle avait été confrontée à bien des situations (au choix demandez le programme : crise d'épilepsie, bagarre en pleine classe...), elle n'avait jamais vu un élève s'éjecter du sommeil dans un état catatonique. Ni même entendu pareil cri de terreur dans sa classe.

— Un cauchemar ? demanda-t-elle. Tu es sûr que... c'était un cauchemar ?

Bastien hocha la tête, l'air innocent : oui-oui, ne vous inquiétez pas, semblait-il dire. Ou plutôt : supplier. N'en demandez pas plus; oubliez-moi; continuez... Audrey le fixa tout en réfléchissant rapidement aux suites à donner à l'incident : envoyer Moreau à l'infirmerie ? Reprendre avec Le Garrec comme si de rien n'était ?

Ce dernier se manifesta justement dans son dos.

— Excusez-moi...

Elle se tourna, surprise; elle ne l'avait pas entendu arriver.

— Je peux vous voir une seconde ? chuchota-t-il.

Sans attendre de réponse, il s'éloigna vers un coin reculé de la salle. Audrey le suivit.

— Je suis désolé, commença-t-il, je ne vais pas pouvoir rester...

— C'est à cause de ce qui vient de se passer ?

— Non, non... du tout.

Il se tut. Elle devina ses hésitations – toujours, à l'évidence, ce goût du secret.

— C'est ma mère, expliqua-t-il enfin d'une voix étrangement calme. Je... je dois y aller. Elle vient de mourir.

# 6

C'était davantage un pavillon qu'une maison de maître, mais enfin, avec du lierre grimpant le long des murs, de vieilles pierres là où certains aiment à poser des nains de jardin et un toit bordeaux un peu irrégulier, elle offrait quand même le charme simple et coquet d'une chaumière. À l'entrée, devant la petite porte grillagée, une plaque de cuivre portait le nom « Suzy Belair » et un signe sibyllin que Bertegui identifia comme un symbole astrologique.

Le commissaire sonna.

Derrière la porte partiellement vitrée, un rideau bougea. Bertegui patienta, sans surprise : les Villois n'étaient pas du genre à ouvrir facilement leur maison.

Enfin, elle apparut sur le seuil : la femme blanche. C'est en tout cas ainsi que Bertegui la perçut sur-le-champ. Non pour sa tenue – un jean et un chemisier anodins (trop léger pour la saison, le chemisier, remarquèrent de conserve le fin limier et le coquet incorrigible qui coexistaient en lui) – mais pour l'argent clair et lumineux de ses cheveux, qui encadraient un visage d'une pâleur diaphane, en apparence vierge de toute tache de vieillesse, et deux yeux d'un gris limpide de roche.

Elle ne demanda pas qui il était, comme il s'y était attendu, et marcha jusqu'à la grille pour l'accueillir.

Avant même qu'il ait eu le temps de se présenter, elle annonça :

— Vous devez être le policier ?

Par réflexe, Bertegui porta ses yeux sur la sonnette : le signe astrologique.

— Je suis au courant pour Odile, l'informa-t-elle d'un ton neutre, à peine voilé de tristesse. Madeleine m'a appelée... Enfin, sa domestique.

Elle lui tendit la main, une main blanche comme de la porcelaine.

— Entrez... j'ai du café au chaud.

Il la suivit – petit bout de femme alerte, à la sympathie un brin autoritaire, et la silhouette encore toute fine malgré la soixantaine qu'il lui supposa.

Elle le fit entrer dans un salon meublé avec un goût sobre, sans véritable recherche, qui avait privilégié le confort plutôt que l'esthétique

— Vous êtes astrologue à temps plein ? demanda-t-il tandis qu'elle revenait de la cuisine avec un plateau à café.

— Percer le mystère des planètes est assurément une mission à temps plein. Si votre question a trait à l'aspect professionnel, c'est en revanche pour moi une occupation accessoire... Cela étant, ajouta-t-elle en servant le café, je reçois toujours en moyenne trois ou quatre personnes par semaine.

Elle prit place face à lui, trempa ses lèvres minces dans le café, puis braqua le rayon clair de ses yeux dans les siens.

— Alors, heu... lieutenant ?

— Commissaire.

— ... commissaire, que puis-je pour vous ?

— Tout d'abord, je crois savoir que vous avez une clé de la maison d'Odile le Garrec.

— Absolument. Nous étions de très proches amies. Elle n'entendait rien à l'astrologie, mais enfin, nous avions de nombreux points communs.

— Vous vous connaissiez depuis longtemps ?

Elle fit mine de réfléchir.

— Je ne sais plus. Dix-sept, dix-huit ans peut-être...

— Vous étiez au courant, donc, de ses problèmes cardiaques ?

— Oui, évidemment. Mais j'ai été surprise. Je ne pensais pas que... cela arriverait comme ça. Si tôt, si brutalement.

Elle but à nouveau une gorgée. Ferme, déterminée, maîtresse d'elle-même. Bertegui éprouva soudain le besoin d'en apprendre davantage à son égard.

— Vous êtes de Laville-Saint-Jour ? demanda-t-il.

Elle ne marqua aucune surprise, comme s'il lui était naturel que la conversation s'engageât sur un registre intime.

— Non. Je suis d'Algérie.

— Ah... pied-noire ?

— Française d'Alger, oui, rectifia-t-elle.

— Et vous êtes rentrée...

— ... En 62, comme tout le monde.

— Et pourquoi Laville-Saint-Jour ? Enfin quand on vient du Sud, du vrai grand Sud surtout, on imagine mal l'adaptation aisée à un climat comme celui-là...

Elle eut soudain ce drôle de geste : elle se frotta l'arrière du bras gauche et un bref rictus, presque un tic, déforma son visage.

— Qui vous dit que je suis venue directement à Laville-Saint-Jour ? La Bourgogne, c'est en suivant mon mari. Il était ingénieur...

— Vous êtes veuve ?

— Divorcée. Il est à la retraite à présent. Au soleil, ajouta-t-elle avec un sourire qui sembla méprisant à Bertegui.

— Et savez-vous ce qui est arrivé au mari d'Odile le Garrec ?

Elle était sur le point de boire une nouvelle gorgée, mais elle figea son geste à vingt centimètres de ses lèvres.

— C'est drôle que vous me posiez cette question. En fait, toutes vos questions sont étranges. Quel rapport avec ce qui lui est arrivé ? Je pensais que vous n'étiez venu que pour les clés.

— Aucun rapport. Non, aucun rapport direct. Mais voyez-vous, si Odile le Garrec semble bien avoir succombé à une mort naturelle, plusieurs détails nous troublent...

Elle reposa la tasse.

— Des éléments... troublants. Je vois.

C'était répété sans émotion. Une simple observation.

— Donc vous me disiez, reprit-elle. Ah oui, son mari. Il est mort il y a des décennies... trente ans, peut-être. Un accident de voiture. Quant aux circonstances exactes, au lieu, etc., franchement je n'en ai aucune idée.

— Et elle n'avait jamais refait sa vie ? C'était une jeune veuve...

— Il y a eu des hommes... Enfin, un surtout. Mais c'était terminé avant même que je la connaisse. Elle était secrète de toute façon. C'était dans mon jargon ce que l'on appellerait une plutonienne : elle aimait percer le mystère des autres, tout en gardant jalousement le sien.

Il hocha la tête.

— Je vois... Pluton est bien le dieu des Enfers ?

Elle eut un sourire amusé.

— C'est exact. Et c'est sans doute pourquoi je ne peux pas vous renseigner si précisément sur son jardin secret. Ce n'était pas vraiment un jardin... Plutôt un parc. Un parc de nuit. Fermé au public.

L'image plut à Bertegui. Et l'agaça en même temps. Cette femme au visage ceint d'une aura de lumière blanche menait le jeu. L'embrouillait. Avec un savoir-faire arachnide. Vingt ans d'amitié, assez proche de la victime pour que cette dernière lui eût confié ses clés, et elle ignorait tout des détails de sa vie ?

— Donc pas de mari, pas d'amant connu... En tout cas récent. Mais un fils.

Suzy Belair confirma d'un bref hochement de tête.

— En cas d'urgence, c'est lui que vous préviendriez ?

C'était une question de pure forme. Il avait déjà appelé Nicolas le Garrec. Et accédé à une requête pour le moins inhabituelle de l'auteur, qu'il devait rencontrer juste après son entretien avec l'astrologue.

— Elle n'avait plus ses parents. Elle a une sœur à Paris, avec laquelle elle était toujours en contact.

— Et son fils, donc.

— Oui, c'est cela.

— Mais qu'elle ne voyait plus, n'est-ce pas ?

— Peu en tout cas. En tout cas, lui ne descendait jamais. Je ne l'ai jamais rencontré.

— Vous savez pourquoi ?

— Odile prétendait qu'il n'aimait pas la Bourgogne.

— Mmoui, grommela Bertegui.

— Il y avait possiblement... autre chose. Mais je n'ai jamais su quoi, ajouta-t-elle avant que Bertegui ne lui posât la question, et à nouveau, il eut l'impression qu'elle lui coupait l'herbe sous le pied.

— Vous ne savez pas si elle se sentait menacée, récemment ? demanda-t-il à brûle-pourpoint, espérant susciter une réaction.

Mais peine perdue : quel que soit son angle d'attaque, Suzy Belair restait de marbre. Et c'était là le plus troublant : comme si, au fond, les circonstances de la mort de « son amie de vingt ans » ne l'intéressaient guère. Ou qu'elle en connût déjà les détails ?

— À ma connaissance, non, pas du tout. Enfin, elle n'a jamais rien évoqué de tel, et tout de même, malgré un tempérament discret, je pense qu'elle m'en aurait parlé.

— Et l'affaire Talcot ? Vous savez comment elle l'a vécue, à l'époque ? Y a-t-elle été mêlée d'une façon ou d'une autre ?

Les premières couleurs apparurent sur le visage de l'astrologue. Deux taches, entre rose et mauve, sur les pommettes pointues. Un maquillage sur une poupée de porcelaine trop sèche.

— Grands dieux, non ! Comment ça, mêlée ? Je ne vois pas où vous voulez en venir.

— A-t-elle été interrogée ? Inquiétée ? Liée à des gens qui eux-mêmes étaient impliqués, de près, de loin, au réseau ?

— S'il y a bien une chose que l'on n'a presque jamais évoquée – enfin, sinon comme tout le monde, pour s'en émouvoir – c'est cette... histoire-là.

Bertegui laissa passer un silence ; elle ne chercha pas à le briser. C'était souvent un test de l'inspecteur : les gens coupables supportaient mal les silences au cours des interrogatoires. Mais de quoi, de toute façon, Suzy Belair aurait-elle pu être coupable ?

De se taire, à tout le moins.

— Bien, je vous remercie madame Belair, dit-il en se levant. Je crois que c'est tout pour le moment. Il se peut que je revienne vous voir si j'ai des éclaircissements à vous demander, mais... c'est peu probable, mentit-il. Vous pouvez me remettre le trousseau de clés, s'il vous plaît ?

Elle se leva en direction de la cuisine, revint avec quelques clés attachées entre elles par une cordelette, puis l'escorta jusqu'à l'entrée.

Sur le point de prendre congé, il se ravisa :

— Une dernière question, madame Belair.

— Le syndrome Columbo ? s'enquit-elle avec un humour froid.

Bertegui sourit.

— Non, juste une... interrogation personnelle en fait. Vous ne seriez pas plutonienne, vous aussi ?

Elle ne sourit pas, ne cilla pas vraiment non plus. Juste un plissement, au coin des yeux, une virgule amusée aux lèvres.

— Non... ma dominante est une composante Saturne/Neptune. Je vous laisse découvrir de quoi il s'agit si ça vous intéresse vraiment. Vous pourrez tirer la grille derrière vous, s'il vous plaît ? Bonne journée, commissaire.

Elle lui tendit la main, et le congédia ainsi, avec l'autorité d'une dame patronnesse.

Il marcha en direction de la grille, se retourna pour la fermer. Elle se tenait toujours sur le perron, posant sur lui le regard calme de quelqu'un... qui sait. Qui détient un pouvoir.

Et tout à coup, cela le frappa : silhouette droite qui se découpait dans le rectangle sombre de son entrée, auréolée de sa pâleur immaculée, Suzy Belair avait des allures de... fantôme. Un fantôme, glissé dans des vêtements de ville anodins, peut-être, mais bel et bien une créature immatérielle. Blanche comme la brume.

Il revint à sa voiture, sortit son portable, lança un appel :

— Clément, je sors de chez une amie d'Odile le Garrec... Je veux que tu me réunisses le maximum d'informations sur elle et... (il hésita)... et qu'il y ait toujours un gars sur ses talons, jusqu'à nouvel ordre. Ça réveillera un peu les troupes... Après tout, y a pas mal de gars qui dorment en ce moment au bureau.

* * *

Elle ferma doucement la porte, ne bougea pas. Elle retint son envie d'écarter le rideau pour mieux l'observer, mais au fond, savait-elle, c'était inutile.

— Êtes-vous plutonienne ? avait-il demandé.

Lui l'était sans nul doute, plutonien.

Elle identifiait tout de suite la composante Pluton des individus quand celle-ci dominait leur thème. La perspicacité du regard, cette étincelle qui peut briller dans le plus banal des visages, d'un éclat un peu sombre, inquisiteur, et lui conférer un magnétisme que des traits ennuyeux sont impuissants à produire.

Ennuyeux, ceux du policier ne l'étaient pas. Le terme disgracieux conviendrait mieux, décida-t-elle : un visage alourdi de plis gras, barré de deux épais sourcils noirs auxquels répondaient les cernes profonds d'un fumeur. Une grosse tête, sur un corps court, trapu, aux proportions mal équilibrées qu'un costume particulièrement élégant ne parvenait à dissimuler.

Sa tenue, justement, révélait un autre aspect de sa personnalité : Bertegui était sûrement aussi un vénusien... Un coquet qui devait souffrir de son physique car, comme tous les vénusiens et ainsi qu'en témoignait son allure soignée, il aimait séduire.

Oui, conclut-elle, toujours immobile derrière le rideau : Vénus/Pluton, telle était la signature astrale du policier. Sans doute un Scorpion ascendant Taureau... ou Balance. Le contraste entre l'astre de la beauté, des arts et de la volupté, et celui des profondeurs, de la vérité, la mort et la renaissance... Un affectif/justicier ou un sentimental/psychologue. Un paradoxe Éros/Thanatos qui conférait en général un charme certain à celui qui le possédait – et en dépit de son physique discutable, Bertegui confirmait la règle.

Elle poussa un soupir, jeta un œil à sa montre : il était l'heure, nota-t-elle.

Elle se rendit dans la salle de bains, ouvrit un placard et s'empara d'un tube de crème. Puis avec un calme consciencieux, en fredonnant un air de musique d'une voix inaudible, elle entreprit de pommader consciencieusement son visage, ses mains et son décolleté.

# 7

La salle de théâtre était presque vide. Martine Rouvet, le professeur de lettres qui avait accueilli Nicolas le Garrec en compagnie d'Audrey, avait déjà enfilé son manteau. Dans la cour, on entendait les élèves qui avaient assisté à la conférence gagner la salle d'études – ils sortaient avec une bonne demi-heure d'avance sur l'horaire prévu.

— C'était une drôle de matinée, observa-t-elle.

Audrey leva les yeux vers elle. Elle était en train de rassembler ses affaires, s'apprêtait elle aussi à partir. Avant, toutefois, elle avait quelque chose d'important à faire.

— Oui, vous avez raison, Odile...

Le professeur s'éloigna, un bibi rouge sur la tête, sa silhouette cintrée dans un manteau assorti façon cour d'Angleterre. Elle s'arrêta devant la porte.

— Remarquez, je ne suis pas surprise, dit-elle sans se retourner. Ce n'était pas une bonne idée de faire venir cet auteur... enfin pas aujourd'hui. Pas le jour des premières brumes. ( Elle se tut.) Il se passe toujours de... de drôles de choses le jour des premières brumes, vous savez.

Un silence.

— Enfin, on ne pouvait pas prévoir... On ne sait jamais vraiment quand elles vont tomber.

Trois secondes plus tard, elle était sortie.

*... de drôles de choses...*

Audrey avisa l'élève, resté à sa demande. Il l'attendait au fond de la salle, là où quelques minutes plus tôt il avait poussé ce hurlement qui avait presque ponctué l'appel annonçant à Le Garrec la mort de sa mère.

À l'instar de César Mendel ou Opale Camerlin, Bastien Moreau était de ces élèves qu'elle avait immédiatement remarqués. Le jour de la rentrée, il avait poussé la porte avec deux ou trois minutes de retard : des yeux noirs et doux sous une tignasse brune, de grosses baskets qui dépassaient d'un pantalon baggy trop long, ses rollers dans une main, un air absent au visage quand il avait traversé la classe pour choisir une place, au fond, près du radiateur qui faisait face à celui choisi par Mendel.

Au cours du rituel de présentation : « Je suis Audrey Miller, votre professeur de lettres... » elle avait plusieurs fois essayé d'accrocher son regard. En vain... Ses yeux glissaient sur elle, voyaient à travers, mais ne s'ancraient pas ; ils voguaient... Ailleurs, dès le premier jour.

En étudiant le soir même les fiches qu'elle faisait remplir pour connaître ses élèves (c'était là aussi un rituel de rentrée : découvrir un élève dont le père avait un métier original, pressentir les problèmes quand un des parents était décédé, laisser l'écriture livrer ses secrets...) elle devait en apprendre un peu plus sur lui : né à la fin de l'année, il n'avait pas douze ans – ce qui expliquait son air encore juvénile, surtout comparé à des garçons comme Mendel, affublé d'une ombre de moustache –, et faisait, avec cette cinquième, une première année à Saint-Ex.

Un détail n'avait pas manqué de la surprendre : à la rubrique *Avez-vous des frères et sœurs*, il avait écrit un OUI franc avant de le raturer et de changer d'avis : NON.

Enfin, comme elle aimait à personnaliser son travail, Audrey avait enrichi son questionnaire d'éléments plus personnels : Avez-vous un animal familier... Quels sont vos loisirs... À la ligne : Quelle est votre devise (et il ne se passait pas une rentrée sans qu'elle dût expliquer de quoi il s'agissait, ce qu'elle attendait d'eux), celle de Bastien Moreau lui avait fait froid dans le dos : *Un jour, des choses terribles arriveront ; et ce jour-là, plus rien, jamais, ne sera comme avant.* Cela changeait des inévitables *Qui vole un œuf...* que lui servaient d'ordinaire les élèves, du moins ceux du collège.

Ce soir-là, sans bien savoir quelle intuition lui commandait, Audrey s'était promis de garder un œil attentif sur cet élève. Depuis la fiche, pourtant, Bastien n'avait montré aucune faille particulière. Il était même de ces élèves que les professeurs oublient facilement : notes dans la moyenne supérieure, inexistence à l'oral, aucune velléité de chahut... Un garçon presque lisse.

Aucune fragilité, donc... Jusqu'à ce cri. Jusqu'à ce regard quand l'élève avait repris contact avec la réalité, ce qu'elle avait décelé dans les prunelles noires comme une nuit sans étoile : une authentique souffrance...

À cet instant, sa conclusion avait été sans appel : Moreau était un gosse à problèmes.

À cet instant sa décision était prise : elle allait l'aider.

* * *

Il osait à peine la regarder.

— J'aimerais te parler un peu, Bastien...

Elle s'assit sur le fauteuil devant lui, se tourna légèrement pour ne pas le prendre de front. Il leva enfin les yeux vers elle. Petit visage farouche, résolu. Égaré, même si elle devinait ses efforts pour n'en rien laisser paraître.

— Qu'est-ce qui ne va pas, Bastien ?
— Co... comment ça ?
— Il y a quelque chose qui te tracasse, n'est-ce pas ?
Il triturait un stylo, nerveux, mais avec un talent certain pour la comédie, comme il aurait manipulé un casse-tête, d'un air détaché. À douze ans, il avait les réflexes d'un adulte qui cherche une contenance.
— Qu'est-ce que vous voulez dire ?
Sa voix ne tremblait pas. Il avait presque l'air un peu crâneur. Elle l'admira pour ça : il venait de se ridiculiser devant une assemblée de cent élèves, dont ceux de sa classe, et sans doute l'incident n'allait-il pas améliorer ses relations au sein de Saint-Ex. Mais il tenait bon.
— Écoute, je sais que pour toi, je suis juste un professeur... Et qu'a priori, tu n'as aucune raison de me parler de ta vie personnelle ou de tes problèmes. Ou... ou de tes cauchemars. Seulement je t'observe Bastien... Tu crois qu'en te faisant oublier en classe, on va *vraiment* t'oublier ? C'est vrai pour certains professeurs, mais pas pour moi. D'autant plus que je crois que tu es doué. Tu te demandes comment je le sais, n'est-ce pas, alors qu'après tout tes résultats sont corrects, sans plus ?
Pas de réponse.
— C'est simple : tu as des résultats corrects alors que tu n'es *jamais* en cours.
Il allait protester quand elle l'arrêta d'un geste.
— Oh ! bien sûr, tu es physiquement présent. Je ne pense pas que tu aies manqué un seul jour de classe depuis ton arrivée – pas avec moi, en tout cas. Mais ce n'est pas de ton corps que je parle... c'est de ça, là. (Elle tapota son front du doigt, un doigt long, auquel brillait une petite émeraude.) Moi, je sais bien que tu n'es pas là. Tu es... ailleurs. Dans ton monde... Ou... (Elle hésita, avant de reprendre :) Oui, dans ton monde. Ou dans tes cauchemars.
Aucune réaction. Le stylo ne bougeait plus dans les doigts. Les yeux restaient fixes.
— Tu sais, il arrive parfois que les élèves plus doués que les autres aient du mal à s'adapter... ne se sentent pas bien avec les autres. Ils souffrent de la situation, parce qu'ils

sont comme tout le monde, doués ou pas, ils ont envie de s'amuser, d'avoir des copains... Tu comprends, Bastien ?

Le mur d'autisme ne céda pas. Mais bien sûr qu'il comprenait. D'ailleurs, l'avait-elle jamais croisé autrement que seul dans la cour ?

— Alors, ce cauchemar... On en parle ?

Son visage s'anima. Un mouvement imperceptible, une lézarde dans la cuirasse. Elle décida d'y planter un clou.

— *Tes* cauchemars, ils ont un rapport avec... un frère ? Ou une sœur ?

L'idée était venue à Audrey tandis qu'elle lui parlait... L'image du OUI barré à la question *Avez-vous des frères et sœurs* était soudain remontée. Comme un lapsus qui aurait échappé à Bastien, une erreur qu'il aurait grossièrement corrigée au lieu de l'effacer soigneusement, d'un coup de blanc... Pour retenir l'attention ?

Elle le vit se raidir, la carapace se raffermir. Il ouvrit de grands yeux, se redressa sur son siège.

— Je... Non, pourquoi ?

Elle allait répondre mais il la devança :

— Non, pas du tout... aucun rapport. Je suis nouveau, vous savez, à Laville-Saint-Jour et aussi dans l'école. Ça prend toujours un peu de temps pour se sentir bien... (Il fit mine de regarder sa montre :) Je dois filer... mon prochain cours est dans quelques minutes.

Il se leva d'un bond.

— Je suis encore désolé si j'ai... perturbé la conférence. Vraiment.

Il jeta son sac sur son épaule, trotta vers la sortie – silhouette pressée dans la semi-pénombre du théâtre –, avant qu'elle ait pu dire un mot. Au moment de sortir, il se retourna :

— Merci.

La porte se referma doucement, maintenue par le groom.

Audrey resta quelques instants pensive. Elle avait vu juste. Elle l'avait senti sur le point de se confier... Puis il s'était refermé, aussi brutalement qu'il avait barré le OUI sur sa fiche de présentation. Et il lui avait servi en guise de réponse, et d'une traite, une leçon bien apprise et sans doute trop mûre pour son âge : *Je suis nouveau... Ça prend du temps pour se sentir bien...*

Tenait-il les mêmes propos à ses parents si ceux-ci s'inquiétaient d'être réveillés la nuit par des hurlements ? Lui avaient-ils eux-mêmes suggéré cette hypothèse ?

*Avez-vous des frères et sœurs ? OUI... NON.*

Elle se leva, soupira, rassembla ses dernières affaires. L'évidence s'imposait : il était temps d'étudier d'un peu plus près le dossier de son élève.

* * *

M. Bonnet portait bien son nom : débonnaire, avec sa bedaine replète et des épaules sur lesquelles glissaient toutes les vestes, il était le genre d'homme que l'on imagine materné par sa femme, en pantoufles, bien calé dans un fauteuil à bascule. La journée, avec la même nonchalance, sans doute, qu'il conduisait ses nuits, M. Bonnet assurait les fonctions de surveillant général de la section collège de Saint-Exupéry, enfin conseiller principal d'éducation. Cette position, son allure, et son nom, avaient inspiré les élèves : tout le monde le surnommait BN – y compris les professeurs – contraction plus heureuse que son surnom originel : Bonnet de Nuit (sobriquet assez tendre en comparaison d'un LeBdeC qu'avait connu Audrey dans son précédent lycée : Le Balai de Chiotte).

Il se fit un plaisir de confier à Audrey le dossier de Bastien Moreau – elle avait conclu à ses sourires de miel et la concupiscence molle qui frémissait parfois dans ses yeux comme une part de flan qu'il devait avoir la libido poisseuse et le fantasme Internet.

Au moment où elle saisissait la pochette qu'il lui tendait (« Les élèves de cinquième ont toujours eu une pochette rose », lui avait-il appris), il la garda quelques instants dans sa main :

— Vous me la rendez, n'est-ce pas ?

Sourire onctueux auquel elle répondit, avec une moue un peu doucereuse qui lui échappa :

— Il y a peu de chances que je la mange après l'avoir lue, monsieur Bonnet. Je n'aime pas le rose...

Il la regarda, surpris, puis partit d'un gros rire – un rire bien trop bruyant pour être celui d'un homme à l'aise.

— D'ailleurs, je serai juste à côté, l'informa-t-elle. Vous pourrez le récupérer dans quelques minutes.

Elle s'installa dans un des fauteuils de l'accueil, insensible au ballet des élèves venus chercher qui un billet, qui un « Journal de Bord » ainsi que s'appelait ici le banal cahier de classe, autant qu'au regard curieux de la secrétaire – mais que fait donc Mme Miller, la *Nouvelle* ?

Bien que nouvelle, justement, Audrey connaissait la procédure pour entrer à Saint-Exupéry : il ne suffisait pas de payer la somme exorbitante exigée par année de scolarité, il fallait également être admis. Soit obtenir un parrainage de deux familles ayant un enfant ou plus scolarisé dans l'école et des résultats jugés satisfaisants par le Conseil d'admission, sauf à être soi-même le rejeton d'un ancien élève de l'école. Enfin, quelques rares éléments pouvaient prétendre à faire partie de la maison gratuitement, sur présentation d'un dossier scolaire excellent. L'égalité des chances version Saint-Ex.

Celui de Bastien Moreau était mince : venu d'un établissement parisien, il ne comprenait que les bulletins de l'année passée dont les appréciations confirmaient son analyse : *... Distrait... manque d'attention... aucun intérêt pour les cours... Élève intelligent qui gâche ses possibilités... un vrai sens littéraire... Rejet des mathématiques...*

Une seule attira l'attention d'Audrey : *... des résultats très inégaux, mais qui parfois révèlent un élève extrêmement doué... Que se passe-t-il ? Pourquoi ce manque de constance ? Bastien semble de plus en plus torturé à mesure que la fin de l'année s'approche...*

Le mot était signé de la professeur de français, daté du dernier trimestre. Elle semblait la seule à avoir explicitement envisagé un problème.

*... doué... torturé...* C'est exactement ainsi qu'Audrey voyait son élève.

Torturé par quoi ? Par qui ?

De nombreuses questions restaient en suspens. Pour ne pas dire toutes. Nulle part il n'était fait mention des familles qui avaient parrainé l'élève pour son entrée. Pas davantage, des conclusions du Conseil d'admission chargé d'évaluer son niveau. Comment Bastien Moreau, apparemment sans parrain officiel, avait-il pu intégrer Saint-Ex avec pareil dossier ? Comment ses parents pouvaient-ils s'acquitter des frais de scolarité si son père était commercial et sa mère peintre, et non, comme ceux de la plupart des élèves, viticulteurs, notaires, ou chirurgiens ? À moins que sa mère ne fût une artiste célèbre ?

Elle vérifia la signature qui avait validé son inscription. Rochefort, le directeur... Antoine, son amant.

Elle referma le dossier, perplexe.

Elle se leva, frappa à la porte de BN.

— Vous avez trouvé ce que vous cherchiez ? s'enquit-il tandis qu'elle lui rendait le dossier .

— En fait pas vraiment... Je me demandais : il ne manquerait pas des informations ?

— Comment ça ?

— Les parrains sont bien enregistrés lors de l'admission ?

— Dans le dossier vous voulez dire ? Mais bien sûr ! (M. Bonnet était ce genre d'homme que le respect de la procédure administrative comble d'extase.) Tout doit être minutieusement reporté : le nom des parrains, le rapport du Conseil d'admission...

— Vous en faites partie ?

— Du Conseil ? Oui, absolument, répondit-il avec fierté.

— Dans ce cas, pouvez-vous me dire si vous vous rappelez avoir étudié le dossier de cet élève ?

Il baissa les yeux vers la pochette. Lut le nom. L'ouvrit, étudia la photo, parcourut brièvement les pièces qu'il contenait. Se décomposa – les bajoues et la bouche s'affaissèrent, comme si soudain l'attraction terrestre s'était faite plus violente à l'endroit même où il se tenait.

— Je... je connais cet élève. Je le connais car il est souvent en retard et je le croise régulièrement au secrétariat le matin. On commençait même à songer à lui adresser un avertissement. Oui, je le connais...

Sans regarder Audrey, il saisit ses lunettes sur le bureau et les chaussa. Il découvrait qu'effectivement, Mme Miller avait raison. Et n'en croyait pas ses yeux. Il manquait des pièces dans un dossier. Non, pire : il manquait des pièces dans un de *ses* dossiers !

— Vous ne savez pas où je peux trouver un... complément d'information sur Bastien Moreau ?

Il leva les yeux comme si soudain il se rappelait sa présence.

— Un... un complément... heu... Je dois pouvoir vous trouver ça, bien sûr... Il n'y a pas de raison. C'est normal... Tout à fait normal. Que voudriez-vous savoir ?

— Eh bien qui sont ses parrains, s'il en a...

— Mais-mais-mais... certainement, il doit en avoir !

— Je n'en doute pas, mais ils ne sont pas mentionnés.

Il replongea le nez.

— Oui je vois bien, se désola-t-il. Je vois bien... Mais enfin, oui, forcément, il a des parrains...

— J'imagine, persista Audrey, car ce n'est pas sur la seule base de son dossier scolaire qu'il a pu intégrer Saint-Ex.

L'homme ne répondit rien – comme pris en faute.

— ... parce que je suppose qu'il s'acquitte bien de ses frais de scolarité. Il n'est pas boursier, n'est-ce pas ?

— Non... non-non-non, bien sûr que non

Mais il n'avait plus l'air convaincu de rien à présent, et une lueur égarée flottait dans ses yeux. Audrey décida qu'il était temps de mettre un terme à son supplice.

— Une dernière chose, monsieur Bonnet.

Froncement de sourcil paniqué.

— Oui ?

— En principe, un dossier d'admission comprend quelles signatures ?

— Eh bien, heu... (hop, nouvelle plongée vers les pages)... heu, ça dépend, éluda-t-il.

— Mais en principe, insista-t-elle, ce sont bien les quatre membres du Conseil, n'est-ce pas ?

— Heu... Oui, en principe, cela se passe comme ça... mais enfin ça dépend des circonstances

Il avait fait claquer les mots, comme pour mettre un terme à l'entretien. Peu lui importait, songea-t-elle en prenant congé : si elle voulait des réponses, elle savait où les trouver. Et elle était mieux placée que quiconque pour les obtenir.

Elle avait déjà la main sur la poignée lorsqu'il l'interpella.

— Madame Miller... vous avez des problèmes avec cet élève ?

Elle se retourna.

— Non pas des problèmes, monsieur Bonnet. Aucun problème, même... Juste des interrogations.

Elle sortit, le laissant en proie à la plus grande perplexité quant au mystère – incroyable ! – de cette admission ; autant qu'à la lueur tendre qui avait un bref instant éclairé le visage de Mme Miller à l'évocation de son élève.

# 8

— *... et le parcours de Nicolas le Garrec a ceci de particulier qu'il a connu le succès avec des livres de moindre importance. Certes, Le* Quintette des couleurs *ne manque pas d'atouts et compose une œuvre sympathique et honnête. Mais ce sont les deux romans qu'il a publiés sous un pseudonyme dans sa jeunesse qui retiennent l'attention et forcent l'admiration :* Le Soleil dans la cave *et* Cri perdu. *Le premier est un roman court qui décrit la fascination d'un petit garçon, élevé par une famille un peu étrange, pour la cave de sa maison – une cave où il n'a pas le droit de se rendre, mais où il sait qu'il se passe des choses, puisque ses parents y descendent fréquemment, la nuit... Le second, plus étoffé, raconte la dérive paranoïaque d'un adolescent timoré, souffre-douleur de ses camarades, qui se transforme peu à peu en tueur vengeur. Extrêmement dérangeants à la lecture car empreints d'une noirceur sans aucune éclaircie, ces deux romans ont été signés du pseudonyme de Kris Keller et sont passés inaperçus. Par la suite, Le Garrec a imposé sa patte avec son* Quintette des couleurs *et connaît un succès croissant d'aventure en aventure, mais on* *peut regretter qu'il ait sacrifié au succès la terrible noirceur qui avait marqué ses premières œuvres.*

Bertegui se laissa tomber dans le fauteuil de la voiture. Il était stationné devant la morgue de Dijon, là où Odile le Garrec allait être autopsiée. Et il relisait ces quelques lignes pour la quatrième ou cinquième fois, un texte extrait d'un site Internet, évoquant comme tant d'autres la carrière de Nicolas le Garrec, qui avait particulièrement retenu l'attention de Bertegui. Il ponctuait un tout, un ensemble, bancal, suspect... poisseux ; il faisait écho à d'autres voix : celle de Clément, par exemple, l'informant que les fils du téléphone avaient été coupés à l'arrière de la maison, juste à l'entrée de la cave. *(... Un enfant fasciné par la cave de sa maison... Un enfant meurtrier...)* Ou encore celle, éplorée, de l'éditeur que Bertegui avait contacté pour essayer de joindre l'auteur en direct : « *C'est affreux... Quand je pense que Nicolas est justement de passage à Laville alors que ça fait des années qu'il n'y est plus retourné !* » ; celle, désincarnée, enfin, de Le Garrec lui-même :

— Où est-elle à présent ? avait-il demandé au téléphone.

— À la morgue, avait répondu Bertegui.

— Je veux la voir.

— Eh bien... elle n'est pas vraiment prête de toute façon. Il faudra que vous l'identifiiez mais proba...

— Non, je veux la voir maintenant. Peu importe...

La requête avait surpris Bertegui, il y avait accédé, par curiosité surtout.

À présent, donc, il attendait l'auteur devant la morgue, ressassant ces éléments – des riens, des bouts de ficelle –, s'efforçant de ne pas laisser son intuition trop polluer son esprit, se concentrant sur le cadre. Dijon était une jolie ville, pensait-il, pas si différente, à certains égards, de Laville-Saint-Jour, mais plus grande, plus lumineuse, plus fleurie aussi, et libre de brume.

Une silhouette apparut tout à coup à l'entrée de la morgue. Bertegui plissa les yeux : l'homme était vêtu d'une ample veste de cuir, de chaussures de marche, d'un jean... Des cheveux bruns, une allure sportive, des lunettes teintées de pilote sur le nez.

Bertegui descendit de voiture, traversa la rue.

— Monsieur le Garrec ?

L'homme s'immobilisa.

— Je suis le commandant Bertegui. C'est moi que vous avez eu au téléphone.

Nicolas le Garrec tendit la main sans enlever ses lunettes. Bertegui pouvait deviner les yeux, mais pas étudier le regard. Ce détail l'indisposa.

— Oui, oui... Enchanté.

Avec un œil d'expert, le policier identifia des vêtements de prix : cuir splendide, lunettes discrètement siglées YSL... La décontraction de Le Garrec était toute parisienne, évoquait davantage un Saint-Germain littéraire bon teint que la ruralité vinicole locale.

— C'est inhabituel ce que vous m'avez demandé là, dit Bertegui pour briser la glace. En principe, les familles ne sont guère impatientes de se livrer à... cet exercice.

— Je sais... Enfin je m'en doute. Les écrivains sont des gens un peu spéciaux, expliqua Le Garrec. Surtout les écrivains de polar. Comme les policiers, je suppose... La mort fait partie de notre quotidien.

Bertegui se demanda s'il s'agissait là d'un trait d'humour, en conclut, à l'expression de l'auteur, que non, il énonçait un fait.

— Comment est-ce arrivé exactement ?

— Comme je vous l'ai dit au téléphone, ce n'est pas clair. Il semble que votre mère ait été prise d'un malaise cardiaque. Elle a dû vouloir appeler, car on l'a retrouvée le téléphone dans la main, mais... elle n'en a pas eu le temps.

Le Garrec hocha la tête, puis détourna les yeux, son regard se perdit dans la contemplation absente du trottoir.

— Bien, allons-y si vous voulez...

Le flic s'annonça à la réception, où on leur indiqua que le corps d'Odile le Garrec se trouvait au quatrième étage. Ils se dirigèrent vers l'ascenseur.

Quand les portes s'ouvrirent, un jeune gars en blouse se trouvait déjà dans la cabine, veillant un brancard à roulettes sur lequel reposait un cadavre recouvert d'un drap. Des pieds dépassaient, une étiquette attachée à un orteil dont le vernis s'écaillait.

Le brancardier s'arrêta au troisième. Une fois les portes refermées, Nicolas le Garrec demanda, comme s'il avait attendu d'être seul :

— Pourquoi ma mère se trouve-t-elle à la morgue de Dijon ?

Bertegui ne fut pas surpris. C'était une interrogation légitime. Il l'avait anticipée, il s'étonnait même que l'écrivain ne l'eût pas posée avant.

— Nous sommes arrivés, monsieur le Garrec. Allons-y, je vous répondrai plus tard.

Ils avancèrent sans mot dire dans le couloir désert.

— C'est là, annonça Bertegui.

Une porte, un hublot. Derrière, un jeune homme, en tous points semblable à celui aperçu dans l'ascenseur, les attendait.

— Vous savez, ce n'est vraiment pas la procédure, répéta Bertegui. Tout est fait en principe pour épargner les familles ; et... et je veux m'assurer que vous savez ce que vous faites, que vous êtes décidé...

Nicolas le Garrec eut un sourire triste, fatigué, derrière ses belles lunettes à montures « pilote de ligne ». Il hocha la tête en signe d'assentiment puis se tourna vers la porte.

La forme sous le drap n'avait pas l'immobilité déliée du corps qu'ils avaient vu dans l'ascenseur, et Bertegui sut immédiatement qu'elle n'avait pas encore été préparée pour l'autopsie. Le Garrec dut s'en apercevoir, car en entrant il fronça les sourcils.

Bertegui attendit quelques secondes – jusqu'à ce que Le Garrec se tournât vers lui, l'air de demander : Alors, qu'est-ce qu'on attend ?

Le policier adressa un bref signe de tête à l'employé, qui s'exécuta. D'un geste brusque, un peu théâtral, il rejeta le drap et la créature qui avait été Odile le Garrec apparut.

Malgré lui, Bertegui eut un mouvement de recul et devina, derrière les lunettes, les yeux de Nicolas le Garrec se fermant. Car même si sa mère avait recouvré un peu de dignité – il avait bien fallu l'allonger correctement sur le brancard –, le cadavre restait figé dans une posture tout en contraction : les poings serrés, la bouche béante...

Puis Le Garrec trouva la ressource, et s'approcha. Il saisit la main de sa mère. Bertegui faillit lui intimer de n'en rien faire puisqu'elle devait être autopsiée, avant de se raviser.

Durant une minute, un silence froid emplit la pièce. Le jeune employé s'était pudiquement reculé et Bertegui continuait d'observer Le Garrec du coin de l'œil, tout en se tenant un peu à l'écart. L'écrivain, à présent, avait enlevé les lunettes et ses yeux restaient mi-clos. Il ne pleurait pas... Il semblait prier. Ses lèvres remuaient. Bertegui tendit l'oreille : « ... jour... ose... vent... » Impossible : Le Garrec était inaudible. Mais il pressentait que Dieu n'avait rien à voir avec ses murmures : ses manières n'évoquaient pas une communion avec le Seigneur, mais un dialogue. Des recommandations, ou les derniers mots d'un secret partagé... une ultime vérité...

*Un message ?*

Un frisson secoua l'échine de Bertegui à cette idée – il y avait décidément quelque chose de morbide à ce spectacle : un écrivain célèbre, tenant la main de sa mère momifiée par la mort, lui susurrant un message à porter vers l'au-delà. Surtout quand on avait vu la maison de la rue des Carmes... entendu la domestique vous rappeler que le fils prodigue avait déserté la maison : *Oh ! son fils, elle n'en parlait jamais...*

Doucement, l'écrivain reposa la main de sa mère sur sa poitrine, enfila ses lunettes, toussota pour s'éclaircir la gorge.

— Je crois qu'on peut y aller, dit-il à l'adresse de Bertegui.

La voix était un peu faible, mais ferme.

L'employé recouvrit le corps tandis que les deux hommes se dirigeaient vers la porte. Au moment de sortir, Le Garrec se retourna :

— Pourquoi lui a-t-on laissé la bouche comme ça ? demanda-t-il. Grande ouverte ?

Le garçon rosit légèrement.

— C'est à cause de... de l'autopsie. On... On touche le moins possible au... au corps.

Le Garrec se tourna vers Bertegui, les sourcils froncés.

— L'autopsie ? Mais je croyais qu'elle était morte d'une crise cardiaque ?

— C'est exact... mais un peu compliqué. Vous avez le temps pour un café ?

* * *

— Les fils du téléphone ont été coupés, annonça le policier sans détour.

Les deux hommes venaient de s'attabler dans une brasserie située place de la Libération, un petit bijou d'architecture XVIIIe conçu en demi-cercle, une enfilade d'immeubles bas aux balcons de pierre qui faisaient face aux grilles de la mairie.

— Je ne comprends pas.

— Nous non plus. On a trouvé votre mère morte, un téléphone dans la main. Les fils du téléphone ont été coupés... Et... (il hésita)... et vous avez vu son expression, n'est-ce pas ?

Bertegui devina un cillement derrière l'ambre des lunettes.

— C'est tout ce que nous avons...

— C'est suffisant pour penser qu'elle n'est pas morte de mort naturelle ? s'enquit l'écrivain.

— Eh bien... C'est vous le romancier, pas moi, n'est-ce pas ?

Silence, gorgée de café.

— C'est suffisant, en tout cas, pour ouvrir une enquête. D'une manière ou d'une autre, votre mère a voulu appeler et elle en a été empêchée. Celui ou celle qui a sectionné les fils porte une part de responsabilité. C'est notre boulot de l'identifier. Et une enquête sur un homicide, même involontaire, même par imprudence, passe forcément par une autopsie.

— Si j'ai bien compris, vous êtes en train de me dire que ma mère a été en quelque sorte... assassinée.

— Je suis en train de vous dire qu'elle a voulu appeler et que le fait de ne l'avoir pu a eu des conséquences fatales. Nous reste à savoir pourquoi elle avait voulu appeler... Et qui.

— Tout ce que vous allez trouver, c'est qu'un gosse du quartier a fait une mauvaise blague qui a mal tourné.

Bertegui essaya de planter ses yeux dans ceux de Le Garrec. Sans succès. Le malaise perdurait : l'écrivain n'était-il pas davantage désireux de connaître la vérité ? Les derniers instants de sa mère ?

— Depuis quand n'avez-vous pas vu votre mère? demanda-t-il.

Un sourire sans joie vint se carrer entre les mâchoires de l'écrivain.

— C'est pour votre enquête ?

— Je crois savoir que vous n'êtes pas revenu à Laville-Saint-Jour depuis longtemps, persista Bertegui en ignorant la question.

— Oui, c'est exact...

— Pourquoi ?

— Je ne sais pas vraiment. La brume, peut-être ?

— Je suis là depuis cinq mois... C'est la première fois aujourd'hui que je l'aperçois, cette fameuse brume. Et encore, elle commençait à se dissiper dès 10 heures ce matin.

— Attendez encore quelques semaines... Vous allez comprendre.

— En tout cas, il n'y a pas de brume en été.

— Quand on a grandi ici, on voit toujours la ville sous la brume. Été comme hiver.

Le Garrec ponctua sa remarque d'une nouvelle gorgée de café. Celui de Bertegui tiédissait, intact. Le policier réfléchissait : Le Garrec noyait le poisson. Avec un certain talent, d'ailleurs. Un talent qui n'était pas sans rappeler celui de l'astrologue, un peu plus tôt.

— Il y a longtemps que vous êtes arrivé en ville ? reprit-il.

— Un peu plus de trois semaines.

— Trois semaines ? Mais où logez-vous ? Enfin, pas chez votre mère évidemment...

— Au Clos Montdor.

Bertegui ne put retenir une moue. Le Clos Montdor... Une sorte de boutique-hôtel mâtinée d'auberge à l'ancienne – située sur les hauteurs, juste à l'extérieur de la ville. Chic, belle vue, prix scandaleux.

— Vous allez rester longtemps ?
— Je l'ignore...
— Hum... Vous êtes venu écrire ?
— Disons que... je suis là en quête d'inspiration. Je ne sais pas encore combien de temps je vais rester... Ni si je vais écrire l'intégralité d'un roman sur place ou seulement prendre des notes... m'imprégner de l'atmosphère.
— La brume...
— Entre autres, oui.
Bertegui laissa passer un silence, réfléchit. Demander à Le Garrec s'il avait vu sa mère, enfin lui poser une question directe, ne l'amènerait à rien.
— Depuis que vous êtes arrivé, votre mère n'a pas évoqué... je ne sais pas : une menace...
— Je... Non... Enfin pas à moi, en tout cas... On... on ne s'était pas encore vus.
Voilà qui confirmait les propos de la gouvernante. Bertegui décida de le pousser dans ses retranchements. À ce stade, il en était conscient, la manœuvre était prématurée, car l'homme n'était suspect de rien.
— Vous n'étiez pas en bons termes, n'est-ce pas ?
Le Garrec enleva les lunettes. À la lumière du jour, l'intensité du regard, cette couleur floue, mouillée, entre gris et noir, léguée par la défunte, frappa le policier.
— Pour tout vous dire, commandant, je n'ai pas le cœur à parler des rapports avec ma mère aujourd'hui...
Il faillit ajouter quelque chose – Bertegui supposa qu'il voulait préciser : pas avec un flic, pas le jour de sa mort, etc. Au lieu de quoi, il reprit :
— Vous me tiendrez au courant de l'évolution des choses ?
Il plongea une main dans sa veste et en tira une carte et un stylo. Il griffonna sur le bristol et le fit glisser sur la table. Bertegui jeta un œil : un fond bleuté, trois initiales – NLG –, une adresse email... Rien d'autre : ni adresse, ni fonction, ni téléphone. La signature d'un homme qui protège farouchement sa vie privée. Ne se prête guère au jeu social. Et trouve légitime de se présenter en trois lettres, au même titre qu'un VGE ou un BHL.

À l'intention du policier, il avait ajouté un numéro de portable d'une écriture serrée, compulsive.

Il se leva, enfila sa veste, chaussa à nouveau ses lunettes. Bertegui se leva à son tour, piocha quelques pièces dans sa poche de pantalon qu'il jeta sur la table. Le Garrec lui tendait déjà la main, pressé d'en finir.

— Votre chambre est intacte rue des Carmes, vous savez ? dit-il avec douceur.

— Oui, je sais.

Puis il se dirigea vers la sortie. Sans raison, une vague image se forma à l'esprit du policier : celle d'un vampire qui s'échappe, s'évanouit, dans un lourd mouvement de cape.

Bertegui regarda pensivement la silhouette pressée courir vers une Mini noire et blanche garée à une cinquantaine de mètres, laquelle démarra en trombe une seconde plus tard.

Et il sut qu'il avait raison : *on* lui cachait quelque chose. Qu'il s'agît de Suzy Belair, l'astrologue, ou du propre fils de la victime, une règle dominait les conversations : le silence. *On* ne voulait pas qu'il creusât... *On* cherchait à minimiser les faits. À les expliquer... les polir, presque. Comme si la vie et la mort d'Odile le Garrec présentaient aussi peu d'aspérités qu'un galet.

Il était déjà presque arrivé à sa voiture quand son portable vibra.

Coup d'œil à l'écran : Clément.

— Bertegui, s'annonça-t-il.

À l'autre bout, une voix un peu pressante, inhabituelle pour Clément :

— On a un nouveau corps sur les bras ! Un homicide, je crois... mais je ne suis pas sûr.

— Un nouveau meurtre ? Bon Dieu, où ça ?

— Bah... je ne sais pas si je dois vous faire venir mais... je préférais vous prévenir.

— Où ça ? demanda encore Bertegui, plus que jamais agacé par les atermoiements de son lieutenant.

— La sortie de la ville... Meurisson.

— Qui est la victime ? demanda Bertegui.

— Ben... Ce serait plutôt quoi. Plutôt quoi que qui...

Bertegui attendit que l'asperge voulût bien s'expliquer. Dans le combiné, un soupir.

— Pfff... vous allez me prendre pour un fou. À la ferme des Morizot... La victime s'appelle José. Onze ans. Dans les 350 kilos. Le taureau de la ferme. Il a été... heu... assassiné cette nuit.

# 9

— Qui peut me dire ce que Montaigne a voulu exprimer par ces mots : « Parce que c'était lui, parce que c'était moi » ?

Audrey n'aurait pas sa réponse aujourd'hui. La cloche sonna et, comme un seul homme, les élèves de seconde s'éjectèrent de leur chaise et se ruèrent vers la sortie.

— Je vous rappelle qu'on a encore deux heures sur l'étude de l'amitié dans la littérature !

Peine perdue... elle prêchait dans le vide. En cela, les gosses de Saint-Exupéry ne différaient guère de ceux du monde entier : des enfants qui trépignent à l'approche de la sortie... Des moineaux anxieux de quitter le nid pour voler.

Elle prit ses affaires, vérifia son portable : aucun appel, pas de SMS. Elle avait pourtant laissé deux messages à Antoine : elle voulait des réponses. Et elle les voulait maintenant.

D'un pas ferme, elle traversa l'immense cour-jardin, insensible au bruit, à l'agitation de la récréation, salua quelques collègues – aucun ne s'attardait jamais de toute façon – et s'engagea dans une petite allée caillouteuse qui conduisait à une ancienne chapelle devenue le centre administratif de Saint-Exupéry.

Elle y fut accueillie par Mme Savignol, digne douairière enchignonnée qui tenait le secrétariat du chef de l'établissement.

— Madame Mi... Miller, balbutia-t-elle un brin paniquée en apercevant Audrey qui s'avançait vers elle, je... je peux faire quelque chose pour vous ?

— Oui, je viens voir M. Rochefort.

La secrétaire battit des cils derrière ses grosses lunettes d'hypermétrope.

— M. Rochefort vous attend ?

— Oui... Enfin non. Vous pouvez le prévenir, s'il vous plaît ?

L'échange téléphonique dura moins de trois secondes.

— Vous pouvez monter, annonça-t-elle à contrecœur en raccrochant.

— Merci madame Savignol, répondit poliment Audrey en maîtrisant toute animosité qui pourrait lui échapper.

Tandis qu'elle traversait le secrétariat et avançait vers l'escalier, elle sentit le regard réprobateur de la dame planté dans son dos... et l'oublia aussitôt. Elle avait des choses plus importantes en tête. Bien plus urgentes aussi.

Elle monta.

* * *

La pièce était vaste, toute de pierre claire, voûtée. Au sol, un immense tapis bleuté habillait les larges dalles nues, au fond, une bibliothèque de bois garnie de livres à tranche dorée courait le long du mur. Assis à son bureau de verre dépoli, l'attendait un homme dont la séduction canaille et élégante évoquait immédiatement l'homme à femmes, le professeur de tennis plutôt que l'austère chef d'un établissement qui accueillait entre autres les rejetons des cent familles régnant sur la Bourgogne et parfois au-delà de ses frontières.

Audrey s'avança vers lui avec une étrange impression de déjà-vu légitime : c'était dans ce lieu qu'elle avait passé un entretien d'embauche, trois mois plus tôt. Mais alors, le soleil qui entrait depuis les hautes vitres dorait les poussières, poudrait les pierres d'éclats scintillants. À présent, les lueurs grises de l'automne en révélaient toute la brute nudité.

Il se leva pour l'accueillir, s'approcha, fit mine de l'enlacer. Elle recula.

— Pas ici, protesta-t-elle.

Il fronça les sourcils. L'expression lui donnait des airs de gosse boudeur. C'était celle-là même qui l'avait séduite quand, trois semaines plus tôt, elle s'était donnée à lui. Elle avait toujours eu cette habitude

*ce pouvoir ?*

d'imaginer l'enfant qu'avait été l'adulte face à elle. Rochefort, lui, avait dû être un enfant gâté, sûr de lui, sportif et velléitaire, qui avait sans doute su très tôt user de son charme.

— Je suis au courant pour Le Garrec, annonça-t-il en se reculant. C'est terrible ce qui vient d'arriver...

— Tu as annulé la soirée j'imagine ?

Antoine devait donner une party, le soir même, à laquelle Le Garrec était convié – en vérité, il en était officieusement l'invité d'honneur. Antoine était de ces gens que la notoriété fascine.

— Il vient d'appeler pour confirmer sa présence... Je lui ai proposé de reporter, mais il m'a assuré que ça irait. Il ne restera probablement pas longtemps, cela étant.

Elle se mordit les lèvres ; la perspective de revoir Nicolas le Garrec était plutôt réjouissante ; celle de faire connaissance avec l'épouse d'Antoine l'était moins.

— Je suppose que tu n'es pas venue pour ça ? dit-il en se rasseyant. Alors qu'y a-t-il de si urgent ?

Elle prit place face à lui.

— Bastien Moreau.

Il cilla. Elle le devina mal à l'aise.

— Bastien qui ?

— Moreau. Un de mes élèves de cinquième.

— Et quel est le problème avec lui ?

— Il n'y a pas de problème. Je voudrais juste savoir pourquoi tu l'as admis dans l'école. Tu es le seul signataire. Il n'est pas passé devant la commission.

— Oh ! oui, bien sûr... Bastien Moreau.

Il prit un stylo sur son bureau, le manipula en lui adressant un sourire calme. Un geste typiquement masculin. Bastien avait eu un comportement identique quelques heures plus tôt.

— Pourquoi tu t'intéresses à lui ?

La question était légitime. Depuis quand un professeur demandait-il des comptes au chef d'établissement sur ses méthodes de recrutement ?

— Un sentiment, dit-elle. Je crois que le gosse est doué. Très doué. Je voulais voir son dossier. C'est là que j'ai remarqué... l'anomalie.

— Je te le confirme, je pense aussi qu'il est doué.

— Comment en es-tu venu à cette conclusion ?

Il soupira.

— Oh, c'est une longue histoire... personnelle. Privée, ajouta-t-il en la fixant droit dans les yeux. En tout cas, je le savais au niveau. Donc je l'ai accepté.

Elle hocha la tête. C'était une fin de non-recevoir. Et une confirmation : « quelque chose » n'allait pas... Quelque chose concernant son élève.

Elle décida aussitôt de taire ses interrogations : Rochefort était-il ami avec les parents ? À quel degré d'intimité ? En tout cas, son attitude ne lui plaisait guère, trop défensive et somme toute, inexplicable : Antoine avait bravé les règlements pour faire entrer le gosse à l'école, certes, mais enfin... Antoine *était* l'école ! Il n'était pas seulement le directeur de l'établissement, mais aussi l'époux de son unique actionnaire. Il pouvait changer les statuts à sa convenance.

Et pourquoi ce regard ferme : *L'affaire est close, tu ne t'en mêles plus* ?

— Je vois, dit-elle en se levant.

Elle s'approcha de la fenêtre. La récréation tirait à sa fin – deux fois par jour, au milieu de la matinée et dans l'après-midi, les élèves bénéficiaient d'une longue pause de vingt minutes.

Elle le sentit se lever dans son dos, s'approcher. Il l'enlaça.

— Qu'est-ce qui se passe, Audrey. Ça ne va pas ? Tu n'as pas l'air dans ton assiette.

Elle haussa les épaules. Comment lui expliquer ? *Mon fils ? La brume ? Les cauchemars d'un gosse qui me perturbent ?*

— Tu ne te plais pas ici ? insista-t-il. Ou c'est... autre chose ?

Il avait marqué une hésitation. *Autre chose :* il n'avait sans doute pas trouvé mieux pour définir la relation du directeur d'une école de province, marié, avec une de ses professeurs.

Un souffle chaud, mentholé, caressa sa nuque. Elle se demanda : pourrait-on nous voir, malgré les stores vénitiens ?

D'une certaine façon, elle s'en moquait. Tout le monde savait, n'est-ce pas ?

Cela avait été une mauvaise idée dès le départ. Un de ces faux pas qui avaient déjà fait trébucher Audrey sur son chemin de vie. Avant Antoine, elle en avait commis d'autres, plus graves. Joce, par exemple. Rochefort, par comparaison, ce n'était rien : un piège stupide qu'elle avait elle-même posé. Lorsqu'elle avait appris l'installation de Joce en Bourgogne, elle avait cru perdre son fils à jamais. C'est pourquoi elle avait sorti le grand jeu pour obtenir ce poste de professeur de lettres – une aubaine incroyable qu'il se libérât justement cette année-là. Après avoir discuté avec Rochefort au téléphone, elle avait décelé à la voix grave, un peu caverneuse, au rire lent et distingué, le séducteur, et choisi ses armes en conséquence : en l'espèce, sa robe « Basic Instinct ». Oh, rien de vraiment provocateur : une robe beige de marque, courte mais pas mini, peu décolletée mais généreusement ajourée aux épaules, qui découvrait une peau satinée-hâlée par quelques UV et des jambes gainées par des heures de gym. C'était un risque, le site Internet de Saint-Exupéry ne cachait rien du positionnement classique-grand chic de l'école, entre université américaine et collège privé british, un risque, donc, pris sur la seule base de son intuition. Qui avait payé.

Sans surprise, elle avait ensuite, dès la prérentrée, avisé les œillades de Rochefort pendant les réunions d'information. Et, sans passion, elle l'avait accueilli dans son lit. Parce qu'elle était ainsi : une femme à la sexualité saine qui avait vécu, avant Joce, ce qu'il est convenu d'appeler « une vie d'homme ». Parce qu'il se trouvait là, séduisant, viril, et marié, un atout aux yeux d'Audrey : l'aventure s'annonçait sans avenir, l'union provisoire d'un séducteur qui s'ennuie dans sa petite ville de province et d'une divorcée de passage en pleine langueur automnale.

Pour autant, elle en était consciente, il allait falloir mettre un terme rapide à ce faux pas : elle voulait bien un homme dans son lit, mais certainement pas dans sa vie. Et surtout pas un spécimen comme le directeur de Saint-Ex.

Encore moins, enfin, son patron.

— Regarde, lui intima-t-il soudain dans son dos. Qu'est-ce que tu vois ?

L'impression de déjà-vu la frappa de nouveau. Et elle savait ce qu'il avait en tête : *J'aime cet endroit. J'y ai fait toute ma scolarité, j'y ai été heureux...* Voilà ce qu'il voulait lui dire. Voilà ce qu'il voulait lui montrer. *Toi aussi tu devrais aimer Saint-Ex... Comment ne pas l'adorer ?*

Elle suivit pensivement des yeux un rayon de soleil qui venait de percer les nuages comme une flèche dorée, sourit quand elle découvrit la silhouette, en bas, qui baignait dans la lumière.

— Bastien Moreau.

Elle le sentit se raidir dans son dos.

— Pardon ?

— C'est Bastien Moreau que je vois. Là, précisa-t-elle en désignant le sweat-shirt clair du garçon assis sur le banc, près de la petite fontaine.

Et soudain cela lui apparut comme une évidence : en « aidant » son élève, c'est elle-même qu'elle aidait. Avec ses yeux un peu ronds et ses cheveux aile de corbeau, Bastien lui évoquait David, son propre fils... Un enfant écartelé entre un père et une mère qui se le disputaient (enfin : une mère aimante et une ordure insensible qui s'en servait pour la torturer !). Un gosse qui, peut-être, glisserait plus tard vers la fuite du réel plutôt que le sain accomplissement de son destin... Qui, peut-être, ferait lui aussi des cauchemars, ou développerait un goût pour le shit... ou la coke... hanté, inconsciemment, par ces années d'errance entre ses deux parents. Ce jour-là, s'il devait arriver, elle aimerait que son David croisât la route d'un professeur, d'une Audrey Miller, prête à s'investir, elle aussi, pour le soutenir, l'accompagner, l'alerter.

Rochefort ou pas, elle irait jusqu'au bout pour... élucider le mystère Bastien Moreau.

— On dirait qu'il n'est pas seul, marmonna Rochefort.

Audrey avisa le jeune fille qui venait de s'asseoir à ses côtés.

Et, sans raison, cette image de deux jeunes élèves se contant fleurette, un peu à l'écart, sous un grand chêne, fut pour elle comme un petit soleil de bonheur dans une journée qui avait la couleur du plomb.

# 10

Bastien s'était assis un peu à l'écart. Depuis la rentrée, ce banc était devenu sa place, près d'une petite fontaine en demi-lune creusée à même la pierre d'un muret tapissé de mousse. Jour après jour, il était venu y étaler ses cartes Magic, les classer... Il n'avait jamais été de ces jeunes qui intègrent aisément une bande, sans doute parce qu'il préférait le roller au foot, la Xbox au rugby, les cartes Magic au Monopoly. Il avait supposé que Saint-Ex compterait quelques amateurs de ce jeu qui combine stratégie et cartes à collectionner dans un univers de créatures enchantées – elfes, gobelins, comme il s'en trouvait à son collège parisien.

Mais Laville n'était pas Paris : ici, les élèves se connaissaient depuis toujours, leurs parents se recevaient le soir à dîner, se croisaient le week-end au Tennis Club et pendant les vacances dans de chic stations de ski. Certes, quelques élèves s'étaient approchés, avaient jeté un œil. Certains avaient même proposé des échanges de cartes, mais une fois l'affaire conclue, aucun ne l'avait sollicité pour une partie, ni ici ni après les cours, et la plupart se contentaient désormais de le saluer à l'occasion.

Avec fatalisme, Bastien en avait conclu cette vérité : à Saint-Ex, quand on n'est pas villois, on n'est personne.

Aujourd'hui, de toute façon, c'était sans importance. La solitude ne lui pesait pas, au contraire : plus que jamais, il aurait voulu être invisible. Après sa... scène – il ne voyait pas d'autre mot – au cours de la conférence, il n'avait aucun doute : il allait être étiqueté Le Mec Le Plus Taré De Saint-Ex... Le Fou Qui Pousse Des Cris... Ou encore Le Nouveau-Le Fayot... enfin quelque chose du genre, puisque, non content de s'être distingué de la plus brillante des manières, il avait été gardé en classe par Mme Miller. Or Mme Miller n'était pas n'importe qui : la plus jolie prof du collège. Bastien était sûr que plusieurs élèves « fantasmaient » sur Mme Miller (et peut-être bien quelques profs aussi) et que l'intérêt de la jeune femme pour son cas allait susciter des jalousies.

Rien de pire que d'être considéré comme un cas social dans un établissement comme Saint-Ex... Sinon d'être un cas social choyé par sa prof la plus populaire. Il venait de tomber dans un trou de honte.

Sans parler de cette phrase qui ne cessait de clignoter dans son esprit, comme une fenêtre d'alerte sur un écran d'ordinateur : *julesmoreau@hotmail.com veut être votre ami.*

Sans parler des premières brumes...

Alors il était assis sur ce banc, en plein interclasse d'après-midi, isolé du reste de Saint-Ex et fermé au monde, au bruit des élèves qui jouaient au foot ou s'efforçaient de fumoter en cachette dans des recoins de préau et derrière les colonnes qui supportaient les galeries, des « grandes » qui se pressaient aux toilettes pour se remaquiller en parlant des garçons et des petits qui essayaient de mimer les grands, à faire ce constat accablant : il n'y avait aucune issue. Il avait cru, au moment de la mort de Jules, dans les mois qui avaient suivi, que sa vie ne pourrait être pire. Il s'était trompé : aujourd'hui, même si ses parents allaient mieux, lui était prisonnier d'un collège dont il allait devenir la risée. C'était une question de jours (déjà, il avait surpris des ricanements, des chuchotements sur son passage, depuis ce matin)... Prisonnier d'une chambre où des angelots de plâtre dansaient à chaque angle de plafond. Otage d'une ville qui le tenait loin de Patoche. Coincé dans une histoire qui voyait surgir le fantôme d'un bébé de seize mois sur sa messagerie Internet...

En clair : la nuit, il faisait des cauchemars. Le jour, il en vivait d'autres, éveillé.

— Salut…

La voix brisa net le fil de ses sombres pensées. Il leva les yeux, battit des cils, sans être bien sûr d'identifier la silhouette face à lui – parce que enfin, c'était impossible, n'est-ce pas ?

Pourtant si, c'était bien elle.

La panique accéléra les battements de son cœur. Opale Camerlin était le pendant élève de Mme Miller, soit, de l'avis de Bastien, la plus jolie fille de l'école. Quoi qu'elle fît, on la remarquait : ça venait peut-être de son air un peu fier, affirmé, une sorte de classe naturelle qui la mûrissait (alors qu'à l'évidence, ce qui poussait sous le tee-shirt ressemblait davantage à des pointes de radis qu'à des pamplemousses), ou encore de la couleur de ses cheveux… enfin, il ne savait pas : elle était… canon. Point.

Un instant, il jeta un regard suspicieux alentour. Quelqu'un était-il en train de les observer ? Opale Camerlin était-elle en « service commandé » ? *Vas-y Opale, mets-lui le nez dans la merde à ce ouf…*

Il songea aussitôt à César Mendel – celui-là aussi, Bastien l'avait remarqué dès le premier cours. Difficile de le rater : chaque classe a son petit caïd et, à cet égard au moins, Saint-Ex n'échappait pas à la règle. Quoique. Il avait perçu chez le redoublant plus que la bêtise qui commande généralement le cerveau des terreurs de la récré : une authentique malignité… quelque chose de noir, qu'il n'aurait su définir. Mais non, Mendel était occupé avec sa bande (Philibert de Brysis, Christian Massiac, deux suiveurs identifiables à la crainte et l'admiration qui se disputaient dans leurs yeux quand ils regardaient leur idole), tyrannisant tous ceux qui essayaient de s'emparer du ballon sur le petit terrain de foot.

Il revint à… *elle*, debout dans le soleil, les poings sur ses hanches étroites, les lèvres appétissantes comme une cerise, et le rayon vert de ses yeux braqué sur lui.

Il se sentit virer aussi rouge que ses cheveux.

— Salut…

Elle s'assit d'autorité.

— Tu n'as pas sorti tes cartes aujourd'hui ?

Il fit non de la tête.

— Pourquoi ?

Il hésita... opta pour une semi-vérité.

— Ben je crois qu'ici, les cartes Magic ont pas tellement de succès...

À l'instant où la phrase sortit, il sut ce qu'elle allait répondre : *c'est plutôt toi qui as pas de succès, bonhomme. Rien à voir avec les cartes.*

— Non, tu as raison... ici ça ne marche pas fort les cartes Magic. Tu joues ou tu collectionnes ?

Bastien se tourna vers elle, perplexe. Elle ne le regardait pas. Elle fixait un point, et il s'émut un instant du profil rond, joliment découpé, de la peau crémeuse, vierge des vilaines traces de l'adolescence. Il connaissait très peu de filles réceptives à ce jeu. Et les rares en question n'avaient certainement pas l'allure d'Opale Camerlin – plutôt le genre face de pizza/sourire barbelé...

— Je joue surtout.

— Merde alors. J'aurais parié que tu étais collectionneur parce que je te vois tout le temps en train de trier tes cartes – on dirait ma mère avec ses bijoux !

Elle éclata d'un rire qui le mit mal à l'aise, un rire sans chaleur.

— Tu joues ? osa-t-il.

— En ligne, sur le net. En général, je m'ennuie avec les mecs qui aiment ce jeu, je les trouve... (elle fit une moue, comme si elle cherchait un mot) pas drôles. Je n'aime pas les *neirds*.

Il ne savait pas comment le prendre. Il aurait bien voulu rectifier : *Je ne suis pas un neird... je ne joue pas en réseau... l'informatique m'ennuie. Et d'ailleurs je ne suis ni un neird, ni rien de connu. Je ne sais pas trop ce que je suis en fait.*

— Je ne parle pas pour toi, précisa-t-elle. Je ne te connais pas. Et puis après le cri que tu as poussé pendant la conf, je peux difficilement te trouver ennuyeux. (Elle ricana.) Je n'ai même pas eu de réponse à ma question, à cause de toi. Et pourtant, c'était la seule que je voulais poser à Nicolas le Garrec.

— C'était quoi la question ?

— Je voulais savoir pourquoi son premier livre fait si peur...

Elle avait prononcé la dernière phrase avec un air lointain, absent. D'une voix douce, en se tournant cette fois franchement vers lui, elle demanda soudain :

— Qu'est-ce qui t'est arrivé au juste ?

C'est donc ça, pensa-t-il. La curiosité... À nouveau ce doute : était-elle envoyé par les gars de la classe ? La plus belle Amazone de l'école en chasse aux infos ?

— Rien de spécial. Je me suis endormi... J'ai fait un cauchemar.

— Hum... je comprends. Moi aussi je fais des cauchemars... je sais ce que c'est.

Il songea que non, elle ne pouvait pas savoir. Mais tout de même : sa réponse l'étonna. En fait, depuis cinq minutes, il naviguait de surprise en surprise.

— Souvent ?

Elle haussa les épaules.

— Je ne sais pas... Oui, souvent.

Il eut l'étrange impression que son cœur bougeait dans sa poitrine, comme si un petit animal dont il ignorait l'existence venait de se réveiller. Opale Camerlin et lui avaient quelque chose en commun. Plusieurs même : Magic... et les cauchemars.

Et de la tristesse.

Il venait juste de l'apercevoir, le voile dans sa voix, son regard. C'était peut-être... *ça*... qui lui donnait des airs de femme. La tristesse.

Il faillit lui demander de quoi elle rêvait, mais elle prit la parole avant lui. Un ton léger, comme si elle évoquait ses projets de week-end.

— Qu'est-ce qu'ils sont venus faire à Laville-Saint-Jour, tes parents ?

— Bah, je ne sais pas vraiment. Tourner la page...

— Tourner la page, répéta-t-elle. C'est drôle, des fois tu parles comme un adulte. J'ai remarqué ça en classe. Et pourtant, on ne peut pas dire que tu parles souvent !

À nouveau, elle rit. Cette fois il ne décela aucune moquerie et il eut l'impression qu'Opale Camerlin était toujours ainsi, à voler sur une balançoire sans que l'on sût jamais de quel côté elle allait tomber : rire ou larmes, joie ou déprime.

— Tu fumes ? demanda-t-elle à brûle-pourpoint.

— Des... des cigarettes ?

Elle hocha la tête.

Il supposa qu'il devait répondre oui pour être cool... non pour être honnête.

*Non je ne fume pas. Non je ne suis jamais allé en boum. Non je n'ai jamais mis la langue – d'ailleurs je n'ai jamais vraiment embrassé une fille sur la bouche, enfin sauf une fois mais ça ne compte pas je crois. Non, je ne suis pas, je ne serai jamais, un gars au top... autant que tu le saches tout de suite...*

La cloche le sauva. La fin de l'interclasse. Le jeu des options allait les séparer.

Elle se leva d'un bond, fit mine de filer.

Elle avait déjà parcouru une dizaine de mètres quand elle se retourna – plus tard, longtemps il se rappellerait ce geste, cette première fois, avec une illusion de ralenti : elle se fige dans sa course, elle exécute une sorte de pirouette gracieuse, sa tresse vole en accompagnant le mouvement, elle dévoile un visage radieux.

— Mon MSN, c'est Clarabelle6@hotmail.com

— Clarabelle ? Comme la vache ?

— Oui, comme la vache... avec le chiffre 6.

Elle le regarda. Une fois encore, son visage avait changé et il ne pouvait deviner ce qu'il racontait.

— ... le 6, répéta-t-elle. Comme dans 666.

Il la regarda s'éloigner, pas pressé de rejoindre son cours, à savourer cet instant... Et à songer que le monde est décidément plein de surprises : vous n'êtes rien, personne, et tout à coup, les deux plus jolies créatures de l'école s'intéressent à vous à quelques heures d'intervalle.

Ses yeux tombèrent alors sur César Mendel, adossé à une des colonnes, lequel Mendel lui rendit un regard fixe, précis comme une piqûre d'aiguille. Un regard dans lequel Bastien devina de la colère, de la rage... enfin rien de positif.

*Oui, un monde bien étrange*, se répéta-t-il en se levant pour rejoindre son cours. Les deux plus belles créatures de l'école... et la pire aussi. Comme si la vie, au fond, ressemblait à une partie de cartes Magic.

# 11

Le spectacle était saisissant : un type assis sur un tabouret – un de ces gaillards de la campagne, taillé pour le rugby et la chasse, le cuir tanné par des journées au grand air et des soirées à siroter la production locale –, le visage ravagé de douleur, assis donc devant la dépouille d'une montagne de muscles au crin noir gainé de satin, un corps ouvert de part en part et dont les entrailles béaient, énorme cicatrice, magma de chairs à vif et de sang.

Le taureau reposait encore dans son enclos, là où, vraisemblablement, il avait été élevé, choyé, gardé par Philippe Morizot, le patron de la petite exploitation agricole, l'époux de la femme qui venait de conduire Bertegui sur « le lieu du crime ». N'eussent été les tripes répandues à même l'herbe, un amateur de peinture ou de photographie aurait pu s'émouvoir de la perfection des couleurs, de la puissance de la scène : l'ébène de la robe, le rouge des chairs, le vert du gazon... Un tableau de Bacon, songea brièvement Bertegui, très loin d'une autre scène matinale : la mère de Nicolas le Garrec momifiée en sorcière de Goya.

— Vous l'avez trouvé quand ?

L'homme leva les yeux. Bertegui comprit qu'il avait passé une partie de la journée assis sur ce tabouret, à veiller son taureau, lequel devait occuper une place plus importante dans la ferme que celle de simple reproducteur.

— Ce matin...

— Vous avez tout de suite alerté la police ?

Clément intervint.

— Oui, on a été prévenus ce matin, mais dans un premier temps ce sont des agents qui se sont déplacés. Ensuite, quand ils ont vu le... le truc... ils ont fait remonter l'affaire.

— Vous avez une idée, monsieur Morizot ?

Mais l'homme avait déjà replongé dans sa tristesse et se tenait la tête entre les mains, les coudes posés sur les genoux, le regard fixe.

— Il adorait José, l'informa tristement Mme Morizot.

Bertegui se tourna vers elle : une femme solide aux cheveux striés d'argent, vêtue simplement, comme il se doit à la campagne – jean, pull – à la mâchoire bien découpée, un brin virile, et dont le regard rêveur, flottant, semblait appartenir à une autre.

— Oui, il l'adorait... Je ne vais pas vous dire que c'était comme un fils, évidemment, mais justement, on en a pas eu, de fils. Juste une fille...

Elle eut un geste comme s'il s'agissait là d'une chose négligeable, ce qui provoqua une antipathie spontanée et définitive chez Bertegui, qui choyait Jenny plus que tout.

— C'est arrivé dans la nuit, donc... reprit-il.

— Oui. Hier soir, tout allait bien. Enfin c'est ce qu'il m'a dit...

Il... Lui... Elle semblait incapable d'appeler son mari « Philippe », ou « mon époux ».

— Et vous n'avez rien entendu, cette nuit ? Enfin, pour approcher une bête comme ça, il faut quand même un minimum de matériel. Et de précautions.

Le regard clair se déroba un instant – une seconde de flottement qui n'échappa pas à Bertegui. Un infime coup d'œil à « lui »... le mari.

— Non. Mais la maison n'est pas juste à côté, vous voyez ?

Elle lui désigna la demeure, à une centaine de mètres, une robuste maison de pierre d'un étage. Il parcourut les alentours des yeux : c'était une belle propriété, cernée de vastes prés et de bâtiments bien tenus.

— Vous avez une idée de celui qui a fait ça ? Et pourquoi ?

— Aucune, soupira-t-elle. Je ne vois pas qui voudrait tuer un taureau... pas une belle bête comme José. Une... une merveille, insista-t-elle avec un sourire presque maternel aux lèvres. On a toujours eu de bonnes relations avec tout le monde. Tous les gosses du coin le connaissent...

Bertegui échangea un regard avec Clément.

— On a fait des relevés autour de l'enclos, pour les empreintes de pas ?

— Oui, les gars sont déjà passés.

— Il a sûrement été drogué. Sinon, comment l'approcher ?

Il s'imagina appeler le légiste, et l'informer de la nature particulière de son prochain client. Assurément, les années de bitume parisien ne l'avaient guère préparé à la réalité de ce terrain-là.

— Ils lui ont pris le cœur...

Bertegui se retourna : Philipppe Morizot venait d'ouvrir la bouche pour la première fois.

— Pardon ? demanda-t-il.

— Ils lui ont pris le cœur, lâcha-t-il encore comme on crache. Ces salauds lui ont pris le c...

— Allons allons, on n'en sait rien ! s'exclama Mme Morizot.

Bertegui eut l'impression que c'était sa façon de lui intimer le silence.

— Ta gueule ! Je sais ce que je dis. Ils lui ont pris le cœur !

Elle eut un reniflement sec, haussa les épaules.

— Pardonnez-moi, monsieur Morizot, comment savez-vous cela ?

Depuis son tabouret, sous un ciel frémissant des derniers soleils d'automne qui commençaient à percer en cette fin d'après-midi, face au petit groupe silencieux qui, quelque part dans les prairies mordorées de Bourgogne, contemplait la puissante masse de chair inanimée, l'homme leva des yeux incrédules, comme si c'était la question la plus bête qu'il eût jamais entendue.

— Parce que j'ai vérifié, déclara-t-il simplement.

* * *

Ils remontaient l'allée boueuse vers l'entrée de la ferme – Bertegui s'efforçait de ne pas sacrifier sa paire de Church cirées avec soin deux jours plus tôt. À ses côtés, Clément gardait le silence, et le commissaire le devina sombre et préoccupé.

— Tu les connais ? demanda-t-il.

— Un peu. Enfin, ils ont eu un accident très grave il y a une dizaine d'années. Un accident de voiture... Et elle est devenue une sorte de célébrité dans le coin.

— À cause de l'accident ?

— Elle a vécu un truc bizarre... Ils appellent ça... expérience de mort imminente, je crois.

— Le tunnel, la lumière, ce genre de choses ?

— Oui. Depuis, j'ai cru comprendre que le couple avait quelques problèmes... Et aussi qu'elle avait changé.

Bertegui se rappela le regard clair, absent. Les yeux de quelqu'un pas complètement revenu de sa rencontre avec la lumière ?

— Changé comment ? demanda-t-il.

— Bah, pendant quelque temps, elle a un peu fait la rebouteuse, elle soignait les maux de dos, les tours de rein, ce genre de choses... Ça ne lui plaisait guère, à lui.

— Qu'est-ce que tu penses de l'affaire ? s'enquit Bertegui à qui, décidément, les coutumes locales échappaient. Tu trouves normal qu'il ait vérifié le... la présence du cœur ? Je sais que je ne suis pas d'ici et que je ne maîtrise pas toutes les mœurs mais...

Clément s'arrêta.

— Non, ce n'est pas normal... Mais ce n'est pas surprenant quand on connaît le coin. (Il se tut un instant, puis :) Ce qui l'est davantage, c'est que le cœur n'y soit plus.

Cela sonnait comme une phrase définitive et Bertegui escorta Clément jusqu'à leurs voitures respectives dans un silence lugubre. L'échalas se dirigeait vers la sienne quand Bertegui l'interpella.

— Pourquoi tu m'as amené ici, Clément ?

Son collègue se figea.

— Je ne sais pas. Je voulais que vous voyiez ça...

Le regard fixe de Morizot revint en mémoire au commissaire :

*... ils lui ont pris le cœur...*

— Ces gens, insista-t-il. Ils ont été inquiétés dans l'affaire Talcot ?

Le regard de Clément se perdit vers les prairies qui s'étendaient non loin.

— C'est possible, dit-il. Je ne me rappelle pas, je ne suis pas sûr... Ce que je sais, c'est que... elle a cessé ses « activités » après l'affaire. De ça, je me souviens parfaitement.

— Il y a des raisons précises ? À ce que tu te rappelles, j'entends... Parce que visiblement, tu as oublié beaucoup de choses de l'époque.

Clément ignora l'ironie.

— Ma femme l'a consultée une ou deux fois. Arthrite, précisa-t-il. Dans les mains... Cela la soulageait. Elle prétend que ça marchait en tout cas. Quand l'affaire Talcot a éclaté, Sylvie est passée et a trouvé porte close en quelque sorte. Elle a même été plutôt mal reçue. La Morizot l'a presque mise dehors.

— C'est pour ça que tu voulais que je vienne voir le taureau ? Tu crois qu'il y a un lien avec notre cliente de ce matin ?

— Je ne sais pas, soupira Clément. Je suppose que non, mais... C'est vous le boss. Rapport ou pas, c'est normal que vous soyez mis au courant.

Bertegui hocha la tête, sans être dupe. Clément y voyait forcément un lien. Ténu, indicible... mais il n'aurait pas demandé à son supérieur de se déplacer s'il n'avait jugé l'affaire signifiante.

— Je repasse chez Odile le Garrec, annonça-t-il. (Devant le regard surpris de son collègue, il précisa :) J'ai fait le tour de la maison ce matin mais j'aimerais bien vérifier deux ou trois choses. Je ne m'arrêterai sûrement pas au bureau.

Clément acquiesça avant de remonter dans sa voiture. Il était déjà au bout du chemin quand Bertegui mit le contact. Au moment de démarrer, un bref mouvement sur sa gauche retint son attention.

Un gosse... Six ou sept ans. Il se tenait à la barrière – quelques planches de bois pour délimiter l'entrée des terres des Morizot. Il se tortillait, partagé entre timidité et curiosité.

Bertegui claqua la portière, revint sur ses pas.

— Salut bonhomme, lança-t-il joyeusement. Comment tu t'appelles ?

Le blondinet, qui portait un sweat-shirt Batman aux couleurs un peu passées, continuait à se contorsionner, l'air fasciné.

— Gérard. Tu es policier ?

— Ouaip, je suis policier. Et toi Gérard ?

Le gosse fit non de la tête, visiblement émerveillé qu'on eût pu le confondre avec un digne représentant des forces de l'ordre.

— T'as un... pétard ?

Bertegui sourit.

— Des fois...

— Tu tues les méchants avec ?

Bertegui se renfrogna. À cause de la télé, les gosses, sa fille en tête, assimilaient tout flic à un tueur en puissance.

— Tu as quel âge, bonhomme ?

— Six ans et deux mois...

La précision fit sourire le policier. Gérard faisait apparemment partie de ces gosses qui attendent impatiemment l'entrée dans la cour des grands. Il siffla d'admiration.

— Dis donc, tu es costaud pour un garçon de ton âge ! Et tu habites dans le coin ?

Le gamin se retourna et montra la ferme du doigt.

— Chez les Morizot ?

— Oui, ma Mamine et mon Papon.

— Tes grands-parents ?

Il acquiesça d'un hochement de tête.

— Où sont tes parents ?

— Ch'sais pas.

C'était le genre de réponse qui déprimait Bertegui. Plus que les cadavres, la violence gratuite, la misère : les gosses perdus, abandonnés, malheureux. La partie la plus difficile du boulot, contre laquelle il ne s'était jamais endurci.

— Tu vis là toute l'année ?

— Ben oui...

— Et tes parents ne sont jamais là ?

Le gosse fit non de la tête avec un air grave.

Bertegui soupira.

— Dis donc, Gérard... Tu aimes bien te promener à la ferme, non ?

Sourire percé d'un trou.

— Tu t'es baladé hier soir ?

— Oui.

— Et tu n'as pas vu un truc bizarre ? Ou entendu... Plus tard. Tu vois, comme le bruit de quelqu'un qui traîne... ou des... je ne sais pas... les bêtes...

— Ben si, les bêtes elles étaient drôlement énervées hier soir. Mais c'est normal.

— Normal ?

— Ben oui, c'était les premières brumes. C'est toujours ça comme quand il y a les premières brumes. Même si chez nous, elles s'arrêtent pas vraiment.

Il lui montra les coteaux alentour et Bertegui comprit : la brume donnait l'illusion de descendre des plateaux pour aller se loger dans les rues de Laville-Saint-Jour. La ferme des Morizot se situait à l'extérieur de la ville et la brume y « passait » dans sa transhumance vers la cité bourguignonne.

— Donc tu n'as rien vu de drôle ?

Mine suspicieuse du gosse.

— C'est à cause de José que tu me demandes ça ?

— Ben je me demandais si un petit gars comme toi aurait pu remarquer... quelqu'un en se promenant. Un voisin par exemple...

Le gosse haussa les épaules.

— Nan. Mais de toute façon, c'est pas un voisin qui a fait le coup.

C'était sorti avec affirmation et ce débit un peu mécanique des enfants qui mélangent à leur langue des phrases entendues à la télé.

— Ah bon, alors c'est qui ?

— J'ai pas le droit de le dire...

Bertegui sentit un frisson dresser les poils de ses avant-bras.

— Je te promets que je ne le répéterai pas...

Gérard se mordillait les lèvres, en roulant des yeux.

— Si je te le dis, tu me montres ton pétard ?

On aurait pu trouver la remarque amusante mais elle glaça Bertegui. Il hésita. Puis, doucement, il ouvrit sa veste ; son holster apparut. Le gosse écarquilla les yeux, fasciné, en découvrant la crosse qui dépassait. Et Bertegui se demanda s'il avait déjà vu ce regard dans les yeux d'un enfant confronté à un objet qui donne la mort. Même si le moment était mal choisi pour des digressions, il songea combien l'enfance est fragile, comme un rien peut la faire basculer, la pervertir, vers des horreurs d'adulte.

Il referma sa veste.
— Tu ne dis rien, hein ? insista le gosse.
— Promis, juré. Je ne dirai jamais que c'est toi.
— OK.
Il prit une profonde inspiration, puis se rapprocha de Bertegui, pour chuchoter :
— C'est l'esprit.
Le commissaire fronça les sourcils.
— L'esprit ?
— Oui, le nouveau...
Bertegui sentit brutalement la température chuter de quelques degrés. Ou bien venait-elle juste de baisser – le soir commençait à tomber, le soleil rasait les pointes des collines mais les ombres s'étiraient à leurs pieds.
— Le nouvel esprit, donc, reprit-il l'air dégagé. Tu veux m'en parler ?
— Bah je ne sais pas quoi dire, je le connais pas. C'est Mamine qui le connaît. Elle les connaît tous...
— Les esprits ?
Mine un peu agacée devant la lenteur de compréhension de son interlocuteur.
— Ben oui, les esprits... C'est elle qui les connaît. C'est à elle qu'ils parlent. C'est depuis son accident... Elle les entend. Mais y a pas de problème, ajouta Gérard, comme s'il devinait le caractère inhabituel de ses propos. C'est des esprits gentils, tu vois. C'est ce qu'elle dit toujours : à la ferme, on a toujours eu des esprits gentils. C'est pour ça qu'on est bien ici...
— Mais y en a un nouveau ? demanda Bertegui, pas vraiment sûr à cet instant d'avoir cette conversation dans la vie réelle.
— Oui, souffla le gosse avec des yeux inquiets. Un nouveau... Un nouveau dans la bande, sauf qu'il fait pas partie de la bande, parce qu'il est méchant.
— Et comment il s'appelle, cet esprit ?
— Ch'sais pas son vrai nom... Mamine elle l'appelle... L'ombre. Oui c'est ça : l'ombre noire...
Bertegui garda le silence avant de reprendre :
— Et tu sais depuis quand il est là, cet esprit ?

— Bah non... pas longtemps c'est sûr. Enfin je crois que Mamine l'a remarqué depuis quelques semaines. Plusieurs fois je l'ai vue parler toute seule. Elle fait ça des fois... On croit qu'elle parle toute seule, mais c'est à eux qu'elle parle... Aux esprits.

Gérard devenait intarissable. Bertegui supposa que ce secret devait, au fond, être un peu pesant pour les frêles épaules d'un petit gars de six ans.

— ... Mais cette fois elle lui disait de partir. Que c'était trop tard... Tout était fini. « Tu es seul... c'est fini maintenant. C'est fini... » Je m'en souviens parce qu'elle l'a répété plusieurs fois, et puis quand elle m'a vu, elle n'a pas été contente. J'ai pas compris pourquoi, parce que d'habitude, elle me laisse à côté d'elle quand elle leur parle. Et c'est là qu'elle m'a dit : y en a un nouveau... Une ombre... une ombre noire. « Et si jamais tu la vois, l'ombre, Gérard, tu appelles tout de suite Mamine ! » « Pas Papon ? » j'ai demandé. « Non, Mamine et personne d'autre. »

— Parce que tu les vois aussi, les esprits ? s'étonna Bertegui.

— Bah non, jamais. Mais elle ne veut plus que je sorte le soir. C'est pour ça que j'ai pas vu ce qui est arrivé à José. (Il se tut avant d'ajouter tristement :) Je l'aimais bien, José, moi... Peut-être qu'il deviendra un esprit lui aussi.

Et Bertegui songea que, décidément, Gérard allait prendre la Grande Route avec de sacrées valises à porter. Il était sur le point de libérer l'enfant lorsque l'idée l'effleura :

— Et ils habitent où, les esprits qui viennent vous voir à la ferme ?

— Oh partout, mais surtout dans les arbres, je crois. Mamine me disait que l'hiver, avant, ils logeaient dans l'écurie, mais ils rendaient les chevaux nerveux, alors elle leur a demandé de *démégeaner* et ils sont allés un peu partout.

— Et le nouveau est avec eux ?

Gérard haussa les épaules.

— Je suis pas sûr... Quand elle lui a dit que c'était fini, elle lui a montré...

Gérard s'est détourné en pointant son doigt :

— Ça...

Bertegui contempla longuement l'épaisse structure de pierre noircie qui se découpait sur les hauteurs, entre le bleu sombre du ciel et les bruns sourds de l'automne, à environ cinq ou six cents mètres à vol d'oiseau. Avant l'incendie, elle avait été, savait-il, une des plus spectaculaires propriétés de Bourgogne, et dominait Laville-Saint-Jour : le domaine de la Talcotière... la résidence de la famille Talcot. À présent, c'était un amas de ruines carbonisées, presque fumantes encore – du moins en donnait-elle l'illusion –, une construction un peu folle comme le sourire d'un édenté, avec des tourelles effondrées, des poutres apparentes, des formes irrégulières et sinistres...

Ils restèrent un instant ainsi, les yeux rivés vers le château de cendres, quand un hurlement d'angoisse les tira de leur torpeur.

— Gééérataaaard ! Où es-tuuuu ?

Madame Morizot apparut soudain au loin, les cheveux en bataille, trottante et essoufflée. Bertegui sentit le gosse se raidir.

— Faut que j'y aille !

Mais « la » Morizot les avait déjà aperçus. Même à cette distance, Bertegui pouvait le deviner : l'angoisse venait de se changer en colère.

— Bon Dieu de bon Dieu de bon Dieu, Gérard ! hurla-t-elle. Ne pars plus jamais comme ça. Tu restes avec moi ! Tu dois rester avec moi, tu entends ! Tu ne te promènes pas seul dans la ferme !

Gérard galopa cent mètres à toutes jambes pour la rejoindre. Bertegui vit la grand-mère s'agenouiller et prendre son petit-fils par les épaules à la façon d'une mère qui donne une leçon, mais il était trop loin pour percevoir autre chose que des voix indistinctes. Elle se releva, prit solidement Gérard par la main et l'entraîna vers la ferme.

À mi-chemin, elle se retourna, se figea deux ou trois secondes.

Et cela lui arriva soudain comme le souffle glacé d'une créature malfaisante, en pleine face, par surprise : la haine.

# 12

Le meilleur moment de la journée : le retour à la maison. Non pas que Bastien fût impatient de retrouver sa chambre, et encore moins le soir, la nuit, qui l'attendaient. Mais pour rentrer, il devait longer le cours du Parc : quatre kilomètres de maisons somptueuses aux pierres crème et aux toits d'ardoise, d'arbres centenaires et, surtout, d'un bitume aussi lisse qu'une patinoire. Saint-Exupéry se situait au bout des fameuses allées, juste en face du bois du Parc, un petit bois aménagé avec parcours sportif et grandes plaines gazonnées où les Villois se croisaient le week-end, tandis qu'à l'entrée du cours, la place Washington déployait son architecture XVIII^e et ses immeubles chic. Le cours du Parc constituait ainsi un passage obligé entre le centre et un des quartiers les plus bourgeois de la ville, et Bastien devait parcourir la quasi-totalité du chemin, à rollers, pour rentrer chez lui – leur maison était située dans le réseau des ruelles qui s'étend derrière le cours.

Un délice donc, car pour un connaisseur, ce bitume tendu entre deux allées de gazon se déroulait comme un tapis, sans une aspérité, un creux... pas même une brindille, en dépit des arbres qui formaient une voûte végétale, comme si une main invisible chassait la moindre feuille morte dès qu'elle se décrochait. *Rouler là-dessus,* avait-il écrit à Patoche sur MSN, *c'est comme patiner sur un nuage : tu flottes*.

Il s'installa sur un banc devant le grand portail de Saint-Exupéry, enfila les patins – clic-clac, deux petits coups secs pour bien les serrer aux chevilles grâce à un nouveau modèle de fixations rapides –, carra les écouteurs de son iPod dans les oreilles. Contrairement aux gosses de son âge, il ne vouait pas une passion aux vedettes de la Star'Ac et autres M.Pokora. Il leur préférait le rock. Sans doute son père, qui avait passé en boucle des années durant tous les morceaux de Nirvana, l'avait-il sauvé définitivement de la médiocrité crasse qui encombrait les ondes.

Les Red Hot Chili Peppers lui emplirent la tête. Le sac à dos jeté sur l'épaule, il prit une inspiration et s'élança.

Le retour, c'était son petit moment de gloire : à ce moment-là, les allées étaient pleines des élèves de Saint-Ex – ceux qui habitaient à deux pas venaient à pied, d'autres à vélo, mais la plupart faisaient le trajet en voiture depuis Beaune, Meursault ou Vougeot (ce qui donnait lieu à un défilé de berlines bleues et noires, conduites parfois avec chauffeur, des berlines identiques à celle qui avait un jour foncé sur le corps d'un gosse de seize mois et pour lesquelles il éprouvait une franche hostilité). Or, sur des rollers, Bastien devenait... un autre. Son père lui avait glissé des patins aux pieds quand il était encore tout petit, et il en maîtrisait tous les secrets : avant, arrière, pirouettes, sauts, dérapages... Il n'avait jamais été de nature vaniteuse et n'en tirait d'ordinaire aucune gloire, mais là, sur le cours du Parc, il pouvait donner la pleine mesure de son talent, de sa souplesse, de l'expérience d'années parisiennes passées à slalomer avec des gars de dix ans plus âgés sur la place du Palais-Royal. En clair, face à tous ces élèves qui l'ignoraient depuis un mois, il pouvait... *exister*. Une petite jouissance. Une petite revanche.

Ce soir-là pourtant, Bastien n'avait que faire des regards qui suivaient ses évolutions. Il fila droit au rythme d'une phrase qui n'avait cessé de hanter sa dernière heure de classe : *mon MSN c'est Clarabelle6... Mon MSN c'est Clarabelle6...* À cause de cette phrase, le cours avait été une torture. Grâce à elle, il avait tout oublié, ou presque, du reste de la journée : *exit* les cauchemars, le cri pendant la conférence, *julesmoreau veut être votre ami...* Le petit animal dans son cœur, dont il venait de découvrir l'existence, ne s'était pas seulement réveillé : il s'était mis à courir. Comme lui sur les patins, en ce moment même... Et à un mois de ses douze ans, Bastien découvrait son incroyable pouvoir : quand ce petit animal-là se lançait à pleine vitesse, rien ne pouvait l'arrêter. Il avait la puissance des chevaux, la nature indomptable des panthères.

En ce moment précis, le petit animal n'avait qu'une idée en tête : se connecter à MSN pour ajouter Clarabelle6 à sa liste d'amis. Et y rester connecté jusqu'à ce qu'elle apparaisse dans la petite fenêtre...

*Mon MSN, c'est Clarabelle6... Mon MSN, c'est Clarab...*

Le coup l'atteignit à la cuisse et lui coupa le souffle. Il perdit l'équilibre, roula-boula à pleine vitesse, sentit une vive douleur irradier dans tout son corps. Dans la chute, le sac à dos vola comme un frisbee dans les airs ; l'iPod se disloqua ; le pantalon se déchira en même temps que la peau.

Il secoua la tête, reprit ses esprits... Assis sur le bitume, encore sous le choc, il contempla ses paumes ensanglantées, incrédule. Tâta son genou. Là où le pantalon avait cédé, la peau était râpée, presque cuite, mais il avait évité le pire : une fracture, ou un traumatisme, même si des coups d'aiguille pulsaient dans l'articulation. Du moins l'espérait-il.

Toujours assis – il avait les jambes aussi coupées que le souffle – son regard se porta vers la branche qui l'avait atteint. Elle avait... surgi de nulle part, lancée avec assez de force pour le déséquilibrer.

Il allait se relever quand il eut l'explication du mystère. Trois silhouettes, bien cachées jusqu'alors, s'encadrèrent dans son champ de vision et Bastien eut l'impression qu'un vent froid balayait soudain le cours du Parc.

César Mendel et ses acolytes.

Il aurait dû s'y attendre : le redoublant n'allait pas opérer dans l'enceinte de l'école. Forte tête, peut-être, il ne franchissait pas les limites fixées par Saint-Ex. Son insolence avec les professeurs tenait davantage d'une attitude générale que d'une franche impolitesse, et il était du genre à frapper en hypocrite, ainsi que l'exprimait le regard fuyant, les yeux obliques comme deux fentes.

— Salut le ouf.

Le « ouf »... C'était la première fois que Bastien entendait Mendel employer le verlan. Pour ça aussi, visiblement, il attendait la sortie...

Derrière lui, les deux compères ricanèrent.

Oubliant ses contusions, Bastien se remit debout en une seconde. Ne pas laisser l'avantage et, malgré sa petite taille, les rollers le mettaient à niveau.

— Alors monsieur fait des cauchemars, reprit Mendel.

— Ouais, pédale, tu cries comme les filles...

Ça, c'était Philibert de Brysis. L'association entre les deux garçons évoquait un mauvais mariage : autant Mendel arborait une blondeur laiteuse, fade – cils blonds, rares, yeux pâles à sclérotique rose – et un physique nerveux, tout en pieds et en jambes, autant la carrure de son comparse et la noirceur de ses cheveux lui conféraient des airs de petit lutteur turc.

— Oh madame Miller, j'ai fait un cauchemar... j'ai eu très très peur, je crois que je vais pleurer...

Christian Massiac, qui ne voulait pas être en reste, venait de prendre la parole avec une voix de fausset, en tortillant du cul. Celui-là, un peu gras-double, mais taillé comme un boucher, Bastien le connaissait moins que les deux autres car il appartenait à une autre classe, en quatrième.

Ricanement général.

— Qu'est-ce que tu veux, Mendel ?

Il s'était volontairement adressé au plus grand des trois. C'était lui le meneur.

— Moi j'veux rien... mais toi, j'crois que t'as envie de me sucer.

Ce n'était pas la réponse à laquelle Bastien s'attendait et tout à coup ça lui apparut comme une évidence : Mendel était un vicieux. C'était ça qu'il avait surpris dans le regard de l'autre, sans l'identifier.

Un infime coup d'œil alentour : ils avaient bien préparé leur coup. Ils se tenaient dans un recoin du cours, un petit décrochement, comme un bec, légèrement en retrait.

Dans tous les cas, une seule solution : ne pas montrer de crainte.

— C'est quoi l'histoire ? demanda-t-il d'un ton calme. Tu veux te battre ? Pour quoi faire ? Montrer que tu es le plus fort devant tes copains ? Parce que je suppose que tu ne vas pas te faire aider... sinon, tu prouves que dalle.

Mendel cilla.

— Et à l'arrivée ça va te servir à quoi de montrer que tu es le plus fort ? On a presque deux ans de différence. Alors c'est quoi le but ?

Un instant de flottement passa dans leur regard. Machinalement, les deux suiveurs se retournèrent vers le chef.

— Y pas de but, se ressaisit Mendel. On t'aime pas. On n'aime pas les pédés ici... les pédés, on les casse. On leur montre comment il faut les traiter. Tu veux savoir ce qu'on leur fait ? demanda-t-il d'une voix doucereuse.

— Non... De toute façon, j'en connais pas de pédés... (Il faillit ajouter « à part toi » mais jugea prudent de rester digne tout en gardant profil bas.)

— On va quand même te montrer.

Un seul regard du chef suffit : en une seconde les deux chiens avaient bondi avant que Bastien n'ait pu se dégager. Ils l'attrapèrent chacun d'un côté – objectif : le faire plier, le mettre à genoux pour éviter les coups de patin. Bastien se débattit, réussit à toucher Brysis au mollet, mais pas au tibia, hélas. Il était en train de réajuster son pied pour frapper plus fort quand un poing lui coupa le souffle : Mendel venait de le cogner en plein ventre.

Plus que la douleur, le manque d'oxygène lui brisa les jambes. Il se sentit traîné à l'écart. Il se débattit encore, avec le peu de forces que lui laissaient son cœur emballé et ses tentatives pour reprendre son souffle – affreuse impression, soudain, qu'il allait mourir asphyxié. Et une brève pensée : Mendel n'avait pas la lumière à tous les étages. Cette façon de procéder n'était pas... normale : le coup pendant qu'on le tenait, la préparation du guet-apens. Tout évoquait des manières de maffieux plutôt que des règlements de comptes entre gosses. Non, quelque chose n'allait pas... pas du tout, même.

— En fait, j'ai un truc à te dire, Moreau. Juste un truc. Plus tu bouges, plus ça va être long pour te le dire et plus tu vas en chier pour l'entendre. Parce que de toute façon, tu vas l'entendre, OK ?

Il ne répondit pas, concentré pour essayer de respirer, surpris par le râle qui sortait de sa gorge. Quand Mendel le jugea suffisamment immobile, il s'approcha doucement de son oreille. Bastien attendit le coup, la feinte, le piège, mais il perçut juste une haleine aigre-douce de fin de journée.

— C'est un averto, Moreau. La prochaine fois, c'est pas le foie que je cogne. Et la prochaine fois, ce sera pas mon poing. Juste un petit avant-goût des horreurs qui vont t'arriver si jamais tu t'approches encore de...

— Bastien ?

La voix fit tressaillir César Mendel et brisa net son élan. Il se retourna d'un bond.

Mme Miller.

Les deux garçons lâchèrent instantanément Bastien qui tangua un peu avant de retrouver son équilibre.

— Il y a un problème ? demanda-t-elle d'un ton glacial.

Bastien jeta un coup d'œil derrière : sa Clio bleue était garée en double file – jetée serait le terme exact, la portière ouverte. Elle avait dû passer là et apercevoir la scène, ou simplement le sac avec les affaires éparses avait attiré son attention.

— Non non, parvint-il à dire, mais ce n'était pas vraiment sa voix... Aucun problème.

La seule réponse acceptable. Pour gagner le respect, ne jamais, JAMAIS, se plaindre aux profs.

— Bastien vient de tomber en rollers, madame. On passait par là, on a vu ses affaires, on était en train de l'aider à se remettre.

La présence d'esprit de Mendel, son culot, laissèrent Bastien bouche bée. Oui, assurément un vicieux, qui savait y faire : mêler le vrai et le faux pour brouiller les pistes, donner à son mensonge un caractère vraisemblable. Le ton, le vocabulaire, sa voix même avaient changé : le petit voyou venait d'enfiler le masque propret du fils de famille.

La prof fusilla Mendel du regard et Bastien songea qu'il valait mieux être l'ami de Mme Miller que son ennemi.

— Remets-toi, Bastien, dit-elle tranquillement en se dirigeant vers ses affaires au sol, qu'elle ramassa et glissa dans le sac. Je te ramène...

— Non non, je vous remercie, ce n'est pas la peine, ça va très bien...

— Non, ça ne va pas du tout, rétorqua-t-elle avec autorité.

Elle lui tendit le sac, mais sans le regarder, les yeux toujours braqués sur Mendel.

Elle revint à lui.

— Tu n'es pas en état de rentrer chez toi comme ça... Ton pantalon est tout déchiré et... Et tu as l'air un peu amoché. Monte dans la voiture.

Bastien marqua une hésitation, mais Mme Miller, de toute façon, n'allait tolérer aucune protestation.

Il s'exécuta, sous le regard des trois garçons et de la prof.

Une fois qu'il fut installé, Audrey Miller s'approcha de César Mendel en serrant les poings pour ne pas le gifler – plus que la violence, encore, elle haïssait le mensonge, les sourires hypocrites, la lâcheté. Des travers qu'elle avait toujours suspectés chez son élève.

— Une information, Mendel : dans ma carrière, j'ai fait quelques lycées difficiles, avec de beaucoup plus grands, et de beaucoup plus durs que toi. Et on ne m'a jamais prise pour une conne. Oui, tu as parfaitement entendu, ce n'est pas la peine de prendre ces airs de vierge effarouchée parce qu'un professeur a dit un gros mot : pour une conne.

Elle s'approcha encore.

— Alors je peux te dire une chose, mon garçon : tu n'as pas du tout envie de me mettre en colère... parce que tu n'as pas envie que ta deuxième année de cinquième soit un enfer. C'est bien compris ?

Regard indigné, effets de sourcils.

— Mais madame, je ne...

— Oui, le coupa-t-elle. Je pense que tu as parfaitement compris. Et c'est valable pour toi aussi, Philibert de Brysis.

Le silence s'abattit, dans la douce pénombre du soir en train de tomber sous les grands arbres du cours du Parc.

Audrey fit demi-tour, gagna sa voiture.

— Je vous assure que ce n'est pas la peine de me raccompagner, insista Bastien en guise d'accueil. En plus c'est juste à côté, j'étais presque arrivé.

Elle mit le contact ; la voix de Beyoncé emplit soudain l'habitacle – encore une surprise : Mme Miller écoutait du Rn'B !

— Je sais, dit-elle calmement. Je connais l'adresse. J'étais justement en route pour chez toi.

# 13

Le soir semblait s'être abattu plus vite encore sur le 36, rue des Carmes que sur la ville elle-même. Bertegui s'arrêta dans la petite cour en demi-cercle, à l'entrée de la maison : décidément, cet endroit lui donnait la chair de poule. Il se demanda à quelle date les immeubles avaient été construits, et si Le Garrec avait grandi ici, joué dans cette arrière-cour cachée derrière les bâtiments, ou si, à l'époque, le 36 s'ouvrait encore sur la rue.

Il tenait en main une grosse paire de tenailles – il avait déjà visité la maison, sans rien remarquer d'anormal. La maison, mais pas la cave.

*... un enfant fasciné par la cave de sa maison...*

*... on a bien coupé les fils du téléphone... Juste derrière, à l'entrée de la cave...*

Il ne trouverait probablement rien mais enfin, passer au crible *toute* la maison s'inscrivait dans l'ordre des choses. Au téléphone, Clément l'avait informé qu'une grosse chaîne maintenue par un cadenas verrouillait la porte de la cave. Il avait aussi accueilli la demande de Bertegui avec une surprise glacée :

— Peux-tu enquêter pour savoir qui est aujourd'hui propriétaire de la Talcotière ?

— Vous ne comptez pas rouvrir l'enquête quand même ?

— Non. Je suis toujours concentré sur la mort d'Odile le Garrec... Et sur celle du taureau, avait-il ajouté, pas bien sûr que c'était lui, le commissaire Bertegui promis au plus brillant des avenirs au 36, quai des Orfèvres, qui était en train de prononcer ces mots. J'examine toutes les pistes, c'est tout...

Il remonta la petite allée caillouteuse, contourna la maison. La cave se situait sur le côté droit. Davantage qu'une porte, il s'agissait d'une trappe creusée à même le sol. Sans doute n'auraient-ils même jamais remarqué son existence sans les recherches pour trouver l'origine de la coupure des fils du téléphone, car elle était à demi dissimulée par les cailloux et une petite bordure de fleurs qui cernait la maison.

Bertegui s'agenouilla, dégagea les graviers. Clément avait raison : la porte était maintenue par une chaîne et un gros cadenas.

Le commissaire carra la chaîne entre les pinces de sa tenaille, se mit debout. Il appuya à toutes forces... s'essouffla... recommença, y mit un pied cette fois en poussant comme s'il voulait briser une noisette géante dans son casse-noix. Toujours rien.

Finalement, il se coucha littéralement sur le manche des tenailles en pesant de tout son poids tout en accentuant encore la pression par à-coups.

La chaîne céda avec le mouvement sec d'un serpent à l'attaque. Bertegui manqua s'affaler, se rétablit tant bien que mal. Il dégagea la chaîne, la repoussa, rabattit la porte qui reposa contre le mur.

Un trou sombre en forme de carré se découpa dans le sol. Un escalier à pic s'enfonçait dans les ténèbres. Une odeur humide de tombe s'échappa comme un génie que l'on libère de sa prison.

Bertegui alluma sa lampe torche, balaya les escaliers : la cave semblait plus profonde qu'il ne l'avait imaginé et il fallait se baisser pour ne pas s'assommer tant le passage était étroit. Il repéra aussi un interrupteur, mais celui-ci ne devait pas fonctionner : depuis l'entrée, il apercevait à mi-chemin de l'escalier un fil électrique qui pendait, un goulot vide à son extrémité. C'était le genre de détails qui éveillait sa curiosité : une ampoule ne fonctionnant plus n'avait rien d'étonnant. Pas d'ampoule, en revanche, révélait un geste, une action humaine : on avait enlevé l'ampoule mais on ne l'avait pas changée. Pourquoi ? Pour laisser la cave plongée dans le noir? Ou s'agissait-il juste d'un concours de circonstances ?

Il haussa les épaules. Lumière ou pas, il fallait descendre de toute façon. Et il avait sa lampe torche.

Il se contorsionna pour passer sa tête, commença sa descente sur les marches étroites, la lampe dans une main, l'autre plaquée contre la paroi irrégulière pour ne pas glisser. C'était ce genre d'escaliers abrupts qui vous brisent les reins à la moindre chute.

Il était presque en bas lorsqu'un détail retint son attention : quelques taches. Non, pas vraiment des taches : une giclée plutôt... Des traces noirâtres, contre la pierre des murs, qui évoquaient une peinture tribale dans une grotte.

*Du sang ?*

Il s'approcha, braqua la lampe sur les gouttes séchées.

Impossible à dire. Seule une analyse pourrait le confirmer. Si tel était le cas, ces taches se trouvaient là depuis des lustres, de toute façon.

Il poursuivit sa descente jusqu'au seuil de la cave. Leva le nez en direction du puits de lumière qui perçait depuis le soupirail : il évaluait la profondeur du lieu à plus d'un étage et, en raison de la conception tarabiscotée de l'escalier, seul un faible rai de jour parvenait jusqu'en bas, et encore pas vraiment de jour : de crépuscule plutôt... De vagues formes, indistinctes, se découpaient, çà et là, à peine discernables.

Il avisa un interrupteur, cliqua. Sans effet. Braqua la lampe torche vers le plafond : deux fils électriques pendaient, sans ampoule. C'est une manie, s'agaça-t-il.

Il promena la lampe sur chaque mur, essaya de balayer chaque recoin pour mieux appréhender le lieu.

La cave du 36, rue des Carmes était petite, davantage qu'il ne l'aurait cru. Toute voûtée, elle évoquait ces caves que l'on trouve dans les immeubles anciens, les vieille demeures : des pierres apparentes, sous une belle hauteur de plafond, un sol de terre battue, deux soupiraux supposés éclairer le lieu de jour. C'était un endroit dont on aurait pu faire une petite chambre d'amis, ou une salle de jeux, mais Odile le Garrec, ou qui que ce fût, y avait entassé de vieux matelas, un canapé éventré, du matériel de jardinage rouillé, une antique boîte à outils, des cartons... Et, comme au-dessus, dans la chambre de Nicolas le Garrec, quelque chose dérangea Bertegui. L'odeur ? Les traces contre la paroi, au bas de l'escalier ? Les ampoules arrachées, ou jamais remplacées, comme si la maîtresse de maison avait condamné les lieux à jamais ? Pourtant, avait-il remarqué, le cadenas et la chaîne au-dessus étaient récents. Quand on enlevait terre et graviers qui les dissimulaient, on découvrait des chromes rutilants...

Il s'avança – légère sensation de claustrophobie induite par la pénombre, les dimensions réduites, le parfum de vieille terre et de moisissure – la lampe toujours en mouvement. Le rayon blanc balaya des cartons encore, deux pelles, un tuyau jeté dans un coin comme le cadavre d'un reptile, un vélo sans selle aux pneus complètement dégonflés. Les traces d'une vie prises dans un faisceau électrique, abandonnées.

L'agencement de la cave. Sa disposition. C'était ça qui n'allait pas.

Il réfléchit, se gratta la tête.

Ses yeux s'étrécirent, tandis que le cercle blanc de lumière s'arrêtait sur un mur. Une paroi entièrement recouverte, sur toute sa hauteur. On y avait appuyé des matelas, des portes d'armoires, des étagères sur lesquelles pourrissaient des bocaux – des bocaux bien rangés, contrairement au reste des lieux encombré de mille et une choses jetées à la va-comme-je-te-pousse, et des boîtes de conserves serrées, empilées, si bien qu'aucune pierre n'apparaissait plus.

On avait tout simplement escamoté ce mur à la vue.

Bertegui s'avança – l'impression d'étouffement se fit plus pressante. Il songea au visage du gosse de la ferme : *c'est l'esprit... le nouveau... il est méchant...*

Des fils gluants effleurèrent son visage.

— Merde ! souffla-t-il.

Et sa propre voix le fit sursauter. Une toile d'araignée ! Il venait de traverser une toile d'araignée. Écœuré, il passa une main rapide sur son visage, sa bouche, pour se défaire de la soie qui collait à ses cheveux et sa peau.

Seigneur ! Cet endroit vous filait les chocottes tout simplement. Même à lui... C'était comme une plongée dans un autre monde, souterrain : sa voiture, la rue, lui paraissaient, à présent que la nuit était presque tombée et que sa lampe constituait la seule source de lumière, loin... hautes... inaccessibles.

Il s'approcha du mur, enfin des objets qui le masquaient. Entreprit d'en dégager quelques-uns pour accéder à la pierre. En vain : un matelas bouchait la vue.

Il y avait quelque chose, là, derrière, forcément. Personne ne va entasser des armoires, des matelas, des étagères, de telle manière que chaque couche rend inaccessible l'objet suivant, alors même que d'autres murs étaient vides, qu'on aurait pu remiser là telle ou telle chose.

Un bruit dans son dos. Il se retourna brusquement, la lampe en avant.

Le vide. Des ténèbres bleutées, entre nuit noire et crépuscule.

Il balaya rapidement le sol, à la recherche d'un rat. Rien. Si c'était bien un rat, ce dernier avait détalé. De toute manière, il sembla à Bertegui que le bruit ne venait pas de la cave... mais de l'extérieur.

Il attendit encore, immobile, en silence.

Puis haussa les épaules. Retour à son inspection. Bon, il n'avait pas de mandat... Pour l'heure, une enquête pour homicide n'était même pas ouverte – à l'évidence, Odile le Garrec n'était pas morte assassinée. Du moins pas directement. Et la maison n'était pas considérée comme une scène de crime.

Pour autant, il était déjà dans l'illégalité, puisqu'il avait forcé l'entrée de la cave. Alors, un peu plus ou un peu moins.

Il posa la lampe de façon à éclairer l'endroit où il se trouvait, puis revint aux bocaux.

Il commença à les empiler dans un coin pour dégager les étagères, insensible à présent aux nuages de poussière lourde et humide qui volaient à chacun de ses mouvements. Ensuite il déplacerait le meuble d'étagères, puis le matelas, puis ce qu'il y avait derr...

Un mouvement dans son dos brisa son geste, moins qu'un mouvement : un souffle d'air.

Il se retourna.

La silhouette noire se découpait à peine dans la pénombre. Elle tenait ce qui semblait être un bâton ou une masse. Elle était prête à frapper.

Avec une vitesse surprenante pour un homme de sa corpulence, Bertegui se jeta sur la lampe torche et roula au sol – il sentit un truc gluant s'étaler sous ses fesses. La masse retomba à quelques centimètres et déséquilibra son assaillant.

Bertegui braqua sa lampe torche sur lui, la main déjà plongée dans le holster.

— Police ! Pas un geste !

L'homme lâcha le manche, tourna la tête. Dans le rayon de la lampe, deux yeux d'une couleur unique, entre gris et noir, aux cils épais qui battaient de surprise. Ou de peur.

Nicolas le Garrec.

* * *

— Vous pouvez me dire ce que vous faites là ?

Ils étaient remontés, se tenaient à l'entrée de la cave. Le Garrec avait rabattu la porte avec humeur – davantage un couvercle qu'une porte en vérité –, visiblement énervé.

— Je voulais voir votre cave, expliqua Bertegui.

Il avait accueilli l'air frais avec soulagement, mais l'atmosphère viciée lui semblait toujours emplir ses poumons, la poussière coller à sa veste de cuir.

— J'ai bien compris, mais pourquoi ? J'ai vu la cave ouverte, la chaîne forcée... j'ai cru à un voleur. Vous auriez pu prendre un sale coup de pelle.

— Je voulais tout vérifier...

— Quel rapport entre la cave et la mort de ma mère ?

C'était une question-piège. Qu'allait-il répondre ? Votre premier roman évoque un enfant fasciné par la cave de sa maison...

— Aucun rapport direct. Je voulais procéder à quelques vérifications. Les fils du téléphone ont été coupés là... montra Bertegui.

Le Garrec ne suivit pas son geste des yeux, continua à le fixer d'un air où le soupçon le disputait à l'indignation.

— Et vous, que faites-vous là ? demanda le commissaire, qui n'aimait pas devoir se justifier, même quand il se savait juridiquement en tort.

Nicolas le Garrec écarquilla les yeux.

— Vous plaisantez, j'espère ? Ma mère vient de mourir. Il est légitime que j'aie... je ne sais pas... envie de revenir chez moi.

Bertegui aurait pu lui rétorquer que non, ce n'était pas évident, puisqu'il ne semblait guère avoir manifesté un tel désir de son vivant, mais il s'abstint de tout commentaire. Comme il se retint de lui rappeler qu'il aurait pu tuer quelqu'un à coups de pelle pour violation d'une cave où il n'y avait rien à voler, sinon des bocaux sans date et un vélo sans selle. La réaction semblait pour le moins disproportionnée. Sans parler des risques encourus si l'affaire avait mal tourné.

— Vous avez les clés ? demanda-t-il tout de même.

— Oui, marmonna l'écrivain. Enfin, si elle n'a pas changé les serrures...

Il détenait les clés, donc. Celles remises par Suzy Belair, l'astrologue, et celles de la domestique n'étaient pas les seuls jeux en circulation.

Les yeux de Bertegui s'arrêtèrent un instant sur la maison : la cave qu'il venait de visiter ne couvrait pas toute la surface au sol. Il s'efforça de se rappeler la configuration des lieux. Y avait-il un mur porteur à l'endroit même où la paroi était encombrée d'objets et de matelas ?

— Cela vous embête si je fais un tour rapide ?

— Dans la maison ? s'étonna Le Garrec.

— Oui, dans la maison...

L'homme soupira. Il sembla tout à coup abattu – de lourds cernes bistres, deux plis amers aux lèvres, trahissaient sa fatigue.

— Pas maintenant... Demain si vous le souhaitez, mais ce soir, je voudrais... être seul. Ici.

Bertegui hocha la tête.

— Nous nous reverrons, monsieur le Garrec, annonça-t-il en guise d'au revoir.

— Je sais.

Les deux hommes échangèrent un regard. Bertegui sonda celui de l'écrivain : il n'y décela rien... pas même une animosité qui aurait pu être légitime. Rien, sinon peut-être l'éclat sombre d'un homme qui a des secrets.

# 14

Elle portait une salopette maculée de peinture, une chemise d'homme aux manches roulées, et de simples barrettes pour retenir ses longs cheveux. Et pourtant : la femme qui venait d'ouvrir la porte était d'une beauté renversante. De grands yeux noirs profonds comme un lac, un visage symétrique et finement découpé, une bouche d'un rouge purpurin, des pommettes hautes, pleines, obliques, pareilles à une gueule de chat... Oui, une authentique beauté, brouillée de chagrin, presque floue, une madone fière et tragique. La mère de Bastien Moreau évoquait tout cela et vous émouvait au premier regard comme une actrice italienne dans un drame de Commencini ou de Visconti, une Bellucci vacillante et blessée. C'est du moins ce que ressentit Audrey.

— Tu as encore oublié tes clés, Bastien ? demanda-t-elle en guise de bonjour.

Puis elle leva les yeux vers la professeur, revint à son fils sur le perron de la maison et avisa sa tenue, le pantalon déchiré.

— Il y a un problème ? Que se passe-t-il ?

— Bonjour madame Moreau. Je suis Audrey Miller. La prof de lettres de Bastien. Je vous rassure, ce n'est rien de grave. Bastien a eu une... altercation avec quelques élèves, et j'étais sur le chemin. Je l'ai ramené.

— Une altercation ? Je ne comprends pas. Bastien n'a jamais eu de... problèmes.

Son débit était un peu étrange et, même si elle fixait Audrey, cette dernière ne sentit pas le regard de la jeune femme s'arrêter sur elle. Il la traversait, voyait au-delà, ailleurs... Comme son fils, parfois, pendant les cours.

— Je ne crois pas qu'il soit en rien responsable de la petite aventure, et d'ailleurs, c'est parce que je voulais vous voir que je l'ai ramené... Il s'en serait sûrement très bien sorti sans moi. N'est-ce pas, Bastien ?

Le gosse hocha la tête, l'air à demi convaincu.

— Me... voir ? Je... Enfin à quel propos ?

— C'est difficile à expliquer ici...

Caroline Moreau cilla nerveusement, comme si elle reprenait ses esprits.

— Heu... Oh ! oui, bien sûr, entrez, on ne va pas rester à la porte.

Elle s'effaça pour les laisser passer.

Audrey découvrit un beau vestibule carrelé à l'ancienne, en damier, un plafond haut le long duquel couraient des frises de plâtre, des murs sur lesquels s'étalaient de vastes taches de couleur, des nuages torturés aux formes indistinctes, floues, dans de sobres cadres de métal, des fenêtres ouvertes sur un autre monde.

— Je suis désolée de vous recevoir comme ça, expliqua Caroline Moreau dans son dos, j'étais en train de peindre.

— C'est vous l'auteur alors ?

Audrey se retourna. La jeune femme souriait – un sourire doux, vulnérable... et toujours ce caractère tragique, insaisissable. Une nuit d'étoiles en guise de regard.

Elle hocha la tête, invita Audrey à la suivre.

— Vous vouliez me voir, donc ? Je vais me... (elle montra ses mains couvertes de peinture)... débarbouiller. Je vous laisse avec votre élève, je reviens tout de suite. Tu t'occupes bien de ton invitée, hein mon fils ?

Ils restèrent tous les deux, gauches dans le living. La pièce était vaste, un peu vide, garnie d'un mobilier qui n'avait été prévu ni pour ses dimensions, ni pour son époque, avec son parquet, ses moulures, la grande cheminée qui écrasait les petits meubles peints – sans doute par l'auteur des toiles au mur – deux divans simples aux coussins de couleur, des bibelots de bric et de broc selon un style qu'Audrey qualifia mentalement de Beaux-Arts.

C'était en tout cas une grande maison, surtout s'ils n'y vivaient qu'à trois, et dès le petit portail, en découvrant les murs en pierre de taille, le balcon à l'étage et sa belle rambarde de fer forgé, elle s'était interrogée : les Moreau avaient peut-être vraiment les moyens de s'acquitter des frais de scolarité de leur fils. La jeune femme vendait-elle bien ses tableaux ? Son mari était-il de ces commerciaux qui amassent de petites fortunes ? Le contraste entre la décoration et la bâtisse elle-même évoquait un changement de situation récent.

— Vous avez une belle maison, dis-moi, Bastien.

— Oui, je sais.

Il n'en avait pas l'air convaincu.

Elle hésita : elle ne voulait pas paraître une intruse, mais elle voulait vérifier par elle-même les conditions de vie de son élève.

— Tu me montrerais ta chambre ?

Un sourire – la même douceur que sa mère, les mêmes iris nuiteux, lactés.

— Oui, bien sûr...

Elle le suivit au bout du couloir, ses talons résonnant contre le damier noir et blanc, les nuages pâles au mur escortant chacun de ses pas, et découvrit une pièce semblable au living : le parquet, les moulures... le vide, trompé par des paniers d'osier, le grand lit bateau, les posters au mur.

— Une belle maison, et une belle chambre, annonça-t-elle avec un sourire.

Elle entra, laissa ses yeux traîner sur des jouets inadaptés à l'âge de Bastien, sur un grand circuit de voiture qui encombrait le sol, des étagères... Elle s'arrêta sur une rangée de livres : des Stephen King, Dean Koontz, Graham Masterton... des auteurs anglo-saxons pour la plupart, spécialistes du fantastique, du morbide.

— Tu lis ça ? demanda-t-elle.

— Oui, j'aime bien. Surtout Stephen King... enfin les premiers... ceux qui sont pas trop gros.

Audrey ne put réprimer un sourire, revint au meuble. C'étaient des lectures mûres pour son âge.

Une autre rangée : *Le Seigneur des anneaux*, des romans d'heroïc fantasy, du moins le supposa-t-elle. Elle ne connaissait pas les auteurs, mais les couvertures qui présentaient dragons et licornes ne laissaient aucun doute sur leur contenu.

Elle s'approcha de la grande porte-fenêtre, avisa le petit jardin qui s'ouvrait presque de plain-pied, peu entretenu mais charmant, vert, touffu... Puis s'immobilisa.

La balançoire.

Elle se découpait dans la pénombre naissante du soir : un portique qui avait dû être rouge, à présent rouillé, écaillé, deux chaînes grinçantes, une assise de bois clair... Rien que de très normal. Et pourtant : elle ondulait dans le vent du soir. Un mouvement lent, mais précis, presque une régularité de métronome et ce mouvement, cette présence, au beau milieu de ce petit coin de nature, lui donna un frisson.

Elle observa encore quelques instants : oui, c'était bien ça. On aurait dit que... quelqu'un était en train de se balancer. Doucement, lentement... car le siège restait raide, ainsi que les chaînes. Comme si ils supportaient un poids.

— On aime beaucoup cette maison...

Audrey sursauta.

Caroline Moreau avait enlevé la salopette pour passer un jean, et lâché ses cheveux – ils retombaient à présent dans son dos, lisses et luisants comme ceux d'une Asiatique –, et Audrey songea que, lorsque son teint de porcelaine brunissait au soleil, la mère de Bastien devait présenter un type exotique, îlien.

— On repasse au salon ?

Au moment de sortir, Audrey croisa le regard de Bastien : un regard entendu, presque complice. Il avait deviné son sentiment devant la balançoire. Parce que lui aussi, comprit-elle, ressentait la même appréhension lorsqu'il la regardait se mouvoir dans le jardin.

* * *

— Oui, nous sommes au courant pour ses cauchemars.

Elles étaient assises dans le salon, deux tasses de thé parfumé à la cerise posées devant elles, sur la table basse.

— Vous savez, on a décidé un peu à l'improviste de venir nous installer ici. Ça a été très brutal...

Audrey écoutait après avoir exposé son récit, sans parvenir à se concentrer : la beauté comme les absences de Caroline Moreau, les toiles au mur constituaient autant d'obstacles à toute forme d'attention.

— Et les cauchemars sont récents. Ils ont commencé... pour tout vous dire, la nuit même de notre arrivée ici.

Elle soupira.

— Je pense que c'est passager, depuis quelques jours, ça va mieux.

Audrey hocha la tête, guère convaincue : le hurlement entendu pendant la conférence de Le Garrec n'augurait en rien d'une amélioration.

— En tout cas, je peux vous dire qu'il n'a jamais eu ce genre de problèmes avant. Donc c'est forcément lié à ça... le changement. Bastien a toujours été un enfant un peu... secret. Il aime mener sa petite vie. Et il était très attaché à son ami de toujours, notre voisin à Paris. Enfin, tout ça a causé... un choc je pense.

— Je comprends.

— Et puis je dois vous dire aussi qu'il y a toutes ses lectures... des histoires de vampires, et de monstres, et toutes ces choses qui font peur. Il a toujours aimé ça, même tout petit. Se faire peur... Avoir peur ! D'ailleurs c'était un gosse très émotif, la sorcière de Blanche-Neige le terrifiait, vous savez, le dessin animé de Walt Disney ?

Elle partit d'un petit rire attendri, le genre de rire qu'ont toutes les mères quand elles évoquent un souvenir heureux, une de ces particularités qui font de leur enfant une créature unique, du moins pour elles... Le même rire qu'Audrey, quand elle se rappelait les colères que son fils était capable de piquer bébé à en devenir rouge baudruche, ou ses hurlements de terreur au premier bain de mer, ou ses réclamations de « tintin », car à trois ans il avait développé une passion non pas pour le héros d'Hergé mais pour les gratins de sa mère – c'était sa façon d'en réclamer, en ouvrant la porte du four...

Elle soupira. Revint à ce qui l'avait alerté en premier lieu.

*Avez-vous des frères et sœurs ? OUI NON...*

— Madame Moreau, je me permets de vous poser la question mais... Bastien est bien fils unique ?

Caroline Moreau ne bougea pas, ne cilla pas. Mais dans la nuit de ses iris, les étoiles s'éteignirent brusquement et l'ombre des cernes qui soulignaient l'éclat de son regard sembla se creuser.

— Je peux vous demander pourquoi cette question ?

Audrey le lui expliqua.

La jeune peintre poussa un soupir – ou plutôt expulsa un mince filet d'air comme une plainte.

— Nous avons perdu un fils... Il y a... je ne sais plus. Je ne veux plus compter. Un accident... Bastien était présent. Il a vu...

Un silence. C'était ce genre de situation où toute parole, même d'empathie, est forcément dérisoire.

— Je pense que ça a été dur pour lui. Pas seulement la mort de son frère – il avait seize mois – mais aussi... enfin, ça a été dur pour toute la famille, vous voyez.

Évidemment, elle comprenait : toutes les implications d'un tel drame, tous les changements occasionnés au quotidien, le poids de la peine pour un enfant, la sienne et celle de ses parents. Peu à peu, le voile se levait : Audrey devinait une cohérence, des névroses, des nœuds, mais rien sans doute d'insurmontable. Du moins pour Bastien, car elle ne doutait pas que la femme face à elle porterait le deuil jusqu'à sa mort. Et c'est peut-être ce qui la rendait plus belle encore.

Il était temps de prendre congé, de songer à elle, la soirée qui l'attendait, chez les Rochefort. Elle était déjà debout quand on entendit une clé dans la porte d'entrée.

— Ah, c'est Daniel je suppose...

Quelques secondes plus tard, un grand gaillard entrait dans le living : une allure sportive malgré l'imper et la mallette au poing, aussi blond que sa femme était brune ; il évoquait davantage un aventurier qu'un commercial et Audrey en conclut qu'elle avait devant les yeux un parfait spécimen de couple bourgeois-bohème. Elle devina aussi, à la façon dont il embrassa sa femme, l'infinie tendresse qu'il lui portait.

Caroline Moreau fit les présentations, résuma l'affaire.

— C'est très gentil à vous d'être venue nous en parler, vraiment. Ma femme a dû vous expliquer la situation et pour tout vous dire, on avait envisagé de consulter un psy si ça ne passait pas.

Audrey décida de ne pas s'attarder, se fit raccompagner, serra les mains, et décida qu'ils étaient sympathiques, chaleureux, différents à bien des égards des (rares) personnes rencontrées à Laville jusqu'alors... et qu'ils aimaient leur fils. C'est tout ce qui comptait, tout ce qu'elle voulait savoir.

Enfin presque.

Sur le pas de la porte, elle hasarda une ultime question :

— J'ai oublié de vous demander... Qui a parrainé Bastien pour Saint-Exupéry ?

Ils échangèrent un regard surpris.

— Parrainé ? Comment ça ? demanda Caroline Moreau.

— On n'a pas été vraiment parrainé, annonça son mari. Enfin... C'est mon poste.

— Votre poste ?

— Oui... C'est une situation inespérée, vous savez... Je cherchais depuis des mois et des mois... les Laboratoires Hecticon. Vous connaissez ?

Elle hocha la tête : Audrey était de ces femmes qui aiment se perdre les samedis de déprime chez Sephora, or, depuis quelques mois, elle les alignait, semaine après semaine. Hecticon (« On dit Hecticone », lui avait appris la démonstratrice) était une marque réputée pour des produits de beauté haut de gamme développés autour de la vigne et d'eaux de source, des antioxydants, des produits rajeunissants...

— Ils m'ont appelé... quoi ? Deux semaines avant la rentrée scolaire ?

Il s'était tourné vers sa femme.

— Et ils m'ont offert ce poste... et la maison qui va avec, enfin cette maison, qui est une propriété de fonction. Et proposé de scolariser Bastien à Saint-Ex. Évidemment, quand j'ai vu, après avoir enquêté, la réputation de l'école, je n'ai pas hésité.

— Oh, je vois, fit Audrey.

— Oui... Un poste inespéré, répéta Daniel Moreau. C'est eux qui ont tout, absolument tout géré. Ils se sont même occupés des formalités d'inscription.

— Et ce sont eux qui financent ?

— Oui... je ne sais même pas vraiment combien ça coûte, mais... apparemment ils ont fait le bon choix puisque... vous êtes là.

# 15

César Mendel remonta l'allée, les mâchoires serrées, fulminant, insensible à ce cadre qui avait bercé son enfance : la plus spectaculaire propriété du cours du Parc, un authentique petit manoir, restauré, ravalé, dont les grilles ouvraient directement sur le bois du Parc.

Insensible car il avait été... humilié ! Lui, Mendel...

HUMILIÉ !

Par cette... salope ! Il ne voyait pas d'autre mot : cette sale garce de prof, avec ses allures de Parisienne à la mormoilejonc... D'où se croyait-elle sortie, celle-là, pour oser l'HUMILIER ainsi devant ses amis ?

Il poussa violemment la porte d'entrée, manqua renverser Antoinette, la domestique philippine, qui finissait sa journée en époussetant les cadres de l'entrée – de grands tableaux affreux, des scènes de chasse, et des vieilles connes du XVIIIe dans des robes à la mormoilejonc, des thons dont on lui avait vaguement appris qu'elles étaient de la famille (mais il n'en avait jamais cru un mot, c'était une lubie de sa mère qui appartenait à une vieille aristocratie ruinée et entassait dans tous les recoins de la maison des *Points de vue* en s'inventant tous ces ancêtres assez prestigieux pour avoir été peints par je ne sais quel connard à la boufmoilateub...).

— Oh ! Monsieur, je ne vous avais pas vu !

Voix haut perchée de canard enrhumé, petit tablier blanc imposé par sa mère, comme si on avait des bonniches asiatiques dans les grandes maisons (comble du ridicule : déguisées en soubrettes de théâtre !).

Il grommela un vague « Scusez-moi », se dirigea vers l'escalier, prêt à monter directement dans sa chambre...

HUMILIÉ !

... mais comme un bonheur n'arrive jamais seul, une voix interrompit sa course :

— Eh bien eh bien, où court-on comme ça, sans embrasser sa mère ? Et en renversant la gouvernante, en plus...

Il tressaillit. Ferma les yeux. Prit une profonde inspiration.

— Bonjour maman, dit-il en se retournant, un grand sourire aux lèvres. Vous allez bien aujourd'hui ?

Nul doute que cette sous-merde allait bien : elle avait en main un beau verre de cristal, large, lourd, dans lequel une petite flaque ambrée reflétait une lumière ondoyante sur son cou fripé, un cou auquel pendaient des rangées de perles... « ... *anciennes, César, elles appartenaient à ton arrière-arrière-arrière-grand-mère et n'ont jamais quitté la gorge d'aucune fille aînée de la famille* » (remarque qui avait inévitablement conduit César Mendel à visualiser sa mère à quatre pattes, chevauchée par son père, les vénérables perles roulant et déroulant contre les coussins du lit parental). Elle se tenait juste à l'entrée du salon, ce qui signifiait : je me suis emmerdée toute la journée, et je suis censée mettre la pédale douce sur la bibine puisque que le docteur Ferot a insisté, donc j'ai attendu 18 heures pour me servir ma première dose et là, franchement, mon petit César, je n'ai aucune envie, mais alors aucune, de me la descendre toute seule comme une quiche...

Il marcha jusqu'à elle, déposa un sage baiser sur une joue. De doux parfums poudrés, sucrés et alcoolisés montèrent à ses narines et il réprima une violente envie d'attraper son cou, là, maintenant, et de le serrer jusqu'à voir les deux yeux – ces yeux que l'on disait « bleu porcelaine » dans la famille, un des dignes (un des seuls ?) héritages des Morsan de Calignon – ces yeux, donc, jaillir de leurs orbites comme des billes avec le petit plop d'une bouteille qu'on débouche.

— Alors, comment s'est passée ta journée ?

Elle entra dans le salon (il connaissait chaque geste de son rituel) et il la suivit. En fait de salon, l'endroit ressemblait davantage à une salle de réception. Son père, qui dirigeait une banque pour toute la région, tirait grande fierté d'avoir acquis cette maison, très convoitée, avec ses douze pièces, son jardin, sa vue imprenable sur le bois du Parc, et compagnie. Évidemment, le mobilier était d'époque, sa mère adorait prétendre que toutes ces... choses, acquises au hasard de chines et de ventes dans toute la France, avaient traversé les siècles dans le douillet giron de Morsan de mes deux balloches, alors que les dits Morsan avaient sans doute tout brûlé il y avait genre deux siècles pour ne pas crever de froid.

*Comment s'est passée ta journée, donc*, avait demandé la vieille peau.

Très bien maman... J'ai assisté à la pire scène de ma vie, cette petite merde de Parigot maigrichon jouer les Casanova avec ce qu'il faut bien appeler LE canon de la classe, laquelle répondait à ses avances avec des soupirs d'actrice.

— Très bien, maman. Nous avons eu la visite d'un écrivain...

— Célèbre ? demanda-t-elle.

César Mendel fixa sa mère avec un sourire froid : un écrivain célèbre ne présentait pas le même degré d'intérêt, dans l'échelle très personnelle de ses valeurs, que l'héritier d'une grande famille; mais enfin, davantage en tout cas qu'un écrivain anonyme, ah ah ah...

— Nicolas le Garrec... vous connaissez ?

Floriane Mendel chercha la réponse dans le fond de son verre, n'y trouva que deux glaçons, et se tut.

— Bref, oui la journée a été... intéressante.

— Eh bien pour moi aussi, figure-toi.

Il avait du mal à le croire, mais il accueillit calmement la nouvelle du jour : son père était pressenti pour un poste en Arabie Saoudite.

— Bien sûr, il y a... enfin, une petite fortune à la clé mais tout de même, tu nous imagines déménager en Arabie Saoudite ? Je me demande si je suis censée porter le voile ou quelque chose comme ça... Tu imagines ?

Non, il n'imaginait pas vraiment, enfin il ne s'imaginait pas LUI perdu là-bas (en revanche, il songea brièvement que si sa mère pouvait cacher sa gueule de raie avinée sous une... heu... djellaba, ou un truc du genre, elle ferait ENFIN un geste utile pour l'humanité !). Et la salope avait raison : c'était une sacrée nouvelle.

Tandis qu'elle lui expliquait les tenants et les aboutissants d'un tel projet – « et il m'a annoncé ça tout à l'heure au téléphone... mais je n'arrive pas à me faire à cette idée... » –

César réfléchit aux conséquences d'un déménagement, puis se demanda si, en cas de décès *inattendu*, il serait héritier de son père, et si l'héritage leur permettrait de maintenir leur niveau de vie (enfin surtout le sien, parce qu'il n'avait rien à faire de sa sœur de six ans et encore moins de cette... chose assise sur son Louis XV, qui sirotait sa dose en triturant ses perles, un geste tellement agaçant chez elle qu'il avait pris en horreur toute fille affectée du même tic avec ses cheveux).

— ... Seigneur, mais qu'allons-nous devenir ?

Elle interrompit brutalement ses réflexions. L'envie de se jeter sur elle, l'attraper par les cheveux et de la traîner jusqu'à la cuvette des chiottes pour lui faire bouffer sa merde fut si violente qu'elle lui arracha un frisson.

Vraiment, que se passerait-il en cas de décès... *inattendu* ? Voilà une question intéressante, qu'il allait pouvoir tourner, manipuler, disséquer comme une grenouille en cours de biolo...

— Ne vous inquiétez pas, maman, la rassura-t-il calmement. Je suis certain que nous ne partirons pas... (Il s'approcha, l'embrassa comme on console une petite fille.) Absolument certain.

# 16

Mme Miller venait de partir, Bastien avait entendu la porte d'entrée se refermer ; en d'autres circonstances il aurait sans doute rejoint ses parents dans la cuisine pour savoir ce qu'il s'était raconté dans le secret du salon entre sa prof de lettres et eux. À cet instant, c'était pourtant le cadet de ses soucis.

Il était assis dans le bureau, face à l'écran de l'ordinateur. À peine Mme Miller avait-elle tourné les talons de sa chambre, il était venu déposer sa demande MSN : ajouter Clarabelle6 à sa liste d'amis.

Pour l'instant, Clarabelle6 n'était pas en ligne… ou n'avait pas encore accepté.

Comment elle s'appl ?

À l'écran, Patoche était connecté.

Bastien venait de lui raconter brièvement les aventures de la journée. Il avait surtout insisté sur l'épisode César Mendel, mais évoqué brièvement la rencontre avec Opale. Très brièvement, même, car pour une raison obscure, cet événement-là lui semblait trop… personnel. Privé. Quant à évoquer ce drôle d'animal qui n'arrêtait pas de danser la gigue dans sa poitrine, il en était encore moins question. D'ailleurs, il n'aurait même pas su comment l'exprimer.

Opale

C strange com nom. tu kif ?

Ba elle est pas mal quand même ;-)

Tu la shootes avec ton tel ?

J'ai pas de tel avec cam.

Ah merde je croyais. Faut que tu demandes ça pour Noel Je veux la voir la meuf !

La meuf ! Le terme agaça Bastien. Opale n'était pas une meuf ! Loin de là même !

Mais je pige pas : elle est venue te parler pourquoi ?

Il avait également passé sous silence le cauchemar, le cri… Et de toute façon, il n'avait pas vraiment de réponse à la question de son ami. Elle est venue me voir… parce que j'ai fait un cauchemar ? Parce que… elle veut devenir mon amie ?

Jsais pas…

elle te kiffe ?

ben ptêt

C strange. jé l'impression ke tu me caches des trucs.

Et toi, ça va sinon ?

ouais trankil… mais je m'emmerde le dim depuis que t plus là

pfff moi je m'emmerde tous les jours

Cling... Une alerte MSN.

Clarabelle6 venait de se connecter. Clarabelle6 venait d'accepter sa demande.

`T là ?`

Et Clarabelle6 lui demandait s'il était connecté !

Seigneur, le petit animal venait de se remettre à bouger – cette fois, ce n'était ni une panthère ni un cheval... plutôt un hamster en train de courir dans sa roue.

`Oui... une sec`

Puis un message à Patoche :

`je dois quit, ma mère m'appelle.`

`t cncté plus tard ?`

`yep ça marche`

Puis il se mit en statut *Absent* pour pouvoir se consacrer tout entier à Clarabelle6.

`voilà suis là`

`cool tu fais koa`

`je t'attends`

Il l'avait écrit spontanément... c'était sorti comme ça. Dans la solitude du petit bureau, il rougit de son audace.

`:-)) t bien rentré ?`

Il hésita... Devait-il lui raconter l'altercation ? Il résuma... passa sous silence la visite de Mme Miller.

`fé attention`

`pourkoi ? a koi ?`

`César... Il me court après. depuis l'année dern. mm quand on était pas ds la mm classe.`

Bastien relut trois fois la phrase et sentit que la roue avec son hamster venait de prendre le large : il me court après... et donc il est jaloux... il est jaloux car je m'intéresse à toi... voilà ce qu'il lisait, comprenait implicitement.

`et il est dangereux`

`comment ça ?`

`je sais pas. il est dangereux je le sens...`

À nouveau cette drôle d'impression : avec Opale, on basculait de la légèreté à la gravité en quelques secondes, en une ligne. Il essaya soudain d'imaginer la lumière de l'écran sur son visage, son adorable petit visage tacheté de son… Se trouvait-elle dans sa chambre ? Surfait-elle depuis son propre ordinateur ?

dis donc tu sens beaucoup de choses comme ça ? lol

LOL… Il avait rajouté ce petit mot – *lots of laugh*, aussi connu en français sous la dénomination *mdr*, mort de rire – pour essayer de revenir à un peu plus de… fun.

oui

Cette fois, c'est lui qui laissa passer un blanc. Puis :

moi aussi

À elle, il le devinait : il pouvait le dire.

c'est depuis que tu es arrivé non ?

Comment savait-elle ? il le lui demanda.

c normal : c comme ça ici… on sent les choses c la ville elle a des ondes

de bonnes ondes tu veux dire ?

non. pas de bonnes ondes ici mais c normal

pourkoi normal ?

c la ville elle est maudite

L'animal s'arrêta brusquement dans sa course, comme un écureuil sur une branche. Bastien songea soudain à la mère de Patoche… « Il y a les choses… *les chooooses…* »

elle fait faire des trucs bizarres aux gens… elle FAIT des trucs bizarres aux gens. tu le sens non ?

Oui, il le sentait : dans chaque pierre, sous l'ombre de chaque arbre, il avait pressenti quelque chose de malsain. D'indiciblement sombre. Obscur. Lourd. Et contagieux…

Machinalement, ses yeux quittèrent un instant l'écran : à la fenêtre, il vit les premières bouffées de brume affadir le jardinet pourtant éclairé, comme si la nuit commençait à pousser des soupirs languides et blancs.

*… les chooooses…*

tu m'as pas dit vraiment pourkoi vous êtes venus ici ? Tourner la page… mais la page de koa…

Il le savait, MSN, enfin Internet, l'écrit, libéraient la parole. Elle n'avait pas vraiment insisté à Saint-Ex, et ils n'auraient probablement pas eu cet échange *de visu*. Mais c'est ainsi : il en apprendrait davantage, en dirait davantage, en vingt minutes de MSN qu'en deux heures de promenade.

Il lui résuma l'accident... la nécessité du changement.

`Moi aussi mon frère est mort`

Il n'en croyait pas ses yeux : des points communs, encore et encore...

`comment ?`

`il s'est suicidé y a pas longtemps, juste avant la rentrée`

Un blanc. Bastien se trouvait à court de réponse. Il n'avait pas anticipé un « dial » de cette teneur, mais la conversation banalement charmante de deux ados qui se découvrent : tu aimes tel film ? Tu écoutes quoi ? On se voit samedi aprèm ? Trop nulle la prof d'histégé avec ses robes à fleurs qu'on dirait des combis taillées dans des rideaux. Mais il aurait dû se douter : ce qui faisait la particularité d'Opale, ce n'était pas juste sa fraîche joliesse d'adolescente. C'était ça : la gravité.

`pourkoi ?`

`on ne sait pas... il a juste laissé un mot.`

`et il ne donne pas d'explications ?`

`non il a juste mis un truc comme : un jour des choses terribles arriveront et...`

Un blanc. Bastien n'osait plus écrire, plus taper. Il sentait ses doigts paralysés. Elle-même, à l'autre bout, semblait hésitante, comme si elle avait deviné, qu'en lui faisant de telles révélations, elle se liait par un pacte plus fort que tous les serments d'amour.

`... et ce jour-là plus rien jamais ne sera comme avant.`

C'est à ce moment que MSN fit tinter sa petite musique de connection : à l'écran, *julesmoreau* venait d'apparaître dans une nouvelle fenêtre de dialogue.

# 17

Audrey s'arrêta devant le miroir. Elle portait la fameuse robe beige Basic Instinct, celle-là même qui lui avait permis, croyait-elle, d'obtenir ce poste à Saint-Ex, assortie cette fois d'une paire d'escarpins dorés, de bijoux, d'accessoires sophistiqués... Sur son visage, elle avait appliqué fond de teint et poudre, pulpé ses lèvres au gloss, ombré son regard d'ocre, rehaussé ses pommettes au blush. Une bonne demi-heure de maquillage, avec les gestes calmes d'une coquette qui aime à s'appliquer. Elle avait parfaitement réussi, mais n'en tirait aucune satisfaction : la journée avait été éprouvante, la soirée ne le serait probablement pas moins. La rencontre avec la femme de son amant... les « retrouvailles » avec Le Garrec après la mort de sa mère – Seigneur, qu'allait-elle lui dire ? Et ces mots, ces phrases, qui continuaient à polluer son esprit : « C'est Hecticon. Les laboratoires... Vous connaissez ? Ils s'occupent de tout. »

Depuis sa rencontre avec les Moreau, les Laboratoires Hecticon n'avaient cessé justement de croiser sa route : une publicité au dos d'un magazine qui traînait dans sa voiture... Un pot de crème qui lui avait sauté aux yeux quand elle avait ouvert sa boîte à trésors, ainsi qu'elle appelait le petit meuble dans lequel elle alignait son nécessaire à maquillage – dont quantité de pots, tubes, spray quasi intacts, parmi lesquels l'Extrol Renew 6 des Laboratoires Hecticon.

Elle avait reçu l'information de Daniel Moreau comme une gifle : les Laboratoires Hecticon s'occupent de tout. Elle avait aussitôt compris que... quelque chose n'allait pas. Soit, on pouvait admettre la générosité du laboratoire avec son personnel – encore qu'Audrey n'avait jamais entendu évoquer, depuis son arrivée à Saint-Ex, le statut particulier des enfants d'employés d'Hecticon. Mais que dire de ces formalités d'inscription dont le laboratoire s'acquittait diligemment ? Et pourquoi Antoine ne lui avait-il pas simplement expliqué la situation ?

Ses yeux se détournèrent du miroir, s'arrêtèrent un instant sur une photo : elle, et à ses côtés un petit garçon aux yeux clairs qui riait aux éclats, devant un sapin de Noël aux branches duquel pendaient des paquets dorés enrubannés de rouge et de vert. Joce avait pris cette photo : leur dernier Noël heureux, deux ans plus tôt... Juste avant que la vie ne bascule.

Elle soupira, revint à la dérisoire préoccupation du moment – la soirée –, et gagna la cuisine. Elle ne savait pas vraiment comment la « party » était conçue : un dîner ? Un buffet ? Des petits fours ? Dans tous les cas, il n'était pas question de bâfrer. Elle prit une pomme dans la coupe à fruits, ouvrit le frigidaire pour choisir un yaourt et s'approcha de la fenêtre qui ouvrait sur l'arrière de la résidence, le petit parking en bas.

La brume commençait à tomber et, dans le soir, le spectacle était presque beau : le parking était à présent nimbé d'une vapeur dans laquelle dansait la lumière orangée des lampadaires comme recouverts d'un abat-jour de fumée. La forme des voitures s'estompait – illusion d'un troupeau de gros animaux placides en train de sommeiller – et les arbres, de simples marronniers effeuillés à l'aube de l'hiver, s'élevaient à présent comme des créatures mystérieuses et exotiques...

La brume, la nuit, observa-t-elle, estompait le béton et rehaussait la végétation, mais la vue ne la ravit en rien, lui coupa même l'appétit. Elle cessa de croquer dans son fruit.

* * *

Elle s'enfonça prudemment dans le cœur de Laville-Saint-Jour. Elle n'était encore familière ni des directions parfois compliquées induites par les petites rues du centre-ville, ni de la conduite sous une brume aussi dense, s'efforçant de rester insensible au spectacle qui s'offrait à elle : une ville de province assoupie un soir d'automne, les formes un peu floues des bâtiments dans la nuit, la clarté vive de projecteurs rasant des murs de pierre sculptés, les pavés humides où, aux endroits épargnés par la brume, se reflétait le savant jeu de lumières mis en place par la mairie qui avait décidé d'exploiter les particularités du climat, bref tout un monde mystérieux, envoûtant, hors du temps, avec ses arches, ses galeries, les gargouilles de l'église Saint-Michel, la haute tour édentée de l'hôtel de ville, les colombages de ses immeubles...

Elle s'éloigna du centre, gagna doucement les hauteurs, et la brume devint légère, s'estompa. Les Rochefort habitaient une banlieue chic – c'est ainsi qu'ils l'appelaient ici, un terme qui ne manquait pas de la surprendre car, eu égard à la taille même de la ville, elle avait du mal à concevoir la réalité d'une quelconque « banlieue ».

Elle parvint à des quartiers résidentiels plantés de ces blocs modernes noyés de verdure, à l'image de son propre groupe d'immeubles, s'éleva encore... La ville ne comptait pas plus de trente mille habitants, mais elle s'étendait loin, profondément, dans la campagne, de part et d'autre des plateaux au creux desquels elle s'était blottie.

À présent, les immeubles devenaient rares, le disputaient à des maisons bourgeoises, semblables à celles du cours du Parc – plus vastes sans doute, moins charmantes...

Elle s'égara un peu dans le quartier, enfin, la « banlieue chic », tourna dans des rues vides et sombres qui ne comptaient pas plus de quatre ou cinq maisons jusqu'à emprunter une ruelle encombrée d'une file de voitures bleues ou noires bien alignées contre le trottoir. Un portail grand ouvert, une allée, et, au fond de ce qui ressemblait davantage à un parc qu'à un jardin, une sorte de petit château, enfin c'est ainsi que le perçut l'ancienne Parisienne, qui jaillissait dans un feu d'artifices lumineux. La maison des Rochefort.

Elle se gara – petite Clio écrasée par les Audi, les Saab et autres voitures allemandes, suédoises ou anglaises –, jeta un dernier coup d'œil à son maquillage, machinal et critique, dans le miroir de la voiture.

Elle descendit, remonta l'allée vers le brouhaha de voix indistinctes mêlées à un vague air de musique brésilojazzy, bien lovée dans un vison, une fourrure léguée par sa mère qu'elle ne portait pour ainsi dire jamais, mais qui produisait son petit effet. Son cœur battait à la perspective de faire la connaissance de l'épouse de son amant, et soudain elle songea que la jeune étudiante en lettres un peu paumée qui portait jean ultra-moulant et bottes pointues, maquillée à outrance, ondulant sous le regard avide des garçons, bringueuse au point que la fête avait failli la perdre à jamais, que cette jeune fille-là donc, l'Audrey de ses vingt ans, n'était plus qu'un lointain souvenir, elle qui se rendait, en vison, à une soirée bon genre dans les faubourgs chic d'une petite ville de Bourgogne...

Elle monta la poignée de marches qui conduisait à l'entrée, sonna. Le son aigu d'un carillon perça les voix étouffées.

Deux secondes plus tard, un homme lui ouvrit, vêtu comme un majordome – elle se demanda si les Rochefort vivaient à temps plein avec des domestiques ou si « Nestor » était un extra.

— Audrey Miller, annonça-t-elle un peu gauche.

Il n'était pas dans ses habitudes de fréquenter ce genre de soirées, et elle ne devait sans doute sa présence qu'à Le Garrec, puisque c'est elle qui avait organisé la conférence.

— Vous êtes attendue, madame...

Il la fit entrer dans un hall conforme à ce qu'elle avait imaginé : lustres, grand escalier... Quelques convives se tenaient là, un verre à la main, et tournèrent la tête pour jauger l'arrivante. Les voix et la musique lui parvenaient depuis la droite, sans doute le salon de réception.

Elle était en train de se défaire de son vison quand une femme surgie de nulle part marcha vers elle.

La première chose qu'Audrey remarqua fut sa silhouette... tout simplement parfaite : grande, élancée, tout en courbes nerveuses et fermes, avec cette finesse des attaches qui confère une allure de mannequin. Un corps dont on devinait que pas le moindre frémissement de cellulite ne venait gondoler l'épiderme – et pourtant songea Audrey, elle portait une robe blanche, moulante et... oh ! mon Dieu, *longue* alors que j'ai découvert mes genoux !

La seconde n'en était pas moins remarquable : une denture large, éclatante, aussi blanche que la robe, révélée par un sourire qui exprimait toute l'intelligence de celle qui le portait comme une parure au visage... Un visage qui avait dû être harmonieux, mais un peu trop sec aujourd'hui, flétri de ridules – pattes d'oie, lèvre supérieure – témoignant d'une quarantaine approchante ou à peine dépassée.

La femme fit quelques pas, lui tendit une main décidée tandis qu'Audrey, sous la lumière impitoyable du lustre, s'emmêlait les bras et la tête entre le vison, le foulard, le sac à chaînettes et la soudaine impression d'avoir rajeuni de quinze ans, d'être une adolescente à qui l'on présente une actrice de cinéma, ou l'épouse du chef de l'État, enfin quelqu'un de très important.

— Vous devez être Audrey Miller, n'est-ce pas ?

— Je... Oui, bredouilla-t-elle en serrant maladroitement une main (se blessant au passage sur une bague grosse comme un caillou).

— Je m'en doutais... j'ai tout de suite pensé que c'était vous. Je suis Cléance Rochefort.

Aucune animosité, pas même de froideur. Juste une lueur d'ironie dans les yeux, une virgule de mépris dans le sourire... un rien.

Elle sait, songea Audrey. Elle sait tout ; elle n'a même pas le moindre doute.

Et elle décida aussitôt que, ce soir même, elle mettrait un terme à cette liaison stupide, sans espoir et sans but.

# 18

Il sent l'humidité contre sa peau... et l'odeur aussi. Il allume la lumière pour évaluer les dégâts, jette un œil sous les draps. Décidément, même en arrêtant de boire dès 6 heures du soir, rien n'y fait.

Depuis le rez-de-chaussée, il entend les cris habituels.

Il s'éjecte du lit. Il connaît parfaitement chaque geste, les mêmes, toutes les nuits ou presque.

Il traverse la chambre, ouvre la porte.

— ... spèce de poubelle, va ! Ordure !

— Non, Henri, non, s'il te p...

Il trotte dans le couloir, sourd aux cris qui montent par l'escalier, guidé par le cône jaune de lumière qui rase le parquet depuis sa chambre – taptaptap contre les lattes, comme un petit fantôme de huit ans, tout poisseux d'urine. Dans la salle de bains, il essuie son corps avec une serviette, puis court à nouveau vers sa chambre...

— T'es qu'une pute !

... ferme la porte, arrache le drap trempé du lit qu'il étend bien à plat sur la chaise (sa mère le lui a expliqué : « On ne peut pas changer les draps tous les jours, il faut les faire sécher quand tu te réveilles comme ça tout mouillé »), jette une grande serviette éponge sur l'alèse pour ne pas dormir contre le plastique. Il glisse la tête sous le traversin pour étouffer les voix. Il a pris l'habitude, dans la semi-veille de ces nuits d'énurésie, de dormir la tête ainsi couverte.

C'est alors qu'il le remarque. En bas, le silence. Plus aucun bruit.

Son cœur se met à battre. Ce silence... Ce n'est pas du tout normal. Il a l'impression d'un cri figé, étranglé dans la gorge. Pourquoi son beau-père ne hurle-t-il plus ?

Il repousse le traversin qui lui couvre la tête, tend l'oreille.

Rien. Le vide.

Et s'il l'a tuée ?

Le silence lui paraît tout à coup absolument terrifiant – il a souvent pensé que l'avantage de vivre avec des gens qui hurlent et se frappent était qu'il ignorait la peur des nuits de ténèbres. Chez eux, on vit en silence le jour ; on se bat la nuit. Les monstres qui se cachent dans le placard ou sous les lits ne sortent que quand tout le monde dort. Or chez lui, ça ne dort pas beaucoup...

Mais justement, cette nuit : le silence. À peine trompé par la pluie qui ruisselle dans les gouttières...

Il se dresse dans son lit. La chambre baigne dans l'obscurité mais un fin rai jaune filtre depuis le couloir, sous la porte. On devine quelque poussière affleurant sur le parquet.

Et s'il l'avait tuée ?

Son cœur enregistre une nouvelle secousse ; il a déjà rêvé cet instant non ? Ou un autre, similaire... Se lever au cœur de la nuit. Trouver sa mère morte, quelque part dans la maison. Il prend son courage à deux mains, sort du lit, gagne le couloir, non plus en trottant mais sur la pointe des pieds.

Il descend les escaliers, en rasant les murs. Quatorze marches – il les monte depuis toujours. Elles ne lui ont jamais paru aussi nombreuses.

Voilà, il est au rez-de-chaussée. Les carreaux se font de glace sous ses pieds... En tendant l'oreille, il lui semble discerner des bruits dans le salon.

Il retient sa respiration. Il a la langue collée au palais, la peau hérissé de chair de poule.

Qu'est-ce qui l'attend là-dedans ? S'il l'avait vraiment tuée ?

Aussi doucement qu'il peut, il s'approche de la porte du salon, la pousse un peu, assez pour glisser un œil. Il aperçoit une cheville nue et lisse, un pied rose. Une jambe de sa mère. Elle est étendue au sol. Il l'a bien tuée !

Il se pétrifie, son corps refuse d'obéir à toute injonction de mouvement.

Par l'interstice de la porte restée entrouverte, il voit la cheville s'animer ; le pied bouge.

Sa mère est vivante, alors ! Une onde de soulagement parcourt son corps.

Vivante mais blessée sûrement, ou... Ou quoi ?

Un grognement. Derrière la porte.

Le pied disparaît. Une chaussure la remplace. Le pied d'un homme.

Il tressaille.

Il ne veut pas savoir.

Il doit savoir.

Aussi doucement qu'il peut, il pousse la porte, gagne quelques centimètres d'angle de vision.

Et il les voit : elle, étendue, nue, coincée entre le canapé et la table du salon, sa peau contre le tapis tout passé. Elle ondule sous lui, à demi vêtu, le pantalon baissé. Ils halètent.

Il reste quelques instants interdit devant le spectacle. Il sait parfaitement ce qu'ils sont en train de faire, il l'a suffisamment vu à la télé (même si, dans les films, cela ne ressemble pas du tout à ça). Ils font l'amour... Ils *baisent*, comme aurait dit Franck Vidal (qui aurait sans doute mille autres expressions pour décrire la chose sous ses yeux, car le vocabulaire de Franck Vidal est le plus riche de tout Saint-Ex).

Il reste interdit. En état de choc. Cette idée – son beau-père et sa mère... *baisent* – ne lui a jamais traversé l'esprit.

Sans la comprendre, il sent une infinie tristesse s'abattre sur lui ; il n'a jamais pensé qu'ils faisaient... ça. Parce que, à huit ans, on croit encore que ce sont les gens qui s'aiment qui font... ça. Baiser.

Il avait tort. Ils baisent et elle aime ça. Elle a les yeux clos de quelqu'un qui se régale.

— Ahrgl...

Un cri étranglé de sa mère l'arrache à la découverte.

Le petit fantôme, tout raide, recule dans le couloir.

Il se retourne et, aussi silencieusement qu'il en est descendu, monte les quatorze marches du vieil escalier à la rampe de bois, toujours sur la pointe des pieds, traverse le couloir.

Il entre dans sa chambre, évite quelques lattes qu'il sait craquer. Il se glisse dans le lit, et rabat le traversin sur sa tête. Non pas, comme les autres nuits, pour échapper aux cris, mais à la pluie dans les chéneaux. Au petit soupir mouillé qu'il vient d'entendre. À sa mère, les yeux mi-clos.

Et dans cette chambre, juste au-dessus du salon où ils *baisent*, saturée de l'odeur de l'urine sur le drap qui sèche, le jour de ses huit ans, il se fait une promesse : *partir*... Quoi qu'il arrive plus tard : *partir*. Et ne plus jamais revenir.

... Croix de bois...

Ne plus revenir... Ou l'enfer.

* * *

Nicolas le Garrec ouvrit les paupières. Robert Smith, punaisé au mur, le fixait – yeux ronds maquillés de morbide poupée pop – l'air de dire : alors, c'était bien cette petite sieste ?

Il passa une main sur son visage, secoua la tête comme on s'ébroue. Le sommeil l'avait cueilli à peine s'était-il assis sur le lit de sa chambre. Il n'avait même pas laissé le temps aux souvenirs de remonter : il était entré dans sa chambre comme on emprunte un couloir du temps qui vous ramène à l'enfance, s'était assis pour se laisser pénétrer de toutes les sensations, et... plouf ! il avait sombré.

Mais les souvenirs trouvent toujours un moyen de percer la conscience, un chemin vers la surface : images fugaces, névroses en tout genre ou distorsions oniriques... Surtout dans un lieu aussi chargé de leur présence : rien n'avait changé, *elle* avait tout laissé intact. Et même fait consciencieusement la poussière. *Elle* était entrée ici souvent, conclut-il. Machinalement, il tourna la tête vers la porte, comme si *elle* allait la pousser.

*À table, Nicolas* ; *Comment était ton cours aujourd'hui ? Nous sortons ce soir, mais tu as des pâtes et du poulet à réchauffer; Tu as encore pissé au lit ? Ton travail se relâche en ce moment ; Ne ferme pas à clé ; Il est mort, voilà c'est fini, pourquoi veux-tu partir ? Ne pars pas...*

Il aurait voulu pleurer : il n'y parvenait pas.

Il se leva, s'approcha de la fenêtre : la brume était en train de tomber, oui, tomber : c'est exactement ainsi que Nicolas avait perçu le phénomène quand il était plus jeune. Comme si, la nuit, le ciel déversait ses nuages sur Laville-Saint-Jour en les vomissant par le sommet des plateaux alentour.

Il songea soudain à la cave – sa surprise en découvrant Bertegui. Ses craintes aussi...

Bertegui. En d'autres circonstances, Nicolas aurait pu le trouver sympathique : avec sa grosse tête hérissée d'épis, le soin coquet apporté à sa tenue, il évoquait un cousin du commissaire Tarchinini, le personnage fétiche d'Exbrayat, mâtiné du caractère ombrageux et de la finesse psychologique du lieutenant Cuttoli, l'enquêteur du *Quintette des couleurs* ; il aurait pu s'amuser, même, de ce hasard, cette filiation avec Tarchinini et Cuttoli.

Bertegui le soupçonnait, lui, le fils... De quoi ? Comment ? Pourquoi ? Il n'avait probablement aucune réponse nette mais il avait flairé le secret comme la bête renifle le sang. Il ne lâcherait pas prise. En attendant, un nouveau cadenas était urgent, pour parer au plus pressé. Ensuite... eh bien ensuite, il aviserait : la condamner ? Tout vendre ? Y a-t-il jamais des traces qui s'effacent ?

Il avisa l'heure : il était temps de se rendre chez les Rochefort, plus que temps, il était déjà en retard alors qu'il devait passer se changer à l'hôtel. Par chance, celui-ci se trouvait à proximité de la propriété de famille de Cléance. Cette soirée, songeait-il en longeant le couloir puis descendant les escaliers (quatorze marches exactement ! mais le papier peint avait changé, la maison avait gagné en sobriété et surtout en clarté), s'annonçait certes comme une corvée, mais une corvée presque bienvenue, distrayante...

*Mets une écharpe ; Voilà Henri... Henri Vilbois... Tu lui dis bonjour ? Je crois... je crois qu'il va rester quelque temps à la maison... Pourquoi traînes-tu avec des gens comme cette Cléance ? Tu n'es pas du même monde, Nicolas, que tes amis ; Non, Henri, non ! Il est mort Nicolas... tu entends ? mort ! Ne descends jamais à la cave... JAMAIS !*

*Elle* était là, partout ! À la porte de la cuisine, dans l'entrée, assise dans un fauteuil – il reconnaissait le Chesterfield mais pas le nouveau revêtement du canapé... Partout le visage, la silhouette, l'ombre de sa mère. Un cri manqua jaillir de sa gorge : un cri destiné aux fantômes. Laissez-moi... C'est du passé... Vous n'existez plus !

Mais c'était faux, il le savait, et cette supplique ne franchit jamais ses lèvres... Car depuis toujours, 36, rue des Carmes ou pas, deuil ou pas, ils vivaient avec lui et ne l'avaient *jamais* quitté.

*... Et plus rien, jamais, ne sera comme avant...*

Oui, exactement comme aurait dit sa mère : JA-MAIS !

# 19

Les Rochefort savaient recevoir. Audrey avait été invitée à pénétrer dans le « grand salon » par Cléance Rochefort elle-même, qui l'avait directement jetée dans les bras de son mari.

— Regarde qui vient d'arriver, mon chéri ?

Elle la poussa presque au milieu de la pièce, aménagée avec un goût sûr afin de donner une dimension humaine à une surface qui ne l'était pas, où la chaleur d'un grand feu le disputait aux éclairages indirects – bougies, petits abat-jour ambrés –, garnie de fauteuils, coussins, canapés de styles et d'époques divers composant autant de salons particuliers, de boudoirs et de « coins jeux », pour la plupart inoccupés : les quarante ou cinquante personnes, estima-t-elle, se trouvant dans la pièce préféraient se tenir debout, conversaient par petits groupes, une coupe à la main, parfois un petit four dans l'autre, pioché sur un des plateaux qui circulaient çà et là sur la main distinguée de serviteurs en tenue. Une musique apaisante flottait dans l'air et s'échappait par une fenêtre ouverte, tandis qu'une immense porte vitrée, à l'arrière de la maison, offrait une vue imprenable sur Laville-Saint-Jour.

Antoine la regardait à présent, son sourire d'escogriffe amplement exposé, vêtu d'un smoking qui dégageait ses épaules et lui donnait des airs d'acteur hollywoodien.

— Oh ! madame Miller, s'exclama-t-il. C'est un grand plaisir que vous nous faites...

Elle resta un instant interdite tant les mots, le ton, sonnaient faux : l'homme en face d'elle n'avait plus rien de son amant. Il ne présentait guère davantage de ressemblance avec le directeur de Saint-Exupéry. Tout en lui exprimait le caniche mondain, une sorte de créature bondissante et primesautière.

Elle se ressaisit. Antoine discutait avec trois ou quatre personnes et elle avait interrompu leur conversation.

— Je n'aurais raté cette soirée pour rien au monde, monsieur Rochefort...

C'était tout ce qui, à court d'idées, lui était sorti et elle s'était efforcée de gommer tout sarcasme.

— ... les conditions dans lesquelles j'ai rencontré Nicolas le Garrec ce matin étaient un peu frustrantes et je serai ravie de pouvoir lui témoigner ma sympathie.

Une phrase stupide et inappropriée. Autant dire : je ne suis venue que pour Nicolas le Garrec et uniquement lui. Tous les cons autour, toi y compris, je n'en ai rien à battre.

Elle sentit le petit groupe se raidir, échanger de brefs regards.

— Madame Miller a accueilli Nicolas ce matin. Et il se trouvait avec elle quand il a appris la nouvelle...

Un vague aaahhh s'éleva, suivi de quelques soupirs : « C'est terrible... » ; « Mais comment est-ce arrivé ? » ; « Une crise cardiaque ? »

— Alors Audrey – je peux vous appeler Audrey ? (elle n'arrivait pas à croire qu'Antoine avait bien prononcé ces mots !) – je vous présente...

Il était avocat, il était notaire... elle était l'épouse-de... la femme-de... Non pas des gens, mais des fonctions, des statuts. Le jeu social, auquel elle avait toujours eu du mal à se plier.

Antoine s'occupa d'elle quelques instants, lui présenta d'autres doyens, et des propriétaires de vignobles, et d'autres femmes-de, qui la dévisageaient avec des mines froides, des sourires de circonstance (les femmes), ou des moues imperceptibles et appréciatrices (les hommes) car sa robe Basic Instinct était dénudée pour l'endroit, ses chaussures sans doute trop dorées. Parce que, effectivement, elle devait présenter de vagues airs de call-girl parisienne plutôt que l'allure digne d'une épouse de province, même si, lucide et un brin désabusée quant à la nature humaine, elle n'avait aucun doute sur la réalité sexuelle qui liait les convives : ils avaient déjà tous plus ou moins baisé entre eux. L'idée la traversa d'ailleurs que, sans doute, Antoine avait dû allonger telle ou telle, enfin les plus jolies, car, à voir sa femme, il était homme à chérir la beauté. Difficile du reste d'échapper à de telles pensées : il lui effleurait parfois le bras avec une légèreté évocatrice, et se plaisait à lui glisser, quand ils se retrouvaient seuls quelques secondes, des mots crus : « Tu me colles la trique, habillée comme ça... J'ai envie de toi... Là, maintenant... » Il aimait les jeux sexuels, elle le savait, et la situation devait l'exciter autant qu'elle la révulsait.

Audrey surprit ainsi à plusieurs reprises les regards froidement amusés de Cléance se poser sur elle tandis qu'elle volait de groupe en groupe avec ce formidable sourire, plus éclatant encore que celui de son mari, et ceux, curieux, intéressés, suspicieux, d'autres épouses-de. Cléance Rochefort n'était donc pas seule à savoir : tout le monde était au courant... ou, au mieux, tout le monde se doutait. Y compris certains parents de ses élèves, puisque parmi les épouses-de, il s'en trouvait plusieurs qui l'informèrent qu'elle enseignait à leurs enfants – une annonce pincée du bout des lèvres, avec un mépris à peine décelable, mais efficace : vous êtes à notre service... c'est nous qui vous payons...

Elle fit ainsi la connaissance des parents d'Opale, puis de Floriane Mendel, la mère de César – silhouette sèche comme un bâton de sourcier, mise en plis Catherine Deneuve 90' et robe longue/boléro noire sur laquelle un véritable élevage de perles s'ébattait, dans le sillon osseux de son décolleté. Elle lui apprit que « ... César ne finira peut-être pas l'année à Saint-Ex puisque Roland-mon-mari va peut-être accepter un très gros poste en Arabie Saoudite, mais pensez-vous que cela pose vraiment problème pour César de changer ainsi en cours d'année ? ».

Laquelle Mme Mendel n'avait pas attendu la réponse et, se tournant vers le groupe auquel elle s'était attachée, et présentant carrément son dos à Audrey, avait lancé à ses joyeux compagnons : « Mais vraiment, je ne peux pas m'imaginer en... comment appellent-ils ça là-bas ? Une djellaba ? Ah ah ah... »

Ce fut cet instant que choisit Cléance Rochefort pour appeler son mari : « Je voudrais te présenter monsieur... », si bien qu'Audrey se retrouva seule face au dos de

Mme Mendel, l'air parfaitement idiot (du moins l'imagina-t-elle), son verre à la main et son creux au ventre, un creux en train de se remplir à nouveau d'une haine farouche.

Joce... C'était à cause de lui si elle devait se livrer à cette mascarade. Toutes ces manœuvres pour lui prendre David... le lui voler. Le priver de son amour.

Seigneur, y avait-il un lieu où elle pouvait espérer échapper à son histoire ? À son ex-mari ? À l'horreur de cette situation ?

— Vous ne m'avez pas répondu, je crois.

Audrey cligna des yeux. Le petit groupe de Floriane Mendel venait de se disloquer selon l'inévitable jeu de la partouze sociale. La future Saoudienne se tenait à présent seule face à elle.

Audrey se plia à l'exercice : réunion de parents d'élèves en plein cocktail. Cela tombait mal toutefois : César Mendel n'était pas un sujet de choix... surtout pas aujourd'hui.

— Je ne crois pas que ce soit une très bonne chose.

Floriane Mendel la fixait avec un petit sourire absent et, à en juger par le voile un peu vitreux de son regard, alcoolisé.

Un silence isola les deux femmes.

— Ce n'est pas un enfant facile... commença la mère de César.

Elle contempla brièvement le fond de son verre quasi vide avec une mine chagrine.

— Oh ! il est très gentil, se ressaisit-elle. Oui, très gentil. Mais enfin... On ne sait jamais ce qu'il pense.... Il ne se livre pas beaucoup...

Audrey dévisagea un instant la mère de son élève avec suspicion : était-elle déjà bien plus « partie » qu'il n'y paraissait pour changer soudain de ton ainsi ?

— Pourquoi a-t-il redoublé ? demanda-t-elle.

— Comme tous les redoublants, je suppose... Manque de travail. C'est un garçon intelligent, vous savez...

Audrey n'en doutait pas. La méchanceté de Mendel n'avait rien de bête.

— ... et il a toujours eu de très bons résultats... Enfin jusqu'au CM2. Oui, il a toujours été premier de la classe et puis... Ça s'est dégradé. Cela ennuie beaucoup Roland évidemment – il a fait HEC, vous comprenez ? Mais nous sommes un peu démunis. Ce n'est pas faute d'avoir dépensé des fortunes en cours particuliers mais... Il a ce drôle de caractère...

Elle avait prononcé les derniers mots dans un souffle presque craintif. Oui, un instant Audrey décela plus que l'inquiétude naturelle d'une mère confrontée aux problèmes scolaires de son fils.

— Et puis... Il y a cette drôle de passion pour les animaux...

— Les animaux ?

Floriane Mendel battit des cils, s'ébroua presque, comme si soudain elle prenait conscience d'en avoir trop dit.

Un homme s'approcha.

— Oh ! Floriane, tu es venue ? Roland m'avait dit que tu étais souffrante ?

Elle tourna la tête – ses perles eurent un drôle de mouvement dans leur prison d'os.

— Jacques, quelle surprise ! Solène m'avait dit que tu étais à Tokyo pour négocier avec une chaîne de restaurants.

Jacques entraîna Floriane... et Audrey se retrouva seule. Le verre vide. Désabusée.

Elle avisa un serveur, demanda les toilettes.

On les lui indiqua – le hall, le couloir. La porte était fermée, occupée. Deux ou trois personnes conversaient non loin, elle ne s'imagina pas attendre. Décida, contre toute règle de bienséance, qu'il devait s'en trouver à l'étage.

Elle monta le grand escalier, laissa derrière elle le brouhaha qui recouvrait à présent pleinement la musique à mesure que se vidaient les verres, s'engagea dans un vaste couloir. Une porte, une autre... Chambres, bureau...

Sur son chemin, une petite photo posée sur une commode retint son attention : elle reconnut la cour de Saint-Ex, presque inchangée, au milieu de laquelle posait un groupe de lycéens. Cinq ou six, garçons et filles... Au milieu, Cléance Rochefort se tenait entre deux garçons – une Cléance à la beauté pleine de promesses, son sourire magnifique encore fleuri de la fraîcheur de ses dix-sept ou dix-huit ans. Un sourire qu'elle ne destinait pas à son compagnon de droite, le garçon bronzé et sportif, forcément populaire à l'époque, qui allait devenir son mari... mais à celui qui se tenait sur sa gauche, avec son air songeur, son regard lointain, ses épaisses mèches brunes, au cou duquel elle avait passé son bras : Nicolas le Garrec.

— Vous les reconnaissez ?

Audrey se retourna. La femme sur la photo, vieillie d'une bonne vingtaine d'années, se tenait juste derrière elle, dans sa robe ivoire impeccable, avec cette folle élégance, cette distance racée qui hurlait : « Vous couchez peut-être avec mon mari, mais ne vous méprenez pas : c'est tout ce que vous et moi avons en commun... »

— Je suis désolée, bafouilla Audrey. Je cherchais d'autres toilettes... Elles sont occupées en bas.

Cléance Rochefort hocha la tête.

— C'était il y a tellement longtemps, soupira-t-elle comme si elle n'avait pas entendu. Des siècles, me semble-t-il.

Audrey acquiesça en silence, décontenancée.

— Suivez-moi, ordonna soudain la femme en robe longue.

Elle escorta Audrey jusqu'à une salle de bains luxueuse.

— C'est mon coin à moi, s'amusa-t-elle.

Et effectivement, tout ici évoquait la coquetterie d'une femme qui prend grand soin de sa beauté.

— Si vous voulez vous repoudrer le nez, n'hésitez pas, servez-vous...

Elle désigna une immense coiffeuse encombrée de pots, tubes, bouteilles. Audrey reconnut notamment de nombreuses étiquettes des Laboratoires Hecticon.

— Oh ! vous aussi, vous utilisez cette marque ?

Cléance Rochefort la dévisagea avec surprise.

— Vous ne savez pas ? demanda-t-elle.

Audrey cligna des yeux.

— Hecticon, c'est moi.

Sur quoi, elle ferma la porte.

# 20

Suzy Belair leva les yeux : au-dessus de sa tête, trois rangées de monstres impeccablement alignés. Les gargouilles de l'église Saint-Michel.

L'astrologue s'arrêta une seconde, les contempla. L'église était un modèle d'architecture gothique mais, savait-elle, c'étaient surtout ses gargouilles qui avaient bâti sa réputation. En rangs serrés sur toute la longueur de la façade et sur trois niveaux, les goules, les gobelins et autres dragonnets n'étaient pas seulement posés au fronton mais comme prêts à fondre sur quiconque pénétrerait dans l'église, et sur tous les passants de la petite place qu'elle dominait. Les légions de Satan, avait-elle songé en les découvrant à son arrivée... Le soir, au gré de la brume et habillé du nouvel éclairage de la mairie qui jouait des ombres pour en rehausser le relief, ce grand bestiaire démoniaque donnait même l'illusion d'un petit monde en mouvement.

Comme toujours quand elle était un peu tendue, elle frotta son bras, là où ils avaient pratiqué l'exérèse puis la radiothérapie – c'était des siècles plus tôt mais l'idée d'un cancer vivant en elle ne l'avait depuis plus jamais quittée – jeta un œil à droite et à gauche avec l'air suspicieux de celui qui s'apprête à commettre un méfait à l'insu de tous.

Elle leva encore les yeux, avisa, à la faveur d'une brève pulsation de brouillard, une goule et un gobelin qui riaient sous cape – le gobelin, observa-t-elle froidement, avait une patte encore prise dans la pierre, comme si le minéral, l'église elle-même, produisaient ces créatures.

Elle frissonna : le froid humide de l'automne, l'appréhension, les événements des derniers jours.

Puis marcha jusqu'à la porte qu'elle découvrit, sans surprise malgré l'heure, ouverte.

* * *

— Bénissez-moi, mon père...

De l'autre côté de la grille du confessionnal, un silence.

— Que se passe-t-il ? demanda la voix dans un chuchotement un peu rocailleux.

— Je crois que ça a commencé...

Nouveau silence.

— Pourquoi m'avoir contacté ainsi ? Vous auriez pu appeler.

— J'ai eu une visite aujourd'hui. Un commissaire...

De l'autre côté, on attendait des explications.

— ... Je le pense rusé. J'ai voulu prendre des précautions.

— Vous craignez des écoutes ?

Dans la pénombre grillagée et étouffante des lieux, un sourire étroit se dessina sur les lèvres de Suzy Belair. Un Plutonien, mon père... voilà à qui nous avons à faire. Nous ne pouvons pas le sous-estimer. En aucune façon... Mais évidemment, ce n'était pas le genre de vérité qu'il était prêt à entendre. La plupart des hommes d'Église n'entendaient rien à l'astrologie. Seules la foi, les croyances leur parlaient. L'irrationnel. Or on ne pouvait pas « croire » en l'astrologie. Seulement en constater les effets. Sans le savoir, la police et les services médicaux eux-mêmes en reconnaissaient la validité, chaque fois que leur arrivaient en masse suicides, accidentés de la route, victimes de viols ou de crimes passionnels les soirs de pleine lune...

— Je crains beaucoup de choses en ce moment...

Un bref toussotement. Il fumait trop, elle le savait. C'était aussi sa manière de témoigner son impatience.

— Qu'est-ce qui vous fait croire que ça a commencé ?

Il buvait trop également : à présent sa voix s'exprimait dans un souffle, son haleine lui parvenait parfumée au scotch et se mêlait aux poussières du confessionnal, aux rubans d'encens qui flottaient dans l'église.

— La mort d'Odile.

— Elle n'est pas naturelle ?

— Je le pensais aussi. Mais ce policier est passé... Il a posé des questions qui laissent entendre que non, elle n'a rien de... naturel.

Un silence.

— De quoi est-elle morte concrètement ?

Elle songea à l'enterrement, la sépulture. Soudain, le confessionnal lui sembla atrocement étouffant.

— Vous êtes mieux placé que moi pour le découvrir... Il ne m'en a rien dit. Mais il m'a parlé de son fils... de menaces éventuelles.

Une profonde inspiration derrière la grille – avec un petit sifflement de futur phtisique.

— Nous savions que ça devait arriver, n'est-ce pas ? Enfin, je ne parle pas d'Odile, mais...

— Oui, confirma-t-elle.

— Vous n'avez pas été suivie ?

Elle ferma les yeux, agacée. Il ne songeait qu'à sa propre protection. Que dirait l'évêque, s'il savait ? Mais au fond, ne savait-il pas ? Après tout, depuis toujours, le Mal habitait Laville-Saint-Jour... Et l'Église avait regardé ailleurs, comme si, tacitement, elle avait compris qu'il fallait lui laisser des champs d'expression, des espaces comme des portes vers l'Enfer. Laville-Saint-Jour était-elle, avec l'aval du clergé, la réponse à Lourdes ou Fatima ? Nécessaire à l'équilibre des forces ?

— Je ne crois pas, non. J'ai vérifié, j'ai tourné... Je n'ai rien remarqué.

— Bien, très bien. Que comptez-vous faire ?

Suzy Belair prit une calme inspiration. C'était à elle de gérer la situation. C'est ainsi qu'Odile le voulait... C'est ainsi, même, que son propre thème l'imposait. Elle en connaissait la moindre ligne, le moindre degré... le moindre aspect. Un destin pleinement accepté, du jour où on lui avait annoncé son mélanome : « Le soleil peut vous être fatal... Un écran total en permanence sur tout épiderme exposé... Même en hiver... Ne jamais voir le moindre UV. » Quel endroit plus propice à la vie que Laville-Saint-Jour, ce lieu où la lumière n'arrivait que filtrée par la brume ?

— Je vais parer au plus urgent, dit-elle enfin. Trouver l'enfant.

Dans la ville, une cloche sonna. Évidemment, pas celle de l'église Saint-Michel.

# 21

Audrey se tenait sur la terrasse, frissonnante, consciente que sa gorge et ses épaules dénudées, même voilées d'un foulard, couraient un danger eu égard à la température en chute libre. Au retour de son expédition salle de bains, elle avait conversé un peu avec Martine Rouvet qui lui avait ainsi présenté quelques personnes, plus liantes que les « amis » d'Antoine jusqu'alors, et Audrey avait goûté le plaisir d'un échange banal et anodin avec un journaliste. Puis l'homme avait été happé, Martine Rouvet occupée ailleurs, Antoine avait eu l'air de la chercher avec des airs gourmands et les pupilles dilatées d'alcool, et elle s'était prudemment repliée à l'écart, sur la terrasse, se glissant par la porte-fenêtre entrebâillée pour donner un peu d'air au salon de plus en plus enfumé.

Elle contemplait depuis quelques minutes le spectacle du lac de brume stagnant au-dessus de la ville, songeant encore, toujours, à David – comment avait-il vécu ce jour de « grand blanc » ? – observant ce phénomène depuis les hauteurs : les rayons de lune, absorbés par le brouillard qui en intensifiaient la blancheur, quand une voix la tira de sa rêverie :

— Vous n'avez pas froid ?

Elle tressaillit, se retourna : Nicolas le Garrec.

Elle l'avait aperçu quelques minutes plus tôt – on ne pouvait pas le manquer puisqu'une sorte d'onde électrique s'était formée dans son sillage ; elle avait songé à l'arrivée d'un artiste à un vernissage triomphal, et c'était sans doute l'objectif de la soirée d'Antoine (ou de sa femme ?), même si ce dernier n'avait pas prévu, quand il avait lancé les invitations, les mines compassionnelles et les condoléances sucrées des convives à l'auteur. Audrey ne s'y était pas mêlée, préférant attendre un moment plus propice.

Elle se sentit rosir, se félicita de la faible clarté sur la terrasse. Montra son verre dans une main, sa cigarette dans l'autre.

— Je me réchauffe, dit-elle.

Il resta face à elle, dans sa veste à la coupe parfaite et un jean qui godaillait sur des chaussures chic – une association typique d'un artiste songea-t-elle –, en lui souriant ; un sourire bon, sain, qui la mit aussitôt en confiance.

— Vous êtes courageuse. De toute façon, je suis sûr que le directeur de Saint-Exupéry ne vous en voudra pas si un rhume attrapé à sa soirée le prive de vos cours quelques jours...

Elle rit, puis se reprit. Comment glisser des condoléances en pareil badinage ?

— Ne dites rien, la coupa-t-il doucement alors qu'elle allait se lancer. Je viens d'entendre à peu près deux cent cinquante fois je suis désolé, quel malheur, etc. Et vous, je suis sûre que vous l'êtes vraiment. Ça me suffit.

C'était presque un ordre. Elle s'exécuta.

Ils s'appuyèrent de conserve à la rambarde de pierre. Une brève image la traversa – toujours ses références filmiques : Jack et Rose sur le pont du *Titanic*. Ce n'était pas l'Atlantique mais Laville-Saint-Jour, non pas la mer mais la brume... et ils avaient tous deux passé l'âge. Pourtant, avec la fête dans leur dos, la pleine lune au-dessus d'eux et un monde invisible à leurs pieds, l'ambiance y était.

— Comment va votre élève ? Que s'est-il passé ?

Elle était touchée qu'il y pensât.

— Il a eu un cauchemar. Je crois que c'est un enfant à problèmes. Cela m'inquiète en vérité. Je ne m'attendais pas à ce genre de cas à Laville. Enfin à Saint-Ex...

— Vous voulez dire un cas social ?

— Non, non, pas un cas social mais... je ne sais pas. Quand on a toujours enseigné dans des lycées plus ou moins difficiles, on imagine naïvement que les établissements comme Saint-Ex sont peuplés de gosses sains, et blonds, et roses, dont la seule difficulté est de savoir qui va les accompagner à la Prom' – puisque si j'ai bien compris, il y a une fête de ce genre ici...

— Vous avez raison... C'est un peu naïf.

Elle lui glissa un regard. Son profil suivait un tracé viril dans la clarté ambrée qui leur parvenait depuis le salon : les mâchoires découpées, le nez droit et affirmé. Et toujours cet air tourmenté, comme s'il ne relâchait jamais complètement la tension du front, la ligne des sourcils.

— L'adolescence, comme pour toute chose, est plus agréable avec de l'argent que sans moyens... Elle n'en reste pas moins un cap difficile. Saint-Ex est pareil à tous les lycées, avec ses clans, ses rivalités, ses élèves populaires et ceux qui sont rejetés, ses caïds et ceux qu'ils torturent... Ceux qui ont de bons parents et ceux qui n'ont pas cette chance. Bien sûr, les gosses ont moins de risques de mal tourner, ils sont encadrés et, le cas échéant, confiés à des nurses depuis leur plus jeune âge plutôt qu'à la rue... mais au final, les souffrances sont les mêmes. Ou presque...

Elle faillit lui demander sur quoi il fondait son assertion, puis se ravisa. Aucune envie de polémiquer ce soir... Aucune envie de gâcher ce moment. Cet agréable moment.

— Vous les connaissez depuis toujours, n'est-ce pas ? demanda-t-elle.

Il se tourna vers elle. Même sur la terrasse, on devinait la couleur étrange de ses yeux.

— Qui ça ?

— J'ai vu la photo... En haut sur une commode. Vous avec les Rochefort... Et d'autres amis.

— Oh, eux ! Oui, on peut dire ça, je les connais depuis toujours. Et une bonne quinzaine de personnes présentes ce soir. Je ne m'attendais pas vraiment à ça, mais Antoine m'a organisé une sorte de retrouvailles de potaches ! Vous savez, genre « on s'est donné rendez-vous dans dix ans »...

— Elle était amoureuse de vous, n'est-ce pas ? demanda-t-elle surprise de son audace. Cléance...

Il se tourna à nouveau vers elle. Un sourire amusé, presque coquin, aux lèvres.

— Vous savez, les écrivains adorent poser des questions, mais détestent y répondre. Se reporter à leurs livres pour comprendre... LES comprendre.

Elle soutint son regard pour montrer qu'elle ne désarmait pas.

— Pour tout vous dire, c'est nous qui étions amoureux d'elle... Follement amoureux. Elle nous avait tous envoûtés... Parce que c'était une jeune fille envoûtante, tout simplement. Oui, tous... toute la bande.

Il avait prononcé les derniers mots d'un ton rêveur.

— Vous êtes sorti avec elle ?

Regard et sourire de biais, puis il se tourna un peu, un coude posé sur la rambarde mais davantage face à elle.

— Donnant-donnant, dit-il.

— Comment ça ?

— Vous me dites ce que vous êtes venue faire à Laville-Saint-Jour et je vous raconte tout de mon aventure avec Cléance Rochefort... même si je ne vois pas bien en quoi elle vous intéresse ! ajouta-t-il en riant.

Elle soupira.

— Donnant-donnant...

Cette fois une autre image filmique s'imposa à elle : Hannibal Lecter passant un marché avec Clarisse Starling. *Quid pro quo...*

Elle le trouva soudain trop badin pour un homme qui venait de perdre sa mère. En même temps, depuis quand ne s'était-elle pas sentie aussi à l'aise avec quelqu'un ? Elle ressentait une empathie. C'est un piège d'écrivain, songea-t-elle brièvement.

Mais les mots sortirent sans qu'elle cherchât à les contenir.

Elle avait rencontré Joce dans une salle de sport...

— Rien que de très banal... Et de bêtement romantique. J'ai su que c'était un coup de foudre parce que face à lui, je me sentais paralysée. Or, à l'époque, les hommes ne me faisaient pas peur. Non... Rien ne me faisait peur.

« J'étais en train de planter mes études. Je sortais beaucoup, je prenais des drogues, toutes sortes de choses. Joce, au contraire, incarnait à mes yeux l'équilibre, la maturité – il a huit ans de plus que moi. Et il m'a en quelque sorte sauvée. J'ai longtemps cru être tombée sur la bonne personne... Vous savez, vous allez encore dire que je suis naïve, plaisanta-t-elle, je me disais ça à l'époque : l'amour m'a sauvée ! Le baiser du prince m'a réveillée...

« Je suis revenue sur le droit chemin, j'ai réussi mes examens, on s'est mariés, on est descendus dans le Sud...

Elle se tut. Il ne la pressa pas, patienta.

— Il ne voulait pas d'enfants... J'en désirais. De lui surtout. J'ai arrêté la pilule à son insu et je suis tombée enceinte. J'ai pensé qu'il accepterait, j'ai tenu bon et je l'ai gardé. Je me disais : il fera comme les autres... Quand il sera là, il l'aimera follement.

« Et j'y ai cru... Enfin plus ou moins. Je voyais bien que le bébé ne le passionnait pas – mais on se dit, oh ! les hommes ne sont pas réceptifs à ces choses... Ça viendra plus tard.

— Et ça n'est jamais venu.

Le Garrec ne posait pas vraiment une question. Elle confirma.

— Non... Mais ça n'a pas été tragique pour autant. Il est devenu plus irritable, s'est un peu replié sur lui-même, mais... il a fait bonne figure. Il a serré les dents et il a joué le jeu : les week-ends avec David de temps en temps, quelques minutes par-ci par-là, pour jouer avec lui...

— Qu'est-ce qui vous a fait partir ?

— La haine, dit-elle. Enfin... un regard. Un simple regard que j'ai surpris un jour alors que je prenais mon bain avec David. Un regard de pure haine qu'il a lancé à son propre fils. Un regard comme je n'en avais jamais vu auparavant, ni chez lui, ni chez personne. Comme si, un bref instant, il m'avait montré son vrai visage. Et je l'ai immédiatement détesté. Un simple regard et tout a basculé... C'est étrange non ?

Le Garrec lui sourit avec douceur.

— La jalousie ? Il ne supportait pas de vous partager avec l'enfant...

— C'est ce que j'ai compris. Et la jalousie, c'est terrible n'est-ce pas ? Ça peut faire commettre les pires horreurs. Alors je suis partie. Avec David bien sûr...

Elle se tut.

— Et Laville-Saint-Jour ?

Elle soupira.

— Le juge m'avait confié la garde de David. Et Joce savait que pour me torturer, il fallait me l'enlever... Et pis encore : le lui confier à lui. Il avait évidemment un droit de garde le week-end, et après quelques mois, il a fait mine de vouloir reprendre le dialogue. Je me suis laissé piéger. Il est venu chercher David un samedi, est monté à la maison... Trois jours plus tard, une perquisition a eu lieu chez moi – il a des amis dans la police. On a trouvé de la cocaïne... pas assez pour des poursuites sérieuses, mais suffisamment pour alerter les services sociaux. Je me suis battue mais avec mes antécédents – je suppose que Joce les a aidés à remonter ma piste, mes années de fac, etc. J'ai perdu la garde... Joce a récupéré David et il s'est installé ici. À Laville-Saint-Jour...

Elle ferma un instant les yeux, frissonna. Elle sentit Nicolas lui passer sa veste autour des épaules, tut aussi l'angoisse qui l'étreignait depuis des mois : *Je le crois capable du pire, pour me détruire*, réprima à grand-peine les larmes et l'envie de poser sa tête contre sa poitrine.

Ils restèrent ainsi, en silence. Audrey n'entendait même plus la musique, les voix... Sa demande – Êtes-vous sorti avec Cléance Rochefort ? – lui sembla soudain d'un dérisoire à pleurer...

— Je suis désolé, murmura-t-il. Je ne voulais pas vous forcer à...

— Non. Vous ne m'avez pas forcée. Je suis heureuse de vous en avoir parlé.

Ils contemplèrent en silence les vaguelettes cotonneuses qui ondoyaient au-dessus de Laville-Saint-Jour.

Audrey laissa le spectacle la bercer, leva les yeux pour suivre pensivement un ruban blême qui se détachait vers le ciel. Elle avisa une masse noire et sombre qui se découpait dans la campagne, sur le flanc opposé.

— Qu'est-ce que c'est ? demanda-t-elle. Je n'avais encore jamais remarqué ça auparavant. On dirait une construction...

— C'est une maison, dit-il. Une très vieille maison... Enfin ce qu'il en reste. Elle a brûlé.

— Oh ! Et je parie qu'on la dit hantée... Vous y alliez quand vous étiez gosse pour vous faire peur...

Il lui rendit un drôle de regard.

— J'y allais, oui, dit-il sombrement. Mais à l'époque, elle était encore habi...

— Ah ! tu es là, Nicolas !

Ils sursautèrent comme deux gosses pris en faute.

Cléance Rochefort se tenait juste derrière eux.

— Tu nous abandonnes, Nicolas ! lança-t-elle avec tout l'éclat de son sourire. Tout le monde te réclame à l'intérieur.

Nicolas coula un regard à Audrey, qui fit mine de lui rendre sa veste.

— Non, gardez-la si vous restez ici. Je reviens dans quelques minutes avec une autre flûte...

Il s'éloigna, suivit à l'intérieur Cléance Rochefort qui ne décrocha pas un regard à Audrey. Celle-ci fixa du regard l'écrivain, tandis qu'à travers la vitre elle le voyait discutant avec tel ou tel. Et cela la pénétra avec une douce évidence : elle allait devenir la maîtresse de Nicolas le Garrec. Mieux peut-être : elle allait l'aimer... En tomber amoureuse. Dès ce matin, à ses propres bafouillements, à son embarras face à lui, elle aurait dû comprendre. « Quelque chose » s'était produit. Une alchimie. C'était une pensée chaude, sereine, empreinte d'harmonie. Oui, aimer Nicolas le Garrec : une douce évidence. Ce soir, demain, ou dans un mois... Peu importait : elle n'avait aucun doute.

Dans la pénombre, un sourire presque maternel se dessina sur ses lèvres, qu'elle ne perdit pas, même lorsqu'elle avisa la mine sombre de l'auteur tandis qu'il conversait un peu à l'écart avec Rochefort, sa femme et deux autres personnes qu'elle ne connaissait pas.

Elle se tourna à nouveau vers la ville, alluma une autre cigarette. Ce fut à cet instant que, durant quelques secondes, elle vit une lumière vaciller au loin, dans les ruines de la Talcotière.

# 22

*Il s'étendit sur le lit, glissa la tête sous les couvertures et rabattit le traversin. Les bruits venaient d'en bas. Au fond, tout au fond de la maison.*

*Des bruits ou des... plaintes ? Des chuchotements ?*

*Il ne voulait pas savoir. Il devait savoir. Qu'y avait-il dans la cave ? Cette cave toujours verrouillée, dont l'entrée ne se situait pas dans la maison mais à l'extérieur, comme un trou, un puits... Cette cave dont sa mère lui avait répété maintes fois : « N'y va pas, Frédéric... Il faut la laisser fermée. Il y a des bêtes, je crois, et on doit vraiment la laisser fermée pour que les bêtes ne rentrent pas. Surtout, n'y va JA-MAIS. Ce ne sont pas des bêtes méchantes, d'ailleurs ton père et moi avons appelé un dératiseur...*

*— Un quoi ? avait-il demandé.*

*— Un dératiseur... C'est quelqu'un qui s'occupe des endroits comme ça, comme la cave. Là où il y a des bêtes qui viennent chercher la nourriture la nuit, comme des rats... Mais enfin, tu aurais peur je crois. »*

*Mais les rats n'avaient pas de... voix, si ?*

*Il se demanda...*

— Je ne te vois pas si souvent lire avant de te mettre au lit, honey...

Bertegui leva les yeux. Sa femme était en nuisette, prête pour la nuit.

Elle pénétra dans le salon, vint s'asseoir sur le canapé où lui-même était installé, posa la tête sous l'accoudoir et les pieds sur les genoux de son homme.

Extraordinaire, songea-t-il. Après toutes ces années, la lassitude n'avait jamais émoussé son désir. Il la voyait encore telle qu'il l'avait découverte le jour où il l'avait interrogée comme témoin dans une affaire de viol dont une de ses amies était la victime : une blonde fine aux traits pulpeux, mi-californienne mi-hippy, aussi perdue qu'exotique dans la grise métropole qu'était devenue Paris à ses yeux. La question demeurait intacte : qu'est-ce qui avait poussé ce petit bijou, qui portait encore sur la peau un parfum de chanson des Beach Boys, dans les bras courtauds du Sanglier, des bras qu'elle n'avait plus jamais quittés ?

— C'est ton affaire ? demanda-t-elle en désignant le livre.

Un roman signé Kris Keller. Qui évoquait un petit garçon, une cave, un secret...

— Oui. Je ne sais pas quoi penser. Tu as lu celui-là ?

— Oui.

— Tu te rappelles ce que le gosse découvre ?

— C'est étrange que tu me poses cette question... J'ai lu plusieurs de ses romans, notamment ceux avec son personnage fétiche... Comment s'appelle-t-il déjà ?

— Cuttoli...Le lieutenant Cuttoli.

— Oui, c'est ça. Donc je les trouve distrayants, bien faits... mais si tu me demandes trois mois plus tard de te résumer l'intrigue, c'est confus. Je peux me rappeler certains personnages, car c'est sans doute ce qu'il fait le mieux... mais le reste est somme toute assez banal. Alors que celui-là, je l'ai lu il y a des années et, oui, je m'en souviens... Très bien même.

— Et donc ?

— Tu ne veux pas découvrir par toi-même ?

Il fronça les sourcils avec un air faussement sévère façon : tu crois vraiment que je veux jouer à chat ?

— OK. Ses parents ont une sorte de cave aménagée... ils reçoivent des couples pour... enfin tu vois bien...

Il acquiesça.

— Au cours d'une de ces séances, l'aventure tourne mal... Je ne me souviens plus des détails mais l'homme est tué. Et ils décident de séquestrer la femme dans la cave. Pendant des mois...

Bertegui eut une grimace.

— Morbide...

— Oui je sais... *gross* ! Parce qu'il y a séquestration, mais en même temps ils abusent d'elle, etc. Enfin tout ça est très sexuel, très sombre, et assez angoissant puisque vu par un enfant.

Le Sanglier ferma un instant les yeux : qu'y avait-il dans la cave d'Odile le Garrec, derrière les matelas, et les portes d'armoire, et les étagères à bocaux sans étiquette ?

— Tu crois que c'est autobiographique ?

Meryl Bertegui se redressa, étouffa un bâillement avant de se lever.

— Si c'est autobiographique, c'est aussi gonflé qu'épouvantable. Mon instinct me dirait plutôt : l'auteur n'a sûrement pas eu une enfance heureuse... perturbée même... et il a sublimé de cette façon.

Bertegui hocha la tête. Il n'était pas foncièrement littéraire, mais assez psychologue pour comprendre le mécanisme qui sous-tend toute création de valeur.

— Et c'est écrit avec les tripes, ajouta-t-elle. Ça je n'en ai aucun doute. Le Garrec a mis beaucoup plus de lui-même dans ce roman que dans les aventures du lieutenant... même si on retrouve des points communs.

— Par exemple ?

— L'importance de la sexualité. Des personnages en apparence tout à fait normaux mais qui sont de vrais pervers. L'omniprésence de la double vie, du double visage... Tu vois ?

Il acquiesça.

— Un peu comme ta femme ! conclut-elle avec un petit rire qui arracha un large sourire à son bougon de mari.

Elle était déjà à la porte lorsqu'elle insista avec un petit air mutin :

— Tu me rejoins ?

Puis s'éloigna sans attendre de réponse.

Il resta seul quelques instants, les yeux posés sur la couverture du livre, un sourire aux lèvres. Puis il avisa la danse de la brume à sa fenêtre, dans le petit jardin.

... *Nous sommes villois...*

Son sourire se figea. Avec un soupir, il se leva, traversa le couloir en direction de la salle de bains mais s'arrêta devant la chambre de sa fille.

Il poussa doucement la porte.

Jenny dormait. Il aperçut la masse de cheveux clairs qui se détachaient contre l'oreiller. *Un émerveillement de chaque minute*... et cela le reprit, comme un peu plus tôt dans la journée : l'impression d'une... trêve. Une trêve dans la tourmente. Mais pourquoi ? Il se trompait, forcément, c'étaient là les angoisses naturelles d'un homme qui, depuis quelques années, vit avec la crainte de perdre le bonheur qu'il a construit et qu'il ne mérite pas, ou croit ne pas mériter. Oui, forcément une erreur... parce que enfin, quelle tourmente ? Cette ville était tout de même très calme.

Il referma la porte et partit tout oublier dans les bras de sa femme.

# 23

Il atterrit un peu lourdement, avec un grognement étouffé. Il s'ébroua, presque surpris d'avoir escaladé la grille avec une telle facilité et de se retrouver indemne, de l'autre côté.

— On va s'éééclâââter ! lâcha à sa droite Bruno Mansard avec un faux accent 9-3 modulé de couacs disgracieux qui annonçaient des hormones en pleine poussée. À ses côtés, Tipierre, son petit frère de deux ans son cadet, confirma avec un bel à-propos :

— Ouais, s'éclater !

— Alors c'était pas si dur ? ! poursuivit Bruno en ignorant son frère.

En guise de réponse, Christophe Dupuis leva la tête : la grille s'élevait comme un défi, lançait ses pics vers le ciel, de belles pointes de fer torsadé contre lesquelles se déchirait la brume... Au moins dix bons mètres, estima-t-il. Nez en l'air, il imagina le floc spongieux des dents pénétrant son corps s'il avait dérapé, puis tourna la tête en direction du bois.

Le bois du Parc étendait ses arbres et ses buissons dans une pénombre frémissante, dessinait un entrelacs de pistes goudronnées vides, propres... À cette heure de la nuit, il semblait loin de tout, coupé du monde. Un silence de campagne planait, accablant. Le son d'un Klaxon troubla le calme : la ville, pourtant si proche, semblait à des kilomètres...

— Bon, les gars, on y va ? lança Bruno Mansard.

— Chttt ! fit Christophe. On va se faire gauler.

Le parc, déjà interdit aux planches et aux skaters de jour, était fermé au public la nuit. Il n'en fallait pas davantage pour que Mansard, jamais à court d'idées tordues, leur proposât cette expédition nocturne : « Un bon trip, de nuit, avec des lampes torches... ouah, le kif, non ? »

— T'as pas l'air bien, mec. On dirait que tu viens de bouffer ton calbut... Et qu'il était pas super clean !

Tipierre éclata de rire – Tipierre était le fan numéro 1 de son frère et de ses blagues à un euro.

— Je voudrais pas me faire choper, expliqua Christophe. Je surveille, voir si vraiment on ne va pas nous voir.

L'autre haussa les épaules.

— Bah, le seul truc que tu risques de croiser ici, c'est un fantôme...

Christophe échangea un bref regard avec Tipierre.

— Qu'est-ce que tu veux dire ? demanda le gamin d'une voix hésitante.

— Ben tu sais bien... (Il prit soudain une mine conspiratrice.) Tu sais bien ce qu'on dit, non ? Que le bois du Parc est hanté...

Nouveau regard entre les deux poules mouillées.

— ... C'est là qu'ils ont trouvé le premier gosse dans l'affaire Talcot... Tu peux pas te rappeler, toi, ch'sais même pas si tu marchais d'jà. Mais toi t'as pas oublié, si ?

Christophe ne répondit pas.

— Le gosse, ils lui avaient fait des trucs horribles. Et il paraît que son âme, elle est toujours dans le coin. Enfin seulement l'hiver... Dans la brume. Ouais, le gosse, on dit qu'il se cache dans la brume. Lui et d'autres... Parce que les enfants tués comme ça, ils restent toujours là où ils sont morts. Et des fois, si tu traînes dans le coin la nuit, quand tu passes le long du parc, il est là, juste derrière la grille. Surtout les soirs comme aujourd'hui, où la lune est bien forte et que la brume, elle est presque... lumineuse. Là, tu peux le voir. C'est comme une ombre... Mais toute blanche. Ouais, une ombre qui saigne... Qui saigne et qui sourit aussi. Et quand il te sourit, il ne faut pas le regarder. Sinon, t'es cuit !

C'est qu'il veut que tu viennes jouer avec lui. Le problème, c'est qu'il a plus d'yeux parce qu'on les lui a enlevés à l'époque. Juste deux trous rouges. Alors faut le guider... c'est pour ça qu'il veut tout le temps quelqu'un avec lui.

Silence.

— Tu savais pas ça, minot ?

Bruno éclata de rire. Sortit du sac, sans se préoccuper des autres, le matériel : la lampe à fixer à la casquette, et une autre à diriger à la main.

— Bon les keums, on y va ?

Il n'attendit pas de réponse, lança un « Yeeeaaahhh ! » et sauta sur son skateboard pour s'enfoncer dans les allées du bois du Parc.

Tipierre hasarda un coup d'œil à Christophe, puis décida d'emboîter le pas à son frère en mettant toute la gomme pour le rattraper – le grand avait la cuisse solide et l'équilibre sûr.

En quelques secondes, Christophe se retrouva seul.

Il jeta un dernier regard circulaire. Sombre et brumeux... Il eut un soudain pincement au cœur en songeant à sa mère qui le croyait douillettement en train de jouer au Monopoly chez les Mansard, voire d'y dormir vu l'heure. Il répugnait à lui mentir et se sentait coupable.

Devant lui, à une vingtaine de mètres au-delà du virage, le bruit lisse des deux autres planches lui ouvrait la voie. C'était du bitume de première classe, sans accroc, nickel comme celui du cours du Parc.

Finalement, il se résigna, ou plutôt, décida qu'il préférait rejoindre ses copains plutôt que d'attendre seul à la grille (... *Ouais, des fois, il est à la grille, et s'il te sourit, avec ses deux trous rouges, t'es cuit*.) Il fixa la lampe à un casque, enfila le tout, prit une bouffée d'inspiration et s'élança.

Il suivit ses copains et se laissa griser, emporté par la sensation pendant de délicieuses minutes – l'adrénaline courant dans ses veines souleva en lui, comme chaque fois qu'il skatait un peu hardcore, une euphorie indicible. Conçu en ovale, le parc était ceint d'allées destinées au vélo, et traversé de petits chemins de moins bonne qualité qui coupaient par le bois. Et Bruno avait raison : c'était vraiment... quelque chose que tout cet espace à leur disposition. Même l'obscurité, un brin oppressante quelques minutes plus tôt, exaltait les sensations. Il ne regrettait pas l'aventure : skater de nuit ainsi, c'était autre chose... Un « trip » totalement différent d'un slalom, ou même d'une belle rando.

Sur sa droite, il entendit le rire des deux frérots. Bon Dieu, où ils étaient passés ?

Il avisa un chemin coupant à travers bois, au bitume un peu irrégulier. Par ce raccourci, il pouvait sûrement les rejoindre : parce que tout de même, c'était le genre de kif qu'on avait vraiment envie de partager.

Il s'y engagea, au petit bonheur, léger. Accéléra encore la cadence... Les faisceaux dansaient la gigue, crevaient la brume pour éclairer brièvement un tronc d'arbre, un feuillage, un gros caillou à éviter de justesse... Incroyable de kiffer un truc pareil en pleine ville, non ?

Le voyage prit fin brutalement : un virage sec, un goudron trop caillouteux, une nervure sur la route... Il dérapa à pleine vitesse, roula contre des graviers, atterrit, sonné, au pied d'un banc de pierre, un de ces petits bancs qui ponctuaient les promenades. Les lumières volèrent dans le ciel... Et la nuit s'abattit avec un bruit mat.

La douleur irradia d'abord la hanche sur laquelle il était tombé, puis le lança dans toute la jambe. Son poignet aussi était endolori, sans parler de ses paumes, balafrées et sanglantes. À tâtons, il essaya de percer la brume, toujours plus épaisse au sol, pour retrouver les lampes. En vain.

Péniblement, il se hissa sur le banc pour reprendre ses esprits. Il jeta un œil alentour. Il se trouvait dans une sorte de clairière, comme une trouée en plein cœur du petit bois. Dans la nuit, il entendit le « yeaaaaahhhh ! » joyeux et sans complexe de Mansard.

Il essaya de localiser ses amis – il entendait bien des rires confus, le frottement des roues sur l'asphalte... Mais où ?

— Eh ?

Il appela, la voix incertaine – toujours cette inquiétude : se faire choper.

Pas de réponse. Il frissonna. Le choc avait en lui gelé toute ardeur. Il avait froid.

Il fallait à tout prix retrouver les lampes. Il attendit quelques instants de s'habituer à la pénombre, cette drôle de pénombre claire, blanche, qui vous caressait toujours par les nuits de pleine lune comme ce soir.

Bon, essayer de marcher, chercher le skate... Il réfléchit, s'efforça de ne pas laisser la panique le gagner. D'après la chute, le skate avait glissé... Vers la gauche ! Oui, dans la confusion, il se rappelait la planche plongeant directement au cœur des arbres. Lampe torche ou pas, il fallait ABSOLUMENT retrouver ce skate. Il était neuf. Il lui avait coûté des mois d'argent de poche, plus un bonus anniversaire car il avait voulu le top, les meilleurs roulements, des roues antichocs... Pas question de le laisser ici jusqu'à demain.

Il prit son courage à deux mains, sortit de l'allée. À pas mal assurés, s'enfonça dans les bois, dans la nuit : là où la brume ne charriait plus, avec elle, un peu de la clarté lunaire. Des branches craquèrent sous ses pieds et il tressaillit. *Fuck*, si seulement il avait retrouvé au moins une des deux lampes !

Il plissa les yeux, essaya d'apercevoir quelque chose – une planche bariolée de couleurs (elle était neuve, ses empreintes n'avaient pas encore effacé tout dessin), ça devait se voir non ?

Soudain, un éclat rouge au sol attira son regard.

Rouge. Y avait du rouge sur la planche ?

Au sol, l'éclat brillait, comme si la lune avait percé les bois pour y darder un rayon écarlate et froid.

Non, ce n'était pas son skate. Mais, mû par une volonté qui ne lui appartenait plus, Christophe commença à se baisser pour comprendre. À quelques mètres, une branche craqua.

Son cœur se serra. Une sale blague des deux autres ? Il s'immobilisa, tendit l'oreille, tourna la tête... Personne : pas d'yeux qui brillent dans la nuit, pas de monstre grimaçant. Le léger bruissement d'une branche sur sa gauche le maintint en alerte, mais ne révéla rien. Un écureuil, peut-être...

Finalement il tendit la main.

L'objet était froid, dur et coupant sous ses doigts. Toujours accroupi, il l'examina. C'était juste un éclat de miroir. Pointu, taillé comme un poignard – il aurait même pu se blesser – et taché... de rouge.

Du sang ! ?

Il sentit poils et cheveux se hérisser, et une peur indicible lui étreignit soudain le cœur.

Un enfant mort trouvé dans le parc... Le souvenir, encore confus quelques minutes plus tôt, dessinait à présent des contours bien nets et le laissa le souffle court. Quel âge avait-il à l'époque ? Six ans, peut-être ? Il comprit pourquoi le bois du Parc suscitait en lui ce malaise diffus : pendant des mois, chaque fois qu'il était venu ici, il n'avait pu s'empêcher de songer à ce petit garçon découvert sous les feuilles, mort de ses tortures (lesquelles, il ne le sut jamais, mais les pires rumeurs circulaient : des yeux crevés, on lui avait pris des organes pour faire du trafic comme avec les petits Sud-Américains !). Dans le secret de ses peurs d'enfant, il avait toujours craint, en allant chercher le ballon qui se perdait dans des fourrés à l'occasion de parties de volley, de découvrir la face blafarde et sans yeux d'un fantôme – peut-on reposer en paix quand la vie vous réserve une telle mort ? Il imaginait, non sans une certaine délectation masochiste, ce petit garçon l'attendant dans les bois, tout sale, le visage livide et les orbites creuses, qui tendrait la main pour s'emparer du ballon. D'une certaine façon, Mansard avait tort : cette histoire de fantôme n'avait jamais circulé. Christophe ne l'avait jamais entendue – ces trucs de forme blanche dans la brume, et tout ça... Et pourtant, elle palpitait dans la mémoire de chaque enfant de Laville-Saint-Jour, sans qu'aucun se la fût jamais racontée. Comme reposaient, avec l'inertie d'un cadavre, les images de leurs parents atterrés devant le poste de télévision tandis que les caméras montraient tel ou tel quartier de Laville-Saint-Jour, les titres de journaux qui s'étalaient sur le chemin de l'école, les visages choqués des maîtresses quand on apprenait qu'une enquête était diligentée à l'école...

Un froid mortifère l'enveloppa soudain. Il s'imagina une présence derrière lui.

Bruno ? Tipierre ? Un visage blanc percé deux trous sanglants ?

*... ils ont pris mes yeux... tu ne veux pas jouer avec moi ?*

Silence. Plus aucun bruit n'animait le parc, pas même celui de ses amis ridant au loin. Il attendit quelques secondes encore, presque en équilibre malgré la douleur dans tout le côté droit. Un frais coup de vent agita les buissons, les arbres frémirent, la brume eut un sursaut... Puis tout reprit sa place, comme un décor.

Pétrifié, toujours accroupi et incapable du moindre mouvement, il observa l'éclat dans sa main. Son propre reflet, défiguré par la peur, la pénombre et la brume, était balafré du sang séché sur le miroir.

Et il comprit qu'ils s'étaient tous trompés : car l'ombre qui se tenait derrière lui n'était pas blanche... mais aussi noire que la nuit la plus sombre.

* * *

Le cri s'éleva quelques minutes plus tard. Il partit de la grille qui fermait le bois du Parc dès 19 h 30 tous les soirs, s'enroula autour d'un des barreaux, prêt à s'échapper, accrocha une volute de brume, gonfla dans les airs, tourbillonna une seconde, hésitant, puis s'engagea dans les allées désertes et impeccables du cours du Parc. Il voleta de maison en maison, strident et cristallin car il appartenait à un jeune garçon de quatorze ans en pleine mue qui n'en avait à cet instant pas plus de cinq. À Saint-Exupéry, le cri s'amplifia sous les préaux, traversa les salles de classe endormies, résonna dans les cours et sous les coursives de l'ancien couvent devenu lycée...

De là, il prit son élan vers le centre-ville, glissant sur les vagues de brume comme un surfeur, tourna place Washington, slaloma entre les gargouilles qui s'alignaient au fronton de Saint-Michel sous leur bel éclairage blanc. Il traversa ainsi Laville-Saint-Jour comme une luciole, bondissant et pressé, dans les rues calmes et vides, sous les lampadaires orangés et les petits squares obscurs. Certains l'entendirent – oh rien, juste un souffle, un éclat subliminal, dans leur sommeil – d'autres ne le perçurent même pas. Pourtant, c'était là un cri d'absolue terreur.

Au bois du Parc, Bruno Mansard, en proie à une belle crise de nerfs, contemplait le corps de son ami, empalé en haut de la grille sous une lune d'argent, en suspension dans les airs à dix mètres du sol. Quelque part, un coin de conscience se répétait : *il est encore vivant ! il est encore vivant !* car le corps était agité de convulsions et Mansard entendait les râles glaireux, recevait au visage des éclats du sang qui jaillissait au-dessus de sa tête à gros bouillons... Il criait d'horreur, mais aussi d'incompréhension : comment cette... chose était-elle possible – le corps de son pote, Christophe, transpercé de quatre piques ?! Que s'était-il passé ? Quelle force avait pu le soulever ainsi ? À un moment, ils auraient dû se croiser, se retrouver quelque part...

Alors ?

Alors Mansard, au bas de la grille, criait, criait à se briser la voix pour toujours, en comprenant confusément qu'il ne pourrait plus jamais escalader cette grille pour sortir, qu'il était prisonnier, avec ce corps au-dessus de sa tête... Et bon Dieu où était caché Tipierre à présent ?

Alors, dans son sommeil, Bastien rêva à un écran sur lequel couraient des mots, LES mots, les révélations – les vérités ? – de *Julesmoreauveutêtrevotreami...* ; et dans le silence du petit atelier où Caroline Moreau était en train de peindre, une giclée rouge vint balafrer son dernier nuage. Un nuage aussi noir que la nuit la plus sombre...

Alors Bertegui poussa un soupir de somnambule – *... une trêve...* – qui tira doucement sa femme du sommeil et la surprit, car son Sanglier jamais ne parlait dans son sommeil, ni même ne ronflait. Et le crayon de Suzy Belair se cassa, alors même qu'elle traçait un aspect reliant deux planètes sur un thème astral.

Alors un frisson secoua Audrey sur la terrasse des Rochefort et, tandis qu'elle observait l'immense ruine noire qui lui faisait face, brièvement traversée d'une lumière jaune, une panique irraisonnée la traversa – *s'il arrivait quelque chose à David, j'en mourrais...* Et à la soirée même, la musique se coupa brutalement et imposa un silence de quelques secondes. Oui, partout, des Villois dans leur lit, dans leurs rêves et leurs cauchemars, s'agitaient un peu, se tournaient, grommelaient... Et se chuchotaient en eux-mêmes, dans les brouillards du sommeil, dans leur corps gelé malgré la tiédeur des draps : au fond, on l'avait toujours su... quelque chose n'était pas mort.... Non, quelque chose a... survécu.

# 24

César se figea à mi-chemin.

Un cri ?

Oui, cela ressemblait à un cri. Et celui ou celle qui venait de le pousser n'était pas loin, estima-t-il. Et cela continuait, continuait... À croire que la meuf – c'était une voix de femme, non ? – était en train de se faire lentement, très très lentement, étriper vive. Là, à deux pas... Comme si ça se passait au bois du Parc, soit quasiment à leur porte.

Il attendit quelques instants dans le noir – il n'avait pas allumé la lumière – au cas où quelqu'un se réveillât dans la maison (quelqu'un, soit : sa sœur ou la petite pute irlandaise qui dormait un étage au-dessus du leur, sous les toits, chargée de veiller sur la gamine. Les parents, eux, se trouvaient à la réception des Rochefort, enfin celle de Mme Rochefort puisque tout le monde savait, après la faillite du père Rochefort, que c'était elle qui avait la thune et qui avait racheté l'école pour son raté de mari).

La maison resta silencieuse... Dehors le cri mourut.

Tiens, elle a fini par clamser, songea-t-il, et cette pensée lui arracha un bref rire nerveux.

Il attendit encore. Plus aucun bruit : pas de blondasse molle à taches de rousseur... pas de morveuse de six ans en train de traîner un doudou qui puait le lait caillé... pas de *Merco* des parents arrivant au loin. Que dalle... C'était nickel. Parce que de toute façon, cette nuit, il n'avait pas le choix. Impossible de dormir. Il avait trop envie.

Il poursuivit sa descente silencieuse, les pieds chaudement

glissés dans ses charentaises, un gros sweat passé sur sa veste de pyjama et un survêt aux jambes.

Il traversa le hall, gagna la cuisine, désactiva l'alarme avant de sortir sur le perron de la porte de service.

Contrairement à la maison, le jardin était encore éclairé avec ces drôles de machins moches que sa mère avait dû récupérer dans une vente à la mormoilenœud. Trop bouillonnant pour ressentir la fraîcheur, trop excité pour remarquer l'épaisseur de la brume, il contourna la maison et marcha jusqu'au fond du jardin côté droit, vers cette vieille remise de campagne où le jardinier entreposait ses outils, qui, elle, baignait dans l'obscurité...

Dans sa main tremblotante, une petite clé. Il attendit quelques secondes, l'oreille aux aguets. Il crut percevoir des lueurs rougeoyantes et clignotantes de l'autre côté du parc, mais c'était difficile à dire : depuis ce coin sombre du jardin, la maison elle-même lui bouchait la vue. Il ne pouvait distinguer que la fière demeure, et l'ombre des arbres que la brume diluait. Il donna un tour de clé dans le gros cadenas, libéra le clapet d'un coup sec, et s'engouffra sans allumer la lumière.

Il reconnut instantanément l'odeur qui l'accueillit. Le sang. Sous son pyjama, quelque chose remua.

Il alluma la lampe torche qu'il cachait dans sa chambre, braqua le rayon vers l'établi, s'approcha, le souffle court, tout son corps tendu en une érection frémissante.

Le chat reposait à même le bois. Ses pattes étaient clouées de telle façon qu'il ne pouvait pas se dégager – de gros clous enfoncés dans les coussinets roses, enfin qui avaient été roses avant de virer chairs à vif. Elles étaient en outre attachées pour lui interdire toute échappatoire, puisque, deux jours plus tôt, il s'était carrément arraché le bout d'une patte en essayant de fuir. Autour de son museau, une ficelle était enroulée pour étouffer les miaulements et les cris, tandis qu'entre les deux oreilles, un œdème de sang croûtait là où il l'avait assommé.

Il reposait là depuis trois jours, dans le sang, la pisse et la merde – César le maintenait tant bien que mal en vie avec des seringues de lait glissées dans la gueule, et la bête les tétait avidement, réflexe qui le comblait d'extase.

En reconnaissant l'odeur de son bourreau nourricier, la chose qui avait été un chat heureux de chasser les papillons et de ronronner contre les radiateurs fut secouée de soubresauts, et le cœur de César s'accéléra encore.

L'idée avait jailli un mois plus tôt – une phrase anodine de sa mère : « Il ne faut pas faire peur aux chats, César, tu sais ça ? S'ils ont très peur, leur foie peut grossir sept fois et ils peuvent en mourir ! » Sa mère avait toujours des trucs très cons à dire sur tout et rien. Elle était aussi tout le temps en train de lui parler des animaux (cela lui avait d'ailleurs mis la puce à l'oreille. La salope, malgré ses verres de scotch, avait-elle remarqué... quelque chose ?).

En tout cas, César avait décidé que ce serait une expérience intéressante. Il avait aussi entendu que les chats avaient neuf vies et pouvaient faire montre d'une exceptionnelle résistance. Laquelle des deux légendes collait au réel ? Sa mère avait-elle raison ?

Il n'avait plus de doute à présent. Une connerie de plus à mettre à son crédit.

Toujours en silence, au bord de l'extase à mesure que la boule se tordait et se déchirait un peu plus les chairs, il posa la lampe et s'empara de la seringue. C'était ça le meilleur moment : le pouvoir... le pouvoir total et absolu sur la créature. Ce truc avec le chat, c'était ce qu'il avait fait de mieux jusqu'à présent. D'habitude, il « jouait » un peu avec eux, avant d'en finir. Là, avec l'expérience, il avait progressé. Trois jours... Putain oui, ce trip avec le chat c'était vraiment le top.

Enfin, en attendant mieux...

Il remplit la seringue en la plongeant dans une brique de lait qui traînait là – sûrement bien caillé à présent, si bien que la bête allait en plus se colter la chiasse ! – posa sa main sur le chat pour l'immobiliser (oh putain ! l'extase de le sentir encore assez résistant pour se tortiller comme un ver contre sa peau), dirigea la seringue vers la gueule de l'animal...

Un bruit.

Là, juste dehors.

Le froufrou d'une plante que l'on effleure en passant.

Il s'immobilisa, le souffle coupé. Perdit son érection sans même le remarquer.

Quelques secondes encore. Oui, comme des bruits de pas ! Enfin... À peine des bruits de pas. Presque une glissade, en fait. Il avait l'ouïe fine et, de plus, plusieurs trous étaient percés dans la remise. On entendait tout ce qui se passait dans le jardin comme si on s'y trouvait (et vice versa, d'où la précaution de la « muselière », puisque même si sa mère ne se serait jamais aventurée ici – ne parlons pas de son père ! –, elle aurait pu entendre quelque chose en allant jeter un œil aux rosiers).

Bernard le jardinier ?

Tout était possible avec ce tordu-là. Il avait les clés... Il pouvait même venir dormir en douce, il en était capable. Chat ou pas... Peut-être même que ça l'excitait. César n'en avait aucune idée et s'en moquait. De toute façon, lui et le jardinier se tenaient mutuellement : deux ans plus tôt, Bernard l'avait surpris dans la remise en train de « faire des choses » avec un rat... Et César avait fait ce qu'il fallait pour acheter son silence. À onze ans, il avait déjà une conscience sexuelle bien plus avancée que les gosses de son âge et il avait surpris à plusieurs reprises les drôles de regards de Bernard. Alors César s'était exécuté, avec une étonnante aisance, l'impression qu'il avait déjà fait ça avant, il y avait très longtemps, même s'il n'en avait gardé aucun souvenir précis.

Si c'était Bernard, pas de danger. Même si, là, César n'avait aucune envie de faire « plaisir » à quiconque sinon à lui-même (un plaisir si intense, croyait-il, que personne, nulle part, ne pouvait connaître pareille extase).

— Tu es là, n'est-ce pas ?

Il se raidit. Son cœur manqua un battement. Il sentit ses couilles se rétracter et contint une violente envie d'uriner.

Ce n'était pas du tout la voix de Bernard, mais celle, calme, profonde, d'un être en pleine maîtrise de lui-même.

— Je sais que tu es là... tu n'as même pas besoin d'ouvrir.

Comment pouvait-il chuchoter et lui parler ainsi en même temps, presque comme s'il se trouvait là, dans la remise, avec lui ?

Sous sa main, même le chat avait cessé de s'agiter. César ne sentait plus à présent que la pulsion du cœur sous la fourrure.

— C'est bon, n'est-ce pas ?

... poum... poum...

En fait ce n'était pas le cœur de la créature. C'était son propre cœur qui battait. Une pulsation rouge qui l'empêchait de distinguer toute forme dans la pièce tant les émotions se bousculaient : terreur... panique... je suis découvert... les parents... la prison...

— ... n'aie pas peur, je sais combien c'est bon. C'est quoi, cette fois ? Un chat ? Un chien ?

... poum... poum...

— ... tu n'as pas besoin d'ouvrir... De toute façon, je peux entrer si je veux.

... poum... poum...

— ... mais tu vas m'écouter.

La douceur dans la voix ne masquait rien de l'autorité du ton. C'était un ordre. Sans appel.

— ... nous avons besoin de toi.

Et César écouta. Une minute. Dix... Il n'aurait su le dire. La main posée sur la poitrine du chat, la seringue à vingt centimètres de sa gueule. Il écouta et écouta.

Et quand la voix eut prononcé ces derniers mots : « ... terribles arriveront ; et ce jour-là, plus rien, jamais, ne sera comme avant... Ni pour toi, ni pour personne ici... » il sut qu'un monde nouveau s'ouvrait à lui et que sa vie allait devenir merveilleuse.

## Deuxième partie

# Un jour, la brume

# 25

Ils n'étaient pas venus en nombre accompagner Odile le Garrec dans sa dernière demeure, songeait Bertegui. Depuis son poste d'observation – il se tenait à distance – il estima le petit groupe à une vingtaine de personnes. Vingt silhouettes et un prêtre autour d'une tombe, vêtues de sombre, qui se découpaient dans le silence d'un cimetière planté de grands arbres à la noblesse centenaire, par une de ces journées typiquement villoises où le gris du ciel se confond aux blancs sales d'un brouillard, pourtant léger ce matin-là.

Malgré la distance et la visibilité un peu floue, il reconnut Nicolas le Garrec, Suzy Belair, la femme de ménage... Et crut identifier la sœur de la victime, un foulard noir sur la tête – bien qu'on ne sût toujours pas avec certitude s'il s'agissait bien d'une « victime » au sens légal du terme. Les autres visages lui étaient inconnus, seule une femme au chignon orange retint brièvement son attention car la couleur de ses cheveux semblait une insulte à la circonstance.

C'était justement pour rencontrer la sœur, Sophie Merichon, que Bertegui se trouvait là. Suzy Belair, l'astrologue, lui avait fourni son nom et son lieu de résidence, et Bertegui l'avait appelée deux jours plus tôt. Il avait compris, à son accueil froid, que les rapports avec sa sœur n'étaient pas empreints d'une grande tendresse. Elle n'avait du reste émis aucun commentaire quand Bertegui avait souhaité lui parler, pas même montré de surprise. « Je ferai l'aller-retour pour l'enterrement... Je ne resterai pas. Nous pourrons nous voir après la cérémonie si vous le souhaitez. Avant que je ne prenne mon train... » Sur quoi elle avait raccroché. Pas un mot sur les circonstances de la mort. Pas le moindre doute sur son apport éventuel à l'enquête.

Et d'ailleurs, était-ce une enquête ? Pas vraiment. Pas davantage, en fait, que les démarches relatives au cadavre du taureau... Ou les interrogatoires après l'accident au bois du Parc – on avait prévenu Bertegui au milieu de la nuit, et il n'était pas près d'oublier ce spectacle : les clignotements rouges et bleus des ambulances et des voitures de police qui jaillissaient dans la brume comme les feux d'un Ovni atterri là en catastrophe... L'échelle des pompiers déployée, à l'assaut des grilles, pour décrocher le supplicié... Cette phrase d'une badaude en robe de chambre, sur son passage : « Mon Dieu, c'est comme le fils de Romy Schneider... » Enfin, les hurlements de la mère, prévenue trop tôt.

Pour l'heure en tout cas, ses démarches s'avéraient vaines. On n'avait pas identifié le ou les « plaisantins » qui avaient coupé les fils du téléphone d'Odile le Garrec et, évidemment, l'autopsie avait confirmé l'infarctus fatal. Rien ne permettait par ailleurs d'incriminer son fils d'une quelconque manière : l'héritage se réduisait à la maison et quelques liquidités, des broutilles en regard des droits d'auteur de Le Garrec, dont la bonne santé financière ne faisait aucun doute.

Suzy Belair, brièvement prise en filature deux jours, n'avait pas davantage de comportement suspect.

Le taureau, en revanche, avait été tué dans des circonstances claires. D'abord drogué par une fléchette, avaient confirmé les experts, on l'avait éviscéré avec une sorte de grand couteau, probablement un outil de chasse à la lame dentelée. Pour autant, en attendant d'autres analyses, des prélèvements de terrain (demande de Bertegui qui avait fait hausser quelques sourcils, après tout ce n'était jamais « qu'une vache avec des couilles ! » ainsi que l'avait formulé un lieutenant en blouse blanche dépêché par Dijon), le commissaire se trouvait dans une impasse.

Restait Christophe Dupuis, en suspension sur les grilles du bois du Parc. L'interrogatoire de son ami, Bruno

Mansard, n'avait pas été plus concluant que toutes les autres tentatives de Bertegui. Quant à son petit frère, le Sanglier n'avait même pas pu l'entendre : « Laissez-lui quelques jours ! » avait supplié la mère. Il n'avait pas insisté.

Alors, à quoi le policier s'accrochait-il ? Un sentiment diffus... Et quelques détails. Des riens, comme un léger décalage entre deux marches d'un escalier parfaitement aligné : la distance, le détachement de l'astrologue, son apparente indifférence ; le mutisme de Le Garrec, son manque d'intérêt quant à l'identité de ceux qui avaient coupé le téléphone ; le regard émerveillé d'un petit gosse de six ans devant son flingue, lui soufflant, presque dans le creux de l'oreille... « C'est l'esprit... le nouveau... » en lui montrant une grande bâtisse en ruine suspendue à flanc de colline.

Il y avait les mots de Mansard, aussi, à propos de son ami : « Je ne comprends pas... il avait " peur " de monter. Il n'aurait jamais escaladé la grille tout seul... Sans nous attendre ! »

Au final, toutes ces affaires lui semblaient se confondre à Laville elle-même : au-delà du charme des vieilles pierres ravalées et entretenues, du vert éclatant des jardins, des allées proprettes et lisses, on devinait, sous la brume, au cœur de la nuit, en parcourant telle ruelle tordue ou en dérapant sur quelques marches de guingois, comme dessinées par un architecte ivre, des secrets qui palpitaient derrière les murs, des trésors dormant dans les greniers, une histoire en train de pourrir au fond des caves...

* * *

Le petit groupe commençait à se disloquer. Nicolas le Garrec recevait à présent les condoléances, en compagnie d'une femme mûre, sans doute sa tante, celle-là même que Bertegui allait rencontrer dans quelques minutes. Le Garrec arborait une tenue trop sport pour l'occasion, estima-t-il : cuir noir, jean noir, lunettes...

Une dernière accolade, quelques mots à l'oreille. Depuis son poste d'observation, Bertegui vit la tante échanger un long regard muet avec son neveu. Ils n'étaient plus que trois : lui, elle, et Suzy Belair légèrement en retrait, la pâleur de son visage à peine discernable dans le coton de la brume – il fallait presque plisser les yeux pour suivre la ligne de sa chevelure blanche.

Un instant, le Sanglier crut que la tante allait gifler le neveu mais elle s'éloigna sans un mot, sans se retourner, laissant Le Garrec seul devant la tombe avec l'astrologue sur ses arrières. Se connaissent-ils ? s'interrogea-t-il soudain. Si tel était le cas, cela contredisait les propos de Belair...

La femme qui devait être Sophie Merichon remonta l'allée et entreprenait de défaire son foulard pour lâcher des cheveux gris quand Bertegui l'intercepta.

— Madame Merichon ?

Elle se figea et le dévisagea avec une froideur tranchante. Il la détailla en retour : l'imperméable gris, le fichu noir dans la main osseuse... Au premier coup d'œil, elle ressemblait un peu à sa sœur – du moins le commissaire le devinait-il d'après les photos aperçues chez la victime : mêmes mâchoires pleines, même couleur d'yeux incertaine... mais alors qu'Odile le Garrec, avec ses pommettes hautes et son regard mi-clos, devait déployer un charme un brin mystérieux, tout en Sophie Merichon exprimait l'aigreur, l'absence de fantaisie, un quotidien austère...

— Je suis le commissaire Bertegui. Nous nous sommes parlé hier au téléphone.

Un bref hochement de tête.

— Vous avez quelques minutes ?

Regard à sa montre.

— Je vous écoute...

Il lui emboîta le pas en direction de la grille.

— Je voulais vous parler de votre sœur... Vous savez comment elle est morte ?

— Je sais ce que m'en a dit son fils (« son fils » et non pas « mon neveu » releva le commissaire) : un infarctus. Fatal, cette fois...

— Vous a-t-il précisé qu'elle tenait le téléphone en main au moment de sa mort ?

— Non.

— Et que les fils du téléphone avaient été coupés. À l'extérieur de la maison...

Un bref silence. Il lui coula un regard : elle arborait un de ces profils découpés, secs, pareil à celui de son neveu, qui donnent aux hommes du caractère et aux femmes des airs virils.

— Non.

— Cela n'a pas l'air de vous étonner...

Elle s'arrêta brusquement et planta ses yeux dans ceux du flic.

— Je ne sais pas où vous voulez en venir... commissaire, c'est ça ? Ni pourquoi vous vouliez me voir. Mais je vais vous dire une chose : j'ai cessé de m'étonner il y a bien longtemps en ce qui concerne ma sœur. Elle n'a jamais vraiment vécu comme tout le monde. Et je ne suis pas surprise de savoir qu'elle n'est pas morte comme tout le monde non plus.

— Que voulez-vous dire ?

Sophie Merichon détourna le regard, et le posa une centaine de mètres plus loin, là où sa sœur reposait désormais. Près de la tombe, Nicolas le Garrec et Suzy Belair avaient disparu. Ils avaient dû emprunter l'autre sortie, conclut Bertegui.

— Que voulez-vous savoir exactement ? Posez-moi des questions directes, ce sera plus simple.

— J'essaye de reconstituer son... itinéraire. Ce n'est pas facile : on n'a guère l'impression, à interroger les gens ici, qu'elle ait jamais eu un passé.

Petit sourire sec.

— Elle en a eu un, je vous le confirme.

— Alors reprenons depuis le début : qu'est devenu le père de Nicolas le Garrec ?

— Il est mort... Il y a plus de trente ans. Nicolas devait avoir... cinq ans peut-être ?

— Comment ?

— Un accident de voiture. Les freins ont lâché, il a percuté un arbre.

Un panneau d'alerte clignota soudain devant les yeux du commissaire.

*... les freins ont lâché...*

— Il y a eu une enquête ? demanda-t-il.

Un bref hochement de tête dans le verdoyant silence du cimetière.

— Et ?

— Elle a été quelque peu... inquiétée. Cela s'est arrêté là. C'était un accident.

— Hum... (Il se caressa le menton.) Elle a refait sa vie n'est-ce pas ?

Nouveau hochement de tête.

— Combien de temps après ?

— Un an, je pense.

— C'est court...

— Oui, c'est court.

— Qu'est devenu cet homme ?

Elle ferma les yeux et Bertegui sentit soudain une grande tristesse s'abattre sur elle.

— Je l'ignore... Nous nous sommes perdus de vue des années durant, près de vingt ans, presque toute la période qu'elle a passée avec... Henri. C'était son nom... Henri Vilbois.

— Pourquoi ?

— Il ne m'aimait pas...

— C'est votre sœur qui a coupé les ponts ?

— Oui.

— Parce qu'il ne vous aimait pas ?

— C'est ce que je crois. De toute façon il n'aimait personne. Il l'avait coupée de tout...

Bertegui se rappela un cliché sur une commode : Odile le Garrec en tenue chic, entourée des convives d'une soirée. Ce n'était pas l'image que l'on se fait d'une femme coupée du monde.

— Donc elle devait l'aimer beaucoup ?

Elle eut un long soupir.

— C'est ce que j'ai longtemps cru... Aujourd'hui je ne sais pas. J'ai... j'ai eu l'impression, en discutant il y a peu avec elle – nous n'avions presque pas d'échanges intimes vous savez... Ce n'était ni son genre, ni le mien – bref, j'ai eu l'impression que, peut-être, elle avait été forcée.

— Qu'est-ce qui vous fait dire ça ?

— Une phrase, un soir qu'elle évoquait ce blanc entre nous, ces vingt ans. « De toute façon, je n'avais pas le choix... » (Un air chagrin vint adoucir sa voix et son regard.) Je ne sais pas ce qu'elle voulait dire : parce qu'elle l'aimait follement ? Parce qu'il la forçait ? Je l'ignore...

— Et vous ne savez pas comment cette histoire s'est finie ?

Elle eut un non de la tête.

— Enfin, vous avez dû le lui demander...

— Oui. « Il a disparu. » Voilà sa réponse.

— Disparu ?

— « Il a disparu de ma vie. » Voilà les termes exacts. C'est ceux qu'elle a employés quand elle est revenue. Enfin, quand elle a renoué le contact. Nous n'avons plus jamais reparlé de lui depuis. C'était une époque révolue, qui avait été malheureuse pour nous deux.

*Il a disparu de ma vie*... les termes étaient particuliers : non pas il est sorti de ma vie, je l'ai quitté, il m'a quitté... ou même il est mort. Mais il a « disparu ».

— Vous saviez ce qu'il faisait ?

— Il était joueur.

— Joueur ?

— Oui, il vivait du jeu. Un... individu étrange : il plumait des gens naïfs à des tables privées de poker... Et il en dépensait aussitôt une grande partie au casino. Enfin, c'est ce que j'ai cru comprendre les premiers mois qu'elle l'a fréquenté. Ensuite, évidemment, j'ignore ce qu'il est devenu. Si ses... activités... ont perduré.

Bertegui réfléchit :

... *Il a disparu de ma vie...*

Pouvait-il réapparaître ?

... *une ombre noire...*

Un détail lui revint : les mots du gosse à la ferme, lui rapportant la conversation de sa « Mamine » avec... l'esprit. *Va-t'en... C'est fini, maintenant... Il est trop tard...* C'était le genre de phrase que l'on adresse à quelqu'un que l'on connaît. Quelqu'un de Laville-Saint-Jour peut-être... Ou qui y avait vécu, un temps.

Bertegui pouvait presque entendre le cliquetis des rouages dans son crâne.

— Madame Merichon, savez-vous ce qu'il y a dans la cave de la maison de votre sœur ?

Aucune surprise.

— Non...

— Savez-vous si elle a quelque chose à voir avec l'affaire Talcot ?

— Non, je l'ignore.

Elle n'avait pas jugé utile de se faire préciser ce qu'était l'affaire Talcot. Pas davantage quel lien pouvait bien associer la mort de sa sœur au sacrifice de gosses perpétré des années plus tôt. Elle remit son foulard, un geste artificiel eu égard à la situation et la température, regarda sa montre.

— Il y a beaucoup de choses que je ne sais pas, commissaire. Et sans doute beaucoup de choses à découvrir pour retracer la vie de ma sœur. Mais vu notre histoire commune, je ne peux rien vous dire de plus. Elle avait fait ce choix de vie...

Elle avait prononcé ces derniers mots avec des émotions contradictoires : réprobation, compassion... Mépris, tristesse. Bertegui vit ses yeux s'embuer et ses mâchoires se verrouiller.

— Quel choix de vie ? la pressa-t-il.

Elle lui adressa un sourire désolé, de cette expression qui semblait dire : on voulait autre chose, c'est malheureux, nos parents n'auraient pas aimé ça...

— Oui, sans doute beaucoup de choses à trouver, soupira-t-elle. Mais est-ce bien utile aujourd'hui ?

Elle s'éloigna sans un au revoir.

* * *

Nicolas le Garrec regarda la femme qui l'avait appelé à l'hôtel la veille au soir et ne put réprimer un frisson : tout en elle exprimait la mort. L'auréole floue de ses cheveux blancs, la peau sèche et livide, les mains noueuses et arthritiques... Même les yeux, clairs comme de l'eau, exprimaient un calme, une froide sérénité, que seule la mort peut offrir, quand la vie n'est que tourments, passions, luttes et souffrances.

— C'était une belle cérémonie, dit-elle.

Il confirma d'un sourire triste, lui qui n'avait pas pris la parole. Le curé de Saint-Michel avait effectivement prononcé une vibrante homélie, évoqué un chemin de vie exemplaire.

Son regard suivit pensivement le lent mouvement du brouillard dans le cimetière : rien n'a changé ici... Rien, sauf ma mère. Celle que je viens d'enterrer est une Autre. Une femme qui a eu un chemin de vie exemplaire...

— J'aurais voulu vous rencontrer dans d'autres circonstances, poursuivit la femme – Suzy... quelque chose.

Que répondre ?

— Vous vouliez me voir ? s'enquit-il finalement, à court d'idées.

— Oui. Je crois que votre mère... savait ce qui allait arriver.

Il se raidit.

— Elle m'en avait parlé. Elle m'a longuement parlé, vous savez...

Il s'empourpra.

— D'une certaine façon, elle m'a... chargée de son testament, si on peut dire. Quand elle a su que... des choses terribles allaient arriver (elle l'avait prononcé comme on commente la couleur du ciel mais le cœur de Nicolas enregistra une nouvelle accélération)... elle m'a chargée de vous remettre ça.

Elle ouvrit son sac, en tira une grande enveloppe marron, la lui remit. Il la saisit, sans la regarder, sans montrer l'impatience qui lui brûlait les doigts.

— Elle savait, reprit-elle, que... le passé viendrait frapper à la porte. Tôt ou tard. Elle savait aussi que vous étiez revenu depuis quelques semaines. (Il ne dit mot.) Elle a voulu vous appeler. Vous voir... Enfin... Peut-être arrêter les choses, je ne sais pas. Elle n'a pas osé.

Il sentit les larmes affleurer à ses paupières. Combien aurait-il donné pour ne pas entendre ces mots... Ne pas être là, à cet instant ? Ne jamais avoir vécu ici, à Laville-Saint-Jour. Combien de fois s'était-il demandé si les choses auraient été différentes ailleurs ? Ou plutôt non : de quelle façon elles l'auraient été ?

— Qu'allez-vous faire ? demanda-t-elle après un silence.

— Je ne suis pas le maître du jeu.

— C'est ce que vous croyez ?

Il soupira.

— Je ne peux rien faire. Je n'ai pas de pouvoir... Personne n'en a. Ce qui se passe ici... ce qui se révèle dans cet endroit... est incontrôlable. Si ma mère vous a effectivement parlé, vous devez le savoir, je suppose.

Elle hocha la tête.

— Je le sais, effectivement. Ce n'est pas pour ça que je le crois. Arrêtez de subir. Finissez au plus vite. Puis partez. Vous ne serez jamais heureux ici. Plus tôt vous aurez quitté Laville, mieux vous serez. Loin... Libre...

Il l'observa : ses manières de vieille dame ne trompaient pas. Elle avait dans le regard l'intelligence féroce et la détermination de ceux qui n'ont plus rien à perdre.

— Je ne contrôle rien...

— C'est ce que vous pensez. Et vous avez tort.

— Qu'allez-vous faire ?

— Ce que votre mère aurait souhaité... Trouver l'enfant.

— L'enfant ? demanda-t-il. Quel enfant ?

Elle fronça les sourcils. Puis désigna d'un doigt tordu l'enveloppe qu'il tenait en main.

— L'enfant... Je crois que lui a le pouvoir que vous n'avez pas. Lisez... Il doit y avoir là de quoi réveiller le feu du Sagittaire que vous êtes...

Il regarda l'enveloppe quelques instants, releva la tête. Suzy Belair s'éloignait. Il suivit des yeux la frêle silhouette cheminant à travers les croix. Puis elle fut happée par la brume..

Avant de partir, il jeta un ultime coup d'œil à l'épitaphe qui ornait la pierre tombale :

***Odile le Garrec-Clairnois***
***1944 – 2006***
***NOUS N'OUBLIERONS JAMAIS...***

# 26

— ki es-tu ?

— Je te l'ai dit, Bastien : Jules, Jules Moreau.

— cé impossible

— Pourquoi ?

— jules est mort. et jules avait 16 mois. il ne savait ni lire ni écrire ni parler...

— Je sais que Jules est mort. Je suis Jules. Je suis passé sous une voiture. Une Mercedes... Bleu marine. Je suis sûr que chaque fois que tu en vois une, tu penses à moi. Je suis sûr que tu te dis : si seulement j'avais pu faire quelque chose. Et en fait tu as raison : je ne suis pas vraiment Jules. Je suis l'esprit de Jules. Je suis comme tous les enfants qui meurent. Les petits enfants. Une part de moi continue à vivre.

— tu es où ?

— Tout près... Avec toi. En toi. Partout. Et je suis avec les autres.

— les autres ? kels autres ?

— Les autres. Ceux de Laville-Saint-Jour. On est nombreux. Je ne devrais pas être là mais... Il le fallait. Il fallait venir. Avec les enfants de Laville-Saint-Jour.

— pourkoi tu es là ?

— Pour toi. Je devais venir pour toi.

— je ne comprends pas.

— Je crois que si, tu comprends.

— comment je peux savoir que tu es jules ?

— Laisse-moi rééchir. Voilà : quand tu avais deux ans, maman est tombée avec toi dans les bras dans la salle de bains et elle s'est cassé la clavicule. C'est sans doute ce qui t'a sauvé... sinon tu aurais pu recevoir un choc mortel à la tête. Et encore : ton classement mondial à Top Spin est 680. Mais tu ne joues plus depuis que je suis mort... Enfin presque plus. Tu as parmi tes cartes Magic deux cartes très rares qui valent cher. L'une est le Roxx. L'autre... je ne me rappelle plus. J'ai oublié. Maman a arrêté de peindre après ma mort. La seule fois où elle a peint quelque chose, elle a tout déchiré. Mais ça va mieux maintenant. Enn, elle peint à nouveau. Tu as une nouvelle amie à l'école. Elle s'appelle Opale. Elle est jolie. Très. Tu es assis dans une pièce où il y a cinq tableaux de maman aux murs. Sur le bureau devant toi, il y a le stylo Montblanc de papa que tu n'as pas le droit de toucher. Tu es là ? Toujours en ligne ?

— oui

— Tu veux d'autres exemples ?

— NON !

— Ne te fâche pas. Je ne veux pas te fâcher. Je suis avec toi. Toujours, je serai avec toi. Moi, et les autres.

— pkoi tu es revenu ? pkoi tu me veux me parler ?

— Tu es mon frère. Et pour te dire des choses...

— kel choses ?

— Tu appartiens à Laville-Saint-Jour. C'est pour ça que tu es là. Tu le sais n'est-ce pas ?

— non

— Je crois que si. Tu lui appartiens. Laville-Saint-Jour te veut. Et elle t'aura. Mais n'aie pas peur. Tout se passera bien. Laisse faire les choses. Laisse-toi guider par ton instinct. Il te mènera toujours en lieu sûr...

* * *

— ... et je suis sûre qu'Opale va nous rappeler pourquoi Marius est parti et a quitté Fanny... N'EST-CE PAS MADEMOISELLE CAMERLIN ?

L'élève sursauta. Audrey, tout en prodiguant son cours, suivait son manège depuis une dizaine de minutes. Elle l'avait d'abord surprise en train de glisser un mot à Bastien sous la forme d'une boulette de papier roulée au sol, lequel, à réception, avait hoché négativement la tête. Mais Opale avait insisté, gros yeux et air pressant. Bastien avait cédé : il avait à son tour plongé la tête sous son pupitre et fait glisser jusqu'à elle des feuilles de papier pliées en quatre. Opale lisait avidement depuis deux minutes en les dissimulant, mal, derrière un livre.

Brutalement interrompue dans sa lecture, l'élève venait de virer tomate cuite, quelque part dans cette gamme chromatique que seuls les roux peuvent atteindre.

— Heu... je...

Audrey marcha tranquillement jusqu'à elle – elle remarqua au passage l'air épouvanté de Bastien et surprit le regard scrutateur de Mendel.

— Je peux voir ce que tu es en train d'étudier et qui a l'air beaucoup plus passionnant que la trilogie de Pagnol ?

Les beaux yeux verts d'Opale s'écarquillèrent et Audrey devina une panique qui éveilla davantage sa curiosité, et même, en vérité, l'inquiéta. Le regard de la jeune fille se porta vers les feuilles qui dépassaient du livre, puis vers Bastien : qu'est-ce que je fais ? semblait-elle demander. Mais il était inutile d'attendre une réponse : il était effondré.

— ... Ou tu préfères nous le lire à voix haute pour que toute la classe en profite ? demanda Audrey sans élever le ton.

Gros soupir. Œil lourd de promesses de revanche. Claquement de livre. Elle tendit les papiers.

Audrey les ouvrit brièvement. Dès les premières lignes, les mots lui sautèrent au visage : ... `jules est mort. et jules avait 16 mois. Il ne savait ni lire ni écrire ni parler...`

`– Je sais que Jules est mort. Je suis Jules. Je suis passé sous une voiture. Une Mercedes... Bleu marine. Je suis sûr que chaque fois que tu en vois une, tu penses à moi...`

Plus loin :

`– Il le fallait. Il fallait venir. Avec les enfants de Laville-Saint-Jour.`

Audrey lutta pour ne pas en lire davantage. Pour ne pas non plus révéler son trouble. Elle avait reconnu un dialogue

MSN, imprimé sur papier. Un dialogue morbide, pas le genre de conversation qu'un gosse de douze ans est supposé tenir sur une messagerie internet.

— Je suis Jules. Je suis passé sous une voiture.

Qu'avait dit Caroline Moreau à propos du décès de son fils ? *Il a été victime d'un accident...* Un accident de voiture ? S'agissait-il du... frère de Bastien ?

*jules avait seize mois. il ne savait ni lire ni écrire.*

Un frisson la parcourut. Elle replia les papiers. Se tourna brièvement vers Bastien – un échange de regard d'une seconde lui révéla de nouveau la détresse qu'elle avait décelée dans ses yeux au réveil de son cauchemar.

Elle retourna à son bureau. S'efforça de reprendre le cours normal de son exposé « ... Donc je vous rappelle les raisons qui ont poussé Marius à partir... », mais elle n'était plus vraiment là. D'ordinaire passionnément impliquée dans son travail – elle suivait le programme, mais en privilégiant l'étude de grands thèmes tels que l'Amitié, ou la Guerre, ou l'Enfance pour initier ses élèves à la littérature, plutôt que l'analyse froide de tel ou tel texte – elle naviguait à présent en pilote automatique.

... Jules est mort... je suis Jules...

Tout en dissertant, elle surprit à nouveau le regard de Mendel : un regard empreint d'un calme qui contrastait avec la nervosité qu'elle y percevait d'ordinaire. Un regard posément fixé sur elle, avec l'évidence de... quelqu'un qui sait.

Que se passait-il dans la classe ?

Audrey devinait des éléments lui échappant. Et rien d'anodin. Elle n'avait pas trouvé d'explication jusqu'alors à la prise en charge de Bastien par les Laboratoires Hecticon mais à dire vrai, elle n'en avait guère cherché : sa seule piste s'ouvrait avec Antoine. Or elle fuyait Antoine et n'avait répondu ni aux appels ni aux messages, espérant qu'il se lasserait. Plus que jamais, pourtant, il lui fallait comprendre les raisons de l'inscription de Bastien à Saint-Ex.

La cloche sonna et Audrey l'accueillit pour une fois avec soulagement.

Tandis qu'elle aussi rangeait ses affaires, elle observa les deux jeunes du coin de l'œil : Opale paraissait embarrassée en rejoignant Bastien, qui gardait les yeux rivés à son cartable en y entassant livres et cahiers comme s'il ne voulait rien dévoiler de ses états d'âme au professeur.

— Bastien ?

Il était déjà à la porte. Il s'arrêta tandis qu'Opale sortait. La classe était presque vide et Audrey remarqua le mouvement de ses épaules accompagné d'un gros soupir. Puis il se traîna jusqu'à son bureau comme on monte à l'échafaud. Il en était presque comique, avec son jean baggy assez grand pour loger un adulte, les bras ballants abattus. Audrey n'avait pourtant pas le cœur à rire.

Elle prit les feuillets posés sur son bureau.

— Je crois que c'est à toi.

Pas de réponse.

— Tu veux m'en parler ? demanda-t-elle.

Il fit non de la tête, sans essayer de donner le change, de le prendre « à la cool... ». Ils avaient dépassé ce point où le jeu social commande la désinvolture quand elle n'a pas sa place.

Elle lui tendit les papiers. Il allait s'en emparer quand elle se déroba. Elle ne pouvait se résigner à le laisser partir ainsi.

— Jules... C'est le prénom de ton petit frère ?

À contrecœur, il hocha la tête.

— Mais ce n'est pas lui qui écrit, bien sûr.

Il leva enfin les yeux vers elle et la fixa longuement.

— Je ne sais pas, dit-il enfin.

Et il tendit la main pour montrer son impatience.

Audrey céda, désarçonnée par la réponse.

Il prit les feuilles et sortit sans un regard, un merci, un au revoir. Déjà, par la fenêtre, elle le voyait s'éloigner, rejoindre Opale vers le petit banc où elle les avait surpris quelques jours plus tôt.

*Je ne sais pas*... Qu'avait-il signifié par là ? L'interlocuteur de ce dialogue ne pouvait évidemment pas être un... bébé ! Pas même un adolescent de l'âge de Bastien. Audrey n'était pas une adepte de toutes ces messageries, MSN, Yahoo... Mais, pour se battre depuis des années avec des élèves qui tachaient leurs devoirs de « koi » et « ki » à la place de « quoi » ou « qui », qui avaient banni les majuscules de leur orthographe et ignoraient tout de la ponctuation (sans parler de la manie de revenir à la ligne à tout bout de champ), elle en maîtrisait plus ou moins les subtilités littéraires. C'est pourquoi une lecture, même brève, des réponses de celui qui se faisait appeler *julesmoreau* l'avait placée devant une évidence : c'était un adulte qui se trouvait derrière le clavier quand Bastien l'avait eu en ligne. Un adulte qui s'exprimait dans un français correct, sans faute, sans abréviation... Et dont les jeux, pervers, poursuivaient là un but qui lui échappait complètement.

# 27

Bastien marchait en direction du banc, plus furieux qu'abattu... Furieux contre Mme Miller. Contre lui-même. Contre Opale.

C'est elle qui avait insisté pour lire sa sauvegarde du chat avec *julesmoreau*. Et il avait cédé. Pourquoi lui en avait-il parlé ? se morigénait-il tout en traînant ses baskets, son sac, sa colère et son abattement vers la coupable. La réponse tenait en quatre mots : incapable de lui résister.

Leur « amitié » (mais Bastien espérait bien davantage) s'était imposée comme une sorte d'évidence : non seulement ils partageaient la plupart des intercours (sous les regards suspicieux des copines d'Opale dont Bastien était persuadé qu'elles échangeaient des propos du genre : « mais keskel fait avec ce loose ? »), mais ils se retrouvaient tous les soirs sur MSN pour des dials bien plus intimes que leurs échanges à Saint-Ex.

Elle avait ainsi évoqué ses parents (... *toujours en voyage pour essayer de vendre leur vin partout dans le monde...*), sa tante (*elle vit avec nous et en gros, elle est payée à me garder pendant leur absence, c'est-à-dire presque tout le temps...*) et bien sûr son frère. C'est Opale elle-même qui l'avait trouvé dans le garage. Et elle était rongée de culpabilité depuis : « C'est vrai qu'il était secret mais en même temps, on passait beaucoup de temps ensemble. Alors je ne comprends pas... pourquoi il a fait ça. Pourquoi il m'a laissée toute seule... sans rien me dire... »

Ligne après ligne, elle s'était ouverte sans détours, sans gêne, si bien que Bastien s'en était voulu de garder jalousement ses secrets. Car lui, en retour, ne livrait rien.

La veille au soir, face à ses réponses laconiques sur le chat, presque absentes, Opale avait fini par lui demander s'il allait bien. Sur une impulsion, peut-être aussi parce que la solitude commençait à l'asphyxier, Bastien avait lâché la vérité, enfin *une* vérité, et tapé ces mots improbables : « Mon frère mort depuis deux ans m'a contacté sur MSN il y a quelques jours... »

Et voilà... Ce matin il avait apporté la sauvegarde imprimée du chat parce que Opale avait insisté pour la lire. Mais il n'avait pas anticipé son impatience, dont les raisons lui échappaient. Et encore moins, évidemment, cet incident avec Mme Miller – un de plus !

— Eh ? Tu as deux secondes ?

Bastien tourna la tête : César Mendel était appuyé contre un des piliers soutenant les voûtes. Seul, ce qui n'était pas dans ses habitudes, lui qui ne se déplaçait pas sans ses deux sbires, voire une petite cour dans son sillage.

Bastien s'immobilisa. Depuis l'incident du cours du Parc, les deux garçons s'évitaient prudemment. Mais Bastien ne doutait pas que son ennemi profiterait de la moindre occasion, la provoquerait même, pour se venger. Circonspect, il jeta un œil à la recherche des deux hommes de main. Il les imagina cachés non loin. Mais non : il les trouva occupés à faire glousser un groupe de filles sous le préau. Mendel s'approcha.

— Je voulais juste dire que j'étais désolé pour l'autre jour...

La bouche de Bastien s'arrondit de surprise.

— Ouais, je sais que ça t'étonne mais... c'est sincère, souffla Mendel en tendant la main.

Bastien la fixa comme si elle était piégée, revint à Mendel : les cheveux blonds, les yeux pâles aux cils rares... Une tête de communiant. Ou de modèle pour la propagande nazi. Et il lui souriait.

Sans un mot, parce qu'on ne refuse pas une main que l'on vous tend, Bastien la saisit. Mendel la garda quelques secondes. La serra.

— Ça ne va pas fort, chuchota-t-il (du moins Bastien le perçut-il, par-delà le vacarme de la récré, comme un chuchotement). Je veux dire en ce moment...On va partir peut-être, à l'étranger et... bref, c'est pour ça, je suis un peu *vénère*.

Bastien n'en croyait ni ses yeux... ni ses oreilles : Mendel, sur un ton de confidence, évoquant ses états d'âme. Où était le piège ?

— Bon enfin, voilà, on n'en parle plus, OK ? insista Mendel.

Puis il lui décocha un clin d'œil :

— Je sais bien que la brume a bon goût, mais t'es sûr que tu ne veux pas fermer la bouche ?

Bastien cilla, se ressaisit.

— Pas de problème, lâcha-t-il d'un ton dégagé.

— On est quittes ?

Il hocha la tête.

— Bon c'est cool... Ça va, y a pas eu de malaise avec Miller ?

À présent, Mendel *suscitait* des confidences – sa mère aurait dit : il essaye de te tirer les vers du nez.

— Heu...

Coup d'œil de Mendel en direction du banc. Opale était en train de les observer.

— OK, on en parlera une autre fois... Elle t'attend, je crois.

Il lâcha sa main et c'est à cet instant que Bastien nota qu'il l'avait gardée pendant leur échange. Une poigne froide et un peu moite en même temps.

— Bon, on se voit plus tard, lâcha Mendel en s'éloignant, juste avant de préciser : Je t'ajouterai à mon MSN, OK ?

* * *

— Qu'est-ce qu'il voulait ? demanda Opale.

Bastien haussa les épaules. Impossible de lui révéler la vérité : elle ignorait tout de son aventure à roller avec la bande de Mendel.

— Mon MSN...

— Décidément, il a du succès ton MSN...

Bastien prit place à côté d'elle en ignorant le sarcasme. Le petit banc sous l'arbre était devenu leur coin. Lorsqu'il s'y trouvait en compagnie d'Opale, Saint-Ex semblait s'effacer tout autour d'eux, le brouhaha des voix, des cris, des sonneries, lui parvenait comme un bourdonnement confus dans le brouillard. Ce matin, pourtant, il n'avait guère le cœur au romantisme.

— Je suis désolée, dit Opale d'une voix douce qui la rachetait.

Il contempla son joli profil rond – le front bombé, la bouche ourlée de poupée – avec une irrésistible envie de passer la main dans ses cheveux, juste pour voir si ce contact se révélait aussi électrique que dans ses rêves. Il sentit sa colère s'évanouir, ses poumons se libérer d'un poids. Oublia ses doutes quant aux excuses de Mendel.

— Je... Je ne pensais pas, reprit-elle en fixant les Puma à ses pieds, enfin, tu vois bien, pour Mme Miller... Elle n'a rien dit ?

Elle lui jeta un regard oblique, contrit. Bastien soupira.

— Pas vraiment, non... Elle a compris que quelque chose cloche. Et elle a compris que ça avait un rapport avec mon frère.

— Elle a raison, trancha-t-elle d'un ton définitif – ça c'était l'autre Opale qui venait de prendre le relais : celle qui semblait avoir cinq ans de plus que Bastien et qui le faisait se sentir affreusement gamin.

— Raison pour quoi ? demanda-t-il.

— Y a un truc qui cloche. Et qui cloche sacrément même.

— Tu as tout lu ?

— Oui... c'est *creepy*. (Elle avait adopté son expression.) Au début j'ai pensé que... ça ressemblait à une mauvaise blague. Mais... j'ai relu plusieurs fois. Il donne des détails... des détails précis, même. Parce que tout ce qu'il dit est juste, non ?

Bastien confirma d'un hochement de tête.

— Et il parle de moi en plus...

Evidemment cela n'avait pas échappé à Bastien.

`Tu as une nouvelle amie à l'école. Elle s'appelle Opale. Elle est jolie. Très.`

— Où est le reste ? demanda Opale.

— Le reste ? Le reste de quoi ?

— De ton chat ?

— Y a pas de suite.

Opale se tourna franchement vers lui.

— Comment ça, pas de suite ?

— Non. J'ai coupé. J'ai coupé la conversation. Et je l'ai bloqué. Il ne peut plus me contacter.

— Tu as coupé ? Mais pourquoi ?

Il avait eu peur, tout simplement. À mesure que les mots de *julesmoreau* défilaient dans la fenêtre MSN, une terreur glacée l'avait gagné. Malgré lui, une image s'était peu à peu formée à son esprit : celle d'un bébé de seize mois dans une cave (pourquoi une cave ? Il l'ignorait), tapant sur un clavier d'ordinateur, avec dans les yeux une lueur de pure intelligence, froide et ancienne. *Son* frère réincarné en... créature. Tous les mots apaisants du monde n'y pouvaient rien. Car depuis son arrivée, c'était ça qui l'avait tourmenté. Une menace... L'impression d'une menace. Pressante et, depuis que la brume était tombée, omniprésente.

*Laville-Saint-Jour te veut... Et elle t'aura.*

Dans une série américaine, il aurait sûrement un ami génie de l'informatique pour remonter la piste de *julesmoreau* depuis MSN, avec son adresse IP ou ce genre de passe-passe électronique. Bastien, lui, n'avait aucun atout à sa disposition. Rien... que des cauchemars. Dont il ne restait rien au réveil sinon le souvenir d'une ombre, une ombre noire au visage blafard présente dans chaque rêve et qui vivait désormais avec lui. La sensation, aussi, de connaître Laville-Saint-Jour. D'une façon confuse, immatérielle – non pas comme un souvenir concret mais... une idée. Ou une image.

Une vision ?

Rien d'agréable en tout cas.

Mais ce n'était pas là des choses qu'il aurait pu avouer à Opale, n'est-ce pas ? Alors il éluda, comme il le faisait à contrecœur si souvent depuis le premier jour avec elle – et depuis des mois, des années, de toute façon, partout et avec tout le monde :

— Je ne voulais pas lui faire ce plaisir... L'écouter.

— Tu as eu tort, décida-t-elle.

Bastien ne demanda pas d'explication – elle tombait sous le sens. Rompre tout lien avec *julesmoreau* c'était se priver de chances de découvrir sa véritable identité.

Mais était-ce si important ?

— Pourquoi voulais-tu tant lire cette conversation ? demanda-t-il soudain.

Un sourire douloureux déforma les traits de son amie.

— Quelque temps avant sa mort, mon frère passait beaucoup de temps sur Internet... Sur MSN notamment – je le sais, parce que je le voyais en ligne depuis l'ordi dans ma chambre (et Bastien supposa que les parents d'Opale avaient sûrement beaucoup d'argent pour se permettre d'avoir un PC par chambre !). Et je sais qu'il recevait de drôles de messages parce qu'il m'en a parlé une fois. Enfin, pas directement. Il m'a juste dit quelque chose comme : « Méfie-toi d'Internet, poupette... Il arrive que tu apprennes des choses que tu ne voudrais jamais... jamais savoir. » Et il ne l'a pas lancé comme une blague. Il avait l'air très triste. Désolé, même.

« Quand il est mort, on n'a rien trouvé, à part ce drôle de mot sur son ordi... enfin, la phrase, tu sais ? Mais on n'a pas compris... De toute façon, je ne crois même pas que mes parents aient vraiment cherché, ajouta-t-elle pour elle-même. Alors quand tu m'as parlé de cette histoire, j'ai pensé que, peut-être... Je ne sais pas : il y avait un rapport. Cela a fait comme un tilt dans ma tête. Le PC... MSN...

Ils se turent jusqu'à la cloche, avant de rejoindre la classe, sans un mot, aussi abattus l'un que l'autre, tant par leur conversation que la perspective d'un cours de maths avec M. Dupuis, un scientifique illuminé qui imposait la rédaction de chaque exercice comme s'il s'agissait d'un devoir de français et ponctuait ses cours de rots contenus et de bouffées d'une haleine innommable.

Décidément, songeait Bastien tandis qu'ils longeaient une arcade, jamais les conversations avec Opale n'avaient de rapport avec la Star'Ac ou le dernier volet de la trilogie des Xmen.

Ils étaient presque arrivés à la porte lorsque son amie se tourna soudain vers lui en lui prenant le bras.

— C'est peut-être vraiment ton frère ! chuchota-t-elle – mais ses yeux verts brillaient soudain d'une ferveur religieuse. Oui, c'est peut-être vraiment lui, et il y a un moyen de le savoir !

Bastien la dévisagea, muet de surprise.

— Ce soir... on demandera à *mon* frère.

— Mais ? Je croyais que tu n'avais qu'un fr...

Elle porta un doigt à ses lèvres pour lui intimer le silence.

— Chut... ce soir. Attends ce soir.

Puis elle s'engouffra dans la classe.

# 28

Bertegui éprouva une antipathie immédiate envers l'homme face à lui : le physique d'acteur de seconde zone, la poignée de main commerciale, le regard sans chaleur... Seul son costume trouvait grâce aux yeux du commissaire : l'étoffe de laine froide tombait parfaitement sur la silhouette athlétique (ce qui ne manqua pas de l'agacer davantage, lui qui devait reprendre, retoucher, ourler ici ou là pour faire entrer carrure et bedaine).

— Je ne comprends pas bien vos questions, répéta Antoine Rochefort. Pourquoi voulez-vous des informations sur Odile le Garrec ?

Bertegui était assis dans un bureau au dépouillement affecté qui lui déplaisait tout autant que son interlocuteur.

— Je veux dire : je ne comprends pas bien votre présence... J'ignorais que la police enquêtait sur la mort d'Odile le Garrec. Je la croyais victime d'un infarctus.

— C'est exact, confirma Bertegui mal à l'aise, qui se savait agir seul et de son propre chef dans l'affaire. Nous avons tout de même un ou deux points obscurs à élucider...

— Et quel rapport avec Saint-Ex ?

Bertegui renifla. Agacé toujours. Perplexe aussi. Les témoins qui posaient des questions au lieu d'y répondre finissaient souvent en suspects.

Les révélations, autant que les mystères, de la sœur d'Odile le Garrec ne lui avaient guère ouvert de piste concrète. Il avait appris, toutefois, qu'Odile le Garrec avait travaillé pour l'essentiel dans cet établissement.

— Je ne pense pas qu'il y ait le moindre rapport direct. J'ai juste besoin d'informations concernant votre ancienne employée. Son passé plus précisément...

Nouveau haussement de sourcil. Lissage de cravate par deux doigts bien carrés. Air dubitatif.

— Ma foi... Je ne sais même pas si nous avons un dossier ici. Enfin, elle nous a quittés il y a des années. Une dizaine, je pense. Oui c'est cela : un an ou deux après mon arrivée ici. Elle venait à mi-temps si ma mémoire est bonne, mais je ne pourrais le jurer. Du reste, elle faisait partie du personnel administratif, certes, mais elle ne travaillait pas directement sous mes ordres.

— Vous ne savez rien de sa vie de l'époque ?

— Sa vie ? Grands dieux, non ! Nicolas, enfin son fils, a été un camarade de classe, et donc je l'ai connue dans ce cadre-là... Et ici aussi, de fait.

— Je vois. Dans ce cas, vous pouvez quand même me mettre en rapport avec un ou une de ses collègues de l'époque ?

— Non.

Bertegui sentit le froid s'abattre entre les quatre murs de pierre.

Rochefort se leva, lissa sa cravate.

— Vous savez, commença-t-il en marchant vers la fenêtre, beaucoup de choses ont changé depuis mon arrivée à Saint-Exupéry. Venez...

À contrecœur, Bertegui le rejoignit à fenêtre.

— Vous voyez, Saint-Ex est un lieu unique, que j'aime passionnément. Sans doute me rappelle-t-il ma jeunesse...

Dans deux secondes, songea Bertegui avec humeur, il va me prendre par l'épaule, m'appeler Claude et évoquer le bon vieux temps.

— J'ai été très heureux, ici... Et je voulais que mes élèves le soient tout autant. Vous voyez ? On a ravalé... Blanchi toute l'école. On a aussi beaucoup agrandi : au-delà de la cour il y a les installations sportives. On a des tennis, là, juste derrière ce bâtiment... Et une piscine couverte. Bref... Saint-Ex n'est plus l'école d'antan.

Bertegui trépignait.

— De fait... J'ai aussi changé le personnel. Il y a ceux qui sont partis en retraite, bien sûr. Et ceux qui... qui ont trouvé un autre emploi.

Rochefort se tut, comme pour laisser le policier s'émouvoir du formidable travail accompli ici.

— Vous voulez dire qu'il n'y a plus personne de l'époque ? Plus aucun membre du personnel au moment où vous avez pris la direction de l'école ? D'ailleurs, vous êtes directeur ou... enfin à qui appartient-elle ?

— À ma femme, lâcha Rochefort dans un claquement de langue qui pouvait exprimait satisfaction autant qu'agacement. Et, non, je vous le confirme : il n'y a plus personne...

Rochefort s'approchait de la porte. C'est du grand art, se dit froidement Bertegui : non seulement le directeur de Saint-Ex noyait le poisson avec ses souvenirs, mais en plus il le congédiait avec la même souplesse que s'il l'invitait à une garden-party. Son attitude confirmait le sentiment de Bertegui depuis son arrivée : personne ne voulait évoquer le passé d'Odile le Garrec. Et même, en vérité : à Laville-Saint-Jour, personne ne voulait évoquer le passé tout court.

L'homme taille mannequin avait à présent la main sur la poignée de la porte.

— Je vois. Dites-moi, monsieur Rochefort, si je consulte vos registres avec attention, se peut-il que je remarque que la plupart des... *partants*... l'ont été peu ou prou au moment de l'affaire Talcot ?

Rochefort ne cilla pas, ne se départit pas de son sourire.

— Si c'est le cas, je ne vois pas le moins du monde le rapport entre Saint-Ex, ou plutôt la façon dont je gère cet établissement, et... et ce que vous venez d'évoquer.

Bertegui hocha la tête.

— Non, j'imagine bien, bougonna-t-il. J'imagine bien... En tout état de cause, à défaut d'avoir encore quelques vieux employés sous la main, vous avez peut-être la trace de quelques... *partants* ? Je suppose qu'ils n'ont pas tous quitté Laville-Saint-Jour dans la foulée de leur licenciement, si ?

* * *

*Je vais voir ce que je peux faire... je vous ferai porter une liste...* La réponse glaciale de Rochefort poursuivait Bertegui tandis qu'il regagnait la cour. En sortant, il fit mine de claquer la porte du secrétariat, mais le lourd battant, maintenu par un groom, résista, et son humeur gravit une nouvelle marche sur l'échelle des rouges. Il emprunta la petite allée plantée d'arbres qui menait à la cour principale en contrebas, maugréant contre la loi du silence en vigueur dans cette province, puis s'engagea dans la cour elle-même, aveugle au spectacle qu'elle offrait. Rien ne le séduisait de toute façon à Saint-Ex.

Il était déjà à mi-chemin quand une tache de couleur derrière une fenêtre attira son œil – elles n'étaient pas si nombreuses à Saint-Ex !

Une tache... orange. Une couleur qu'il avait vue... deux heures plus tôt !

Il tendit le cou et aperçut un drôle de chignon orangé, s'arrêta.

Une serveuse derrière un bar. Une cafétéria. La femme qui se trouvait à l'enterrement d'Odile le Garrec ? Sans hésiter, il poussa la porte. En avisant le chignon carotte et le maquillage trop rose, Bertegui eut une brusque réminiscence du Dr Ruth, la sexologue américaine qui avait un temps officié à la télé et prodiguait des conseils sur pénis et clitoris avec un impayable accent yiddish new-yorkais.

Oui, ce devait être la femme du cimetière. Combien étaient-elles à Laville-Saint-Jour à arborer une tête comme une injure à toutes les promesses l'Oréal, sorte de croisement entre Régine et le Dr Ruth, donc ?

La serveuse lui sourit, tandis qu'il marchait vers elle tout en jetant un œil aux trois tables occupées : à l'une d'elles, quatre hommes en pleine discussion s'étaient tus, à une autre, un monsieur moustachu à l'air sévère leva le nez de son journal ; à la dernière, une jolie femme résolument mode ne lui prêta pas attention et resta concentrée sur l'écran du portable ouvert devant elle.

Bertegui s'installa au bar, passa commande d'un café.

— Vous ne voulez pas une part de tarte ? Je les fais moi-même vous savez... l'informa le Dr Ruth en lui désignant des gâteaux aux couleurs glacées sous des cloches de verre.

Bertegui déclina poliment l'offre, à regret. Dans son dos, la conversation avait repris. Il était question de l'équipe de France, de Zidane, de Domenech : le colonel en retraite fixait à présent la petite tablée avec un frémissement réprobateur de la moustache, et la jeune femme continuait à taper sur son clavier d'ordinateur. Charmante, songea Bertegui : un pull écru moulait une poitrine menue aux courbes joliment dessinées et ses cheveux miel, balayés d'un mouvement flou mais étudié, révélaient des yeux clairs qu'il devinait pétillants.

— Voilà...

Bertegui se retourna : une tasse fumante reposait devant lui.

— Vous êtes parent d'élève ?

Bertegui sourit : Saint-Ex était un monde clos, et tout intrus y suscitait forcément la curiosité.

— Peut-être un futur, dit-il. Ma fille n'a que huit ans.

— Oh !

Expression de surprise signifiant : mais qui êtes-vous, alors ?

— Si vous vous décidez, je peux vous assurer qu'elle sera bien ici... Je n'ai travaillé dans aucune école d'une telle qualité...

— Vous en avez fait beaucoup ?

Les yeux du Dr Ruth se figèrent un instant, puis elle rit de bon cœur, révélant des dents à l'implantation brouillonne et tachées de rose.

— Vous m'avez eue ! En fait non, c'est la seule...

— Il y a longtemps que vous travaillez ici alors !

— Oh oui... il y a plus de vingt-cinq ans !

Le Sanglier eut un froid sourire intérieur et sentit des canines de vampire lui pousser dans la gueule en même temps qu'une violente envie de les planter dans le cou de Rochefort.

— Je croyais que tout le personnel avait moins de dix ans d'ancienneté...

— Qui vous a dit ça ?

— Eh bien... M. Rochefort. Enfin c'est ce que j'avais cru comprendre.

Au nom de Rochefort, le Dr Ruth s'enhardit : si son interlocuteur était dans les confidences du directeur, elle pouvait y aller franco.

— Il ne vous a pas menti. C'est vrai que beaucoup de choses ont changé depuis son arrivée... les gens y compris. En fait je suis la seule rescapée...

— Et comment avez-vous réussi cet exploit ? s'enquit le commissaire.

— Mes tartes ! Personne ne voulait s'en passer. Quand il a été question de fermer la cafétéria, ou en tout cas d'en transformer le mode de fonctionnement, il y a eu comme on dit à la télé : un élan solidaire ! Une arme redoutable, la tarte...

Bertegui rit avec elle.

— Et puis, zavez vu ma trombine ? Je suis une légende ici... Un peu l'âme de Saint-Ex ! s'amusa-t-elle.

Mais Bertegui n'avait plus le cœur à rire. Il venait soudain de l'identifier : le Dr Ruth était un clown triste. Il était temps de passer aux choses sérieuses, décida-t-il. Il prit son élan et choisit, dans son tiroir à mensonges, le ton de voix le plus badin de sa collection :

— Vous avez connu Odile le Garrec alors ?

L'expression du Dr Ruth changea – ou plutôt : tomba ! – comme si on lui avait brutalement enfilé une cagoule.

— Vous êtes journaliste ?

— Commissaire de police.

— Ah...

Étrangement, cela parut la soulager.

— Vous enquêtez sur Odile le Garrec ? C'est pour ça que vous avez vu M. Rochefort ?

— Non, mentit Bertegui. Pas exactement. Mais je suis sur une affaire qui pourrait indirectement la concerner. Ou pour être plus précis : son ancien compagnon...

Dr Ruth eut un hochement de tête entendu signifiant : je ne suis guère étonnée.

— J'aurais voulu pouvoir la questionner elle, mais... enfin, comme vous le savez...

— Oui. J'y suis allée ce matin... à l'enterrement. Cela m'a fait drôle, dit-elle pensivement.

— Vous l'avez bien connue alors ?

— Disons que quand on voit quelqu'un tous les jours ou presque, il y a une sorte de lien qui se crée. On s'est vues vieillir vous comprenez... Et elle venait tous les jours : un café et, parfois, une part de tarte.

— Et son ami ?

— Quel ami ?

— Le joueur...

— Ah, lui... (Regard sombre.) Le joueur... Oui, je vois de qui il s'agissait. Je ne l'ai pas connu. C'est sur lui que vous enquêtez ? Je ne sais pas quoi vous dire.

— Vous travailliez ici quand elle l'a rencontré ? Ou peut-être avez-vous connu son mari ?

Elle lui jeta un œil prudent, hésitant.

— Je ne sais plus... c'est flou. Enfin... je venais d'arriver, je pense.

— Ciao Sonia !

Bertegui tourna brièvement la tête : la jeune femme à l'ordinateur sortait, vêtue d'un manteau de peau veloutée décidément bien chic pour les lieux. Le Dr Ruth ne lui accorda, elle, aucune attention : elle attend mes questions, songea le flic. Complètement concentrée.

— Je sais bien que... enfin, ça ne doit pas être évident pour vous de me parler de ça, mais j'essaie de comprendre des... choses. La nature du lien qui les unissait.

Hochement de tête. Pas de réponse.

— Comment savez-vous que son ami était joueur ? insista Bertegui.

— Laville-Saint-Jour n'est pas une grande ville. Et Saint-Ex... c'est comme une mini Laville dans la ville. Il fréquentait du beau monde, mais c'était un voyou. À l'époque, des personnes ont pensé que s'il n'avait pas été pris, c'est parce qu'il avait des protections... Des gens haut placés. Et j'ai tendance à le croire.

Bertegui fronça les sourcils pour exprimer sa surprise.

— J'ai un cousin qui traîne à Dijon, depuis des années, expliqua-t-elle. Le genre de gars que vous devez voir défiler de temps en temps dans vos bureaux... bref. Il connaissait l'oiseau.

— Je vois. Je suppose qu'elle n'a pas été très heureuse avec lui, dans ce cas.

— Je l'ignore... Elle était sombre parfois.

— Et vous savez ce qu'il est devenu ?

Le Dr Ruth le fixa soudain avec une lueur étrange dans le regard...

— Non.

— Votre cousin non plus ?

— Je vois peu mon cousin, et quand ça arrive, ce n'est pas pour lui parler de ses fréquentations.

Deux personnes entrèrent dans la cafétéria et passèrent commande.

— J'ai du travail, souffla-t-elle avant de se retourner vers la machine à café.

Bertegui resta songeur un instant, perplexe quant à sa volubilité puis à ce brutal revirement. En tout cas, la visite n'avait pas été inutile : si le compagnon d'Odile le Garrec avait vraiment fait partie de la pègre locale, nul doute que des informateurs de la région – enfin ceux de Clément, puisque, nouvellement arrivé, Bertegui n'avait pas encore constitué son propre réseau – pourraient lui en raconter davantage.

Il sortait deux pièces de sa poche quand son téléphone vibra. Il posa l'argent sur le comptoir, prit l'appel en sortant.

— Commissaire Bertegui...

— Heu... Oui, bonjour, c'est... heu...

Une voix de femme. Douce et anxieuse à la fois.

— ... C'est Anne-Laure Mansard...

Bertegui ne voyait pas.

— Vous savez ? Vous m'aviez donné votre téléphone au cas où un de mes enfants se rappellerait quelque chose...

Bien sûr, il la situait à présent : la mère des deux gosses qui avaient accompagné la victime du bois du Parc dans la balade à skateboard.

— Oui, je vous écoute madame...

— Eh bien... Écoutez, je crois qu'il faudrait que vous veniez... Le petit, ça fait trois nuits qu'il fait des cauchemars et... enfin, je ne sais pas... je crois qu'il a vu quelque chose...

— Il vous a dit quoi ?

— Je... Au téléphone, c'est... difficile.

— J'arrive, souffla Bertegui.

Il avait déjà parcouru une dizaine de mètres quand des bruits de pas pressants dans son dos l'alertèrent. Le Dr Ruth lui courait après.

— Je ne sais rien, lança-elle quand elle l'eut rejoint. Rien du tout. Mais si vous cherchez des informations sur le fameux Henri, allez là...

Elle lui tendit un bout de papier. Quelques mots griffonnés à la hâte : Pierre Gionelli. Café La Guérande. Quartier Montchapet. Dijon.

— C'est mon cousin, expliqua-t-elle. Lui, il pourra vous aider. Il est plus ou moins rangé, maintenant, mais il n'aime pas beaucoup les flics, alors dites-lui que je vous envoie. Sonia... À Saint-Ex.

Bertegui la fixa.

— Qu'est-ce qui vous a décidé ? demanda-t-il.

Le visage de Sonia/Dr Ruth arborait un air lugubre qui effaçait toute couleur, la rendait presque grise. Son regard suivit le chemin des arcades le long de la cour, s'enroula autour des arbres, se perdit vers les toits.

— Je ne sais pas sur quoi vous enquêtez, dit-elle sans le regarder. Ni sur qui... Mais il se passe de drôles de choses ici. Enfin, à Laville-Saint-Jour. Oui, de drôles de choses. Vous devez le savoir... Je crois qu'Odile le Garrec, d'une certaine façon, était... une de ces drôles de choses.

# 29

La porte se ferma doucement derrière Audrey. Elle fila dans la cour, pressée, vaguement surprise que Sonia ne lui ait pas dit au revoir – c'était la deuxième fois qu'Audrey débusquait la nature torturée que la Sonia de tous les jours, d'humeur égale et enjouée, ne dévoilait pas : le jour du Grand Blanc devant les premières brumes, et ce matin, tandis qu'elle tenait une conversation avec cet inconnu à grosse tête de chien, élégant comme un vieux Romain en train de descendre la via Condotti à l'heure de la promenade.

Elle vérifia l'heure : il lui restait une quarantaine de minutes avant son prochain cours. Assez de temps, peut-être, pour commencer les recherches qu'elle n'avait pu mener à la cafèt', son PC refusant de se connecter au réseau wifi.

En évitant du regard les fenêtres de Rochefort, elle gagna un petit préau sous lequel les élèves jouaient parfois à la paume, puis descendit une volée de marches. Les installations sportives de Saint-Ex s'étendaient à ses pieds, tout à la fois un parc arboré et un stade autour duquel s'organisaient des courts de tennis, un gymnase, une piscine couverte dont le toit s'ouvrait l'été. Plusieurs classes étaient justement au travail : on entendait les injonctions quasi militaires de M. Pellegrin encourager une bande de footeux et couvrir les voix de ses élèves autant que celle de Mlle Lacoste, forcée de jouer compulsivement du sifflet pour faire défiler au saut des jeunes filles épouvantées par la hauteur improbable qu'elles étaient supposées franchir en fosbury.

Plus loin, à demi masqué par des peupliers, le dernier étage de la bibliothèque se détachait, un bâtiment recouvert de vigne vierge aux allures de petit Trianon.

C'est là qu'Audrey se rendit, ignorant sur son passage les œillades et les coups de coude de quelques grands, toutes jambes poilues sorties sous les shorts.

Elle pénétra dans la bibliothèque, où régnait un silence sépulcral, à peine troublé par les hurlements – c'étaient bien des hurlements à présent ! – de M. Pellegrin, à l'extérieur. Audrey salua Mme Blanchard (qui eut l'air pincé d'une poule qui a trouvé un stylo) et se rendit dans une des salles *computer* (Saint-Ex était de ces lieux où la piscine s'appelait la *pool*, le stade le *field*...).

Elle avisa un ordinateur, le dernier cri du PC, équipé de casques, webcam, et d'une connection ultrarapide, jeta manteau et sacoche dans un coin et ouvrit Google.

Dans la fenêtre de recherche, elle tapa ces mots : Jules Moreau, accident.

L'idée lui était venue après son entretien avec Bastien. Son élève faisait des cauchemars terrifiants, peut-être (sans doute) en rapport avec l'accident. Il recevait également des messages... de l'au-delà ( ! ?), liés au drame. Elle ignorait ce qu'Internet pourrait lui apprendre, mais pour aider Bastien et éventuellement déjouer les intentions révoltantes d'un adulte (impossible de ne pas songer, à lire ce dialogue, aux manœuvres d'un pédophile, ou de quelqu'un qui d'une façon ou d'une autre voulait approcher Bastien, l'amener à lui même s'il s'y prenait d'une manière déroutante), pour l'aider donc, il fallait revenir à la source. L'accident lui-même.

Google lui sortit une dizaine de pages, sans résultat probant.

Elle décida d'affiner la recherche et tapa, en ignorant le prénom de la victime : Moreau + accident + voiture + Paris.

Elle attendit une seconde : deux pages seulement.

Elle lut les résumés en diagonale. Un article du *Parisien* retint son attention.

### *Un accident révoltant devant le parc des Buttes-Chaumont*

**C'est un terrible accident qui a endeuillé hier une famille, aux portes du parc des Buttes-Chaumont, dans le XIX^e^ arrondissement de Paris. Alors que Caroline**

**Moreau, accompagnée de ses deux enfants, achetait une glace à une guérite, le plus jeune des garçons, seize mois, a été renversé par une voiture et tué sur le coup sous ses yeux et ceux de son frère, âgé de neuf ans.**

**À l'origine du drame, un simple oubli ou le mauvais fonctionnement d'une de ces poussettes sport qui font fureur auprès des bobos adeptes des sorties en famille sur les quais de Seine le dimanche. Il semble en effet que le petit ait réussi à s'extirper de la poussette, ou à détacher la ceinture, et à marcher jusqu'à la route, pendant que sa mère était en train de payer les glaces.**

**Malgré ses tentatives pour sauver son fils, la mère de l'enfant, qui s'était lancée à sa poursuite, n'a pu éviter le pire : une Mercedes qui passait là à toute allure a percuté le petit de plein fouet, manquant la mère de quelques centimètres et fauchant au passage une autre personne aujourd'hui à l'hôpital (ses jours ne sont pas en danger). La Mercedes, de couleur bleu foncé, a ensuite tourné au coin du Parc et pris la fuite, laissant les passants médusés.**

**Tout s'est passé en une poignée de secondes, ont déclaré les témoins, et personne n'a songé à relever le numéro d'immatriculation, même si plusieurs d'entre eux affirment qu'elle était immatriculée dans le 91. Deux témoignages laissent par ailleurs perplexes : ils affirment que la voiture roulait au pas et qu'elle a brusquement accéléré dès que l'enfant est apparu sur la route.**

Audrey relut deux fois l'article, puis ferma un instant les yeux. Tout à coup, la réalité de l'accident s'imposait à elle, prenait corps. Elle imaginait la violence atroce de la scène, l'impuissance de la mère, le choc pour Bastien... La mort d'un enfant est un drame insurmontable. C'est une évidence pour tout le monde, et depuis peu davantage encore pour Audrey, qui vivait loin de David ; pas un jour ne passait sans qu'elle dût se rassurer quand de brusques bouffées de panique montaient en elle : et si son père le laissait jouer avec les allumettes ? Et s'il ne posait pas bien la casserole sur le feu ? Et s'il oubliait de le surveiller à la piscine ? Et s'il le laissait traverser sans vérifier que la voie était libre ?

*Et s'il décidait réellement de me détruire ?*

Oui, Audrey vivait avec cette sourde angoisse au creux du ventre, où elle s'ouvrait parfois, souvent, comme une fleur noire et empoisonnée. Mais l'épreuve infligée aux Moreau était pire qu'un accident. Elle sentit une infinie tristesse l'accabler, et une profonde compassion pour cette famille, cette femme à la beauté ravagée de chagrin, ce grand gaillard amoureux, et leur gosse perdu dans ses cauchemars, seul face à des problèmes que ses parents étaient incapables de surmonter.

Ébranlée, elle reporta son attention sur les liens. Le site la renvoya à quelques entrefilets. « La police recherche toujours la Mercedes » ; « Aucune piste dans l'affaire du chauffard des Buttes-Chaumont »...

Rien d'autre. Nulle part il n'était fait mention d'un coupable, d'une enquête aboutie. Si elle se fiait au journal, l'auteur du... *crime ?* n'avait pas été retrouvé.

Elle réfléchit : se pouvait-il que ce fût lui l'auteur des messages à Bastien ?

`Je sais que Jules est mort. Je suis Jules. Je suis passé sous une voiture. Une Mercedes... Bleu marine. Je suis sûr que chaque fois que tu en vois une, tu penses à moi...`

Cette perspective était épouvantable, mais ces mots... *Je suis sûr que chaque fois que tu en vois une, tu penses à moi...* Qui aurait pu écrire des horreurs pareilles, sinon quelqu'un d'assez proche pour songer à évoquer la voiture ? Quelqu'un même, *concerné* par cette voiture ? Et si tel était le cas : pourquoi ? Dans quel but ?

Elle avisa l'heure. Dans quelques minutes, la cloche allait sonner. Elle remballa ses affaires, angoissée, mal à l'aise... Consciente qu'elle devrait persévérer, trouver un moyen pour en apprendre davantage.

Elle était à la première porte lorsque son portable sonna – une sonnerie discrète dans son sac. Dehors, M. Pellegrin s'égosillait toujours avec la plus belle énergie, et elle décida de prendre l'appel dans la petite entrée, coincée entre deux portes – impossible d'entendre quoi que ce soit avec pareil raffut à l'extérieur, de toute façon.

— Allo ?

Elle reconnut aussitôt la voix : Nicolas le Garrec. Il enterrait sa mère aujourd'hui, savait-elle, et son appel la surprenait. La dérangeait aussi un peu : elle avait espéré un coup de fil ces derniers jours, mais après ses lectures, ses petits désirs égoïstes et ses attentes avaient soudain pris un caractère dérisoire, minable presque. Comme on s'inquiète d'avoir grossi de un kilo quand le monde crève de faim.

— Bonjour...

— Je ne vous dérange pas ?

— Non... non non du tout.

Un silence.

— Je ne vous ai pas réveillée ? Vous avez l'air...

— Non, j'étais sur l'ordinateur. Un peu absorbée...

— Bon. Tant mieux. Écoutez, j'ai eu une matinée difficile et... je me demandais si vous seriez libre ce soir ? Pour dîner...

Elle ne répondit pas.

— Je crois que j'ai désespérément besoin de voir un visage... ami. Et qui ne soit pas de Laville-Saint-Jour.

Un bref silence. Une hésitation – ce n'est pas le bon moment, songeait elle. Les bonnes circonstances, le lieu approprié, pour une rencontre avec Nicolas le Garrec. Ou qui que ce soit d'autre. Pourtant cette sensation que leurs destins allaient se croiser perdurait, bien qu'elle la sût parfaitement irrationnelle.

— Je comprends, dit-elle enfin. Oui, bien sûr, ce sera avec plaisir...

Ils convinrent du rendez-vous – il passerait la prendre à la résidence.

— Vous ne pourrez pas rater ma voiture, précisa-t-il. J'ai une Mini. Noire, avec des bandes blanches, et plein de phares partout. En fait, elle est assez voyante, voire vulgaire, mais parfois j'aime bien le tape-à-l'œil.

Il partit d'un rire franc, avant de murmurer :

— Si vous avez un coup de fatigue d'ici là, n'hésitez pas à appeler pour annuler. Ne vous gênez pas avec moi...

Dans la pénombre de l'entre-deux-portes, elle eut un petit sourire. C'est lui qui venait d'enterrer sa mère, mais il se montrait quand même empressé.

— Cela n'arrivera pas, le rassura-t-elle.

Elle raccrocha. Un peu sombre, toujours, même si ces deux minutes d'échanges avaient adouci les émotions qui bouillonnaient en elle.

Elle jeta le portable dans le sac, affermit sa bandoulière sur l'épaule et ouvrit la porte. Il se tenait sur le perron, ses larges épaules lui bouchant toute vue vers l'extérieur. Droit et fier dans un costume anthracite de financier.

Antoine.

— Tu me fuis...

Ce n'était pas une interrogation, mais un constat. Amer, et même, lui sembla-t-il, un brin agressif.

— Tu me suis, rétorqua-t-elle.

— Ne sois pas grotesque. Comment saurais-je où tu te trouves ?

Il y avait dix réponses à cette question, mais elle n'avait aucune envie d'en débattre.

— Qu'est-ce que tu veux, Antoine ?

— Toi...

— Ce n'est pas possible et tu le sais...

— Et pourquoi donc ?

— Tu crois vraiment que c'est le moment d'en parler ? L'endroit pour ça ?

Elle fit mine de sortir, mais il ne s'écarta pas d'un pouce. Impossible de faire un esclandre. Ni marche arrière – il fallait tirer la première porte pour entrer. Elle était coincée. Plus aucun bruit ne lui parvenait du stade : les profs avaient ramené les élèves au vestiaire, et le silence lui parut étouffant.

— C'est le seul moyen de te voir, observa-t-il froidement. Tu ne prends plus mes appels.

— Écoute... Ce n'est tout simplement pas possible, tu comprends ? (Malgré elle, son ton prit les intonations d'un adulte à un enfant.) Enfin, tu es directeur de l'école, je suis ton... ton employée. C'était une erreur, nous le savions tous les deux quand... ça s'est produit. Et nous savions aussi que ça ne durerait pas, que c'était...

— C'est Le Garrec ? demanda-t-il.

Elle le fixa, surprise par la question, et devina, au frémissement des mâchoires bleuies de barbe, la colère qui montait soudain en lui comme une fusée décolle.

— Qu'est-ce que ça veut dire cette question ?

— C'est lui, n'est-ce pas ? Je sais que c'est lui. Je vous ai vus à la soirée.

— Mais tu perds la tête. J'ai rencontré ta femme et cette situation est intolérable ! Je ne veux pas d'une liaison avec un homme marié... je ne veux pas m'immiscer dans un couple, et Nicolas le Garrec n'a rien à voir avec notre situation à nous !

Mais elle comprit qu'il ne l'écoutait pas - elle pouvait presque voir les points rouges et noirs d'une folle jalousie danser devant ses yeux. Dans une seconde, il risquait de perdre le contrôle. Que se passerait-il si un scandale éclatait ? Pour sa carrière ? Pour David ? Il fallait faire diversion... Trouver quelque chose, là, tout de suite !

— Qu'est-ce que vous faites ta femme et toi avec Bastien Moreau ?

Il cilla nerveusement plusieurs fois et elle sentit sa raideur, les contractions de son corps, s'assouplir. Un ballon que l'on dégonfle.

— Quoi ?

— Pourquoi avez-vous inscrit Bastien ici ? Ne me raconte pas d'histoires, Antoine, je sais que les Laboratoires Hecticon n'ont aucun rapport, qu'ils n'ont jamais soutenu aucun des enfants de leurs employés. Alors pourquoi ?

Ses yeux s'agrandirent - de beaux yeux gris, bordés d'épais cils noirs de Latin. Puis, d'un geste vif, il lui saisit le poignet. Le sac d'Audrey se décrocha de l'épaule et pesa de tout son poids sur son avant-bras.

— Ne t'occupe pas de la façon dont je gère cette école, Audrey.

Il serra le poignet. Un peu fort...

— Tu entends ? Ne te mêle pas des inscriptions. N'essaie pas de comprendre comment JE fonctionne...

... de plus en plus fort...

— Tu n'as rien à y gagner. Et tout à y perdre...

... beaucoup trop fort ! Un voile humide brouilla la vision d'Audrey. Un bruit dans son dos ! Des pas ! Dans une seconde, quelqu'un allait sortir de la bibliothèque.

Il lâcha instantanément son poignet. Le sac tomba au sol.

— Alors je compte sur vous, madame Miller... dit-il.

Audrey entendit la porte s'ouvrir derrière elle.

— Vous me tenez au courant ! poursuivit-il dans un grand sourire avant de s'écarter.

La vitesse à laquelle il venait de composer son personnage la stupéfia. Mais elle était trop paniquée pour s'émouvoir de ses facultés de dissimulation. Profitant de la situation, elle ramassa son sac et s'échappa.

Elle ne se retourna pas pour savoir qui venait de la sauver et quittait la bibliothèque à sa suite. Ni s'il était en train de l'observer, un sourire sans joie aux lèvres et son regard d'animal à sang froid posé sur elle.

Elle traversa le *field*, silencieux et désert, le cœur battant, en s'efforçant de contrôler ses muscles, pour ne pas courir, et les larmes qui montaient à ses yeux.

La cloche retentit dans l'école et elle se concentra sur l'interminable sonnerie, bientôt rejointe par les cris des élèves, pour retrouver son souffle.

Cela la frappa quand elle arriva en haut des marches, et la laissa en état de choc : Bastien... Hecticon... la Mercedes !

Brusquement, elle fit volte-face – elle ne pouvait plus apercevoir l'entrée de la bibliothèque, seulement le dernier étage qui apparaissait entre les branches des arbres, mais elle l'imagina, athlétique silhouette dans son costume de laine soyeuse, toujours devant la porte. Elle resta là une minute, ignorant les bousculades des élèves qui gagnaient les classes de sport, toute aux items qui s'alignaient implacablement dans son esprit :

Antoine avait inscrit Bastien, au mépris de toutes les règles en vigueur à Saint-Ex. Avec la complicité de sa femme ?

Antoine était violent – une violence que pas un instant elle n'avait soupçonnée (mais depuis quand, de toute façon, savait-elle juger les hommes ?).

Antoine conduisait une Mercedes. Bleu nuit. Que lui avait-il dit un jour d'ailleurs ? « Cela fait des années que je suis fidèle à cette marque... Et toujours bleues. Ils ont un bleu unique... ni marine, ni noir. »

Sa voiture était immatriculée non dans le 91 mais dans le 21... Dans la panique, avait-on pu confondre ?

Enfin, Antoine avait eu... peur. Oui, à bien y réfléchir, c'était ce qu'elle avait perçu. Sa réaction, ses menaces, portaient la marque animale de la peur.

Peur à ces simples mots : Bastien Moreau.

# 30

L'appartement était meublé de choses simples – des sofas Conforama, des étagères, des photos et quelques dessins de gosses punaisés au mur. Une boîte HLM comme il en existe partout dans le monde, même à Laville-Saint-Jour, dans le quartier des Vrésilles, pas vraiment une banlieue difficile, mais un de ces coins de province qui évoquent lointainement leurs cousines des grandes villes : les Mureaux, la Castellane...

Anne-Laure Mansard n'avait selon Bertegui guère plus de trente ans, et ressemblait à son salon : ordinaire, la pâleur brouillée d'une fin d'hiver, des cernes qui témoignaient d'une vie partagée entre un travail peu gratifiant et le quotidien sans joie d'une célibataire devenue mère trop jeune.

— Que s'est-il passé ? demanda-t-il.

Elle était assise devant un thé, et elle avait oublié de lui en proposer une tasse.

— Je... je ne sais pas. Enfin, je ne suis pas sûre...

— Au téléphone, vous m'avez dit que le petit...

— Tipierre, corrigea-t-elle. On l'a toujours appelé comme ça.

— Tipierre, donc, aurait finalement vu quelque chose ?

— Je ne sais même pas si je dois vous en parler mais... oh ! j'ai tellement peur !

— Peur ? Peur de quoi ?

Elle ferma les yeux.

— Je ne sais pas. Tout ce qu'ils ont fait aux enfants... avant ! Vous comprenez ? S'ils savent qu'on les a vus...

— Madame Mansard, commença-t-il avec douceur, calmez-vous et racontez-moi de quoi il s'agit.

Elle hocha la tête comme une gosse qui a compris la leçon.

— Cela fait trois nuits que Tipierre fait des cauchemars. J'ai trouvé ça bien normal, vous comprenez, après ce qu'ils ont vécu... Et en plus la mère de Christophe travaille dans le même hôpital que moi ! Elle est infirmière et moi je suis aide-soignante et... je suis certaine qu'elle va me faire renvoyer. C'est de ma faute, vous savez ? Ils sont sortis sans me le dire, mais... mais je n'étais pas là ce soir-là. Je les avais laissés seuls... Tous les trois. Les deux miens et Christophe. Oh ! je le fais rarement, mais...

Elle poursuivit et Bertegui hocha la tête patiemment. Il connaissait le processus : Anne-Laure Mansard vivait avec la sourde culpabilité de ne pas être une mère à la hauteur – à l'époque où il courait le pavé, combien en avait-il rencontrés, des parents dépassés par leurs rejetons délinquants, harassés par le poids de la vie, le manque d'argent, leur impuissance ? Les enfants Mansard n'étaient certes pas des « laskars », plutôt des petits durs à deux sous, mais leur jeu avait tourné au drame, placé la famille sous le feu des projecteurs, coûté la vie à un camarade dans des circonstances atroces et révélé les carences de leur mère.

Elle se calma et Bertegui en profita pour relancer la machine.

— Vous me parliez des cauchemars...

— Oui, oui... Les cauchemars. Je trouvais ça normal, donc, mais cette nuit, il s'est réveillé en criant : « Il va me prendre ! Il va me prendre ! » Alors je lui ai demandé de qui il parlait évidemment – Tipierre, c'est un gosse un peu émotif, vous comprenez ? Et c'est là qu'il m'a dit : « Y avait quelqu'un avec nous, Mman ! Y avait quelqu'un, dans le bois du Parc. Mais c'était pas comme Bruno il a dit... C'était pas le gosse sans yeux. C'était un fantôme, mais pas en blanc. Un fantôme, tout en noir... »

Elle se tut.

— C'est tout ? demanda Bertegui, en dissimulant sa soudaine excitation.

— Oui, c'est tout ce qu'il a voulu me dire. J'ai hésité ce matin à vous appeler. Je ne sais pas ce que ça veut dire tout ça, mais... (elle se mit à chuchoter)... mais les autres, ils s'habillaient en noir, à ce qu'il paraît ! Quand ils tuaient les gosses. Alors j'ai peur, vous comprenez ?

Bertergui ne répondit pas.

— Où est votre fils ? demanda-t-il.

— À côté.

— Vous me conduisez ?

Un soupir.

— Attendez-moi là...

Une minute plus tard, elle revint accompagné de son fils. Âgé d'une dizaine d'années, il lui ressemblait – même petit visage pointu, même propension aux cernes – mais il brillait dans ses yeux une lumière que la vie s'était chargée d'éteindre dans ceux d'Anne-Laure Mansard.

— Salut, dit Bertegui.

— Salut.

— C'est moi qui m'occupe de l'affaire du Bois.

— Oui, je sais, mon frère m'a parlé de vous.

— On ne s'est pas vus quand je suis venu la dernière fois mais... Je crois que tu as des choses à me dire.

Le gosse se tourna vers sa mère. Elle eut un bref hochement de tête.

— Tu as parlé d'un type en noir, insista Bertegui.

— Écoutez, je ne sais pas exactement.

— Ben, dis-moi tout, même ce dont tu n'es pas sûr.

— Bon... Quand on est arrivés, mon frère a voulu nous foutre la pétoche. Il nous a raconté des trucs sur le bois du Parc et... des histoires de gamins morts là-bas, des fantômes... J'vais pas mentir, j'étais pas rassuré. Je savais bien que c'était des blagues, mais quand même. Quand on a commencé à roller, je regardais partout. En fait on ne voyait pas grand-chose, mais on avait des lampes. C'est comme ça que je l'ai vu, ou plutôt que j'ai cru voir quelque chose. Quelque chose... que j'avais déjà vu.

— Quoi ?

— Une ombre... Enfin un type comme une ombre... ou une ombre comme un type, j'peux pas dire.

— Tu as une description, quelque chose ?

— C'est difficile. Sur le coup, j'étais même pas sûr – avec la brume, et tout ça, on voyait que dalle. Mais à un moment, on a coupé dans un chemin à travers les arbres, et ma lampe elle a comme... traversé un coin de bois. Et au milieu des arbres, j'ai vu un truc bouger. Un truc qui ressemblait à un homme habillé en noir. Et j'ai eu l'impression qu'il était en train de nous observer parce que c'est juste quand ma lampe elle est passée dessus qu'il a arrêté de bouger. Je l'aurais sans doute jamais remarqué s'il y avait pas eu un truc brillant dans la lumière... Je crois que c'étaient ses yeux.

— Tu l'as dit à ton frère ?

— Bruno il était déjà loin... pis j'avais pas envie de rester dans le coin pour savoir... pis pas non plus envie qu'il se foute de moi.

— Et Christophe, il était où ?

— Ch'sais pas... plus loin, bien plus loin, parce qu'il a mis un peu de temps à démarrer.

— C'est où que tu as vu ce... cette silhouette ?

Tipierre le situa. C'était bien là que l'on avait retrouvé le skate de Christophe Dupuis, le lendemain, quand ils avaient entrepris des recherches. Les deux Mansard avaient donc précédé leur ami sur le même chemin. Mais ils ne s'étaient pas arrêtés... Ou rouler à deux les avait sauvés.

*Mais de quoi au juste ? Que s'est-il passé ? Un gars a sauté sur Christophe Dupuis ? Ou il a aperçu quelque chose et a voulu en avoir le cœur net ?*

— Tu as dit que tu l'avais vu deux fois, lui rappela Bertegui.

— Oui, dit le gosse avec un air lugubre. Mais je ne m'en suis rappelé que... (bref coup d'œil à sa mère)... que cette nuit. C'est cette nuit que j'ai connecté.

— Et c'était dans quelles circonstances ?

— Samedi dernier... samedi soir. Chez les Belonot.

Bertegui se tourna vers la mère.

— C'est des amis, expliqua-t-elle. Le samedi, les gosses vont parfois passer la soirée là-bas et la nuit....

— Tu as vu quoi? demanda Bertegui en revenant à Tipierre.

— Un peu la même chose... Un grand type en noir. De là où j'étais, j'ai pas pu voir son visage mais... il m'a semblé qu'il y avait un truc bizarre.

— Ça s'est passé comment?

— Bah... je suis allé dans la cuisine prendre un coke, et leur frigo il est près de la fenêtre. Ils habitent au dernier étage et en face de chez eux, y a comme un genre de jardin vide avec juste une maison, pas un autre immeuble...

Le cœur du Sanglier enregistra une soudaine accélération.

— Ils habitent où ces gens? demanda Bertegui à Anne-Laure Mansard.

— Aux Braquéolles.

— Oui, mais où exactement? la pressa-t-il.

— Rue des Carmes. Au 34, je crois. Le 34 ou le 32? demanda-t-elle à son fils.

Mais Bertegui n'écouta pas la réponse.

Une ombre noire près du taureau... Une ombre noire au bois du Parc... Et une ombre noire près de la maison d'Odile le Garrec!

Les mots s'imposèrent à Bertegui, des mots qui faisaient, à son insu, écho à ceux qui avaient hanté un autre policier, des années auparavant :

*Tout est lié... tout est lié!*

— Et il faisait quoi, le gars en noir?

— Il partait... Enfin il traversait la cour. Assez vite. Tellement vite qu'on aurait dit qu'il glissait. Et son manteau flottait. Comme une cape... Mais j'ai pas bien vu. Elle est supersombre, cette grande cour.

Bertegui acquiesça. Il se rappelait la pénombre étouffante de la cave d'Odile le Garrec et l'obscurité qui régnait quand il avait regagné la surface en compagnie de son fils.

— Tu n'as pas vu son visage?

— N... non.

Une hésitation.

— Tu en es certain ? insista le policier.

Le gosse opina du chef.

— Tu ne me cacherais pas un élément, Tipierre ? Tu peux tout dire tu sais, personne ne va te juger.

Un soupir.

— À un moment, il s'est arrêté net. Et là, je me suis reculé de la fenêtre. Quand j'ai regardé à nouveau, y avait plus rien. En tout, ça a duré ch'sais pas... cinq secondes...

— Et pourquoi tu t'es reculé ?

— Bah...

À présent, son regard et son attitude portaient de vraies traces d'enfance. Il se tortillait même, comme intimidé.

— Je voulais pas voir son visage, dit-il enfin.

Bertegui se tut, pressentant son témoin sur le point de se confier.

— Non, je voulais pas regarder son visage parce que... je savais pas vraiment si c'était humain ce que j'avais vu. J'étais même pas sûr de l'avoir vu. Mais je sentais qu'il y avait un truc pas net.

— Comment ça ? demanda le policier.

Tipierre regarda à nouveau sa mère, puis à regret il dit :

— Quand je l'ai aperçu, j'ai eu... froid. Un froid... pas normal.

Il se tut, soupira.

— C'est pour ça que je n'y ai plus pensé jusqu'à cette nuit. En fait, je ne voulais pas y penser. Parce que, ce type, enfin... cette ombre... C'était comme un truc pas vivant. Un truc... déjà mort. Et glacé.

* * *

Bertegui descendit à sa voiture, tout à la fois ébranlé par les révélations du fils Mansard et satisfait d'avoir établi un lien entre les diverses affaires.

Il était déjà au volant et s'apprêtait à sortir de la ville lorsqu'il appela Clément.

— Il y a du neuf, annonça-t-il à l'échalas aux grandes feuilles.

Et il résuma son entretien de la matinée, sans toutefois détailler les précisions lugubres de son témoin.

— Je veux qu'on dépêche des gars de la scientifique à l'endroit précis où le skate a été retrouvé. Il faut tout passer au peigne fin. Si le type était là, il a forcément laissé quelque chose. Des empreintes, des fibres, peu importe. Si on trouve quoi que ce soit, tu renvoies des gars à la ferme du taureau.

— Il y a plusieurs jours que ça s'est produit, lui rappela le lieutenant. Il ne doit plus y avoir grand-chose autour de l'enclos. C'est une ferme...

— On tente quand même. Il me faut un indice, quelque chose, pour le lien. *Idem* avec la maison le Garrec. SURTOUT avec la maison... Si c'est bien samedi soir que le fils cadet a vu cette... ombre – à vérifier avec les Belonot – ça nous donne un élément clé pour justifier l'ouverture d'une enquête officielle. Une bande de gosses qui s'amuse à sectionner des fils de téléphone, c'est malheureux mais ça ne fait pas un meurtre, au pire un accident regrettable. En revanche, un gars qui coupe le téléphone là où on trouve plus tard un cadavre, qui se promène à côté d'un taureau ... heu... assassiné... puis dans un bois où un gamin de quatorze ans finit en brochette, c'est plus que suffisant pour rechercher un vrai suspect.

— Vous pensez qu'il y a un lien, alors ?

— Oui. Et toi aussi tu le penses.

Il allait couper la communication lorsqu'il se ravisa.

— Dernière chose – et ça c'est à titre personnel que je te le demande.

Silence prudent à l'autre bout de la ligne.

— Je suis sûr que tu connais quelqu'un vraiment au courant des pratiques qui ont eu lieu ici. Je veux que tu me mettes en rapport.

— Des pratiques ?

— Oui, tu m'as compris, Clément. Je connais les faits : les Talcot, les... sacrifices. Mais il me manque des éléments. Quelles étaient exactement les pratiques de... de sorcellerie, ou de messe noire qui sont à l'origine de ce bain de sang ? Quels étaient les... rituels ? précisa Bertegui avec la vertigineuse impression d'avoir basculé en plein tournage de *L'Exorciste*.

— Je peux vous demander pourquoi ?

— Je veux comprendre pourquoi on a pris le cœur de ce taureau. Ce que ça signifie. Ce que ça peut éventuellement... annoncer.

# 31

La cloche sonna 16 heures et Bastien l'accueillit avec soulagement. Il n'avait rien enregistré des derniers cours, il les avait traversés dans un univers clos, une bulle fermée, étanche au monde autant qu'à ces mots : *Un jour des choses terribles... Laville-Saint-Jour te veut...* Et enfin : *On va demander à mon frère...* Toute la journée, il avait attendu ce moment : sortir de Saint-Ex, sauter dans ses rollers, se planter les écouteurs de l'iPod dans les oreilles et glisser jusqu'à en avoir les cuisses bleues de fatigue. Partir. Oublier...

Il se dirigeait vers la sortie de classe, lorsque Opale lui souffla, au moment de franchir la porte :

— Suis-moi discrètement... Et débarrasse-toi de la moule qui te colle au rocher...

Depuis ce matin, il allait de surprise en surprise : après leur entretien sur *leur* banc, Opale l'avait fui sans fournir la moindre explication ni sur ses dernières paroles sibyllines, ni sur son attitude, pour passer tous ses intercours à taper frénétiquement des SMS sur son portable... En contrepartie, César Mendel ne l'avait pas lâché d'une semelle, sous le regard ébahi des autres élèves, notamment ses deux acolytes historiques : « *T'as quoi comme cartes Magic ? Tu préfères quelle édition ? Ah t'as une xbox 360 ? Moi je kiffe plutôt la PS2, mais c'est vrai que* Top Spin, *c'est de la balle... C'est le cas de le dire pour un jeu de tennis, ah ah ah...* » Mendel lui avait sorti toute la panoplie du futur meilleur ami.

Or, la moule, comprit Bastien, c'était lui : Mendel – et cette idée lui déclencha, en dépit de la tension qui l'habitait, ou à cause d'elle, une irrésistible envie d'éclater de rire, qu'il réprima aussitôt : si en plus il se mettait à ricaner tout seul, les élèves de sa classe allaient finir par lui offrir un entonnoir !

Il devait quand même avoir une drôle de tête en gagnant la cour, car les jumelles Peroneau, deux créatures identiques et improbables – lunettes cul de bouteille et appareil dentaire bande de Gaza – lui jetèrent un regard épouvanté et s'étranglèrent sur son passage : la plus « grande » recracha son bonbon au citron tandis que la « petite » avala direct le sien, à l'orange (les jumelles Peroneau étaient célèbres dans la classe pour leur fixette assez inquiétante sur toutes formes de sucreries, laquelle expliquait ce double sourire en travaux).

Il laissa les jumelles Peroneau plonger dans leur sac à la recherche d'un Carambar, se fondit dans la masse des élèves qui se répandaient en vagues vers la sortie ou leur salle de cours. Il repéra la silhouette d'Opale glissant en hâte vers une arcade conduisant à une autre cour, plus petite – Saint-Ex était semé de recoins tortueux encore inexplorés par lui –, se retourna : pas de Mendel en vue. La voie était libre.

Il emboîta le pas à son amie, son envie de rire à présent dissipée, pressé par la curiosité, le comportement mystérieux de la jeune fille.

Il s'engagea à sa suite dans la seconde cour – c'est là, autour d'un jardin à la française avec bosquets et parterres de fleurs, que l'école alignait ses labos de sciences, de langues et les salles informatiques –, la chercha des yeux. Une tête aux cheveux de feu apparut sous une arche de pierre.

— Par là, souffla-t-elle.

Il prit sa direction mais elle disparut aussitôt, vers les escaliers. Les toilettes ? se demanda-t-il. Que va-t-on faire aux toilettes de la petite cour ?

De plus en plus perplexe, il passa sous l'arche, pénétra dans un hall ouvert. Effectivement, Opale l'attendait là. Près des toilettes. Mais il supposa qu'elle voulait monter à l'étage, par l'escalier dans le hall.

— Pourquoi tu m'as amené ici ?

— Tu vas le savoir dans une minute ! dit-elle.

Elle fouilla dans son sac pour en extirper deux clés rouillées liées entre elles par une cordelette. Sans lui accorder aucune attention, avec des mines de conspiratrice, elle s'approcha d'une porte qu'il n'avait pas remarquée – une vieille porte qui devait abriter un placard à balais ou un vieux lavabo condamné, enfin quelque chose de ce genre, supposa-t-il.

— Viens, il faut faire vite avant qu'on nous voie.

— Faire vite quoi ?

En guise de réponse, elle donna deux tours de clé. La porte s'ouvrit non sur un placard, mais sur un minuscule escalier tout tordu.

Des toilettes, le bruit d'une chasse d'eau leur parvint.

— Vite ! répéta-t-elle.

Ses yeux verts n'avaient jamais paru aussi grands. Sans réfléchir, il se précipita. Elle ferma aussitôt la porte sur lui.

D'un doigt sur ses lèvres, elle lui intima le silence. Colla l'oreille à la porte. Attendit une minute.

— C'est bon, fit-elle.

Et elle commença à monter.

Ils grimpèrent deux étages, en colimaçon, sur des marches irrégulières et sous une lumière réduite aux fentes qui perçaient les murs çà et là, jusqu'à une seconde porte. Nouveau tour de clé. Opale la poussa.

Bastien tendit le cou : il faisait trop sombre pour évaluer la taille de l'endroit. Il semblait vaste, mais bizarrement conçu, un peu tortueux avec de lourdes poutres de bois le traversant de part en part, comme un grenier géant.

— C'est quoi ici ? demanda-t-il.

Elle haussa les épaules.

— Ch'sais pas... On m'a dit que les nonnes venaient là en pénitence... Avant, le club Théâtre entreposait des trucs mais depuis qu'ils ont refait l'école, plus personne ne vient. Enfin... à part nous.

— Nous ?

— Allez entre !

Il la suivit à l'intérieur, un peu inquiet, ravi aussi qu'elle partageât ses secrets avec lui.

— On ne voit pas grand-chose, observa-t-il.

— T'inquiète... Je connais le chemin.

Elle le guida au milieu d'objets disparates – des meubles gris de poussière, des bouts de tissu, tout un bric-à-brac de cartons, de déguisements, de portants de vêtements auxquels pendaient des cintres orphelins ou de vieux haillons.

Au fond du local, des fauteuils défoncés et un gros carton en guise de table les accueillirent, bien dissimulés derrière ce qui semblait être un très vieux théâtre de guignol.

— C'est mon coin, annonça-t-elle fièrement. Et elle s'activa comme si elle le recevait chez elle : alluma une bougie plantée dans un verre, fit place nette (elle dispersa des lettres découpées dans des carrés de papier disposés autour d'un verre, jeta dans un coin une vieille canette de Coca...).

— Mais comment tu as la clé ? demanda-t-il en se maudissant pour cet éternel ton de gosse étonné qui ne sait rien du monde.

Elle se tourna vers lui avec un petit sourire triste.

— Mon frère... Il venait là souvent. Lui... Et d'autres.

— Et lui, comment il a eu la clé ?

— Oh, c'est une longue histoire... Vas-y, assieds-toi.

Il se laissa tomber dans un fauteuil crapaud dont un ressort lui rentra immédiatement dans les fesses.

— Tu viens souvent ?

— Chaque fois que je veux lui parler.

— Lui parler ? Mais à qui ?

La lueur de la bougie, caressée par le courant d'air qui traversait une fenêtre cassée, frémit un instant sur son visage. Elle lui montra les lettres :

— À mon frère...

Il se tut, ne sachant que répondre.

— Ils vont bientôt arriver, annonça-t–elle.

Une cigarette venait d'apparaître dans sa main. Elle la mit en bouche, l'approcha de la flamme de la bougie. Aspira. Pour une obscure raison, une grande tristesse envahit

Bastien. Il savait un peu anormal de se sentir envahi par ce sentiment mais il ne pouvait l'empêcher : il venait de comprendre qu'Opale était ce genre de fille qui, peut-être, pouvait... mal tourner comme on dit.

Elle toussota. Lui tendit la sèche.

— Tu veux ?

Il acquiesça. Il la prit maladroitement entre ses doigts, la planta entre ses lèvres. Hésita.

— Tu tires comme si tu tétais un biberon !

Un truc chaud et âcre lui emplit la bouche, mais il n'aspira pas. La fumée resta deux secondes contre son palais, puis il recracha le tout et un gros nuage vint lui piquer les yeux. Il tint bon, ne toussa pas, et lui rendit la cigarette avec la trouble fierté d'avoir fait un bond de quelques années, de couvrir un peu de la distance qui le séparait d'elle.

Il s'abstint de tout commentaire. Elle n'en fit pas davantage en retour. Il comprit qu'il venait de réussir le test.

— Pourquoi tu m'as amené ici ?

Elle aspira une nouvelle bouffée – il devina son plaisir à se prendre pour une femme, mais ses gestes étaient hésitants : elle fumait comme les petites filles marchent dans les chaussures de leur mère.

— Alors Opale, tu m'expli...

Un bruit à la porte le fit tressaillir et se lever d'un bond.

— Pas de panique. C'est eux.

— Eux ?

— Oui, eux... La *Chowder Society*.

Un instant plus tard, ils apparurent : une fille toute bouclée et un garçon brun, un peu maigre.

— Bastien, je te présente les deux amis les plus proches de mon frère... Anne-Cécile et Jean-Robin...

Bastien les dévisagea : Jean-Robin, se rappela-t-il, il l'avait déjà aperçu dans l'école. Il était difficile, du reste, de l'ignorer – il affichait l'allure mi-dandy mi-gothique d'une créature d'un clip de Mylène Farmer, avec des yeux au noir et des traits androgynes aussi incongrus à Saint-Ex que la blondeur incendiaire de Clémence Dupale, célèbre dans tout le lycée pour ses minijupes et une poitrine Baywatch de pompom girl. Anne-Cécile, elle, se conformait davantage aux standards locaux : longueur de jean pile-poil, pull bleu marine, boucles proprettes et lunettes cerclées de métal. Elle ressemblait à des dizaines d'élèves de seconde ou de première, répliques des mères qui les attendaient à la sortie.

— Salut ! fit le garçon en jetant son sac dans un coin. Jean-Robin, c'est moi. Je précise au cas où tu aurais eu un doute...

Il lui tendit la main et Bastien la serra, médusé. Plus encore quand il précisa :

— Jean-Robin du Mercelac.

Jamais auparavant Bastien n'avait rencontré d'élève se présentant à lui par son nom de famille.

— Jean-Robin est en seconde, expliqua Opale tandis qu'il s'affalait dans un coin de canapé défoncé. En fait, si mon frère n'avait pas... enfin ils seraient dans la même classe. Quant à Anne-Cécile, c'est la plus âgée du groupe, elle est en première. Et c'est une sorcière très puissante...

Bastien se tourna vers Opale, pas certain d'avoir bien entendu.

— Oui, une sorcière très puissante, reprit Jean-Robin en chœur. Elle descend d'une longue lignée. Elle est cousine de la famille Talcot... c'est une Noblet. Et elle est très douée. Surtout pour communiquer avec les morts. N'est-ce pas, Anne-Cécile ?

Mais la jeune fille ne l'écoutait pas. Elle fixait Bastien, sans mot dire.

Finalement elle enleva ses lunettes et le garçon fut surpris par l'intensité de son regard, alors même que le marron de ses yeux révélait une pâle flammèche des plus ordinaires. Lentement, elle s'approcha, et Bastien supposa, au respectueux silence des deux autres, qu'Anne-Cécile était l'âme du clan.

Elle s'arrêta à sa hauteur – elle était à peine plus grande que lui –, le scruta encore, et il eut la déplaisante impression que ses pupilles produisaient deux tentacules aiguisés capables de sonder les secrets les plus intimes.

Puis elle remit ses lunettes et elle annonça :

— Il a le pouvoir... Oui, il a le pouvoir. Un pouvoir très étonnant, même.

# 32

Le patron de La Guérande avait la gueule dure d'un ancien taulard recyclé dans le café-tabac de quartier, et il jetait à Bertegui un regard soupçonneux depuis une bonne heure que ce dernier attendait, attablé devant un deuxième expresso (le cinquième de la journée).

Le Sanglier était passé à La Guérande pour rencontrer le cousin du Dr Ruth, après s'être fait envoyer par Clément un rapide résumé du casier judiciaire du dit cousin et une photo anthropométrique. Le patron des lieux l'avait d'abord accueilli avec la perplexité que peut susciter un homme à grosse tête chevelue, poitrine de ténor et jambes courtes dans un costume clair et un imper Hugo Boss ; puis avec la mine verrouillée et l'animosité de circonstance quand Bertegui s'était présenté.

Ce dernier avait joué franc jeu :

— Je crois que Gionelli vient souvent chez toi. Et, non, je ne suis pas là pour lui causer des ennuis... Ni à toi. C'est sa cousine qui m'envoie, avait poursuivi le policier. Sonia... À Laville-Saint-Jour... J'ai juste une ou deux informations à lui demander, et ça ne le concerne pas directement. C'est presque un service... familial, avait-il plaidé.

— M'étonnerait qu'il ait envie de vous le rendre, avait répondu le patron en astiquant compulsivement un verre comme pour tromper l'envie de cogner. Il n'a jamais tellement été du genre à nourrir la volaille, 'savez ?

— Je suppose, mais peut-être qu'il aura envie d'aider sa cousine ?

À contrecœur, l'homme avait lâché :

— Il passe souvent entre 4 et 5... Pas toujours, mais souvent.

Vers 16 h 45, effectivement, Gionelli poussa la porte : il ressemblait bien au gars sur la photo, mais sa mine mâchée de fumeur et sa faible corpulence témoignaient de nombreuses nuits blanches depuis le cliché. Un nerveux, consumé par le tabac et les nerfs, conclut Bertegui, qui savait les joueurs se révéler, avec l'âge, appartenir soit à la catégorie des desséchés/rongés de l'intérieur, soit à celle des sanguins/essoufflés.

Quelques habitués lancèrent un « Salut Pierrot » tandis qu'il filait au bar. Bref échange avec le patron, puis coup d'œil en direction de Bertegui.

L'homme vint directement à lui, un pastis à la main.

— Je me demande bien quelle mouche a piqué Sonia pour qu'elle m'envoie les poulets ici, dit-il en guise de bonjour, avec dans le regard, vif, une lueur entre réprobation et amusement.

Les « poulets »... Le pastis... Comme le patron de La Guérande, Gionelli appartenait à un milieu aujourd'hui dépassé, celui de la voyoucratie plutôt que de la racaille, des jeux et des filles plutôt que de la dope et des tournantes.

— Elle m'a dit que tu pourrais me tuyauter...

— Si tu me tutoies je te tutoie aussi... heu... j'ai pas bien compris ton nom ?

— Bertegui.

— Lieutenant ? Commissaire ?

— Commissaire.

— Commissaire ! C'est du sérieux alors ! Enfin malgré que commissaire à Laville-Saint-Jour, je ne sais pas si c'est mieux que lieutenant au 36...

Bertegui ignora le sarcasme.

— Henri Vilbois.

L'homme se figea un instant, puis décida de prendre un siège.

— Je commence à comprendre ce que Sonia vient faire là-dedans, observa-t-il. Tu enquêtes sur Vilbois ? Je ne sais pas ce que je pourrais te dire, je ne l'ai pas vu depuis... (il émit un petit sifflement)... une bonne vingtaine. (Un silence, puis :) D'ailleurs je ne sais pas pourquoi je devrais...

— Ta cousine a dit quelque chose comme : il se passe de drôles de choses à Laville-Saint-Jour. Il faudra bien un jour que ça cesse...

Gionelli hocha la tête.

— Je vois.

Soupir, gorgée de pastis, claquement de langue.

— Vas-y commissaire, je t'écoute...

— Je cherche des informations sur Vilbois. C'était un joueur, exact ?

— Oui.

— Si j'ai bien compris, c'était son activité principale ?

— Pas vraiment. Ça l'a été un temps, parce qu'il avait de l'or dans les mains. Je n'avais jamais vu ça avant. David Copperfield à côté, c'est Winnie l'Ourson. Si tu étais en cheville avec lui à une table, et que c'était lui le donneur, il te distribuait les quatre as... pfff... comme ça (Gionelli fit claquer ses doigts).

— Tu l'as bien connu donc ? Tu as même joué avec lui...

— Ça remonte à une trentaine d'années. J'étais un gamin. Lui aussi... Enfin on avait quoi ? Vingt-cinq, trente piges ? On s'est « fréquentés » comme on dit. On a été en cheville quelque temps, ici, et à Paname aussi – on faisait des virées là-bas, on achetait du matos...

Bertegui hocha la tête : de nombreux joueurs professionnels se fournissaient dans les magasins dédiés aux prestidigitateurs, notamment un, fameux dans toute la France, situé à Cardinal-Lemoine, dans le V<sup>e</sup> arrondissement.

— Et ?

L'homme hésita, fit tourner un peu le verre dans ses mains – de longs doigts fins qui auraient pu courir sur un piano plutôt que sur des coupes biaisées.

— Et il a commencé à laisser tomber le jeu – ça ne m'arrangeait pas trop, moi... On faisait pas mal de fraîche ensemble. Même si on allait en claquer le lendemain au casino de Santenay, précisa-t-il avec une moue de regret. Surtout, je pigeais pas... Alors, un jour qu'on avait un peu bu, je lui ai demandé pourquoi il s'était éloigné des tables. Et comment il faisait pour continuer à se payer des chemises Dior et des costars Renoma. Alors il m'a regardé. Longtemps – oh ! je suis pas prêt d'oublier son regard, parce que... parce que Vilbois, il avait les yeux les plus froids que j'aie jamais vus de ma vie. Et il m'a dit : « *Comment tu crois, Pierrot, qu'on fait ce qu'on veut avec ses mains ? Le talent, ça ne suffit pas,* il a expliqué. *Ça aide, mais ça ne suffit pas.*

*Alors on se fait assister... y a quelqu'un qui distribue les cartes à ta place... Tu piges ? Quelqu'un de très puissant. Très très puissant...* »

« Je pigeais que dalle, mais il me foutait un peu les foies. Jamais été complètement à l'aise avec lui, en fait. On se disait que c'était le genre de type qui pouvait te planter un poignard dans le dos tout en te souriant de face les yeux dans les yeux.

« Bref, il m'a dit : « *Tu as entendu parler de Faust ? Ben, c'est comme Faust... Y a une dette à payer. J'ai joué, j'ai gagné... maintenant, je LE sers à temps plein.* »

— *LE* sers ? demande Bertegui. Qui ça ?

Le cousin haussa les épaules.

— Lis *Faust*, commissaire...

Bertegui ignora le conseil.

— Il est impliqué dans l'affaire qui a éclaté il y a sept ans alors ?

— L'affaire Talcot ?

— Oui.

— Si on veut... Il n'était déjà plus dans le coin quand elle a éclaté, l'affaire, mais tu dois le savoir. Il a un bon dossier chez vous, le Vilbois...

Bertegui ne l'informa pas que non, presque toute trace de l'existence d'Henri Vilbois avait disparu de leurs archives.

— Disons qu'il aurait *pu* être impliqué... C'était un homme de main à la famille Talcot, tu comprends ?

— Un homme de main ?

— Oui, un homme de main. C'est pas parce que l'affaire a éclaté y a sept ans qu'on ne savait pas depuis toujours ce qui se passait dans le coin... Les Talcot, ils contrôlaient tout. Une vraie mafia à eux tout seuls. Le truc des gosses qu'ils ont tués, c'était leur petit délire de rupins pervers. Ou, comme aurait dit Vilbois, pour LE servir. Mais y avait toutes leurs autres activités. Qui allaient bien au-delà de la Bourgogne. Comment tu crois que les gars de cette ville sont si friqués ? Avec juste le vin ? Dans ce cas, tous les gars de Beaune, Nuit-Saint-Georges et autres ils auraient des comptes en Suisse aussi délirants. Parce qu'à Laville-Saint-Jour, j'sais pas si t'es au courant, personne s'inquiète des vins californiens ou australiens... guerre du Golfe ou pas, y a toujours autant de blé !

« Et tu sais comment ça marche : faut des types pour faire le sale boulot. Y compris pour choper des gamins à droite à gauche... Ou même se les faire envoyer de l'étranger, si tu vois ce que je veux dire. Réceptionner le colis...

Bertegui retint une grimace de dégoût.

— C'était le rôle de Vilbois ?

— Je ne sais pas. Je ne sais pas exactement ce qu'il faisait pour eux ou pas. Je ne sais pas s'il a... *joué* avec les gosses lui aussi – mais si je te dis le fond de ma pensée : oui je le crois... parce que, comme il l'a dit ce soir-là : il fallait LE servir. Il était impliqué. Jusqu'au cou.

La mafia version messe noire, résuma mentalement Bertegui. Une association inédite dans le crime, à sa connaissance. Répugnante. Effroyable...

— Tu as connu sa compagne de l'époque ?

L'homme se figea, puis son visage s'éclaira.

— Alors c'est ça qui t'intéresse ! D'accord je pige... Fais pas cette tête-là : je suis comme tout mec qui a passé cinquante balais, je regarde la nécro tous les jours pour voir si un vieux pote s'y est perdu. Et je l'ai vue, elle... Y a trois ou quatre jours, dans le journal. Ouais, je l'ai connue. Pas bien, je te mentirais... mais je l'ai connue. Parce que des fois on allait jouer chez lui – enfin chez elle –, juste pour finir la nuit, et qu'on la voyait débarquer le matin, fraîche et prête pour aller bosser. Et le gosse aussi... Ça, je me rappelle bien : deux trois fois, je l'ai vu prendre le petit déjeuner, juste à côté de là où on finissait une nuit de jeu – c'était bizarre ce gamin qui ne disait pas un mot, qui ne nous regardait pas, en train de boire son chocolat alors qu'on pouvait à peine respirer tellement on avait clopé pendant la nuit.

« Elle aussi, elle me faisait une drôle d'impression... je me suis même demandé si c'était elle qui l'avait entraîné là-dedans. Ou l'inverse, je ne sais pas. Ils allaient pas bien ensemble en tout cas, et il arrêtait pas de l'engueuler – c'était un violent de toute façon, Vilbois. Calme au jeu, avec des nerfs d'acier, mais un violent dans la vie. Pourtant, il la quittait pas. Comme s'ils étaient... enchaînés. Il s'intéressait à peine aux autres filles quand on partait en virée, alors qu'il pouvait lever facile. Ce qui est sûr, c'est que j'aimais pas aller dans cette maison. Je me sentais pas bien... Y avait une sale ambiance.

Bertegui se taisait : il songeait à un petit garçon, se levant tôt le matin pour aller à l'école, et trouvant la salle à manger familiale improvisée en tripot, avec relents de tabac et de whisky. À quoi d'autre Nicolas le Garrec avait-il assisté alors ? Était-il revenu pour se venger ? Se venger de sa mère, qui n'avait pas su lui offrir une enfance normale ? Et quelles traces les... spectacles du passé avaient-ils laissées ? Les livres suffisaient-ils à réparer les traumas ? À « sublimer », comme aurait dit Meryl ?

— Quand est-ce que tu l'as perdu de vue ?

— Ça s'est fait petit à petit, disons quand il a commencé à s'habiller en noir de plus en plus souvent, si tu piges. Mais j'ai continué à le croiser de temps en temps, comme ça, de loin. Parce que même si on ne se fréquentait plus, il arrivait que... ses activités et les miennes nous amènent dans des endroits communs.

— Et il est devenu quoi, Vilbois ?

Petit sourire mystérieux.

— Je te paie une tournée si tu peux me le dire. Y en a qui prétendent qu'il a fini cramé...

— Cramé ?

Regard surpris de Gionelli.

— Faut faire tes devoirs, commissaire... Les Talcot et leurs amis, quand on les trahissait, ils te cramaient. Ça marche comme ça – chaque famille a ses règles, pas vrai ? Quand on remplissait pas bien son devoir... hop, un peu d'essence et voilà. Direct en enfer par le plus court chemin : les flammes.

« D'autres racontent qu'il a dû se faire oublier parce que les flics devenaient un peu trop regardants sur les affaires Talcot et qu'il a préféré partir quand il était temps, avec un joli magot.

— T'as pas l'air convaincu...

— Non. À l'époque où il a quitté le circuit, les flics étaient à la solde des Talcot.

— Alors c'est quoi ton idée ?

— J'ai pas d'idée... *précise*. Je sais juste qu'un jour, ça faisait peut-être un an que je l'avais pas croisé, je l'ai aperçu à l'Embassy – tu peux pas connaître, c'était une boîte de Dijon où y avait un peu tout le monde, les friqués et les putes, les chirurgiens et les macs... bref, je lui ai demandé comment ça allait, la vie, tout ça... Il était seul au bar, et il m'a dit : « IL m'a lâché Pierrot... Ouais, IL m'a bien lâché. » « Quesse tu veux dire ? », j'ai demandé. Alors il a juste répondu : « Te colle jamais avec une fille qui a un môme qui est pas le tien... Parce que le môme, un jour, il devient un homme. » Et... là, au bar de la boîte, au milieu des lumières, dans la musique, j'ai vu des drôles d'ombres sur son visage. En fait ce que j'ai vu c'est... (il hésita)... comme un masque. Un masque de mort.

Le cousin se tut. Que fallait-il comprendre ? s'interrogea Bertegui.

— Tu as eu d'autres contacts par la suite ?

— Non. C'est la dernière fois que je l'ai vu, et c'était tant mieux parce que cette fois-là... (il fit une grimace), je suis pas près de l'oublier. Pourtant ça doit remonter à plus de vingt ans... Par contre, Vilbois, c'est comme le King : tous les deux ans, tu croises un vieux pote qui te dit qu'il connaît quelqu'un qui connaît quelqu'un qui connaît quelqu'un qui l'a vu... Dans le coin, aux Baléares ou sur la lune, ça dépend des jours et de la couleur des frites.

— C'est quand la dernière fois qu'on t'a sorti ça ?

— Je sais pas... six mois peut-être.

— Tu peux me dire qui ?

Le cousin haussa ses épaules maigres.

— Non. D'abord, je pense pas que certaines de mes... connaissances aient très envie d'avoir ta visite. Ensuite, tu perds ton temps.

— Pourquoi ça ?

— Parce que le Vilbois, si on le croise de temps en temps, on n'est pas prêt de le choper. M'est d'avis qu'aujourd'hui, il ressemble plus à cette ombre que j'ai vue deux secondes au bar de l'Embassy qu'au type que j'ai connu avant, avec ses costars Smalto, si tu vois ce que je veux dire...

Non, Bertegui ne voyait pas vraiment... Ou ne souhaitait pas voir. Il devinait, au-delà du détachement crâne de Gionelli, une angoisse diffuse, une inquiétude un peu irrationnelle en opposition avec son réalisme de policier, les convictions cartésiennes qui avaient guidé sa vie. Il prit soudain conscience du silence dans le petit café, seulement troublé des pulsations électroniques du flipper dans le fond et des jets de vapeur de la machine à expresso.

— Une dernière chose, dit-il, Sonia était à l'enterrement d'Odile le Garrec ce matin...

— M'étonne pas, marmonna Gionelli. Sonia... elle a perdu une sœur quand elle était gosse. Sa sœur jumelle en fait. La gosse a disparu à la sortie de la ville. Y avait eu un genre de pique-nique avec toute une bande de louveteaux et... elle est jamais rentrée. Ça s'est produit un automne, à peu près à cette période – octobre, novembre... Un jour de brume intense. Et on ne s'est sûrement rendu compte de rien car les deux gosses étaient identiques, et habillées pareil. Une de ces idées idiotes de l'époque, tu sais ? Bref, on n'a jamais su ce qui lui est arrivé. Mais bon... on a eu des doutes, forcément. En tout cas, Sonia s'en est pas remise. C'est pour ça qu'elle a pas fait sa vie : 'voulait pas d'enfants. *Les enfants c'est trop d'angoisses, Pierrot, elle me disait. Tu as toujours peur qu'il leur arrive un truc*. Et pourtant, c'est bizarre... elle a jamais quitté la ville. Comme si la brume l'avait... enfin, je ne sais pas.

— Quel rapport avec Odile le Garrec ?

Petit sourire triste de Gionelli.

— M'est d'avis que si elle est allée à l'enterrement, c'était pas pour lui porter des fleurs. Plutôt s'assurer qu'elle finirait bien là où elle devait finir, après toutes ces années passées à... à LE servir. Et pour cracher sur sa tombe... Mais ça, elle a pas dû oser te le dire...

# 33

Ils étaient assis autour des cartons, dans le « grenier » de Saint-Ex. Un petit matelas de fumée commençait à s'amonceler au-dessus de leur tête, sous le plafond poutré bas, écrasant. Dehors, le jour déclinait.

— La Chowder Society existe depuis toujours, expliqua Jean-Robin, derrière la volute de fumée qu'il venait de produire. Du moins, depuis que Saint-Ex existe. C'est... une confrérie. Elle ne compte qu'une trentaine de membres et il faut être en principe âgé de quatorze ans minimum pour être admis, enfin sauf exceptions... comme par exemple la mort de Christophe. Normalement, tu ne peux intégrer la Chowder Society que si tu as été parrainé par d'autres membres, et si tu es villois, évidemment, il ne suffit pas d'être de Saint-Ex. Et il faut... une famille. Et d'autres choses encore...

Une famille ? s'étonna mentalement Bastien. Quel sens cette phrase pouvait-elle avoir ? Mais c'était un détail. Depuis son arrivée devant la porte près des toilettes, plus rien n'avait vraiment de sens. Ou bien était-ce depuis son arrivée à Laville-Saint-Jour ?

— Mais... mais à quoi ça sert ? Qu'est-ce que vous faites au juste ?

Un silence accueillit la question de Bastien. Un silence un brin méprisant, perçut-il, devant son ignorance de toutes les coutumes inhérentes à la ville autant qu'à l'école.

— Que sais-tu de Laville-Saint-Jour ? demanda soudain Anne-Cécile.

Elle se tenait aussi autour du carton-table, mais un peu à l'écart, comme si elle présidait la petite assemblée.

— Je ne sais pas trop... Je ne comprends même pas la question.

Mais c'était un mensonge. Il devinait confusément la réponse qu'elle attendait. De même qu'il commençait à saisir certains détails troublants qu'il avait occultés – par exemple Opale lui précisant « *mon MSN c'est Clarabelle6... 6 comme dans 666* ».

— Je sais qu'il s'est passé de drôles de choses, ici. Il y a quelques années...

— C'est faux, trancha Anne-Cécile avec la docte attitude d'un professeur. Pas depuis quelques années. Depuis toujours. Laville-Saint-Jour est un lieu... particulier, expliqua-t-elle. C'est pour ça qu'il y a la brume, tu vois? Parce que certaines... actions doivent rester secrètes.

Elle avait soudain modulé sa voix d'un voile mystérieux un peu factice.

— Oui, un lieu particulier... toute la ville, mais surtout l'école. L'école est une porte... une porte entre deux mondes. Le monde que tu connais... Notre monde. Et l'autre... Celui de la magie, de la sorcellerie, des morts... et d'autres, encore.

Peu à peu, elle se passionnait, et, sur son visage rubicond, la flamme des bougies projetait des ombres lui donnant des airs de poupée malsaine.

— Ce que fait la Chowder Society, c'est... passer la porte, tu comprends ?

Il comprenait, sans se départir de cette déplaisante impression d'être pris dans un groupe d'enfants qui « jouaient aux grands »... Sauf que les adultes de Laville-Saint-Jour ne semblaient pas occuper leurs soirées aux mêmes activités que le reste du monde.

— Et le directeur de l'école? Et l'administration? Ils savent que vous êtes... là ? Enfin qui vous êtes, ce que vous faites ?

— Rochefort? ricana JR. Bien sûr qu'il sait que la Chowder Society existe. Il ne sait probablement pas qui la compose précisément, et sûrement, il s'en moque... mais il a été un de ses membres ! Il y a plus de vingt ans !

Bastien ne fit aucun commentaire : aucune nouvelle information ne pouvait plus susciter sa surprise. Il était prêt à tout entendre de leur part, sinon à croire : que les vampires de Laville-Saint-Jour dansaient le hip-hop le soir dans les cimetières, ou que les loups-garous défilaient en gay pride devant Saint-Michel à la dernière pleine lune de juin...

— Vous avez dit que vous étiez une trentaine ? Mais où sont les autres ?

— Nous ne les avons pas prévenus de la réunion ! s'offusqua JR. Ici, ce n'est d'ailleurs pas du tout un lieu de réunion, c'est informel...

*Informel :* tout à fait le genre de mots que Bastien n'emploierait jamais... pas même à dix-huit ans, supposa-t-il.

— Nous sommes juste ici au titre des amis de Christophe... et donc d'Opale. Pour vous aider. Pour t'aider.

— Ton frère t'écrit sur Internet, n'est-ce pas ? demanda Anne-Cécile.

Bastien se retourna vivement vers Opale et sentit une morsure dans son cœur : la trahison. C'était donc ça, la frénésie SMS de la journée : elle les avait contactés, et résumé son histoire.

— Je ne... crois pas que ce soit... mon frère, bredouilla-t-il.

— Il y a des choses troublantes, dans ces messages, Bastien, intervint Opale.

Il ne souffla mot.

— Ça peut être lui, affirma Anne-Cécile : ici, les morts sont partout. Ils se manifestent souvent aux vivants, d'une façon ou d'une autre. Tout... moyen de communication, tout canal, est bon. Si tu as reçu ce message, c'est que tu as un pouvoir... Sinon, le message ne serait pas arrivé jusqu'à toi.

— Sauf si ce n'est pas mon frère, insista Bastien.

— Tu veux savoir si c'est bien ton frère qui t'écrit ? demanda-t-elle en ignorant sa remarque – et Bastien crut entendre le ton mielleux d'un dealer lui proposant de la drogue.

Il hésita. se tourna vers Opale. Il devinait sa soudaine admiration – *il a le pouvoir* – et que n'était-il prêt à faire pour la conquérir ?

Une dernière question le taraudait avant de se lancer, et il la posa directement à son amie.

— Tu m'as dit que tu ne sais pas pourquoi ton frère a... a fait ça. Mais si je comprends bien, tu le... contactes, ici. Alors ?

— Ils nous disent ce qu'ils veulent, intervint Anne-Cécile. Parfois ils répondent à tes questions, et parfois ils parlent d'autre chose. Parfois, ils ne savent pas qu'ils sont morts. *Souvent*, même ils ne le savent pas. Et parfois aussi, ceux qui te répondent ne sont pas ceux que tu as appelés.. Alors que fait-on ? demanda-t-elle, cette fois avec une pointe d'impatience, comme s'il était intolérable qu'il refusât l'honneur qui lui était fait.

Un dernier regard à Opale, au visage auréolé d'un espoir un peu irrationnel.

— OK. Allons-y...

* * *

Ils étaient à présent assis au sol, en cercle, chacun sur un petit coussin, en tailleur. Devant eux, directement tracé au sol, sous le carton-table qui avait valsé dans un coin du grenier, un disque tracé à la peinture noire écaillée, témoignant d'années et d'années d'usage, était traversé d'une bizarre étoile à cinq branches, ses pointes sortant du cadre. Bastien ignorait ce qu'était un pentacle mais ce sigle lui était familier... Peut-être l'avait-il déjà vu dans un film ?

Bien alignées, des lettres découpées dans du papier déroulaient l'alphabet complet le long du cercle. Au centre un verre à pied, d'une taille hors norme sembla-t-il à Bastien, reposait devant deux autres rectangles de papier : OUI-NON

Et chacun des quatre avait le doigt posé sur le bord du verre – « Tu ne fais rien, avait ordonné Anne-Cécile. Tu l'effleures, et tu ne penses à rien... tu nous laisses te guider. »

Ils étaient assis là depuis quelques minutes, Bastien partagé entre fou rire contenu et malaise. Fou rire parce qu'il se sentait ridicule... Malaise parce qu'il était aussi un garçon qui avait entendu des voix dans sa tête – enfin *une* voix –, aperçu un ciel embrasé de sang le jour de l'accident de son frère, et dialogué avec un mort sur MSN, si bien qu'en lui, une porte vers l'irrationnel était déjà ouverte. Or, jusqu'alors, l'irrationnel ne lui avait rien apporté de bon.

— C'est là, annonça Anne-Cécile. Ça vient...

Il le sentait lui aussi. Le drôle de fourmillement dans son index posé sur le verre et, surtout, la température qui venait de chuter.

— Qui es-tu ? demanda Anne-Cécile.

Pas de réponse. Le verre resta inerte. Mais le froid semblait gagner. Il aperçut, dans un coin de conscience qui continuait à observer froidement la scène, la flammèche des bougies agitée par un courant d'air.

— Qui es-tu ? répéta-t-elle d'une voix forte. Qui que tu sois, présente-toi. Il te le commande ! Fais-tu partie de ses légions ? Es-tu à ses côtés ? Qui es-tu ? !

Le verre... frissonna ! Bastien crut le voir trembloter, comme les bougies. Et soudain, un déplacement infime... Une hésitation. Et zoum... le verre glissa vers une lettre... puis une autre... une autre...

J... U... L...

Le cœur de Bastien fit un bond et la pièce s'assombrit davantage – il lui semblait à présent être plongé dans l'obscurité, que le cercle au sol concentrait toute la lumière à lui.

I... E... N...

Soulagement. Déception.

— Julien qui ?

Le verre répondit doucement, en prenant son temps.

V... I... C... T... I... M... E...

Anne-Cécile jeta un œil à JR.

— Quel est ton nom ?

O... M... B... R... E... B... L... A... N

NON

Le verre venait de glisser vers le rectangle du Non. Si vite qu'aucun doigt n'avait pu le suivre. En même temps, la température avait encore chuté dans la pièce. Alors Bastien sut que, définitivement, ils n'étaient pas seuls. C'était là une évidence qu'il accepta sans aucune difficulté. Et la présence qui venait de se manifester à l'instant était... malsaine. Terrible.

Anne-Cécile lança un nouveau coup d'œil à JR, puis ils se tournèrent de conserve vers le garçon.

— Ça ne va pas si vite d'habitude et... c'est bizarre, on dirait qu'ils sont deux !

Mais à peine avait-elle prononcé ces mots, et alors même que leurs doigts ne reposaient plus du tout sur le verre : T... A... L... NON... C... O... T... Le verre bougeait seul – spontanément, ils s'en étaient écartés : le simple contact avec le cristal produisait une sensation glacée-brûlante presque douloureuse, comme si l'énergie commençait à les consumer.

— Julien, qui es-tu Julien ? Pourquoi es-tu venu à nous ce soir? reprit Anne-Cécile d'une voix faussement assurée, persistant à s'adresser au premier de ses « invités ».

M... A... R... I... E... S... O... P... H... NON V... I... C... T... NON O... M... B... R... E... B... L... NON.

— Quelque chose ne colle pas, JR, dit Anne-Cécile... Ils... ils sont trop nombreux, je ne sais pas ce qu'ils veulent. Et il y en a un qui les empêche de parler !

Bastien la regarda et devina qu'elle avait peur, puis il surprit le regard épouvanté d'Opale, et celui, plein de suspicion, que lui portait JR.

O... M... B... R... E NON NON NON Le verre l'écrivait à présent à tous les temps. Il valsait, du rectangle NON aux lettres N... O... N...

— On n'y arrivera pas, Anne Cé', il... il faut arrêter je crois...

La température avait plongé, il régnait un froid mortel et leur souffle commençait à se matérialiser en vapeur.

— On continue, décida-t-elle, c'est... extraordinaire...

V... I... C... T... NON

... B... R... E... B... L... A... N... C... H... E...

NON... N... O... N... NON...

Le verre ne glissait pas : il volait presque. À une vitesse qui leur laissait à peine le temps d'assembler les lettres pour former des mots, ... pfuit... pfuit... pfuit... moins d'une demi-seconde par déplacement. Des glissades nettes, tranchées. Irréelles.

J... E... A... N... D... U... P... U... I... S

V... I... C... T... I... M... E... O... M... B... R... E...

B... L... A... N... C... H... E... T... A... L... C... NON

— Je... j'ai peur ! dit Opale. Ça n'a jamais fait ça av... !

Le verre éclata et ils poussèrent tous un cri.

Jean-Robin se leva d'un bond.

— Il faut arrêter, Anne-Cécile !

Anne-Cécile n'eut pas le temps d'acquiescer : les lettres commencèrent à bouger seules, au sol. Pour continuer leur mélopée, leur combat pour le pouvoir.

L... A... V... I... L... L... E...

... T... E... V... E... U... T... ... V... I... L... B... O... I... S... P... A... R... S... V... A... T... E... N

N... ONNNNNNNNNNNONNN

— Anne-Cécile, fais-les s'arrêter !

La voix de Jean-Robin, mais Bastien l'entendit à peine. Pas davantage il ne perçut les pleurs d'Opale, ni l'air désemparé d'Anne-Cécile, qui avait perdu ses lunettes en sursautant. Il regardait, fasciné, les lettres danser autour de lui – seul, à présent, assis en tailleur

F... R... A... N... C... I... S... M... A... R... T... I... N... O... M... B... R... E... NON N... O... N

— Ils veulent que Vilbois s'en aille, déclara Bastien dans une sorte de transe. Celui qui les empêche de parler, c'est Vilbois. Il s'appelle Vilbois... il s'appelle Vilbois ! Et ce sont des enfants, qui nous écrivent... oui des enf...

— Anne-Cécile ! cria JR. Arrête ça tout de suite ! TOUT DE SUITE !

— Je ne peux pas ! C'est lui ! C'est lui qui fait ça ! hurla-t-elle en désignant Bastien.

1... 2... N... O... V... E... M... B... R... E... ... O... M...

NON... NON....NON...NON...

1... 8... 7... 9... P... H... I... L... I... P... P... E... H... E...

M... I... L... E... F... E... U....

O... M... B... R... E... B... L...

— Ce sont des victimes ! expliqua Bastien en pleine exaltation. Oui, ce sont les enfants qui ont été sacrifiés ici et...

— Bastien ! Arrête ! Dis-leur de partir !

1... 0... D... E... C... 1... 9... 8... 8... V... I... C... T... I...

— Bastien, tu dois fermer la porte ! Sinon ils vont rester ! Rester pour toujours ! Avec toi !

Anne-Cécile s'égosillait, JR se taisait, médusé, Opale pleurait, réfugiée dans un coin du grenier. Et les lettres continuaient leur danse macabre. Et Bastien lisait, écoutait, les mots au sol, les voix se bousculer dans sa tête, des cris de révolte. Et la pièce commença à trembler... Chaque meuble, chaque objet, portait en lui l'énergie que les enfant de Laville charriaient avec eux. Et celui qu'ils appelaient Vilbois... Et les autres, tous les autres qui, depuis toujours, œuvraient dans les ombres et sous la brume de Laville-Saint-Jour. Tous à présent entraînés dans une folle sarabande, les bourreaux et les victimes, les sacrifiés et les damnés...

— Ils le combattent ! annonça Bastien. Ils le combattent !

Les coussins commencèrent à vibrer... à bouger... puis une chaise... Un portant... des vêtements...

— FERME LA PORTE, BASTIEN ! TU NE DOIS PAS LES AIDER ! TU NE DOIS PAS LES AIDER ! NE LES ÉCOUTE PAS !

Mais il n'entendait pas. Il entendait les voix, les pleurs... des pleurs dans sa tête. Et des cris... Et des images prenaient forme sous ses yeux. Le bois du Parc... Et une grande maison sur les hauteurs. Et cette pièce aussi, où se tenaient les réunions « informelles » de la Chowder Society. Des doigts qui couraient sur un clavier... Non pas ceux de son frère, mais des doigts comme des cicatrices, blancs, morts, atrophiés pour certains, en lambeaux... Et du sang... Et des corps... Et des croix renversées... Des torches dans la nuit... Et une voix encore, la même que celle entendue à l'accident... *Laville-Saint-Jour te veut... C'est ça qui est arrivé aux enfants... Ils t'attendent à Laville-Saint-Jour...*

Des mots, des bribes, des lieux, dilués, bouillonnant dans la même étreinte magmatique, visuelle, auditive.

... V... I L L L L B B B O O O O I I I I S S S

VVVVAAAATTTENNNNVVVVIIIIICCCTTIM-MEOOMBB

BBREEEBBBLLLANNNCHHHHEEEELLLLEEEEFF-FEUUUU

VVVIIILBBBBBOOOOOIIIIISSSSSG...

— BASTIEN !

Anne-Cécile s'approcha de lui, fit mine de saisir son bras pour le ramener parmi eux. Une chaise vola et la heurta au front. Elle s'écroula au sol dans un cri de douleur en se tenant la tête.

OMMBBBBREEEEBBBLLLANNNCHHHEVVVVII IICCCTTTIIIMMMMMEEEVVVIIILL LLLBBBOOOIIIIISSSTTTAALLLCCCOOTTTTLLLEE-SAUUUU

Opale poussa un hurlement de terreur qui arracha JR à la stupeur dans laquelle il se trouvait depuis deux minutes que la pièce tournoyait autour d'eux. En une seconde, il bondit jusqu'à Bastien et frappa en évitant de justesse des marionnettes Guignol en plein assaut sur lui.

Le coup le cueillit au visage.

Les lettres décollèrent brusquement, se déchirèrent dans les airs comme prises d'une folle fureur. Et tout cessa. Bastien se retourna, hébété. Toujours assis, au milieu du pentacle, à présent – comment il était arrivé là, il l'ignorait. Dans la pénombre orangée du grenier et le maelström de ses émotions, il discerna le visage brouillé de larmes d'Opale et son air horrifié; la silhouette vampirique de Jean-Robin, le poing levé prêt à frapper de nouveau; le front ensanglanté d'Anne-Cécile qui fixait ses doigts barbouillés de sang avec un air de complète hébétude; le désordre autour d'eux; les confettis de lettres qui tombaient encore en pluie lente comme des flocons de plume. Sentit un liquide chaud sur ses lèvres; porta les doigts à son nez; les retira pleins de sang.

La dernière chose qu'il entendit avant de s'évanouir fut la voix d'Anne-Cécile qui disait :

— Faites-moi sortir ce connard d'ici!

# 34

César Mendel était assis à son bureau, face à son ordinateur, éteint.

Les yeux clos, il s'efforçait depuis cinq minutes de faire

le vide dans sa tête. Oui, faire le vide. Voilà qui était important, avait-il compris.

*Mais que foutait Moreau à la Chowder Society ?*

Non, assis, ça ne marchait pas. Pourtant ce qu'il avait à faire requérait calme et maîtrise. S'y prendre autrement.

Il se leva et vérifia, de façon machinale et un peu maniaque, les derniers détails : le sac de sport bien garni de livres et de cahiers pour donner le change, au cas où ; dans la poche droite, le papier avec l'adresse ; à l'arrière, dans une sorte de pochette dérobée, une casquette et des lunettes. Et même des vêtements de rechange – le genre de gros jean large qu'il ne porterait jamais, avec des baskets improbables. Il avisa l'heure... Il était temps d'y aller.

*Se calmer...*

Glissa un œil vers l'ordinateur avec une furieuse envie de l'allumer pour un dernier coup d'œil.

*Comment cette sous-merde avait-elle pu être invitée à la Chowder ?*

Entrouvrit la porte de sa chambre.

*Oh ! les... choses qu'il lui ferait si on lui en donnait le pouvoir !*

Et claqua violemment la porte en sortant dans le couloir. Il sursauta aussitôt. Comme un voleur pris en défaut, il se figea. Il ne fallait rien montrer, avait dit la voix. Rien du tout. N'éveiller aucun doute. SE CALMER !

Mais c'était plus facile à dire qu'à faire. Ah ça, oui !

D'abord, il y avait eu les images reçues sur son email – des... *choses*, qu'il n'aurait pas crues possibles. Bien au-delà de ce qu'il faisait aux chats, ou aux lézards quand il en attrapait dans leur maison près de Porticcio. Des choses, dont on lui avait dit : « Toi aussi, tu y auras droit... Toi aussi tu auras ce pouvoir... » Et depuis plusieurs jours, il n'en dormait plus : consumé du désir fou d'infliger, à Opale par exemple, des... *choses*... comme sur les photos, et même pis encore !

Ensuite, il y avait l'imminence des jours, des semaines à venir. La force des promesses. Et l'impatience. Bientôt, songeait-il... bientôt, il serait libre. La voix avait été formelle – et il avait deviné au ton impérieux, à la force des images qu'on lui avait fait parvenir, que la voix tenait ses promesses.

Jamais il n'oublierait cette phrase : « Tu as vraiment besoin de tes parents ? » Ses désirs allaient se réaliser. Mais quand ? QUAND ?

Enfin, il fallait réprimer cette colère en lui, cette rage qui l'habitait – d'où elle venait, il l'ignorait et s'en moquait. Mais lutter contre cette boule incandescente face à la gueule insipide de cette petite fiotte de Moreau, qui lui avait infligé toute la journée des commentaires à la mormoileneu sur ses cartes Magic avec ses airs de gosse paumé – oui, un vrai gamin ! Lui, César, était tellement, tellement loin de ça... À des années-lumière. Loin, et haut, surtout ! Tellement audessus ! Supporter, donc, cette gueule de fœtus attardé et *EN PLUS* accepter, sans broncher, qu'il vienne d'être admis à la Chowder Society, oui, supporter tout ça relevait de l'exploit. Car enfin, c'était bien là que cette traînée rousse l'avait emmené, non ? Elle avait cru – pauvre petite fille naïve qui serait bientôt punie pour le mépris dont elle le gratifiait depuis l'école primaire ! – elle avait cru l'avoir berné, lui, César Mendel. Évidemment, elle se trompait. Il les avait suivis de loin, enfin il avait pisté Moreau en train de la suivre, elle. Quand on connaissait Saint-Ex, il était facile de se déplacer sans être vu. Or César connaissait tous les recoins de l'école. Il avait toujours aimé ça : débusquer les endroits sombres à l'abri des regards, observer le monde se livrer au commerce sordide de sa médiocrité... Suivre le manège de tel gars en train de glisser une boulette de shit dans la poche d'un copain, ou de la petite garce de Clémence Dupale qui allait montrer sa culotte et ses gros seins de vache blonde à qui voulait les voir, c'est-à-dire tout le monde, ah ah ah ! Et il savait également 1/ ce qu'était la Chowder Society, 2/ où elle se trouvait, grâce notamment à un vague cousin de première, un résidu de Morsan de Calignon, qui avait mentionné quelquefois la Chowder devant César avec des airs importants.

Pourquoi Moreau était-il invité à la Chowder ? Comment Opale avait-elle ce pouvoir de l'y introduire, alors que Florent de mes couilles de Calignon lui avait affirmé que personne, jamais, ne pouvait être accepté à la Chowder avant quatorze ans, ... *même si aucun statut ne le précisera jamais... puisque la Chowder n'est pas censée exister, et d'ailleurs César, tu ne devrais pas être au courant, je n'aurais pas dû t'en parler...* (c'est pas grave, sous-merde, un jour je te couperai la langue, et je la ferai cuire, je la boufferai sous ton nez ! ah ah ah...).

BREF ! autant de raisons d'avoir envie, en fin de journée, de claquer la porte ! Pour autant il ne fallait pas. Il ne fallait pas !

Il tendit l'oreille, figé, les nerfs à vif à l'idée d'entendre la voix de sa mère résonner quelque part dans la maison, se perdre sous les plafonds hauts, et les lustres, et les moulures... Ou même le bruit cliquetant des perles dans son décolleté quand elle se déplaçait, en les caressant de ce geste odieux... mais non. Aucun bruit. C'était au moins l'avantage de vivre dans une grande maison.

Il descendit en silence, traversa le hall. Toujours personne en vue.

Rasséréné, il marcha jusqu'à la porte. Il avait la main sur la poignée quand la voix odieuse résonna dans son dos et brisa le fugitif sentiment de triomphe qu'il venait de goûter.

— Mais... où vas-tu comme ça ?

César ferma les yeux, visualisa l'espace d'une seconde la tête qu'il était censé lui rendre pour lui répondre, enfila le masque qui convenait.

— Je vous l'ai dit un peu plus tôt, maman. Je vais étudier. Chez Philibert...

La vioque battit des cils, en caressant nerveusement le serpent à boules grises contre sa poitrine sèche comme une biscotte de régime (Dieu sait pourtant combien elle est imbibée, ah ah ah...).

— Tu me l'as dit ?

César ne put réprimer un sourire froid. Elle avait oublié. Le lui rappeler, c'était lui enfoncer un peu plus la tête là où Floriane de Morsan de Calignon nageait depuis toujours : dans la merde.

— Mais oui maman. Il y a à peine trente minutes...

Elle opina du brushing avec un air convaincu factice.

— Oui, bien sûr... Ça me revient ! Évidemment. Je ne sais pas où j'ai la tête. Je suis bouleversée par cette histoire d'Arabie. À propos, ton père part demain matin pour quelques jours. En voyage d'affaires.... Où il sera question de ça, justement! ajouta-t-elle avec un soupir aigu, ou un cri chuchoté, ce n'était pas clair.

— Demain? À quelle heure? demanda César.

— Comment ça à quelle heure?

— Il part en voiture?

— Oui, tu sais que ton père a une sainte horreur du train. Il roulera jusqu'à Paris et laissera sa voiture là-bas, au studio de Saint-Germain. Il décollera le soir pour... oh, comment est-ce déjà? Ryad!

— Savez-vous à quelle heure il partira? insista César avec une pointe d'excitation dans la voix.

— Vers 8 heures je suppose... Enfin assez tôt, c'est sûr.

— En direction de Paris, donc?

— Oui... En direction de Paris. Dis-moi César, pourquoi me poses-tu toutes ces questions?

— Je me demandais s'il pourrait faire une course pour moi à Paris. Enfin, c'est quelque chose pour mon iPod. S'il aurait le temps...

— Oh, je vois, s'exclama-t-elle soulagée. Eh bien tu lui en parleras ce soir, je suppose. Vers quelle heure rentres-tu?

Elle n'eut jamais la réponse. Il avait claqué la porte derrière lui sans écouter la fin de sa phrase. Elle resta seule, immobile, face à la porte close, sous son lustre « de famille », quelques minutes durant. Le souffle un peu court, et perplexe, se demandant si, tout de même, elle ne devrait pas exercer un contrôle plus serré sur son fils de quatorze ans. Et surtout, comment y parvenir, quand celui-ci se comportait, pensait et s'exprimait comme s'il en avait vingt. Et même, parfois, davantage...

* * *

César traversa le jardin son sac à dos à la main, puis gagna la remise tout au fond. Inutile de sortir les clés : le verrou avait été laissé ouvert. Il entra.

Le chat avait disparu de l'établi – César lui avait ouvert le ventre le soir même de *la* rencontre, pour obéir à la nécessité de ne prendre aucun risque (une exécution lente, patiente et, il fallait le reconnaître : assez jouissive.) À la place, assis sur le bois de l'établi, Bernard, le jardinier, attendait.

— Personne ne t'a vu ? demanda ce dernier.

L'adolescent décrocha un regard chargé de mépris à l'homme mal rasé, bedonnant – tellement, loin, tellement plus haut que lui, eux tous ! – qui n'insista pas. Le jardinier était mieux placé que quiconque pour se méfier des forces que cachait ce visage mince à l'air impavide.

Bernard marcha jusqu'à un petit frigidaire, une antiquité, et en sortit un paquet.

— Qu'est-ce que c'est au juste ? demanda César.

L'homme s'approcha et jeta sur l'établi la chose qui s'affaissa avec un bruit de viande. César déplia le papier journal qui l'emballait. Observa un instant le gros morceau de chair violacée.

— C'est un cœur, expliqua Bernard. Un cœur de taureau.

César hocha la tête, replia le papier. Des éléments lui échappaient encore mais bientôt... il serait initié !

— Il y a ça aussi, précisa Bernard.

Le garçon découvrit trois aiguilles finement ciselées, qui paraissaient anciennes.

— Tu sais ce que tu as à faire ?

Nouveau regard méprisant – et Bernard faillit reculer devant l'intensité du feu qui le traversa.

— Je sais ce que j'ai à faire. Je sais comment. Je sais où. Et je crois même savoir pourquoi. J'ai l'adresse, et toutes les consignes.

— Et tu ne devrais pas y aller... plus tard ?

— À cette heure-là, *lui* est occupé. Et *elle* fait du footing. C'est le moment ou jamais. De toute façon, je saurai parfaitement m'y prendre.

Bernard hocha la tête. Inutile d'insister. Il connaissait l'air, et la chanson. Des années plus tôt, quand César n'était qu'un enfant – mais en avait-il jamais été un ? –, il se ravissait du visage aux traits fins, de la pâle blondeur que l'on attribue d'ordinaire à l'innocence, en se berçant de rêveries languides. Puis un jour, il avait surpris César en train d'arracher les ailes d'un papillon, avec le sadisme froid d'un vivisecteur. Ce jour-là, leurs regards s'étaient croisés. Et Bernard avait compris : le cœur de l'enfant recelait une nature sauvage, un vice pur comme un diamant brut. Un paradoxe tout à fait ensorcelant, de l'avis du jardinier...

— Mon père va partir en voyage d'affaires, annonça César. Demain...

Il glissa dans son sac les deux sachets – la viande, les aiguilles – puis le soupesa, d'un air appréciateur.

— Pourquoi me dis-tu ça ? demanda le jardinier.

— Ce peut être utile d'avoir des détails quant à son voyage, non ? expliqua César dans un claquement de langue agacé.

— Ah...

Il n'ajouta rien. Depuis quelques jours, le gosse le traitait avec plus de mépris encore que par le passé et il commençait à se demander si tout ça était une bonne idée. Mais évidemment, il ne lui appartenait pas d'en décider.

— Cette nuit, je viendrai ici, annonça César. Enfin cette nuit ou plus tôt, bref quand je pourrai. Je te laisserai tous les détails. Y compris l'adresse de l'appartement de Saint-Germain.

Il fit mine de sortir, puis se retourna.

— Il y a des choses qui ne peuvent pas attendre... Non, vraiment pas.

# 35

Ils marchaient en silence, côte à côte le long du cours du Parc – Bastien ne se rappelait pas avoir jamais fait le trajet à pied depuis son arrivée. Ce soir, avec son nez encore tuméfié, le corps vidé de toute énergie, l'esprit lesté de culpabilité, les patins pesaient lourd au bout de son bras. Mais il n'avait pas la force de les enfiler et, de toute façon, il n'était pas question de laisser Opale rentrer seule. Elle n'avait pas soufflé mot depuis son réveil, ou presque, mais il sentait le tremblement nerveux qui continuait à l'agiter.

— Je suis désolée, murmura-t-elle après cinq bonnes minutes de marche.

Bastien ne répondit. Il prit un bol d'air – un air déjà bien chargé de brume, un air qu'on pouvait... voir – ce n'est pas si courant de pouvoir visualiser l'air, n'est-ce pas ? Un air qui lui faisait presque des fêtes, comme si la brume était contente d'être de retour, et ravie de le voir cheminer sur le cours, la tête dans les épaules et le cœur en bandoulière, au côté de la fille la plus délicieuse de Saint-Ex, et sûrement de tout Laville-Saint-Jour, voire du monde, laquelle était en train de frissonner comme une feuille prête à tomber... À cause de lui.

— C'est de ma faute, dit Opale. C'est de ma faute. Je n'aurais jamais dû t'entraîner là-bas. Je ne sais pas ce qui m'a pris... Et Anne-Cécile... quelle salope ! cracha la jeune fille.

Un bon point pour elle, se félicita Bastien. Si Opale et JR l'avaient écoutée, il se serait réveillé quelque part au milieu de Saint-Ex, voire sur le cours lui-même. Par chance, il avait émergé moins d'une minute après avoir sombré, confus, des images indistinctes encore plein la tête. Anne-Cécile avait déjà pris la tangente, ce qui avait à l'évidence fortement assombri son aura de toute-puissance sur le petit groupe.

— Mais on ne pouvait pas prévoir, poursuivait Opale – et Bastien ne l'interrompit pas, car cette Opale-là, qui avait dix ans et une petite voix contrite, était celle qu'il préférait. On ne pouvait pas deviner que tu avais un tel pouvoir !

Ils longèrent les grilles du bois du Parc et il se renfrogna un peu plus. Trois matins plus tôt, il avait aperçu des policiers derrière la grille. Un drôle de malaise lui avait serré le cœur. Parce que le bois était venu plusieurs fois polluer ses nuits. Et aussi parce qu'il se rappelait un des articles lus juste avant de venir à propos de l'affaire : « Un enfant affreusement mutilé dans le grand parc villois. »

Était-ce un de ceux qui s'étaient manifestés à lui plus tôt, dans le grenier secret de Saint-Ex ?

Il détourna le regard. Ses yeux tombèrent sur une ravissante silhouette en body bleu ciel en train de jogger. Fine et athlétique, avec sa queue de cheval blonde qui se balançait dans son dos et un iPod autour du cou, la jeune femme semblait échappée d'une quelconque série américaine. Le spectacle bref et délicieux, au parfum d'exotisme, lui rappelait un monde qui continuait à vivre hors des brumes de Laville.

— Je n'ai aucun pouvoir, affirma-t-il.

— Comment ça aucun pouvoir ?

— Non. Quel pouvoir veux-tu ? Celui d'invoquer... les morts ?

— Oui. À commencer par celui-là. Et d'autres peut-être aussi.

Bastien s'arrêta.

— Opale, écoute-moi...

Et pour la première fois, il lui prit la main. Il se sentait fort, beaucoup plus qu'elle. Ce qui s'était produit dans le grenier de la Chowder Society l'avait, passé le choc, sorti de la torpeur dans laquelle il s'enfonçait mollement depuis son arrivée. Elle le regarda avec ses grands yeux verts, entre étonnement et peur, comme si elle aussi ressentait le changement en train de s'opérer.

— Je n'ai aucun pouvoir, tu entends ? Ce qui s'est passé est... je ne sais pas : une anomalie. Quelque chose d'inexplicable mais qui n'a rien à voir avec un pouvoir. Je ne saurais même pas comment l'appeler.

— Mais... mais tu as vu toi-mê...

— Un pouvoir, c'est quelque chose que l'on contrôle. Et qui vous aide. Un pouvoir, c'est un atout.

Il se tut, chercha ses mots. Un instant, un vélo les dépassa. Bastien saisit fugitivement une casquette, des lunettes, un jean très large et pourtant : il lui sembla connaître le type. Cette blondeur, la raideur du corps, même plié sur le vélo... Mendel ? Non, décidément, entre la brume et... le reste, il n'était plus lui-même.

— Non, ce n'est ni un pouvoir, ni un atout. Si c'était le cas, on saurait aujourd'hui pourquoi ton frère a fait... ça, par exemple.

— Mais alors quoi ?

— De... l'énergie. Ce n'est que de l'énergie. Il s'est passé des choses ici. Des événements. Tu le sais...

Elle soupira d'une drôle de manière et il se demanda si elle lui avait tout révélé d'elle-même, comme il l'avait d'abord cru.

— Et tu te rappelles ce que tu m'as dit sur MSN quand on s'est connecté la première fois ? Laville, elle fait des choses bizarres aux gens... et pas des bonnes choses.

Elle acquiesça doucement.

— Alors tu as déjà compris sans le savoir : ce n'est pas moi qui ai un pouvoir. C'est la ville elle-même... Et ce n'est pas un pouvoir dont on veut de toute façon. Ni toi, ni moi...

Il hésita et, avec toute la naïveté de ses douze ans, se demanda s'il pouvait lui parler de force psychique, de la lutte des forces du bien et du mal, de tous ces concepts qu'il ne pouvait expliquer mais qu'il devinait au cœur de la vérité, la source même de Laville-Saint-Jour.

— Ce qui est sûr, c'est que, ces trucs étranges, je crois que c'est la ville qui les contrôle...

Ce disant, il jeta un regard circulaire autour d'eux – la nuit était à présent presque tombée – avec la sensation que la rue, les arbres, les maisons, les grilles du bois, étaient... vivants. Penchés vers eux, à boire leurs paroles.

— Je sais, souffla-t-elle d'un air lugubre. Il y a encore quelques jours... (elle tendit son index et il se retourna)... ils ont trouvé un jeune planté sur les grilles du parc.

Bastien ferma un instant les yeux – les policiers dans le bois...

Il décida que le moment était venu de tout lui dire : Mme Patoche et les choooooooses, un jour des choses terribles... Les cauchemars, et la balançoire... Il l'entraîna jusqu'à un banc, et parla sans interruption pendant une quinzaine de minutes. Quand il eut achevé, il conclut par cette résolution :

— D'une façon ou d'une autre, il va falloir qu'on comprenne ce qui se passe. Nous n'avons pas le choix. Ne me demande pas pourquoi mais... je sais qu'il le faut.

— Mais comment va-t-on faire ? J'ai... j'ai peur. Qu'est-ce qu'on va devenir si... si la porte s'est mal refermée à la Chowder ?

Bastien y avait songé aussi : depuis leur départ, l'impression que les ombres blanches les suivaient. De loin, l'air de rien... La prégnance d'un regard.

— Je l'ignore encore. Je vais commencer par rouvrir MSN à *julesmoreau*... Et je vais parler à mon père et à ma mère.

— Tes parents ? Mais pourquoi ?

— Je crois que je suis déjà venu ici. Je ne sais pas précisément ce dont je rêve – j'oublie au réveil... mais il me reste des endroits en tête. Des endroits que je connais. J'ai tout le temps des impressions de déjà-vu quand je me promène ici. Tu vois, comme le bois du parc, justement. Ou devant l'église, avec les gargouilles. Je ne connaissais pas cette église...

— Saint-Michel ?

— Peut-être bien. Je ne la connaissais pas mais quand je l'ai vue, elle ressemblait à l'église dans un de mes rêves. Une église avec plein de gargouilles à l'entrée...

— Et tu n'as aucun autre souvenir quand tu te réveilles ? Juste des... feelings ?

Il hésita.

— Je crois qu'il y a quelqu'un dans presque tous les rêves. Et parfois, j'ai l'impression que ce quelqu'un c'est... c'est moi. (Il haussa les épaules). Ou peut-être que je suis en train de devenir fou.

Une fossette plissa la joue rose d'Opale quand elle lui sourit, et son nez taché de son eut un drôle de petit mouvement, comme Samantha dans *Ma sorcière bien-aimée*.

— Non, tu n'es pas fou. Tu me fais un peu peur, Bastien mais... tu n'es pas fou du tout. De ça je suis certaine, Bastien Moreau.

Alors il se produisit cette chose merveilleuse et totalement inattendue : là, dans le crépuscule voilé de Laville, sous l'arche des arbres et la majestueuse présence des maisons du cours, Opale passa une main sur sa joue, puis l'enlaça, posa sa tête contre son épaule pendant quelques instants. Avant, enfin, de chercher ses lèvres.

# 36

— T'aimes la brume, toi ?

Une vilaine grimace déforma la grosse face de la bien-nommée Rosy Menirond (« Forte comme un menhir et ronde comme un pneu ! » résumait son paternel quand il était de bonne humeur, soit deux jours par an en moyenne). Elle leva la tête de la cocotte dans laquelle mijotaient des œufs en meurette et se retourna : Jenny Bertegui se tenait devant la fenêtre, sur la pointe des pieds, les mains appuyées contre l'évier de la cuisine, et elle tendait son minois blond pour observer la brume en train de tomber dans le jardin.

Jenny Bertegui était, de l'avis de Rosy Menirond, l'enfant la plus horripilante qu'elle eût jamais eu à garder, et avec une bonne trentaine d'années de ménages, repassage, « cuisinages » et « gardages » en tout genre, elle en avait vu défiler un paquet, des morveuses !

D'abord elle était jolie. Non pas que Rosy eût jamais jalousé les plus chanceuses qu'elle (environ quatre-vingt-dix-neuf filles sur cent), mais « celle-là », elle avait une joliesse... agaçante : une « gueule pointue », y avait pas d'autre mot. Ensuite, *la fille du flic*, comme l'appelait Rosy – elle n'avait jamais voué un culte fanatique aux forces de l'ordre, puisqu'ici les *problèmes* se réglaient très bien... autrement ! – la fille du flic, donc, était ce genre de gosses curieuses qui posent tout le temps des questions : pourquoi il fait beau ? et moche ? et les nuages c'est quoi ? Des questions, des questions, des questions...

Enfin, Jenny Bertegui avait la déplaisante manie de tutoyer sans qu'on l'eût invitée à le faire.

Donc là, elle venait de demander quoi déjà ? Ah oui ! La brume...

— Ni j'aime ni j'aime pas, marmonna Rosy. Toujours vécu avec la brume. C'est comme si tu me demandes si j'aime l'église Saint-Michel ou le cours du Parc.

Jenny Bertegui se retourna et la fixa, d'abord étonnée, puis avec un drôle de regard.

— Ben... Moi par exemple, je préfère le soleil à la pluie, expliqua-t-elle avec le plus grand sérieux (et sa voix de caneton). Même si je vis avec les deux, tu vois ?

Oh ! mais qu'elle était retorse ! Oh ! c'est sûr, Rosy n'allait pas pouvoir travailler longtemps dans cette maison ! Il allait falloir trouver une solution. Déjà y avait la gosse... En plus, fallait composer avec la mère : son accent à la Jane Birkin, et ses queues de cheval blondes bien lisses, et ses petits justaucorps de toutes les couleurs. Depuis quand les flics épousaient-ils des Miss Gymtonic ?

Oh ! là, là non ! Ça n'allait pas marcher... Pas marcher du tout !

— Dis donc, ta mère m'a dit que tu avais des devoirs à faire. Tu ne devrais pas être dans ta chambre en ce moment ?

Jenny Bertegui haussa les épaules.

— Allez, allez... qu'est-ce que je vais lui dire quand elle sera rentrée de son... jogging ? cracha-t-elle, comme si *jogging* n'était pas un mot mais un crapaud.

Elle suivit des yeux la gosse traînant des pieds disparaître dans le couloir.

Satisfaite, Rosy vérifia l'heure : 18 heures passées. Il fallait attendre encore une bonne demi-heure. Aujourd'hui, c'était un des mauvais jours : deux fois par semaine, Miss Gymtonic rentrait un peu tard de Dijon où elle était prof (et on se demande où va le monde quand les profs ressemblent à Véronique et Davina). Comme il n'était pas question de sauter un jour de jogging, à peine rentrée elle enfilait la tenue et elle filait, l'obsédée du régime (« Votre cuisine est très bonne, madame Menirond, mais un peu riche... » Ben tiens, je t'ai fait des œufs en meurette pour la peine ce soir, hi hi hi !).

*T'aimes la brume, toi ?*

Oh ! voilà que même quand la mioche n'était pas là les questions continuaient à vous empoisonner !

Mais, sans même y songer, Rosy Menirond s'approcha de la fenêtre. Dehors, le jardinet n'était pas éclairé, si bien que l'on ne distinguait que les formes approximatives des petits bosquets, du portique, d'un arbre, et la brume qui glissait en bancs lactés et...

*Ça a bougé ?*

Rosy Menirond plissa les yeux. Oui, elle était certaine d'avoir vu quelque chose remuer. Elle n'hésita pas longtemps : si elle n'allait pas voir, ça allait lui tourner dans la tête pendant des heures et elle ne serait bonne à rien. Et puis, elle n'était pas du genre à se laisser impressionner, Rosy-forte-comme-un-menhir. Plutôt le contraire : toutes les occasions étaient bonnes pour laisser s'exprimer l'inextinguible colère qui lui faisait traverser la vie comme un champ de bataille.

Elle s'empara d'un grand couteau de cuisine et déplaça sa puissante carcasse avec la souplesse d'un char d'assaut.

Elle alluma le jardin. Les faisceaux des petits projecteurs rasèrent la haie et le gazon, et l'ombre démesurée de l'arbre recouvrit une partie de la maison. Elle huma l'air blanc sur le perron et dirigea son regard vers le buisson qui venait de se secouer une minute plus tôt sous son nez.

— Y a quelqu'un ? Je vous vois, vous savez !

En vérité, elle ne voyait rien du tout. Mais elle sentait. Rosy n'avait pas forcément l'esprit vif, mais à baigner dans les cotons du brouillard depuis plus de cinquante ans, on développe un sixième sens pour identifier ceux qui s'y cachent. Y avait quelqu'un là, pas de doute. Et d'après elle, pas un gentil. Tant mieux : elle était d'une humeur exécrable – une humeur qui n'avait guère connu d'amélioration depuis que Le Pen n'avait pas gagné en 2002, si bien que le fol espoir de coincer une petite « racaille » en train de violer la maison d'un flic lui fouettait les sangs.

Elle descendit les trois marches de l'entrée, s'avança vers le bosquet tout en balayant ses yeux de droite et de gauche pour essayer de discerner quelque chose, un visage derrière les feuilles, par exemple.

Elle se trouvait à mi-chemin quand un détail retint son attention... là, vers le portique de la gosse. C'était dans le coin de son œil, comme une poussière qui picote. Rosy changea de direction, la lampe toujours à la main, plus déterminée que jamais.

Mais à mesure qu'elle approchait, à mesure que la masse gris-rosée sur la balançoire prenait corps, elle sentit son cœur se serrer, sa belle énergie conquérante l'abandonner, comme si Rosy la guerrière était restée sur le perron pour envoyer seule au casse-pipe la gosse de huit ans de ses souvenirs, celle qui recevait des raclées au ceinturon par le paternel et à qui la mère interdisait toute sortie dans la brume passé 6 heures.

Ce ne pouvait pas être... *ça* tout de même ?

Durant un temps qui lui sembla infini, Rosy Menirond fut privée de toute capacité de réaction, ses yeux rivés à la... chose sur la balançoire. Puis une peur glacée la gela des pieds à la tête.

Elle avait su ! Elle avait deviné que quelque chose se préparait ! Elle vivait ici depuis trop longtemps pour l'avoir ignoré : cette année, la brume avait une consistance particulière. Filandreuse... Presque vivante. Quand la brume se mettait ainsi à palpiter, presque à murmurer, c'est que quelque chose se... réveillait. Un quelque chose qui vous empoisonnait le sommeil, et vous donnait froid. Et vous rappelait que les petits enfants ne doivent jamais parler à des inconnus.

Un quelque chose qui vivait dans le brouillard – c'était blanc, et mort, mais pas-mort aussi, et grouillant comme les sous-sols d'un cimetière...

Un quelque chose qui venait de déposer un cœur de taureau sur la balançoire des Bertegui – non : sur la balançoire de la morveuse. L'enfant était visée.

Un quelque chose encore là, quelque part dans le jardin du flic...

Elle fit volte-face.

Oh ! oui, c'était là ! Et *ça* portait un nom : le Mal.

Le Mal, à quelques mètres d'elle !

Pétrifiée près du petit portique rouge, le cœur battant à grands coups sourds, Rosy promena son regard le long des arbres, des bosquets, des grosses vasques à plantes que Miss Gymtonic entretenait avec soin. Elle leva les yeux, chercha dans les branches – impossible : la brume et l'obscurité tissaient un piège mortel. Et pourtant : *c*'était là !

Rosy se concentra pour recouvrer ses esprits – il allait falloir bouger de toute façon ! Elle ne pouvait décemment pas rester plantée à côté de la balançoire et de cette chose violacée, piquée d'aiguilles, qui allait peut-être même se mettre à palpiter dans une minute, là où la gosse posait son joli petit cul de morveuse.... poum poum... poum poum...

Elle n'était pas visée personnellement. De ça, elle était certaine. D'ailleurs, sans même y avoir réfléchi une seconde, le coin de conscience qui n'était pas paralysé avait décidé, dès l'instant où l'image du cœur lui avait sauté au visage, qu'elle ne soufflerait mot à quiconque de sa découverte. Pas même à son Maurice. Pas même aux parents – d'abord, ce n'était pas son affaire ; ensuite, si *ça* devait prendre quelque chose cet hiver, autant que ce fût la gamine. Enfin : voilà ce qui arrivait quand on se mêlait des affaires des Villois !

Pour autant, *ça* l'observait en ce moment même quelque part. Que faire ?

Elle décida d'avancer. Lentement, à pas de loup comme si une marche normale risquait de provoquer un événement – un truc blafard en train de jaillir du buisson avec des yeux rouges par exemple – elle rebroussa chemin en direction de la maison, la lampe braquée comme une arme. À mi-chemin, elle pivota brusquement pour s'assurer qu'elle n'était pas suivie. Dans son dos, le jardin était toujours plongé dans une obscurité immobile. Le décor n'avait changé en rien... enfin presque rien : la brume, toujours plus dense au sol, s'élevait à présent par endroits, des bras fumeux en émergeaient doucement.

Rosy frissonna, attendit, guetta. Qu'est-ce que je fais si je vois *quelque chose* ? Si les bras se tendent un peu trop ? *Rien* fut la réponse qui lui vint. Son corps n'obéirait plus à son cerveau, et de toute façon elle n'était même pas certaine que son cerveau commanderait quoi que ce fût. Il fallait regagner la maison à tout prix, s'enfermer, tout oublier. Et attendre le retour de Miss Gymtonic avant de passer la porte de nouveau.

Elle reprit sa marche, bien déterminée désormais à éviter toute confrontation, le couteau dans la main droite, mais enfin, à quoi pouvait-il bien servir ?

Plus que dix mètres... Quinze pas, ce n'est rien. Quinze pas ce sont quinze secondes. Vingt tout au plus. *Ça* ne va pas me prendre là, tout de même ! Maintenant !

Elle les compta... neuf... huit... Bon Dieu, la poignée de l'entrée était presque à portée de...

C'est là qu'elle l'aperçut. À sept. Dans un des gros buissons : une mèche d'un blond étincelant... Et les deux yeux les plus pâles, les plus froids, que Rosy Menirond avait jamais croisés !

# 37

Bertegui n'attendit pas longtemps au bar du Clos Montdor. Cinq minutes après s'être annoncé à la réception de l'hôtel, il était rejoint par Nicolas le Garrec qui avait expressément demandé à le rencontrer au bar-jazz et non dans sa chambre. L'idée ne déplaisait pas à Bertegui : l'endroit présentait le charme feutré d'un club londonien pour messieurs bien nés et se prêtait aux confidences.

— Vous buvez quelque chose ? demanda le Sanglier en guise de salut.

Nicolas le Garrec se hissa sur le tabouret voisin. Il avisa le liquide ambré dans le lourd verre de cristal posé devant le policier.

— Je croyais que les flics ne buvaient pas en service.

— Vous devriez fréquenter davantage la police. Cela pourrait servir pour vos bouquins. Du reste, mon service prendra fin juste après notre entretien... Et j'ai eu une rude journée.

— Ça se voit, dit Le Garrec avec le plus grand sérieux. Vous avez une sale tête.

Bertegui lui coula un regard.

— C'est valable pour vous aussi.

— J'ai enterré ma mère aujourd'hui. Ça n'aide pas à avoir bonne mine.

Il fit signe au barman et commanda un manhattan.

— Comment avez-vous trouvé la cérémonie ? demanda-t-il avec ironie.

Bertegui ignora la question.

— Je connais aussi une femme qui n'a pas bonne mine aujourd'hui. Elle a enterré son fils cet après-midi. Il a été trouvé mort au bois du Parc. Ou plutôt... au-dessus du bois. Il s'est empalé sur les grilles...

Nicolas le Garrec hocha brièvement la tête en observant le barman qui préparait son cocktail.

— J'ai entendu parler de ça effectivement... Un accident tragique.

Une plainte déchirante de Billie Hollyday s'éleva soudain dans le bar.

— Vous êtes retourné au bois du Parc ? demanda Bertegui.

— Non. C'est un pèlerinage que je n'ai pas encore fait. On est cernés par les bois autour de l'hôtel, de toute façon. Il y a des vues magnifiques pour faire du footing. On aperçoit toute la ville, vous savez...

Bertegui l'avait remarqué en arrivant. Ainsi que cette particularité structurelle : autour des plateaux qui embrassaient Laville-Saint-Jour, quatre points se dessinaient. Le Clos Montdor faisait face à la Talcotière... Sur l'axe opposé, le très chic quartier des Montcerneaux narguait la banlieue ouvrière, les Vrésilles. Laville-Saint-Jour semblait ainsi palpiter au point de rencontre des deux lignes. Plus troublant encore : sur la carte, l'exacte intersection se situait au cours du Parc, dans la partie où le bois et l'école Saint-Exupéry avaient érigé leurs grilles respectives.

— Je vais officiellement ouvrir une enquête sur la mort de votre mère.

— Je ne suis pas surpris. Vous aviez l'air d'y tenir.

Il fit tinter son verre contre celui du commissaire – *tchin* – avant d'y tremper les lèvres et de le lever d'un geste appréciateur à destination du barman.

— Je peux vous demander ce qui vous a conduit à prendre cette décision ?

— Des témoignages.

— Je vois...

L'écrivain fixa son verre un instant. À la lumière dorée que projetait le bar par en dessous, Bertegui crut presque voir sa mère se matérialiser sous ses yeux. La fugitive impression disparut quand Le Garrec se tourna vers lui.

— Vous ne m'en direz pas plus, je suppose.

— Pour l'instant, non... À vous en revanche, j'ai quelques petites choses à demander. Où étiez-vous la nuit du 3 ?

Un sourire désabusé s'esquissa sur les lèvres de le Garrec.

— Je n'étais pas en train de couper les fils du téléphone de ma mère, si c'est votre question.

— Non, ma question est : où étiez-vous précisément ?

Le ton de Bertegui exprimait sa pensée : on ne joue plus maintenant.

— J'étais ici... Dans ma chambre.

— C'est vérifiable ?

— Je suppose que vous pouvez demander à la réception.

— Hum...

Bertegui sirota un peu de whisky, caressa son menton.

— Vous savez comme moi qu'on entre et sort comme on veut d'un endroit comme celui-là. Il suffit de glisser devant le comptoir sans déposer la clé quand le concierge est occupé ou de passer par les cuisines. Je suis sûr que si je fais le tour, j'en trouve plusieurs, des sorties discrètes.

— Vous avez raison. Mais c'est tout ce que je peux faire pour vous...

Le Garrec ne semblait aucunement déstabilisé, observa le policier avec agacement.

— Et où étiez-vous le 5 ? Enfin dans la soirée du 5, vers 23 heures.

— Le 5 ? s'étonna l'écrivain. Pourquoi donc le 5 ?

— C'est le jour de... l'accident. Au bois du Parc.

— Vous pensez que... c'est moi qui ai pu faire une chose pareille ?! Et faire quoi d'ailleurs ? J'ai lu que c'était un accident. Vous venez vous-même de...

— Je ne pense rien de très précis, monsieur le Garrec. Je fais mon travail.

— Je vois. Je vais sûrement vous décevoir : le 5 je me trouvais à une soirée chez d'anciens amis de classe. Les Rochefort.

— Le directeur de Saint-Ex ?

— Lui-même. Vous le connaissez ?

— Je l'ai rencontré. À votre propos... Je cherchais des informations quant au passé de votre mère.

Il attendit une réaction, en vain. L'écrivain tourna juste un peu la tête en direction de la seule autre personne assise au comptoir, une brune piquante et un brin voyante.

— Je ne pense pas que ça vous affecte beaucoup si je vous dis que je n'ai aucune envie de remuer le passé, murmura Le Garrec.

— Je vous le confirme. Du reste, je pense que c'est un mensonge. Vous n'êtes pas venu là, après une si longue absence, pour écrire un roman qui se passerait au Brésil. Je ne maîtrise pas les mystères de la création littéraire, mais c'est le passé que vous êtes venu chercher ici.

— On dirait qu'il m'a trouvé, enfonça Le Garrec avec humeur avant de boire une franche goulée de manhattan.

— J'ai quelques questions à vous poser au sujet de votre famille, également.

Nicolas le Garrec garda le silence mais se rembrunit imperceptiblement.

— Commençons par votre père.

— C'est ce que je craignais, se plaignit l'écrivain en pressant deux doigts contre ses paupières. Je m'attendais à quelque chose de ce genre quand on m'a averti de votre arrivée ici. Que voulez-vous que je vous dise à propos de mon père ?

— Quel âge aviez-vous quand il est mort ?

— Quatre ou cinq ans... (Il fronça les sourcils.) J'allais sur mes cinq ans en fait.

— Vous avez des souvenirs ?

— Flous... très flous. Je ne sais même pas si ce sont des souvenirs ou des photos autour desquelles j'ai construit des... des petites histoires. Enfin, comme tous les gosses qui ont perdu un parent très jeune, je suppose.

— Et l'accident, qu'en savez-vous ?

Le Garrec se tourna franchement vers Bertegui, façon : j'ai un truc à vous dire, d'homme à homme.

— Écoutez commissaire, j'ignore pourquoi vous vous intéressez à des événements vieux de trente ans, je... je ne comprends pas ce que vous pouvez bien chercher. Mais ma mère est morte il y a quelques jours... Et je vous rappelle que j'ai *vu* sa dépouille. Ce n'est pas un spectacle que je suis près d'oublier si vous voulez tout savoir. Je l'ai enterrée aujourd'hui. Je suis épuisé et pour tromper cette immense lassitude, j'ai rendez-vous dans... (coup d'œil à sa montre)... dans moins d'une heure avec la plus charmante des jeunes femmes qu'il m'a été donné de rencontrer depuis des années. On ne peut pas remettre ça à plus tard ? Demain par exemple ?

Bertegui se pencha un peu vers son interlocuteur – en fait : son adversaire, car c'était toujours dans cet état d'esprit qu'il abordait l'interrogatoire d'un suspect. Sur le même ton de confidence virile, il dit :

— Vous savez quoi monsieur le Garrec ? J'ai l'intime conviction que vous cachez des choses que je devrais savoir. Et en outre, vous avez un petit côté showbiz-bobo invité d'Ardisson assez horripilant. Malgré tout ça, je vous trouve sympathique. Ne me demandez pas pourquoi, parce que je ne le sais pas moi-même, et c'est presque à mon corps défendant, mais c'est ainsi.

« Le problème, voyez-vous, c'est qu'il y a des zones d'ombre dans toute cette histoire. Des zones d'ombre grandes comme des départements. Alors je vais vous dire le fond de ma pensée : c'est vrai que vous avez enterré votre mère aujourd'hui. Mais si vous avez assez d'énergie pour vous titiller la libido dans moins d'une heure, je pense que vous pourrez trouver la ressource maintenant de satisfaire ma curiosité.

Les deux hommes se toisèrent un instant.

— Du reste, reprit Bertegui, je préfère ici, que demain... au poste.

Le Garrec lâcha le premier, avec un sourire de battu.

— L'accident, quoi vous en dire ? Je n'en sais pas grand-chose. Mon père a pris une voiture, et ses freins ont lâché. Il a fait une chute d'une vingtaine de mètres. La voiture a pris feu. Voilà...

— Et Vilbois ?

Le Garrec tressaillit. Un mouvement infime – un battement de cils, une brusque raideur – mais Bertegui avait les yeux braqués sur lui, l'esprit aux aguets : il n'entendait plus Sarah Vaughn, qui tenait à présent le micro, pas plus que la brunette tout juste rejointe par un homme d'affaires aux joues rouges de viticulteur. Il se trouvait dans une pièce noire dont l'unique source de lumière tombait directement sur le visage de... son *adversaire*. Une lumière douce, peut-être, mais implacable.

— Vilbois, répéta Le Garrec. Que voulez-vous savoir ?

— Votre mère l'a rencontré peu de temps après si j'ai bien compris ?

— Vous avez fait du bon travail commissaire. Surtout quand on sait combien les gens du cru sont discrets. Mais non... Tout porte à croire qu'elle était sa maîtresse avant.

— C'est pour ça que vous vous êtes brouillé avec votre mère.

À présent, Le Garrec ne cherchait plus à masquer l'accablement en train de le gagner. Il fixait l'olive au fond de son verre.

— Je n'aimais pas Vilbois... Je l'ai aimé encore moins après ça, évidemment. Mais même avant cet épisode, nous avons eu des rapports tendus elle et moi. Toujours...

— Et avec lui ?

— Pas de rapport du tout. On ne se parlait pas...

Bertegui se rappela les mots de Gionelli, le cousin de Dr Ruth : *c'était drôle ce gosse qui prenait son petit déjeuner sans dire un mot.*

— Mais il aimait votre mère, n'est-ce pas ?

— Je crois, oui.

— Et elle ?

— J'ai longtemps cru qu'elle restait parce qu'il était violent et dangereux. Qu'elle en avait peur. Et un jour j'ai... j'ai compris. Que c'était plus complexe.

— Complexe comment ?

— Elle aussi l'aimait... À sa façon. À leur façon, ils s'aimaient, oui.

La voix était presque neutre mais Bertegui devinait toute l'amertume accumulée dans ces simples paroles. Et la comprenait. Au fond, voilà pourquoi en dépit de ses airs d'artiste un peu sombre – plutonien, l'aurait sans doute qualifié Suzy Belair – Le Garrec n'avait pas braqué le Sanglier : au commencement, il y avait un gosse avec une enfance malheureuse et déstructurée. C'était toujours là une donnée qui touchait le policier.

C'était également une des composantes inscrites sur le CV de nombreux criminels.

— Je vois... Et les activités de Vilbois, qu'en savez-vous ?

— Pas grand-chose. Je ne vais pas vous mentir : c'était un joueur et un truand. Vous devez déjà le savoir, de toute façon. Un truand très habile, d'ailleurs.

— Vilbois travaillait pour les Talcot, n'est-ce pas ?

Le Garrec coula un regard au Sanglier.

— C'est ce que vous croyez ? Vraiment ?

Le ton doucereux désarçonna un peu le flic.

— Je ne crois rien, comme je vous l'ai dit auparavant. J'enquête.

— Hum... Je ne sais pas exactement ce qu'il a fait ou non... pour ou avec eux. Moi, je ne les ai jamais vus à la maison, c'est tout ce que je peux vous dire.

Bertegui était à demi convaincu mais l'écrivain était pour l'heure interrogé en qualité de simple témoin, dans des circonstances plus ou moins informelles. Impossible de le cuisiner huit heures avec une lampe dans les yeux pour le faire craquer. Encore moins de lui faire signer une déposition.

— Vous vous souvenez du... départ de Vilbois ? Ou de sa disparition ?

— Non. Je n'étais pas là. J'étais en vacances, chez mes grands-parents, dans le Sud. Quand je suis rentré, ma mère m'a dit qu'il était parti et qu'ils s'étaient quittés. Cette fois pour de bon... Je devais avoir seize ans.

— Et vous avez entendu de parler de lui depuis ?

— Plus jamais.

— Hum... Dites-moi monsieur le Garrec, pourquoi êtes-vous resté si longtemps loin de Laville-Saint-Jour ? Pourquoi tant de distance avec votre mère ?

— Elles sont étranges vos questions, observa soudain Le Garrec. À évoquer tout ça, j'ai davantage l'impression de parler à mon psy qu'à un policier en charge d'une... information judiciaire sur la crise cardiaque qui a emporté ma mère.

Le sarcasme n'échappa pas à l'enquêteur.

— Votre mère a-t-elle participé à des messes noires? demanda-t-il à brûle-pourpoint.

Nicolas le Garrec jeta un fugitif coup d'œil dans le bar, comme pour s'assurer que personne n'avait entendu la question. Puis il revint à Bertegui et le fixa avec l'air le plus dur que sa belle gueule de brun pouvait produire.

— Je vais faire semblant de ne pas avoir entendu cette question, commissaire. Pas un jour comme aujourd'hui. Il y a presque quelque chose d'inhumain à soupçonner pareille horreur... plus encore à me demander mon avis sur la question. Pour votre gouverne, si vous cherchez de ce côté-là, si vous voulez vraiment remuer le passé aussi... profondément, aussi loin, parce qu'on a coupé des fils de téléphone au mauvais moment et au mauvais endroit, ce n'est pas à un mur que vous allez vous heurter dans cette ville. C'est à une montagne.

Bertegui ne cilla pas, et, du même ton égal, poursuivit :

— Qu'y a-t-il dans votre cave, monsieur le Garrec?

L'écrivain regarda sa montre et sauta du tabouret.

— Je ne voudrais pas faire attendre mon amie, dit-il doucement. Je pense qu'on va devoir reprendre plus tard.

— Comptez sur moi, monsieur le Garrec, comptez sur moi. Je viens de faire poser les scellés sur la maison. Ni vous ni quiconque n'est autorisé à y pénétrer...

L'écrivain piocha quelques billets qu'il glissa sous son verre. De la même voix maîtrisée, il reprit :

— Je crois que vous ne savez pas où vous mettez les pieds, commissaire. Vous n'imaginez même pas ce qu'est la réalité de cette ville. Et de quoi elle est capable... Si j'étais à votre place, j'assurerais mes arrières. Très sérieusement.

— C'est une menace?

Le Garrec le gratifia d'un sourire, triste, comme lourd de regret.

— Certainement pas une menace, ce n'est pas mon genre. Non, pas une menace. Mais une promesse. Et une certitude...

# 38

*Elle m'a embrassé...*

*Elle m'a embrassé et c'était délicieux.*

Voilà ce que se répétait Bastien depuis cinq minute que son chemin s'était séparé de celui d'Opale. Cinq minutes qu'il avait parcourues dans une béatitude quasi mystique, à se repasser le film des événements : la surprise de ses lèvres quand Opale les avait goûtées, le renflement tendre de sa bouche, les palpitations dans sa poitrine, leurs langues hésitantes, puis un peu plus insistantes, mais guère plus, par pudeur, ou inexpérience, si bien qu'ils avaient laissé leurs corps les guider, sans y réfléchir, encombrés de leurs mains, des bras, des jambes... Oui, ils s'étaient embrassés (et un peu avec la langue !), et cette vérité portait Bastien d'une ivresse folle : après un envol douloureux, le petit animal dans son cœur planait désormais, loin au-dessus du monde, avec la majesté d'un albatros... Et Bastien le chevauchait, et l'air éclatait d'un parfum pur et merveilleux, et il se rappelait le petit corps délié d'Opale tandis qu'elle lui chuchotait « J'ai eu si peur Bastien... », et les mots rassurants qu'il avait trouvés, sa force de persuasion...

*Et c'était délicieux... et c'était magique... et...*

*... et c'est ma rue !*

Il avisa soudain sa maison à une cinquantaine de mètres avec la brutale sensation d'avoir été éjecté de sa monture. Il faisait nuit à présent. Sa mère devait être folle d'inquiétude. Il réfléchit, palpa son nez. Il lui semblait encore un peu enflé au toucher (« *C'est la première fois que j'embrasse monsieur Patate* », avait plaisanté Opale, et ils avaient ri, un rire qui avait effacé les peurs et le trouble). Bah, il prétexterait une nouvelle altercation avec Mendel... Oui c'était une bonne idée, songea-t-il, et il marcha droit et fier vers la maison. Pourtant, à mesure qu'il s'en approchait, il nota, surpris, puis vaguement inquiet, l'absence de lumière aux fenêtres. Dans la nuit, sous la brume, la maison présentait presque un caractère sinistre.

Il en eut confirmation en entrant : le couloir était plongé dans le noir. De même que la cuisine qui s'ouvrait juste sur la droite. Sa mère était sortie ? Son père n'était pas là ce soir, se rappelait-il – un stage qui devait durer trois jours – mais elle lui aurait sans doute laissé un SMS si elle avait dû s'absenter.

Il alluma :

— Maman ?

Pas de réponse. Le couloir carrelé tendu des nuages de Caroline Moreau s'étirait dans un silence que seule une rue déserte de province un soir d'octobre peut offrir. Unique trace de vie récente : une odeur de tarte sucrait toute la maison.

Il jeta sac et rollers, fit le tour du propriétaire : en vain.

Son humeur s'assombrit et son cœur se serra : l'albatros qui y planait se recroquevilla jusqu'à prendre la forme d'un corbeau. Un corbeau qui se posa dans un des arbres du jardin avec un lugubre croassement. Car c'était là qu'elle se trouvait, n'est-ce pas ?

Il marcha jusqu'à sa chambre, ouvrit la porte-fenêtre, ignora volontairement la balançoire, et tendit la tête pour distinguer le coin du jardin, sur la droite.

Il avait vu juste : sa mère se trouvait dans son « petit atelier ». Il ne l'entendait pas mais la lumière découpait des rectangles jaunes sur le gazon, depuis les fenêtres de la remise, des ouvertures hautes et étroites, comme des meurtrières mais dessinées en largeur. Il aurait dû se réjouir. Après tout, elle peignait à nouveau.

Il n'y parvenait pas.

Même aux pires heures de sa dépression, sa mère sortait de la chambre et lui demandait, avec un sourire triste-absent, comment s'était déroulée sa journée (elle était souvent incapable d'écouter une réponse de plus de deux minutes, mais c'était là un autre problème). Et à l'époque où elle peignait beaucoup, profitant de leurs absences le plus souvent, la maison vibrait toujours, à leur retour, d'une joie diffuse. Comme si Caroline Moreau trempait son pinceau non dans de la peinture, mais dans de la poudre à bonheur qu'elle répandait sur ses murs et ceux qu'ils abritaient. Oui pendant longtemps, la peinture de sa mère avait constitué leur petit bonheur à tous...

Par ailleurs, et ce n'était pas la moindre préoccupation de Bastien : aucune toile n'était encore sortie de l'atelier. Pas une, quand elle s'empressait, auparavant, de leur demander leur avis, et de trouver une place pour chaque nouvelle œuvre avec un enthousiasme quasi enfantin. Et là, rien : pas une toile ; pas un avis à demander... Plus d'un mois qu'elle s'enfermait « là-dedans », et elle ne leur avait encore rien montré. Pas plus qu'elle ne les avait invités à entrer. Bastien ignorait jusqu'à l'agencement des lieux.

Qu'est-ce qu'elle fabriquait « là-dedans » ?

Il hésita : devait-il frapper ? Lui annoncer son retour ? Comment expliquer qu'elle ne s'en fût pas même souciée ? Nouveau croassement. Le corbeau était en train de le narguer.

Il se replia, penaud, songeur, dans sa chambre. Il resta là de longues minutes, sur le lit, mal à l'aise. Le baiser d'Opale avait dissipé l'incident dans le grenier de Saint-Ex mais peu à peu les images lui revenaient. Les lettres devenues folles, la chaise volante... les ombres blanches... Vilbois... NON... NON... NON...

Quelque chose s'était réveillé. Non pas à la Chowder, pensait-il, mais avant – la séance n'avait été que l'occasion d'une manifestation plus franche.

Oui, quelque chose. Quoi, il l'ignorait. Mais ce quelque chose vivait désormais avec lui, avec eux. Dans le grenier de la Chowder... Et sur sa balançoire... Et peut-être aussi dans la remise de sa mère. Ils étaient là, chez eux : les ombres blanches et les autres. Il les devinait partout. Des présences malsaines, poisseuses comme la sueur des cauchemars. Peut-être s'en trouvait-il en ce moment même dans cette pièce, avec lui. Malgré lui, ses yeux se posèrent sur les objets qui meublaient la chambre : la commode, les étagères, des paniers de vieux jouets qui n'avaient plus leur place ici. Tout à présent lui paraissait vivant. Habité. Il lutta pour repousser cette idée : elle était absolument... terrifiante !

Il vérifia l'heure. Vingt minutes s'étaient déjà écoulées depuis son retour. Et elle était toujours « là-dedans ». Il se leva d'un bond. D'un pas résolu, il sortit à nouveau dans le jardin. Quand il passa près de la balançoire, il lui sembla traverser une bulle d'air glacé. Il se tourna un instant, contre son gré. S'arrêta : la brume pulsait d'un battement lent, irrégulier, dessinant des formes mouvantes, changeantes...

*humaines ?*

*Une petite fille ? Une petite fille assise, qui se tenait à chaque corde de la balançoire comme pour s'élancer...*

L'illusion dura deux secondes – assez longtemps pour lui hérisser les cheveux dans la nuque et contracter ses testicules.

La voix d'Anne-Cécile lui revint avec force : « Bastien tu dois fermer la porte ! Sinon ils vont rester ! Rester pour toujours ! Avec toi ! », et il songea soudain aux Détraqueurs, ces créatures maléfiques qui gardaient la prison d'Azkaban et absorbaient toute puissance vitale de ceux qu'ils approchaient. Pour contrecarrer leur pouvoir, Harry Potter s'ancrait au souvenir le plus heureux qui lui venait à l'esprit.

Il ferma les yeux.

*Opale...*

L'image d'Opale se forma contre ses paupières. Il lutta contre l'appréhension qui lui nouait les tripes – ne pas penser, surtout, que la « petite fille » pouvait se lever de la balançoire et marcher jusqu'à lui ! Opale lui caresse la joue, approche ses lèvres... Goûter le souvenir, oublier le froid piquant du jardin, oublier même le jardin...

Un bruit dans l'atelier le ramena au réel. Il ouvrit les yeux : plus rien. La brume avait repris sa danse abstraite, absurde. Une illusion, c'était une illusion... Rien d'autre qu'une tache sur un tableau de sa mère. Un Détraqueur dans un roman pour enfants.

Il serra les poings. C'était une petite victoire : les ombres blanches, même si elles existaient, ne pouvaient rien, rien de plus en tout cas qu'un simple nuage.

Il s'avança jusqu'à la remise, hésita. Son poing était levé à dix centimètres de la porte quand la voix de sa mère creva le silence – une voix étouffée par le bois de la porte, partiellement distincte. Il colla son oreille :

— ... es là ! ... te sens... partout...

Nouveau silence. Des sanglots ?

— ... regarde ce que j'ai... ? ... garde... que tu me fais faire...

Plus un mot. Il attendit encore quelques minutes, épouvanté cette fois – non par des ombres, ou des fantasmes d'ombres, mais par cette réalité : sa mère parlait seule, en s'adressant à quelqu'un qui ne se trouvait pas dans la pièce.

Il paniqua : ce sont les fous qui font ça, n'est-ce pas ? Les *vrais* fous !

Mais était-elle vraiment seule ?

Il leva le nez. Les fenêtres étaient décidément trop hautes pour apercevoir quelque chose, sauf à mesurer deux bons mètres. Il fallait grimper. Il chercha des yeux un objet dans le jardin – une échelle, une caisse assez grosse. Son regard s'arrêta sur un arbre. Même s'il avait grandi en ville, il avait un peu d'entraînement grâce aux marronniers des Feuillades. Il pouvait tenter. Celui-là déployait quelques branches basses faciles d'accès.

Sans réfléchir, il alla chercher une chaise de jardin, monta dessus. À hauteur des premières branches, il en vérifia la solidité. Il les estima assez résistantes pour supporter un petit gabarit comme le sien.

Il commença son ascension : il suffisait de se suspendre dans un premier temps – et non de s'accrocher au tronc comme on le voyait dans les dessins animés – puis de basculer le corps pour accrocher ses jambes et se hisser, et ainsi de suite...

Parvenir à une hauteur suffisante lui prit une minute ou deux, mais de là où il se tenait, en raison de l'étroitesse des fenêtres il ne pouvait distinguer ce qui se passait. Il fallait... s'avancer sur la branche. Ce qui était dangereux, car celle-ci allait en s'affinant.

Il fit glisser son corps, en progressant comme une chenille.

Peu à peu, la chevelure de sa mère apparut à l'une des fenêtres, puis des toiles au mur dans une lumière violente un peu jaune – des toiles qu'il connaissait, « des croûtes » comme elle disait. Elle les avait recyclées là, donc...

Il s'avança encore – la branche commença à tanguer.

Elle peignait effectivement. Il pouvait voir désormais la bordure d'une toile sur le chevalet – où se trouvaient les autres tableaux récents ? se demanda-t-il. Il fallait encore gagner quelques centimètres, une vingtaine peut-être, pour jouir d'une vue complète.

Le cœur battant, il ramena les jambes un peu vers le torse, puis poussa doucement.

La branche s'agita, ploya. Il tendit le cou, en équilibre précaire. Il eut la fugitive vision d'un tableau noir balafré de rouge... Un tableau qui ne ressemblait à rien qu'il eût jamais vu auparavant sortir du pinceau de sa mère. Et il eut la confirmation qu'elle était bien seule.

Caroline Moreau dut sentir une présence dans son dos – ou apercevoir une ombre bouger, la forme soudain absconse d'une branche d'arbre en train de frissonner contre son mur.

Elle se retourna, le nez en l'air. Bastien voulut reculer précipitamment. La branche céda.

* * *

Il était encore au sol quand elle sortit de la remise. Sa tête était douloureuse. Il avait froid.

— Mais qu'est-ce qui t'a pris ? s'exclama-t-elle. Tu t'es fait mal ? Tu ne t'es pas cassé quelque chose au moins ?

Bastien remua. Le choc l'avait laissé un peu endolori mais il n'identifia aucune douleur particulière. Sinon à la tête. Il passa la main dans ses cheveux. Une bosse grosse comme un œuf était en train de pousser juste au-dessus du crâne.

— Non, ça va, dit-il.

— Je crois qu'on est bon pour une radio, jeune homme, dit-elle entre douceur et rire nerveux.

Elle passa une main sur sa joue et à cet instant Bastien la trouva plus belle encore – sans doute la pénombre bleutée traversée des rares lumières du jardin masquait-elle la déchirante tristesse qui l'avait abîmée pour ne révéler que la finesse des traits, l'harmonie symétrique de son visage aux pommettes hautes, l'encre sombre de son regard.

— Seigneur, j'ai eu peur ! Tu ne t'es pas cassé le nez, quand même. Il est un peu...

Les mots moururent, et elle garda le silence, tandis que son regard se détournait vers la balançoire. Son expression changea, comme si soudain elle venait de comprendre quelque chose, une vérité profonde, dont le sens lui apportait un grand soulagement.

— Je ne sais pas ce que tu faisais dans cet arbre, Bastien. Je ne veux pas le savoir. Mais tu ne dois pas t'inquiéter pour moi, d'accord ?

C'était assez rassurant de l'entendre parler ainsi – d'une voix maîtrisée.

— Pas du tout t'inquiéter... je vais mieux ; non, je vais bien...

Il aurait voulu la croire, se fier à cet air apaisé qu'il ne lui avait pas connu depuis longtemps. L'air de quelqu'un dont aucune anxiété ne vient polluer la quiétude. Car à présent, il le comprenait : la clarté du jardin n'y était pour rien, ce soir son visage était *vraiment* celui de toujours, empreint de cette beauté douce et impénétrable, et fragile, qui faisait tourner les têtes sur son passage. Mais comment expliquer ce contraste entre ce visage, ces mots, et ceux prononcés plus tôt dans la remise ? Et les tourments sombres de la toile sur son chevalet ?

— Tout va très bien. Je suis heureuse ici, affirma-t-elle d'une voix rêveuse. Et je sais que toi aussi tu vas être heureux. Oui, très heureux. Je n'ai aucun doute. C'est un peu dur pour l'instant, mais tu es un garçon avec une force... immense. Tu le sais, Dragon ?

Elle s'approcha, déposa un baiser sur son front – il sentit un parfum fleuri lui chatouiller les narines, auquel se combinait une lointaine odeur de peinture... Un cocktail familier, rassurant.

— Tu es spécial pour moi, Bastien, chuchota-t-elle. Très spécial. Je m'en rends compte chaque jour un peu plus. Tu es mon petit garçon... très fort. Très spécial. Et je t'aime plus que tout au monde. N'oublie jamais ça... Quoi qu'il arrive un jour, n'oublie jamais ça : tu es un petit garçon courageux... Et spécial pour moi. Et tu le resteras toujours...

Une dernière caresse avant de se lever, un dernier sourire.

— Demain on fera quand même une radio, pour voir s'il n'y a pas un traumatisme crânien.

Mais, avec une lucidité desséchante et terrible, Bastien comprit que pas plus le lendemain que le jour d'après, il ne ferait de radio. Parce que demain, sa mère aurait oublié. À l'instar du jour où elle lui avait confié le mystère des taches dans ses tableaux, et comme deux heures plus tôt en sortant de la Chowder, il venait d'être frappé d'une révélation : sa mère n'habitait plus avec eux. Ni avec personne. Voilà pourquoi elle promenait cet air serein (et *creepy*) avec elle. Après avoir nagé dans les eaux noires de la dépression, Caroline Moreau avait trouvé refuge dans les sommets de l'illusion : elle habitait un monde où plus rien n'était tragique ni même important. Où tout n'était qu'ordre et beauté... Un monde devenu le sien. Et qu'elle seule occupait. Enfin, elle, et ceux auxquels elle s'adressait dans la remise.

— Est-ce que tu as senti l'odeur de la tarte que j'ai préparée pour toi au moins ?

Elle s'éloigna, le laissant assis dans l'herbe, au bord des larmes, l'animal dans son cœur secoué des couinements d'un chiot abandonné, avec plus que jamais la certitude que la mère de ses neuf ans venait de lui faire un Adieu définitif.

Qu'allaient-ils devenir ? se demanda-t-il.

Il restait son père... et lui-même. Tous, ils étaient en danger. Comment, pourquoi, il n'avait pas les réponses. Mais il fallait fuir... et abandonner Opale ? ou en tout cas comprendre. Parler à son père. Trouver la clé. Or la clé, c'est *julesmoreau* qui la détenait.

# 39

Chic ou pas chic ? Guindé ? Branché ? Et d'ailleurs, y avait-il des lieux tendance à Laville-Saint-Jour ? Voilà une question essentielle assurément... Où Le Garrec allait-il l'inviter ?

Audrey sortait du bain – un bain très chaud, presque brûlant, dans lequel elle avait molli une bonne trentaine de minutes, avec une bougie pour seule lumière afin d'essayer de se détendre. En vain : pas plus le bain que la douche froide qui avait suivi n'étaient parvenus à la calmer. Elle vivait sur les nerfs depuis son échange avec Antoine devant la bibliothèque, à échafauder les plus folles théories, pour finalement toujours parvenir à la même conclusion en deux parties : Antoine n'était pas étranger à l'accident qui avait coûté la vie au frère de Bastien ; après avoir assassiné le cadet, il s'en prenait à l'aîné.

Pourquoi ?

Antoine avait-il été l'amant de Caroline Moreau, par exemple ? Non. Caroline Moreau n'aurait pas inscrit son fils dans l'école dirigée par son ancien (et dangereux) amant... Et le bon sens lui aurait également déconseillé de s'approcher de Laville-Saint-Jour en général et des Laboratoires Hecticon en particulier.

Devant le miroir embué, elle pressa pouce et index sur ses yeux : Seigneur ! Pourquoi ramenait-elle les événements à une histoire de coucheries ? Quel rapport avec ce tchat ? Quels étaient les projets d'Antoine ?

Du reste, pouvait-elle s'offrir de déjouer les plans de son patron, au risque de perdre le travail qui lui permettait de rester près de son fils ?

Oui, mais voilà : elle était désormais partie prenante dans l'affaire, songeait-elle en enfilant machinalement un peignoir. Elle avait cru créer une diversion en évoquant Hecticon lors de leur accroc à la sortie de la bibliothèque, le désarçonner pour s'enfuir. Elle s'était au contraire livrée pieds et poings liés. À présent, Antoine connaissait les soupçons qu'elle nourrissait. Jusqu'où irait-il pour protéger ses secrets ? Son cerveau jonglait avec des théories comme les couleurs d'un Rubiks cube impossibles à emboîter.

En peignoir de bain, elle s'arrêta soudain devant sa penderie et prit conscience que rien, absolument rien ne pouvait la détourner de cette affaire. Et certainement pas son dîner avec Le Garrec.

Chic ou pas chic ? Mais quelle importance !

Elle piocha une robe noire et simple, un brin moulante, qui aurait pu aussi bien être siglée Lagerfeld que Les 3 Suisses. Elle jeta le peignoir sur le lit d'un geste brusque, se glissa dans la robe, se contorsionna pour faire coulisser la fermeture dans son dos... Retour dans la salle de bains : un maquillage franc, tranché, sans fioritures, en accord avec des émotions qui la détournaient d'actes aussi dérisoires que de recourber ses cils, glosser ses lèvres pour les pulper, ou velouter son regard vers les tempes. Deux minutes plus tard, elle jeta la tête en avant et lança le séchoir à plein souffle – elle se lisserait un brushing Veronica Lake un autre soir ! – puis passa bracelets, colliers, boucles d'oreille au hasard de ce que sa main trouvait sur son passage.

Dans la chambre, elle drapa une écharpe de soie crème à son cou, enfila une paire d'escarpins noirs (et outrageusement hauts-pointus), tomba un manteau sur ses épaules.

Elle lança un coup d'œil au miroir, se trouva... acceptable même si son œil impitoyable ne lui pardonna pas le mouvement suspect de ses cheveux, façon houle démontée au Mont-Saint-Michel. Acceptable... et soudain un peu ridicule : se voir ainsi prête pour une « *date* » l'ancrait dans un réel bien concret, un monde où il semblait tout à fait improbable que son ancien et bref amant pût avoir commis un acte aussi terrible que d'avoir écrasé un bébé pour ensuite torturer psychologiquement son frère. Un monde habité de voix raisonnables lui chuchotant qu'elle était en train de perdre la tête, tout simplement, et que l'hyperémotivité développée depuis l'« enlèvement » de son fils enflammait son imagination. Oui, la femme dans le miroir, acceptable, et même pas si mal en vérité, lui conseillait ceci : il faut te calmer ; analyser la situation à froid ; essayer d'abord de trouver des explications plausibles avant de plonger dans un Mary Higgins Clark sauce Bourgogne.

Elle resta une ou deux minutes à fixer la femme dans le miroir. Puis elle décida de lui donner raison.

Elle éteignit presque toutes les lumières de l'appartement, et se rendit dans la cuisine, à la fenêtre qui ouvrait sur le parking. Elle y chercha une Mini noire. Non, il n'était pas en bas. L'horloge lui apprit que Le Garrec avait déjà cinq minutes de retard. Tant mieux : elle pourrait souffler un peu, recouvrer des esprits perdus au cours des dernières heures et qui suivaient l'éprouvant tracé de montagnes russes où regrets, inquiétudes, colère, craintes, ou encore détermination constituaient pics, descentes et loopings.

Elle alluma une cigarette, laissa son regard suivre la ligne ondulante de la fumée – ne penser ni à Antoine, ni à Joce, ni à David, enfin tous ces hommes, petits ou grands, qui la tourmentaient.

Un coup de Klaxon retentit non loin. Machinalement, elle jeta un œil en bas. Aucune Mini en vue mais une silhouette sombre dont le visage demeurait indistinct se tenait dans le parking, le nez levé vers son appartement.

Elle hésita : Le Garrec ?

Elle haussa les épaules. Il avait dû garer la Mini un peu plus loin.

Sans réfléchir, elle prit une pochette et sortit.

Tandis que l'ascenseur descendait, un doute la saisit : pourquoi Le Garrec l'attendrait-il en bas, ainsi ? Pourquoi n'aurait-il pas sonné ?

Les portes de l'ascenseur s'ouvrirent. Le hall de la résidence apparut – miroirs, dalles claires au sol, lumières un peu caressantes et bacs à plantes vertes. Rien que de très banal. Au-delà, la brume se pressait contre les portes vitrées. Mais Audrey ne prit pas la direction de l'entrée principale. Elle suivit un petit couloir – le clac de ses talons résonnait désagréablement, évoquait des images de films où des femmes se font agresser dans des parkings – et sortit par une porte qui ouvrait sur l'arrière de la résidence.

Dehors personne ne l'attendait. Elle se trouvait seule, sous les lampadaires à la lumière crue et rare qui projetaient des flaques orangées et diffuses contre les voitures, enveloppée par un silence qu'aucune télé, aucun cri d'enfant, aucun aboiement de chien ne venait troubler.

Elle avança dans le parking – clac, clac... – chercha en vain une Mini.

Se retourna. Crut entendre un bruit là... ou ici... enfin quelque part.

Joce ? Joce oserait-il venir ici, de nuit ? Oui, ce pouvait être lui... C'était là qu'il se tenait justement, quand il venait chercher David. Et la silhouette correspondait – elle avait cru voir un homme mince dans un manteau.

Elle scruta l'obscurité. N'importe qui pourrait se cacher derrière une de ces voitures.

Mal à l'aise, elle piocha son portable dans son sac et lança l'appel en se repliant vers la porte – rester au milieu du parking lui semblait s'offrir comme une cible trop facile. Une, deux, trois tonalités. Elle tendit l'oreille : aucune sonnerie dans les parages ne répondit en écho à celles qu'elle entendait dans l'écouteur. Ou Joce avait mis son portable sur vibreur... Ou il ne se trouvait pas ici et elle délirait.

Dans ce cas, qui était cet homme au visage levé vers les fenêtres de son appartement ?

Un répondeur interrompit ses réflexions : la voix de son ennemi. Elle coupa. Frustrée. Elle décida de composer le numéro filaire de son ex-mari. À tout le moins, elle saurait s'il se trouvait chez lui.

— Allo ?

C'était une voix de jeune fille qui avait décroché et Audrey sursauta. Il recevait de la visite ? Une... fille ? Alors que son fils se trouvait à la maison !

Une seconde, un fol espoir la traversa : coup de téléphone à son avocate, constat d'huissier, un référé en urgence : il reçoit des jeunes filles sous son toit, influence pernicieuse Votre Honneur, il faut lui retirer la garde !

— Pourrais-je parler à Joce ? demanda-t-elle d'une voix glaciale.

— Il est sorti... Je peux prendre un message ?

— Qui est à l'appareil ?

— La baby-sitter...

Un blanc, entre déception (ce n'était pas une « fille ») et inquiétude (c'était peut-être bien Joce dans le parking).

— Je suis la maman de David. Mon fils est-il déjà au lit ou est-ce que je peux lui parler ?

Dix secondes plus tard, une petite voix lançait :

— Salut maman, ça va ? Il se passe quelque chose ?

Audrey sourit... et réprima les larmes qui montaient à ses yeux en même temps. Tous les soirs, vers 19 heures, elle appelait David – la conversation ne durait jamais bien longtemps, mais elle y tenait, c'était des minutes, un lien, dont elle avait besoin autant que lui.

— Non non trésor, tout va bien, força-t-elle d'un ton enjoué. Je voulais juste parler à ton père !

David garda le silence un instant – sa mère et son père ne communiquaient plus, sauf pour s'insulter.

— Il est sorti...

— Il y a combien de temps ?

— Bah vers 19 heures... Un collègue est passé. Je crois qu'ils sont allés au cinéma...

— Tu as vu le collègue ? insista-t-elle.

Un nouveau silence à l'autre bout de la ligne.

— Bah non, j'ai juste vu la voiture, enfin quand son copain a klaxonné.

— Bon, ça n'a aucune importance, mon chéri. Je l'appellerai demain.

Elle perçut le soulagement à l'autre bout du fil. David préférait se tenir le plus loin possible des luttes qui opposaient ses parents.

— Elle est gentille, la baby-sitter ?

— Ouais, elle est super ! Elle s'appelle Saphir... C'est drôle hein ?

Ils parlèrent encore une minute puis Audrey raccrocha. L'heure qui s'afficha sur l'écran lui apprit que Le Garrec avait quinze minutes de retard.

Peut-être avait-elle fait erreur. Ce n'était pas ses fenêtres que l'on observait. Après tout, la fenêtre de sa cuisine n'était pas la seule de l'immeuble à ouvrir sur le parking, n'est-ce pas ?

Un moteur vrombit sur sa droite et précéda le faisceau de deux phares au coin de l'immeuble. Une poignée de secondes plus tard, une Mini s'engageait dans le parking et freinait devant elle. Le Garrec apparut à la vitre conducteur.

— J'allais vous prévenir que j'étais en bas ! Si j'avais su que vous étiez en train de m'attendre dehors, je vous aurais appelée ! Je suis désolé.

Il s'éjecta de la Mini pour lui ouvrir la portière.

— Ça va ? demanda-t-il tandis qu'elle s'approchait. Vous avez l'air...

— Je suis juste un peu transie mais tout va bien, oui...

Le souffle toujours un peu court mais bien décidée à n'en rien montrer, elle se laissa embrasser, rassérénée soudain par le parfum poivré-chic qui émanait de son écharpe. Habit Rouge de Guerlain, lui sembla-t-il.

— Je suis désolé, vraiment... j'ai eu un empêchement et... (Il fronça les sourcils, suspicieux :) Vous êtes sûre que ça va ?

Elle grimpa dans la voiture sans répondre – il y régnait une douce tiédeur induite par le chauffage et une musique un peu électronique, Craig Armstrong peut-être.

— Oui, ça va très bien, insista-t-elle. Et vous savez quoi ? On va passer un marché. Je ne fais aucun commentaire sur votre voiture et tous ses phares. Et vous ne dites pas un mot sur mes cheveux.

Il éclata de rire.

— Marché conclu...

Il passa la première avant de se tourner vers elle.

— Franchement, je vous préfère comme ça... je veux dire, j'ai vraiment cru...

Elle eut une moue agacée. Il comprit le message.

— En fait, ils sont très bien vos cheveux ! lança-t-il en riant.

Il démarra, longea un instant le bâtiment. Au moment où il s'engageait dans le virage, elle se retourna machinalement vers le parking. Alors elle l'aperçut : la silhouette, ondulante dans la brume. Et, en réprimant un cri, elle crut l'identifier : la haute stature, les cheveux noirs, les épaules droites comme un cintre... Même si son visage demeurait flou, presque incolore, elle n'avait aucun doute. Sur le parking, sous ses fenêtres, et dans le brouillard : Antoine !

# 40

Bertegui claqua la porte. Il était vingt heures passées, et il se sentait plus fatigué qu'il ne l'avait été depuis des mois. Ce soir, il oublierait un peu l'affaire, avait-il décidé après être passé au bureau faire un dernier point avec les gars. Oui, ce soir, il s'offrait une de ces soirées familiales dont il goûtait les délices depuis son arrivée en Bourgogne. Il tenait certes un lien – fragile – entre les événements des derniers jours (sans pouvoir établir aucun geste clairement criminel, sinon celui relatif à la mort du taureau), mais à mesure que son enquête progressait, la vérité lui semblait s'éloigner, se dissoudre dans des considérations paranormales d'ombres, de disparitions inexpliquées, de rituels... La solution s'était dès lors imposée à lui : faire un break.

Tandis qu'il se défaisait dans l'entrée – imper, veste, holster – il nota l'odeur de vin cuit qui enivrait la maison, et reconnut le générique de la Star Ac' filtrant à travers la porte du salon. Jenny avait le droit d'enregistrer la quotidienne et de la regarder avant de filer au lit – un plaisir dont elle ne se lassait pas, au grand dam de ses parents, même si ce soir l'insupportable musique résonnait comme une douce mélodie aux oreilles de Bertegui, de celles qui évoquent un foyer chaleureux et les petits bonheurs familiaux du quotidien.

— C'est moi ! lança-t-il en se dirigeant vers la cuisine.

Il sut au premier regard qu'elle était contrariée : Meryl ne lui rendit pas le sourire doux comme un bonbon dont elle le gratifiait d'ordinaire à son retour.

— Ça va ? demanda-t-il en s'approchant de sa femme.

Elle se tenait devant l'évier et nettoyait furieusement une grande marmite. Il passa une main dans ses cheveux et déposa un rapide baiser.

— Oui ça va...

Mais son air préoccupé ne trompait pas.

Il jeta un œil sur la table, chercha des casseroles, des plats.

— Je ne sais pas ce qui se passe mais... la maison embaume et pourtant je n'ai pas l'impression qu'il y ait grand-chose à manger.

— Je confirme. Ce soir, ce sera pizza *take away*.

Il s'assit, saisi par le ton définitif de sa femme.

— Bon, tu m'expliques ?

Elle lâcha l'éponge, se défit des gants, s'adossa contre le rebord du bar.

— C'est Mme Meniron...

— Qui ça ?

— Meniron... Celle qui s'occupe de la maison et de Jenny quand je ne suis pas là.

Bertegui hocha la tête. La vague image d'un dragon femelle croisée phacochère en tablier rouge se forma dans son esprit.

— Elle est partie...

— Partie ?

— Elle a démissionné, si tu préfères.

— C'est ça qui te met dans cet état ? On va trouver quelqu'un bien sûr !

Meryl haussa les épaules.

— Je ne sais pas, Claudio, je suis peut-être stupide mais... Il s'est passé quelque chose.

— Comment ça ?

— Elle était étrange. Tu comprends ? Elle m'a regardé avec ce drôle d'air – on aurait dit qu'elle avait vu un fantôme. Et en même temps, qu'elle savait quelque chose que j'ignorais... Et que j'aurais dû savoir. En tout cas, elle avait le diable à ses trousses !

Bertegui posa sur son épouse un regard soupçonneux. Meryl était une femme sensible – enfin réceptive, dotée d'une forte intuition – mais également rationnelle et solide. Or ses propos faisaient écho aux comportements des Villois qu'il croisait depuis quelques jours. À l'évidence, conclut-il entre amusement et humeur, la brume n'épargnait personne : tout le monde perdait ici le sens de la mesure.

— Je sais que c'est bizarre, mais elle n'avait jamais eu cette attitude avant. Elle m'a raconté n'importe quoi, une vague affaire de famille et d'horaires qui ne collaient pas avec les miens mais... je l'avais vue une heure plus tôt et elle n'avait rien évoqué. Pas un mot !

Il hocha la tête : c'était un peu déconcertant effectivement. Mais si dérisoire.

— Elle m'a presque... fait peur, tu comprends ? D'ailleurs j'ai jeté ce qu'elle avait préparé.

— C'était ça qui sentait si bon ? s'exclama-t-il les yeux soudain embués d'une gourmandise frustrée.

— Des œufs en meurette. Formellement interdits dans ton cas de toute façon. Et puis... (elle hésita)... tu vas me prendre pour une folle mais je l'ai trouvée tellement étrange que je n'aurais pas pu toucher à sa cuisine.

Le Sanglier cligna des yeux et secoua imperceptiblement la tête : la brume... la brume les prenait tous, sans exception. Même sa femme, qui accusait quasiment la femme de ménage de tentative d'empoisonnement !

— En tout cas, moi, je suis bien contente qu'elle soit partie ! fit une petite voix.

Ils se retournèrent de conserve.

— Hé poupette ! C'est fini les couacs des zacadémiciens !

Jenny Bertegui eut une moue désabusée avant de sauter sur les genoux de son père.

— Ça m'intéresse moins... C'est Cyril qui va gagner... c'est nul.

Bertegui éclata de rire.

— C'est plutôt une bonne nouvelle, *hija*... (Puis à sa femme :) Elle a mangé ?

— Non, j'ai tout jeté. Même la salade. Même les fruits !

La réponse le laissa sans voix. Il allait s'enquérir d'autres détails quand le téléphone vibra dans sa poche. Il déposa sa fille au sol, puis vérifia le nom à l'écran : Clément.

Avec une grimace, il prit l'appel et s'éloigna dans le couloir.

— Vous allez être content... Ils ont bien trouvé quelque chose.

— Le labo ?

— Oui. On aura les détails demain mais j'avais spécifié à Clovis de me tenir au courant au moindre élément suspect et il vient de m'appeler. Il y a bien un lien – oh, pas grand-chose – entre le taureau et le bois du Parc. De la soie...

— De la soie ?

— Oui. Quelques fibres, presque rien apparemment. Vous vous rappelez le bout de miroir bizarre qu'on a trouvé à côté du skate ?

— Celui taché de vieux sang ? Bien sûr que je me rappelle : on a supposé que le gosse l'avait tenu puisqu'on avait retrouvé un peu de son sang aussi et qu'une fraîche coupure sur sa main confirme cette possibilité.

— Eh bien, ils ont relevé quelques fibres de soie. Une soie spéciale en fait... Enfin tissée d'une manière particulière. La même que celle qu'ils ont trouvée sur le taureau – ils ne l'ont pas vu au premier abord car le fragment est minuscule, mais ils sont formels. C'est bien la même provenance. De la soie utilisé pour des bas.

— Des bas ? Des collants, tu veux dire ?

— Oui, exactement. Des bas de femme. Dans les deux cas, quelqu'un a porté des bas de soie sur les lieux précis du... du crime si on peut dire.

Bertegui réfléchit.

— Ce serait étonnant qu'une femme ait pu agir seule... en tout cas pour le taureau. Il faut de la force pour découper une viande pareille.

— Je suis d'accord mais... un travesti peut-être ?

— Oui... ou un complice. Enfin *une* complice, se reprit Bertegui qui, bien qu'aguerri aux situations les plus tordues, imaginait mal un Nicolas le Garrec en perruque blonde et talons pointure 43 en train de torturer un bovidé pour... pourquoi d'ailleurs ? En faire cadeau à Satan ? Du reste, le jeune Mansard avait évoqué la silhouette d'un homme au 36, rue des Carmes.

— On aura plus de détails demain mais... ça va dans votre sens, non ?

— Oui, souffla le commissaire. Oui, et je n'avais aucun doute.

— Ce n'est pas tout... (Clément marqua une hésitation.) Je ne veux même pas y songer tellement ça paraît fou, mais ils ont pratiqué des tests ADN sur le miroir.

Le cœur de Bertegui enregistra une légère secousse. Au ton de Clément, il devina un élément clé.

— D'après les premières analyses, les croûtes de sang séché correspondraient à... enfin ils ont rentré les analyses du fichier et... c'est le nom de Madeleine Talcot qui est sorti.

Bertegui ferma les yeux et sentit une onde électrique dresser les poils sur ses bras.

— Ils vont pousser les investigations, ajouta précipitamment Clément. Pour l'instant, Clovis m'a demandé de garder l'information off. Elle ne sera versée au dossier que lorsqu'ils en seront sûrs. Je... je crois que lui aussi, ça lui a paru insensé.

Bertegui tourna brièvement la tête vers la fenêtre. La brume, songea-t-il en apercevant les pâles nuages s'offrir aux ténèbres. La brume qui diluait toute vérité... Comment l'affaire Talcot pouvait-elle resurgir aussi brutalement ? Sept ans plus tard ? Et sous la forme aussi incongrue de quelques traces de sang séché sur un miroir... trouvé sur les lieux d'un non-crime ?

— Vous êtes là ?

— Oui... Je réfléchissais.

— Je sais, dit Clément d'une voix lugubre. C'est un choc. Un dernier truc... j'ai cherché à qui vous pouviez vous adresser pour... hum... vos recherches sur des... rituels et tout ça. Je ne voyais pas – j'allais vous dire de vous rendre à Paris, de rencontrer un spécialiste, mais ce soir, après avoir eu Clovis au téléphone, un nom m'est venu à l'esprit : Lieberman.

— Connais pas, grommela Bertegui.

— Il a été interrogé dans le cadre de l'affaire, à l'époque. En fait, je l'ai moi-même rencontré. Dans... dans un sale état. Apparemment, il avait eu affaire aux Talcot avant de croiser à nouveau leur route ici même. Il en connaît un rayon sur eux, et sur Laville, et sur bien d'autres choses encore. Il était chef du service médico-légal de Dijon quand les premières interpellations ont eu lieu.

— Était ? Que fait-il maintenant ?

Silence embarrassé au téléphone.

— Rien. Enfin... Il ne peut rien faire, à part lire et surfer sur Internet. Aujourd'hui c'est... c'est une sorte de légume.

# 41

— Tu n'as touché à rien ma chérie. Ça va ?

Opale regarda son assiette où trois boulettes de viande s'ébattaient dans un puits de purée. Elle la repoussa avec un soupir.

— Je n'ai pas faim, dit-elle à sa tante.

Javotte du Soulac pinça ses lèvres. Depuis la mort de son neveu et le nouveau départ de ses parents – trois semaines après le suicide – les repas s'étiraient en une sorte de veillée funèbre, dans une salle à manger meublée d'objets très anciens, très chers, et parfaitement sinistres sauf quand une douzaine de gosses échappés d'un roman de la comtesse de Ségur y insufflaient un peu de vie à l'occasion de la garden party annuelle de la famille.

— Tu n'as pas de problème, j'espère ?

Opale fit vaguement non de la tête, un geste qui à l'évidence ne convainquit pas la tante. Cette dernière garda pourtant le silence, attitude qu'Opale traduisit ainsi : on ne peut pas demander à cette « pauvre enfant » de danser sur la table alors que son frère s'est ficelé un sac sur la tête un mois plus tôt et que ses géniteurs ont pris la tangente le cercueil à peine refermé.

— Josepha a fait du flan pour le dessert, lui apprit Javotte avec un petit reniflement d'espoir signifiant : reste un peu avec moi, veux-tu ?

— Ça t'embête si je monte dans ma chambre ? demanda Opale.

Sa tante eut un sourire triste.

— Non bien sûr. Mais...

Elle n'acheva pas sa phrase. Opale comprenait : pour elle aussi les dernières semaines avaient été éprouvantes. Javotte aimait son neveu, et ces tête-à-tête lugubres avec sa nièce lui rappelaient à chaque repas une vie aussi joyeuse qu'un corridor sans porte depuis que l'amour de ses vingt ans, qu'elle attendait à l'autel avec traîne et bouquet, avait subitement décidé de sortir acheter un paquet de cigarettes quelques minutes avant la cérémonie.

— Je vais travailler une heure... Je redescends tout à l'heure, si tu veux ?

Elle n'attendit pas de réponse, trop heureuse de bondir de sa chaise, un ruban de culpabilité flottant tout de même dans son sillage tandis qu'elle grimpait quatre à quatre les escaliers. Elle claqua la porte de sa chambre, un petit boudoir rose qu'elle adorait – même si, depuis quelque temps, elle s'accommodait difficilement de l'incohérence à dormir dans une chambre de Barbie tout en s'adonnant à des plaisirs de « jeune fille » : fumer, embrasser les garçons... parler avec les morts.

À peine la porte fermée, elle traversa la chambre pour tirer les rideaux, allumer toutes les lumières, inspecter les placards, jeter un œil sous le lit, avec la même énergie qu'un peu plus tôt lorsqu'elle avait accompli des gestes identiques dans le salon et toutes les pièces où elle savait inévitable de se rendre à un moment de la soirée. « Mais que cherches-tu donc ainsi ? » lui avait demandé Javotte avec un calme empreint de soupçon. Opale n'avait pas répondu : elle ne cherchait rien. Elle redoutait juste de voir surgir, là, derrière un fauteuil, ou un recoin de mur, la face grimaçante d'un gosse aux yeux écarlates et furieux.

C'était ainsi : depuis que son chemin s'était séparé de Bastien, le charme du garçon n'opérait plus. Certes, il l'avait convaincue n'être pour rien dans les... « manifestations » à la Chowder – encore qu'elle se demandât pourquoi pareil emballement n'avait jamais eu lieu au cours des séances précédentes. Pour autant, elle n'avait pas oublié, oh non ! rien oublié de la scène, dont chaque détail était gravé au fer dans sa mémoire – le verre en train d'éclater, les lettres volantes, la petite pluie de flocons quand tout s'était achevé. Et les mots : les ombres blanches... À l'instar du garçon, elle avait senti leur présence. Et leur violence. Et leur peur... Et flairé les autres également. Dans le maelström de ses émotions, elle avait deviné le combat en train de se livrer dans la pièce entre les enfants de Laville-Saint-Jour et...

*leurs bourreaux ?*

des adultes en tout cas. Avec horreur, et malgré les paroles de Bastien, elle ne pouvait désormais s'empêcher d'imaginer la lutte qui les opposait quelque part dans l'au-delà, les premiers assoiffés de vengeance, les seconds impatients d'en finir, si bien qu'une peur au-delà du supportable lui coupait les jambes par à-coups, qu'un serpent tordait ses entrailles en nœuds compulsifs, et qu'une question vitale la taraudait jusqu'à l'obsession : comment vais-je vivre, maintenant que je *sais*, maintenant que j'ai *vu*, avec au fond de moi cette peur éternelle ?

L'inspection ne donna rien. Ni ombres blanches, noires... vertes.

Elle souffla un peu, s'efforça de chasser le poignant sentiment de solitude qui comprimait sa poitrine. Ses yeux tombèrent sur l'ordinateur.

Elle s'assit au bureau, alluma son PC, lança MSN. Bastien n'était pas en ligne. Elle se sentit déçue. Soulagée aussi. Elle avait envie de lui parler, mais sans bien quoi savoir lui écrire. *Bastien, j'ai très peur. Bastien, je t'aime.* Les deux informations étaient également vraies mais... ce n'était pas le genre de confidences que l'on fait aux garçons, n'est-ce pas ? Surtout pas quand elles constituent les deux versants d'une seule vérité.

Oh ! comme elle s'en voulait ! Comme elle s'en voulait ! C'était sa faute à elle s'ils en étaient là.

Un cling l'alerta d'un message. Petite secousse au cœur. Bastien ?

Elle vérifia le message, se figea. Relut encore pour s'assurer qu'elle ne rêvait pas – enfin qu'elle n'avait pas basculé dans un cauchemar où Freddy Kruger allait jaillir de l'écran à tout moment.

Puis elle sentit ses jambes se dérober sous la chaise, perdit toute sensation de son corps.

En relisant encore, elle retint un cri d'épouvante.

À l'écran, ces simples mots : *TofK@msn.com est en ligne.*

TofK... soit le login de Christophe.

Son frère venait de se connecter sur MSN.

# 42

Nicolas le Garrec avait bien choisi l'endroit : un restaurant design et chaleureux niché dans une minuscule ruelle du centre où ils s'étaient rendus à pied – une partie de la vieille ville était fermée aux voitures jour et nuit –, suivis par l'écho humide de leurs pas contre les pavés de guingois, vieilles pierres, les petits escaliers jaillis de nulle part.

— C'est pour ça que je voulais venir vous prendre, avait dit l'écrivain en s'engageant dans la ruelle. Vous avez dû le remarquer, le centre est petit mais c'est un vrai labyrinthe.

— J'avais cru que c'était une tactique pour pouvoir me raccompagner ensuite, avait-elle ironisé, surprise par sa propre audace. En fait, c'est juste parce que vous me croyez trop stupide pour lire un plan !

Ils avaient ri ensemble, emportés par une bonne humeur factice et parfaitement sinistre, à l'image de toutes les badineries échangées pendant le trajet. Il ne pouvait en être autrement, avait conclu Audrey : Le Garrec venait d'enterrer sa mère, et elle-même avait surpris Antoine quinze minutes plus tôt dans son parking. Qui, dans ces conditions, aurait eu envie de s'amuser ?

Pour autant, elle se promit de laisser ces considérations à la porte, de retrouver cette intimité qui les avait cueillis l'un et l'autre par surprise, sur la terrasse des Rochefort. Elle apprécia donc les grosses poutres anciennes, le mobilier contemporain, l'éclairage doux un brin orangé qui donnait bonne mine.

— C'est comme ça que les choses changent, chuchota-t-il en traversant le restaurant. Par petites touches... La ville elle-même a gardé ce quelque chose d'immuable qui fait sans doute son charme, mais elle se modernise quand même, à sa façon.

Audrey acquiesça en prenant place : les clients de l'endroit présentaient effectivement des allures typiquement parisiennes en accord avec l'endroit, entre resto tendance et bistrot haut de gamme. Ils auraient pu se trouver dans n'importe quelle grande capitale, à Londres, Madrid, Berlin, à grignoter de la salade en sirotant une Absolut citron.

— Comment connaissez-vous ces adresses après une si longue absence ? demanda-t-elle tandis qu'un garçon filiforme monté sur coussin d'air lui tendait le menu.

— Il faut croire que je n'ai jamais vraiment coupé les ponts avec la ville, dit-il avec un clin d'œil complice (et faux !). Non, en vérité c'est Antoine qui me l'a recommandé.

Elle tressaillit au nom du directeur de Saint-Ex mais n'en montra rien. Elle l'observa quelques instants, tandis qu'il parcourait le menu – enfin elle fixa un point imaginaire, la grande carte blanche ne révélant de son visage que le front haut et les cheveux noir bleuté.

— Nicolas, dit-elle d'un ton ferme et doux à la fois.

Il apparut sur le côté de la carte, comme un farceur à un coin d'un mur.

— Oui ?

— Nicolas, je voudrais vous dire deux choses... d'abord on va arrêter de se vouvoyer, ça n'a aucun sens. Ensuite... ensuite je ne veux pas que tu joues à un jeu ce soir.

Il laissa tomber la carte, reprit une position normale, l'air soucieux, un peu sur la défensive.

— Je veux dire... Tu as eu une journée dure je pense aujourd'hui. Et... Enfin après ce que l'on s'est dit l'autre soir, ce que *je* t'ai dit, je préférerais qu'on tombe le masque. Ne te force pas à avoir l'air boute-en-train... Et ne me force pas à avoir l'air d'aimer ça. Je n'ai pas accepté ce dîner ce soir pour faire la fête.

Il posa sur elle quelques secondes un regard insondable, puis hocha la tête.

— Tu as raison, dit-il avec sérieux. Je vais être aussi sinistre et taciturne qu'on imagine un écrivain de polars revenu chercher l'inspiration dans le brouillard de Bourgogne...

Elle fronça les sourcils, agacée par ce nouveau trait d'humour sans consistance.

— Ce n'est pas ce que je voulais dire...

— Je sais ce que tu voulais dire, la coupa-t-il avec douceur. (Il prit une inspiration.) Tu vois, Audrey, je te rencontre au plus mauvais moment de ma vie. Enfin, disons que ce n'est pas une période propice à des rencontres aussi charmantes. Mais...(il jeta un œil alentour, visiblement embarrassé)... mais tu me plais beaucoup. Et c'est déjà très difficile, enfin toujours un peu déstabilisant, de rencontrer quelqu'un qui vous plaît beaucoup. Rare... et déstabilisant. Ça l'est encore davantage quand la situation est aussi délicate.

Il se tut, chercha ses mots.

— Pour autant, j'avais vraiment envie de dîner avec toi ce soir. CE soir, particulièrement, même si ça peut surprendre. Et c'est vrai : nous ne sommes pas là pour faire la fête. Juste pour apprendre à nous connaître... Ou plutôt non : juste pour partager quelques moments ensemble. Oublier un peu le reste du monde... ou en tout cas : le reste de Laville-Saint-Jour.

Un silence, un rapide coup d'œil vers une vitre.

— Oui, c'est ça... Ensemble, oublier la brume.

Elle ne souffla mot, le sang battant agréablement à ses tempes. Depuis quand n'avait-elle pas entendu un homme s'exprimer avec autant de sincérité ? Presque... lui offrir son cœur sur la table, avec des mots simples, spontanés ?

— Tu ne veux pas dire quelque chose ? Ou au moins sourire, ou avoir l'air de tomber des nues, ou d'être choquée ? Enfin n'importe quoi, parce que là, je me sens parfaitement stupide et j'ai l'impression d'être en train de fondre sur ma chaise.

Elle sourit. Il y avait sans doute mille choses à répondre, et aussi des questions à poser, des points à éclaircir : pourquoi était-ce si délicat ? Pourquoi cette période était-elle si dure ? Juste à cause de la mort de sa mère ?

Mais ce n'était pas le moment... Non, définitivement pas. Alors elle prononça le seul mot qui lui vint à l'esprit :

— Merci.

# 43

Ils plateau-dînèrent, comme disait Daniel Moreau, devant la télé, en silence. La mère et le fils. Caroline Moreau fixait un point de l'écran avec une absence bienheureuse devant la météo, tandis que Bastien l'observait du coin de l'œil. Ils venaient d'avaler un yaourt quand son père téléphona. Depuis le salon, Bastien tendit l'oreille, perçut la voix indistincte de sa mère, puis son rire. Après quelques minutes de conversation, elle l'appela pour lui passer le téléphone.

— Ça va, fiston ?

Bastien se sentit soulagé d'entendre sa voix au téléphone.

— Yep, p'pa, ça boume...

— Comment est ta mère ?

Il jeta un regard prudent en direction du salon, sans s'étonner de la tournure de la question : non pas comment *va* ta mère, mais comment *est* ta mère...

— Elle... elle a l'air bien.

— C'est toi qui t'en occupes quand je ne suis pas là, bonhomme, tu sais ça ?

Le cœur de Bastien se serra. Il imaginait le grand gaillard blond, seul dans une chambre d'hôtel anonyme, loin de sa famille. Et il devinait son inquiétude. Et ses espoirs...

— Oui, je sais.

— Qu'est-ce que c'est que cette histoire d'arbre ? Tu fais de la grimpette, il paraît ?

— Je... Je voulais voir ce que maman peignait.

Daniel Moreau accueillit la réponse avec un silence.

— Tu ne dois pas te faire de souci pour ta mère, Bastien, tu sais ? dit-il enfin. Elle va beaucoup mieux. Elle est presque...

Bastien attendit : remise ? comme avant ? guérie ?

— Je suis sûr qu'elle tâtonne avec la peinture en ce moment. Quand elle sera contente d'elle, elle nous montrera tout ça, d'accord ?

— P'pa... ?

— Oui, mon fils ?
— À ton retour, faudra qu'on parle.
Nouveau silence.
— J'ai des questions à te poser.
— Ce sont les cauchemars ? Ça continue ?
— Oui... Un peu. Pas seulement. Mais... j'ai l'impression d'être déjà venu à Laville-Saint-Jour.
— Ici ?! s'exclama son père, et Bastien sut qu'il ne feignait pas.
— Ben heu... Oui, enfin j'ai un drôle de feeling.
— Écoute Bastien, je comprends que les cauchemars soient durs à vivre. Et que le changement est dur à vivre. On a tout décidé si vite, on est presque partis comme des voleurs. Mais tu ne dois pas te laisser abattre, tu comprends ?
— Tu connais les ombres blanches ? insista Bastien.
— Les quoi ?
Nouvelle surprise.
— Non, rien...
— Bastien, je ne sais pas ce qui se passe... Quand je rentre, toi et moi on aura une longue conversation. Je ne veux pas que mon fils soit... enfin que tu te tortures avec des choses bizarres à cause de tout ce qui s'est passé. Je veux que vous soyez heureux, ta mère et toi. C'est tout ce qui compte. Et quoi que tu aies à me dire, ou à me demander, n'hésite pas : je ferai tout ce que je peux pour t'aider. Tu es mon fils et je t'aime, tu sais ça ? Même si ta mère et moi on a un peu oublié de te le dire ces derniers temps, c'est quelque chose que tu ne dois jamais, jamais oublier !
Bastien hocha silencieusement la tête, comme si son père pouvait le voir.
— En attendant, je te confie ta mère... Dans deux jours, je suis à la maison. Et tout ira bien. Deux jours, ce n'est pas long, n'est-ce pas ? Et alors, tu me raconteras tout. Parce que je peux tout entendre, d'accord ?
— Oui, souffla Bastien – et il sentit le petit animal dans son cœur se redresser et prendre courage.

Il n'était plus isolé, décida-t-il en raccrochant. Certes, il n'était jamais venu ici avant. Son père avait été formel et il le croyait. La vérité était... ailleurs. Et son père ne la détenait pas. Peu importait : quand ce dernier rentrerait, il ne lui cacherait rien : ni la voix dans la tête, ni la Chowder Society... Ni même *julesmoreau*, dont il n'avait soufflé mot afin de lui éviter un choc. À deux ils feraient face et c'est ensemble qu'ils trouveraient une explication, ainsi qu'une solution pour sa mère et les toiles invisibles.

Rasséréné, il se replia dans le bureau, ignorant les cinq tableaux au mur et le Montblanc de son père dans le pot à crayons en cuir évoqués par *julesmoreau*.

Il s'installa à l'ordinateur et lança MSN. Patoche était en ligne. Opale aussi – surtout ! – et la présence de la jeune fille à l'écran effaça une fois encore tous les tourments. Tandis qu'il envoyait un message à Opale, son ami d'enfance l'accueillit avec chaleur.

– salut mec je t'attendais

– ça boum ?

– ben tu manques au bahut tu manques les we aussi les feuillades sans toi, c'est la loose mais bon un truc fun : j'ai maigri lol

– toi tu as maigri ?

– ouaip perdu 4 kilos tu crois ça ? et d'un coup là je pousse comme un champignon. 3 cm en deux mois, c dingue ce truc !

Dans le bureau, Bastien sourit. Il se figura le Patoche qu'il connaissait – rond, trapu, avec une grosse figure molle un peu rose – et lui appliqua mentalement un procédé de morphing pour le faire grandir et l'affiner, mais sans grand succès : l'image qui apparut ne ressemblait pas du tout à Patoche... Ce n'était à dire vrai même pas complètement humain !

– pfff c'est pas à moi que ça arriverait enfin les cm jveux dire ! lol

À l'autre bout, Patoche lui envoya un énorme Smiley clignotant et Bastien se rendit compte combien son ami lui manquait également, même si, ces derniers jours, sa « vie d'avant » se réduisait à quelques clichés de bonheur tout racornis au fond d'une boîte à souvenirs. Avec soulagement, il découvrait que la magie de l'amitié ne cédait pas aussi facilement aux sortilèges de la brume. Un simple Smiley fleurissant à l'écran suffisait à raviver plus de neuf ans de complicité : les soirées Lego, parties de ping-pong, Monopoly, Mille Bornes, sorties à roller ou vélo, trafics de billes et de cartes Magic, passions successives pour Dragon Ball Z, Yugi Ho, Darth Vador, Harry Potter... Tout, il avait au fond tout vécu en compagnie de Patoche, y compris les heures les plus sombres de la saga des Moreau.

– ça se passe comment là-bas ?

Bastien hésita.

– zarbi

– c la meuf. comment elle s'appelle déjà ?

– Opale

Bastien glissa un regard vers la fenêtre du message envoyé à son amie. Pas de réponse. Pourtant Opale était en ligne.

– non elle ça va bien enfin je crois

– zetes sortis ensemble ?

– ouais

– tu l'as emballée ?

– heu... oui lol en fait non, c'est elle plutôt

– oua t grave. c'était comment ?

– heu... bizarre !

– avec la langue alors ?

– un peu... je crois... c'est pas comme si j'avais vraiment étudié dans le détail ce qui se passait !

– mdr tu m'envoies quand la photo ?

– jsais pas faut que je lui en demande une.

Il sauta sur l'occasion, relança un message à Opale :

– ta pas une tophe de toi scannée ? j'aimerais bien avoir une pic dans mon mac

Il attendit : toujours pas de réponse. L'inquiétude commençait à gagner.

– bon alors si c pas la meuf c quoi le pbm ?

– bah c pas vraiment un pbm il se passe des trucs strange

– des trucs comment ?

– bah... j'ai parlé avec les morts

C'était sorti naturellement – à quoi bon cacher la vérité à Patoche ? De toute façon, les secrets devenaient trop lourds à porter.

– QUOI ??? c'est quoi ce délire ??!!!

– j'ai fait un truc genre spiritisme

– mais pour quoi faire ? c'est pas ton genre ces trucs là

Bastien faillit répondre qu'à sa connaissance, ce n'était le genre de personne. Puis il se rappela la ferveur d'Opale quand elle lui avait présenté ses amis. Comment expliquer à Patoche qu'ici, à Laville-Saint-Jour, l'appartenance à tel ou tel groupe ne vous ouvrait pas les portes des meilleures boums et les bras des jolies filles, mais celles de séances privées où de drôles de pratiques avaient cours ? Il évoqua brièvement la visite de son frère sur MSN, l'invitation d'Opale, le verre en train de danser, d'un ton un peu badin, comme si au fond, aucun de ces événements ne présentait la moindre importance.

– creepy

– je sais.

Il sentit un immense soulagement, mais pendant deux minutes, vides, blanches, le curseur dans la fenêtre de Patoche clignota, sans un mot. Le cœur un peu battant, Bastien attendit, se demandant si son ami était juste parti chercher un Coca ou bien si l'étrangeté de ses propos le laissait sans voix. Enfin, il aperçut enfin un petit crayon apparaître dans un coin : Patoche était revenu écrire.

– je té menti bastien

– koi ?? keske tu racontes ?

– c ma mère

Un blanc.

– tu te rappelles quand tu as vu ma mère un jour à la maison, juste avant de partir ? quand elle t'a dit plein de trucs à propos de la brume et tout ça.

– oui

– bon... elle a reçu un appl hier.

— un appel ?

— oui. de laville sjour

— comment tu sais ? et c'était ki ?

— jsé pas qui c'était, je sais juste que c'était une meuf, pas jeune, parce que c'est moi qui ai décroché le phone. en tout cas elle était en colère ; ma mère jveux dire. je l'ai entendu parler au téléphone, elle gueulait – tu sais kan elle gueule on ne la rate pas. surtout en fin de journée.

Bastien se garda de tout commentaire.

— elle disait koi ?

— des trucs du genre : je ne sais pas de quoi vous parlez... je ne suis jamais allée à laville sj... je ne connais personne là-bas.

— mais c faux ! elle nous connaît nous

— oui je sais... et c pas tout en fait.

— comment ça.

— ben ma mère elle connaît laville sj.

— je croyais que tu m'avais dit qu'elle était jamais venue ? je t'avais demandé pourquoi elle parlait des... des chooooses.

— je viens de te le dire. je t'ai menti. me demande pas, je sais pas pourkoi je lai fait. comme si j'avais l'impression que j'avais pas le choix. que c'était mieux de te dire ça. c hier que j'ai pensé que je devais te dire la vérité. après le coup de 1.

— quand est-ce qu'elle est venue ici ?

— pas depuis que je suis né, j'en suis sûr, donc c'etait y a longtemps... mais je sais ce que je dis. parce que même si elle en parle jamais, je l'ai vu sur sa carte d'identité.

— sur sa carte ? comment ça ?

— tu ne piges pas man ? ma mère, elle est NÉE à laville sj.

C'est à ce moment qu'une sonnerie d'alerte de message retentit. Bastien chercha la fenêtre d'Opale, mais ce n'est pas celle qui s'ouvrit. Il lut :

— Alors Bastien, tu es revenu nalement ?

Et Bastien put presque entendre le ton doucereux, ironique, de celui qui écrivait ces mots : *julesmoreau* venait de lancer une conversation.

# 44

– ta pas une tophe de toi dans l'ordi ? j'aimerais bien avoir une pic dans mon mac

Le message de Bastien venait de s'afficher à l'écran, mais ni les mots ni la musique qui les accompagnait ne détournèrent Opale de l'image sous ses yeux. Elle la fixait depuis une ou deux minutes, le dos courbé, la nuque tendue, concentrée. Bastien, Saint-Ex, Javotte seule quelque part en bas, la Chowder Society, le suicide de son frère, ses parents en Italie, ses angoisses, ses espoirs, ses doutes ne constituaient plus qu'un lointain souvenir, les points lumineux vacillants du monde réel dans la nuit noire d'un cauchemar, une nuit qui venait de s'abattre sur elle depuis que son « frère » avait écrit ces mots :

– Je sais que tu as essayé de me contacter par la Chowder Society. Et je sais – évidemment ! – que tu n'y es pas parvenue. Tu veux comprendre, n'est-ce pas ? Regarde...

Et il avait envoyé un lien sur lequel elle devait cliquer pour se connecter à un site.

Elle avait hésité – car au fond, elle savait que l'« être » qui s'adressait à elle ne pouvait pas être *complètement* son frère. Son frère ne se serait jamais exprimé ainsi – « parvenue ! » au lieu d'« arrivée » – sans parler de l'orthographe. Mais peu importait : l'« être » savait bien des choses. Car l'être n'appartenait pas à ce monde-ci, mais à un univers où seul le savoir avait de la valeur – d'ailleurs, ceux qu'ils contactaient à la Chowder ne faisaient jamais de faute. Et même si, d'une certaine façon, c'était son frère, ce n'était pas lui non plus :

seulement son esprit, désincarné et froid, et mort, qui survivait dans l'abstraction sèche de l'au-delà...

Pour autant, mue par une force qui ne lui appartenait plus, les jambes en coton et le ventre traversé de coups d'aiguille, elle avait cliqué sur le lien. Et cette photo était apparue – une simple photo, et non un site composé de menus, d'autres liens, enfin un blog ou un podcast, bref rien qu'elle eût attendu.

À l'écran, donc : une petite assemblée d'une dizaine de personnes vêtues de noir réunies en cercle, main dans la main. Leur visage était masqué de loups noirs, et la pénombre – apparemment, la seule source de lumière provenait de torches fixées au mur – ne permettait d'identifier avec précision ni visage ni lieu (une sorte de crypte ?). Pourtant, Opale frissonna tandis qu'elle scrutait des détails insaisissables – des signes au mur, quelques statues dont les formes absconses lui paraissaient suspectes. Elle devinait un rituel, imaginait un immense pentacle au sol et un mystère proche de celui qui unissait les membres de la Chowder Society – mais le spectacle d'adultes se livrant aux mêmes pratiques avait un je ne sais quoi d'angoissant, comme de savoir que ses parents faisaient l'amour comme tout le monde.

`– Je sais que tu as cliqué... Alors regarde.`

Un deuxième lien apparut dans la fenêtre MSN.

Elle suivit la même procédure. Sans poser la moindre question.

Une deuxième image s'afficha. Cette fois le photographe avait dû zoomer, car le cercle n'apparaissait plus que dans sa moitié. Opale plissa les yeux, puis les écarquilla, saisie d'effroi : dans un coin, elle venait d'apercevoir une statue. Elle figurait la Vierge – mais une Vierge dépoitraillée aux seins nus et offerts, dont le bébé de pierre qu'elle tenait dans ses bras ouverts saignait – oui ! il saignait : on avait barbouillé de sang les yeux comme s'il s'était agi de deux plaies d'où s'écoulait la mort !

`– Tu as vu ça n'est-ce pas ?`

L'esprit de son frère n'attendit pas la réponse.

`– Regarde encore.`

Nouveau lien, nouveau clic – Seigneur ! se demanda-t-elle aussitôt, pourquoi ai-je cliqué ? Parce qu'elle voulait la vérité. Comprendre. Elle ne désirait rien d'autre depuis que Christophe avait commis l'irréparable. Et aussi parce que les ombres blanches allaient désormais la hanter jusqu'à son dernier soupir... ou en tout cas jusqu'au dernier qu'elle pousserait à Laville-Saint-Jour. Le seul moyen d'y échapper, pensait-elle, était sans doute de passer de l'autre côté du miroir. Du côté de ceux qui savent...

Un film se chargea lentement à l'écran – à mesure que la barre de téléchargement se remplissait, le cœur d'Opale s'accélérait. Elle attendit – une minute, trois... et le film se lança, seul, dans la fenêtre de son navigateur.

Il avait été tourné en caméra cachée, semblait-il, ou par quelqu'un de particulièrement inexpérimenté, car l'image était agitée de soubresauts écœurants pour le spectateur et grainée d'un flou propre aux vieux films en Super 8.

L'endroit semblait identique, peut-être était ce le film correspondant aux clichés. La caméra se promena le long du mur : elle s'attarda un instant sur la Vierge nue, le bébé dans ses bras... S'éloigna pour s'arrêter, sur une grande croix inversée... une autre statue encore, plus loin, figurant un diable, ou un satyre, affublé d'un sexe en érection d'une taille spectaculaire... avant de s'éloigner pour gagner en profondeur de champ et embrasser toute la scène.

Le même lieu, donc, ou un endroit identique, même si, à présent, une grande table de pierre, comme un autel, se tenait en son centre, et que les participants avaient lâché leurs mains. Un autre détail frappa Opale : quelques silhouettes, plus petites, étaient présentes au côté des adultes.

Sur l'autel, un corps s'agitait : celui d'un enfant. Nu. Il semblait groggy, car il se débattait avec faiblesse contre les chaînes qui entravaient ses poignets et ses chevilles. Elle devina qu'il pleurait, même si le film était muet ce qui, étrangement, en rehaussait le caractère effroyable.

Une silhouette se détacha du petit groupe... Une femme. La caméra zooma : oui il s'agissait bien une femme, apparemment d'un certain âge derrière son loup. Elle s'approcha de l'autel, et ses lèvres formèrent des mots avec une ferveur qu'Opale devina gagner les autres. Des incantations, comprit-elle. Même derrière le masque, on pressentait sa frénésie, l'intensité de son regard, la furie mystique.

Durant plusieurs minutes, le groupe se recueillit. Puis la femme fit un signe à quelqu'un hors champ, et les chaînes de l'enfant se tendirent : lentement, il fut levé par les pieds et suspendu dans les airs, la tête en bas, comme une pièce de boucherie pendue à un crochet, à se tortiller vainement.

*Non !* hurla Opale intérieurement. *Non je ne veux pas voir ça !*

À l'écran, deux hommes placèrent une grosse coupe dorée sous la tête de l'enfant – une sorte de grand calice.

La femme attrapa l'enfant par les cheveux pour l'immobiliser – un geste un peu inutile au regard de sa faiblesse apparente. Ses lèvres remuèrent, de plus en plus vite. Opale imagina des paroles en latin, une messe dite à l'envers et une saisissante impression de déjà-vu lui arracha un hoquet nauséeux : elle avait déjà assisté à... ça. Dans un de ses cauchemars... Un de ceux qui revenaient, une ou deux fois par mois.

Durant une minute, le sang jaillit de la blessure pour se déverser dans le calice. La femme s'en empara, leva la coupe haut au-dessus de sa tête et la tendit comme une offrande, hors champ, avant de la porter à ses lèvres. La caméra zooma pour se concentrer sur son visage, et quand elle releva la tête, elle exhiba une bouche barbouillée de sang qui continuait à former des paroles muettes frénétiques. D'un geste sec, elle arracha son loup pour tracer sur son front, avec un doigt de sang, le signe d'une croix renversée. La caméra s'approcha encore, tandis qu'Opale se répéta : je ne dois pas regarder ! Je ne dois pas regarder ! Si je regarde, je suis morte ! Je suis morte !

Elle regarda : le visage de Madeleine Talcot sur l'écran de son PC, les lèvres écarlates, une croix de Satan au front, ses yeux bleu-gris furieux d'une ferveur de folle... Madeleine Talcot dont elle connaissait les traits pour les avoir vus en photo dans le journal quand elle était enfant... Madeleine Talcot, à propos de laquelle Opale avait demandé à sa mère : « C'est pas la dame chez qui on est allés une ou deux fois, maman ? » Madeleine Talcot dont la simple évocation dans la maison suscitait silences et regards de biais...

Madeleine Talcot qui venait de passer le calice à un de ses disciples lequel, comme elle, but, arracha son masque et traça une croix en prononçant des mots muets... Il transmit le calice à son tour...

Opale plaqua les mains sur ses lèvres pour étouffer le hurlement qui montait. Elle les reconnaissait. Pas tous bien sûr, mais certains, et la vérité lui apparut soudain comme un rideau qui se lève sur une scène : Madeleine Talcot, les cauchemars, les ombres blanches, ses parents « en vacances » et « en voyages d'affaires », et Christophe bien sûr ! Tout prenait un sens.

À l'écran un autre homme s'approcha. Grand, la minceur élégante et racée : Opale reconnut son père avant même qu'il ne tombât le masque. Oui, son père ! Les cheveux plus drus qu'aujourd'hui, d'un blond qui n'était pas encore tissé d'argent, ses yeux bleu faïence – il avait hérité des Camerlin cette couleur rare, claire et intense à la fois – brûlants d'une fièvre dont elle ne le soupçonnait pas capable, elle qui avait toujours appréhendé « l'homme d'affaires » comme un être lointain, inaccessible.

Vint le tour d'une femme très rousse, un peu ronde – sa mère, d'une douzaine d'années plus jeune. Opale ne conservait aucun souvenir d'elle à cette époque, avec ces kilos superflus qu'elle avait perdus depuis. Elle s'avança, main dans la main avec un enfant, un petit garçon de cinq ans environ, dont la photo trônait encore sur le gros vaisselier d'époque de l'entrée de leur maison, un fin ruban noir tendu à un coin de son cadre. Opale discerna à peine leur expression, le rideau de larmes devant ses yeux diluait la scène, si bien que les visages demeurèrent flous – et ce n'était même pas un soulagement. Tout juste, comme une sordide consolation, observa-t-elle que l'enfant n'avait pas bu à la coupe ; sa mère – leur mère ! – lui avait juste tracé ce signe ridicule et...

Un bruit dans son dos lui arracha un cri. Elle se retourna vivement.

— Je t'ai entendue gémir... J'ai cru que tu t'étais endormie et que tu faisais un cauchemar.

Javotte du Soulac se tenait à l'entrée de la chambre et Opale comprit qu'elle s'y trouvait depuis plusieurs minutes. Les cheveux déjà noués en tresse pour gagner son lit, raide devant la porte, les mains serrées sur les cuisses, livide. Les yeux de la tante glissèrent de l'écran à Opale, d'Opale à l'écran, et une larme coula, suivit le sillon sec des ridules talquées d'une poudre au parfum suranné qui avait accompagné la jeune fille depuis l'enfance, se perdit dans le pli des lèvres qui tremblaient sans qu'un mot en sortît.

Enfin, elle ferma les paupières, cracha dans un souffle, d'une voix de morte :

— Maintenant, tu sais...

À l'écran, un ultime message s'afficha :

`Un jour, des choses terribles arriveront ; et ce jour-là, plus rien, jamais, ne sera comme avant.`

# 45

Ce fut doux, d'une manière étonnante au début, même si faire l'amour était apparu à Audrey, au cours de la soirée, comme l'aboutissement d'un processus inévitable. Ce fut doux, donc, et exactement tel qu'elle l'avait imaginé : non pas les balbutiements d'étrangers, des tâtonnements entre inconnus, mais l'intimité évidente de deux amants qui se retrouvent et redécouvrent leurs corps après une longue séparation, entre émerveillement et satisfaction, patience et impatience. Puis ce fut intense : une vague les emporta et elle se donna à lui comme on s'offre à l'homme de sa vie, il l'aima en retour avec une faim presque vitale, une énergie brute, compacte, qui les épuisa, deux corps humides soudés l'un à l'autre pendant de longues minutes silencieuses. Ils reposèrent ainsi, laissant l'esprit gagner à nouveau sur le corps, leur conscience s'éveiller, leur pouls recouvrer le rythme lent de la plénitude.

Audrey fut la première à se dénouer. Elle poussa un long soupir, se déplia sans pudeur du lit, chercha des cigarettes dans la petite commode.

— Ça te gêne ? demanda-t-elle.

Dans la semi-pénombre, elle le vit sourire, étirer son corps comme un chat.

— Non... C'est même désormais la seule cigarette que je m'octroie.

— La cigarette après l'amour ?

— Oui... Et ce soir je crois que je pourrais même en fumer plusieurs.

Il sourit encore, passa une main dans ses cheveux. Elle l'observa, songeant combien il était étrange de faire l'amour avec un auteur dont on avait lu les livres, dont on avait exploré l'univers un peu torturé... Était-ce pourquoi cette tenace impression de le connaître persistait ?

Une pensée en amena une autre : c'était le deuxième homme qu'elle accueillait dans ses draps à Laville-Saint-Jour, mais en fait le troisième depuis que David lui avait été enlevé. Après le jugement qui confiait la garde à son père, elle avait davantage recherché la compagnie de son fils que celle des hommes et, de toute façon, les manœuvres de Joce l'avaient éloignée de ses congénères, comme si tout porteur de pénis constituait désormais au mieux une menace, au pis un salaud à abattre.

Le troisième donc... Le deuxième à Laville. Un décompte qui la ramenait inévitablement à Antoine.

Comme s'il avait lu ses pensées, Nicolas demanda, tandis qu'elle revenait se glisser auprès de lui avec deux cigarettes allumées :

— Tu ne m'as pas dit, au fait ?

— Quoi donc ?

— Eh bien... pour Antoine... Enfin s'il y a vraiment quelque chose...

Elle ne se raidit pas dans le lit, se demanda juste si un trait de jalousie lui échappait ou s'il s'agissait d'une simple curiosité masculine. Elle se rappela alors le visage tordu de colère du directeur de Saint-Ex à l'évocation de son ancien camarade de classe devant la bibliothèque, et opta pour la première hypothèse. Avec regret, elle comprit également que l'ombre d'Antoine venait de refermer la parenthèse enchantée qui les avait isolés du réel pendant quelques heures. Elle en voulut brièvement à Nicolas de n'avoir pas plutôt prononcé des paroles aussi banales que : C'était merveilleux...

— Tu ne m'as pas dit non plus, nota-t-elle en retour.

— À quel propos ?

— Ce qu'il en était de Cléance Rochefort... tu te souviens à la soirée ? *Quid pro quo.*

Lui en revanche se tendit dans le lit, se redressa un peu, si bien qu'elle dut dégager sa tête qui reposait sur son torse, manquant ainsi de renverser le cendrier.

— Cléance... murmura-t-il en exhalant une bouffée de cigarette.

— Oui. Après tout, je n'ai jamais eu mon dû.

Il hocha la tête, dégagea un bras pour qu'elle vînt se nicher au creux de son épaule.

— C'était il y a très longtemps. Cléance, et moi, et Antoine... Et d'autres aussi. Quelques autres, dont certains que tu as rencontrés, ou vus en tout cas, à leur soirée. Je les ai connus à mon entrée en sixième. Enfin eux se connaissent pour la plupart depuis bien avant, le primaire... Au-delà, même. Moi, j'étais un cas particulier : ma mère travaillait à Saint-Ex. C'est à cet égard que j'ai été autorisé à entrer à l'école.

Audrey ne lui apprit pas que d'autres « faveurs » étaient désormais accordées par Antoine, supposément *via* les Laboratoires Hecticon.

— Nous n'appartenions pas à la même bande... Cléance est affiliée à une des plus grosses fortunes bourguignonnes, les Noblet, le père d'Antoine était un entrepreneur de renom. Les autres – Jeremy, Domitylle... (il hésita, et Audrey devina que d'autres noms devaient suivre, qu'il tut finalement) – étaient du même moule : programmés pour fréquenter le Rallye Soyeux, des fils de, filles de...

« Mon intégration a été assez difficile pendant les premières années... je n'avais pas d'amis, je ne me sentais pas à l'aise. Et puis le hasard m'a fait rencontrer Cléance. Un pur hasard, nous n'étions même pas dans la même classe, j'ai un an de plus qu'elle. À l'infirmerie, figure-toi (un bref sourire nostalgique).

Elle ferma les yeux, se laissa bercer par ses confidences.

— Évidemment, je savais qui elle était. Tout le monde le savait, du reste, parce qu'il était difficile de ne pas l'avoir remarquée – tu as dû le noter, encore aujourd'hui, c'est une belle femme, avec cette allure. Mais aujourd'hui c'est une femme... vraiment une femme, insista-t-il, et Audrey comprit ce qu'il exprimait : toute trace de fraîcheur avait disparu du visage de Cléance Rochefort. Certaines femmes conservent, même à l'approche de la quarantaine, au-delà des rides, un air encore juvénile. À l'inverse, Cléance Rochefort était dotée de cette beauté froide qui altère très vite les rondeurs pulpeuses de la jeunesse.

« Bref, nous nous sommes retrouvés là tous les deux, à attendre des soins. Et c'est ainsi que ça a commencé. À partir de là, beaucoup de choses ont changé : j'ai été accepté par les gens de Saint-Ex – ça ne s'est pas fait en un jour, mais enfin : j'étais une sorte d'élu... L'élu de Cléance Rochefort. La plus jolie. Une des plus riches...

« Au fil du temps, j'ai découvert que j'avais beaucoup de choses en commun avec eux... Enfin certains d'entre eux. Des choses que je n'aurais jamais soupçonnées. Mais c'est là une des caractéristiques de la brume, n'est-ce pas ? Elle réconcilie, dans une même étreinte, ceux que rien ne destine à jamais s'embrasser...

C'était des mots qui ne lui étaient pas vraiment adressés, devina-t-elle. Et qui appelaient une question :

— Qu'aviez-vous en commun ?

Un soupir.

— Nous avions tous des enfances un peu particulières... Enfin, des histoires personnelles compliquées.

Elle comprit qu'il ne souhaitait pas en dire davantage et elle respecta sa discrétion.

— J'ai donc intégré ce groupe. Et une sorte de société secrète...

Elle ouvrit les yeux.

— Une société secrète ?

Il eut un petit rire dégagé mais elle devina son trouble.

— Oui, enfin tu sais, un groupe qui ressemble un peu aux *fraternities* des universités américaines. On se réunissait, on déconnait...

— Cela n'avait rien de secret, alors ?

— En fait, si. On buvait... on fumait avant l'heure ! On... on s'amusait aussi à faire un peu de magie.

— De magie ?

— Si on peut appeler ça ainsi... Enfin tu sais, les Villois ont toujours été des gens superstitieux.

Il se tut avant de reprendre :

— Bref, ce fut une période un peu folle. Et, oui, comme je te l'ai dit, j'ai été très amoureux de Cléance pendant toutes ces années. Nous en avons tous été très amoureux. Je crois qu'à un certain moment, nous avons joué un jeu dangereux... presque expérimental.

Un silence. Elle se mordit les lèvres pour ne pas le presser de questions. C'était bien un écrivain : il savait raconter. À mesure qu'il lui parlait, il éludait, et le mystère s'épaississait. Elle brûlait à présent d'en savoir davantage. À quel jeu expérimental s'étaient-ils livrés ? Pourquoi ?

— Cléance était aussi belle que perdue... Elle est sortie avec moi, puis avec Arnaud, Jeremy, puis moi encore... puis d'autres... Elle nous a un peu rendus fous. Elle est sortie aussi brièvement avec Antoine... mais pas assez longtemps pour que je suppose jamais à l'époque qu'elle l'épouserait un jour. Je pense qu'on devait tous se dire, en secret : *de toute façon, au fond de son cœur, son grand amour, c'est moi... et c'est vers moi qu'elle reviendra quand tout ça sera fini !*

Il eut un petit rire empreint d'une tendresse venue de loin.

— Ce n'est pas vers moi qu'elle est revenue. Ce n'est vers personne d'ailleurs... Enfin dans un premier temps. Elle est partie faire ses études, la vie nous a éloignés, tous. J'ai appris quelques années plus tard qu'elle épousait Antoine – je ne saurai probablement jamais pourquoi, car... car même aujourd'hui je ne pense pas que c'est lui qu'elle a le plus aimé. Peut-être la faillite des parents d'Antoine lui a-t-elle donné un but... Un but à sa fortune, à son rang ?

« Ils m'ont invité. Au mariage, j'entends. Je n'y suis pas allé. Laville-Saint-Jour me paraissait alors très loin. Je commençais mon premier roman, je vivais dans une sorte de frénésie parisienne, bien plus excitante que le retour à la brume...

« Finalement, je ne les ai revus ni l'un ni l'autre, jusqu'à ces dernières semaines, quand j'ai rencontré Antoine...

Un silence.

Il lui avait raconté l'histoire en pointillés : pourquoi cette absence si longue de Laville-Saint-Jour ? Pourquoi les biographies n'évoquaient-elles même pas son enfance ici ? Et ce jeu, en fait d'expérimental, n'était-il pas davantage... pervers ? La perversion d'une jeune fille trop belle, trop riche, trop adulée, et qui jouit de son pouvoir au détriment des autres ?

— Tu ne m'as pas tout dit, n'est-ce pas ? demanda-t-elle, la tête toujours lovée au creux de son épaule.

— J'aurais dû ?

— C'est pour ça qu'Antoine est jaloux de toi ? demanda-t-elle en guise de réponse. À cause de Cléance ? Il pense que c'est toi qu'elle aurait voulu épouser ?

— Pourquoi dis-tu ça ?

Elle se mordit les lèvres.

— Il m'a fait une scène. À cause de toi.

À nouveau, elle sentit son corps se raidir, et il fit mine de se dégager. Elle ne le laissa pas faire.

— Tu sors avec Antoine, donc ?

— J'ai été sa maîtresse, oui, confessa-t-elle à regret. Une... brève erreur. Une grosse bêtise même.

— Parce que c'est ton patron ?

— Parce que ce n'est pas un homme pour moi. Parce qu'il est marié. Parce que je n'éprouve rien pour lui. (Elle hésita.) Parce que je pense qu'il est impliqué dans quelque chose de louche.

Il ne réagit pas, pourtant elle eut l'impression d'entendre les battements de son cœur s'accélérer.

— C'est fini, ajouta-t-elle. Et c'est quand je le lui ai dit qu'il a fait une scène... Une scène à ton propos.

Elle attendit une réaction, en vain. Hésita. Devait-elle lui évoquer ses doutes quant à la présence d'Antoine sur le parking un peu plus tôt ? Elle décida que non. L'aura d'Antoine était noire. Et néfaste. Elle sentit enfin une main rassurante caresser ses cheveux qui l'encouragea à poursuivre, dissipa la tension.

— C'est cette jeunesse avec eux que tu es venu écrire ici ? demanda-t-elle.

— Entre autres, oui... ces moments-là. D'autres aussi, ajouta-t-il d'une voix à peine audible.

— Alors je saurai tout quand je le lirai, s'amusa-t-elle. Il me tarde...

Il eut un petit rire.

— Oui... Je pense que tu en apprendras davantage. Même si à mesure que j'écris, je me demande si c'est vraiment intéressant.

— Je sais que tu ne m'en diras pas plus, mais... Tu as un titre ?

Il sembla hésiter.

— *Un jour, des choses terribles...*

— Pardon ?

— C'est mon titre. *Un jour, des choses terribles...* Cela vient d'un de mes souvenirs, une expression : Un jour, des choses terribles arriveront...

— ... et ce jour-là, plus rien, jamais, ne sera comme avant ?

Cette fois il se dégagea franchement et se tourna pour la regarder droit dans les yeux.

— Comment connais-tu cette phrase ?

Elle le fixa. Son expression avait changé – il paraissait presque *effrayé* ? Bouleversé à tout le moins.

— Oui, je... je la connais, balbutia-t-elle. C'est... c'est même étrange parce que je ne l'avais jamais entendue auparavant et je l'ai découverte par hasard. Un de mes élèves l'a écrite dans sa fiche de présentation.

Elle vit son visage blêmir. Et soudain, l'émotion de Nicolas la gagna. Elle cilla, frappée soudain par une révélation.

— Oui, très étrange, répéta-t-elle. Parce que c'est justement à propos de cet élève que je crois Antoine impliqué dans une sale affaire. Et... Oh ! mais... tu le connais en fait : c'est le garçon qui a crié pendant ta conférence !

Un pincement serra ses lèvres, il passa une main dans ses cheveux, le souffle un peu court. Finalement, elle estima qu'il était temps de lui confier ses doutes :

— Nicolas, je pense que... qu'Antoine nous a vus partir ensemble ce soir... je crois qu'il se cachait. Sur le parking.

# 46

— Tu ne voulais plus me parler, Bastien, n'est-ce pas ?

— je ne sé pas. pourkoi faire ?

— Je suis ton frère...

— d'accord tu es mon frère... et alors ?

— Maman va mal je crois.

— je sais

— Tu sais qu'elle va mal mais tu ignores pourquoi.

— parce que tu es mort. c'est une bonne raison, tu ne crois pas ?

— Je ne suis pas vraiment mort. La preuve... les enfants ne meurent jamais complètement. Surtout pas les enfants de Laville-Saint-Jour.

— tu n'es pas un enfant de Laville.

— D'une certaine façon, si.

— je ne pige rien. mais j'ai une question : si tu es mon frère, pourquoi tu ne cnectes pas ta caméra ? là, maintenant...

— Je suis Jules mais je ne suis pas que Jules. Je suis TOUS les enfants qui ne sont pas morts comme ils auraient dû. Nous ne faisons qu'un ici...

— et c'est où ici ?

— Ici c'est loin... Et proche. C'est quelque part dans la brume.

— tu es... enfin vous êtes... les ombres blanches ?

— Ah... je vois que ta visite aux membres de la Chowder a été profitable.

– c'est pas le mot.

– Qu'en dirais-tu alors ?

– horrible. il n'y avait pas que les ombres blanches... il y en avait d'autres. un type qui s'appelait Vilbois.

– Vilbois t'a parlé ?

– ah... tu ne sais pas tout alors ? ça fait plaisir !

– Bien sûr que non, comment veux-tu ? Je suis un enfant entre deux mondes... Je ne suis pas Dieu. Ni le Diable...

– oui vilbois m'a parlé ; enfin non... il a juste écrit son nom. ou kelkun l'a écrit. il n'a rien dit à part son nom... l'a pas eu l'occasion.

– Comment ça ?

– les autres l'ont pas laissé

– Intéressant... Alors tu as un pouvoir toi aussi...

– comment ça ? et pourkoi aussi ? de ki d'autre tu parles ?

– Laville n'est pas un endroit comme les autres

– ouais, jé remarqué

– C'est un lieu qui... réveille les pouvoirs. Les pouvoirs occultes... Je t'ai dit que tu appartenais à Laville-Saint-Jour. Je ne me suis pas trompé... Tu es là Bastien ? Tu ne réponds plus...

– oui.

– Que vas-tu faire pour maman ? Il faut l'aider.

– oui...

– Tu crois que tu en es capable ?

– jsé pas. jsé pas koi faire.

– Tu as vu ses nouvelles toiles ?

– non

– Moi je les ai vues. Et je crois que toi aussi tu devrais les voir.

– elles sont comment ?

– Belles... et étranges. Différentes. Elles sont un chemin je crois.

– un chemin ? pour où ?

– Pour trouver le moyen de l'aider. Et quand tu les auras vues, même si tu n'as pas tout compris, laisse-toi guider. Regarde... Écoute. Cela viendra à toi.

— quoi donc ?

— La vérité... Laisse-toi aller. Laisse ceux qui peuvent t'accompagner venir à toi. À l'école par exemple....

— Saint-Ex ?

— Oui.... Saint-Ex. Il y a des gens qui comprennent les choses.

— dis-moi, Jules ?

— Oui, Bastien ?

— tu me parles de tout ... maman, la maison... Saint-Ex, et tout ça. mais tu ne me demandes pas comment va papa ?

* * *

Ce fut le cri qu'il poussa lui-même qui le réveilla : « Papa... » Ou bien peut-être avait-il aussi rêvé ce cri-là, tandis que son dialogue avec *julesmoreau* défilait en surimpression pendant son sommeil.

Bastien tendit le bras pour allumer la lumière, puis se laissa retomber dans les coussins. Cela ne finirait-il donc jamais ? Chaque fois que le brouillard dans sa tête laissait passer un rayon de soleil, la nuit semblait tomber aussitôt. D'abord il y avait eu les révélations de Patoche à propos de sa mère... Puis Opale qui était restée connectée sans lui répondre. Enfin : *julesmoreau*. Jules qui voyait tout... savait tout. Avec lequel il éprouvait presque désormais une complicité terrifiante.

Jules qui avait coupé la communication brutalement quand Bastien avait évoqué son père. Pourquoi ?

Des questions. Il se noyait dans les questions. Elles allaient l'ensevelir. Jusqu'à la folie.

Il comprit qu'il ne pourrait plus dormir. Du moins pas tout de suite. En surmontant la peur qui était devenue une compagne permanente depuis le début de ses cauchemars, il se leva pour aller chercher un verre dans la cuisine

– alluma tout sur son passage, même s'il doutait du pouvoir de la lumière à chasser les... *fantômes* ? oui c'était bien le nom qu'on leur donne après tout.

Dans la cuisine, il se servit un verre de lait, but en évitant de jeter un œil à la fenêtre – aucune envie de voir la brume. Aucune envie non plus de découvrir la tête d'un bébé de seize mois, à demi écrasée par une Mercedes bleue, y apparaître doucement, comme en lévitation, ses yeux brillant d'une intelligence malsaine, ancienne, sa petite menotte aux doigts arrachés, levée pour lui faire coucou.

Ses yeux tombèrent sur la plaquette à crochets auxquels pendaient toutes sortes de choses, décoratives ou utiles : une lampe torche, un « bidule » en plume, un tire-bouchon, des trousseaux

... de clés ! Ou plutôt : les clés ! Les clés de sa mère. Et donc : les clés de la remise.

Les tableaux étaient à sa portée. Là, maintenant. C'était le moment ou jamais.

Il jeta un bref regard à la fenêtre : il allait falloir traverser le jardin. En pleine nuit. Mais il n'avait pas le choix : il *devait* voir ces toiles. Pour sa mère, et même, pressentait-il, pour lui.

Sans réfléchir, il retourna dans sa chambre, enfila un sweat, glissa ses pieds dans de gros chaussons poilus façon peluche. Dans la cuisine, il s'empara des clés, puis se posta devant la porte d'entrée. Il prit son inspiration. Ouvrit en grand.

La brume était plus compacte qu'il ne l'avait jamais vue, surtout au sol, comme si le jardin s'était noyé dans un océan de coton phosphorescent dévorant toute lumière. Il hésita – allait-il vraiment marcher... là-dedans ?

Bastien fixa le cube noir de la remise qui se découpait tout au fond du jardin. Ce n'était pas si loin après tout. De toute façon, il n'avait pas le choix.

Au moment où il se décida, un tentacule de brouillard se détacha de la masse et vint lui lécher les pieds. Il recula, presque écœuré. Du pied, il le repoussa – un geste parfaitement irrationnel, qu'il n'avait pu retenir. Sa jambe traversa le tentacule. La chose se désagrégea mollement avant d'être absorbée par l'air.

Il descendit les quatre marches de l'entrée – le matelas blanc et fumeux engloutit les peluches à ses pieds. En chassant les idées qui le traversaient – il pouvait y avoir n'importe quoi là-dessous... absolument n'importe quoi ! – il entreprit de traverser le jardin aussi vite qu'il pouvait sans courir, ignora la balançoire et toutes les formes qui s'élevaient du sol en ondulant sur son passage. Malgré lui, à mesure qu'il progressait, comme chaque fois ou presque qu'il s'était trouvé seul ces dernières heures, les images de la Chowder lui revinrent : les carrés de lettres pris de folie, les mots qu'ils formaient, les cris qu'ils poussaient. Oui, c'était bien des cris ! Des hurlements même, de terreur, de fureur, de vengeance !

*les ombres blanches...*

*les choooooses...*

*Laville-Saint-Jour te veut...*

Il parvint à la remise essoufflé comme après un cent mètres, chercha les clés – se maudit de ne pas avoir mieux préparé son affaire, à savoir détaché la bonne clé avant de sortir. Devant la porte, à les essayer l'une après l'autre dans la pénombre blême, il imagina la brume pousser des soupirs dans son dos – il pouvait presque l'entendre murmurer : Basssstien... Basssstien... Dans sa tête, la brume avait la douce voix d'une femme qui vous berce et vous endort.

La panique le prit par surprise : la petite fille... la petite fille sur la balançoire ! là... derrière... elle s'approche...

Ne pas regarder... Il ne devait...

Plop !

Le trousseau venait de tomber avec un petit bruit étouffé dans une gerbe de brume avant de disparaître. Effondré, il scruta l'endroit où les clés devaient reposer. Impossible de les distinguer. La brume était trop épaisse. Le front en sueur malgré le froid humide, il s'accroupit, plongea la main dans la mélasse – *absolument n'importe quoi là-dessous* ! – palpa de la paume l'univers invisible au sol : gazon humide... brindilles... feuilles mortes détrempées... gravillons... une bête gluante qui lui effleura un doigt... clés !

Voilà ! Il le tenait !

Il allait se relever quand ses yeux dévièrent une brève seconde vers la balançoire...

... NE PAS REGAR...

Elle était là.

Une pâle créature aux contours indistincts, ses cheveux suaves comme une crinière de fumée, le visage flou d'une esquisse, percé de deux trous, deux creux vides dans la brume, les mains enroulées à chaque corde, sa petite robe de brouillard agitée de frissons au moindre soupir de l'air.

Il resta immobile, saisi. Cette fois, elle n'avait rien d'une illusion ! Elle était... réelle !

Lentement elle se tourna vers lui, le gratifia d'un sourire – un trait incertain qui s'étira dans son visage de brume. Et sauta de la balançoire.

Une peur venue du fond de ses tripes inonda Bastien, hérissa tous les poils de son corps, manqua lui faire perdre le contrôle de ses fonctions.

D'un regard, il évalua ses possibilités de regagner la maison en évitant la... chose.

Nulles.

Ne lui restait que la remise.

Il se releva, les yeux toujours fixés sur l'apparition, les mains cramponnées aux clés.

Avec une mollesse d'invertébrée, la petite fille s'avança et il comprit qu'il ne pourrait jamais lui tourner le dos. Lui tourner le dos, c'était mourir. Collé à la porte, il resta figé, tandis qu'elle poursuivait son chemin.

C'est alors qu'il remarqua le jardin autour d'elle : jusqu'alors, la brume y flottait en suspension. À présent, elle palpitait, bouillonnait même à certains endroits. Comme si elle avait lu ses pensées, la petite fille s'immobilisa, regarda à droite, à gauche – affreuse impression que la tête allait se décrocher de son cou de vapeur, s'envoler comme un ballon. Autour d'eux, les palpitations s'intensifièrent, gonflèrent... Et un corps de fumée s'éleva du sol, se déplia avec une grâce aérienne. Un autre garçon. Et là, juste derrière l'arbre : une toute petite fille ! Puis, un autre encore, tous différents, tous identiques.

Les ombres blanches ! L'éclosion des ombres blanches dans la brume... Non ! Les ombres blanches *étaient de* brume !

... un bébé, enfin un tout-petit, dont la tête toute ronde creva la surface pour surnager...

*Jules ?!*

Ce fut cette pensée qui éjecta Bastien de la transe horrifiée dans laquelle il était plongé.

Dans une seconde, quand ils seraient au complet, ils allaient converger vers lui. Pourquoi le savait-il ? Aucune idée. Mais la brume était agitée de violents plop ici, et là, et là encore, des contractions ! Et l'une après l'autre, chaque ombre blanche allait apparaître et s'étirer. Une véritable armée... mais encore incomplète !

Mû par un puissant instinct de survie, secoué par une décharge d'adrénaline, Bastien leur tourna le dos pour chercher la bonne clé. Il y en avait six au total. Une poignée de secondes pour les tester toutes, plus qu'il n'en fallait !

Et si la bonne clé n'y était pas ? Était-ce au moins le bon trousseau ?

Il jeta un œil dans son dos. Son jardin comptait désormais sept ou huit créatures en train de s'ébrouer, au ralenti. Leurs yeux clos commençaient à s'ouvrir sur des cavités noires sans âme.

Une clé ! Deux clés !

Derrière lui, la fille de la balançoire n'était plus qu'à quelques mètres, et elle tendait un bras, vers lui. Les autres se mirent placidement en marche, y compris le bébé, avec une lenteur vaporeuse.

Trois clés ! Quatre... Clic.

Oui ! C'était la bonne.

Il ouvrit la porte en grand, se jeta dans la pièce en se cognant contre un meuble dans le noir, se retourna pour claquer derrière lui et leur échapper, et...

... et rien. Dehors, la brume reposait calmement comme un blanc tapis de mousse. Le jardin n'avait jamais été aussi calme. Même la balançoire avait cessé son mouvement de pendulier.

Les ombres blanches avaient replongé dans le ventre du brouillard.

Si elles en étaient jamais sorties.

# 47

— *Bénissez-moi mon père...*

Dans la somnolence vaguement consciente qui emportait le père Cartelot, dans la douce volupté de l'alcool siroté patiemment au cours de la soirée, la voix prenait une résonance creuse et profonde, comme si l'écho des cent fois, mille fois, où il l'avait entendue se répercutait contre les parois interminables d'une grotte... Ce soir, comme les précédents, tandis qu'il était assis devant une télévision antédiluvienne aux contrastes grossiers dont les couleurs constituaient la seule source de lumière dans le petit living, la tête légèrement inclinée prête à tomber, la bouche à demi ouverte, la voix ne conduisait nulle part – enfin si, à une sorte de paradis, ou d'enfer, que le père Cartelot imaginait ainsi : une pièce noire, dans laquelle une bouteille de gin attendait sur un grand piano à queue, inondée de la lumière aveuglante d'un projecteur dont l'éclat traversait le liquide avec d'étincelants reflets de diamant.

— *Bénissez-moi mon père... Je crois que je l'ai trouvé.*

— *Qui donc ?*

— *L'enfant... à Paris. Il est de Paris. Il y est peut-être encore... je vais remonter sa trace.*

Suzy Belair était passée ce soir, à point d'heure comme d'habitude. Il la reconnaissait à son pas, cette façon de se déplacer en glissant, comme si elle marchait en flottant – et chaque fois qu'il respirait le parfum fade de sa pâleur dans le confessionnal, il lui prenait de furieuses envies de refuge dans la pièce noire où conduisait la voix.

Elle avait trouvé l'enfant, pensait-elle. Donc elle avait *vraiment* cherché. Donc, elle y croyait encore. Elle, l'astrologue *croyait* ! À son pouvoir, à leur capacité à s'opposer aux forces à l'œuvre. Et elle faisait semblant de penser que lui y croyait également.

Sans doute, n'importe où ailleurs qu'ici, le père Cartelot l'aurait encouragée, soutenue, aidée jusqu'à l'épuisement. Après tout, quand l'Évêché l'avait envoyé ici, à Laville-

Saint-Jour, il était un jeune prêtre à la ferveur mystique qui non seulement *croyait,* mais prônait même une pratique traditionnelle – d'aucuns diraient sévère – et vibrait pour une mission à laquelle il souhaitait se consacrer corps et âme. Oui, ailleurs, il croirait encore. Mais pas ici... Pas à Laville-Saint-Jour. Pas avec ces... créatures au fronton de son église. Pas avec ce qu'il avait su, entendu, vu. N'importe quel prêtre rêverait sans doute d'éprouver sa foi à la puissance des forces du mal, plutôt qu'à la médiocrité du quotidien. Combien, au final, pouvaient gagner le combat ?

Lui l'avait perdu. Lui et d'autres. Tandis que Suzy Belair et, dans une moindre mesure, Odile le Garrec s'accrochaient, les autres avaient déserté, un à un, année après année. Sans doute, après l'affaire Talcot, les médias, les procès, avaient-ils tous estimé que c'était fini. Il n'en était rien, évidemment, et, pendant un temps, lui-même avait lutté, espéré... Odile le Garrec, par exemple, avait représenté une petite victoire – il se la rappelait, égarée, encore sous le choc de toutes ces horreurs. Les heures passées avec elle à prier, à se repentir, à reconstruire. Mais il n'y avait eu qu'une seule Odile le Garrec. Une seule en trente ans !

*Bénissez-moi mon père...*

Un bruit dans le hall en bas lui fit entrouvrir un œil – ses appartements, deux petites pièces au-dessus de la sacristie, étaient toujours ainsi traversés des bruits de l'église – les bruits creux de choses très anciennes qui aiment manifester leur présence aux vivants.

Le père Cartelot laissa ses yeux se refermer, ses besicles sur le nez prêtes à suivre le livre qui était tombé de ses genoux un quart d'heure plus tôt ; il se trouvait au point précis où sa conscience pataugeait dans l'abrutissement mais où le sommeil n'était pas encore assuré de le prendre sans rêve, si bien que, en alcoolique d'expérience, il décida d'attendre encore quelques minutes pour se donner le coup de grâce et...

... en bas, un nouveau bruit. Non, pas en bas... dans les escaliers. Du bois qui craque. Un son infime mais reconnaissable : celui de la dernière marche. Celle qui conduisait à ses appartements.

Dans la confusion liquide de ses pensées, une question : pourquoi cette marche se mettrait-elle à craquer toute seule ? Elle n'avait jamais fait ça auparavant, si ? Ou bien était-ce une autre pièce de bois, quelque part dans l'escalier ? La rampe se plaignant d'une fatigue légitime ?

Il ouvrit les yeux. La pièce lui présenta des proportions difformes, et il se rendit compte après quelques secondes qu'il portait encore ses lunettes de lecture, que la télé produisait un éclairage bleuté mouvant. D'un geste las, il les retira, ajusta sa vision – vague impression d'un salon en train de tanguer au rythme de l'écran.

Il tendit l'oreille. Mme Moussonet ne passerait jamais à cette heure-là bien sûr, encore moins sans prévenir. Or Mme Moussonet était la seule à avoir les clés – la seule aussi à tout savoir de lui, y compris le pire.

Il tendit l'oreille – le son de la télé était coupé, la chose servait surtout de lampe.

Non, ce devait être son cerveau qui avait craqué, aucune raison pour que...

Nouveau craquement. Juste derrière la porte.

Le père Cartelot tressaillit, s'efforça de lutter contre l'engourdissement pour se lever.

Il se trouvait en équilibre précaire, les bras encore appuyés sur l'accoudoir, quand il aperçut la poignée de la porte qui tournait. Une seconde plus tard, une ombre large, haute, s'encadra dans l'entrée.

Durant quelques secondes, le père Cartelot dévisagea la créature, sans peur aucune. Il savait pourtant de qui il s'agissait – pas précisément, en fait, enfin à cet instant son identité était encore confuse, mais c'était forcément un enfant de Laville, dont les intentions n'étaient guère amènes. De toute façon, il avait toujours su que les choses finiraient ainsi – c'était là le moment précis où il aurait normalement dû dégainer son crucifix et répandre son eau bénite, où une lumière divine aurait dû inonder la pièce, si la vie ressemblait à un roman...

Malgré lui pourtant, dans les vapeurs d'alcool, au cœur de la froide logique de sa raison et des certitudes de son destin, la peur trouva un chemin. Et quand la chose s'arracha d'un coup la peau du visage, le curé de l'église

Saint-Michel fut traversé du bref espoir qu'il trouverait la force de laisser à Suzy Belair le temps de mener à bien ses projets. Et de cette certitude : Dieu ne lui pardonnerait jamais.

# 48

Bastien se trouvait dans la remise depuis plusieurs minutes. À trois reprises, il en avait entrouvert la porte pour hasarder un œil dans le jardin : rien. Pas âme, vivante ou morte, immatérielle ou charnelle. Juste le calme lacté de la brume – elle semblait même plus légère à présent.

Son aventure avec les ombres blanches l'avait détourné de sa mission, et il attendait là, quoi il l'ignorait, sans doute que sa peur s'évanouît (mais disparaîtrait-elle jamais complètement ?) sans prêter attention à ce décor qu'il n'avait jamais vu : le petit sofa venu d'on ne savait où garni de coussins, tout un fatras de peintures, pots, tubes, qui encombraient une vieille table de bois, des fleurs un peu partout dans des vases, à se demander, se répéter : qu'ai-je vraiment vu ? Que s'est-il vraiment passé ?

Il ne comprenait pas. Il songeait à ces adolescentes capables, au moment de leurs règles, de produire une telle énergie qu'elles cassaient des verres ou des ampoules sous le coup de la colère. À ces mères qui soulevaient des camions quand leurs enfants étaient pris dessous. Avait-il lui-même créé ces... choses ? De l'énergie ? Matérialisée dans la brume ? Et si ce n'était pas le cas : pourquoi ?

Il nageait encore en pleine confusion. Des questions... Des questions...

Une dernière fois, il entrouvrit la porte. Le jardin persistait à baigner dans un calme végétal.

Doucement il ferma la porte.

Les toiles étaient là. Quatre tableaux : trois contre le mur. Un sur le chevalet. Ils étaient face masquée (sauf celui sur le chevalet, recouvert d'un tissu) mais il était certain qu'il s'agissait bien de peintures qu'il n'avait jamais vues, car sa mère n'avait jamais procédé ainsi auparavant : cacher ses tableaux.

Avec précaution, comme s'il risquait de réveiller quiconque, il s'approcha.

Il posa sa main sur la première toile. Hésita. Il lui semblait être sur le point de commettre un acte absolument interdit... quelque chose de terrible.

Il la retourna.

Ce que Bastien avait attendu, il l'ignorait. Pas ça en tout cas : un fond bleuté, presque champêtre, comme un ciel d'été, chantant, lumineux... Superbe. C'était le bleu le plus parfait que sa mère avait jamais trouvé, traversé par endroits de lumières qui semblaient jaillir de la toile elle-même, comme si elle avait réussi à capter la violence d'un soleil filtré d'un fin voile de nuages.

Pourquoi leur cachait-elle cette toile ?

Il recula. Il connaissait le processus. Il fallait chercher les taches, leur donner un sens. C'était plus difficile avec des tableaux unicolores – mais enfin, aucun tableau de sa mère ne produisait jamais une seule couleur... Simplement, parfois, elle diluait entre elles des taches aux tons différents et, même si les contours restaient flous, les formes prenaient un sens plus rapidement que lorsque celles-ci s'unissaient ton sur ton.

Il se concentra, plissa les yeux. Un arbre ? Il y avait un arbre... Enfin un tronc, noueux. La forme était inhabituelle, comme s'il s'agissait d'une sorte d'arbre vivant, d'un anim...

Un couple en train de s'embrasser ? L'impression avait été fugitive, il avait suivi un instant un contour et ça lui avait sauté aux yeux. Ensuite, l'image avait disparu – c'était l'aspect fascinant autant qu'agaçant du travail de sa mère.

Voyons, où était-ce ? Oui, là ! Voilà, il le tenait... À présent, il ne voyait plus que ça : il avait d'abord confondu les deux corps soudés avec un tronc d'arbre.

*Ou bien était-ce que le souvenir du baiser d'Opale le ramenait inévitablement à ça ?*

Non, il en était certain. Le baiser n'était pas ce qu'il voulait voir, mais ce qu'elle avait voulu cacher. Et le couple était nu... Debout, comme lorsque l'on s'embrasse dans la rue, mais nu, comme pour faire l'amour.

Il resta encore quelques instants à admirer l'œuvre – c'était assurément la plus belle de la collection, un tableau qui aurait mérité la place d'honneur de la maison tant la sereine violence de ce bleu irradiait d'amour.

Il se sentait ragaillardi, et un fol espoir l'anima soudain : voulait-elle leur faire une surprise ? Était-ce tout simplement la perfection de son travail qui l'absorbait ainsi ?

Sans hésiter, il dévoila la deuxième toile, impatient à présent de voir ses espoirs confirmés.

Il recula, épouvanté.

Le fond était gris – un gris anthracite, charbonneux, noir... Qui se confondait avec une sorte d'aura pourpre dont le centre gagnait en intensité jusqu'à l'écarlate. La toile n'était pas laide non ! Mais... elle ne ressemblait plus à sa mère. N'eût été le style, on n'aurait jamais associé les deux tableaux au même auteur tant les émotions paraissaient opposées, avec ces couleurs à vous retourner les tripes – c'était des tons qu'il connaissait : il les avait vus embraser le ciel au-dessus de sa tête, le jour où Jules était mort.

Il ferma les yeux un instant – voulait-il vraiment donner corps à ces taches-là ?

Quand il les rouvrit, ça lui apparut nettement : au cœur du tableau, là où le rouge était si intense qu'il paraissait brûlant, se dessinait le corps d'un tout petit enfant. Un enfant ouvert comme une plaie béante d'où s'écoulait le sang. En suivant le chemin d'un filament qui s'étirait du rouge au pourpre pour se fondre dans les gris, il devina, perdu dans les cendres du tableau, la pointe d'un couteau... Un couteau démesuré, par rapport à la taille de l'enfant – c'était presque un bébé, en fait.

Une immense pitié lui serra la gorge : c'est elle qui a peint ça... ma mère !

Le cœur au bord des lèvres, il reposa le tableau face contre mur. En avait-il assez vu ? se demanda-t-il. Il décida que non. Il avait voulu la vérité. Il irait jusqu'au bout.

D'un geste affirmé, il retourna le troisième tableau.

La première pensée qui lui vint à l'esprit : du feu... une toile en fusion. À l'instar de ce bleu azuréen qui illuminait la première toile, une combinaison de rouges, jaunes et oranges embrasait celle-ci. Une fois encore, Bastien s'étonna de la violence brute du talent de sa mère, un talent qu'il lui découvrait, comme si le peintre qu'il avait toujours connu était soudain possédé par un génie – du moins, c'est ainsi que, du haut de ses douze ans, il le percevait. Sous ses yeux, des flammes semblaient danser – sauf qu'évidemment, Caroline Moreau ne peignait pas des flammes mais des nuages. Il fallait une technique très particulière pour enflammer des nuages.

Cette toile-là lui résista : impossible de lui donner un sens. S'il y en avait un, il semblait consumé lui aussi par les flammes – ou bien était-ce justement l'idée générale : ce qui aurait dû se trouver là avait été détruit et ne pouvait plus être représenté ?

C'était confus : Bastien se heurtait là à des idées, des concepts, qui auraient nécessité une plus grande maturité, même s'il ne s'était jamais senti aussi « grand » qu'à cet instant, après avoir fumé, communiqué avec des morts, embrassé une fille, échappé aux ombres blanches et violé le travail de sa mère, au cœur de la nuit, dans une petite remise engloutie sous le brouillard de Laville-Saint-Jour.

Il se détourna : restait la dernière toile. Celle sur le chevalet. Celle dont il avait aperçu un barbouillis de noir qui n'augurait rien d'heureux.

À contrecœur, il s'approcha et, doucement, au cas où elle serait encore en train de sécher, il souleva le tissu, puis la dégagea complètement.

Il la regarda longuement, le cœur battant, les lèvres sèches, la gorge nouée.

Le noir, contrairement à ce qu'il avait cru, ne constituait pas la couleur dominante – en fait, les noirs et les blancs s'unissaient sans se confondre, sans non plus produire du gris (une prouesse qui aurait sans doute étonné Bastien, n'eût été l'émotion qui venait de le saisir). Au premier coup d'œil, on songeait à une représentation de la brume... la brume dans la nuit. Mais il s'y cachait autre chose évidemment : un visage. Enfin, une approximation de visage, balafrée de traits rouges rageurs – des traits inhabituels pour Caroline Moreau, qui n'avait jamais ni dessiné ni peint la moindre ligne droite. Davantage une gueule, en fait, qu'un visage : une gueule tordue, blafarde et ténébreuse à la fois, un masque d'Auguste saisi dans un cri... Une face sans lèvres, sans nez, comme si on avait collé de la peau à un crâne. Déformée par la haine, ou la douleur.

Une gueule que Bastien connaissait bien : elle lui apparaissait dans presque tous ses cauchemars.

Le visage de la mort.

Troisième partie

# Un jour, l’horreur...

# 48

Le docteur Lieberman reposait dans le lit *king size* d'une grande chambre à la déco high-tech, au cœur d'un enchevêtrement de tuyaux et de câbles électriques. À ses côtés, un respirateur produisait un déplaisant bruit de succion, tandis qu'un matériel informatique, visiblement sophistiqué, était installé à portée de sa main – un de ses bras montrait des signes de faible validité, comme l'observa Bertegui en le voyant ôter son masque pour révéler un visage blafard, la grimace tordue d'un coin de bouche, la peau parcheminée d'un grand malade.

— Vous êtes matinal, commissaire, susurra le docteur en guise de bonjour d'une voix un peu sifflante. La dernière fois que la police m'a téléphoné à 7 heures du matin, c'était pour faire les premiers constats sur un cadavre, mais je doute que l'objet de votre visite soit en relation avec mes compétences professionnelles.

— Pas directement, non, confirma Bertegui en s'étonnant de l'accueil plutôt alerte, en contraste avec l'apparence du bonhomme.

Qu'avait dit Clément, déjà, à propos de Lieberman ? Un ancien médecin légiste... devenu un légume. À en croire le lieutenant, il occupait ses journées à étudier l'histoire de la ville et s'était imposé comme un maître en sorcellerie. Dans ces conditions, la rencontre n'enchantait guère Bertegui. Pour autant, ce matin, cela s'était imposé à lui : il n'avait pas le choix.

La nuit dernière, un cauchemar épouvantable avait ensanglanté sa nuit : Mme Meniron, une lampe torche fixée à un casque et une hache dans les mains, poursuivait Jenny en poussant des hurlements de folle à travers tout le bois du Parc, alors que lui-même se trouvait « bouclé » à l'extérieur, incapable de secourir sa fille. Dans la confusion spatio-temporelle de son cauchemar, Jenny se retrouvait subitement empalée en haut des grilles tandis qu'Odile Le Garrec se détache lentement d'un groupe de badauds pour murmurer d'une voix de morte : « C'est comme le fils de Romy Schneider... »

Il en était arrivé à cette conclusion : l'affaire virait à l'obsession – et la mine sinistre de Meryl au réveil, anormalement inquiète, l'avait davantage enfoncé dans la morosité. Il en serait presque venu à souhaiter... un cadavre. Un vrai ! La victime d'un meurtre en bonne et due forme. Quelque chose de tangible pour ne plus avancer en terrain meuble et identifier la nature de l'ennemi. Seulement voilà : l'ennemi n'avait pas de visage... pas de mobile apparent. En l'absence de piste sérieuse, dans l'incapacité de placer en garde à vue Le Garrec pour lui arracher les éléments qu'il persistait à taire – des informations clés, il en était certain –, Bertegui s'était donc résolu, aussi pénible que fût la perspective d'une discussion autour de rituels, de cœurs de taureaux et d'ombres vêtues de noir, à contacter le médecin dès la première heure.

D'un infime mouvement de tête, l'ancien légiste lui indiqua un fauteuil de cuir et de métal dans lequel le Sanglier prit place maladroitement – l'objet était sans doute beau, mais visiblement pas conçu pour la structure de gens normaux, c'est-à-dire imparfaits.

— C'est Clément qui vous envoie, si j'ai bien compris...

— Exactement. C'est un de mes lieutenants.

— Oui oui... j'ai connu Clément, dans le temps. Un garçon très droit je crois. Alors, que puis-je pour vous ?

Bertegui s'agita, mal à l'aise dans le fauteuil. La nature de sa demande autant que le lieu – cette grande chambre vide à la lumière filtrée par des stores verticaux – l'indisposaient.

— C'est en rapport avec l'affaire Talcot, je suppose, l'encouragea Lieberman.

— Indirectement, oui...
Sur le visage figé, une ébauche de sourire.
— Je m'en doutais. Je vous écoute...
— Le lieutenant Clément a laissé entendre que vous maîtrisiez certains rites de... sorcellerie, enfin, ce genre de choses.
— Maîtriser n'est pas le mot – on ne maîtrise que ce que l'on pratique, commissaire. L'étude n'est rien sans la pratique, n'est-ce pas ? Disons que j'ai essayé de comprendre ce qui m'est arrivé.
D'un bref regard, Bertegui parcourut la momie étendue devant lui – impossible de saisir exactement ce que la dernière phrase de Lieberman impliquait. Il décida d'aller au but.
— Un taureau a été tué... Et son cœur arraché. Enfin : retiré. J'ai besoin de savoir si ce geste a une signification particulière. J'aimerais aussi que vous m'expliquiez un peu comment... comment s'organisaient les sabbats et ce genre de trucs.
— C'est dans le cadre d'une enquête je suppose ?
Bertegui hocha la tête.
— Une enquête qui déborde bien évidemment le seul cas de ce taureau ?
Le docteur posait sur son visiteur un regard acéré et curieux, bien loin du concombre annoncé par Clément. Même sa voix, après les premières hésitations, s'était affermie.
— Me direz-vous ce qui s'est passé ?
— Je ne peux pas.
— Évidemment. Précisez-moi seulement s'il y a eu enlèvement ? Disparition ? Un enfant ? Une jeune fille ?
— Non, du tout.
— Cela va venir. C'est inévitable.
C'était tombé comme une sentence.
— Vous êtes nouveau en ville, commissaire, ou je me trompe ? demanda Lieberman.
— C'est exact.
— Bien. Je ne sais pas exactement ce que vous cherchez, ni après quoi vous courez mais je peux vous dire ceci :

pour comprendre ce qui est à l'œuvre ici, ce qui se passe à Laville-Saint-Jour... vous devez comprendre ce qu'est Laville-Saint-Jour.

— Ce qu'elle est ?

— Oui. Ce qui est à son origine. Et conditionne la suite, si on peut dire. Laville-Saint-Jour est au confluent de deux mondes... Un pont entre deux univers. Et un refuge.

Bertegui allait protester, interrompre le docteur pour l'inviter à ne pas se perdre dans des digressions, mais ce dernier lui coupa l'herbe sous le pied.

— Au départ, Laville n'est qu'un lieu-dit... Un lieu-dit qui ne tire même pas ses origines d'un passé gallo-romain, contrairement à pas mal de ses semblables alentour. Sans doute à cause du climat, vous imaginez bien. Qui a envie de vivre dans un trou plombé par pareille purée de pois ? Même la vigne, pendant des années, a été complètement inexploitée. Toutefois, Laville a une particularité. Connaissez-vous les Grandes Compagnies ? Les Écorcheurs ?

Bertegui fit non de la tête, les sourcils froncés dans l'espoir de manifester son impatience.

— Les Grandes Compagnies sont des hordes de brigands qui ont ensanglanté une grande partie de la France du Moyen Âge... Une des plus célèbres a été les Écorcheurs et c'est en Bourgogne qu'elle a été active. Une association de malfaiteurs si vous voulez, mais qui a ceci de particulier qu'elle n'était pas composée que de mercenaires : des nobles, souvent d'anciens chefs de guerre, étaient à leur tête... Et elles étaient puissantes : elles allaient jusqu'à rançonner les ducs de Bourgogne pour les autoriser à voyager...

Si le docteur Lieberman perçut, au tapotement des doigts de Bertegui contre ses cuisses, au couinement de sa veste en agneau quand il s'agita dans le fauteuil, l'impatience de son interlocuteur, il n'en montra rien.

— Les Écorcheurs ont joui d'une impunité non pas de droit, bien sûr, mais de fait : ils étaient insaisissables. Or les Écorcheurs, commissaire, ce sont en fait les premiers habitants de Laville-Saint-Jour. Ce sont eux qui ont bâti les premières maisons, tracé les premières routes, dessiné les premiers plans. À l'insu de tous, ou presque. C'est ce qui fait l'histoire de cette ville si particulière : elle a commencé à vivre en dehors de toute légalité, en marge du reste du monde. Plus qu'aucune autre, elle s'est bâtie dans le sang... Et grâce à de l'argent volé, extorqué, pillé...

« Au XVe siècle, cela étant, il ne s'agissait encore que d'un village perdu dans la brume à l'existence tenue secrète – même si, de par le sang bleu des hommes à la tête des Écorcheurs, le secret a été éventé... C'est ce qui nous amène à la Vauderie d'Arras...

— La Vauderie d'Arras ? répéta Bertegui dont l'intérêt, malgré lui, commençait à s'éveiller.

— Un des plus grands procès de sorcellerie de l'histoire... En fait une lutte de pouvoir entre les ducs de Bourgogne et Louis XI. Vous n'êtes pas sans savoir qu'il y a eu des périodes du Moyen Âge où la chasse aux sorcières a fait rage. Mais celle d'Arras est particulière : les persécutions ne concernaient pas que des marginaux, comme ailleurs, mais aussi de grands bourgeois, des commerçants fortunés... Dans cette perspective, la Vauderie d'Arras ne se limite pas à une anecdote médiévale : il s'agit de l'opposition entre deux pouvoirs en place qui s'est jouée sur le terrain judiciaire. Avec les notables de la ville pris en otage : échevins, chevaliers, collecteurs d'impôts, et j'en passe... À qui l'on a fait avouer les actes les plus invraisemblables sous la torture – en vérité, j'ai regardé avec intérêt le procès d'Outreau : l'affaire ressemble à une version moderne de la Vauderie...

« Bref : il y a eu ceux qui se sont fait prendre, emprisonner, parfois exécuter... Et il y a les autres. Ceux qui ont fui. Ceux-là, c'est ici qu'ils ont trouvé refuge. À Laville-Saint-Jour... Auprès des Écorcheurs.

Lieberman attendit une réaction.

— Vous comprenez cette particularité ? insista-t-il. Laville-Saint-Jour est un refuge. Un refuge pour des mercenaires menés par des nobles et des guerriers. Et un refuge pour des notables déchus mais encore très argentés. C'est ainsi qu'elle a connu, grâce à tout cet argent qui coulait à flots, une poussée aussi rapide et, il faut bien le dire, florissante à partir du XVe siècle.

— Quel rapport avec les événements récents ?

— Toute la question est là... J'ai établi le parallèle avec Outreau à dessein. Voyez-vous, presque tous les accusés d'Outreau sont innocents. Presque. Car les parents, eux, sont bien coupables. Comme Outreau, si on peut dire, la Vauderie d'Arras n'est pas partie de rien. Il y a bien eu des... des actes.

Lieberman se tut, comme pour laisser à Bertegui le temps de bien saisir ce qu'il entendait par acte.

— Vous devez comprendre que Laville-Saint-Jour a été le théâtre de choses... effroyables au cours des siècles. Voyez-vous, il n'y a pas de doute sur le fait que les réfugiés d'Arras, dans leur haine et leur colère, ont initié les Écorcheurs à leurs pratiques. C'est pourquoi Laville-Saint-Jour est unique : c'est un endroit où la barbarie de détrousseurs de grand chemin a rencontré la folie d'adorateurs du diable. Tous deux rejetés par le reste du pays. Et riches, qui plus est... En fait, c'est la seule *communauté* d'adeptes de messes noires au monde.

Bertegui se rappela tout à coup ce qu'il avait pensé en discutant avec Vilbois : la mafia version messe noire... Cela renvoyait exactement aux propos de Lieberman. L'association des Écorcheurs et des rescapés du procès.

— Si vous remarquez bien, la ville a d'ailleurs une conception très particulière : elle est structurée comme un pentacle.

— J'avais cru noter quatre points, et non cinq.

— Non, vous faites erreur. C'est l'impression que l'on a si l'on se réfère à la ville d'aujourd'hui... Mais à l'époque, c'était un gros bourg. Dont la cinquième branche tombe précisément sur l'église Saint-Michel.

— Les gargouilles, murmura Bertegui.

— Précisément, oui. L'église avec les gargouilles... D'autres éléments d'architecture confirment la nature particulière de cette ville. Certaines très vieilles maisons, par exemple, ont encore un accès à des souterrains. Voyez-vous, la légende veut que les sorcières se rendaient aux sabbats sur un balai mais c'est évidemment beaucoup plus prosaïque : il semble que l'on se soit déplacé, à l'époque, en empruntant ces tunnels. Qui étaient également conçus pour permettre de s'échapper en cas de problème – après tout, ce sont des hors-la-loi qui ont créé tout ça.

— Mais je suppose que la ville n'a pas pu exister longtemps dans l'anonymat.

— Oh non, bien sûr que non ! Les deux communautés se sont apporté mutuellement. Les Écorcheurs ont accueilli les bourgeois d'Arras et tous leurs biens en échange de leur protection... Et les nouveaux arrivants ont mis l'argent à la disposition de la ville en construction et, en quelque sorte, policé leurs hôtes. Si bien que, une fois l'affaire d'Arras enterrée – il faudra attendre une trentaine d'années pour les réhabilitations – la ville s'est drapée dans un prospère manteau de respectabilité. Une génération aura suffi en fait.

— Mais malgré tout, si je vous suis bien, les... choses ont continué ?

Lieberman tenta un coin de sourire, s'apprêta à répondre, avant d'être interrompu par une quinte de toux. À mesure qu'il parlait, Bertegui avait remarqué sa voix de plus en plus sifflante, le débit un peu essoufflé malgré l'évident enthousiasme à communiquer son savoir. Quand il ne s'exprimait pas, l'homme paraissait aux portes de la mort. Une mort qui creuse, ronge, défigure et prend son temps.

— Les choses, comme vous dites, ont continué. Nous sommes à une époque où la mortalité est élevée. Où les enfants disparaissent facilement... Je pense qu'il y a eu un minimum de quatre enfants tués par an – un minimum qui correspond aux quatre grands sabbats annuels, un par début de saison. C'est peut-être beaucoup plus. Du reste, tout le monde dans la région savait qu'il se passait des *choses*. Mais les ducs de Bourgogne, et plus tard la Couronne, n'ont jamais inquiété les Villois. Car ils craignaient leur pouvoir occulte.

— Je vois, dit le commissaire d'un air sombre. Quel rapport avec... mettons l'affaire Talcot ? Tout cela remonte à cinq siècles.

— Un rapport direct : la sorcellerie est comme la névrose : héréditaire.

Bertegui sursauta presque.

— Comment ça ?

— Il y a deux modes d'affiliation aux pratiques : l'initiation et l'hérédité. C'est une forme de savoir – et de croyance – qui se transmet par des rites de passage, une sorte d'intronisation, mais surtout de génération en génération. Les rites sont très codifiés. Oh ! bien sûr, au fil du temps, les choses ont forcément évolué : Laville-Saint-Jour a pris son essor, la vigne s'est fait une réputation mondiale, etc. Il n'en reste pas moins ceci : des crimes invraisemblables ont eu lieu ici... Et des traditions se sont perpétuées. Vous avez, parmi les Villois, pas mal de familles qui ont du sang sur les mains, et ce depuis toujours. Des enfants ont assisté à... à tout ça. Ont vu l'insupportable. Vécu ces scènes... Ils ont été initiés, par leurs parents.

— Vous êtes en train de me dire que tout Villois est un criminel en puissance ! ? Que depuis cinq siècles on pratique des ... je ne sais même pas comment l'appeler : des sacrifices humains ?

— Non, mais certains d'entre eux ont traversé l'indicible. Et il en reste des traces. Le Villois de pure souche a un rapport au monde et aux choses... différent. Tout cela a produit... comment dire : de l'énergie.

Bertegui fixa le docteur d'un air soupçonneux.

— De l'énergie, c'est-à-dire ?

— Il se passera toujours ici, des choses... hors du commun. Ici, la mort a frappé plus qu'ailleurs. Cette énergie, toute la ville en vibre.

À présent, la voix de Lieberman n'était plus qu'un murmure rocailleux – mais Bertegui percevait plus que le docte intérêt d'un universitaire : la ferveur d'un croyant.

— Vous voulez dire : surnaturelles ?

— Si vous préférez. Toute cette haine, tous ces actes ont laissé des traces. Il reste inévitablement quelque chose. Car d'une certaine façon, la ville s'est bâtie grâce aux forces du mal. Cette énergie, personne ne peut vraiment l'expliquer... ni l'appréhender. Vous pouvez choisir de l'ignorer. Mais elle est là. Présente. Vous savez ce que raconte la légende ? La brume est faite d'ombres... D'ombres blanches. Les enfants sacrifiés de Laville-Saint-Jour. C'est pourquoi, siècle après siècle, elle s'est épaissie...

Bertegui ne put réprimer un toussotement qui sembla ramener Lieberman à plus de calme.

— D'ailleurs, la ville a son compte de criminels reconnus – je ne parle pas des Talcot bien sûr. Ils sont les plus visibles mais il y a eu aussi d'Anton de Villeneuve au XVIIIe siècle, célèbre pour avoir torturé des prostituées à Paris – une sorte de Jacques l'Éventreur avant la lettre... Fin XIXe, Frédéric Outremont, que l'on surnommait l'Ogre de Provence, car non seulement il tuait des enfants mais les mangeait... Plus récemment Pierre Andremi...

— Andremi ? s'étonna Bertegui en se rappelant le procès qui avait passionné le public quelques années auparavant – plusieurs enfants violés et massacrés, en région parisienne, par un « beau jeune homme sans histoire ».

— Oui, Andremi, directement affilié aux Talcot même, puisque sa mère, Mathilde Andremi, une alliée des Talcot, a été reconnue activement impliquée dans l'affaire et qu'elle est encore recherchée. Andremi et d'autres... tous cousins, ou parents, les uns des autres. Tous des enfants de Laville-Saint-Jour, même si certains se sont exilés. Alors vous comprenez ? Vous pouvez rejeter le concept... d'*énergie* qu'ont produit cinq siècles d'horreurs. Mais vous ne pouvez nier l'impact, le traumatisme, pour des enfants qui ont été partie prenante. Ce n'est pas moi qui vais vous apprendre comment on « fabrique » un criminel, n'est-ce pas ?

Bertegui garda le silence.

— Vous avez aujourd'hui même, dans cette ville, des gens, des *jeunes* gens, qui ont participé aux... réunions orchestrées par la famille Talcot. Ces jeunes, que vont-ils devenir ?

— Des victimes de la vie, murmura Bertegui.

— Exactement. Des victimes de la vie... ou des bourreaux.

* * *

Ils gardèrent tous deux le silence. Durant quelques instants, Bertegui oublia le cadre froid et net de la chambre de Lieberman pour plonger dans l'océan confus de ses pensées. Lentement, une hypothèse émergea, comme une bulle éructée à la surface. Et tout à coup, il comprit pourquoi l'ennemi n'avait pas de visage. L'ennemi, c'était la ville elle-même. L'ombre aperçue par trois fois là où la mort avait frappé ces derniers jours n'était pas là par hasard : un enfant de Laville-Saint-Jour. Qui obéissait à la ville, suivait le destin qu'elle avait tracé pour lui.

Un enfant de Laville-Saint-Jour, revenu au pays... Tout ramenait toujours à Le Garrec !

— Du sang de Madeleine Talcot a été retrouvé récemment, lâcha-il dans un murmure, comme une confession honteuse. Sur un bris de miroir.

— Sur une scène de crime ?

— Pas exactement. Mais pas loin d'un... d'un corps, effectivement, répondit le commissaire en chassant l'image fugitive d'un gosse de quatorze ans embroché à huit mètres du sol.

— A-t-il été retrouvé près du cours du Parc ? s'enquit le docteur.

Bertegui battit des cils d'étonnement.

— Oui...

— Quelqu'un essaye de la contacter.

— Pardon ?

— Je vous ai dit que la ville était chargée d'énergie. Précisément entre les cinq étoiles du pentacle. Vous n'y croyez pas, mais... ceux qui essayent de la contacter eux en sont persuadés.

— Pourquoi... *elle* ?

— Parce qu'elle était la dernière grande sorcière en activité. On réclame... sa force. Son appui.

Bertegui ferma les yeux. Les éléments se répondaient tout en s'embrouillant : la transmission des « pouvoirs », tous cousins, l'énergie au cœur du Pentacle... Comment accueillir ces mots sans un grand éclat de rire : la dernière grande sorcière ?

— Vous m'avez parlé d'un taureau ? dit Lieberman.

— Oui, c'est exact. Son cœur a été volé.

— De nombreux rites sont en fait hérités de l'Antiquité. Le sacrifice des enfants, par exemple, remonte au culte de Baal – on brûlait alors des dizaines d'enfants dans un brasier pour adorer le dieu phénicien. Ensuite, avec l'introduction des rites catholiques, des modifications se sont faites : les enfants n'étaient plus brûlés, mais égorgés. Il en va de même pour le taureau. Sa signification est riche et multiple : il peut être sacrifié au cours d'un sabbat...

— Ce n'est pas le cas, je pense : on l'a retrouvé dans un pré. Aucune autre trace de... d'abus que ce que je vous ai décrit. Il n'a pas été saigné.

— Dans ce cas, c'est une punition. Le taureau comme symbole du veau... Et de la reproduction. Bref de l'enfant.

— Et le cœur volé ?

— Enflammé, il condamne le propriétaire du taureau à la damnation. Sinon, c'est un avertissement à celui qui le reçoit.

À nouveau Bertegui ne put s'empêcher de penser à la mafia, qui envoyait des langues à ceux qui risquaient de parler à la police.

— Oh c'est vrai que dit comme ça, ça a l'air grand-guignol. Je sais que toute cette codification a quelque chose de ridicule. Mais ici... ici je prendrais les choses très au sérieux. Je suis bien placé pour le savoir, ajouta Lieberman d'une voix à peine audible.

Bertegui observa le visage cendreux de l'ancien médecin légiste.

— Que vous est-il arrivé ? demanda-t-il après une hésitation.

Lieberman toussota, essaya de s'éclaircir la voix, mais quand il reprit la parole, elle était voilée. D'émotion, ou de fatigue.

— Personne ne le sait. En tout cas, aucun médecin. J'ai eu affaire aux Talcot deux fois dans ma vie... La dernière remonte au moment où l'affaire a éclaté. J'ai... disons représenté pour eux une menace.

Bertegui attendit la suite.

— Certains médecins ont diagnostiqué une attaque pour expliquer la paralysie mais... mais comment comprendre les trente-trois fractures spontanées ?

Bertegui retint un sursaut.

— Ils m'ont rafistolé tant bien que mal – j'ai retrouvé l'usage de la parole comme vous pouvez voir – et croyez-le ou non, cela s'est fait dans les minutes qui ont suivi la mort de Madeleine Talcot. Mais j'ai encore des difficultés pour la respiration, et j'ai perdu la plupart de mes fonctions locomotrices. Évidemment, même à l'IRM une attaque peut passer inaperçue, mais je suis médecin. Et je sais que médicalement, ce qui m'est arrivé est impossible...

— Pourquoi êtes-vous resté ? demanda Bertegui après un silence.

Un pâle sourire, amer. Bertegui comprit que la réponse ne se mettait pas en mots, enfin qu'elle devait recouvrir une réalité complexe : besoin de comprendre... nulle part où aller... l'espoir d'aider la police comme je viens de le faire... je suis déjà mort... ça ne vous regarde pas... La maîtrise apparente de Lieberman cachait un drame humain : on lui avait volé sa vie. Ou du moins en était-il persuadé, ce qui revenait au même.

Le regard du médecin devenu momie se perdit vers la fenêtre où le gris de la rue perçait entre les lamelles des stores. Bertegui estima qu'il était temps de prendre congé. Il se leva, se rappela une question qui l'avait traversé pendant l'exposé de Lieberman.

— Pourquoi tout ça, docteur ? Les sacrifices... les messes ?

La tête toujours enfoncée dans les coussins, Lieberman tourna les yeux vers lui dans un infime mouvement du cou. Bertegui supposa, à son regard, qu'il était satisfait de ne pas conclure l'entretien sur une note personnelle et lugubre.

— À l'origine, par réaction : contre le pouvoir en place. Contre les interdits de l'Église. Ou, selon les psys, pour s'affranchir d'un surmoi écrasant et satisfaire des pulsions au travers de pratiques auxquelles on s'adonne sous drogue au cours de ces réunions. La jouissance... Qui entraîne la folie... Ça, ce sont les fondements même de la sorcellerie.

« Ensuite, parce que l'on n'a pas le choix. On y prend goût. De toute façon, ce que la ville veut, la ville l'obtient. À tout prix. Et la ville ne veut qu'une chose : du sang. C'est du sang qu'elle tire sa force.

Sans regarder Bertegui, il conclut par ces mots :

— Il n'y a pas une maison dans cette ville où au moins un enfant n'a pas disparu au cours des siècles... C'est ainsi que Laville-Saint-Jour s'est faite. Il faudra des siècles pour effacer ce qui s'y est passé. Et qui s'y passera encore...

## 49

Nicolas posta la Mini à une trentaine de mètres de la grille principale de Saint-Exupéry, juste à l'entrée du cours du Parc. La voiture faisait un peu tache sur les allées – il y circulait certes d'autres Mini, mais aucune n'arborait des bandes de damier noir et blanc façon rallye, ni des jantes scintillantes montées sur gros pneus – il ne s'imaginait pas pour autant emprunter un véhicule dans le seul but de faire le guet, puisque c'est ce dont il était question. Du reste, la Mini était garée juste à un décrochement du cours, sous un arbre. Qui allait la remarquer, dans la masse des voitures qui déposaient les élèves ?

Le moteur coupé, il descendit la vitre, remonta col et écharpe – la température des petits matins ne cessait de baisser ces derniers jours, à mesure que la brume gagnait... L'histoire immuable de Laville-Saint-Jour.

Sa deuxième visite à Saint-Ex depuis son retour – la deuxième en vingt ans. La précédente, on lui avait annoncé la mort de sa mère, un enfant avait poussé un hurlement d'effroi, et il avait été frappé par un phénomène dont il se croyait à l'abri depuis sa rencontre avec Cléance, soit un quart de siècle plus tôt : un coup de foudre.

Étrange, songea-t-il en se remémorant l'attirance violente et inexplicable éprouvée pour Audrey au premier regard, étrange qu'il lui fallût passer les portes de Saint-Ex pour que s'ouvrent celles de l'amour.

Était-il amoureux d'Audrey, d'ailleurs ? La question était sans objet. Certes, il avait... *envie* de l'aimer. Follement envie. Le moindre de ses gestes lui provoquait des bouffées de désir : sa façon de rejeter les cheveux en arrière, son attitude quand elle croisait les jambes, ses lèvres serrées autour de la cigarette, son regard intelligent, rieur... *Follement* envie de l'aimer, donc. Mais quelle importance ? Ça lui était interdit. Ainsi qu'il le lui avait confié, ce n'était pas le bon moment – à dire vrai, on ne pouvait pas en trouver de pire pour avoir le cœur visé par Cupidon. Il n'avait évidemment pu en expliquer davantage. Ce n'est pas le bon moment... *Tu serais en danger.*

C'était une vérité d'une infinie tristesse : de combien de femmes un homme adulte peut-il, au cours d'une vie, s'éprendre aux premiers mots échangés, au premier sourire ? Combien de femmes avaient vraiment éveillé en lui ce désir immédiat, non pas purement sexuel, mais bien au-delà, comme une soudaine pulsion de vie qui se met à palpiter et provoque un violent manque de l'autre ? La découvrir, la protéger, la posséder ?

Seulement voilà : Audrey était peut-être *déjà* en danger. Elle lui avait relaté, en détail, la scène de rupture avec Antoine et, surtout, ses doutes quant à son rôle à propos de son élève, Bastien Moreau... « Je crois qu'Antoine était en bas de ma fenêtre, ce soir. »

Bien sûr, ce pouvait être Antoine. Ce pouvait être aussi n'importe qui d'autre. Son ancien mari par exemple – qu'était-il venu faire à Laville-Saint-Jour cette année, *exactement* ? (Elle avait répondu à cette question par un bref : « Joce est la dernière personne au monde de qui j'ai envie de parler en ce moment... ») Ce pouvait être aussi un voisin... Ou vraiment n'importe qui.

Ou pas.

Et d'ailleurs, même s'il ne s'agissait *que* d'Antoine, n'était-elle pas de toute façon en danger ? Quel rôle Antoine tenait-il ? Et Cléance ? « Les Laboratoires Hecticon le couvrent... Ils payent la maison de la famille... Et la scolarité de Bastien... Pourquoi... je ne comprends pas... » Pas plus qu'Audrey, il ne saisissait (ou fuyait-il une nouvelle fois l'évidence ?). Bastien Moreau était-il « l'enfant » ? Celui que Suzy Belair, l'astrologue, recherchait ?

Il regarda sa montre. Il était près de 8 heures. Si Bastien s'était montré, il l'avait manqué. Nicolas n'était pas venu là pour lui parler – certainement pas lui raconter ... l'invraisemblable ! Il voulait juste le voir. Le regarder. S'assurer, à tout le moins, d'être capable de le reconnaître. Il n'en était pas certain : tout s'était passé si vite, pendant la conférence. Le cri, le coup de fil...

Il reporta son attention sur la grille de l'école – une grille tout aussi majestueuse que celle qui lui faisait face, à l'entrée du bois du Parc, et surmontée de drôles de torsades dorées, baroques et anachroniques. La masse compacte et colorée des élèves, des parents et des chauffeurs, commençait à se clairsemer. Doucement, des souvenirs venus de loin éclipsèrent ceux de la nuit passée. Rien n'avait vraiment changé, même si les élèves avaient abandonné ces ridicules uniformes à l'anglaise qu'ils portaient du temps du prédécesseur d'Antoine à la direction de l'école.

Un saut dans le temps. Il se revoyait ici même, traînant la patte les deux premières années – enfin la roue : il venait à vélo, car il aurait été mortifié d'arriver avec sa mère, lui dont la seule présence en ces lieux se justifiait par le travail qu'elle y exerçait ; impatient ensuite de retrouver la bande, ceux de la Chowder, et Cléance, qui portait son uniforme avec la nonchalance distante et affirmée d'une fille qui aurait enfilé une robe de couturier pour venir en cours. Cléance et son corps parfait, tout en courbes nerveuses de gazelle, avec ce port de tête qui promettait la plus belle des réussites, star à Hollywood, princesse à Monaco, ambassadrice aux États-Unis, enfin autre chose que... épouse à Laville-Saint-Jour.

Peu à peu, la grille de Saint-Ex s'effaçait, d'autres images prenaient forme : Antoine courant sur le stade, loin devant tout le monde, son sourire conquérant aux lèvres, plein de la fougue des Rochefort, avant que son père ne décidât de... renoncer. Floriane en soirée, déjà une brindille toute sèche, battant des cils chaque fois qu'elle croisait son regard, en triturant ses cheveux avec des airs de petite fille. Gilles Camerlin, secoué d'une sorte de transe hystérique en pleine séance à la Chowder, parce qu'il avait abusé de l'étrange breuvage que leur concoctait Florence Noblet – il avait prononcé, d'une voix gutturale et profonde comme jaillie des tréfonds de nulle part, des mots incohérents que Cléance avait froidement résumés par : « C'est la langue du pouvoir. Du latin inversé... »

Un hiver de glace aussi – oui, de glace et non de brume : cette année-là, elle avait été chassée par la neige (l'année suivante, un brouillard furieux et déchaîné s'était vengé, on n'y voyait pas certains jours à dix pas !), si bien que la ville s'était figée dans une blancheur minérale – comment oublier cette vision saisissante de l'église Saint-Michel s'avançant sur la place comme un énorme vaisseau fantôme pris dans le givre, ses gargouilles à la proue, cristallisées, étincelantes sous le soleil réfrigérant qui leur donnait à tous la mine blafarde de vampires ? L'hiver où tout avait basculé... Où tout avait fini.

Il se rendit compte qu'il s'enfonçait doucement dans une mélancolie morbide, glauque, s'ébroua dans la voiture pour reprendre pied. Devant l'école, le calme était revenu : il avait raté Bastien Moreau. Ou le gosse n'avait pas cours si tôt ce matin. Ou il n'avait pas voulu le voir. Ou tout simplement pas reconnu.

Il allait démarrer, confus, égaré, se demandant s'il allait revenir une heure plus tard, et la suivante, et ce soir, et le lendemain, quand il aperçut dans le rétroviseur la silhouette tonique d'un petit pruneau qui glissait sur des patins. Un retardataire, se dit-il avec un sourire amusé. Comme lui, au même âge.

La silhouette emplit le rétroviseur, bascula sur celui de l'extérieur, le dépassa. Le jeune dérapa net dans un tourbillon d'une élégance à couper le souffle, jeta ses affaires sur un banc à dix mètres de la voiture et entreprit de défaire ses rollers.

Nicolas l'observa un instant – un visage au teint pâle, les yeux cernés, l'air sombre, sous une casquette portée de travers qui n'avait pas du tout sa place à Saint-Ex, pas plus d'ailleurs que ses pantalons d'une largeur suffisante pour y glisser un éléphant. Et ça le prit là, soudain, comme une distorsion saisissante, vertigineuse : c'était lui qu'il était en train d'observer sur le banc. À vélo plutôt qu'à rollers, en uniforme en guise de baggys MTV, mais... oui, c'était lui ! Le même regard sombre, l'air préoccupé, absorbé même, comme si la vie lui apparaissait d'une insoluble complexité. Comme si l'enfance était une prison dont il fallait s'échapper à tout coût... Lui, dont la place n'était pas à Saint-Ex ni à Laville-Saint-Jour – mais Nicolas avait découvert par la suite que lorsque l'on n'appartient pas à la ville de son enfance, on reste à jamais un homme de nulle part.

Un instant, le jeune se figea, et tourna la tête brusquement avec la grâce d'un daim qui flaire le chasseur derrière l'arbre. L'écrivain et lui échangèrent un long regard – mais Nicolas n'en était pas certain : les reflets sur le pare-brise teinté dissimulaient peut-être son propre visage depuis l'extérieur.

Était-ce Bastien Moreau? Cela n'avait plus aucune importance. Toutes les réponses tenaient désormais dans cette évidence : c'était lui qu'il était en train de regarder sur ce petit banc de Saint-Ex. C'était lui-même qu'il venait de reconnaître.

Lui... mais pas seulement.

# 50

*Tu dormais... je n'ai pas voulu te réveiller... Merci pour cette nuit merveilleuse.* Audrey retourna le mot posé sur l'oreiller, griffonné de l'écriture serrée d'un médecin plutôt que d'un écrivain (enfin de l'image irrationnelle qu'elle s'en faisait : des pleins et des déliés élégants couvrant des pages et des pages de manuscrits rédigés à la plume et à la bougie).

Une nuit merveilleuse... Elle l'avait été, effectivement, à certains égards. Jusqu'à ce que l'ombre d'Antoine vînt se glisser entre eux. Celle d'Antoine, et de Bastien aussi. Audrey avait fini par tout raconter à Nicolas, toujours lovée dans ses bras. Il avait en retour gardé le silence. Non pas le silence de celui qui écoute... mais le silence de celui qui se tait.

C'était lui d'ailleurs qui avait mis un terme à la conversation, de la plus pressante des manières, et, passé le trouble induit par leur échange, elle s'était abandonnée avec la même intacte passion qu'une heure plus tôt, et leurs deux corps avaient chassé les doutes, les questions, les suspicions, les Rochefort, les Moreau, Joce et le reste du monde... Nicolas la touchait, sans qu'elle sût dire comment, au point qu'elle s'était posé cette question improbable que seule une femme émotive et inondée d'hormones peut oser formuler, dans le secret de son cœur de petite fille, à propos d'un homme qu'elle connaît à peine : est-ce qu'il ferait un bon père pour David ?

Pour autant, elle n'était pas parvenue à trouver le sommeil. Antoine et Bastien, et la Mercedes, et *julesmoreau* étaient revenus la hanter, comme si tous les moments passés avec Nicolas s'écrivaient entre parenthèses suivies de points de suspension : du plaisir et des non-dits ; des éclats de rire et des questions sans réponse ; des instants de grâce et des silences.

Au réveil, donc, ce mot – *une nuit merveilleuse*, mais aucune proposition d'en vivre une seconde. Et la violence du réel qui reprenait ses droits.

Elle se laissa retomber dans les coussins, morose, romantique, inexplicablement angoissée, le mot en main qu'elle froissa et serra dans son poing.

*Merci pour cette nuit merveilleuse...*

*Ce n'est pas le bon moment...*

*Un jour des choses terribles...*

La conversation de la veille lui revint, l'émoi de Nicolas quand elle avait évoqué Bastien, et *la* phrase. Davantage qu'Antoine, c'était en fait Bastien qui avait jeté un voile noir sur la soirée. Plus exactement, la conclusion de sa fiche de présentation, ce hasard, cet accident : le livre de Nicolas portait un titre dont les mots étaient déjà contenus dans cette fiche. Bastien, connecté à Nicolas le Garrec par un lien inexplicable qui tenait en à peine une ligne.

Mue par une impulsion, elle rabattit les draps et sauta hors du lit, enfila une robe de chambre pour passer dans le petit bureau-chambre d'amis sans même un arrêt dans la salle de bains. Sur une étagère Ikea à deux sous, elle s'empara d'un gros classeur vert, se reporta à l'onglet : FICHES, chercha celle de son élève. Quand elle l'eut trouvée, elle la sortit, parcourut l'écriture nerveuse, assez mûre, davantage celle d'un adolescent affirmé que d'un jeune au sortir de l'enfance

*Avez-vous des frères et ses sœurs ? OUI NON*

*Quelle est votre devise : Un jour, des choses terribles arriveront ; et ce jour-là, plus rien, jamais, ne sera comme avant.*

C'était écrit sans faute, avec une ponctuation impeccable. Bastien avait-il déjà *lu* cette... prophétie quelque part ? La restituait-il telle quelle ?

Sans explication à son geste, elle déplia le mot de Nicolas à côté, les compara. Et tout à coup, ça la saisit comme une urgence : il fallait éclaircir le « mystère Moreau ». Là, tout de suite, enfin au plus vite. Pour Bastien, au premier chef, son élève en souffrance qui... la prenait aux tripes. Pour Bastien, mais pas seulement : pour elle également – il avait suffi d'un cauchemar, ces quelques lignes de chat MSN, et bien sûr cette « devise », pour que l'affaire l'affectât personnellement, se répandît comme un poison. Et enfin, pour Nicolas même, ou plutôt : Nicolas et elle. Donner aux parenthèses et aux points de suspension la cohérence d'une phrase.

D'un geste vif, elle ferma le classeur, passa dans la salle de bains, riche d'une énergie neuve, volontaire.

Comment procéder ? se demandait-t-elle tout en accomplissait les gestes mécaniques du matin.

Les parents. Elle avait d'abord repoussé l'idée de les alerter à propos de ce *julesmoreau* sur MSN, parce qu'elle s'était sentie incapable de leur annoncer une vérité aussi morbide que : « Quelqu'un se faisant passer pour votre bébé contacte Bastien sur le Net. »

À présent, la donne était différente. Elle avait lu la peur, la rage, la menace dans les yeux d'Antoine quand elle avait évoqué son inscription à Saint-Ex. Qu'il s'agît de lui ou pas, les parents devaient être mis au courant. Enfin non, pas les parents : une peine à vous chavirer le cœur éclatait encore à chaque battement de cil de Caroline Moreau ! Lui, en revanche, lui se montrait un homme solide, épris de sa femme autant que soucieux de l'équilibre de son fils. Et c'était à lui qu'elle s'adresserait. Non pas chez eux, donc, car elle ne s'imaginait pas couper au nez de Caroline Moreau si celle-ci décrochait, mais à son bureau, aux Laboratoires Hecticon.

Audrey lâcha la serviette avec laquelle elle venait de s'essuyer les mains et se replia vers la chambre. Assise sur le lit, elle demanda le numéro du siège du labo aux renseignements avant d'être mise en relation.

La standardiste qui répondit avait la voix douce-métallique d'une créature annonçant les chatoiements d'un monde dont beauté-jeunesse-éclat constituaient la devise.

— Daniel Moreau, s'il vous plaît ?

Il y eut au bout du fil un blanc – assez long pour être suspect, surtout quand une sirène vient de vous promettre la satisfaction immédiate de tout désir.

— ... De la part ?

— Audrey Miller. Je suis une des enseignantes de son fils.

— Je... Ne quittez pas s'il vous plaît.

Audrey attendit, une minute, deux. Enfin, elle entendit des tonalités dans son combiné. La Vélane avait basculé son appel sur une ligne. Au quatrième bip, on décrocha : une autre voix de femme, autoritaire, efficace et mondaine s'annonça et fit instantanément tomber Audrey dans un trou où elle perdit toute capacité de réaction.

— Madame Miller, bonjour... Cléance Rochefort à l'appareil. Vous auriez un instant à m'accorder ? J'aimerais vous voir très vite. Maintenant, par exemple, si vous n'avez pas de cours.

# 51

*Il faudra des siècles pour effacer ce qui s'est passé...*
*Tous cousins...*

La voix de rocaille du vieux médecin légiste poursuivit Bertegui durant tout le trajet jusqu'au central – conduire à Laville-Saint-Jour après cette conversation avait un caractère irréel : à chaque visage croisé sur sa route, il devait lutter pour ne pas penser à l'histoire non officielle de la ville, une histoire que le syndicat d'initiative omettait d'évoquer quand il présentait le joyau de Bourgogne. Tous cousins... donc tous criminels en puissance... ou fils de... ou victimes de... Il allait falloir tout reprendre de zéro. Tout, c'est-à-dire depuis l'affaire Talcot. Si effectivement *on invoquait* la « vieille » – et à bien réfléchir, aussi délirant que lui paraissait le concept, que ferait-on d'autre avec un éclat de miroir, au fond d'un parc, portant les traces de sang d'une femme morte depuis plus de sept ans ? – si on l'invoquait donc, c'est que, peut-être, *on* était lié à elle. Par les liens du sang, justement. Ou, comme l'avait expliqué Lieberman, ceux de l'initiation.

Oui, c'était ainsi qu'il devait désormais penser : comme un enfant de Laville-Saint-Jour. Conduire cette enquête avec la logique d'un sceptique n'aboutirait nulle part.

Il jeta la voiture avec humeur à l'emplacement réservé – la perspective d'enfiler l'austère costume d'un Villois pur jus n'avait rien de réjouissant –, traversa le commissariat avec des saluts distraits-bougons. Dans le couloir qui conduisait à son bureau, au second étage, il attrapa au vol des bribes de conversation téléphonique s'échappant d'une porte ouverte.

— J'imagine bien que le curé est *toujours* là, en principe, mais y a eu effraction ? Quelque chose de cassé ?

Bertegui fit demi-tour, passa la tête dans le réduit jaunâtre où le lieutenant Keller officiait. Ce dernier, mine renfrognée de naissance et fesses posées sur sa table, affichait l'air las d'un agent habitué aux délires paniques de vieilles dames et aux mains courantes entre voisins qui se font la guerre pour trois branches de pommier.

— Et z'avez rien noté d'anormal ? Alors écoutez, peut-être que le curé est sorti très tôt ce matin...

Le lieutenant avisa le regard de Bertegui posé sur lui

— ... OK, je suis sûr qu'il a l'habitude de vous prévenir, mais à ce stade, c'est trop tôt pour signaler une disparition. Et encore moins pour envoyer quelqu'un. Si d'ici demain, z'avez pas de nouvelles, on verra ce qu'on peut faire.

L'homme raccrocha avec un soupir agacé, sans au revoir ou un je-vous-en-prie. Bertegui se promit de lui rappeler ultérieurement que les justiciables, même farfelus, même en fin de journée (ce qui n'était pas le cas) avaient droit au respect des hommes à leur service.

— C'était qui ? s'enquit-il.

— La bonne d'un curé.

Bertegui fronça les sourcils.

— Enfin, je ne sais pas si c'est la bonne, mais vous savez bien, le genre de bigotes qui s'occupe des curetons dans les églises.

Le commissaire ignora le mépris de la réponse.

— Et elle voulait signaler la disparition de qui ?

— Le curé de Saint-Michel.

Saint-Michel. Là où tombait, selon Lieberman, une des étoiles du pentacle qui constituait le cœur de la ville.

*Penser comme eux...*

— Il n'était pas là ce matin et d'après elle, l'est là tous les matins. Elle avait l'air un peu flippé, mais...

— Tu vas lui rendre une petite visite.

Mine étonnée – dans la mesure où un pitbull peut exprimer autre chose que la pulsion d'attaque.

— Avec Clément, précisa Bertegui qui n'imaginait pas Keller à même d'assurer seul autre chose que la surveillance d'un grand magasin. Il est où, d'ailleurs, Clément ?

— 'chine à café.

— Tu me l'envoies dès qu'il revient et quand je te le rends, vous filez à Saint-Michel.

— Mais...

Bertegui avait déjà quitté le bureau et n'entendit jamais les protestations de son subordonné.

* * *

**Fait 1 : Nicolas le Garrec dissimule des informations et ne se montre pas curieux de découvrir les auteurs de l'acte qui a peut-être coûté la vie à sa mère.**

**Fait 2 : Odile le Garrec a été la maîtresse d'un homme – Vilbois – qui, à en croire un témoin, a été complice, ou aux ordres des Talcot.**

**Fait 3 : Vilbois a disparu de la circulation il y a plus de vingt ans.**

**Fait 4 : Ombre aperçue le soir de l'attaque cardiaque d'Odile le Garrec.**

**Fait 5 : Miroir/Talcot retrouvé sur les lieux d'un « accident » au bois du Parc.**

**Fait 6 : Ombre aperçue aussi sur les lieux de l'accident.**

**Fait 7 : Traces de bas de soie relevées sur le miroir.**

**Fait 8 : Un taureau « sacrifié » dans un enclos. Cœur volé.**

**Fait 9 : La propriétaire du taureau semble avoir vu quelqu'un « de retour ».**

**Fait 10 : Traces de soie identiques sur le taureau.**

— Tu en dis quoi ? demanda Bertegui.

Clément tenait en main la feuille de papier imprimé que Bertegui venait de taper sur son ordinateur.

— Que vous avez raison... C'est forcément lié.

— Exactement, confirma le Sanglier. On retrouve systématiquement un élément qui se connecte à un autre... Sinon aux deux autres.

— On peut rajouter pas mal d'items en fait, observa l'échalas.

— Par exemple ?

Clément s'agita sur sa chaise.

— Eh bien... Je l'ai appris ce matin, vu que vous m'aviez demandé de creuser un peu. Ce sont les Laboratoires Hecticon qui ont racheté la Talcotière, il y a deux ans. A priori pour construire un nouveau siège, vous savez, le genre ultramoderne, mais ils n'ont pas déposé de permis de construire.

— Deux ans après ? Ils ne sont pas pressés, grommela Bertegui. Tu sais qui dirige le labo, à tout hasard ?

— Oui, difficile de l'ignorer, c'est, comment dire, une figure de la ville : Cléance Rochefort.

— Rochefort ? Comme le direct...

— C'est sa femme.

Bertegui ferma les yeux un instant. Qu'avait dit le grand chef de Saint-Ex, déjà ? « L'école est à ma femme... »

Ça se resserrait ! Comment, Bertegui ne pouvait encore le préciser, cela restait confus, mais dans une affaire comme celle-ci, il ne croyait pas au hasard. Doucement, avec patience, le sens des choses lui viendrait. Et avec lui, un nom. Ou plusieurs. Peut-être un des noms présents sur cette feuille : Rochefort, Le Garrec, Vilbois, Belair (et tout à coup, il se rappela la visite de Suzy Belair tardivement à l'église Saint-Michel... Quelques jours avant la disparition du curé, si elle se confirmait...).

— Désolé, bonhomme, mais ça nous ramène à l'affaire Talcot, dit Bertegui en jetant un œil à trois ou quatre dossiers sur son bureau – ce qui restait d'une enquête qui avait duré plus de deux ans.

— Je sais...

— C'est pour ça que je t'ai fait venir ce matin. Je vais potasser ce que tu viens de m'apporter mais.. avant, je veux que tu me racontes tout ce que tu sais EXACTEMENT. Les noms, les faits, et pas des salades du genre « On a tous été traumatisés et on veut tous oublier ».

Sans surprise, le légume s'enflamma sous les yeux du commissaire – Bertegui était ainsi, un « bonhomme » bizarre avec une tête à la Ventura, un torse de catcheur, les jambes de De Funès et des costards *Vogue Homme*... Il n'empêche : sa calme autorité avait sur Clément, et d'une manière générale toute la police locale, davantage d'impact que celle de tous ses prédécesseurs.

— Qu'est-ce que vous voulez savoir ?

— Tout. Les noms, les lieux... Commençons par les coupables, se reprit-il en se rendant compte qu'il interrogeait Clément comme s'il s'agissait d'un suspect et non d'un collègue. Qui a été arrêté au juste ? Combien ?

Clément hocha la tête, comme pour dire : Je suis prêt.

— Douze personnes arrêtées. Helios Talcot, Paule-Marie Talcot, Florence Noblet et son mari, enfin bref, toute une tripotée de Talcot et cousins divers. Françoise Meurisse, une institutrice... J'en oublie forcément. De moindre importance... Du reste, à ma connaissance, il n'y a plus de Talcot en vie. En tout cas pas dans la région, et pas en prison non plus.

— Comment ça ?

— En plus de Madeleine, qui s'est immolée par le feu...

— ... Elle a bien été identifiée ?

— Formellement ! C'est pour ça que son ADN est dans le fichier et que son nom est sorti quand on a analysé le miroir.

— Continue.

— En plus de Madeleine, donc, Helios Talcot s'est pendu en préventive, deux autres cousines ont également été immolées en... en prison.

Bertegui fixa Clément – ce dernier paraissait hésitant à fournir des détails, peut-être comme un Allemand des années 1950 répugnait à prononcer le mot nazi. Pour autant, ces informations-là, le Sanglier les ignorait. Quand, à mots couverts, on l'avait invité à « remettre de l'ordre dans cette charmante bourgade », on lui avait également conseillé d'arriver vierge, d'ignorer le passé pour se consacrer à l'avenir. De l'affaire Talcot, il connaissait surtout le suivi médiatique, et encore, tout à son bonheur de jeune père à l'époque, il n'avait guère goûté les détails morbides d'enlèvements d'enfants et autres tortures et cadavres afférents.

— Immolées en prison ? s'étonna-t-il.

— Oui, souffla Clément comme une confession. Il semble que... enfin, je ne sais pas : qu'elles aient convaincu leurs compagnes de cellule de les y aider.

— Convaincu ?

— Plus ou moins. Les filles ont été retrouvées en état de choc.

— Continue, intima Bertegui sans commentaire.

— Françoise Meurisse, une institutrice entrée dans le sein de la famille, est devenue une sorte de... star. Elle reçoit du courrier du monde entier des adorateurs de Satan et autres.... loufs.

— Je vois. Et concrètement, que faisaient-ils tous ces gens ?

— On n'a pas vraiment réussi à le savoir... Enfin, on sait bien qu'ils ont... tué des gosses ça oui. Mais côté activités parallèles, c'est flou. Il y avait le vin, les affaires officielles - ils possédaient la moitié de la ville. Et le reste... Vous savez, ils ont eu des protections en très haut lieu - et leur réseau avait des connections mondiales. Mais ça... c'est off.

— Off ?

Clément hocha la tête.

— C'est comme pour l'affaire Dutroux... Certains journalistes et enquêteurs sont persuadés qu'il était un maillon dans une chaîne, mais les juges ont rejeté toute implication d'un réseau. Les Talcot, c'est le même combat : ce n'était pas un maillon, plutôt le gros caillou au bout du collier, mais tout a été détruit. Enfin tout dans la maison, la Talcotière. L'incendie a éclaté quand Madeleine Talcot s'est immolée, quelques minutes avant l'arrivée de la police. Vous savez ce que le capitaine des pompiers a dit ?

Bertegui fit non de la tête.

— Qu'il n'avait jamais vu une maison de pierre, et de cette taille, brûler aussi vite. Comme si c'était une combustion naturelle. Comme si, en se foutant le feu, la vieille Talcot avait emporté la maison avec elle.

Bertegui soupira - inévitablement, ils y revenaient, tous : aux ombres, aux mystères de l'au-delà, aux... forces du mal ! et intérieurement, il déclamait le mot avec une grandiloquence acerbe.

— Pourquoi exactement les Talcot sont-ils tombés ? S'ils bénéficiaient de tant de protections, ils auraient dû en réchapper.

— À cause des Andremi.

— Les Andremi ? s'étonna Bertegui. La famille du pédophile ?

— Sa mère plus exactement. L'organisation des Talcot était structurée en hiérarchie. Avec Madeleine Talcot à sa tête. À ses côtés, Mathilde Andremi tenait aussi les rênes depuis des années. On ignore exactement ce qu'il s'est passé entre elles – vous savez, ça a été impossible de les faire parler, ceux qu'on a attrapés, impossible ! – mais apparemment, Mathilde Andremi a plus ou moins saboté l'organisation de l'intérieur.

— Elle est toujours recherchée, n'est-ce pas ?

— Oui, elle et quelques autres. Mais elle surtout, car elle semble avoir eu de vraies responsabilités au sein du groupe.

Clément se tut, Bertegui garda le silence en retour. Encore confuse, une hypothèse commençait à prendre forme, même s'il lui manquait des éléments décisifs pour lui accorder plein crédit : un corps par exemple. Le corps d'un enfant, sacrifié sur l'autel de la folie.

— Aucune piste concernant Mathilde Andremi ?

— Aucune. Comme je vous ai dit, tous ces gens-là bénéficiaient de protections haut placées. Cette structure, c'est un peu comme la franc-maçonnerie à l'envers. Elle a disparu au moment de l'incendie, et elle peut être n'importe où maintenant, à vivre sur ses comptes aux Bahamas ou un délire du genre. D'ailleurs Mathilde Andremi est officiellement recherchée, mais il y a eu très peu de bruit autour de sa participation à l'affaire. Comme si, en *nous* aidant, elle s'était acheté une immunité. Mais ça, ajouta Clément après un silence, je ne vous l'ai jamais dit.

— Et le reste de la famille Andremi ?

— Les plus proches ont quitté Laville-Saint-Jour. Le fils est mort comme vous savez...

L'ignorer était effectivement impossible : après avoir été acquitté du meurtre de six gosses perpétrés dans la région parisienne, Pierre Andremi avait été pris en flagrant délit sur le point d'en commettre un septième. Il avait réussi à s'échapper, avant de mettre en scène son suicide : une immolation, filmée (et depuis peu, son geste prenait pour Bertegui un tout autre sens que celui d'un banal déséquilibré). La vidéo avait été envoyée aux télévisions – toutes n'avaient pas diffusé les images de ce beau jeune homme au regard magnétique en train de s'inonder d'essence et de s'enflammer sans broncher –, et suscité une polémique aussi bien quant à son authenticité qu'à l'opportunité de l'imposer aux téléspectateurs.

— D'ailleurs, c'est probablement à cause de la disparition de son fils qu'elle a lâché l'organisation.

— Comment ça ?

— Bah... c'est confus, mais il semble qu'il y ait eu des histoires d'héritage, de... comment dire : de successions. Ces gens-là – Clément le cracha avec une moue de dégoût – se croyaient... je ne sais pas : au Moyen Âge. Au temps des rois...

*Une succession...* Toute l'histoire des Talcot faisait écho à celle de Lieberman. Ou plutôt : à celle de Laville-Saint-Jour racontée par le vieux médecin. La sorcellerie transmise par hérédité.

— Mais ça, ce sont des choses que vous ne lirez pas dans les dossiers, précisa Clément en désignant la pile de couleurs sur le bureau de Bertegui.

Coup d'œil interrogateur de ce dernier.

— Ce ne sont pas des dépositions... mais des on-dit. Personne ne nous a raconté ça entre les quatre murs d'un bureau. Surtout pas les prévenus. Mais vous savez bien comment ça se passe : on va causer avec une vieille dame qui a connu Mathilde Andremi, et elle vous confie deux-trois petites choses en vous glissant un biscuit à l'heure du thé. On rencontre un antiquaire chez qui se fournissaient les Talcot, et il vous chuchote ce que lui-même a entendu... en précisant qu'il n'est au courant de rien.

Bertegui opina du chef. Après plusieurs mois ici, il commençait à décoder l'étrange système de communication villois, une sorte de morse constitué de soupirs, de regards entendus et de sourires en coin.

— Là, reprit Clément, vous avez tout ce qui reste : les procès-verbaux de ceux qui ont été déférés au juge, les copies de certaines pièces officielles...

— Mais pas les... combien ? Cinquante ? cent ? personnes interrogées.

— Une bonne centaine, concéda Clément avec lassitude. Non, pas ceux-là... Ceux qui ont déposé sans être déférés... ben comme vous savez, je ne sais pas où sont les dossiers. Quant à ceux qu'on a simplement visités chez eux...

Bertegui fixa les dossiers – ils auraient pu être plus épais pour un simple réseau d'importateurs d'ecstasy.

— Et pas de Le Garrec, là-dedans, je suppose... Ni de Vilbois.

— Non...

— Pas de Rochefort non plus..

— Pas que je sache mais... allez savoir qui sont ses oncles et ses tantes ?

Bertegui ne put retenir un petit sourire, malgré la pertinence de la question de Clément : ce dernier venait à l'instant même d'illustrer sa théorie sur le morse à la villoise en posant une question anodine empreinte de soupçons.

— Clément, je veux que tout fait un peu inhabituel me soit rapporté, dit Bertegui. N'importe quoi... tout ce qui sort de l'ordinaire.

— Comme le curé de Saint-Michel ? C'est pour ça que vous voulez envoyer quelqu'un ?

— Exactement. C'est peut-être rien, il a pu sortir... mais tout doit m'être rapporté. Je verrai le service un peu plus tard pour informer les gars, mais en attendant, tu fais passer le mot.

— Je comprends, fit Clément. (Il hésita, puis :) C'est sûr qu'avec le suicide, ça fait pas mal d'événements étranges...

— Le suicide ? Quel suicide ?

Légères marbrures sur les joues imberbes, prémices de l'inévitable variation de couleur des oreilles du lieutenant : rouges, roses, fuschia, violines selon la température ambiante et la violence de ses émotions.

— Ben, vous savez, y a un mois ? Le gosse qui avait le sac sur la tête ?

— Quel rapport ?

— Les parents... les parents je les connaissais. C'est pour ça que je voulais que vous veniez, histoire d'ouvrir une enquête si jamais.

— Les parents ?

— Oui... Ils ne sont pas dans les dossiers ceux-là non plus mais... ils ont eu chaud. Je le sais. C'est moi qui les avais interrogés à l'époque.

Il gratifia Bertegui d'un long regard en morse à la villoise, se leva pour prendre congé. Au moment de sortir, il se retourna pour faire cette remarque en apparence sans rapport, l'air de rien :

— Je me demande quand même où est passé le cœur de taureau.

# 52

Le bureau de Cléance Rochefort tenait davantage, en dépit de ses dimensions respectables, du boudoir de coquette que de la pièce directoriale où se signent des contrats à l'export et des fiches de paie : sofas tendus de tissu velouté, grand bureau Art déco, plantes vertes et compositions florales, le tout emballé dans un immeuble en pierre de taille au luxe discret, loin de l'image high-tech de la marque.

Madame la présidente était au téléphone, des lunettes sur le nez, une plaquette entre les mains, et expliquait assez fermement à un interlocuteur qu'Audrey imaginait tremblant au bout du fil, que « ... la fille que vous m'avez dégottée, Pedro, est supposée être heureuse d'utiliser Re-Oliane, pas de considérer les lecteurs qui vont voir cette publicité comme des *peigne-zizi*... ».

Tout en poursuivant sa diatribe, elle désigna d'un bref regard à Audrey le fauteuil face à elle.

Audrey avait hésité – était-ce vraiment une bonne idée de venir ? Que voulait la femme d'Antoine ? Pourquoi lui avait-on passé la directrice quand elle avait demandé à parler à Daniel Moreau ? Était-ce le nom du destinataire de l'appel qui avait alerté la standardiste ou... le sien ? À dire vrai, il semblait incroyable de se retrouver propulsée ici, aussi vite. De son lit au siège d'Hecticon. En à peine trente minutes. Qui dit mieux ?

La jeune femme prit place, patienta, mal à l'aise, tout en observant Madame la présidente à l'œuvre. À la lueur des révélations de Nicolas sur leur passé commun, avec la curiosité de quelqu'un qui rencontre une vieille connaissance après des années d'interruption, elle se demanda quelle empreinte avait laissée l'adolescente de dix-sept ans à la femme d'aujourd'hui. Celle qui avait adressé un sourire lumineux à Nicolas le Garrec sur un cliché vieux de vingt ans, sa beauté radieuse éclatant devant l'objectif.

Rien, décida-t-elle. Absolument rien. Dans un tailleur écru qui avait dû coûter une fortune, ses cheveux plaqués avec soin pour rehausser la structure des pommettes d'aristocrate, ses lunettes Dior sur le nez, Cléance Rochefort avait décidément perdu toute fragilité de la jeunesse, et tout l'allant qui l'accompagne. Femme de, fille de, ex-maîtresse de, riche, puissante à sa façon, autoritaire, et même cassante à cet instant, mondaine, belle et sèche. En clair, conclut Audrey : un dragon.

— ... allez m'en chercher une en Californie, enfin là où elles savent sourire, bon Dieu ! Je la veux saine... Pas une anorexique pour du fashion underground !

Sur quoi elle raccrocha. Sans un regard pour Audrey, elle jeta la plaquette sur la table, enleva ses lunettes et poussa un soupir agacé.

— À nous, dit-elle enfin avec ce sourire blanc – une signature Rochefort – qui n'augurait rien de bon, et Audrey s'en voulut aussitôt d'être là, maquillée à la va-comme-je-te-pousse, les cheveux brossés en dépit du bon sens, en jean et boots, mais elle n'avait guère eu le temps de faire mieux.

Mystérieusement, un combat dont elle ignorait les règles allait s'engager entre elles, comprit-elle. Un combat, pressentait-elle à présent, qu'elle allait perdre par KO au premier round.

— J'imagine que vous êtes surprise, madame Miller, attaqua directement Cléance Rochefort. Oui, c'est un peu inhabituel comme démarche, j'en conviens, mais comme vous l'avez entendu, on sort un nouveau produit, et ce sont toujours des périodes stressantes. De toute façon, ce que j'ai à vous dire sera assez bref : laissez Antoine tranquille...

L'ordre était enveloppé dans le somptueux sourire, mais lancé avec suffisamment d'aplomb pour laisser Audrey sans voix – un tic invalidant chaque fois qu'elle se trouvait en présence de cette femme.

— Je... je ne comprends pas ce que vous entendez par là, balbutia-t-elle. Je n'ai pas cherché à...

— J'entends par là que vous avez l'air de penser – enfin, j'ignore quoi précisément, en vérité... que mon mari n'aurait pas dû inscrire le fils d'un de mes employés aux frais de mes laboratoires, si j'ai bien compris...

C'était de Bastien qu'elle voulait s'entretenir ? Audrey avait bien imaginé qu'il serait question d'Antoine, mais pas à ce propos ! Antoine lui avait donc rapporté leur conversation à l'entrée de la bibliothèque. Mais dans quel but ? Quelle drôle de relation ces deux-là entretenaient-ils, pour qu'il racontât à sa femme les détails de sa rupture avec une maîtresse ?

En tout cas, l'affrontement s'annonçait plus facile. L'école, c'était son terrain. Et Bastien, son élève.

— Les doutes que je nourris à l'égard de ce garçon vont bien au-delà des formalités d'inscription. C'est un jeune qui a des problèmes et à ce titre, je m'en occupe. Savoir qui paie sa scolarité est assez secondaire, au final... (elle hésita)... même si effectivement, je me suis étonnée qu'il soit le seul cas de l'école à bénéficier de ce traitement.

Cléance Rochefort persista à sourire.

— Audrey... C'est tout à votre honneur de vous investir dans votre travail, mais voyez-vous, ce serait dommage qu'il interfère avec le mien.

— Comment ç...

— Les Laboratoires Hecticon m'appartiennent. Tout autant que l'établissement qui vous emploie.

Malgré ses efforts, Audrey sentit le rouge lui monter aux joues. Cléance Rochefort n'était pas seulement la femme de son bref amant : elle était aussi, d'une certaine manière, sa patronne. Ce qui, soudain, donnait une tout autre tonalité à l'entretien. Convoquée chez la patronne pour un savon.

— Comme je vous l'ai dit, je trouve... formidable que vous vous passionniez pour votre travail, mais enfin il m'appartient de décider qui j'ai envie d'accueillir dans mon établissement. Et à quelles conditions. Surtout quand il s'agit des enfants de mes employés.

*mon* mari... *mon* établissement... *mes* laboratoires... *mon* école... *mes* employés...

Audrey affronta en silence les yeux bleu faïence qui la fixaient sans chaleur. Et tout à coup, elle eut une révélation :

l'autorité de salon, le sourire Rochefort, le ton impérieux n'exprimaient en rien l'aisance que l'on prêtait au premier regard à Madame la présidente, mais une vérité bien plus ordinaire : Cléance Rochefort était une femme sans amour. Pis même : trompée. Bafouée. En colère. Désespérée, peut-être.

Et assurément : pitoyable. Voilà ce qui avait tué la jeune fille sur la photo. Malgré tous ses atouts, l'amour n'avait pas frappé à sa porte. Elle s'était lassée d'attendre. Elle était devenue... ça.

— Il ne s'agit nullement d'une affaire comparable à ce qui peut se passer dans les quartiers difficiles, madame Rochefort, commença-t-elle un sourire civil aux lèvres. Vous ne le savez peut-être pas, mais son jeune frère a eu un accident tragique qui lui a coûté la vie. Un accident de voiture sous les yeux de Bastien. Un accident un peu étrange, qui perturbe beaucoup *mon* élève... (un temps, puis elle osa :) provoqué par une Mercedes bleu nuit.

Cléance Rochefort encaissa le coup – pour la première fois, Audrey vit une seconde les lèvres se sceller et les ridules au-dessus de la bouche se froncèrent comme les plis d'un éventail, avant de retrouver leur cadre naturel, autour du sourire.

— Je comprends que tout cela vous chagrine. Mais enfin, ne perdez pas de vue les raisons de votre présence à Saint-Ex, Audrey...

— Les raisons ?

— Vous avez plus à perdre qu'à gagner, vous comprenez ? Beaucoup plus à perdre...

Audrey cilla nerveusement, prise de court. Avait-elle bien compris le sous-entendu ? Cléance Rochefort avait-elle *vraiment* dit ça ? Évoqué à mots couverts le combat qu'elle menait pour son fils ? Ses paroles avaient l'accent d'un... un avertissement. Non, d'une menace. Mais c'était impossible, n'est-ce pas ? Car jamais Audrey n'avait évoqué devant Antoine ses « problèmes personnels » comme il convient de dire. Ce qu'elle avait confié, avec naturel, à Nicolas sur la terrasse des Rochefort, elle l'avait tu à Antoine, même sous les draps, même après quelques semaines. Dans ce cas, comment Cléance Rochefort pouvait-elle être au courant ? Quelque chose n'allait pas... N'entrait pas dans le cadre.

Comme si elle avait deviné ses pensées, Cléance Rochefort conclut l'entretien par ces mots, debout la main tendue :

— Vraiment, Audrey, *nous* apprécions beaucoup votre investissement, et de toute façon, vous ferez comme bon vous semble, mais... pensez à votre fils plutôt qu'à ceux de *mes* employés.

Audrey prit la main, muette, médusée même. Cléance Rochefort avait gagné. Et venait de la congédier. Elle se retira, penaude, encore sous la confusion de ses émotions et le choc du coup de grâce. À mi-chemin, un pâle sursaut d'orgueil lui donna l'énergie d'éclaircir un dernier point.

— Pourquoi m'a-t-on passé votre bureau quand j'ai téléphoné ? demanda-t-elle de but en blanc en se retournant – il lui semblait avoir de toute façon franchi cette frontière au-delà de laquelle les paires de gants sont superflues.

Cléance Rochefort avait déjà remis ses lunettes et pianotait sur son ordinateur. Elle leva la tête, tança Audrey d'un regard des pieds à la tête, apparemment pour juger de la légitimité de son employée à poser pareille question.

— Daniel Moreau ne... n'est pas joignable en ce moment, dit-elle enfin. Nous-mêmes n'y arrivons pas. Tous ses appels sont reroutés sur ma ligne...

* * *

*Daniel Moreau n'est pas joignable... Pensez à votre fils...* Les mots poursuivaient Audrey tandis qu'elle passait, presque en courant, sous le regard impavide de la standardiste, du siège d'Hecticon au très haussmannien boulevard Carnot.

Comment les choses avaient-elles pu tourner ainsi ? se demanda-t-elle en s'engouffrant dans la Clio. Elle claqua la portière, s'abandonna au silence relatif de l'habitacle, du moins s'y efforça-t-elle, en vain : elle était trop abasourdie, et si les bruits du monde lui parvenaient étouffés, des questions, des doutes, des soupçons vibrionnaient dans sa tête.

Elle avait manqué de discernement en acceptant de rencontrer Cléance Rochefort.

Qui étaient ces gens ? Que faisaient-ils... *exactement* ? Et que dire de la menace ? *Pensez à votre fils...* Comment avaient-ils su ? Antoine avait-il diligenté une enquête ? À bien y réfléchir, elle avait senti un regard posé sur elle depuis quelques jours. Depuis quand d'ailleurs ?

La réponse s'imposa, lumineuse, effrayante : le jour où elle était venue demander des explications sur les formalités d'inscription. Quand pour la première fois elle avait parlé de Bastien à Antoine.

De quoi d'autre était capable ce couple étrange... et maudit ?

*Pensez à votre fils...*

Son cœur manqua soudain un battement, elle le sentit se décrocher comme si un coup de poing venait de la frapper en plein poitrine. Elle venait de comprendre : Cléance Rochefort ne se référait pas à ses tentatives pour se rapprocher de David mais... mais à bien pire !

David en danger ! Un vrai danger !

Mais qu'allait-elle faire ? Que pouvait-elle faire ?

Elle lutta pour calmer son souffle, attendit encore pour surmonter la panique qui l'avait si brutalement enflammée, avant de décider de contacter Nicolas le Garrec. Lui, peut-être, aurait une idée. Ou une explication.

Après tout, il les connaissait.

Encore un peu vacillante, elle mit le contact, glissa un CD. Elle allait démarrer quand le coup fatal lui fut porté : une haute silhouette venait d'apparaître juste au coin, à l'entrée du boulevard, dans une bouffée de brouillard. Des cheveux argent, un chic manteau sombre... Trente secondes plus tard, Joce, son ex-mari, poussait lui aussi la porte des Laboratoires Hecticon.

# 53

*Tu as eu ton père au téléphone ce matin ?*

C'était une question anodine, que sa mère avait lancée d'un ton absent. Et pourtant : depuis deux heures qu'elle la lui avait posée, Bastien ne cessait de la tourner et la retourner comme les pièces d'un casse-tête. Il n'avait pas écouté trois phrases du cours d'histoire – il avait été question de l'Empire byzantin sous Justinien – et encore moins les quarante minutes de maths qui venaient de s'écouler sous des bâillements généraux (et des pincements de nez à l'approche de M. Dupuis, de ses rots et des souffles pestilentiels d'une haleine qui aurait mérité une pension d'invalidité). *Je suis étonnée qu'il n'ait pas appelé, on avait quelque chose à voir,* avait insisté sa mère. C'est à ces mots, précisément, que l'inquiétude avait pointé son nez, si bien qu'il n'avait même pas essayé d'évoquer avec elle les tableaux alors que telle était son intention, après une nuit courte à rêver de ciels pourpres, sous lesquels un visage blafard et flou lui chuchotait des mots inaudibles, un couteau à la main. Son père, surtout après la conversation de la veille, aurait *dû* appeler. Or là, rien... ni coup de fil, ni réponse au texto laissé juste avant d'entrer en classe.

En prenant garde d'éviter le regard de M. Dupuis soudain emporté par ses explications lyriques (et odorantes) sur les polygones, Bastien entrouvrit sa trousse et vérifia l'écran du téléphone qu'il y avait caché. Toujours rien. Ni son père ni Opale, absente ce matin, tout aussi muette que la veille.

Une poignante solitude lui serra brutalement le cœur, là, en plein cours, entouré d'une vingtaine d'élèves. Patoche se trouvait à Paris, son père gardait silence, Opale s'était évanouie. Et sa mère peignait chefs-d'œuvre et horreurs dans une remise fermée à clé. Non, pas complètement seul d'ailleurs : *julesmoreau*, à sa façon, se tenait à ses côtés.

*creepy...*

— ... et monsieur Moreau a-t-il fermé les yeux pour dormir ou pour se représenter un prisme droit au lieu de le dessiner sur son cahier ?

Bastien ouvrit les yeux, surpris de les avoir clos. Combien de temps était-il resté ainsi ? Il affronta les regards braqués sur lui.

— Heu... je...

M. Dupuis s'approcha – Bastien ignora les sourires des moqueurs, amusés par la menace d'une mort par asphyxie violente qui pesait sur lui.

Dupuis s'arrêta à sa hauteur.

— Pouvez-vous nous rappeler la définition d'un priiisme, monsieur Moreau ?

La question lui parvint enveloppée dans une bouffée si puissante que pour la première fois de sa vie Bastien crut voir une odeur se matérialiser, en l'espèce sous la forme d'un nuage brun merde. Malgré lui, dans un réflexe de légitime défense, il tourna la tête pour échapper au gaz toxique, ce qui provoqua des ricanements dans la classe.

Dupuis vira cramoisi.

— Quelque chose vous dérange, monsieur Moreau ?

Sans attendre de réponse, il s'approcha encore, pour lui souffler presque sous le nez, en ponctuant chaque syllabe de profondes exhalaisons :

— Un prisme est un solide formé de deux bases parallèles qui sont des polygones dont les arêtes sont deux à deux parallèles.

Un rire hystérique fusa quelque part dans la classe, Bastien crut reconnaître la voix de canard d'une des jumelles Peroneau. Il sentit monter en lui la tension, leva les yeux vers Dupuis, croisa ensuite par hasard le regard de César Mendel – une brève seconde de parfaite complicité, entre compassion et hilarité. Cela monta d'un coup en lui, comme un violente poussée, une pression irrésistible : un fou rire. Il éclata si fort qu'il y déversa toute la tension accumulée depuis qu'il avait emprunté l'escalier conduisant à la Chowder. Il rit à gorge déployée, pris d'une crise inexplicable, qui lui inonda les joues de larmes, rit davantage en voyant la mine abasourdie du professeur, plaqua ses mains sur sa bouche à s'en étouffer.

— Je... suis... dé... dé... (Il hoqueta en une vaine tentative d'excuses.) Il... y ... a... quelqu'...

Il voulait lui expliquer qu'on le faisait rire, que ni Dupuis ni son haleine légendaire n'étaient responsables de... tout ça ! En vain.

— VOUS SORTEZ IMMÉDIATEMENT ! postillonna le prof tandis que la classe emboîtait le pas à Bastien.

Les postillons explosèrent à son visage – malgré lui, dans son délire, les mots *guerre bactériologique* et *arme chimique* jaillirent à son esprit. Son rire se mua en un inquiétant gloussement de gallinacé et le monde vibra d'une tonalité drolatique – tout vira affreusement, tragiquement, comique.

Quand il passa devant le bureau, Dupuis lui tendit un mot – Bastien baissa les yeux, impossible de regarder quoi ou qui que ce soit sans y voir le caractère... *désopilant*. Sans parler des odeurs qui allaient lui arriver en pleine face si Dupuis ouvrait la bouche – enfin la bouche : le four à gerbe tu veux dire !

*Ne ris pas ... ne ris pas... ne ris...*

— Vous allez voir BN... heu... M. Bonnet tout de suite. Avec ça ! Et vous lui dites bien que je passerai moi-même parler de votre cas au directeur !

Bastien se pinça le nez, prit le papier plié en quatre, ferma les yeux, et s'enfuit à toutes jambes avant qu'une nouvelle crise ne se déclenchât.

* * *

Il se retrouva dans le silence de la cour qui lui ouvrait les bras. L'air frais du matin fouetta ses joues brûlantes et après quelques secondes de hoquets, son fou rire sinistre ne fut plus qu'un souvenir. Il regarda le billet de Dupuis dans ses mains, soupira... le glissa dans son sac. BN attendrait, il s'en moquait. Il se moquait de tout.

Il sortit son portable de sa trousse, vérifia l'écran. Son cœur enregistra un sursaut : une enveloppe était affichée. Il hasarda un œil alentour comme s'il craignait que quiconque lût par-dessus son épaule pour jeter son sac sur l'épaule : rester ainsi, seul dans la cour vide sous une des arcades l'exposait à des sanctions.

Il rasa les murs en espérant que l'ombre des voûtes et la brume du matin le dissimulaient à la vue, longea toute la cour avant de gagner celle du jardin, qui conduisait à la Chowder. Replié sous le petit hall qui abritait les toilettes, il prit une inspiration – pourquoi craignait-il d'ouvrir ce message ? – se décida.

EU TON MESS MAIS TROP OCCUP CE MATIN... RETOUR REPORTÉ DE DEUX JOURS. PRÉVIENS TA MÈRE. BIZ.

Bastien fixa l'écran une minute ou deux, la gorge sèche, la chair de poule courant sur ses bras. Le mot était bien envoyé depuis le téléphone de son père, écrit en capitales à l'instar de ses habitudes. Et pourtant, le texte ne lui ressemblait pas exactement, comme un décalage, une marche légèrement de guingois dans un escalier.

Un bruit de porte le fit sursauter. Il se retourna, pris en faute. Une silhouette apparut à la porte des toilettes.

— Heu... qu'est-ce que tu fais là ?

Jean-Robin le fixait tout aussi étonné, rougissant même semblait-il à Bastien, tandis qu'il se frottait le nez d'un geste un peu nerveux.

— Je me suis fait virer du cours de maths...

JR s'avança dans la lumière – au-dessus du trait noir de khôl, ses yeux injectés témoignant d'une nuit courte.

— Et toi ? demanda-t-il.

— Je... je suis arrivé en avance aujourd'hui. On n'a pas cours tout de suite.

Bastien sentait une gêne entre eux – sans doute en raison des événements de la veille.

— Tu as des nouvelles d'Opale ? demanda-t-il.

JR avait déjà enfilé son sac en bandoulière.

— Opale ? Elle n'était pas en cours ?

— Non.

— Ah... Elle est peut-être malade. Tu l'as appelée ?

— Elle ne répond pas.

— Chez elle non plus ?

— J'ai pas le numéro.

JR eut un petit sourire. Sans un mot, il fouilla dans son sac et sortit son mobile, lança l'appel.

— Bonjour madame, Jean-Robin du Mercelac à l'appareil, commença-t-il – et Bastien songea qu'il ne se serait probablement jamais présenté ainsi s'il avait appelé au domicile de la jeune fille. Pourrais-je parler à Opale, s'il vous plaît ? (Un silence, puis Bastien vit JR froncer les sourcils.) Je... Non, je la croyais absente aujourd'hui mais nous... nous ne sommes pas dans la même classe bien sûr. Je vous remercie, madame...

Il coupa l'appel.

— Elle affirme qu'Opale est en cours aujourd'hui, dit-il d'un air pensif.

— Mais !

— ... et elle était bizarre.

— Bizarre ?

— Oui... je ne sais pas... Enfin bon, elle va sûrement réapparaître à un moment ou à un autre ! lança-t-il avec un enjouement qui parut factice à Bastien.

— JR... Si Opale n'allait pas très bien, et qu'elle était quand même ici, à Saint-Ex, où serait-elle d'après toi ?

Le garçon leva les yeux au ciel, avant de les glisser brièvement vers la « porte-placard ».

— Je ne suis pas censé faire monter quelqu'un comme ça, sans... sans prévenir les autres, dit-il d'un air sombre.

— Même pour la sœur de ton ami ? Qui pourrait avoir des problèmes ?

* * *

Les deux garçons restèrent quelques instants sur le seuil du grenier qui accueillait les réunions de la Chowder. Un calme froid y planait, et le fond de la salle, derrière les poutres, les portants, les vêtements poussiéreux et les pièces de décor en carton-pâte paraissait sombre, presque menaçant.

— O... Opale ? appela JR d'une voix faiblarde, un peu trop haut perchée aussi.

Pas de réponse.

Bastien s'avança, tandis qu'un JR hésitant murmurait dans son dos :

— Je... je ne crois pas qu'elle soit là.

Bastien n'en était pas certain. Il sentait une présence. Ou plutôt non : *des* présences. Opale pouvait être l'une d'elles, repliée quelque part, tout au fond de la Chowder, à fumoter – pourquoi l'imaginait-il, en ce moment même, en train de pleurer, le corps recroquevillé au coin de deux murs ?

Il se fraya un chemin en direction de la pénombre, là où le matelas et les fauteuils défoncés avaient vu des générations d'élèves invoquer les morts. Là où, des décennies auparavant, la main d'un jeune Villois avait tracé au sol un grossier pentacle.

— Opale, tu es là ?

Sa propre voix le fit sursauter – il pouvait à peine la reconnaître.

Dix mètres derrière, JR demanda :

— Alors ?

Bastien ne répondit pas, continua sa progression vers la pénombre du fond. Soudain il s'arrêta, huma l'air. Oh oui, ils étaient là. Ou plutôt *elles :* les ombres blanches. La première fois, l'atmosphère du grenier l'avait un peu indisposé sans qu'il pût expliquer pourquoi – ce n'était après tout qu'une vieille remise abandonnée. À présent, il les sentait, pouvait presque les voir, en suspension dans les airs, des formes immatérielles comme des créatures dans un bocal... ou en tout cas les imaginer, entendre leurs plaintes lointaines, inaudibles.

— Alors ! le pressa encore Jean-Robin dans son dos.

Bastien sursauta, l'illusion s'évanouit. Il parcourut les derniers mètres, en remarquant que le désordre de la veille, les reliefs de leur séance, avaient disparu. On avait fait place nette. Au fond du grenier, il découvrit le petit salon improvisé, la table-carton... Observa la bougie qui frémissait encore, une canette de Coca. Il posa la main – elle était fraîche, à demi pleine.

— Elle n'est pas là, cria-t-il à l'adresse de JR. Mais... mais je crois qu'elle est venue il y a peu de temps.

— Comment ça ?

La sonnerie de la cloche retentit et couvrit la réponse de Bastien.

— Il faut y aller ! cria Jean-Robin.

Bastien se retourna, s'apprêta à la rejoindre. Un détail attira son œil : des petits carrés de papier blanc avaient été fraîchement disposés, un verre à leur côté (et les confettis avaient disparu). Voilà pourquoi Opale était venue, conclut-il : essayer de rencontrer son frère.

Seule.

— Magne-toi, merde ! lâcha Jean-Robin.

En une seconde, il se décida :

— Ne m'attends pas...

— Quoi ! ?

— Je reste... je... elle va peut-être revenir et...

— Mais tu peux l'attendre en bas ! De toute façon, tu ne peux pas rester ici ! Il n'en est pas question, d'ailleurs je n'aurais jamais dû...

— Je ne viens pas, répéta Bastien.

Depuis le fond du grenier, il aperçut le visage androgyne de JR se froncer de colère. Les deux garçons s'affrontèrent du regard – Bastien savait le jeune homme impuissant : sa seule option était de rester avec lui et de rater son cours. Ou de l'abandonner ici.

Il choisit la seconde en claquant la porte. Bastien resta seul, avec la bougie en train de fondre, les carrés de papier, le pentacle sous le carton. Et les ombres blanches qui flottaient mollement autour de lui.

# 54

Bertegui conclut au premier regard que la directrice des Laboratoires Hecticon et de l'école Saint-Exupéry formait avec son mari un couple assorti : même qualité de sourire, même élégance parisienne plutôt qu'austèrement villoise, mêmes résultats quant au régime qu'ils devaient suivre scrupuleusement pour afficher une minceur aussi athlétique l'un et l'autre.

— J'ai accepté de vous voir, car bien que je n'aie aucune idée de l'objet de votre visite, je serais ravie de pouvoir vous aider, mais je suis attendue en conférence, puis à déjeuner...

Elle promena un œil rapide et appréciateur sur son imper Trussardi en agneau, puis s'arrêta sur son visage avec une moue un brin amusée, comme si elle trouvait incongrue, divertissante, l'association des deux.

— Ce ne sera pas long, je vous le confirme. Je voulais juste vous poser quelques questions. Un certain nombre de faits assez... étranges se sont produits ces derniers temps.

— Ah ? Je n'ai eu connaissance de rien – enfin, je dois dire qu'en ce moment, je n'ai guère le temps de faire quoi que ce soit, nous lançons nos produits aux States, alors... Bref, en quoi puis-je vous être utile ?

— Je voudrais savoir pourquoi vous avez racheté la Talcotière.

Le sourire se figea, Cléance Rochefort cilla avec un air contenu-choqué qui aurait davantage convenu à une question sur sa vie sexuelle ou la tonte de ses poils pubiens.

— Je... je ne vois pas en quoi mes motivations regardent la police. Et comment le savez-vous ? Cette information n'a pas été divulguée.

— Nous avons enquêté.

— Mais pour quel motif ?

— Je vous l'ai dit : des choses inhabituelles se sont produites récemment, madame Rochefort. Des choses qui rappellent des faits pas si lointains.

Il laissa planer un silence pour bien se faire comprendre.

— Vous n'êtes pas sans savoir que la Talcotière a été le théâtre d'événements dramatiques. Nous explorons aujourd'hui toute piste qui pourrait nous aider à identifier les auteurs de récents... incidents.

Elle eut un petit reniflement sec d'agacement.

— Les laboratoires ont acquis la Talcotière pour une raison simple : le panorama, la situation géographique.

— Comment ça ?

— Jusqu'à peu... enfin quelques années, précisa Cléance Rochefort en fixant le commissaire, bien droite dans son fauteuil, c'était tout simplement la propriété la plus prestigieuse de la région, en particulier en raison de la vue. Or prestigieux est assurément le qualificatif qui sied aux Laboratoires Hecticon. Notre objectif était – est toujours – de raser la propriété et d'y implanter le groupe (elle avait dit ça comme s'il s'agissait d'une multinationale).

— Je vois... À qui l'avez-vous achetée ?

Cléance Rochefort continua à le fixer – à présent, les yeux bleu faïence brillaient d'un éclat de défi.

— Le nom n'était pas porté au cadastre ?

La tension montait encore. Subtilement, sans raison apparente, l'échange virait à l'affrontement de salon et échappait à Bertegui.

— Je pourrais vérifier, mais vous me feriez gagner du temps. Les questions que je vous pose n'ont pas d'autre but. En aucun cas vous n'êtes, vous, directement concernée, ma visite n'a rien d'officiel.

Elle haussa les épaules :

— Si je peux aider la police... Il s'agit de la famille Mercelin.

— Des Villois ?

— Non, des cousins des Talcot. D'Arras à l'origine, je crois. Installés aux États-Unis depuis plusieurs générations...

Arras... L'histoire tortueuse évoquée par Lieberman quant à la genèse de la ville était-elle vraie en tous points ?

— Je vois. Et pourquoi ne pas avoir immédiatement lancé vos projets ?

— La construction que j'envisage n'a rien d'une mince affaire. C'est un investissement conséquent. Une vitrine... très chère. Cela prend du temps. Sans ces ruines, le site sera assurément plus beau, vous ne pensez pas ?

Bertegui répondit à sa provocation par un silence réfléchi. Ses explications, parfaitement ficelées, avancées sans hésitation, portaient des accents de vérité.

— Je ne comprends toujours pas le sens de vos questions, cela étant. En quoi l'achat de cette maison peut-il intéresser la police ?

Bertegui opta pour une franchise mesurée.
— Nous pensons que quelqu'un a en ce moment la... nostalgie du passé. Et que cette maison pourrait l'intéresser au plus haut point.
— Je vois.
Le sourire avait retrouvé l'éclat cordial de la mondaine tout-terrain.
— Eh bien, il n'aura guère le temps de s'y intéresser sérieusement. Dans quelques semaines, une fois la campagne américaine lancée, nous déposons le permis de construire...
Elle se leva pour le congédier avec la même aisance que son mari lors de sa visite – et l'esthète Bertegui admira malgré lui l'allure presque intimidante, le plombé parfait du tailleur. Il se leva de conserve – elle lui rendait une dizaine de centimètres. Tandis qu'elle lui tendait la main, il demanda, en ajustant son imperméable, avec un détachement que l'astrologue aurait appelé *le Syndrome Columbo :*
— Vous étiez à Saint-Ex en même temps que Nicolas le Garrec, si j'ai bien compris ?
Elle opina brièvement.
— Henri Vilbois est un nom qui vous évoque quelque chose ?
La main tendue resta dans le vide une seconde.
— Rien que je me rappelle. Quel rapport avec la Talcotière ?
— Nous l'ignorons encore, madame Rochefort... Mais merci mille fois pour m'avoir accordé du temps. Et permis d'en gagner.
Elle serra sa main d'une poigne sèche et autoritaire et fit quelques pas comme pour le raccompagner à la porte. Bertegui était déjà sur le seuil lorsque l'idée jaillit, de nulle part, et le traversa.
— J'ai oublié de vous demander...
— Oui ?
— Une dernière chose : Pierre Andremi a-t-il aussi été élève à Saint-Exupéry à la même époque que vous tous ? Enfin, je veux dire votre mari, Nicolas le Garrec, vous-même...

Cléance Rochefort resta impassible, bien droite, presque trop. Et pourtant, avant même la fin de la question, Bertegui la sentit vaciller. Une brève seconde, une fissure dans la cuirasse.

— Vous... (elle s'éclaircit la gorge)... vous voulez parler de... enfin ...

— De ce Pierre Andremi-là, effectivement... Il était bien de Laville-Saint-Jour, non ? Et à peu près de la même génération si je ne m'abuse. Du reste, les Andremi étaient de ces familles qui inscrivent leurs enfants à Saint-Ex, j'imagine...

Elle n'avait toujours pas bougé, pas d'un centimètre : rigide comme une statue. Elle prit une inspiration – il sembla à Bertegui qu'elle se donnait une contenance, que le silence s'étirait quelques secondes de trop. Pourtant, ce fut encore d'une voix maîtrisée, et un brin ironique, qu'elle reprit .

— Eh bien, la Talcotière, les Andremi... Vous devenez presque inquiétant, commissaire. Enfin, oui, vous avez raison. Il était bien à Saint-Ex en même temps que nous... et que de nombreux Villois de cette époque du reste. Mais... il était étrange, vous comprenez. Nous ne le fréquentions pas vraiment.

— Ce n'était aucunement une question que je pensais vous poser, madame Rochefort, dit calmement Bertegui. Mais merci d'y avoir répondu.

# 55

Bastien était assis sur un fauteuil défoncé, replié au fond de la remise, dans les ombres derrière le théâtre de guignol, là où les grosses poutres se rejoignaient pour former un toit bas, écrasant. Il sirotait le Coca, ou plutôt posait ses lèvres là où Opale avait glissé les siennes – s'efforçant de mettre de l'ordre dans ses idées, d'affronter cet instant où les ombres blanches allaient venir à lui. Car elles viendraient, n'est-ce pas ? Il n'en doutait pas. Elles voulaient parler. Ou crier. Ou pleurer.

Un brusque courant d'air froid lui arracha un frisson et le tira de ses pensées. Le silence dans la cour lui rappela que la récréation était terminée, les élèves entrés en classe. Sans lui. Une nouvelle fois, un sentiment de solitude lui coupa le souffle. Jamais il ne s'était senti aussi... différent des autres.

Il prit une inspiration, se leva. Réfléchit à la façon de procéder. Dans les films, ceux qui s'adonnaient au spiritisme le faisaient en groupe... Mais quelle différence ? La veille en revanche, le pentacle avait semblé essentiel.

Il poussa le carton pour dégager le tracé au sol, rassembla les petits carrés blancs de lettres. Il s'assit en tailleur, face au pentacle, disposa les lettres en cercle comme il avait vu Anne-Cécile le faire, puis le verre au centre. Voilà, c'était au fond assez simple. Et maintenant ?

Il posa son doigt sur le rebord du verre, enfin l'effleura, sans appuyer. Devait-il garder les yeux ouverts ? Devait-il parler, prononcer cette phrase improbable : « Esprit es-tu là ? » Il décida que non, aviserait si un phénomène se produisait. Pour l'heure, il ferait à l'instinct.

Il laissa ses paupières se fermer, s'efforça de se concentrer, d'imaginer très fort qu'il voulait « parler » à Jules, ou au frère d'Opale, ou à n'importe quelle entité prête à l'éclairer. Les premières minutes furent longues, pénibles : il ne parvenait pas à fixer son attention, son genou tressautait de nervosité, un ricanement bizarre lui échappa quand la tête de M. Dupuis en train de lui rappeler la définition d'un prisme vint télescoper son attention, puis la voix de Patoche (*T'es devenu dingue, mec !*)... Doucement, pourtant, son esprit se vida, sa respiration adopta un rythme lent, mesuré, en vagues somnolentes.

La température de la pièce chuta – Bastien ne savait pas si cette baisse avait été graduelle ou brutale, mais c'est d'un coup qu'il sentit un froid pénétrant l'envahir. Il ouvrit les yeux : son souffle produisait de petites bouffées de vapeur. Cela montait... venait : quelque chose dans la pièce vibrait.

Il ferma les yeux de nouveau pour ne pas se laisser distraire. La température baissa encore... et le verre bougea.

Un frémissement sous ses doigts engourdis. Puis un autre. Une pulsation de... de cristal. Et à mesure que le froid gagnait, le verre, lui, chauffait, comme s'il puisait le moindre degré pour gagner en force. Une chaleur déplaisante, électrique, crépitante.

Les yeux toujours clos, Bastien pensa, cria même mentalement : *Y a-t-il quelqu'un ? Qui est avec moi ? Qui es-tu ?*

Il attendit... Pas de réponse. Sur sa base, le verre commença à bouger en continu, comme si... la chose à l'intérieur ne demandait qu'à sortir de sa prison.

Qui est là ? Je sais que tu es là. Tu veux me parler...

Un mouvement quelque part dans le grenier le fit tres saillir. Il ouvrit les yeux. Rata un battement de cœur, lequel s'emballa au galop la seconde suivante : les ombres blanches étaient là, avec lui. Dans la remise. Partout. Des formes lentes, à peine esquissées, des dessins filandreux et ondoyants, suspendus dans une sorte de lévitation immobile, tissés d'une brume irréelle, une brume qui ne devait, ne *pouvait* pas se trouver dans la remise puisque aucune fenêtre n'était ouverte. Et pourtant elles flottaient, et peu à peu Bastien discerna le voile d'un visage, et d'un autre, un autre encore. Des enfants... Les enfants de la brume étaient montés du sol, ou tombés du ciel, à son appel.

Sous son doigt, le verre était agité de tremblements fiévreux mais il l'ignora. En retenant son souffle, il attendit, terrifié, de comprendre ce que voulaient les ombres banches.

Une première entité glissa mollement dans sa direction – il lutta pour ne pas reculer car, il le savait, c'était inutile : ici, il n'y avait aucune échappatoire, aucune fuite possible. La chose, transparente, à peine visible, traversa les obstacles jusqu'à lui. Elle s'arrêta à sa hauteur et Bastien se sentit enveloppé d'une tristesse infinie, comme si un linceul avait recouvert ses épaules. Sans qu'il comprît pourquoi, des larmes lui montèrent aux yeux. Le garçon – c'était bien un petit garçon, non ? aucune chevelure longue ne déployait de mèches aériennes – resta ainsi quelques instants, puis s'assit, dans la mesure où un nuage peut s'asseoir, au côté de Bastien. Ce dernier ne souffla mot, fixa la créature, essaya de saisir un visage, un regard, en vain : la forme n'offrait rien de palpable, de stable, à quoi s'ancrer.

Un mouvement gracieux détourna son attention, et il se retourna vers les ombres restées en retrait : une autre forme glissa, une troisième, une quatrième... Des garçons, des filles, avec la lenteur d'une douce musique aux tonalités nostalgiques, suivirent l'éclaireur en procession, s'approchèrent, hésitants. Avant, à leur tour, de prendre place autour du pentacle.

À présent, les larmes inondaient les joues de Bastien, des larmes venues de nulle part, enfin des tréfonds de lui-même, un gouffre encore inexploré. Ou peut-être la tragédie des enfants de Laville-Saint-Jour était-elle contagieuse, touchait-elle tous ceux qui s'en approchaient ? En tout cas, il comprenait ceci : il n'était pas seul... pas seul du tout même. Les fils et les filles de la brume étaient venus ici pour l'aider, lui ouvrir leurs bras, le reconnaître comme un des leurs. Maintenant, la séance pouvait commencer.

Bastien s'aperçut que le verre... trépignait sous son doigt. Après avoir reniflé pour ravaler les larmes qui l'avaient surpris, il dit, à haute voix :

— Esprit, es-tu là ?

Le verre glissa.

OUI

— Qui es-tu ?

Le verre se dirigea vers un groupe de lettres, manqua s'arrêter sur le P, puis...

NON.

Bastien l'avait senti : comme la fois précédente, celui qui avait répondu à son appel n'était pas seul. Une autre présence était parmi eux... Un censeur.

Autour du cercle, la masse compacte parut secouée par une bourrasque et, dans le flou du mouvement, Bastien crut saisir des visages froncés de colère, des bouches ouvertes comme pour crier, protester. Il revint au verre.

— QUI ES-TU !

Sous son doigt, le verre luttait entre deux forces – une tirant vers les lettres, l'autre qui le soudait au rectangle du NON.

Les ombres blanches remuaient à présent – les créatures n'en formaient plus qu'une seule, vibrionnant de révolte. Et il se produisit l'impensable : les ombres blanches crièrent. Un cri d'une seule voix composée de centaines, un grondement qui monta directement dans le ventre de Bastien, dans sa tête... Un long ululement de rage, tandis que les enfants tournoyaient autour du verre et de Bastien, qui monta encore, et encore. Soudain, alors qu'une des présences luttait pour sceller le verre devant le NON, quatre petits carrés de lettres volèrent seuls pour former un mot, au cœur du pentacle :

PAPA

Le monde se figea autour de Bastien, le verre éclata, les ombres blanches s'immobilisèrent à leur place comme si elles n'en avaient jamais bougé, et le cri se mua en plainte, une longue plainte, un soupir désolé, chaud de compassion. Puis le silence.

Bastien fixa les lettres, auxquelles se mêlaient à présent de petits éclats de cristal – les carrés blancs se détachaient sur un fond rouge, rouge comme son émotion, son désespoir, cette vérité insupportable. Au moment où il s'évanouit, ce ne fut pas une voix qu'il entendit dans la tête, mais un visage qu'il vit se pencher sur lui comme une fée sur un berceau. Un visage sans peau, sans nez, sans lèvres... Une bouillie de chair blanche qui encore, et encore, le lui rappela :

— Un jour, des choses terribles arriveront...

## 56

*Récupérer mon fils et partir... récupérer mon fils et partir... récup...*

*ARRÊTE !*

Audrey ferma les yeux un bref instant, les rouvrit pour essayer de recouvrer son calme. En vain : elle ne parvenait à s'ancrer à aucune autre pensée depuis sa visite chez Hecticon. Après avoir vu Joce y entrer à sa suite, après avoir essayé de trouver une raison légitime à sa présence – pouvait-il décemment exercer des fonctions juridiques au sein de la société ? – une logique un peu tordue s'était finalement imposée : Cléance Rochefort connaissait parfaitement la situation d'Audrey ; Cléance Rochefort avait proféré des menaces à peine voilées ; Joce connaissait Cléance Rochefort ; Joce n'aimait pas son fils ; Joce était prêt à tout pour la blesser ; Joce, ou Antoine, ou les deux, ou quelqu'un d'autre en rapport avec lui/eux se trouvai(en)t sous les fenêtres de sa cuisine la veille au soir, et la surveillai(en)t depuis quelques jours déjà... Comment les différents axiomes se combinaient-ils pour n'en faire qu'un ? Elle l'ignorait mais peu importait pour l'instant : il existait forcément un sens à tout cela. Si bien qu'en attendant de trouver une issue, après des errances dans les rues de Laville et un message faussement laconique sur le répondeur de Nicolas le Garrec, elle venait de se garer devant l'école de David. Elle n'avait pas le choix : en dépit des risques judiciaires, elle devait récupérer David. Le garder auprès d'elle. Le protéger au moins momentanément, le temps d'y voir plus clair.

Elle regarda dans le rétroviseur – dix fois, vingt fois, elle avait vérifié dans la matinée. Personne. Enfin, autant que la brume lui permettait de s'en assurer.

Elle jugea la voie libre – se maudissant pour cette brusque paranoïa qu'elle ne parvenait plus à contrôler –, descendit de la Clio et passa le portique peint d'un bleu joyeux, au-dessus duquel était inscrit : *Les Mésanges, école primaire*. Elle pénétra dans le hall, un pincement au cœur en songeant qu'elle n'avait pas accompagné David ici pour sa première rentrée à Laville-Saint-Jour, qu'elle n'avait même jamais aperçu l'intérieur du bâtiment, tapissé de dessins d'enfants et de casiers colorés.

Elle chercha le secrétariat, luttant encore contre sa respiration oppressée, l'urgence qui occultait toute faculté de raisonnement. Elle prit une inspiration avant de pousser la porte du secrétariat des Mésanges, puis se présenta, souriante, claire, pour expliquer à la secrétaire avec le plus grand calme qu'une affaire de famille l'obligeait à récupérer David avant la fin des cours de la journée. Celle-ci l'écouta poliment, avec dans le sourire la juste compréhension en pareilles circonstances et dans le regard une lueur suspicieuse. Elle l'orienta finalement chez le directeur.

Ce dernier, un replet bonhomme aux petits yeux porcins vides de toute aménité, la reçut dans un bureau qui s'accordait mal à son physique, une pièce évoquant un décor plus qu'un lieu dédié aux tâches administratives – comme dans le hall, tout rappelait l'enfance : les dessins en nombre, des posters champêtres, des vestiges des Halloween précédents, des bibelots faits en classe alignés sur des étagères... Le décalage en était presque malsain, au point de l'indisposer dès qu'elle s'assit.

— Puis-je vous demander ce qui justifie que David manque un jour de classe ? demanda-t-il quand elle eut achevé son bref récit.

— Je...

Elle était prise de court. Elle n'avait même pas songé à une excuse vraiment valable, supposant qu'une « affaire familiale urgente » suffirait.

— Mon frère est au plus mal – enfin il est en train de mourir. Il n'en a que pour quelques jours, peut-être moins, et... je veux que David lui dise au revoir.

Un parfait mensonge ficelé en une seconde – elle l'avait basé sur le récit d'une amie de Paris, qu'elle avait encore au téléphone un ou deux fois par mois, dont le frère était effectivement en train de s'éteindre d'un cancer.

L'homme croisa des petits doigts boudinés sur sa bedaine.

— Je vois... Malheureusement, j'ai un problème, madame, concernant votre fils... Enfin quant à votre demande.

— Un problème ?

— Oui. voyez-vous, Jocelyn nous a prévenus de votre possible arrivée dans nos murs...

L'émotion fit vaciller Audrey sur sa chaise. Il avait dit *Jocelyn* et non pas « votre ex-mari », ou le « père de

David » ; il avait dit *Nous* et non pas l'« établissement », comme s'ils constituaient un groupe...

— ... il nous a aussi précisé qu'il avait la garde de David, et que vos droits se limitaient à un week-end sur deux.

Il attendit, un petit sourire satisfait au-dessus de son triple menton rose et glabre.

— Voyez-vous, nous avons eu il y a deux ans une affaire d'enlèvement d'enfant... Vous savez, un père qui n'a pas supporté la distance, ce genre de choses – et depuis, nous redoublons de prudence lorsque la situation familiale est... compliquée. Jocelyn a laissé entendre, au début de l'année, que nous pourrions être confrontés à ce genre de problèmes – bien évidemment, je ne prétends pas que nous soyons dans ce cas de figure.

Elle le voyait à peine – juste une face ronde, lunaire, une tête de cochon dans un magasin de jouets, tachée des points noirs devant ses yeux induits par son coup de sang. Tout à coup, les paroles de Nicolas le Garrec lui revinrent : « Mais qu'est venu faire exactement ton mari à Laville-Saint-Jour ? » La situation lui échappait ; basculait en plein cauchemar. Un cauchemar à la *Rosemary's baby*. Avec elle dans le rôle de Mia Farrow.

— ... mais si nous n'avons pas un appel de Jocelyn pour confirmer, ou une ordonnance du juge bien sûr – ah ah ah ! – je ne peux pas vous laisser emmener David comme ça... Vous me comprenez, j'espère ?

Les minutes qui suivirent se déroulèrent dans un flou écarlate : elle se vit vaguement prise par le bras avec une douce autorité et raccompagnée à la porte ; traverser le couloir en luttant pour ne pas tituber ; courir jusqu'à la sortie pour vomir sur le trottoir le café et le yaourt avalés trop vite avant la rencontre avec Cléance Rochefort.

Le froid la ramena brutalement à la vie et le spectacle qui s'offrit à elle la détourna un instant de sa terreur : durant la quinzaine de minutes passée entre les murs des Mésanges, la brume avait entièrement recouvert la rue. Le monde qui s'étendait sous ses yeux était d'une blancheur surréelle, étouffé par un nuage, une dense pelote de coton : les voitures broutaient désormais avec la forme indistincte de grosses taches de couleurs, les troncs d'arbres dessinaient des lignes incertaines et mouvantes, et les maisons avaient l'air menaçant de têtes de géants surmontées de chapeaux pointus...

Incrédule, elle regagna sa voiture – et s'aperçut que ses pieds s'enfonçaient, disparaissaient complètement dans la brume plus dense encore au sol. Elle monta dans la Clio, le cœur toujours serré, avec cette affreuse impression que, tandis que la brume se pressait aux fenêtres comme si elle voulait la retenir prisonnière, quelque chose de terrible était en train de se préparer – une assertion qui la ramena inévitablement à Nicolas le Garrec. Rassemblant son courage, elle prit son téléphone et composa le numéro. Quand la messagerie répondit, elle faillit jeter de rage et de frustration l'appareil contre le pare-brise. Au lieu de quoi, elle dit :

— Nicolas, je sais que je t'ai déjà appelé ce matin, mais... il n'y a que toi qui puisses m'aider. C'est urgent, tu comprends... J'ai vu Cléance Rochefort. Je... je crois que c'est une question de vie ou de mort. Cela concerne mon fils David et...

Le reste fut noyé dans le flot de larmes qui jaillit quand elle prononça le nom de son fils.

## 57

La fiotte n'était pas réapparue. La fiotte allait au-devant de sérieux ennuis et devait le savoir. Donc la fiotte était prête à risquer des retenues, avertissements, voire une exclusion, pour... pour quoi ? César Mendel avait sa petite idée. Bien sûr, c'était quitte ou double – il n'avait pas prévu que Bastien Moreau aurait cette crise de fou rire en plein cours de maths (quoique après avoir respiré la gueule de Dupuis de près, il fallait s'attendre à tout !). Et il enrageait de l'avoir perdu. Pour autant, César était plein de ressources. Et ce matin, sa vie venait de prendre un tournant décisif : il était riche. Et donc libre. Enfin, en principe. L'idée que Moreau pouvait lui gâcher le jour-où-tout-devient-possible était... insupportable.

Pas le choix. Il fallait choper Moreau.

— Hé, Cés', t'as remarqué la brume ?

César Mendel se retourna. La cloche de midi moins dix venait de sonner, et les élèves se partageaient en deux groupes : ceux qui habitaient Laville-Saint-Jour et rentraient chez eux déjeuner, et ceux qui gagnaient le réfectoire. Philibert de Brysis, à l'instar de César, appartenait au premier.

— Non non, j'ai rien vu du tout, répondit-il avec ironie.

Brysis lui rendit des yeux ronds d'un vide sidéral – Mendel avait conclu depuis longtemps que tout au fond du cerveau de son camarade, on devait trouver un meuble de classement en métal doté d'un unique tiroir, dans lequel était plié en quatre un petit papier comme une condamnation à mort : QI : 82 (au mieux).

— Ah bon ? s'étonna le génie.

Mendel haussa les épaules. Il aurait fallu être aveugle pour l'ignorer : la brume s'était abattue d'un coup, pendant le dernier cours – phénomène qui avait provoqué bruissements et chuchotis dans la salle de classe. C'était un de ces jours – il y en a quatre ou cinq comme ça dans l'année – où le brouillard a l'air ivre et vomit sa colère, où le monde s'efface et s'assoupit, où le centre-ville étouffe sous de molles pulsations liquifumeuses qui évoquent le ventre d'une femme sur le point d'accoucher. Un de ces jours où... tout-devient-possible.

— Hé, tu vas où ? s'enquit le garçon tandis que César s'éloignait. On ne rentre pas ensemble ?

César se retourna et lança un long regard à Brysis. Ce dernier battit en retraite – César ignorait comment il produisait cet effet, et plus encore sous la brume, qui forcément affaiblissait son intensité, mais sur les esprits faibles, ça marchait toujours : le coup du regard qui foudroie. Il fixa son ami en train de reculer, puis disparaître dans la masse sombre des élèves, happé avec eux par la brume. Il reprit son chemin en direction de la deuxième cour, celle du petit jardin. Il se glissa, silhouette longue, fine, surmontée d'une auréole de cheveux d'ange, sous le petit préau des toilettes. Et attendit. Si Moreau se trouvait encore dans l'école, c'était sa seule chance de le retrouver : ici, au pied de la Chowder.

Avec la parfaite maîtrise d'un homme qui a tout sous contrôle, il sortit son portable et vérifia l'écran : pas de message. Il sentit une petite décharge le traverser. Était-ce donc vraiment... le-jour-où-tout-est-possible ? Pour s'en assurer, il lança un appel. Le répondeur de son père décrocha à la quatrième sonnerie. Mendel sourit, le cœur battant.

— Papa, je suis étonné que vous ne m'ayez pas rappelé...

*je suis riche...*

« ... c'est le quatrième message que je vous laisse. Enfin, à tout hasard, je vous le précise à nouveau :

*je suis libre...*

« ... pouvez-vous, si vous en avez le temps, voir à l'aéroport si vous trouvez un iDock pour mon iPod ? Je vous envoie les références par texto...

*tu es crevé, sale merde ! crevé, crevé, CRÈVE ! ! !*

« ... merci papa, faites bon voyage...

Il coupa la communication, s'efforçant de maîtriser la joie qui éclatait en lui. Consciencieusement, il composa son texto – qui, mais vraiment qui, je vous le demande, allait soupçonner un gosse de treize ans, ah ah ah ! Un bruit interrompit la course de ses doigts sur le clavier. Il tourna la tête. La porte-placard dans le mur émit un petit couinement. Une seconde plus tard, Bastien Moreau apparut.

Les deux garçons se fixèrent un instant. Moreau, décida Mendel, avait la gueule d'un type qui vient de vomir et rebouffer sa gerbe juste derrière.

— Ça va ? demanda César avec toute la compassion que des années de dissimulation lui avaient enseignée.

Moreau ferma la porte, sans montrer de surprise quant à la présence du redoublant.

— Non, dit-il simplement.

— Qu'est-ce qui t'arrive ?

Moreau se rapprocha et enfila son sac à dos avec la mécanique d'un zombie.

— Mon père vient de mourir...

La surprise laissa Mendel une seconde sans réaction. Il ignorait comment la fiotte avait pu apprendre une chose pareille dans son placard entre 10 heures et midi, mais il savait, en revanche, même si c'était là des sentiments dont la nature lui échappait totalement, il savait que pour Moreau, c'était un coup fatal.

— Moi aussi, répondit-il – d'où ça lui était venu, il l'ignorait – peut-être le besoin de le dire, sans doute comme Moreau avait succombé à la même force, même si, à cet instant, c'était bien le seul trait commun aux deux garçons.

Moreau le fixa, surpris – la révélation de César était assez choc pour l'avoir sorti de son hébétude. Mendel s'efforça de dissimuler le maelström des émotions qui l'agitaient et se composa un visage entre tristesse et complicité.

Cela suffit visiblement à Moreau : il ne posa pas de question, ne fournit aucun détail. Ne pleura pas non plus.

— Tu *la* cherches, non ? demanda César pour briser le silence et serrer un peu plus sa main autour de la gorge de son ennemi.

Là encore, pas de faux-fuyant : Bastien acquiesça directement et cette attitude volontaire, en dépit des circonstances, força malgré lui l'admiration de Mendel. Il attendit un peu avant de décocher le coup de grâce :

— Je crois savoir où elle se trouve...

# 58

Suzy Belair raccrocha le combiné du téléphone : pour la troisième fois de la journée, ses appels à Saint-Michel sonnaient dans le vide. Et le pressentiment qui l'avait tenue éveillée tard, la nuit passée, gagnait en force. Oh ! certes, elle percevait bien une distance à présent chez le père Cartelot : elle devinait que la bouteille, ou l'âge, ou la peur avaient eu raison de sa détermination, que la mort d'Odile le Garrec lui avait porté un coup, qu'il considérait le combat perdu d'avance. Pour autant, le père Cartelot aurait dû prendre au moins un de ses appels : il n'était pas homme difficilement joignable, et elle voulait juste l'informer qu'elle partait pour Paris... « quelques jours, rien de grave... ». Il aurait compris, s'en serait tenu à ça. Ne l'aurait ni encouragée, ni dissuadée. N'aurait de toute façon pas prononcé la moindre parole compromettante au téléphone. Et elle avait espéré que sa détermination à elle lui aurait redonné un peu de vigueur...

Mais le père Cartelot ne répondait pas. Et la brume avait abattu un couvercle sur Laville, brutalement, en moins de trente minutes, si bien que, depuis la fenêtre de son pavillon, l'astrologue distinguait à peine la rue.

Elle laissa retomber le rideau devant la fenêtre, se rendit dans le vestibule, enfila son manteau gris. Un petit bagage était prêt devant la porte et elle s'en empara avant de sortir. Dehors, elle resta une seconde sur le perron – quand Laville-Saint-Jour avait-elle été à ce point ensevelie pour la dernière fois ?

Un tour de clé, trois marches prudemment descendues car le gris pâle de l'allée se fondait au brouillard... Elle se posta juste devant le petit portail de la maison, en paix. Ce qui l'attendait à Paris, elle l'ignorait. Mais elle devait s'y rendre : c'était un fait et une certitude. Et Suzy Belair n'était du genre à contredire ni l'un ni l'autre.

Le bruit d'un moteur creva le silence mat de la rue et lui parvint depuis la droite. Elle tourna la tête : une masse bleu marine fendait la brume dans sa direction. Une appréhension monta en elle comme une vague – elle ne distinguait pas le petit panonceau lumineux TAXI au-dessus de la voiture et...

*... et le père Cartelot ne répondait pas...*

*... et la brume...*

*... et un jour des choses terr...*

À environ dix mètres, la petite lumière du taxi apparut et elle haussa les épaules.

Le chauffeur descendit, commenta le brouillard : « ... il paraît que la préfecture va fermer les grands accès si ce n'est pas levé d'ici ce soir... » et l'invita à prendre place.

Elle monta dans la voiture – étrange impression, tout à coup, à l'intérieur du véhicule, de recouvrer la vue, de voir enfin net, comme si elle venait d'enfiler des lunettes.

Tandis qu'ils s'éloignaient de la maison en direction de la gare, elle remarqua à peine la voiture de police banalisée qu'elle croisa avec Bertegui à son bord – tout juste aperçut-elle une grosse tête chevelue au volant. Pas davantage, à l'autre bout de la rue, la Mercedes bleue qui venait de s'engager et roulait vers sa maison.

* * *

Bertegui arrêta la voiture en tempêtant. Conduire sous ce brouillard relevait du suicide – il ne l'avait même pas vu tomber, si bien qu'il avait été pris par surprise, à l'extérieur, au moment de quitter le commissariat. Le cas Andremi occupait sans doute trop ses pensées – depuis son entretien, cette fissure, à peine une fêlure en vérité, dans l'attitude de Cléance Rochefort le taraudait. Vague impression d'avoir enfin appuyé sur un bouton qui ouvrait une porte. Même si tout restait à éclaircir. C'est pourquoi il n'avait pas encore pris contact avec les collègues en charge à l'époque à Paris de l'affaire Andremi. Le Sanglier était conscient que tout faux pas dans cette affaire risquait d'ouvrir la boîte de Pandore et de réveiller les vieux démons médiatiques : Andremi, Talcot... Mais il restait les Villois bien sûr. Suzy Belair, les Morizot, Le Garrec se troubleraient-ils eux aussi si Bertegui leur lançait le nom entre deux questions ? Les Andremi étaient-ils vraiment une piste à suivre, ou juste un chemin vers nulle part comme tous ceux qui traversaient la brume de son enquête depuis plusieurs jours ?

Il descendit de voiture, marcha vers la maison. Pas de lumière aux fenêtres – or le rez-de-chaussée de Suzy Belair était assez sombre, avait-il remarqué lors de sa visite. Était-elle sortie ? Absente ?

Il appuya sur la sonnette, juste au-dessous du signe astrologique sibyllin gravé dans le cuivre. Attendit. Pas de réponse. Il sonna encore, plissa les yeux en guettant les vitres. Rien.

Il passa une grosse paluche à travers la grille, fit jouer le loquet. La grille céda. Il s'engagea dans la petite allée, marcha jusqu'aux trois marches, s'y prit les pieds et manqua tomber. Se redressa en jurant avant de grimper jusqu'à la porte de la maison. Fermée à clé. Pas de lumière. Aucune trace d'effraction. Avait-il vraiment anticipé en trouver ?

Un bruit dans son dos le fit sursauter et il se retourna brusquement. À une distance indéfinie – trente mètres peut-être ? La brume distordait aussi les volumes... – il vit une masse bleue s'éloigner. Les feux rouges arrière produisaient un halo comme deux fils de lumière et disparurent au coin de la rue.

Bertegui attendit – la rue déserte, les arbres, le silence, la brume. Rien d'autre... et pourtant : sensation imprécise d'être regardé. Épié...

Soudain aux aguets, il porta son regard de tous côtés. Et c'est alors qu'il les remarqua : les mouvements. Les mouvements non pas *du* brouillard, mais *dans* le brouillard. Les formes... Et même – mais non, c'était impossible, bien sûr ! – les visages... Il observa le phénomène et... oui ! Au cœur même de la brume, des traînées, des tourbillons, des pulsations comme douées de vie propre et...

La sensation s'évanouit. Un vieil homme, à en juger par la voussure des épaules, venait d'apparaître, un petit caniche noir en laisse. Simple illusion d'optique donc.

Bertegui secoua la tête, furieux après lui-même. Décidément, l'ambiance dans cette ville était contagieuse. Pernicieuse même !

Il rebroussa chemin jusqu'à sa voiture, s'installa au volant. Les trente secondes d'hallucination (il ne voyait pas d'autre mot) l'avaient ébranlé et son premier réflexe fut d'appeler sa femme.

— Ça va chéri ? demanda-t-elle avec une pointe d'inquiétude dans la voix – aux frémissements de sa propre voix, Meryl pouvait deviner ses états d'âme (elle était de ces femmes impossibles à tromper, de toute façon Bertegui n'en avait jamais éprouvé le moindre désir).

— Ça va... je voulais juste te dire que je ne viendrai pas déjeuner.

— Toujours ton affaire je suppose ?

— Oui... Et aussi, je crois, vu le temps, que ce serait pas mal de ne pas envoyer la puce à l'école.

— Oui, j'y ai pensé... J'ai trouvé une jeune fille pour la garder cet après-midi, justement, et remplacer...

Ses mots restèrent en suspens. Bertegui comprit que la désaffection soudaine du dragon qui s'occupait de leur maison depuis leur arrivée continuait à l'affecter.

— Claudio...

— Oui, ma chérie ?

Un blanc, une hésitation. Il l'imagina se mordre les lèvres, un tic de gosse qui la prenait chaque fois qu'elle était hésitante et trahissait son embarras.

— Je t'aime, Claudio...

Elle raccrocha. Bertegui resta le téléphone à la main, le cœur soudain serré par une inexplicable gangue d'angoisse. Pourquoi... ce souffle un peu tragique dans son intonation ? Et qu'avait-elle vraiment voulu lui dire, avant de se censurer ?

# 59

Meryl Bertegui raccrocha l'appareil au moment où la sonnerie de la porte retentissait.

— J'y vais ! cria une voix aiguë dans le salon, suivie d'une cavalcade de petits pas. À la suite de sa fille, Meryl gagna l'entrée. La porte était déjà ouverte, dans laquelle s'encadrait la silhouette un peu épaisse d'une jeune fille ceinturée dans un loden, comme poussée par la brume qui palpitait à l'extérieur.

— Entrez, entrez, l'invita Meryl.

Celle-ci obéit et un visage rond apparut dans la lumière, sous un béret assorti au manteau selon un style très « les demoiselles du couvent ».

— Bonjour, je suis Saphir Argenson. C'est moi que vous avez eue au téléphone pour cet après-midi.

— Oui, bien sûr, je vous attendais. Je n'ai cours que dans une bonne heure mais avec cette brume, je pense prendre la route dès maintenant.

La jeune fille ôta son bibi, révélant une chevelure d'une blondeur que Meryl, pure Californienne de naissance, trouvait typiquement française : un peu fade, sans reflet, sans artifice.

— Alors c'est avec toi que je vais passer la journée, je suppose ! lança-t-elle à l'adresse de Jenny.

Celle-ci hocha la tête, un grand sourire ravi aux lèvres qui contrastait avec la mine bougonne qu'elle rendait d'ordinaire à Mme Meniron.

— Oui, voilà Jenny...

— Mon prénom complet c'est Jennyfer mais tout le monde m'appelle comme ça. Enfin sauf maman quand elle est en colère.

Saphir Argenson se tourna vers Meryl avec un sourire amusé.

— Et toi Saphir, c'est ton vrai prénom ? demanda Jenny Bertegui, fidèle à sa questionnite.

— Oui... C'est de famille, beaucoup de filles ont des prénoms de pierres... j'ai une cousine qui s'appelle Perle, une autre Opale... Et dis-moi, Jenny, est-ce que tu as une belle collection de Barbie ? Parce que j'adore les Barbie !

Jenny Bertegui ouvrit des yeux ronds de bonheur.

— Oui, viens, je vais te montrer tout de suite !

— Hé ! mademoiselle Bertegui, l'interrompit sa mère, va préparer Barbie et ses amis pour ta nouvelle invitée, moi j'ai deux ou trois petites choses à expliquer à Saphir...

La gosse trotta jusqu'à sa chambre, tandis que Meryl faisait un tour du propriétaire avec la jeune fille.

— En principe, j'ai besoin de quelqu'un pour la récupérer à l'école deux fois par semaine et la garder jusqu'au soir à cause de mes cours, mais aujourd'hui, c'est un peu spécial. Avec cette brume, je ne sais pas, je ne m'imagine pas la renvoyer en classe...

— Oh, vous devez être nouvellement arrivée parmi nous je suppose, mais vous verrez on s'y habitue très bien. La brume donne toujours une atmosphère charmante à la ville, et franchement, des journées comme ça sont très exceptionnelles...

Meryl ne répondit rien, continua à expliquer la télé, les devoirs, le goûter... La baby-sitter écoutait, acquiesça à tout, adhéra avec enthousiasme aux petites règles de la maison, sans montrer le moindre signe dubitatif ou d'agacement.

Trop parfaite, songea un instant une Meryl Bertegui aux aguets. Trop enjouée, trop primesautière, trop « oui, vous avez parfaitement raison et de toute façon, le monde est merveilleux n'est-ce pas ? ».

L'heure vint de lui confier sa fille et Saphir Argenson rejoignit Jenny dans sa chambre d'où s'échappèrent rapidement des exclamations de filles et des gloussements un peu hystériques. Meryl y passa la tête une minute plus tard, la découvrit occupée à expliquer la fonction de chacune de ses poupées dans la tribu. Tandis que Jenny courait vers sa mère pour se pendre une seconde à son cou, cette dernière surprit un bref regard de biais de la baby-sitter et une image effrayante lui vint : la demoiselle du couvent changeant subitement d'expression la porte à peine refermée, se repliant dans le salon pour se rouler un joint et le passer à Jenny sous les yeux morts de poupées jetées en vrac sur la *coffee table*.

Elle referma la porte derrière elle, regagna l'entrée, interdite par la violence de la vision. Puis elle haussa les épaules, leva les yeux au ciel. Elle était bouleversée, tout simplement. Par la scène avec Mme Meniron... par la brume... par cet affreux bout de viande qu'elle avait trouvé ce matin sur la balançoire aussi. Elle avait failli en parler à Claudio un peu plus tôt au téléphone, mais elle l'avait deviné si préoccupé qu'elle s'était promis d'attendre ce soir.

Oui, bouleversée. Et rien de plus. Cette jeune avait l'air parfaite, n'est-ce pas ?

Elle se décida à partir, enfila son manteau, gagna sa voiture en prenant soin de garder la bouche fermée comme si elle craignait d'avaler un peu de brume. Quand elle démarra une minute plus tard, elle était tellement concentrée sur la route qu'elle en oublia le rétroviseur. Sans quoi elle aurait sans doute remarqué la voiture qui déboîtait à sa suite, à une vingtaine de mètres derrière elle. Sans quoi, peut-être, les choses auraient été totalement différentes.

# 60

*Papa est mort.*

Impossible de lui dire. Bastien était assis face à sa mère, des petits pois, un steak... Elle avait au visage ce sourire absent-serein qu'il avait cru un signe de mieux-être les premières semaines à Laville-Saint-Jour avant de découvrir qu'il avait une tout autre signification. Et désormais, Caroline Moreau était veuve, même si Bastien était le seul à le savoir. Enfin non : les ombres blanches connaissaient la vérité. Et... et ceux qui l'avaient tué.

Car c'était bien de ça qu'il s'agissait, n'est-ce pas ? Il en était persuadé.

Il s'était évanoui, et à son réveil, toute trace de la séance avait disparu. La pièce était nette, et lui-même ne se trouvait pas étendu sur le sol, mais « endormi » sur le canapé si bien qu'un instant, un fol espoir avait chassé la douleur : il avait glissé dans le sommeil, sombré, trébuché même dans un cauchemar, rien de plus. Son père était vivant, quelque part en « séminaire », et il allait téléphoner, dans une heure, ou deux, ou trois... !

Oui, il y avait cru... jusqu'à l'éclat au sol. Un minuscule reflet de cristal, au pied du canapé. Alors il avait cherché le verre – le verre, il était certain de l'avoir vu en entrant dans la pièce, à côté des petits carrés blancs. Mais le verre était bien cassé. Son père était bien mort. C'était lui qui était monté, depuis les limbes de son repos, lui parler à la Chowder...

Pendant une heure, peut-être davantage, les pleurs avaient jailli, sans interruption, devant le tas des petites lettres blanches éparses à ses pieds. Pendant une heure, les images lui étaient venues, des images du grand blond sportif qui l'emmenait faire du roller le dimanche et s'amusait d'un rien – « Je suis bon public », disait-il en riant de plus belle après une chute sans gravité –, qui le prenait sur ses genoux dans des terrains vagues, en voiture, et lui laissait tenir le volant « Un jour, tu seras assez grand pour t'asseoir là et ce jour-là, je veux que mon fils soit prêt », et lui murmurait parfois sur un ton de confidence, le regard humide : « Tu as vu comme elle est belle ta mère, aujourd'hui... »

Bastien avait pleuré son père donc, et c'était heureux : le chagrin était toujours immense, insurmontable, aussi profond qu'un lac dans la nuit, mais à tout le moins, il pouvait regarder sa mère sans éclater en sanglots. Aujourd'hui sa mère était veuve; il aurait préféré mourir plutôt que d'affronter cette vérité, même si c'était une vérité abstraite, étrangère... inconcevable encore.

— Tu ne manges pas, trésor?

Bastien battit des cils, la fixa – impossible de lui dire, impossible de ne pas le dire, il fallait qu'il crie à quelqu'un « Mon père est mort! Mon père est mort », mais à qui le pouvait-il? Opale... Oh! Seigneur, il avait l'impression que son cœur allait exploser de peine, de chagrin, de silence. Mais il allait retrouver Opale. Cet après-midi, enfin, dans quelques heures.

Il soutint son regard – elle avait froncé les sourcils et il comprit qu'elle faisait une brève incursion dans le monde réel, que son inquiétude était tangible.

— C'est la brume, mentit-il, je crois qu'elle me coupe l'appétit.

Ils se tournèrent ensemble vers la fenêtre – « Oui, tu as vu, c'est assez magique, n'est-ce pas? » dit-elle – mais il ne l'entendit pas. Ses yeux venaient de glisser sur une toile de sa mère, ou plutôt sur trois tableaux, alignés face à lui et tout à coup ça lui sauta aux yeux : le monde à la fenêtre ressemblait précisément, à cet instant, à un tableau de sa mère, ou plutôt à une version triste de sa peinture.

— Maman, demanda-t-il malgré lui la voix tremblante, tu n'es jamais venue à Laville-Saint-Jour avant, si ?

Elle battit des cils – il devina son effort pour rester avec lui et ne pas se replier dans un coin de rêverie.

— Pourquoi me demandes-tu ça ?

Il tendit le doigt :

— La fenêtre... On dirait presque une de tes toiles.

Son regard vola de la fenêtre aux peintures, et vice versa. Impassible, elle répondit :

— Non, je ne suis jamais venue... mais tu as raison, c'est un drôle de hasard. Enfin, moi je ne peindrais jamais une toile aussi grise, observa-t-elle justement.

Il acquiesça – vague impression que c'était et n'était pas en même temps un mensonge, que tout lui parvenait étouffé, amoindri, comme s'il était prisonnier d'une bulle invisible aux autres. Se concentra encore sur les toiles, parce que tout était bon pour ne pas penser au petit mot formé par les carrés blancs – P A P A.

CLING !

Une sonnerie MSN, depuis le bureau. Bastien s'éjecta de la chaise – il était resté volontairement connecté, dans l'espoir qu'Opale se manifesterait, ou peut-être Patoche, ou même... son père. Mais de toute façon, il voulait fuir, fuir ! Il courut jusqu'à l'ordinateur, se rua sur l'écran.

Dans une petite fenêtre MSN, *julesmoreau* venait de taper ces simples mots :

`– Alors maintenant, tu sais...`

# 61

L'homme à l'écran était beau, peut-être pas au sens plastique du terme, mais il avait cette présence sombre, un magnétisme ténébreux, presque inquiétant, qui devait fasciner naturellement les femmes et arrachait inévitablement à Bertegui un petit soupir d'envie. C'était le genre d'homme que Meryl aurait dû épouser, enfin si l'amour et la beauté se pliaient toujours à la symétrie des contraires : homme/femme, soleil/lune, lumière/crépuscule...

Une barbe de trois jours, qui contrastait avec un teint hâve, dessinait les contours longs d'un visage anguleux, mince, rehaussait des pommettes aristocratiques et des yeux d'un noir sans fond. Filmé dans un décor qui devait être une clairière – on apercevait, dans le flou du champ, l'orée d'une forêt –, il se présentait en plan américain :

— Bonjour à tous. La plupart d'entre vous connaissent déjà mon visage pour l'avoir vu aux actualités lors du fameux procès de l'automne dernier. Pour ceux qui l'ignoreraient encore, je suis Pierre Andremi. Selon toute vraisemblance, c'est la dernière fois que vous me voyez. Mais je suis certain... (un sourire ombré de mystère)... que vous n'êtes pas près de m'oublier. L'heure du chaos va bientôt sonner. Alors régneront les ténèbres. Je ne serai plus là pour en profiter, mais comptez sur moi : j'aurai ma part de pouvoir.

Le cadre s'élargissait – il s'agissait bien d'une clairière, en rase campagne – et l'on remarquait alors le bidon à ses pieds. Pierre Andremi s'en emparait et s'en répandait le contenu sur la tête, sans paraître incommodé par le liquide poisseux lui coulant le long du corps comme un shampooing, les yeux ouverts, impassibles. Quelqu'un, hors champ, faisait craquer une allumette et la lançait directement sur lui. Il prenait feu comme un geyser, une torche vivante, sans se débattre, sans crier, et Bertegui perçut clairement alors toute la démente détermination des fous. Durant quelques instants, l'homme restait même maître de lui-même, puis une plainte fumeuse s'élevait, il titubait avant de s'effondrer, tas de chair consumée, plaie vivante – enfin morte, en théorie, selon les experts, qui affirmaient que le corps ne pouvait survivre à pareille immolation. La caméra restait fixe quelques secondes. Cut.

Bertegui expira un long soupir – il prit conscience d'avoir retenu sa respiration pendant les dernières images, et repoussa son sandwich vers un coin du bureau. Il n'avait jamais vu l'intégralité de la vidéo. Magie de l'Internet en tout cas, elle était téléchargeable et Youtube lui apprit que plus de 200 000 amateurs de snuff en avaient déjà profité. Pis, il avait découvert, en tapant le nom dans Google, que des dizaines de sites étaient consacrés au personnage, tenus qui par un spécialiste autoproclamé listant les grands serial killers, qui par un illuminé sataniste... Fait troublant : les sites consacrés à l'affaire Talcot n'établissaient pas le lien entre les deux noms – la mère du tueur associée à celle qui avait tenu Laville-Saint-Jour sous son joug. Seuls des sites dédiés aux messes noires ou à l'occulte relevaient leur appartenance commune à la petite ville de Bourgogne, sans creuser davantage.

Tueur en série, Andremi l'était, sans aucun doute. Les six crimes qui lui avaient été imputés en région parisienne, contre lesquels il s'était défendu et dont son avocate l'avait alors disculpé – mal lui en avait pris, sa carrière avait été ruinée par la suite – étaient bien son œuvre : les enfants avaient été torturés, violés, pour certains amputés. Du reste, tout son laïus à l'écran criait sa nature, typique de ces pervers psychopathes : la soif de pouvoir, par exemple qui s'exprimait autant dans sa conclusion (« j'aurai ma part de pouvoir ») que dans cette grandiloquence avec laquelle il prenait contrôle de son destin, la mégalomanie de cette mise en scène. Le relevé des experts ne l'avait pourtant pas identifié, pas plus que son histoire personnelle ne l'avait confirmé : pas d'abus connu dans l'enfance, une mère qui apparemment l'avait soutenu pendant tout le procès, aucun témoin venu raconter comment il torturait les animaux, pas plus que d'ex-petite amie témoignant de la violence latente de son compagnon –

d'ailleurs, de petite amie, on n'en avait pas trouvé... Pas davantage, on n'avait retrouvé chez lui d'objets fétiches dérobés aux victimes, des « totems » supposés, comme c'est le cas pour la grande majorité de ces criminels, afin de satisfaire leurs pulsions a posteriori. Ses loisirs étaient sains, ceux d'un homme de son âge : du sport, un peu de culture. Enfin, il ne présentait aucune des caractéristiques qu'ont parfois les grands criminels : une activité un peu marginale ou des fréquentations douteuses, ou encore une profession itinérante – routier, commercial – qui permet d'étendre le terrain de chasse...

Au final, donc, Pierre Andremi avait été acquitté. Faute de preuve, grâce sans doute au talent de son avocate. L'aurait-il été si le procès avait eu lieu *après* l'affaire Talcot, et non deux ans avant, à la lumière des découvertes faites à Laville-Saint-Jour même si les deux affaires n'étaient pas directement liées ? L'homme aurait-il continué à perpétrer ses crimes en toute impunité s'il n'avait pas été pris en flagrant délit peu après son acquittement ?

On ne le saurait jamais. Quelques semaines après sa libération, Pierre Andremi avait cédé à ses pulsions et enlevé une petite fille. L'enfant avait été sauvée *in extremis* par un détective privé qu'un des riches pères, dont le fils avait été une des victimes du tueur présumé, avait chargé de pister l'acquitté. Bertegui se rappelait toutes les hypothèses qui avaient circulé quand la cassette de son suicide était arrivée dans les rédactions : Andremi avait replongé et pris davantage de risques – d'où ce flagrant délit – car son acquittement lui avait fait croire en sa toute-puissance. D'autres évoquaient un « phénomène de décompensation » après les années de frustration, d'autres encore qu'il avait volontairement cherché à se faire prendre... et expliquaient ainsi son suicide. Pourtant, à la lumière des images que Bertegui venait de voir, rien n'indiquait le moindre remords, la volonté de mettre fin à sa cavale meurtrière. Ce geste – s'immoler – restait un des mystères qui composent souvent la personnalité insondable des criminels déviants.

Tueur en série, donc. Et c'était bien là le problème : ce type de criminels agissait en chasseur solitaire, sans aucune autre motivation que la recherche de leur jouissance – ou plus exactement : l'apaisement de la pulsion. Jamais, du moins à la connaissance du commissaire, au nom d'un idéal, fût-il mystique, spirituel, aussi délirant que l'offrande d'enfants au diable – Bertegui avait d'ailleurs saisi, au hasard de ses pérégrinations sur le web, que le rituel stipulait le sacrifice d'enfants vierges, « intouchés » (il appartenait au démon de choisir de les consommer, une assertion qui, selon le flic, vous donnait envie d'éclater de rire et de vomir en même temps).

Or si l'homme que Bertegui recherchait appartenait bien à Laville-Saint-Jour, le constant rappel de l'affaire Talcot au cours des derniers jours évoquait un adorateur de Satan, enfin « quelque chose dans le genre », ainsi que le résumait le flic. Le profil d'Andremi ne cadrait pas. Si le tueur était revenu sur les lieux de son enfance, c'est le cadavre d'un gosse qu'ils auraient dû retrouver dans le parc, et non un éclat de miroir. Du reste, comment Andremi aurait-il pu survivre à pareilles blessures ? Et dans quel état ? Les grands brûlés doivent subir des mois de soins, et en chambre stérile, puis éventuellement des greffes de peau... Comment aurait-il pu se faire soigner à l'insu de tous ? Pouvait-il avoir été pris en charge par un réseau dormant ? Pourtant l'enquête n'avait pu établir aucune complicité... Mais le corps n'avait pas été retrouvé, il est vrai.

Bertegui se laissa tomber contre le dossier de son fauteuil avec un soupir, s'efforçant de réfléchir froidement en dépit de l'horreur que commençait à lui inspirer cette affaire – qui lui aurait dit que Laville-Saint-Jour lui réserverait un tel défi ? Qu'il plongerait dans le monde noir et gluant d'une histoire écrite dans le sang ? Éprouverait pareil malaise ?

Se ressaisissant, il alluma une cigarette (avec une grimace de culpabilité), revint à son écran. Cliqua sur un cliché, puis un autre... Partout ce même visage à l'expression distante et charismatique. Un visage qui n'allait pas vraiment avec la nature de celui qui le portait. Et un nom, – deux mots ! – qui avaient suffi à faire vaciller une Cléance Rochefort plus solide sur ses bases qu'un coffre-fort, qui avait à peine bronché, contrairement à tout le monde ici, à l'évocation des Talcot, mais au bord de l'évanouissement quand le nom avait franchi les lèvres de Bertegui. Un visage qui s'était promené dans les galeries de Saint-Exupéry, familier de Cléance Rochefort donc, de son mari, et bien sûr de Nicolas le Garrec... Qui d'autre encore ?

Un coup de fil interrompit ses réflexions. Bertegui vérifia l'identifiant.

— Oui, Clément ?

— On est à Saint-Michel... Je peux pas dire s'il y a eu un problème mais...

— ... mais ?

— ... enfin, c'est nickel ici, pas de trace de lutte apparente mais il y a des éléments troublants.

— Du genre ?

— Un verre de gnôle à moitié bu encore sur la table, de la vaisselle sale non débarrassée. La gouvernante prétend que le curé se lève très tôt le matin et que quand elle arrive, le petit living est net - enfin que tout est remis dans la cuisine...

— Quoi d'autre ?

— La télé est mise en veille. En principe, il l'éteint - c'est ce que dit Mme Moussonet. Par souci d'économie...

Une fois encore songea Bertegui : pas de cadavre, mais des détails, des riens. Toujours cette déplaisante sensation d'une machine qui ne tourne pas comme elle devrait, dont un des rouages s'est grippé.

Et pourquoi donc, se demanda-t-il, en secouant la tête, incrédule, pourquoi les Andremi enlèveraient-ils le curé de Saint-Michel ?

# 62

Nicolas le Garrec était attablé à la terrasse couverte du Clos Montdor, un café en train de refroidir devant lui. Pensivement, il contemplait la brume se déposer en couches successives sur Laville-Saint-Jour, l'engloutir complètement, comme si cette dernière s'enfonçait au creux de la cuve verdoyante où, des siècles auparavant, les maudits d'Arras avaient posé ses premières pierres.

Une petite voiture émergea, en contrebas, en accrochant un peu de brume, dans une lente traînée de fumée. Nicolas serra les dents : les minutes à venir allaient peut-être changer le cours de sa vie – et pas seulement la sienne... C'était un instant troublant et effroyable, de ceux dont un écrivain parvient parfois à s'extraire pour l'étudier comme un diamant plutôt que de le subir en plein cœur. Ce jour-là, il n'y parvint pas et il sentit son pouls battre la chamade, plus encore qu'il ne l'avait anticipé.

La femme qui entra dans la salle du restaurant n'avait rien de la créature sexy qui l'avait accueilli à Saint-Ex et, plus tard, dans les replis tendres de son corps. Sous ses cheveux en bataille, des yeux rougis cernés témoignaient de la nuit courte qu'ils avaient passée ensemble et des larmes qu'elle venait de verser, son teint livide contrastait avec la mine resplendissante, méridionale, des derniers jours.

Audrey Miller le chercha du regard, l'air affolé tandis qu'un maître d'hôtel qu'elle n'envisagea pas une seconde s'avançait vers elle, visiblement paniqué par son allure incompatible avec un lieu où les rares tables occupées l'étaient par des femmes bijoutées et des hommes en costume. Elle l'aperçut et vint à lui, manqua renverser un serveur sans s'en apercevoir. Des regards convergèrent vers elle et des clients retinrent leur souffle, dans l'attente d'une scène, un cri, une gifle. Au lieu de quoi Audrey jeta son sac sur une chaise, et lui dit, sans s'asseoir, de la voix tremblante d'une femme au bord de la crise de nerfs :

— Mon fils est en danger... Ça a un rapport avec Bastien Moreau. Tu dois m'aider.

Nicolas ne tricha pas, n'essaya pas de simuler un étonnement ou de lui demander pourquoi elle le croyait capable de l'aider, ou même concerné, alors qu'ils n'étaient rien l'un pour l'autre, sinon deux étrangers qui avaient passé une nuit ensemble. Il se leva et dégagea une chaise pour l'inviter à s'asseoir.

— Explique-moi ce qui s'est passé, dit-il doucement, avec une calme fermeté.

Elle regarda la chaise, remarqua soudain les regards posés sur elle, comprit qu'effectivement son attitude pouvait paraître un peu incohérente ou paroxystique. Elle s'assit tandis qu'un serveur soulagé s'empressait de venir prendre leur commande – Nicolas commanda d'autorité deux cognacs.

Elle ferma les yeux comme pour se concentrer, essayer de trouver le bon début. Se lança. Elle raconta tout, s'efforçant de moduler sa voix chaque fois qu'elle la sentit monter ou se briser, lutta pour ne pas éclater en sanglots : le cauchemar de Bastien, l'attitude de Rochefort, le mystère de l'inscription par les Laboratoires Hecticon, ses doutes quant à la Mercedes, la coïncidence entre la phrase de sa fiche et le titre de son livre, les menaces de Cléance quelques heures plus tôt et enfin : son fils prisonnier de son père...

— Oh ! tu aurais dû voir l'attitude du directeur de l'école primaire, cette façon de dire « nous » comme s'ils étaient plusieurs, et « Jocelyn » comme si... comme s'il connaissait mon mari. Qu'il était complice ! Mais complice de quoi, Seigneur ! Je ne comprends rien...

Elle se tut enfin, accablée, contempla son verre plein.

— J'ai... j'ai l'impression d'être dans un film, dit-elle, que... que tout le monde autour de moi est en train de... de comploter, et que je suis devenue folle, paranoïaque, comme si cette ville m'avait fait quelque chose et...

Tout à coup elle le regarda et il vit passer de la peur dans ses yeux. Elle l'associait à *eux*.

— Qui êtes-vous Nicolas, exactement ? cracha-t-elle dans un souffle. Tous... ces anciens de Saint-Ex ? Quel... quel rapport avec moi ? Avec Bastien ?

Il la fixa, longuement. Et cela le frappa comme une décharge : il était amoureux de cette femme. Éperdument. Il aimait tout en elle : sa force, sa détermination, sa franchise presque brutale, ses audaces, et aussi ses airs égarés de petite fille, son passé un peu trouble, son amour pour son fils... Oui, il aimait Audrey Miller et c'était là une vérité qui le laissait un peu en état de choc, car il était de ces hommes qui contrôlent leurs sentiments, qui s'en méfient, et croient que l'amour ne foudroie pas mais s'insinue, jour après jour, nuit après nuit, en se forgeant à l'épreuve du quotidien.

— Je ne sais pas qui nous sommes, dit-il. Enfin je ne sais comment te répondre. Rien d'autre que des enfants... des enfants sans lumière.

— Ne m'emberlificote pas avec tes trucs de scribouillard ! Pourquoi Bastien Moreau connaît-il cette phrase ? Tu vas me le dire ou je n'ai plus rien d'autre à faire que de me rendre à la police en espérant qu'ils ne me prennent pas pour une folle ?

Il prit une inspiration.

— Je n'en suis pas sûr, dit-il. J'ai mon idée mais... mais de toute façon je crois que tu as raison : les Rochefort sont impliqués. Et d'autres certainement : les Camerlin peut-être, même si j'ai compris qu'ils étaient en voyage en ce moment.

Elle battit des cils :

— Les parents d'Opale ?

— D'autres encore, inévitablement. Ton... ton mari aussi. Peut-être. Sans doute.

Elle lui jeta un regard de colère. Au moment où elle ouvrait la bouche pour crier, exiger, extorquer des réponses claires qu'il se sentait incapable de formuler, il glissa vers elle le manuscrit posé devant lui et qu'elle n'avait pas remarqué.

— La vérité, du moins une part de la vérité, se trouve là-dedans. Un petit bout de mon histoire... de notre histoire à tous. De l'histoire de Laville...

Elle retourna la couverture, regarda longuement la page de garde sur laquelle étaient inscrits ces mots :

*NICOLAS LE GARREC*
*UN JOUR, DES CHOSES TERRIBLES...*
*roman*

# 63

Jenny Bertegui savait que quelque chose n'allait pas. Pas du tout même. Quand sa mère lui avait présenté Saphir, elle avait imaginé une après-midi délicieuse « entre filles », avec une « grande » qui plus est, une vraie récréation d'autant plus appréciable qu'elle aurait dû être en classe au lieu de jouer avec ses Barbie.

Seulement voilà : à peine la porte fermée derrière sa mère, Saphir s'était ruée à la fenêtre de la chambre comme pour vérifier quelque chose. Quoi ? Au début, Jenny n'avait pas compris... À présent, elle avait sa petite idée : la baby-sitter voulait s'assurer que sa mère était bien partie pour cesser de « jouer un rôle », comme disent les adultes. Car depuis le départ de sa mère, Saphir ne lui avait pour ainsi dire pas adressé la parole, tournait partout dans la maison son téléphone à la main en roulant des yeux impatients voire paniqués.

Le problème se posait, pour Jenny Bertegui dont l'esprit de logique rendait fous ses parents autant que ses instituteurs, en ces termes : 1/ Saphir avait un comportement bizarre 2/ elle avait un comportement totalement différent en présence de sa mère 3/ elle n'était quand même pas assez idiote pour imaginer que Jenny n'en soufflerait mot à ses parents.

D'où une question : pourquoi la baby-sitter était-elle venue, juste aujourd'hui, si à l'évidence elle n'avait aucune envie de garder sa place (puisque Jenny allait en parler à ses parents qui allaient du coup se passer de ses services) ? C'était ce genre de conclusion auquel toutes les réflexions de Jenny Bertegui finissaient inévitablement par aboutir – ce qui, au final, la rendait folle elle aussi.

— Tu veux faire un Monopoly ? tenta Jenny.

Elle venait de sortir de sa chambre et observait depuis deux minutes la baby-sitter en train de se ronger les ongles au sang dans l'entrée.

Cette dernière se figea, et Jenny fut surprise par son expression dure, presque sauvage.

— Qu'est-ce que tu veux ? cracha-t-elle, comme si elle n'avait pas entendu la question.

La petite fille recula.

— Ça... ça ne va pas ? demanda-t-elle à court de réponse.

— Monte dans ta chambre. Tout de suite... C'est trop tôt !

— Trop tôt ? Trop tôt pour quoi ? demanda Jenny (qui se garda au passage de relever que sa chambre n'était pas à l'étage).

Saphir Argenson cilla nerveusement.

— Trop tôt pour... pour un Monopoly. Monte dans ta chambre ! ordonna-t-elle encore.

Jenny Bertegui décida qu'il valait mieux battre en retraite. Parce que... parce qu'en fait, la baby-sitter avait l'air un peu dérangé en fait. Et même : inquiétant.

Repliée dans sa chambre, elle s'efforça de faire le point. Elle était coincée avec une fille... apparemment pas dans un état normal. Dehors la brume était devenue... (coup d'œil à la fenêtre)... pas normale du tout non plus. Sa mère était partie en cours à Dijon et donc elle n'allait pas revenir avant un bout de temps, surtout avec ce brouillard. Restait son père. Oui, il fallait appeler son père parce que, décidément, ça n'allait pas du tout.

Jenny se leva du lit et, à pas de loup, en chaussettes, traversa le couloir pour gagner la chambre de ses parents, là où était branché le second téléphone fixe de la maison.

Le numéro de son père était enregistré, il suffisait de faire 2 et ENTER (le 1 était celui de sa mère) et elle lui parlerait tout doucement au téléphone juste pour lui demander de passer au plus vite. Elle décrocha le combiné, le porta à l'oreille, sans prêter attention à la lourde forme bleue qui venait de s'arrêter devant le perron de leur maison – une Mercedes.

Rien. Pas de tonalité. Elle cliqua une fois, deux fois, surprise, puis de plus en plus inquiète.

— Tu cherches quelque chose ? lui fit une voix dans l'appareil.

Jenny lâcha le téléphone dans un cri. La baby-sitter était à l'autre bout de la ligne. Depuis le téléphone de salon !

Ce fut à cet instant précis que la sonnette de la porte retentit et Jenny se crut sauvée – car sa logique lui indiquait clairement qu'elle était en danger. Elle se rua dans l'entrée, espérant arriver avant la... la cochonne. Gagné ! Elle ouvrit la porte en grand, juste sous le nez de la fille qui accourait depuis le salon.

La silhouette qui se découpait contre la brume était celle d'un homme grand. Et mince. Et...

*... et quelque chose ne va pas avec son visage sous la casquette. Pas du tout même...*

Jenny recula – étrange impression que si elle se mettait à courir, on allait la courser. Elle avait sans doute raison, car l'homme entra et s'avança dans sa direction et...

Oh ! Seigneur ! non, dans la lumière, ça n'allait ABSOLUMENT pas. Rien n'était normal, même si Jenny ne pouvait dire de quelle manière, exactement, ce ne l'était pas et...

Jenny buta contre la baby-sitter dans son dos et sursauta avec un petit cri.

L'homme se retourna et ferma la porte derrière lui. Tout dans ses manières traduisait le calme et la détermination, et Jenny comprit d'instinct qu'il était inutile de lui lancer les menaces qui produisaient parfois leur effet sur certains garçons à l'école, telles que « Mon père est policier, il est flic et ça ne rigole pas, alors fous-moi la paix et tiens-toi à carreau ! ».

Il reporta son attention sur elle et dit d'une voix profonde, presque étouffée, comme s'il avait du mal à respirer, ou que le son venait de loin :

— Ton père n'a pas été très gentil avec moi, tu sais ça, jeune fille ? Pourtant, j'ai essayé de lui envoyer un message en bonne et due forme...Mais visiblement, il n'a pas été entendu. Alors toi et moi, on va essayer de lui faire mieux comprendre les choses. Tous les deux, d'accord ?

Quand l'homme retira la peau de son visage, Jenny Bertegui sut que le métier de son père pouvait être bien pire que tout ce qu'elle avait jamais vu à la télévision. Et aussi, que des choses terribles allaient lui arriver.

# 64

La ferme des Morizot se trouvait à la limite du niveau de la brume qui s'étendait à présent sur la ville, à la ligne de flottaison en quelque sorte, mais c'était là un détail que Bertegui ne remarqua pas quand il remonta l'allée. Tout juste jeta-t-il un œil sur l'enclos, en contrebas, où, quelques semaines plus tôt, une des fiertés de la famille – le taureau José – paissait en toute quiétude.

La porte de la bâtisse trapue s'ouvrit à son approche et le petit gosse – celui dont les yeux brillaient devant la crosse d'un flingue – jaillit pour l'accueillir, immédiatement suivi par la silhouette ossue de sa « Mamine » qui resta sur le perron.

— Alors, tu reviens pour José ? lui demanda le gosse en réservant au policier les fêtes d'un chien à son maître.

Il escorta Bertegui dans l'allée. Ce dernier s'arrêta à quelques mètres, comme s'il attendait une invitation de la Morizot à rentrer.

— Vous êtes revenu, dit-elle simplement en guise d'accueil – un constat dénué de toute surprise.

— J'ai juste un ou deux détails à voir avec vous...

Elle hocha la tête, son visage carré sans expression, puis entra dans la maison. Bertegui la suivit, toujours accompagné de Gérard, à qui sa grand-mère demanda d'aller voir si son Papon était bien aux vaches – le gosse ne protesta pas, même s'il devinait un prétexte pour laisser les grandes personnes entre elles.

— Tu ne traînes pas, hein !

— Vous craignez pour lui ? demanda Bertegui en s'asseyant sur une chaise au paillage passé.

Mme Morizot lui tournait le dos et s'affairait à chauffer du café sur le grand poêle du living/cuisine rustique.

— Oh ! avec la brume, on ne sait jamais ce qui peut se passer, dit-elle d'un ton morne. Pis ça se perd vite, à cet âge-là...

Elle servit une tasse fumante à Bertegui, sans lui accorder un regard, avant de s'asseoir.

— Vous savez pourquoi on vous a pris votre taureau, n'est-ce pas ?

— Je sens que vous allez me le dire, ironisa-t-elle.

— Vous avez vu ce que vous ne deviez pas voir.

Elle tourna un instant la tête vers la porte comme pour s'assurer que personne n'entrait.

— Qui avez-vous vu ? Et quand, au juste ?

Elle se ferma dans une attitude butée – menton en avant, sourcils froncés.

— J'ai bien compris que vous ne vouliez pas que des étrangers soient mêlés à vos histoires, insista Bertegui. Vous en avez eu assez il y a quelques années, n'est-ce pas ? Seulement voilà madame Morizot... maintenant c'est trop tard. Y a un... truc qui rôde dans les parages. J'ai besoin de savoir quoi ou qui. Et combien ils sont. Ce n'est pas moi qui vais vous apprendre que c'est une question de vie ou de mort, n'est-ce pas ?

Regard fixe sur le mug de Bertegui en train de refroidir.

— Il y a quelques années, j'ai eu un accident, dit-elle enfin. Grave. J'ai failli y passer...

— Oui, dit Bertegui. J'ai entendu dire que vous aviez eu une expérience de mort imminente.

— Je ne sais pas ce que c'était, dit-elle d'un ton monocorde. En tout cas, c'était pas comme Philippe Labro il raconte à la télé.

— Qu'est-ce que vous voulez dire ?

— J'ai bien vu mon corps... enfin comme ils disent. Je me suis vue flotter. Et puis y a eu le tunnel... Avec la lumière. Mais moi, c'était pas comme eux... Pas comme les autres. Je voulais pas y aller.

Bertegui se tut, essaya de chercher une émotion sur le visage sec, strié des sillons des gens qui vivent en plein air et ignorent l'usage des produits Hecticon. Il comprit que les yeux de la Morizot étaient de nouveau en train d'emprunter le tunnel.

— La lumière, elle était pas blanche. Rouge... Rouge comme du sang.

« Je voulais pas y aller mais *on* m'a poussé. Enfin j'ai senti quèque chose qui me poussait. *On* m'a poussée jusqu'au bout du tunnel. Comme si *on* voulait me faire tomber. Ça s'est arrêté juste au bord. Et là, j'ai vu.

— Qu'est-ce que vous avez vu ?

— La ville... Laville-Saint-Jour comme quand vous la regardez d'en haut – enfin, pas exactement – comme si je me trouvais à vingt mètres au-dessus du centre-ville, ben tiens, comme si j'étais une gargouille... Et tout en bas, y avait les gosses. Les gosses qui tendaient leurs bras vers moi. Des gosses vivants mais morts, sans peau, en train de se noyer dans un bain de sang. Ça ressemblait à un tableau. Sauf qu'ils bougeaient, ils ouvraient leurs mains, comme si je pouvais les sauver...

« Je ne sais pas combien de temps je suis restée là, à regarder. Je pensais : Mon Dieu, tous ces gosses ! Mais combien sont-ils ? Combien ils en ont tué ? À un moment, j'ai senti que la force dans mon dos n'était plus là – ou je l'ai cru. Et je me suis enfuie... j'ai couru, j'ai remonté le tunnel à l'envers. J'ai eu l'impression qu'*on* me poursuivait, ou que les gosses étaient en train d'escalader pour eux aussi prendre le tunnel dans le bon sens, mais je ne me suis pas retournée. À l'autre bout, y avait l'accident. J'ai revu mon corps, j'ai revu les pompiers – pareil, comme s'ils étaient en dessous de moi. Et j'ai pas réfléchi : je me suis jetée dans les airs.

« En... en bas, j'ai repris conscience d'un coup – ils venaient de me faire une grosse piqûre dans le cœur, dans l'ambulance qui était même pas encore partie.

Un silence.

— Souvent, je me demande ce qui se serait passé si l'infirmier l'avait pas pensé à me faire la piqûre... Ou s'il l'avait faite une minute plus tard.

Bertegui devina que l'histoire n'était pas encore finie, attendit la suite.

— Ensuite, ça a été différent. D'abord j'ai remarqué des choses dans la brume. Et entendu. Et je me suis aperçue que... que quand je touchais quelqu'un qui avait mal, quand je le touchais en lui souhaitant du bien, ça se produisait...

— Et il y a eu l'affaire Talcot, la coupa-t-il.

Pas de réponse.

— Vous les connaissiez, je suppose.

Infime hochement de tête.

— Vous les connaissiez bien, même. C'est pour ça que la lumière était différente pour vous. C'est ça que vous avez compris le jour de votre accident. Vous avez vu l'enfer qui vous attendait.

— On n'a jamais pris de gosses, nous, protesta-t-elle mollement.

— Mais vous saviez. Et vous n'avez rien fait... rien dit.

Elle ferma les yeux un instant.

— Ensuite vous avez pris des distances... Avec eux. Et avec tout le monde.

— J'ai fait ce que je pouvais pour aider. Pour nous racheter, plaida-t-elle d'une voix éteinte.

— Et récemment, vous avez compris que quelque chose était en train de se... se produire à nouveau.

Soupir.

— Cette fois, vous pouvez peut-être faire quelque chose avant qu'il ne soit trop tard. Vous pouvez peut-être encore échapper aux enfants...

Elle ne parvenait toujours pas à regarder Bertegui dans les yeux.

— J'ai vu de la lumière... là-haut. À la Talcotière. Pas longtemps mais... J'ai, oui, senti qu'il se passait quelque chose. C'était quelques jours avant le grand blanc - de toute façon, c'est toujours aux périodes de pleine brume que ça se passe. Ou pour les solstices. J'ai commencé à me méfier, à surveiller Gérard de près... Et je l'ai vu.

— L'esprit, dit Bertegui sans sourciller.

— L'ombre, rectifia-t-elle.

— Un ancien de Laville ?

— Je pense.

— Pierre Andremi ?

Elle tressaillit, comme s'il venait de l'injurier.

— Je ne sais pas... je ne suis pas sûre. Il y avait quelque chose qui n'allait pas, vous comprenez. Avec... avec sa peau. Je n'ai pas pu le reconnaître.

— Il était brûlé ? demanda Bertegui.

— Je ne sais pas. Il faisait noir... j'ai juste vu que quelque chose ne... n'était pas normal.

— Ça pouvait être Pierre Andremi ? insista le Sanglier.

— Oui. Grand, mince. Et ce truc dans le regard...

— Vous l'avez bien connu ?

— Tout le monde l'a connu. C'était une figure. Il traînait partout, avec les riches, mais aussi avec les moins riches. Avec les Talcot autant que leurs bonnes. Et oui, c'est peut-être lui que j'ai vu. Je ne peux pas être sûre...

— Vous avez une idée de ce qu'il faisait dans le coin ?

Un masque douloureux déforma les traits durs de la fermière.

— Y a très longtemps... Il... il a eu une histoire avec ma fille.

— Comment ça ?

— Elle... elle lui fournissait des animaux.

Bertegui retint son souffle – il ne voulait pas imaginer les raisons d'un tel trafic.

— Il avait... un truc. Déjà, adolescent, il faisait ce qu'il voulait – je veux dire, il savait manipuler. Ma fille en était folle. Elles en étaient toutes folles. C'était presque anormal. Et donc plusieurs têtes ont disparu. Au début on n'a pas compris pourquoi on avait des bêtes qui disparaissaient mais...

Sa voix se voila d'une douce mélancolie.

— Elle est partie quelque temps après lui. On l'a revue une fois. Une seule... Le jour où elle nous a déposé Gérard. Il devait avoir deux ou trois semaines.

Elle parut soudain très vieille au policier, épuisée.

— C'est pour ça qu'il a tué le taureau, reprit-il. Pour vous prévenir de ne pas dire un mot... Sans quoi, de plus graves dangers vous guettaient.

— Oui... Mais Morizot n'a pas compris. Morizot n'a jamais voulu rien voir, ni croire. Il ne m'a pas écoutée quand je lui ai dit que j'avais vu de la lumière à la Talcotière. Sans quoi... sans quoi on ne vous aurait jamais prévenu de la mort de José. On... on ne veut rien avoir à faire avec tout ça.

— Et vous seriez toujours au bord du tunnel à regarder les gosses en bas, en train de se noyer à vos pieds...

Bertegui avala une gorgée de café froid, fit une grimace.

— Mais peut-être que ce n'était pas Pierre Andremi, proposa-t-il pour la pousser dans ses retranchements. Henri Vilbois, par exemple...

— Vilbois, répéta-t-elle rêveusement. Oh ! non, je ne pense pas. Vilbois il serait trop vieux aujourd'hui. Et puis, il était bien plus petit que ça. Trapu même.

— Vous l'avez connu aussi ? s'étonna-t-il.

Elle tourna la tête vers lui et braqua enfin ses yeux dans les siens, surprise, comme si la question était parfaitement incongrue.

— Bien sûr. Les deux traînaient parfois ensemble dans le coin... Souvent même.

— Vous voulez dire qu'ils étaient amis ?

— Amis, je ne sais pas. Des gens comme ça ont des amis ? Mais, oui, ils étaient liés.

Bertegui serra discrètement le poing : le point de jonction entre Andremi et Odile le Garrec. Il se leva, mû par une énergie neuve.

— Vous ne m'avez pas dit ce qu'il faisait dans le coin d'après vous, demanda-t-il sur le point de prendre congé.

Elle leva la tête vers lui.

— La même chose que tous les autres...

Devant le silence interrogatif de Bertegui, elle conclut par ces mots :

— Il cherchait un enfant.

# 65

*chapitre 6*
*Mise à mort*

Le bois du Parc ne bruit pas des sons habituels que l'on y entend parfois. Sous la brume, le bois semble toujours animé d'une vie qui lui est propre, comme si ici la nature suivait ses propres règles. Cette nuit, c'est différent. Tout est différent : la neige est tombée sans discontinuer depuis une semaine et c'est le premier soir qu'elle s'est raréfiée. Le bois est comme le reste de la ville : figé. Prisonnier d'une gangue poudreuse ou cristalline qui dessine des formes irrégulières, selon qu'elle enserre un arbre, un buisson, un banc ou un petit rocher décoratif...

Je lève les yeux vers la grille et je pense aux jeunes qui l'ont escaladée il y a une dizaine d'années. Tous sont morts aujourd'hui - une incroyable histoire de drogue et d'overdose, un des gosses devenu fou qui a tué ses camarades. C'est la dernière fois que le parc a été violé - mais il faut vraiment ne rien connaître de Laville-Saint-Jour pour y pénétrer sans y avoir été invité.

Nous n'avons pas besoin de prendre de tels risques. Pierre a les clés. Comment les a-t-il obtenues ? Qui les lui a données ? Ça n'a aucune importance. De toute façon, Pierre a les clés du monde.

— Pourquoi ce rendez-vous ici ? demande Cléance.

Je me tourne vers elle. Regarder Cléance constitue un ravissement douloureux... ou une souffrance délicieuse, comme on veut. Sous sa grosse chapka qui laisse échapper quelques mèches folles, elle ne me rend pas mon regard - depuis quelques semaines, Cléance ne me regarde plus.

Elle s'est offerte à moi pendant près de deux mois - j'ai été une sorte d'élu. Ce n'était pas la première fois mais, durant quelques semaines, j'y ai cru.

Cléance ne me regarde pas, donc. Elle a les yeux braqués sur Pierre... Comme nous tous bien sûr - enfin elle, davantage que les autres. C'est pour ça que l'on envie tous Pierre - pour ça, et cent autres choses encore. Son magnétisme... son pouvoir aussi... même si aucun de nous, à l'époque, ne peut mettre en mots la fascination qu'il exerce sur nous.

— C'est une surprise... Ce soir, je vous offre une fête. Une vraie...

Il brille dans ses yeux des éclats durs. On nous a déjà pris pour des frères lui et moi, sans doute nos cheveux noirs contrastent avec notre teint pâle. Nos yeux sont différents. J'ai les yeux de ma mère. Il a ceux du démon.

— C'est une surprise pour toi, Johnny...

Il m'appelle ainsi. C'est un surnom que je crois affectueux - mais je sais Pierre incapable de la moindre affection. C'est un monstre, auquel on ne résiste pas.

Aucun de nous ne veut lui résister d'ailleurs. Nous savons tous qu'il est un héritier. Madeleine Talcot n'en a pas. Si un jour quelqu'un doit régner sur la ville, c'est lui et lui seul.

— ... Et c'est un test pour vous. Il est temps de devenir des grands, non? Et puis je vous l'ai toujours dit : un jour des choses terribles arriveront...

— Et ce jour-là plus rien jamais ne sera comme avant ! entonne Antoine. Ouais, on connaît.

Les yeux brûlants de Pierre se posent sur lui et il se tait aussitôt : Antoine est du genre bon en sport, fort en clairon... Le seul qui lui impose le silence d'un regard, c'est Pierre. Il ne s'en prive pas.

Ce dernier pousse la grille et on le suit : Cléance, Antoine, Floriane, Gilles Camerlin, moi...

— Pourquoi tu n'as pas réuni toute la Chowder ? demande Floriane.

On se retourne tous vers elle. Floriane s'adresse rarement à Pierre, enfin en posant une question directe : en général, elle tourne autour, les yeux fuyants, la bouche minaudante, une mèche de cheveux blonds dans les doigt qu'elle enroule comme d'autres fument : pour se donner une contenance.

— Je n'ai besoin que de cinq d'entre vous, répond-il sans la regarder, toujours à la tête du cortège.

Gilles Camerlin et moi, on échange un regard - Gilles a les yeux d'un bleu un peu fade qui paraît presque blanc sous les reflets de lune contre la neige. Je devine ses appréhensions, mais aussi toute la fervente confiance qu'il fait à Pierre.

Cinq d'entre nous... Comme les cinq branches de l'étoile. C'est la première fois qu'une réunion informelle de la Chowder se déroule en extérieur. Et de nuit...

Nous nous enfonçons dans le bois - malgré la pénombre, on voit clair et malgré le froid, on s'étonne du silence, de l'aspect du parc qui a des allures de décor pour un conte, tous les six emmitouflés dans nos anoraks de ski, de grosses chaussures aux pieds qui laissent des empreintes fraîches, profondes. Noël est dans quatre jours, mais ici, contrairement à Laville outrageusement parée pour l'occasion, aucune illumination n'est là pour le rappeler.

Encore une vingtaine de minutes, Pierre s'arrête.

— Vous savez où nous sommes ?

Antoine fait mine de lancer une vanne mais se ravise.

— Au centre du bois, annonce Cléance. Là où tout a commencé...

Pierre la regarde à peine. Il aime la torturer ainsi, la rayer d'un trait de mépris. Je sais aujourd'hui, même si ce n'était pas clair à l'époque, que c'est la raison pour laquelle elle m'a accordé ses faveurs à moi davantage qu'aux autres : elle espérait sans doute attiser sa jalousie en s'offrant à celui de la bande auquel il montre le plus d'intérêt. Celui de la bande qui n'en fera jamais vraiment partie.

Je regarde autour de moi - rien n'indique que cet emplacement est spécial, enfin à première vue. Il y a bien deux chemins qui se croisent - depuis, les chemins sont devenus des allées de bitume - mais rien d'autre. Puis je remarque l'arbre sous lequel nous nous sommes arrêtés - plus haut, plus massif que les autres : ses branches s'étendent tellement que, pétrifiées par l'hiver, elles forment presque une grotte de dentelle verglacée au-dessus de nos têtes.

— Ce soir, murmure Pierre, vous devenez des hommes, et des femmes... Et des Villois. De plein droit... Et toi Johnny, ajoute-t-il en se tournant vers moi, ce soir tu seras le plus libre de nous tous. Je t'offre un cadeau unique pour le solstice d'hiver de tes seize ans... Et pour ton premier vrai sabbat.

Les cinq paires d'yeux sont braquées sur moi... Je leur suis, je l'ai toujours été, étranger. J'ignore exactement ce qu'ils font avec leurs parents, à quoi ils... participent. Je n'ignore plus, depuis quelque temps, ce que font les miens...En tout cas mon beau-père. Ce soir, je suis une sorte d'invité, un non-initié - je ne dois ma présence parmi eux qu'à ma rencontre avec Cléance, et aussi mon... amitié avec Pierre. Je n'ai jamais rien tant désiré qu'être des leurs. À n'importe quel prix.

— Tu sais comment marchent les choses ici, Johnny... Il y a les vivants et les morts... les bourreaux et les victimes. Et il y a le Diable, et rien que lui... Si tu n'es pas de son côté, alors tu n'es nulle part. En simple sursis.

Le laïus du chef ne m'étonne pas. Pierre ne croit pas au Diable. Ni à Dieu. Depuis peu, j'ai compris qu'il s'agit pour lui d'user de son contrôle et tous les moyens sont bons pour remplir son but : assouvir sa jouissance. Ce laïus, donc, ni lui ni moi n'en sommes dupes. Il ne sert qu'à asseoir un peu plus son pouvoir sur les autres. Et de fait aussi, sur moi : il sait que si je recule maintenant, je m'exclus à jamais. Et même, peut-être, je me mets en danger.

— « Il » est avec nous ce soir, murmure Gilles Camerlin sur un ton empreint d'une piété sentencieuse. (Gilles au contraire est animé d'une ferveur peu commune qui lui permet de produire des choses étonnantes lors de nos séances à la Chowder. Il croit aux forces des ténèbres – et ce que j'ai pu voir en sa compagnie m'a presque convaincu.)

Cléance a sur les lèvres un de ces petits sourires mystérieux, un peu supérieurs – jusqu'à quel point, elle,est-elle sceptique ? C'est une question sans objet. Cléance aurait enfourché un balai si Pierre lui avait dit qu'il ne peut aimer qu'un oiseau.

— Vous allez former le cercle... là... et là... et là... Je ne dois plus vous voir... Ni vous voir, ni vous entendre.

Je remarque effectivement que cinq arbres encadrent le point où se trouve Pierre : cinq cachettes... Nous nous plaçons les uns les autres de façon à disparaître, comme il nous l'a demandé. Nous ne discutons pas – aujourd'hui,je m'interroge encore sur la force, le pouvoir de ce garçon. Pierre fouille dans son sac, en retire une torche qu'il allume... Il attend, et nous avec lui, dans le silence blanc, mat, épais, de cette nuit de solstice.

Il y a près de dix minutes que je grelotte accroupi contre le tronc de mon arbre lorsque j'entends le bruit chuinté de pas contre la neige, qui précèdent un souffle un peu rauque. Je tressaille... Enfin, ce ne peut pas être lui, n'est-ce pas ?

Trente secondes plus tard, mon beau-père émerge de la nuit, juste au détour d'un des deux chemins. Ironie du sort : il est passé à environ quatre mètres de moi, sans m'apercevoir. Il est presque minuit. Mon beau-père est déjà un peu saoul. Vilbois a vu la torche, le visage de Pierre...

— Bon Dieu, qu'est-ce qui se passe ? demande-t-il. Dans quelle merde tu t'es foutu ?

Mon souffle se coupe de surprise, j'oublie l'air glacé qui perce, minute après minute, mes couches de vêtements. Je ne savais pas que les deux se connaissaient – en tout cas pas au point de se parler ainsi ! Bien sûr, ils se sont inévitablement croisés chez les Talcot, mais je ne les aurais jamais crus familiers.

Vilbois se trouve à présent au centre du cercle, juste à hauteur de Pierre.

— C'est la Nuit du Solstice, déclare Pierre avec le plus grand sérieux.

— Et alors ?

— La Nuit du Solstice, quelqu'un doit mourir. Un innocent, ou un coupable.

— T'as dégommé qui ? demande froidement mon beau-père avec cette gouaille un peu mafieuse qui a ensorcelé ma mère une dizaine d'années plus tôt.

Ma surprise va grandissant : Vilbois connaît Pierre mais, surtout, Vilbois a l'air d'être appelé en renfort pour une basse besogne.

— Personne encore, mais j'ai besoin de toi ce soir, répond Pierre.

Il a ôté son bonnet, ses gants, et la flamme produit une lueur presque rouge sur son visage racé d'aristocrate. Il n'a pas encore seize ans, mais il dépasse Vilbois d'au moins dix bons centimètres et pour la première fois de ma vie, mon beau père m'apparaît tassé, écrasé, par la situation, la présence de Pierre, le piège qu'il lui a tendu – ou bien est-ce à moi ? je me demande une seconde, mais les émotions sont trop fortes, je ne suis pas en état de penser.

— Putain, Pierre, quelle connerie tu vas encore faire ? Depuis quand ça t'intéresse, toi, les nuits de solstice ? Je croyais que tu voulais t'amuser, et rien d'autre. Comme moi, ajoute Vilbois – et la haine qui a dévoré mon enfance, toutes mes années de jeunesse, qui a brûlé d'un feu ardent et nourri des espoirs de vengeance caressés des heures durant, ma haine implose très précisément à cet instant – je peux presque l'entendre, comme le son étouffé d'un cratère qui s'ouvre dans mon corps et libère la lave de mes rancœurs – il fait chaud à présent... très chaud dans le parc et mon écharpe m'étouffe.

– Je ne fais pas de conneries, crache Pierre avec mépris. Chacune de mes actions a un sens, tu ne l'as pas compris ? De toute façon, que tu le veuilles ou non, c'est trop tard : tu y es mêlé.

De mon poste d'observation, je ne discerne pas le visage de Vilbois mais je l'entends s'indigner :

– Comment ça ?

Pierre lève la torche et crie :

– Maintenant !

Timidement, nous sortons de nos caches respectives – le mouvement perturbe l'ordre immobile de la nature et une poudre givrée tombe en pluie depuis les branches.

– Qu'est-ce que...

– Restez tous où vous êtes ! crie Pierre – et là, l'intensité de sa présence me transporte.

Nous nous figeons, Vilbois les dévisage l'un après l'autre – il les reconnaît bien sûr, il protège les Talcot – et accessoirement les Andremi, et il a forcément vu les parents de mes compagnons d'arme à telle ou telle soirée. Puis il se retourne et me découvre. Nous échangeons un regard dans lequel se déverse toute notre aversion respective mais il ne souffle mot. Pas même un « Toi ? » de surprise. Lui et moi n'avons jamais, JA-MAIS, comme dirait ma mère, communiqué. Je ne sais pas quel son le mot « Nicolas » produit dans sa bouche.

– Nous sommes encore des innocents, tu sais, susurre Pierre sur un ton compatissant.

— Innocents ? ricane Vilbois sans joie.

Pierre l'ignore :

— Les nuits de solstice, il faut prendre le sang des innocents... et le souiller. Mais seuls les coupables peuvent souiller un innocent, n'est-ce pas ? Et nous ne sommes pas coupables... pas encore, continue Pierre.

Vilbois s'est immobilisé. Nous sommes tous prisonniers de stupeur, de frayeur. De l'impatience gourmande, aussi, de jeunes loups affamés. Plus aucune règle du monde ne s'applique ici.

Le temps se suspend. Pierre relance sa course d'une voix calme :

— Tu vas mourir à l'endroit précis où tout a commencé. Où « IL » est apparu pour la première fois. À Guillaume de Chabannes - non pas l'ancêtre des Talcot, mais celui des Andremi, enfin de ma mère, Mathilde de Chabannes. C'est lui qui a ouvert la porte et...

— ATTENTION !

Cléance vient d'apercevoir le revolver que Vilbois a dégainé d'un geste sec, au nez de Pierre emporté par son épopée familiale. Le chef se reprend aussitôt : avant même que mon beau-père ait pu le braquer, la torche enflammée s'écrase à toute force contre sa tempe.

Vilbois est au sol. Sa joue est brûlée, souillée de cendres. Une rigole de sang coule, épaisse, en suivant le tracé de la neige. Sous la lune, contre la phosphorescence du tapis blanc, il offre la même consistance pâteuse qu'une coulure de pétrole.

Il est très exactement minuit. Dans quatre jours c'est Noël. Et dans une minute, effectivement, plus rien jamais ne sera comme avant : je vais commettre un meurtre. Avec eux. Sans état d'âme.

# 66

Audrey leva les yeux – des yeux humides, même si des émotions contradictoires se bousculaient en elle : révulsion, effroi, compassion...

— Ces gens... dit-elle enfin.

— Oui, ce sont eux, répondit Nicolas. Floriane de Morsan aujourd'hui est mariée à un Mendel – il ne faisait pas partie de la Chowder, ajouta Nicolas. Gilles Camerlin est toujours à Laville-Saint-Jour et...

— Je connais ces noms, dit-elle. Je les connais même, eux... Ce sont les parents de certains de mes élèves, ajouta-t-elle en état de choc. Et Pierre... ?

— Oui, c'est bien lui aussi. Pierre Andremi...

Audrey tressaillit.

— Je ne comprends pas, reconnut-elle d'une voix éteinte, abattue.

Nicolas piocha une cigarette, l'alluma, aspira une profonde bouffée.

— Tu es tombée dans un endroit particulier, Audrey. Les Talcot, l'affaire dont tu as entendu parler, n'est que la partie émergente de l'iceberg.

— Que veux-tu dire ?

— La ville a une longue tradition de... de surnaturel. Une vieille, vieille histoire plus ou moins violente. Enfin, assez violente. Bien sûr, tous les Villois ne sont pas des meurtriers en puissance, mais cet endroit est... est différent.

Elle commençait à le comprendre. Le premier chapitre du roman s'ouvrait avec la réunion d'une société secrète... la Chowder. Il était question de morts, d'apparitions, d'objets qui volent et de visages dans la brume, et elle avait failli interrompre aussitôt sa lecture : pourquoi diable Nicolas lui aurait-il fait lire un conte dans un instant pareil ? C'est seulement plus tard, aux accents autobiographiques du roman, que la lumière l'avait guidée. La noire lumière de la vérité.

— J'ai rencontré Pierre à Saint-Ex, par Cléance. Comme tu l'as compris, Cléance en était très éprise.

Audrey ferma les yeux un instant, se rappela la photo aperçue sur la commode de Cléance Rochefort.

— Le cadre, chez les Rochefort.

— Oui, c'est lui qui a pris le cliché.

Elle frissonna.

— Pierre était un garçon... unique. Le plus intelligent d'entre nous. Le plus mûr. Il avait cette assurance, cette conscience aussi, qui nous faisaient paraître plus petits, plus jeunes.

— Le mauvais génie, murmura-t-elle.

— Oui. Et non également... Tu dois comprendre que tous ces gens ont... ont eu des parents spéciaux. Ont assisté à des choses particulières... effroyables, ajouta-t-il.

Un silence. Elle n'avait aucune envie d'en savoir plus.

— Enfin, je le suppose. Nous n'en avons jamais parlé, même si aujourd'hui, à la lumière de ce que je sais, ça tombe sous le sens. Tous ont perdu leur innocence à un âge où elle est le bien le plus précieux. Ils étaient déjà corrompus, moins que Pierre sans doute, mais... (ses mots moururent).

— Et toi ? demanda-t-elle.

— Moi pas. Enfin, ma mère a eu cette histoire particulière, avec Vilbois. Mais elle m'a toujours tenu à l'écart de certaines pratiques. C'est pourquoi Pierre a choisi cette victime.

— Je ne comprends pas.

— Pierre tenait toute la bande dans sa main ; comme tous les meurtriers de ce type, enfin à caractère sexuel, il jouit avant tout du pouvoir qu'il exerce sur autrui. Il l'exerçait pleinement sur eux, mais pas sur moi. Et ce qu'il aime par-dessus tout c'est...

— Corrompre, résuma-t-elle.

— Exactement. Mais j'étais différent. Je n'appartenais pas à leur monde. Un monde qui commet des actes que la morale considère comme abjects, quand certains Villois les appréhendent comme un mal nécessaire à la prospérité de la ville. Eux... enfin les autres, étaient... ouverts à l'idée de meurtre.

Audrey le fixa et tout à coup, elle saisit.

— Il a donc choisi le seul être dont tu désirais la mort... Pour t'amener complètement à eux.

Nicolas ne la regarda pas. Un sourire amer sur les lèvres, il suivit pensivement un mouvement de brume derrière la vitre, et soudain le brouillard dessina les contours d'une image, une scène apparut : l'enterrement de son père – étrangement, pour l'enfant de cinq ans qu'il était à l'époque, il en conservait un souvenir net, clair comme un jour sans brouillard justement. Surtout le visage de sa mère sous la voilette, son expression entre douleur, ou effroi... et quelque chose qu'il comprit plus tard être de la jouissance. Elle aimait déjà Vilbois à l'époque. D'ailleurs non : elle l'avait dans la peau, comme on dit. Une passion sexuelle et dévorante. Destructrice.

La brume charria d'autres souvenirs encore : les murmures qui venaient de la cave – que s'y passait-il vraiment ? Ça non plus il ne l'avait jamais su, jamais même voulu le savoir. Les cris aussi... leurs disputes... les violences... les nuits de jeux et de beuveries. Les longs regards de sa mère, et ses silences, empreints d'une culpabilité asphyxiante : en se livrant à Vilbois, elle lui avait aussi, d'une certaine manière, livré son enfant. Ainsi qu'il l'avait écrit un jour dans un livre, à propos d'un de ses personnages : « Sa jouissance avait un prix : l'enfance de son fils. » Odile le Garrec le savait. Et cette vérité l'avait dévoré, avait rendu leur relation impossible et – l'avenir l'avait montré – irréparable.

— Ce meurtre m'a sauvé, sais-tu ça ? dit-il enfin d'une voix brisée, en posant sur elle ses yeux pétrole mouillés d'amertume. C'est l'ironie du sort : Pierre avait voulu faire de moi un meurtrier, il souhaitait m'entraîner dans son sillage... C'est l'inverse qui s'est produit : si je n'avais pas tué mon beau-père, j'aurais... j'aurais sans doute mal tourné. J'aurais continué à grandir dévoré par la haine, la rancœur, et toute cette violence se serait retournée contre moi, ou contre les autres.

Il toussota, et sentit soudain une onde se soulever en lui. Un poids venait de disparaître. Il respirait. Pourquoi maintenant ? se demanda-t-il brièvement. Pourquoi elle ? Il décida que la réponse viendrait plus tard. Sans doute. Pour l'heure, il était temps de tout dire. Tout révéler. Sans rien omettre.

— Nous l'avons tué dans le parc. À l'endroit précis où, selon la légende, a été planté le premier arbre de ce parc. Nous avons obéi à une sorte de rituel auquel je n'ai guère compris grand-chose – eux étaient coutumiers de ces pratiques, moi elles m'étaient totalement étrangères. Je sais juste que c'est moi qui ai porté le coup fatal. En plein cœur. Alors qu'il était encore assommé. Ensuite... (il prit une profonde inspiration, évita son regard)... ensuite Pierre a arraché son cœur. Et nous avons transporté son corps dans une des galeries.

— Une galerie ?

— Oui, il y a quelques catacombes dans la ville, qui relient certains quartiers entre eux. Plusieurs passent sous le bois du Parc. Il faut juste savoir comment y accéder... où rejoindre les entrées qui permettent d'y descendre.

« Nous l'avons brûlé. C'est seulement là, je crois, que j'ai saisi ce que nous venions – ce que *je venais* – de faire : quand la folie, la sauvagerie qui s'est emparée de nous est retombée, alors que nous étions en cercle en train de regarder l'homme qu'avait été mon beau-père se racornir comme... comme de la viande.

Il soupira, sentit une immense fatigue le saisir.

— Ensuite, eh bien ensuite nous sommes rentrés chez nous – Pierre nous a dit de ne nous occuper de rien, il se chargeait de tout. Je n'ai jamais su ce qu'il avait fait du corps.

« Quand je suis rentré cette nuit-là, ma mère était encore debout. Je lui ai juste dit : « C'est fini... Il ne rentrera plus. Il est parti... » Elle n'a rien demandé, n'a pas dit un mot. Elle est montée se coucher et la vie a suivi son cours comme si on avait traversé les dix dernières années dans une sorte d'illusion dont il ne restait rien, sinon un peu de poudre magique : une odeur dans la maison, des objets, quelques vêtements... La police n'a pas enquêté, personne n'a vraiment cherché à savoir ce qu'il était devenu. C'était un homme de main, un parmi d'autres… Sans aucune importance.

« À l'école, je me suis éloigné d'eux : j'ai continué à rêver de Cléance, mais de loin… à dire vrai, ce n'est plus elle que j'aimais, mais son souvenir, l'image de la jeune fille que je voulais conserver plutôt que sa réalité – la réalité, c'était son visage de princesse déformé par une cruauté de folle tandis qu'elle tenait le couteau de sang dans son poing. Et les autres, je les ai salués, poliment, froidement – il y avait presque entre nous la gêne des amants par accident, tu vois ?

Elle voyait, oui… Cette barrière qui s'érige parfois au matin, quand deux personnes qui n'ont rien en commun se lèvent après une nuit sans saveur et sans suite.

— Mais lui n'a pas renoncé, murmura-t-elle. Enfin… Andremi.

— Non. De temps en temps je trouvais un mot dans mon casier – nous avions des casiers en ce temps-là.

— La fameuse phrase…

— Oui… Et un jour, il m'a attendu à la sortie de l'école. Pour me dire…

Il ferma un instant les yeux, et le souvenir du murmure de Pierre, de l'incandescence de son regard, le fit presque frémir : « Ton beau-père vient nous rendre visite, à la Chowder… Il te réclame… Tu dois nous rejoindre… »

— Je ne l'ai jamais fait. Je me suis isolé, j'ai attendu, en silence, impatient de réussir mon bac pour partir. Je n'avais pas dix-huit ans quand j'ai passé la porte de la maison où j'avais grandi et… et je n'y étais jamais revenu jusqu'à la mort de ma mère. J'ai effacé Laville-Saint-Jour de ma mémoire, je suis devenu *passionnément* parisien, et j'ai tout fait pour oublier. J'y suis assez bien parvenu, même si je me rends compte que dans chacun de mes livres, il y a un peu de cette histoire…

Il se tut, elle n'eut pas le cœur de briser le silence, incapable de mettre un nom sur ses sentiments : l'homme face à elle était-il un meurtrier ? L'homme face à elle était-il un enfant malheureux ? L'homme face à elle était-il un amoureux en train de lui offrir son cœur sur un plateau ?

— Pourquoi es-tu revenu ? demanda-t-elle.

— Il y a un mois, j'ai reçu un mot... Cette phrase. Je n'ai pas été surpris. Je savais qu'il était vivant. Je n'en ai jamais douté. Quand il s'est fait prendre, à l'époque, j'ai été surpris de découvrir ses penchants. Pendant longtemps, j'avais vu Pierre Andremi davantage comme un pur esprit et... je découvrais qu'il était un corps. Qui tue pour jouir. Physiquement jouir... En revanche, même à la lumière de ce que son affaire a révélé, je n'ai jamais douté que... qu'il en avait réchappé.

— Pourquoi ?

— Parce qu'il est le Mal, tout simplement. Comme si la ville avait placé en lui ses plus grands espoirs, que les fées qui la gouvernent s'étaient penchées sur son berceau. Sa plus belle réussite. Son incarnation même. Or on n'abat pas le Mal comme ça... même avec un bidon d'essence. Même en direct à la télévision. Il en va de même pour l'affaire Talcot. Elle a révélé une partie des pratiques qui ont eu cours ici au fil des siècles mais... il y aura toujours des Talcot. Ici ou ailleurs... Avec ce nom ou un autre.

Elle battit des cils, terrifiée par ce que ses propos impliquaient, du danger qu'elle commençait à pressentir pour David.

— Andremi est... est ici ? murmura-t-elle, et elle prit brutalement conscience que rien de ce qu'elle avait entendu jusqu'alors ne relevait de la fantaisie d'un romancier : elle se trouvait bien dans le restaurant chic et désert d'un hôtel en train d'échanger ces propos sur le mal, des rituels, des sacrifices...

Tel était le monde dans lequel elle baignait en ce moment. Telle était la vraie couleur des brumes de Laville-Saint-Jour : rouge sang.

— J'ai toutes raisons de le penser. Et... et ton ex-mari est peut-être avec lui.

— Qu'est-ce que tu veux dire ? Qu'est... qu'est-ce qu'ils font ? Pourquoi ? Je... Je ne comprends pas...

— Je n'ai saisi que ce matin, dit-il. Enfin, j'ai cru comprendre. Ma mère, elle, connaissait la vérité, je pense.

— Comment ça ?

Il lui sourit, lui prit la main comme pour l'apaiser. Elle se raidit mais accepta son geste – trop choquée, peut-être pour le repousser. Puis il porta ses yeux sur une enveloppe posée devant lui – elle n'y avait prêté aucune attention.

— Elle m'a écrit cette lettre avant de mourir. Je... je n'ai pas pu la lire. Pas encore.

Il posa la main sur l'enveloppe, la fit glisser doucement vers elle. Elle hésita, approcha sa main comme si elle craignait un piège. S'en empara. Elle lui jeta un œil – il l'encouragea d'un infime hochement de tête. Elle la décacheta, sortit les feuillets. Un dernier regard vers lui. Elle ouvrit, lut la première ligne.

— À haute voix... lui demanda-t-il.

Elle s'exécuta.

— *Mon chéri, Cette lettre, il y a sans doute bien longtemps que j'aurais dû l'écrire... À dire vrai, ce sont des mots, même, que je devrais pouvoir te dire, les yeux dans les yeux, le cœur dans le cœur. Toi et moi, nous nous sommes ratés... Ou plutôt : je suis passée à côté de mon enfant...*

Nicolas ferma les yeux, sentit les larmes affleurer. La voix qui lui parvint n'était pas celle d'Audrey. Elle appartenait à une femme aux yeux entre gris et noir bordés de cils épais qui ourlaient un regard lointain, entre mystère et nostalgie... Une femme coquette et sensuelle, que le destin avait condamnée à aimer les mauvais garçons, et qui s'était éprise du pire d'entre eux.

— *C'est une chose terrible, pour une mère, de passer à côté de son enfant, sais-tu ? En tout cas, ce fut terrible pour moi... Et je le sais : pour toi aussi. Une vie gâchée – car qu'y a-t-il de pire que de ne pas offrir le bonheur à l'être que l'on chérit le plus au monde ?*

« *Ce que nous avons vécu, ce que je t'ai fait vivre, nous a éloignés à jamais, et je demande à Dieu, comme je te demande à toi, de me pardonner pour tout le mal que je t'ai fait, que je nous ai fait...*

« *Sache Nicolas, mon chéri, que c'est toi qui m'a sauvée, et pour ça, je t'en serai éternellement reconnaissante. Tu m'as réveillée d'un long, d'un terrible sommeil peuplé de cauchemars sur lesquels j'avais perdu tout contrôle.*

Les larmes coulèrent enfin. Pour la première fois depuis la mort de sa mère, Nicolas pleurait. Sur lui autant que sur elle. Ce n'était ni du désespoir, ni de la rancœur : juste des larmes de pardon. Enfin, il pouvait pardonner à sa mère... Enfin, il pouvait se pardonner à lui-même.

Audrey se tut, attendit. Lui prit la main pour l'aider à traverser ce pont si difficile à franchir entre la haine et la paix, la serra comme celle d'un enfant que l'on guide dans l'obscurité et sentit un flot d'amour la surprendre.

Quand les larmes se furent taries, il lui sourit – un sourire pétri de reconnaissance – et lui adressa un petit signe pour l'inviter à poursuivre.

Ensemble, ils découvrirent la vérité.

# 67

Bastien essaya de tendre son regard, de le porter au loin : impossible. Depuis la grille, le bois du Parc, sous la brume, à cette heure de la journée où déjà la lumière du jour commençait à céder, évoquait un bocal géant d'eau trouble dans lequel des plantes aquatiques ondoyaient.

— Tu es sûr qu'elle est là-dedans ? demanda-t-il.

Mendel tourna vers lui les deux fentes bleues de son regard.

— Je ne suis sûr de rien. Mais oui, je le crois...

— Je ne comprends pas.

Mais au fond, quelle importance ? Il ne pouvait plus rester inactif. Impuissant. Prisonnier de l'incertitude. Son père était-il vraiment mort ? Il l'ignorait. À mesure que les heures s'écoulaient, des bouffées d'espoir l'animaient. Après tout, comment être sûr qu'il s'agissait bien de son père ? *julesmoreau* ne lui avait rien confirmé. Et pour cause : *julesmoreau* avait juste délivré ce message sibyllin : *Maintenant tu sais... La vérité est à ta portée... Au bout du chemin.* C'est pourquoi il n'avait pas attendu la fin des cours pour suivre Mendel. C'est pourquoi il se trouvait ici. Suspicieux mais déterminé. Prudent et volontaire. Et s'il devait entreprendre une expédition... autant que ce fût avec un garçon qui lui avait annoncé, sans faux-semblant : « Moi aussi, mon père est mort... » Qu'il le voulût ou non, cette phrase-là créait entre eux une proximité douloureuse et muette.

— Tu ne la connais pas depuis longtemps, insista Mendel avec ce calme d'adulte qui troublait Bastien. Elle et moi ne sommes peut-être pas des amis mais... mais nous avons été en primaire ensemble. Nous sommes de Laville-Saint-Jour. Si Opale n'est ni à Saint-Ex, ni chez elle, il y a de grandes chances pour qu'elle soit ici...

— Pourquoi ici ?

— Parce que c'est un endroit spécial. Où l'on vient parfois quand ça ne va pas. Et si Opale n'est nulle part, c'est que... que ça ne va pas. Le bois du Parc est un lieu magique. Tu as dû t'en rendre compte, je suppose. Et cette magie-là... les Villois en ont parfois besoin.

Bastien hocha la tête. Mendel avait l'air sûr de lui. Et malgré lui, les mots de *julesmoreau* lui revinrent en mémoire :

`Laisse ceux qui peuvent t'accompagner venir à toi. À l'école par exemple...`

— On y va ou pas ? demanda Mendel – une simple question, sans impatience dans la voix.

C'est peut-être, au fond, ce qui décida Bastien. Le détachement de son camarade improvisé. S'il s'était agi d'un piège, ou d'une mauvaise farce, Mendel serait-il à ce point blasé ?

En guise de réponse, Bastien s'avança vers la grille ouverte et entra dans le parc désert. Dans son dos, César Mendel eut un sourire de triomphe.

* * *

Ils s'enfoncèrent en silence, Bastien sur les traces de Mendel, qui avait l'air de connaître le chemin. Lui en revanche se sentait désorienté, mais au fond, ça n'avait aucune importance. La vie se résumait désormais à cette équation : agir ou mourir. D'angoisse ou de chagrin... des deux certainement.

Après une dizaine de minutes, Mendel s'arrêta, marqua une hésitation. Bastien plissa les yeux pour essayer de se repérer – en vain. Ils se trouvaient sous un arbre dont les branches tarabiscotées formaient une voûte, presque une petite grotte au-dessus de leur tête, à la croisée de plusieurs voies. Bastien remarqua alors qu'ils n'avaient pas encore vu âme qui vive.

— Par là, indiqua Mendel, en reprenant la route vers la gauche, un chemin gris dans la blancheur traversée de branches nues comme des bras d'algues.

Bastien lui emboîta le pas. C'est alors qu'il les remarqua : les formes dans le brouillard. Des esquisses, des filandres. Une armée d'enfants : cachées derrière le tronc incertain des arbres, les silhouettes se dessinaient au gré de l'air avant de se fondre dans le ventre de la brume, comme si elles jouaient à chat avec eux. Bastien n'éprouva aucune crainte, au contraire : les ombres blanches, savait-il désormais, n'étaient pas hostiles.

— Il t'arrive de voir des choses dans la brume ? demanda-t-il.

Toujours en marchant, Mendel lui lança un regard oblique insondable.

— Comme quoi ?

— Des... des ombres ?

Mendel s'immobilisa brusquement, promena son laser bleu sur le parc.

— Des fantômes, tu veux dire ?

Bastien ne décela aucune ironie.

— Je ne sais pas, mentit-il toutefois par prudence. Parfois, la nuit... j'ai eu l'impression une ou deux fois de voir quelque chose.

Long silence de Mendel, qui murmura finalement entre ses lèvres :

— La brume, c'est comme les nuages, dit-il. Tu vois ce que tu veux voir. (Il ne remarqua pas le visage de Bastien frappé de stupeur.) Certaines personnes y voient des enfants, parfois... Enfin c'est ce qu'on dit. Et moi ce que j'y vois... je le garde pour moi. En parler... (nouveau regard oblique, coin de sourire)... ça porte malheur...

Mais l'effet de Mendel, qui reprit aussitôt sa route, tomba à plat. Bastien ne l'écoutait plus. *Tu vois ce que tu veux voir*... La phrase de sa mère à propos de ses tableaux. Les tableaux qui se répondaient, racontaient leur histoire. Inévitablement, il y revenait, comme si tout conduisait finalement à la vérité contenue dans ces toiles : la toile bleue, le couple enlacé, la peinture en feu, le couteau, le visage de la mort... Il manquait des éléments, il en était certain. Mais il connaissait ce visage. Voilà pourquoi il peuplait ses cauchemars. Était-ce aussi la raison pour laquelle les toiles de sa mère ressemblaient à Laville-Saint-Jour ? Une Laville-Saint-Jour riante et colorée, mais tout aussi insaisissable ?

Une fois encore, la réponse lui échappait. Mais cette fois, il n'en conçut aucun ressentiment. Il lui semblait à cet instant précis être en marche vers la vérité. Cela ne reposait sur aucune analyse rationnelle, mais de toute façon, rien ici n'était rationnel. La vérité au bout du chemin. Et Opale.

Comme si Mendel l'avait entendu, il annonça :

— On y est...

Bastien suivit son regard et découvrit un gros rocher dans lequel on avait creusé ce qui semblait une grotte artificielle d'où s'écoulait une minicascade se déversant dans un plan d'eau – une des promenades passait même au-dessus, si bien que, parfaitement fondue dans le décor, on n'y prêtait à peine attention, surtout dans le brouillard.

— Ici ? demanda-t-il.

— Oui... Suis-moi.

Mendel marcha en direction de la cascade, se glissa dessous en se plaquant contre la roche. Au moment où Bastien allait le suivre, il perçut un petit rire grinçant. Il se retourna, et aperçut la silhouette d'un gosse en train de pouffer. Cinq ou six ans peut-être – les ombres blanches avaient-elles un âge ? L'apparition « croisa » son regard, et s'évanouit aussitôt avec un plop fumeux.

— Tu as entendu ça ? demanda-t-il en contournant la petite chute d'eau pour rejoindre Mendel.

— Quoi donc ? Avec l'eau, on n'entend rien, ça résonne... Tiens, voilà, c'est là qu'il faut passer...

Bastien avisa une sorte de trou dans un repli pierreux. Il fallait se baisser pour s'y glisser, et l'antre paraissait complètement sombre.

— Là-dedans ? s'étonna Bastien. Tu es sûre qu'Opale est...

Mais déjà Mendel avait rampé pour plonger sous le bois.

* * *

Bastien se laissa glisser – c'était plus aisé qu'il n'y paraissait. Une obscurité épaisse, un parfum de mousse, de terre... d'autre chose encore, comme un lointain relent de viande putride. Quelque part, tout au fond, une pâle lueur rougeoyante. Attirante, inquiétante.

— Tu es où ? demanda Bastien désorienté – il se trouvait quelque part entre le filet de jour déclinant depuis le parc et la lueur au loin.

Une face de cauchemar apparut à un mètre de lui et il sursauta. Mendel, éclairé par en dessous, fit basculer la lampe de poche et Bastien le reconnut.

— C'est moi, banane !

Il paraissait s'amuser et c'était rassurant autant que dérangeant.

Ses yeux commençaient à s'accoutumer à l'obscurité, et Bastien observa les détails : il se trouvait dans un boyau rocheux, haut de deux mètres cinquante environ, aux parois grumeleuses.

— C'est par là qu'on va ? demanda-t-il en désignant la lueur au bout de ce qui ressemblait à un tunnel naturel.

— Exactement.

Mendel commença à avancer, sûr de lui, la lampe en avant pour leur permettre de contourner les flaques sur le sol de terre battue.

— C'est étrange, cet endroit, observa Bastien. On dirait que... ça a été creusé.

— C'est le cas. Les anciens Villois passaient par là parfois, répondit Mendel – et sa voix s'étira en écho creux mouillé.

— Pour quoi faire ?

— Se rendre au bois du Parc, par tous les temps... sans être vus. Près de l'arbre...

Bastien se tut – il n'avait guère envie de savoir ce que les Villois allaient faire au bois du Parc.

Ils s'enfoncèrent dans le tunnel, leurs baskets chuintant contre la terre humide piquée de gravillons, dans le silence glacial et des parfums d'entrailles minérales. À mi-chemin, Bastien se retourna. Le filet de jour, à l'autre bout de la galerie, ne diffusait plus qu'un rai de claire obscurité. La nuit était en train de s'abattre sur Laville-Saint-Jour. Par le trou où ils s'étaient glissés, des filaments de brume sinuaient mollement.

Encore quelques minutes de marche, et ils arrivèrent devant une porte. La lumière rougeoyait juste derrière – elle filtrait sous la porte et dans l'encadrement, comme si quelque chose palpitait au-delà. Bastien dépassa Mendel, s'approcha : la porte était très ancienne, le bois pourri d'humidité par endroits, mais les gros clous tenaient bon. Pas de poignée, pas de cadenas. Juste une grosse serrure de cuivre.

Il allait se retourner quand Mendel dans son dos lui posa soudain cette question :

— Comment tu as su pour ton père ? Et... et de quoi il est mort ?

Bastien se figea. Ils n'avaient plus échangé un mot à propos de leurs histoires respectives. Que répondre ? La vérité, décida-t-il. La vérité au bout du chemin...

— Les ombres blanches, répondit-il – et sa voix se perdit loin, dans le tunnel... Ce sont les ombres blanches qui me l'ont dit.

Un silence – il se demandait quelle tête faisait Mendel à cet instant, si sa réputation de « keum zarbi » venait d'être définitivement clouée sur son front.

— Et je ne sais pas comment il est mort. Je le sais, c'est tout.

Et il comprit, en le formulant, que c'était désormais un fait indiscutable, sans retour.

— Et toi ? demanda-t-il la gorge serrée.

Toujours un silence. Il attendit – un instant suspendu, là dans ce tunnel, face à cette porte que les Villois empruntaient pour... pourquoi d'ailleurs ? Il s'arma de courage, se retourna.

Mendel lui faisait face – enfin, quelqu'un, quelque chose qui avait été César Mendel était en train de le regarder, car l'expression sauvage que Bastien découvrit, le regard d'un bleu mort, sans âme, aussi profond qu'un puits d'eau noire, ne ressemblaient plus au garçon qui l'escortait depuis trente minutes.

D'une voix grave, presque sourde, la créature eut ces mots incroyables :

— Parce que c'est moi qui l'ai tué.

D'un geste brusque, il leva la lampe torche et frappa Bastien en pleine tête.

## 68

Bertegui pénétra dans l'allée au-dessus de laquelle les arbres calcinés formaient une voûte sombre et décharnée, percée de pâles rais de lumière – des jours dans les mailles d'un filet. À peine engagé, il fut saisi par une sensation de vide : le domaine de la Talcotière baignait dans un silence de sépulcre. Pas d'oiseau, pas même le croassement d'un corbeau... Pas le moindre bruissement de feuille. Le lieu semblait condamné à un hiver éternel.

La propriété s'éleva juste au détour d'un virage, comme une mauvais surprise au bout d'un chemin qui traversait les terres appartenant désormais à Hecticon. Bertegui arrêta la voiture sur ce qui avait dû être un petit parking pour les résidents.

La bâtisse était vaste. S'agissait-il d'un château ? D'un manoir ? Impossible à dire : il ne restait que pierres en ruine léchées de grandes langues de suie, poutrelles apparentes, toitures défoncées et colonnades étêtées qui se découpaient contre le ciel. Le parallèle avec Pierre Andremi s'imposa à son esprit : l'ancienne fierté villoise présentait sans doute aujourd'hui le même aspect ravagé que le fils maudit de la ville. Andremi était-il vraiment venu ici ? se demanda-t-il. Andremi ou quelqu'un d'autre... La Morizot avait vu de la lumière. Il devait s'en assurer par lui-même. Du reste, la propriété appartenait à Cléance Rochefort. Ce simple détail suffisait désormais à éveiller ses soupçons. Il aurait même dû commencer par là, mais il y avait encore peu, il lui aurait semblé improbable que la mort d'Odile le Garrec pût être connectée d'une quelconque manière au passé de cette maison. À présent, il était ouvert à toutes les explications, toutes les hypothèses.

Il remonta les derniers mètres de la petite allée, une lampe torche à la main, l'autre dans son holster, troublé par le bruit de ses pas contre le gravier, seule manifestation d'une présence humaine, ou même animale, conscient du risque à venir en cavalier solitaire. Il n'avait pas vraiment eu le choix : déjà, en quittant Cléance Rochefort, une image l'avait traversé – la directrice composant un numéro de téléphone la porte à peine refermée pour prévenir, en chuchotant, ceux que la visite du policier pouvait déranger. Par ailleurs, il se trouvait clairement en train de violer une propriété privée, puisque aucun élément concret ne pouvait justifier cette intervention... et qu'en l'état, au vu du dossier, pas un juge ne lui aurait délivré les autorisations nécessaires. Pas question, donc, de faire irruption en effectifs renforcés.

La porte était défoncée – Bertegui jeta un œil à travers un jour, jugea le passage libre. Au moment où il allait pénétrer dans la maison, un vrombissement, au loin, l'alerta. Bertegui tendit l'oreille : le son semblait venir de l'arrière de la maison et il décida de la contourner avant de la visiter.

Il découvrit, côté jardin, Laville-Saint-Jour – c'était donc cette façade que l'on apercevait depuis certains points de la ville – et le spectacle saisissant de colonnes de brume qui dévalaient les collines comme des assaillants pour gonfler les troupes au sol... Puis remarqua, à environ une centaine de mètres de la maison, une bâtisse beaucoup plus petite, comme un pavillon de chasse à demi dissimulé par une végétation serrée. S'agissait-il d'une dépendance ? En tout cas, le bruit provenait de cette direction et Bertegui décida que la maison pouvait attendre.

Il revint à sa voiture et, quarante secondes plus tard, s'arrêta devant une sorte de petit temple, ou une chapelle il n'aurait su dire, lui aussi abîmé par le feu, mais partiellement, beaucoup moins en tout cas que la propriété dont il dépendait. Ici, le bruit de moteur grondait avec davantage de force.

La porte n'était pas fermée, il la poussa. Et cela le frappa de plein fouet : la mort... la mort était partout. Parce qu'il était naturellement réceptif, ou peut-être parce que la relation assidue qu'il avait entretenue avec elle lui avait appris à la reconnaître, Bertegui vibrait aux lieux où elle avait frappé. Et ici, dans cette grande pièce d'arches au fond de laquelle était dressé une sorte d'autel, la mort s'était déchaînée. Oh ! certes, le feu avait entamé un processus de purification – les petits bancs, par exemple, étaient calcinés, et des statues étaient détruites, réduites en bris éclatés, les grandes dalles au sol – de larges carreaux de pierre grise et grumeleuse – tapissées de poussières et des restes carbonisés d'objets sans identité. Pour autant il n'avait aucun doute : sous cette immense croix renversée sculptée à même le mur comme un gigantesque blasphème, l'horreur avait suinté, le sang avait coulé.

Il s'avança dans l'allée centrale, le revolver en joue et la lampe en avant... Malgré lui, des scènes se formèrent dans son esprit, des gens masqués ou encapuchonnés dans de grandes pelisses sombres, des enfants que l'on amenait à l'abattoir, des incantations dans des langues antiques, des faces déformées par une jouissance haineuse et révoltante, des corps se livrant à des bacchanales de cauchemars... Seigneur, comme il avait besoin de Meryl, et Jenny, et d'une soirée à s'aimer, loin d'un monde qui avait traversé les âges les plus noirs de l'histoire pour arriver, intact ou presque, jusqu'à l'affaire Talcot.

Méticuleusement, luttant contre l'aversion qui montait en lui, la révolte, le dégoût, il inspecta chaque recoin

– aucune trace de présence, machiavélique ou bassement humaine.

Il réfléchit, contourna l'autel de pierre – avec horreur, il remarqua qu'il subsistait une sorte d'épaisse menotte rouillée fixée à une chaîne –, avisa l'arrière du lieu, lequel devait correspondre à une sorte de sacristie dissimulée derrière des tentures comme les oripeaux d'un vieil ermite. Il poussa une porte, trouva effectivement un petit hall vide aussi noir qu'un puits de charbon. À juger l'état de l'endroit, le feu avait pris là. Mais il y avait forcément d'autres passages. On ne devait pas amener les victimes par l'entrée principale.

Dans l'obscurité, il parcourut méticuleusement chaque mur à la lampe... et trouva effectivement un passage – une porte étroite, à peine décelable dans les murs noircis. Un cadenas. Lui, en revanche, bien brillant.

Son cœur enregistra une secousse. Il réfléchit. Le cadenas était fermé de l'extérieur. Personne ne devait se trouver derrière cette porte. En tout cas, personne de son plein gré, rectifia-t-il mentalement. Donc il pouvait essayer de le forcer avec la grosse tenaille, dans le coffre de sa voiture, qui avait servi à forcer la cave d'Odile le Garrec.

Il retourna à la voiture, plongea la tête dans le coffre – Bertegui accordait davantage d'attention à l'harmonie des couleurs de sa tenue qu'à l'entretien de sa voiture et il dut fouiller pour retrouver la chose, entre une glacière, des outils divers, des chiffons sales...

Il remontait vers la « chapelle » lorsqu'un bruissement l'alerta, dans son dos. Il se retourna, retint son souffle. Les arbres qui couvraient une partie de la propriété restèrent immobiles, denses à défaut d'être feuillus... En bas, la brume palpitait en ondes molles au-dessus de Laville-Saint-Jour, complètement engloutie. Il braqua la lampe torche – même à l'extérieur, à présent, l'obscurité gagnait. Le faisceau lumineux se déchira contre le réseau des branches et des buissons, se perdit au loin dans l'horizon. Rien.

Il regagna la sacristie – à nouveau, un froid mortifère l'enveloppa quand il traversa la salle principale – et se glissa sous la croix inversée gravée dans la pierre, trouva la petite porte, fractura le cadenas après plusieurs tentatives. Il découvrit une volée de marches irrégulières en colimaçon qui montaient à l'étage, vers un antre noir. Un interrupteur... Bertegui l'actionna : la lumière d'une ampoule nue inonda l'escalier. Il comprit que le grondement provenait d'un groupe électrogène.

* * *

Il dégaina le revolver qu'il avait rangé le temps de forcer la serrure, commença à monter. L'escalier était étroit, abrupt... impossible de voir où il finissait, si quiconque l'attendait à l'arrivée. Il prit conscience qu'il n'en menait pas large – qu'en fait, il ne s'était pas senti en pareil danger depuis des années, là, à quelques mètres de la salle où les Talcot avaient massacré des enfants, dans cette bâtisse dont chaque pierre suintait encore du souvenir des horreurs infligées. Il grimpa ce qui lui sembla un nombre incalculable de marches, des yeux dans le dos pour éviter toute mauvaise surprise, jusqu'à l'étage qui se découpa, dans la lumière, sous la forme d'un rectangle obscur d'où émanait le ronronnement d'une soufflerie. Toujours en alerte quant à une possible présence sur ses pas, il alluma la lampe torche, balaya la pièce avant d'y pénétrer. Il discerna un matelas un lit, une table... et ce qui lui parut une batterie d'écrans plats, les diodes d'un gros disque dur ou d'un ordinateur. Il jugea la voie libre et s'avança pour chercher la lumière. Là aussi, l'interrupteur fonctionnait. Il découvrit une pièce boisée, intacte, qui confirmait son impression : le feu avait pris en bas, probablement au sous-sol, et s'était arrêté à mi-chemin.

Le cadre était sommaire ainsi qu'il l'avait vu dans l'obscurité – le lit, fait à la hâte, un bureau et une longue console sur laquelle s'alignaient effectivement des écrans (il en compta huit), reliés par un enchevêtrement de fils à une grosse unité centrale, laquelle produisait en continu le souffle électronique d'une intense activité.

Bertegui enfila des gants en latex avant de passer l'endroit en revue, s'approcha du lit, rabattit les couvertures :

une odeur humaine monta à ses narines, des relents de sommeil... On avait dormi ici, probablement la nuit dernière – la pièce portait les traces indéfinissables de la vie, d'une présence récente. Andremi ? Il frissonna.

Il délaissa le lit, s'approcha des écrans, en alluma un au hasard. Une image apparut : un salon, vide, aux angles arrondis, déformés. Une caméra de surveillance, comprit-il... Qu'espionnait-on d'ici ? À juger par la qualité de la retransmission, il ne s'agissait pas d'une webcam mais d'un équipement sophistiqué. Il pouvait même apercevoir des tableaux au mur, quelques détails de décoration, comme les coussins qui s'entassaient sur le divan, le léger décalage entre l'aménagement simple de la pièce et son caractère cossu.

Un second écran : une femme en train de peindre dans une sorte d'atelier, du moins Bertegui le déduisit-il à juger les tableaux entassés ici et là. Et d'ailleurs non : elle ne peignait pas. Elle... contemplait une œuvre (son œuvre ?) Bertegui se demanda comment il pouvait zoomer, si même le son était retransmis. En vain. Il devait se contenter de cette distance – visiblement, la caméra était disposée en hauteur... Impossible de bien distinguer les traits de la femme. Tout juste devina-t-il un visage régulier, de longs cheveux noirs et lisses et un air étrange, enfin quelque chose d'indéfinissable qui l'indisposa, comme si l'attitude figée devant la toile n'était pas complètement normale.

À l'autre bout de l'écran, on avait dû l'appeler, ou sonner à la porte : Bertegui la vit tourner la tête, apparemment hésiter... Puis se défaire de la blouse qu'elle avait passée sur une salopette. Elle quitta le champ de la caméra.

Bertegui alluma un troisième écran – un hall d'entrée, carrelé de dalles noires et blanches à l'ancienne. La femme apparut, et Bertegui comprit que les caméras étaient placées dans la même maison. Depuis l'angle de positionnement, il apercevait le dos de la femme, ses longs cheveux. La caméra avait été disposée de façon à surveiller les allées et venues dans le couloir, face à la porte d'entrée.

La locataire des lieux ouvrit la porte, discuta un instant. Puis elle s'effaça pour laisser entrer ses visiteurs. Une autre femme apparut dans le couloir – vague impression de déjà-vu. Il comprit : il connaissait cette silhouette, elle appartenait à la jeune femme qu'il avait vue taper sur son écran d'ordinateur à la cafèt' de Saint-Ex. Et juste derrière elle...

... *Nicolas le Garrec !*

Bon Dieu, mais que se passait-il donc ici ? Pourquoi encore Le Garrec ? Que faisait-il chez cette femme ? Et qui était-elle ? Pourquoi l'espionnait-on depuis la Talcotière ?

Bertegui suivit l'action à l'écran – presque rien en vérité : Le Garrec et la jeune femme de la cafèt' passèrent dans le salon, ne s'assirent même pas, discutèrent une minute – enfin, ils s'agitaient tandis que la peintre restait stoïque, de marbre, comme si elle n'était même pas dans la pièce. Finalement elle les raccompagna. Le film s'arrêtait là. Les deux invités partis, la peintre traversa son couloir... et disparut des écrans.

Bertegui en alluma un, puis un encore : une chambre de jeune, un petit bureau... toute la maison était couverte par des caméras !

Une autre caméra. Changement de décor et Bertegui s'immobilisa : la chapelle de la Talcotière. Filmée depuis l'extérieur, enfin juste l'entrée. Il pouvait même apercevoir un coin de capot de sa voiture. Cette caméra-là, comprit-il, n'avait pas vocation d'espion, mais de surveillance. Il déglutit : sentiment irrationnel de s'être jeté dans la gueule du loup...

Il restait un dernier écran. Avec un geste un peu hésitant, il appuya sur le connecteur : la pièce où il se trouvait apparut, lui-même devant la console d'écrans, filmé d'en haut. Et juste derrière lui, la silhouette d'un homme en train de s'approcher.

Bertegui se retourna d'un geste brusque au moment où l'homme levait une masse. Sans réfléchir, il tira, une seconde avant que l'objet ne l'atteignît en pleine tête.

Les yeux de l'homme s'arrondirent de surprise tandis qu'il portait la main à sa poitrine et lâcha la masse, emportée par l'élan qu'il venait de lui donner. Finalement, il s'effondra.

— Merde ! souffla Bertegui.

Il le répéta plusieurs fois en chuchotant, encore sous le choc. Avant de vérifier l'état de sa victime, il marcha jusqu'à la fenêtre, écarta un des rideaux sombres pour observer les alentours, s'assurer de l'absence de complices, puis revint jusqu'à la porte, les escaliers...

Personne, décida-t-il. L'homme était venu seul – ou en tout cas, personne ne se trouvait à proximité directe. Bertegui s'accroupit, tâta le pouls. Mort. Merde et remerde encore ! Certes, il avait réagi en état de légitime défense mais...

La caméra !

Bertegui prit soudain conscience qu'il n'y avait aucun intérêt à s'auto-espionner. Que cette caméra-là, qu'il venait de soupçonner dissimulée dans une trappe un peu en hauteur, n'avait d'utilité que si...

*... que si on suit les mouvements dans la pièce depuis un autre lieu !*

Était-on en train de l'observer ? ! !

En réponse, son portable vibra dans la poche. Il vérifia l'appelant : Meryl. C'était étrange, car Meryl devait être en cours à cette heure-là. Sans doute avait-elle annulé en raison de la brume. Ce n'était pas le meilleur moment pour lui parler du reste mais à cet instant, la voix de sa femme, même quelques secondes, ne pouvait que le rasséréner, calmer un peu les battements de son cœur qui cognait à grands coups sourds.

— Oui chérie ?

La voix de l'homme qui lui répondit était profonde, et un peu douloureuse, sifflante comme si on devait fournir un effort pour la produire. Elle commença par ces mots :

— L'homme que vous venez d'abattre manquera beaucoup à la communauté, commissaire Bertegui. C'était un excellent jardinier...

# 69

— Qu'est-il en train de faire ? demanda Pierre Andremi au téléphone.

À l'autre bout du fil, Cléance lui répondit :

— Rien... Enfin, il est resté prostré pendant quelques minutes, et là, il vient de revenir à sa voiture.

— Il n'a pas passé de coup de fil ?

— Non.

— Tu en es certaine ? Tu ne l'as pas perdu un instant de vue des écrans ?

— Non, répéta-t-elle avec agacement. Il s'est assis sur le lit, en état de choc comme tu peux imaginer... Il est resté là et ensuite il a marché vers sa voiture.

— Comment était-il ? insista Andremi.

— Je n'ai pas eu exactement un gros plan, Pierre ! Il était comme quelqu'un à qui l'on vient d'annoncer que sa femme et sa fille sont retenues en... en otage et qu'il n'est pas censé bouger une oreille jusqu'à ce qu'on les lui rende. Enfin je suppose...

Dans la pénombre rougeoyante du sous-sol, Pierre Andremi plissa le front là où un jour une ligne de sourcils avait encadré son regard. Il sentit la peau de son visage se tendre et tirailler, se craqueler presque, et une brusque bouffée de haine l'enflamma soudain pour Cléance qui l'obligeait à se rappeler l'horreur du feu – leur histoire avait toujours été composée de la sorte : à son mépris elle répondait par son amour, à ses exigences sa dévotion. Cléance était masochiste, c'est ainsi qu'il la tenait, qu'il l'avait toujours tenue, et, en maître tout-puissant, il ne supportait pas les rebuffades de son esclave. Il raccrocha sans commentaire.

— Es-tu certain que ton ex-femme a compris le message ? demanda-t-il.

Sa voix se perdit sous la voûte des pierres nues. Du fond de la crypte, un homme élégant aux cheveux argentés s'avança un peu dans la lumière. Jocelyn Hersaut dit :

— Audrey ferait n'importe quoi pour son fils. Je sais qu'après être passée ce matin à l'école, elle va forcément faire profil bas.

— Elle va sans doute essayer de le récupérer par tous les moyens, observa Andremi.

— Je n'en doute pas. Mais il est trop tard... L'enfant est en lieu sûr.

Une esquisse de sourire se tendit sur la face de l'homme sans visage. Jocelyn était incapable d'appeler son fils autrement que l'« enfant » ou le « fils d'Audrey ». C'était un phénomène que Pierre Andremi avait déjà rencontré chez certains pères qui lui avaient confié, par le passé, leur « enfant ». Quant à Audrey, eh bien Antoine n'aurait jamais dû l'embaucher. Certes, elle avait repris son nom de jeune fille et Rochefort n'avait pas immédiatement établi le lien. Il n'empêche : il aurait pu prendre ses renseignements avec davantage de soin, surtout avant de lui attribuer la classe de Bastien. Mais on ne pouvait pas attendre de zèle d'Antoine : comme Cléance s'était livrée à Pierre des années auparavant, Antoine s'était livré à Cléance – ou plutôt, la faillite de sa famille et son incapacité à travailler l'avaient enchaîné au statut de Cléance. Esclave du compte en banque de sa femme, donc, tout autant que de ses hormones : voilà pourquoi il n'avait pas eu à cœur d'exploiter n'importe quel prétexte pour renvoyer Audrey Miller, l'éloigner de Laville-Saint-Jour et de Bastien. Pour la sauter, tout simplement.

— Où est *TON* fils ? demanda Pierre Andremi en jouissant du tressaillement qu'il perçut chez son allié à l'usage du possessif.

— En lieu sûr, dit-il. Saphir est avec lui... il apprécie Saphir. Elle sait y faire avec eux.

*Eux*... les enfants. Pierre Andremi s'absorba un instant dans la contemplation de l'ex-mari d'Audrey. Un rallié de fraîche date à leur cause – c'était dans le cadre de cercles obscurs et interdits où Pierre faisait déjà figure d'autorité que les deux hommes s'étaient rencontrés, à Paris et non à Laville-Saint-Jour – dont les motivations avaient d'abord échappé à Pierre. Après tout, qui pouvait vouloir... *servir*

Laville, sinon un Villois ? Finalement, il avait compris : la haine que nourrissait Jocelyn pour son fils n'avait d'égale que celle qu'il vouait à son ex-femme. Tous les moyens étaient bons pour la détruire, y compris détruire l'objet de son ressentiment, l'origine de leurs tourments... Et quel lieu pouvait mieux s'y prêter que Laville-Saint-Jour ? Ici, davantage que nulle part ailleurs, tout était possible. À l'abri des regards.

— Oui, il est en lieu sûr, répéta Jocelyn. Tout de même, je me demande si tu n'as pas un peu précipité les événements.

Pierre Andremi ne répondit pas. Il est des choses que seul un Villois peut comprendre. Et encore : son chemin de vie restait unique dans l'histoire de la cité bourguignonne, même si la petite lueur de raison que sa mégalomanie n'avait pas encore entamée lui soufflait qu'au fond, l'histoire de chacun de ceux qui avaient régné sur le lieu était unique. Mais enfin, lui était *vraiment* différent : il n'avait jamais... *cru*. Sa mère, oui... Mathilde Andremi, la fidèle alliée – enfin, jusqu'à une certaine mesure – des Talcot. Elle avait cru aux forces du Mal, à la vocation de Laville-Saint-Jour à régner sur le monde souterrain de ceux qui « Le » servaient. Et elle avait espéré que celui qui reprendrait le flambeau, qui redonnerait à Laville la place unique qu'elle avait occupée des siècles durant, avant que le rationalisme et la science n'affaiblissent la conscience spirituelle du monde, celui donc qui tiendrait Laville-Saint-Jour dans sa main serait son fils. À cet effet, Pierre avait traversé et vécu avec elle l'impensable, un chemin au-delà des ténèbres... Il n'en était pas revenu pétri de ferveur, mais juste assoiffé de jouissance. Une soif inextinguible, incontrôlable, qui l'avait conduit des ruelles de Laville aux avenues de Paris, des catacombes qui couraient sous le bois du Parc aux jardins d'enfants de la capitale où il recrutait ses victimes... Puis il avait été pris. Et, contre toute attente, acquitté. Et ses démons – en aucun cas ceux de sa mère – l'avaient terrassé. Ensuite... le feu. Le feu s'était imposé à lui car au fond, la mémoire finit toujours par vous rattraper, le pouvoir des parents par vous commander, voire vous condamner. À

Laville-Saint-Jour, on s'immolait comme les samouraï se faisaient en leur temps *seppuku*. Pierre avait naturellement suivi la voie de ses ancêtres.

C'est là que tout avait basculé. En aucun cas, son immolation n'avait été une mise en scène. Mais il avait survécu. Comment et pourquoi ? Pierre Andremi avait une réponse : parce que sa mère avait raison, tout simplement. Il existait, bien au-delà de la jouissance, des forces. Des forces qui l'avaient choisi, lui, entre tous. Le fils de Laville-Saint-Jour. Son héritier...

La guérison avait été atroce, sa souffrance le calvaire d'un martyr. Mais c'était l'avantage de s'appuyer sur un réseau, le réseau solide que sa mère, et les Talcot, et d'autres avant eux, avaient mis en place à travers tout le pays, et au-delà des mers et des frontières. Il avait été pris en charge par des médecins à leur solde, transporté en Suisse, placé en chambre stérile des mois durant. S'en étaient suivis soins, rééducation, clandestinité, nouvelle identité. Il avait alors découvert l'ampleur du mouvement occulte auquel il appartenait sans vraiment le savoir, sa puissance financière, mais aussi son caractère orphelin : privé des Talcot, privé de ce point de ralliement, ce phare qu'avait été Laville-Saint-Jour, il se délitait... Alors Pierre avait *cru*. En lui-même, en eux. Et en Lui. Et il était revenu, à Laville-Saint-Jour, à la rencontre du destin que sa mère avait tracé pour lui. *Un jour, des choses terribles...* Cette phrase appartenait à sa mère, qui la répétait comme on chante une berceuse et Pierre n'en avait jamais appréhendé la portée, jusqu'au jour où il avait décidé de son retour parmi les siens. *Un jour, tu prendras la place qui te revient... Ici, au sommet de Laville-Saint-Jour et donc, en quelque sorte, au sommet du monde*. Non, il ne l'avait pas comprise mais au fond, avait-il saisi plus tard, il en avait deviné le sens : voilà pourquoi il en avait fait son cri de ralliement, dès ses jeunes années.

Le plan avait été préparé, réfléchi, financé de l'intérieur autant qu'à l'extérieur. Pour autant, et cela le rendait fou, il n'avait pas pu tout contrôler. D'abord, le flic s'était avéré plus perspicace que prévu. Pierre avait supposé que la nomination d'un rescapé d'infarctus, extérieur à la ville qui plus est, à la tête de l'escadron local, lui épargnerait des enquêtes trop approfondies. À tort évidemment... Bertegui était un adversaire de qualité, même si, il fallait le reconnaître, le sort l'avait aidé. Odile le Garrec, par exemple, n'aurait pas dû succomber – initialement, Pierre n'avait d'autre projet que de lui extorquer le nom de ceux qui risquaient de se mettre en travers de son chemin, une liste dont il savait qu'elle-même faisait partie puisqu'une soudaine foi chrétienne l'avait embrasée.

Ensuite, il y avait eu l'« accident Audrey », ce zèle minable de petite prof en plein délire messianique avec son élève... Ou encore ce jeune skater qui l'avait surpris dans le bois du Parc...

Enfin, le choix de la Talcotière pour établir son quartier général n'avait pas été des plus judicieux, même si jamais, au grand jamais, Pierre Andremi n'avait imaginé Bertegui assez fin pour compter Cléance parmi ses témoins... Et encore moins lui-même comme un suspect potentiel. Pourtant, la Talcotière lui avait d'abord semblé une bonne idée : située au-dessus de Laville, c'était un endroit non seulement dont il pouvait s'imprégner de l'atmosphère unique, mais aussi propice au recueillement et à l'isolement auquel il était condamné : son visage n'était pas chose aisée à dissimuler. Oh ! bien sûr, il y avait ces... masques. C'est lui qui en avait eu l'idée pendant sa convalescence en regardant un pâle film de gangsters : au cours d'une attaque, deux types portaient des collants sur le visage et Pierre s'était aperçu que les traits étaient gommés. Le nez écrasé, la bouche masquée donnaient à leur visage un caractère grotesque. Mais si on découpait un orifice pour le nez – bien que celui de Pierre ne fût plus qu'un morceau de cartilage percé de deux trous –, si l'on aménageait un trait pour les lèvres, la fine résille offrait alors l'illusion, sous un chapeau ou une casquette, dans la pénombre, d'une peau tramée et un peu plus ambrée que la bouillie de viande blême qu'était en réalité son visage. Pour autant, si son allure pouvait se fondre dans la nuit des grandes cités, elle ne pouvait manquer de susciter l'intérêt dans une ville d'à peine trente mille habitants où le port d'un pull orange suffit à attirer les regards.

La Talcotière, donc, une erreur... Peu importait : avec la philosophie des grands croyants, Pierre savait qu'il en commettrait d'autres, que son chemin serait pavé de tentations : celle, inconsciente, de l'échec... Celles que le grand barbu, au-dessus, allait lui souffler.

Mais *ON* l'aidait aussi : le gosse, par exemple, dont lui avait parlé Bernard le jardinier... dans la classe de Bastien ! Une sacrée chance... Surtout lorsqu'il avait découvert l'identité de sa mère : Floriane, une vieille alliée, qui n'avait pas répondu à ses appels, pas plus d'ailleurs que les Camerlin – ironie du sort, il avait prévu, d'une manière ou d'une autre, de ravir leurs enfants à ceux des anciens de la Chowder qui lui avaient tourné le dos, choisi un confort velouté de Villois bon ton plutôt que la fervente aventure de sa nouvelle armée, ignoré son retour. Les enfants donc : tous unis par les liens troubles de l'adolescence. Si faciles à piéger.

Et la nuit passée : la brume. En pur Villois, Pierre avait remarqué la veille sa consistance particulière, sa densité. Elle annonçait une de ces journées de purée de pois complète où les habitants se terrent chez eux comme on le fait pour une tempête... Une journée où tout est possible. C'est pourquoi hier soir, en observant la brume gonfler, il avait su le moment venu de visiter le prêtre, lui extorquer le nom de ceux qui œuvraient dans l'ombre, et le silence, pour s'opposer à Lui... Et voilà pourquoi il avait décidé de « précipiter les événements » ainsi que Jocelyn venait de le résumer. À raison : déjà ce matin, Bertegui était allé voir Cléance et avait prononcé son nom, preuve de l'urgence à agir. Quant au prêtre, il avait fini par lâcher, après des heures de résistance, celui de Suzy Belair – laquelle, était pour l'heure introuvable. Oui, c'était le moment ou jamais d'agir. Car la brume commandait. La brume était une alliée dont il fallait interpréter chaque signe.

Pour autant, Pierre Andremi ne jugea pas utile de s'en expliquer devant Jocelyn. Jocelyn n'appartenait pas à Laville, ne saurait jamais comment elle fonctionnait, les messages qu'elle vous adressait...

En guise de réponse, et pour congédier l'intrus, il dit :

— Dans un peu plus d'un mois, ce sera le solstice d'hiver...

— Je sais.

— Alors ce sera l'heure pour toi et... *TON* fils, de montrer votre engagement.

Jocelyn Hersaut hocha simplement la tête.

— Je serai prêt.

# 70

Nicolas fit claquer la portière de la voiture.

— C'est leur maison, dit-il.

Audrey monta à son tour, côté passager.

— Que veux-tu dire ?

— La maison où habite ton élève... C'est celle où Pierre a grandi. Lui et sa mère, et sa sœur... J'ai même vu la balançoire où sa sœur avait l'habitude de rester pendant des heures.

Audrey tourna la tête en direction de la belle demeure bourgeoise en frissonnant. La nuit était à présent presque tombée, mais aucun halo de lumière ne se diluait dans la brume depuis les fenêtres. Où était Caroline Moreau à présent ? S'était-elle déjà repliée au fond du jardin, là où Bastien lui avait appris qu'elle peignait ? À quelques mètres de la balançoire ?

La lettre d'Odile le Garrec à son fils lui revint soudain en mémoire : *Nicolas, tu connais l'histoire de Laville-Saint-Jour. Elle est immuable, et tôt ou tard, il reviendra, ils reviendront, pour poursuivre la tradition, constituer à nouveau, reconstruire, un réseau qui n'a jamais complètement cessé d'exister. Et, même si je sais que toutes ces règles t'échappent, tu n'ignores pas que pour cela, il lui faudra un enfant. Trouve l'enfant... C'est le seul moyen.*

— Que fait-on ? demanda Audrey.

Nicolas soupira.

— Elle sait, dit-il.

— Je... je ne suis pas sûre. Elle était bizarre, je te l'accorde, mais...

Nicolas ne souffla mot. Bien sûr, Caroline Moreau savait. Comment aurait-il pu en être autrement ? Simplement, elle était dépassée. Noyée même, songeait Nicolas. Tout en elle l'exprimait : sa beauté diluée, son regard fixe, l'air absent, pas même surpris, quand ils lui avaient demandé si elle connaissait Pierre Andremi...

— À quelle heure ton fils sort-il de l'école ?

— 17 h 30. Et Bastien a cours jusqu'à 18 heures. J'ai appelé Saint-Ex pour avoir l'emploi du temps de sa classe...

Nicolas regarda l'heure sur le tableau de bord.

— Allons chercher ton fils... Il nous reste vingt minutes. Ensuite, nous filerons à Saint-Ex...

* * *

Ils cheminaient en silence sur les routes pavées de Laville-Saint-Jour, les deux phares distillant des cônes lumineux qui perçaient le brouillard. Audrey n'avait jamais vu pareil phénomène auparavant, mais l'atmosphère ne se prêtait guère à des contemplations languides.

— Sa sœur, dit-elle pour tromper l'angoisse qui comprimait sa poitrine. Tu ne m'en as pas parlé. Pourtant j'avais cru comprendre que derrière... (elle chercha un mot, ne le trouva pas)... derrière tout ça, il y avait une volonté familiale, une histoire d'héritage...

— Elle est morte, lâcha Nicolas. Enfin je crois...

— Comment ça ?

— J'ignore ce qui s'est passé exactement... Pierre n'en a parlé qu'une fois. Je crois que c'est arrivé quand il était enfant, enfin jeune. Elle-même avait quelques années de moins que lui... Je ne sais rien de plus.

Audrey releva machinalement le col de sa veste, comme pour échapper au malaise qu'avait immédiatement suscité la balançoire, lors de sa première visite.

— Comment sais-tu pour la balançoire ? Enfin qu'elle y restait des heures...

— Cela vient de Pierre, un jour que j'étais chez lui : « J'aimais rester là, à la regarder... Elle pouvait se balancer des heures, tout doucement... » Il n'a rien dit de plus, mais je me souviens très bien de ses mots car ça m'avait fait drôle à l'époque d'imaginer cette petite fille tanguer comme ça, longtemps, sur sa balançoire, sous le regard de son frère. C'est même une image que j'ai reprise dans une nouvelle...

Un silence les isola et à nouveau Audrey lutta pour repousser l'idée morbide d'un gosse, futur tueur, en train d'observer sa petite sœur à la dérobée depuis cette maison où les Moreau habitaient désormais et – oh ! Seigneur ! peut-être même depuis la chambre que Bastien occupait !

Comme s'il avait lu ses pensées, Nicolas s'exclama, à l'approche de l'école de David :

— Bon Dieu ! Comment expliques-tu que ce soit *leur* maison si on se trompe ?

Elle ne l'expliquait pas. N'en avait d'ailleurs aucune envie. À cet instant, tout ce qu'elle désirait, c'était serrer son fils dans ses bras et fuir...

— Je sais que tu as raison, murmura-t-elle enfin d'un ton lugubre. Simplement...

Elle se tut, sentit la main de Nicolas lâcher le levier de vitesse et se poser sur la sienne. Pouvait-on imaginer situation plus violente pour une rencontre ?

— C'est là à droite, indiqua-t-elle.

Il tourna, s'engagea dans la petite allée. Devant le portail, nounous et parents attendaient déjà leur progéniture – la plupart travaillaient sans doute et n'avaient pu venir chercher les gosses malgré cette journée particulière de brume.

Tandis que Nicolas se garait, Audrey chercha des yeux la BMW de son ex, ne la trouva pas. Tant mieux, songea-t-elle. S'il avait juste envoyé la baby-sitter, la partie serait plus simple. Elle descendit de voiture, le cœur battant à tout rompre.

— Je viens avec toi, dit Nicolas.

Sans attendre de réponse, il s'éjecta de la Mini et lui emboîta le pas vers le portail.

Les élèves commencèrent à sortir cinq minutes après leur arrivée – Audrey ignora le spectacle des retrouvailles, chercha le visage de son fils dans la petite cohue, sous le brouillard. Quelques minutes plus tard, la masse commençait à se clairsemer, la ruelle à retrouver le calme de ces soirées villoises sans cris d'élèves.

Audrey s'approcha encore du portique, tendit le cou, tourna vers Nicolas un visage ravagé d'angoisse...

— Je... je ne le vois pas, lâcha-t-elle à bout de souffle. Je ne le vois pas, mais... il va forcément bien. Il aurait appelé s'il y avait eu un problème et...

Elle reconnut soudain, marchant vers la sortie, la secrétaire qui l'avait accueillie plus tôt.

— Je suis la mère de David Hersaut, dit-elle en sautant presque sur la femme. Nous nous sommes vues ce matin et...

— Oui, je vois très bien qui vous êtes, répliqua sèchement la dame. Si vous êtes venue chercher David, je crains que ce ne soit trop tard... (Elle laissa passer quelques secondes pour jouir de son petit effet :) Son père est passé en tout début d'après-midi. Vous comprenez, avec ce brouillard, certains parents préfèrent savoir leurs enfants au chaud à la maison...

# 71

Opale n'était même pas terrorisée. Un coin encore lucide de conscience lui disait qu'elle aurait dû l'être : seule, quelque part dans une cave fermée à clé avec pour seule lumière la flamme d'une torche. Une cave qu'elle connaissait – enfin, qui évoquait les souterrains et les salles aperçues sur le film que son... « frère » avait eu l'obligeance de lui envoyer sur le net. Pourtant, terrorisée, elle avait des raisons de l'être : ce matin, elle avait suivi les indications du « fantôme de MSN ». Elle s'était rendue à la Chowder. Seule, ainsi qu'il le lui avait précisé. Bien sûr, elle comprenait à présent sa folie : pour quelle raison, sinon une mauvaise, son « frère » l'aurait-il invitée là-bas alors qu'il n'avait visiblement aucune difficulté à se faire entendre par des moyens disons... technologiques ?

Mais ce matin, Opale avait été incapable de penser – pas plus que la nuit passée, une vraie nuit blanche peuplée de visions atroces : ses parents – SES PARENTS ! – en train de se livrer à... l'impensable. Elle avait été à peine surprise lorsque M. Rochefort avait fait irruption à la Chowder... Pas davantage quand il l'avait invitée à le suivre dans les souterrains de l'école, par un passage dont elle ignorait même l'existence, derrière la cour des cuisines, juste sous le petit parking à vélo. À peine plus quand elle s'était réveillée ici avec une vague sensation d'ivresse et un relent de médicament alcoolisé dans les narines. Pas surprise donc, car à présent, plus rien n'avait d'importance. Tout ce que désirait Opale, c'était mourir... Suivre les traces de son frère. Oublier ce cauchemar. De toute façon, comment allait-elle pouvoir affronter le regard de sa tante, désormais ? Sans parler de celui de ses parents... Mourir. La seule solution. À moins que Bastien n'en eût une autre à lui offrir. Seule la pensée du garçon lui apportait un peu de réconfort.

Des bruits de pas la tirèrent de la demi-torpeur dans laquelle elle baignait. Inerte, elle ne songea même pas à se lever – ils avaient eu l'obligeance de lui jeter un matelas à même le sol de terre battue – quand la clé tourna dans le verrou. La porte s'ouvrit et une main anonyme invita une silhouette familière à pénétrer dans la geôle.

Opale cligna des yeux tandis que la porte se refermait derrière l'invité.

— César ? balbutia-t-elle. Mais qu'est-ce que tu fais là ?

César Mendel s'avança vers elle sans mot dire et Opale ajusta sa vision – sa vue lui semblait brouillée.

— Qu'est-ce que tu fais là ? répéta-t-elle – le son de sa propre voix autant que la présence de son camarade de classe la propulsèrent brutalement dans le réel auquel elle s'efforçait d'échapper.

Un éclat métallique traversa son regard et elle avisa l'objet dans la main de César... Puis son autre main, qui ... oh mon Dieu ! caressait son entrejambe à travers le pantalon !

Elle reporta son attention sur le visage du garçon qui venait d'entrer et elle se rendit compte que *ce n'était pas du tout César Mendel !* Bien sûr, elle reconnaissait le visage long, la blondeur germanique, le bleu tranchant de son regard... Mais la chose face à elle n'avait pas du tout une expression humaine. La chose était une copie de César Mendel, une copie à l'expression démoniaque, aux yeux fous et exorbités, à la bouche tordue de tics, aussi laide que les émotions qui la contrôlaient...

La peur la prit par surprise : une peur animale, instinctive, qui jaillit en elle et l'inonda comme un torrent de lave. Au moment où la créature qui avait été un camarade de classe commença à marcher vers elle, elle comprit qu'elle s'était trompée : pas une minute, pas une seconde, elle n'avait vraiment souhaité mourir. Surtout pas ici, comme ça. De la main de César Mendel...

# 72

*Aaaahhh...*

Bastien ouvrit les yeux : un hurlement... Puis le silence. L'avait-il vraiment entendu ou bien s'agissait-il du produit de son imagination ? Depuis l'inconscience ouatée dans laquelle il reposait, tout se diluait : l'écho du hurlement dans la cavité sombre qui serpentait sous le bois du Parc, la voix rauque de César – « ... parce que c'est moi qui l'ai tué... » –, ses yeux fous et gourmands quand il avait frappé Bastien avec la lampe... Combien de temps était-il resté là, entre inconscience et veille ?

Le froid tapis de terre humide qui commençait à percer ses vêtements, la douleur qui pulsait dans sa tête, le ramenèrent définitivement à lui. Toujours allongé, il porta la main à son front : un peu de sang avait coagulé à l'endroit où Mendel avait frappé.

César... Où courait-il à présent ? Bon, il serait bien temps de s'occuper du cas Mendel plus tard.

Bastien redressa le torse, le corps lesté d'une sensation de faiblesse. Une obscurité minérale l'enveloppait entre la porte dont les contours rougeoyaient toujours et ce qu'il pensait être la sortie – une fente à une centaine de mètres, peut-être, par laquelle des anguilles de brume luminescente s'infiltraient.

Il se frotta les yeux, entreprit de se lever – un bref vertige le saisit et il s'accrocha à la paroi... Le malaise disparut après quelques instants, et malgré lui la question le frappa : Pourquoi César Mendel l'avait-il amené ici ? Quel était le but ?

— .... aaaaaahhhhhh...

Un nouveau hurlement, au loin ! Il s'étira, comme un ruban sous les galeries, fit dresser les cheveux de Bastien sur sa tête : c'était un hurlement d'absolue horreur !

Opale ! Il en était certain. C'était peut-être une pensée irrationnelle, après tout, rien ne ressemble plus à un cri qu'un autre cri, mais... pas tant que ça tout compte fait : Mendel l'avait entraîné ici – à quelle fin, cela restait à découvrir, pour autant... il y avait une raison. Or le motif allégué c'était : Opale... Opale injoignable et invisible depuis hier soir !

Le cœur de Bastien se mit à battre : dix secondes plus tôt, il était prêt à rebrousser chemin une fois affermi sur ses jambes. Mais Opale était là quelque part... Et peut-être César se trouvait-il avec elle ! Mais où ?

Face à lui les contours de la porte frémissaient toujours. Sans réfléchir, Bastien la poussa. La porte céda sans résistance. Mendel l'avait-il ouverte ? Quelqu'un d'autre ? Aucune importance, il s'avança à l'intérieur, se figea. La pièce dans laquelle il venait de faire irruption était voûtée, plus récente, ou en tout cas plus élaborée, que la galerie dont lui-même arrivait : le sol était tendu d'antiques dalles écrues, des torches brûlaient, fixées au mur et sur les colonnades qui la traversaient, des points de lumière en nombre suffisant pour créer cette illusion, depuis l'extérieur, d'une pulsation, d'une lueur mouvante. Il aurait tout aussi bien pu se trouver dans quelque passage secret de Saint-Exupéry ou dans la crypte d'un château.... La salle évoquait un corridor, ou plutôt, ouvrait sur des corridors : deux partaient face à lui, un dans son dos.

C'était une sorte de point de rendez-vous, un passage obligé entre ces trois tunnels – des boyaux différents de celui qui conduisait directement au bois du Parc, eux aussi tendus de dalles contre lesquelles rougeoyait la flamme des torches.

Lequel prendre ? Où conduisaient-ils ? Que faire au juste ? Et des torches... allumées par qui au fait ? Ce n'était pas une question à laquelle il espérait une réponse. Moins il en saurait, plus il pourrait lutter contre la peur en train de monter en lui. Peur de César Mendel... peur de croiser un gosse livide aux yeux suintants de sang, là, juste derrière un pilier de pierre... peur de la vérité.

Il tendit l'oreille, s'efforça de saisir un son, une voix... un cri pour le guider.

*C'est le tunnel de droite...*

Bastien sursauta. Il avait bien entendu quelque chose. Dans sa tête. Une voix. La même que celle qui promettait des choses terribles...

*Oui, le tunnel de droite.*

Il n'hésita pas, emprunta ce que la voix (sa conscience ? son intuition ?) lui dictait, avec l'impression d'être embarqué dans une sorte de train fantôme, une nouvelle attraction Disney qui commencerait par la visite d'un immense parc boisé habité de créatures aussi légères qu'un souffle de fumée pour se poursuivre dans des souterrains labyrinthiques truffés de pièges...

*Le tunnel de droite, celui des signes...*

Bastien s'enfonça dans le couloir, contre une des parois duquel des signes bizarres semblaient tracer une phrase sans fin.

*C'est par là que j'ai fait mon coin... Je m'y sens bien. J'aime autant les hauteurs que les profondeurs... le seul endroit où je me sens mal, c'est à la surface, au milieu des autres.*

Une soudaine nausée lui souleva le cœur. La voix ne s'arrêtait plus de lui parler, une voix plus nette désormais, un peu rauque, avec une respiration un brin sifflante, difficile, presque douloureuse. Une voix qu'il connaissait depuis toujours, sans qu'il sût dire comment...

*Le tunnel tourne à un moment presque à angle droit et là – en fait il conduit à notre maison. À mi-chemin, il y a une porte. C'est une porte sculptée de serpents qui dansent entre eux, contre le mur de gauche...*

Bastien aurait voulu plaquer les mains contre ses oreilles, ne plus écouter la voix, mais c'était impossible. D'une certaine façon, il était, comme ailleurs dans la ville, déjà venu ici. Et bon Dieu, où était Opale ? Qui avait crié ? Il continua à déambuler dans le tunnel, à courir même, vers une destination inconnue, ivre de questions et de craintes.

La porte jaillit exactement à l'endroit indiqué par la voix : juste après un décrochement. Bastien s'arrêta net, observa : la contorsion des reptiles sculptés dans le bois vermoulu, l'absence de poignée. Au-delà, le tunnel poursuivait sa course, mais c'était là qu'il devait s'arrêter. Dans une seconde, il allait pousser la porte...

*Et tu verras, elle sera ouverte pour toi. Car c'est là que nous nous rencontrerons... c'est là que je t'attendrai. Là ; ou alors nulle part...*

Il prit son inspiration, plaqua sa main contre le bois – saisissante sensation d'un nœud de peau glacée contre la paume de sa main, comme si les serpents avaient sursauté à son contact. La porte céda.

Bastien s'avança doucement dans la pièce – rien de plus qu'une cave, un trou dans la terre, vaguement aménagé – un trou qui évoquait sommairement le cadre de la Chowder. Deux flambeaux brûlaient au mur, insuffisants à produire autre chose que des halos orangés de lumière vacillante.

L'homme était installé dans une sorte de vieux fauteuil auquel il manquait des pieds – son profil, ou plutôt l'absence de profil, se découpait contre le feu d'une des deux torches. Calmement, il tourna vers Bastien sa face de monstre et, aussi terrible fût ce visage, Bastien n'éprouva aucune crainte, mais plutôt un soulagement, le réconfort douloureux de retrouvailles longtemps attendues, programmées. Avec la voix qui avait toujours murmuré au fond de lui. Avec le visage du tableau. Et en quelque sorte : avec lui-même...

L'homme et l'enfant s'observèrent un long moment, sans mot dire. Finalement l'homme eut ces simples mots :

— Je t'attendais, mon fils...

# 73

Le fond baignait dans un orangé flou, vif et sombre à la fois. Pourquoi Caroline Moreau avait-elle choisi cette couleur? Elle l'ignorait. Sans doute imaginait-elle Pierre marqué à jamais par le feu, même si, après toutes ces années, il devait s'agir d'un feu apaisé, pacifié... moribond. À première vue, dans les tourments d'ombres et de couleurs qui se brouillaient à la pâle lumière de ce fond, l'on pouvait imaginer cent petites choses : un port au coucher du soleil, ou le clocher d'une église de campagne se découpant contre un ciel d'aurore... Mais si on contemplait longuement la toile, si on avait la capacité, comme son fils, de pénétrer le tableau ou, plus prosaïquement, de faire basculer sa vision en ondes alpha, on apercevait alors clairement, dans cette pénombre orangée, deux silhouettes : celle haute, pour ne pas dire hautaine, d'un homme... et celle ramassée d'un enfant. Les deux se faisaient face – et à un geste, un mouvement à peine esquissé de l'un vers l'autre, on pouvait même imaginer des retrouvailles, la gêne causée par une longue absence...

Caroline Moreau regardait sa toile. Celle qui manquait à sa collection. La dernière qu'elle peindrait jamais. Et pleurait. Non parce que c'était sa plus belle œuvre, mais parce qu'elle résumait à elle seule une vie gâchée – non : leur vie gâchée à tous, détruite, condamnée... par elle. Et concluait un drame amorcé des années plus tôt, un secret gardé, enfoui dans les replis de sa culpabilité et de sa douleur. Pierre Andremi. La mauvaise rencontre... la mauvaise heure, le mauvais endroit...

Cela s'était produit un samedi – c'était une époque où Caroline ne vibrait qu'au chant de la peinture, se croyait promise à un avenir d'artiste géniale et maudite, une Camille Claudel de la fin du siècle.

Maudite, elle l'avait été, quand elle s'était retournée pour chercher des yeux l'homme qui, dans son dos, avait prononcé ces mots, tandis qu'elle avait posé son chevalet sur un quai de Seine : « C'est étrange... on dirait que vous peignez ma ville si elle était joyeuse et colorée... » Caroline avait découvert le visage aristocratique d'un brun au regard incandescent – enfin, du moins ainsi qu'elle le percevait à l'époque, avec le romantisme fleur bleue d'une jeune fille qui n'a pas encore atteint la vingtaine.

— Et c'est où chez vous ?

Sourire énigmatique – virgule carnassière juste au coin de la lèvre...

— C'est loin... Ailleurs en tout cas – et il avait ri en prononçant ces mots. Mais... Votre toile ressemble à ma ville. Enfin, lui ressemblerait si vous aviez choisi du blanc et du gris plutôt que tous ces bleus... Et d'ailleurs, c'est quoi exactement ce que vous peignez ? Ça représente quelque chose ?

Ils s'étaient aimés. Une passion impossible – à cause de lui. Qui était-il ? Elle l'ignorait... Que faisait-il ? C'était flou également, mais il avait de l'argent. Il l'invitait parfois dans de grands restaurants, lui faisait une cour un peu désuète, avant de l'inviter à s'offrir à lui, ce qu'elle avait fait corps et âme, avec une faim dévorante, avec d'autant plus d'enthousiasme qu'il lui échappait, disparaissait en laissant derrière lui une aura noire, maléfique, magnétique, assombrie de ses avertissements : « On ne doit pas s'aimer... Enfin, tu ne dois pas m'aimer. Un jour, des choses terribles... Un jour, des choses terribles arriveront, Caroline. Tu ne voudras pas me connaître. Tu voudras même ne jamais m'avoir rencontré. » Chaque départ était ainsi ponctué de ses tourments. Chaques retrouvailles plus affamées que les précédentes...

Quand il s'ouvrait à elle – les rares fois où il s'était laissé aller – il lui avait parlé d'une ville où il se passait des choses étranges... « C'est un endroit différent... Dont personne ne revient indemne, qui te marque à jamais... » Il avait évoqué sa mère, également, et pleuré une fois, au souvenir de sa sœur...

Puis un jour, il avait disparu. Un mois était passé, deux. Des semaines pendant lesquelles elle n'avait plus peint, avant de laisser son désespoir exploser dans des couleurs de feu et de sang, pour finalement tout détruire.

Trois mois s'étaient écoulés avant qu'elle ne le revît : à la une des journaux, à la télévision. Le visage de son amant, de l'insaisissable homme de sa vie, son fantôme d'amour, accusé des... des pires horreurs. Ses avertissements lui étaient alors revenus en mémoire et elle s'était attendue à tout moment à être interrogée par la police. À tort : ils ne l'avaient jamais retrouvée. Personne n'avait rien su. Sans doute, avait-elle compris ensuite, avait-il effacé toutes traces de leur aventure – d'ailleurs, en avait-il laissé quelque part ? Elle-même ne possédait aucune photo, sinon celles publiées dans les journaux.

Elle avait rencontré Daniel un an et demi plus tard – dix-huit mois dont elle gardait un souvenir lointain et sombre, comme passés cloîtrée dans un placard. Contrairement à Pierre, elle ne l'avait pas aimé au premier regard – d'une certaine façon, il était son antithèse : à la séduction ténébreuse de Pierre, il déployait un charme solaire, et sain... et un peu fade, mais au fond, n'était-ce pas ce dont elle avait besoin ? Pour se reconstruire, comme on dit.

Quand Pierre avait été acquitté, elle vivait depuis six mois avec Daniel – un bonheur placide et reposant, qui l'avait éloignée de l'affaire, même si Daniel l'avait trouvée étrange pendant les deux semaines du procès. Elle peignait à nouveau – des toiles à leur image lui semblait-il : charmantes et sans éclat. Le verdict était finalement tombé et une ombre s'était enfin levée en elle : il n'était pas coupable... « Tout ça » – les accusations, les médias hystériques, les surnoms macabres – ne reposait sur rien, sinon un mauvais hasard, un coup orchestré par le destin. Oui, elle avait accueilli le verdict avec un immense soulagement, au point d'en oublier les avertissements de Pierre, ses airs tourmentés dans l'intimité, la valse-hésitation de ses humeurs, ses secrets...

Il avait rappelé une semaine plus tard. Comment l'avait-il retrouvée ? Elle l'ignorait. Elle n'était pas dans l'annuaire – de toute façon, tout était au nom de Daniel.

Elle l'avait vu – une rencontre qu'elle n'avait pas prévu se finir ainsi : en une étreinte aussi passionnément intacte que si deux ans ne s'étaient pas écoulés depuis les débuts de l'affaire – et elle avait songé, à l'instant même où elle avait pris place dans le petit café face à l'homme sous casquette et lunettes de soleil, puis tandis qu'ils parlaient de la vie, enfin surtout de la sienne, elle avait songé donc aux amants maudits de *La Femme d'à côté*, de Truffaut.

Après l'amour, il lui avait dit : « C'est la dernière fois... je dois partir. Je ne peux pas rester ici. Mon visage est trop connu... »

Elle n'avait rien répondu, rien demandé : Pierre faisait partie de son passé, un passé dont elle n'avait jamais parlé à personne – comment aurait-elle trouvé le courage de dire à quiconque : vous savez, Pierre Andremi, l'homme accusé de tuer des gosses, eh bien j'étais sa maîtresse secrète...

Trois jours plus tard, elle apprenait l'impensable : il avait été pris en flagrant délit, juste avant de s'échapper. Elle avait passé la semaine suivante à vomir, partagée entre l'horreur d'avoir aimé un monstre et la crainte de le voir resurgir. À sa façon, c'est exactement ce qu'il avait fait : à la télévision, encore, au cours de cette macabre mise en scène. Quand elle avait vu les images, Caroline s'était mordu les lèvres au sang pour ne pas hurler, sans bien savoir après quoi, pourquoi, elle hurlait : l'horreur de la scène, voir son amour de jeunesse, et au fond, le seul de sa vie, s'immoler sous ses yeux ? L'horreur qu'il lui inspirait ? Qu'elle s'inspirait désormais à elle-même ?

Le lendemain, elle comptait quatre jours de retard. Elle était enceinte.

Elle avait su, avant même la naissance, qu'il était de Pierre. Daniel et elle parlaient bébé depuis quelque temps, mais leurs tentatives avaient été infructueuses. Quand Bastien était né, personne ne s'était étonné, en dépit de la blondeur de son père, de ses yeux bruns. « Oh, mais qu'il ressemble à sa mère ! » s'exclamait-on. Elle seule savait : cette sorte de grâce naturelle, le visage un peu long, la forme même des yeux, quand il grandit, étaient signés. Elle n'aima pas moins Bastien que si Daniel était son père, peut-être même davantage, comme on chérit un secret, avec en elle cette sourde culpabilité : le père qu'elle avait choisi à son fils était un monstre...

Elle n'avait plus jamais entendu parler de Pierre – il était resté dans son cœur une fleur empoisonnée, une fleur qui s'était fanée avec le temps... Ensuite, Jules était venu et avait soufflé sur les derniers pétales. Avant que l'accident ne brûlât tout...

Lorsque Daniel avait évoqué le déménagement à Laville-Saint-Jour, la fleur dans son cœur s'était à nouveau déployée : elle avait appris, au cours du procès, que Pierre avait grandi à Laville-Saint-Jour. C'était donc là, « le monde flou qui ressemble à tes tableaux »... Elle avait été incapable de s'opposer au départ : trop lasse... trop vide. Et comment aurait-elle justifié ce refus à Daniel alors qu'on lui offrait cette place à des conditions inespérées ?

Elle avait reçu un mot, trois semaines après leur arrivée – une simple carte glissée sous la porte. « Un jour, des choses terribles arriveront... » Elle avait cru mourir en lisant cette ligne, avant de céder à la paranoïa : une mauvaise plaisanterie ! Ou un chantage ! Mais comment avait-on su ? Et qui ? Elle s'était trompée. L'homme qui l'avait appelée quelques jours plus tard était bien son ancien amant, même si au téléphone elle ne reconnaissait pas le timbre rauque et la voix sifflante, même s'il tenait des propos dont la dureté autant que l'incohérence tranchaient avec le romantisme magnétique dont elle se souvenait : « C'est l'heure pour moi de reprendre ce qui est à moi, Caroline... Il appartient à Laville-Saint-Jour. Il nous appartient... »

Comment les avait-il retrouvés ? Et comment avait-il su que Bastien était son fils ?

Elle n'avait pas la réponse. Ne l'avait pas cherchée. Elle avait compris que toute fuite était inutile : si Pierre avait eu les moyens de les faire venir ici, après tant d'années, il pourrait les poursuivre au bout du monde. De toute façon, elle n'avait plus la force. Exsangue... Elle s'était enfermée dans l'atelier, elle avait peint. Les toiles qui racontaient sa véritable histoire. Jusqu'à celle-ci, qu'elle ne voyait plus, aveuglée par le rideau de larmes devant ses yeux.

Tout est fini, se répétait-elle à présent. Tout est fini. Jules était mort – et c'était eux n'est-ce pas ? Daniel... elle ne savait pas où il se trouvait, s'il était encore en vie, si Pierre l'avait... pris. Oui sans doute. Et Bastien...

Elle essuya ses yeux et le tableau lui apparut soudain avec la netteté d'un film – elle pouvait presque *voir*... leur visage à tous deux. Une fissure s'ouvrit en elle, une déchirure, et elle sentit toute la culpabilité qui l'avait rongée se répandre, l'inonder, la noyer. Elle poussa un hurlement, de rage, de désespoir, le hurlement d'une femme qui a tout perdu, qui a renoncé, qui a condamné sa famille... Elle sanglota encore et encore, puis, quand les pleurs furent taris, elle se leva, gagna la maison. Là, avec une énergie hystérique, elle décrocha les toiles une à une, les porta dans la remise, revint, en décrocha d'autres... Quand tout fut empilé, quand aucun mur de la maison ne porta plus trace de ses œuvres, elle s'empara d'un bidon d'essence que Daniel gardait toujours par précaution et arrosa les quinze dernières années de travail qui se trouvaient là. Elle resta quelques instants devant le tas suintant, inerte, en état de choc. Puis elle prit, à côté du petit réchaud sur lequel elle faisait chauffer son thé, une boîte d'allumettes, en fit craquer une. Elle observa la flammèche monter le long du bâtonnet, la jeta juste avant de se brûler. Une seconde plus tard, les toiles s'embrasèrent avec une telle violence qu'elle eut à peine le temps de se reculer pour échapper au souffle du feu. En sortant, elle laissa la porte ouverte – nettoyer, souffler, brûler, vider tout, tout, TOUT ! – et regagna la maison. Méticuleusement, comme s'il s'agissait de gestes cent fois répétés, elle se rendit dans le salon et prit une bouteille de whisky avant de se replier dans la salle de bains. Dans sa trousse de toilette, elle piocha toutes les boîtes de barbituriques qu'elle avait accumulées au cours de... sa maladie : Stilnox, Temesta, Lysanxia, Effexor... Elle avala environ deux cents cachets de toutes formes et toutes couleurs avec le whisky.

Quand, trois minutes plus tard, la petite bouteille de gaz du réchaud explosa dans la remise, elle avait déjà à demi perdu connaissance.

# 74

Suzy Belair leva les yeux – un petit immeuble clair, charmant, une de ces résidences qui donnent à certains coins du XIX^e arrondissement de Paris des airs rafraîchissants de calme province.

Évidemment, ici, il ne suffisait pas de sonner – il fallait taper le code d'accès avant même d'accéder à l'interphone. Tout était plus compliqué à Paris, voilà pourquoi elle s'était toujours plu à Laville-Saint-Jour : le bien, le mal ; les apparences, la vérité ; et la brume. Les choses étaient simples et tranchées.

Était-ce le bon endroit ? La bonne adresse ? Elle n'en doutait pas. Un réseau est toujours constitué de maillons. Et parfois, un maillon cède... Fallait-il croire l'auteur d'un coup de fil anonyme ? En principe non. Mais Suzy Belair pensait avoir reconnu la voix au téléphone. Antoine Rochefort... Encore que, elle avait pu se tromper. Peu importait : si elle avait eu des doutes, le coup de fil passé quelques minutes plus tard au numéro que le corbeau avait bien voulu lui communiquer lui avait confirmé la validité de l'information : ici, elle pourrait remonter la piste qui conduisait à l'enfant. Les protestations hystériques et gouailleuses de la femme au téléphone – « Mais non, je ne connais personne à Laville-Saint-Jour ! » – sonnaient faux. Et Suzy Belair n'était pas femme à lâcher sa proie.

Restait à entrer dans l'immeuble et à trouver le bon appartement.

Elle n'était pas là depuis deux minutes qu'elle avisa un adolescent marchant dans sa direction, une raquette de ping-pong à la main, l'allure dégingandée et la figure molle. Suzy Belair plongea la tête dans son sac, en ressortit un carnet et fit mine de chercher un numéro. Le jeune s'approcha, tapa le code, lui adressa un sourire absent et lui tint la porte pour la laisser passer.

Suzy Belair passa en revue les noms sur les boîtes aux lettres, puis décida de s'adresser à lui.

— Excusez-moi jeune homme, vous savez où je peux trouver Mme... (coup d'œil factice au carnet)... Mme Radet ?

Patoche se retourna brusquement, et observa la « dame » qui venait de s'adresser à lui. Il ne connaissait pas Laville-Saint-Jour, mais il en savait assez pour décider que si la ville ressemblait à un être humain, cette dame, aussi... transparente... qu'un spectre ne pouvait mieux la représenter.

— C'est vous qui avez téléphoné l'autre soir, hein ? demanda-t-il naturellement, sans agressivité.

Quelque chose passa brièvement sur le visage de la « dame » – un voile de surprise, enfin, une émotion – puis ses yeux s'affermirent et elle lui répondit, avec un sourire d'une extrême civilité :

— Absolument... c'est vous que j'ai d'abord eu en ligne, je suppose ?

# 75

Nicolas trépignait dans la voiture. Audrey était entrée à Saint-Ex depuis cinq minutes – ils devaient voir Bastien

Moreau avant.. avant eux. Avant Pierre. Et ils devaient trouver un moyen de récupérer le fils d'Audrey.

Il avisa soudain une forme qui courait dans la nuit, sous la brume. Il alluma ses phares et le fantôme d'Audrey apparut dans le faisceau, son manteau battant pavillon dans le vent. Dix secondes plus tard, elle sauta dans la voiture.

— Il n'est pas là ! s'exclama-t-elle la voix pressante de panique. Il a été signalé absent au cours de 4 heures – en fait monsieur BN – c'est le surgé – m'a même dit qu'il s'était fait exclure ce matin d'un cours, et qu'il a disparu dans la matinée. Il a été vu en début d'après-midi, et BN pensait le convoquer quand il a eu vent de l'histoire, mais il avait filé. Ils ne se sont pas inquiétés à cause de la brume... De nombreux élèves ont été notés manquants et certains sont rentrés chez eux dans la journée et...

— Audrey, essaie de te calmer...

— Que je me calme ! ? explosa-t-elle. Bon Dieu Nicolas, tu oses me dire ça ? ! Mon fils est avec eux ! Avec eux ! répéta-t-elle en hurlant. Et c'est à cause de toi ! Tu as gardé le silence, tu t'es tu ! Tu n'as pas soufflé un mot à la police de tes doutes à propos d'Andremi ! Regarde où nous en sommes. Qu'est-ce qu'on fait maintenant ? Qu'est-ce que tu peux faire ?

Nicolas ne souffla mot. Qu'aurait-il pu dire ? Forcément, elle était arrivée à la même conclusion que lui. Il était responsable : ne rien faire, c'était déjà, d'une certaine manière, agir.

Les mots de sa mère, presque sa voix à présent, persistaient à tourner en boucle : *il lui faut un héritier tu comprends ? Sans héritier, il n'est rien. C'est ainsi que les choses fonctionnent ici... Ainsi qu'ils peuvent imposer leur pouvoir sur les autres. Trouve l'enfant. Sans l'enfant, ils ne peuvent rien... il ne peut rien...*

Pourquoi n'avait-il rien fait ? Parce qu'il n'avait pas trouvé la force d'affronter le passé. La force de l'affronter elle... même après vingt ans. Même morte. Parce qu'il avait eu besoin d'Audrey pour lui tenir la main, décacheter l'enveloppe, mettre une voix sur les mots. Aussi, parce qu'il n'avait jamais imaginé une telle... folie. Un héritier, un... culte se transmettant de génération en génération, dont le chef ne pouvait prétendre à cette place qu'assuré d'une descendance.

Il s'en voulait... Non, c'était bien pis que ça ! Il était venu à Laville-Saint-Jour régler ses comptes avec sa conscience, et peut-être les revoir, tous, exorciser la nuit du solstice de ses seize ans. Mais pas une seconde, il n'avait envisagé de jouer les justiciers. Juste tenir son rôle : observer. Enregistrer. Se nourrir. Tout vomir sur du papier. Un vampire... Incapable d'assumer le poids de ses actes, la vérité du lien qui le tenait à jamais à cette ville.

— C'est lui, n'est-ce pas ? demanda-t-elle d'un ton froid. Maintenant je n'ai plus aucun doute. C'est bien de Bastien qu'il s'agit...

Il hocha la tête. Il n'était sûr de rien mais... comment douter ? La ressemblance était frappante – peut-être pas avec le Pierre adulte dont il avait aperçu l'image lors de ces sinistres reportages télévisés, mais avec l'élève de Saint-Ex qui avait partagé les premières années de son adolescence. La même finesse de traits, la même maturité dans l'expression, même si le gosse qu'il avait aperçu ce matin avait encore, dans les yeux, une fraîcheur juvénile et, lui avait-il semblé, un peu craintive quand Pierre au même âge posait sur le monde un regard pénétrant, filtrant même.

— Oui, c'est bien lui.

— Nous devons appeler la police. Je dois déclarer le kidnapping de mon fils !

— Non, souffla-t-il.

Elle se figea.

— Parce que tu ne peux pas leur dire la vérité ? demanda-t-elle froidement. Tu ne veux pas leur révéler que l'écrivain célèbre a tué – massacré son beau-père ? C'est ça ?

La colère flamboyait dans son regard – une mère qui défend son enfant, prête à mordre, à griffer, à blesser. Il aurait pu lui en vouloir mais la situation lui donnait tous les droits.

— Non, ça n'a rien à voir. Ma réputation, mon histoire, ne sont rien par rapport aux dangers que courent ces enfants. Simplement, tu ne comprends pas : Andremi n'agit pas seul ! Il est entouré. Il a recruté ton mari, Dieu sait comment. Les Rochefort sont à ses côtés... Qui d'autre encore ? Qui l'aide ici de la bande ? Je l'ignore... Mais les Talcot avaient quelques policiers dans leurs poches. Qui sait ce qu'il en est d'Andremi ?

Les yeux d'Audrey s'agrandirent.

— Mais qu'est-ce qu'on va faire ?! Qu'est-ce qu'on va faire si on ne peut même pas compter sur eux ?

Nicolas piocha la main dans son blouson, en retira un portefeuille duquel il sortit une carte.

— Lui peut nous aider, dit-il. Lui au moins, j'en suis sûr, n'est pas avec eux...

# 76

Le cadenas céda d'un coup sec et Bertegui fit basculer la porte de la trappe. L'escalier déploya ses marches incertaines vers un trou noir : la cave d'Odile le Garrec. Bertegui alluma la lampe torche, balaya l'antre : le pinceau lumineux ne révéla rien d'anormal. Il s'apprêta à descendre lorsque son portable vibra dans la poche.

Le Sanglier vérifia le numéro à l'écran. Inconnu. Depuis une bonne heure, son téléphone n'avait cessé de sonner : le central, Clément... Sans parler des appels dans sa voiture. Il n'avait répondu à aucun – tout juste avait-il écouté ses messages, cinq minutes plus tôt : il était question de problèmes de circulation, d'accidents, de routes barrées, d'une maison soufflée par une explosion non loin du cours du Parc... Rien ne le concernant plus. Et personne qui pût l'aider. Passé les premières minutes de haine, de rage, de désespoir, il avait, tandis que sa voiture perçait la brume à une allure improbable sur la route du retour à Laville-Saint-Jour, méthodiquement fait le point avec une mécanique lente, laborieuse, comme si réfléchir ainsi à la situation restait le meilleur moyen de s'en extraire, de ne pas la vivre. Il en était arrivé à plusieurs conclusions : 1/ Andremi était un adversaire de taille : il avait tout fait pour ne pas provoquer l'ouverture d'une enquête et y serait presque parvenu sans l'accident d'Odile le Garrec. 2/ Il était surveillé ; on savait où il allait, qui il voyait, et surtout, qui il soupçonnait. 3/ Cléance Rochefort était également impliquée. 4/ Ils tenaient sa femme et sa fille. 5/ Ils ne les lui rendraient probablement pas – comment Cléance Rochefort pouvait-elle espérer s'en sortir ensuite ? 6/ Ils allaient devoir le tuer aussi. 7/ Ils possédaient des moyens importants – preuve en était le système sophistiqué mis en place. 8/ Ils avaient également des complices – sinon, comment auraient-ils pu se trouver à plusieurs endroits en même temps, enlever sa femme sur la route, sa fille à la maison, le surveiller sur caméras. Enfin 9/ Pierre Andremi était complètement fou – Bertegui n'était pas près d'oublier, après le ton policé de son interlocuteur, la soudaine colère qui l'avait enflammé au téléphone : « TU VAS FAIRE CE QUE JE DIS, ESPÈCE DE SALE SOUS-MERDE DE FLIC OU JE CRÈVE LES DEUX SALOPES ET JE T'ENVOIE UN MORCEAU À CHAQUE NOËL ! »

Il en ressortait que : 1/ Bertegui ne pouvait compter que sur lui-même puisqu'il n'était plus question de faire confiance à quiconque dans cette ville. 2/ Il devait agir vite. 3/ Il ne pouvait rester les bras croisés car ni lui ni surtout elles n'y survivraient, et de toute façon, c'était le seul moyen pour lui d'échapper à la folie en train de le guetter. Il avait d'abord songé à aller... casser la gueule de Le Garrec pour lui faire cracher tout ce qu'il savait, avant de se raviser : le rôle de l'écrivain dans cette affaire apparaissait plus que nébuleux : dans cette purée de pois, sans appui aucun, quand bien même Bertegui l'aurait tué à la fin de leur... entretien, afin de ne lui laisser aucune chance de prévenir quiconque, il risquait de perdre des heures précieuses à le chercher. Puis l'idée de la cave lui était venue. Une des rares pistes inexplorées – percer le secret du mur. Sur quoi allait-il ouvrir ? Bertegui l'ignorait, et si ne l'attendait qu'un tas de cendres à l'arrivée, ou un squelette, le père ou le beau-père ou le cadavre de trois gosses, allez savoir avec les tordus de cette ville, il serait encore temps d'étudier la topographie du site, d'essayer de localiser Andremi, avec ces histoires de pentacles, de branches et autres... CONNERIES !

À peine rentré chez lui, et après avoir fait plusieurs fois le tour de la maison pour s'assurer qu'aucune voiture n'était postée en surveillance, il en était ressorti un gros sac de sport à la main rempli d'outils et de munitions, en félicitant, applaudissant presque, la délirante tempête de brume en train de s'abattre. C'était sans doute un handicap pour lui. Ce l'était aussi pour *eux :* il devenait quasiment impossible à pister.

À présent, donc : le téléphone. Numéro inconnu. Ce pouvait être n'importe qui. Ce pouvait être *eux*. Il n'avait pas le choix : il devait prendre la communication.

— Bertegui, annonça-t-il.

Au cours des trois ou quatre minutes suivantes, il écouta le récit vaguement incohérent de Le Garrec, où il était question d'une prof dont le père avait enlevé l'enfant, du fils de Pierre Andremi, et du beau-père qu'ils avaient dessoudé ensemble vingt ans plus tôt.

Quand Le Garrec décida enfin de reprendre son souffle, le commissaire eut ces mots :

— Je ne peux rien pour vous, bonhomme... Rien d'autre que vous dire ça : si je ne retrouve pas ma fille et ma femme vivantes, je vous tuerai de mes propres mains.

Il raccrocha, raffermit sa poigne sur le lourd maillet qu'il avait emporté, braqua la lampe torche vers le fond de l'escalier, et s'apprêta à descendre. À cet instant, l'homme qui avait été Claudio Bertegui n'était plus qu'un bloc compact de fureur et d'angoisse pris dans les tourbillons d'une brume devenue folle.

# 77

Ce fut un instant suspendu dans le temps, immobile : le père et le fils se faisaient face, dans le trou voûté où des générations de Villois étaient venus, qui pour s'abriter, qui pour commettre ses méfaits. Bastien gardait le silence; Pierre faisait de même, assailli soudain d'émotions qui le prenaient par surprise. Certes, il vivait là un moment anticipé depuis des années, mais le réel, dans son antre, prenait forcément une autre couleur que ses fantasmes. Il n'avait pas prévu, par exemple, que Bastien ressemblerait autant à sa propre sœur – les photos ne traduisaient pas l'étonnement de jeune chien dans le regard, les traces d'enfance encore prégnantes, les même qui l'émouvaient tant chez Sophie, lorsqu'il la contemplait se balançant doucement dans l'air pâle du jardin.

Il n'avait pas non plus perçu, sur les mauvais clichés qui ressemblaient à des photos de presse à scandale, la ressemblance frappante avec Caroline, sa mère, et malgré lui sa gorge se serra. Il avait goûté avec Caroline les seuls éclairs « normaux » de sa vie, des bouffées d'un bonheur dont il s'était dit parfois, quand il s'en extrayait une seconde : « Souviens-toi de ce moment pour toujours... Car tu es en train de goûter un instant de vie aussi pur qu'un diamant... »

C'était faux bien sûr : la pureté n'était pas, n'avait jamais été son affaire. Et les moments partagés avec Caroline exhalaient les parfums doux-amers de bouffées d'illusion. Mais enfin, dans ses bras, au cours de ces moments volés au réel, il y avait cru : au pouvoir rédempteur de l'amour, à sa victoire contre les démons qui le torturaient, et il en avait été le premier surpris. Jusqu'à sa rencontre avec la jeune peintre sur les quais, Pierre n'avait jamais éprouvé la moindre empathie pour son prochain. Il... comprenait les autres, selon un mécanisme purement cérébral. Mais il était incapable de les ressentir. Encore moins de les aimer. Caroline était différente : peut-être avait-il perçu, dans la lumière de ses toiles, la malédiction de l'artiste – maudite donc, comme lui l'était, à sa façon. Il l'ignorait : Caroline restait la seule femme qu'il eût jamais aimée, la seule même qu'il pût posséder. Avant elle, Pierre ne se rappelait pas avoir joui autrement que bercé d'images de mort et de sang... Au final, il n'était rien resté : la magie finit toujours par se dissiper, le réel par reprendre ses droits. Or le réel c'était ça : Pierre Andremi était un monstre, pour certains ; un roi pour d'autres... Ni les monstres ni les rois ne connaissent de répit : leur vie est souffrance, et c'est seulement en cédant à la résignation qu'elle devient tolérable. *Un jour, des choses terribles...* Autant que ce fût lui qui les commandât.

Le garçon face à lui ne soufflait mot – tout juste Pierre percevait-il la respiration vive induite par des émotions fortes. Il s'était montré à lui nu – enfin, sans peau de soie pour couvrir sa laideur – et il apprécia la détermination du jeune, qui ne baissait pas le regard. Oh ! bien sûr... Bastien connaissait son visage : mais pouvait-il s'en souvenir ? Peut-être après tout avait-il bercé ses rêves... Ou ses cauchemars. En tout cas, il ne paraissait pas horrifié par la vision d'un homme ravagé par les flammes, lequel venait de lui annoncer que sa vie était construite sur un mensonge.

Un bruit creux résonna jusqu'à eux – il en courait toujours sous les galeries – et le garçon qui ressemblait à Caroline, et à sa sœur, et probablement à... son père, le garçon donc, sursauta. La voix tremblante, comme s'il venait de s'arracher à l'hébétude, il dit :

— Où est Opale ?

C'était la dernière réaction à laquelle Pierre Andremi s'était attendu, et un autre visage s'imposa soudain à son esprit comme révélé par un rideau de théâtre. Le visage d'un bien-pensant, bien-faisant : celui de Nicolas le Garrec.

# 78

Nicolas raccrocha le téléphone, encore sous le choc des révélations et des menaces de Bertegui. Il croisa le regard d'Audrey – une Audrey tremblante, au bord de la crise de nerfs. Puis, sans réfléchir, il plongea la main dans sa boîte à gants, en retira le revolver qu'il avait espéré ne pas avoir besoin d'utiliser. Depuis la fin violente de son beau-père, Nicolas n'avait plus fréquenté la mort que dans les pages de ses livres.

Audrey fixa l'arme puis braqua sur lui des yeux horrifiés, tandis qu'il démarrait.

— Qu'est-ce que tu fais ? souffla-t-elle.

— Nous sommes seuls, dit-il en lançant la voiture à plein régime. Complètement seuls.

— Qu'est-ce que ça veut dire ?

Nicolas conduisait, le dos à demi courbé sur le volant, concentré sur la route engloutie sous une brume en train de danser la sarabande d'un fou.

— Ils ont sa famille.

— Oh ! mon Dieu ! Mais qui sont ces gens ? QUI SONT CES GENS ! ?

Elle étouffa un sanglot, se ressaisit.

— Pourquoi ne peut-il pas nous aider ?

— Parce qu'il est ivre de rage, éluda Nicolas.

Elle battit des cils en le regardant, prit soudain conscience qu'ils roulaient.

— Où va-t-on ? Que vas-tu faire avec... avec ça ?

— Je vais les trouver. Et essayer de récupérer ton fils. Oui, peut-être aurait-on le temps d'aller à la police, moi de contacter un ami lieutenant à Paris, de mettre en action une procédure judiciaire, une injonction du juge à ton ex... Mais on n'a pas le temps. On n'a plus le temps, tu comprends ? répéta-t-il d'une voix douce pour la calmer.

— Mais tu sais où... où ils se cachent ? Où ils se trouvent ?

— Je ne suis sûr de rien, mais j'ai une idée.

Il freina d'un coup sec. Audrey jeta un œil à la fenêtre : l'arrière de Saint-Exupéry, côté cuisines. Ils avaient simplement contourné le bâtiment.

— Ils... ils sont là-dedans ? frémit-elle.

— Pas exactement. Mais par là... oui, souffla-t-il. C'est un chemin qui peut m'y conduire.

Elle regarda encore – elle n'avait jamais vu cette entrée de nuit, la forme sinistre et noire, austère, du bâtiment.

— Je ne comprends rien, Nicolas, mais je viens avec toi.

— NON !

Elle sursauta sur son siège.

— Tu ne viens pas, Audrey. C'est ton fils, mais c'est aussi un ancien... ami. Je sais où aller. Je sais comment lui parler. Et il nous faut quelqu'un à l'extérieur, tu saisis ? Pour faire pression... Lui faire entendre que si je ne suis pas revenu dans X minutes, tu mets en branle toute la machine judiciaire contre eux. Que l'on sait où ils se terrent. Qui ils sont. Ce qu'ils font...Tu dois rester ici. M'attendre. Et même : te garer un peu plus loin. À l'abri. Prends les clés. Enferme-toi. Enfonce-toi dans le siège et n'ouvre à personne. Tu m'attends. Je reviens. Et... Et je t'aime.

Il claqua la portière, la laissant seule, terrifiée, en état de choc. Elle suivit des yeux la silhouette volontaire et souple, puis une bourrasque de brouillard le happa juste au moment où il passait le petit portail qui conduisait aux cuisines de l'école, la laissant avec la poignante certitude qu'elle ne le reverrait jamais.

* * *

Il y était presque. Le mur était sur le point de céder. La destruction ne lui avait pris que quelques minutes : Bertegui y avait mis toute sa hargne, il avait cogné avec une force qu'il ne se soupçonnait plus avoir, tandis que des images toujours plus terribles l'assaillaient : son enfant torturée... sa femme violée... Qu'étaient-ils en train de leur faire bon sang ! Il savait de quoi ils étaient capables ! Il avait vu la Talcotière ! Senti la mort !

VLAN !

Toute la cave trembla sous la violence du coup... Et un autre ! Encore un autre !

Un bruit de briques qui s'effondrent lui amena un sourire mauvais sur les lèvres : un trou dans la cuirasse. Bertegui se pencha, fit glisser le faisceau de la lampe par la cavité irrégulière : à première vue, cela ressemblait à une petite salle. En tout état de cause, il avait vu juste : ce mur scellé abritait bien un secret.

La découverte l'euphorisa, et il se redressa pour achever son œuvre avec davantage d'énergie encore, dans l'obscurité quasi totale, insensible à la sueur qui ruisselait sur son front. Est-ce qu'elles sont encore en vie ? EST-CE QU'ELLES SONT ENCORE EN VIE ?

VLAN ! VLAN !

Une partie du mur s'écroula assez pour lui permettre de l'enjamber. Bertegui prit une seconde pour souffler, jeta le maillet, le remplaça par le revolver. Nouveau coup d'œil : une petite pièce étouffante, asphyxiante même, qui exhalait des relents de terre humide et d'égout.

Pas âme qui vive apparemment... Comment aurait-il pu en être autrement ?

Il enjamba les restes du muret, prit garde à ne pas se blesser contre les briques éparses comme les pièces d'un jeu de construction. Il promena la lampe sur les murs, le plafond, le sol : de vieilles pierres nues ornées de bougeoirs vides, une croix renversée sculptée dans le mur identique à celle de la Talcotière, des dalles gravées d'un grand pentacle et – il en sursauta presque : une porte.

Bertegui s'approcha. La porte était verrouillée, tenue par une de ces grosses serrures que l'on faisait autrefois. Pas de cadenas à briser... Il n'avait pas le choix. Il repassa dans la cave, chercha d'un coup de lampe un oreiller, avisa un édredon. Cela ferait l'affaire. Il revint se poster devant la serrure, roula l'édredon et y planta le canon de son arme. Sans hésiter, il tira – le bruit étouffé par les plumes et l'exiguïté de la pièce ne devait pas être suffisant pour donner l'alerte. Il jeta l'édredon qui s'avachit dans un coin avec un soupir de plumes, vérifia le résultat. La serrure apparut noircie, déglinguée.

Bertegui posa la main sur la poignée, prit une inspiration en levant son arme, s'arma de la lampe torche et tira d'un grand coup. Derrière : le noir absolu, le vide.

Il braqua la lampe, découvrit une sorte de couloir sans fond, une galerie écrasante. Les mots du docteur Lieberman lui revinrent : *certaines vieilles maisons ont encore des accès aux entrailles de la ville...*

La cave des Le Garrec n'ouvrait pas seulement sur un caveau à vampires... mais aussi sur un passage. Et conduisait forcément quelque part. À sa femme ? À sa fille ?

Il ne réfléchit pas davantage : il s'engagea dans le souterrain.

# 79

La femme face à elle, enroulée dans une robe de chambre rose sans âge, était assise dans un vieux fauteuil sous une lumière sale – assise n'était pas vraiment le mot, observait Suzy Belair. Échouée... Échouée comme un gros animal marin. Une neptunienne, sans aucun doute. Poissons, ou ascendant Poissons. Neptune produisait parfois des génies ou de grands mystiques... Il compte aussi dans ses rangs des victimes d'une névrose qui conduit aux excès : la fuite du réel.

— Il venait l'après-midi, dit-elle enfin. Quand je gardais l'enfant...

Suzy Belair ne souffla mot – la femme n'avait pas opposé une grande résistance, elle avait d'abord écarquillé les yeux quand son fils avait ouvert la porte et présenté l'intruse, avant de s'avachir, battue sans même avoir lutté. Pour autant, Suzy Belair pressentait que trop d'empressement n'aurait rien amené de bon.

— Il n'avait jamais cru qu'il aurait un enfant, reprit-elle d'une voix éteinte, le regard fixe et aqueux, ses bajoues lestées d'une lassitude infinie. Évidemment... Il ne s'intéressait guère aux filles. Enfin, pas comme tout le monde.

« Je l'ai toujours connu. Ma mère faisait le ménage chez eux – elle était un genre de gouvernante – ce n'était pas des gens à avoir juste une femme de ménage. Oui, toujours connu. Lui... Et sa mère, et sa sœur. Mais la sœur...

Elle laissa les mots en suspens, et un frisson gondola la graisse sous le menton.

« Quand il est parti à Paris, il m'a demandé de le suivre. Il avait besoin de quelqu'un pour le servir. Quelqu'un de Laville-Saint-Jour, qui le connaissait, qui connaissait la ville... qui savait comment les choses se passent. J'ai toujours su qui il était vraiment.

« C'est lui qui m'a demandé de veiller sur elle, sur la peintre. Parce que au début, il n'y avait qu'elle bien sûr – l'enfant n'était pas encore né. Veiller sur elle. De loin... Même quand il y a eu le procès et... et tout ça. J'ai fait ce qu'il m'a dit.

La femme dans le canapé se tut, fixa la bouteille. Suzy Belair garda le silence. Oh ! oui, définitivement une neptunienne : la confusion induite par le monde sous-marin de Neptune conduit parfois, aussi, ses égarés, dans les bras de mentors et autres gourous... Était-ce de l'amour qui l'avait lié à son patron ? Une soumission morbide ? Peu importait. Suzy Belair n'était pas là pour juger.

— Je me suis rapprochée d'elle, et quand elle a emménagé ici avec son mari, je l'ai suivie. Ici... À deux étages de leur appartement. Et j'ai attendu.

« Il est réapparu environ un an et demi après le... enfin le feu. Je savais qu'il allait revenir. Car j'avais fait savoir qu'il existait un enfant. Et que l'enfant n'avait pas le bon père. De ça, j'étais certaine. Je connaissais trop la famille : l'enfant, c'était le portrait craché de sa sœur quand elle était bébé.

À présent, les mots venaient seuls, sans effort, et la voix traînante, gluante, gagnait en fermeté.

— C'est moi qui gardais l'enfant, parce qu'ils travaillaient tous les deux – et en plus, elle peignait, il lui fallait du temps pour ça. Alors il venait : aussi souvent qu'il pouvait. Il avait une clé du parking, il se faisait déposer. Il montait par les escaliers – il prenait pas l'ascenseur, y a jamais personne dans les escaliers des immeubles comme le nôtre. Et il restait avec l'enfant. Il lui parlait. Des heures... Je n'ai jamais vu un homme parler autant à son fils, penché sur le berceau. Oh, bien sûr, il était différent des autres pères. Pas seulement son visage... il ne le langeait pas, ne faisait pas ce genre de choses. Mais il lui parlait : il lui racontait Laville-Saint-Jour... il lui racontait l'église Saint-Michel... Et Saint-Exupéry... Et la brume... Et le bois du Parc... Et il lui disait qu'un jour ils se retrouveraient. Que c'était leur destin. Qu'il était un héritier – et que lui aussi était un héritier. Son héritier. Oui, ils devaient se retrouver, un jour, c'était leur destin à tous deux, un destin qui était lié... Et alors l'enfant saurait qui est vraiment son père. Et il comprendrait pourquoi il avait fallu le reprendre – enfin le remettre sur le chemin de son destin. Il y aurait un prix à payer, qu'il disait, beaucoup de souffrances, ils auraient mal, et l'enfant serait malheureux d'avoir perdu l'homme qu'il croyait être son père, mais ce n'était pas vraiment son père, et avec le temps il comprendrait. Oh ! oui, il lui parlait, et lui parlait, des après-midi entières, et il prenait la menotte de l'enfant, et la passait sur son visage, comme ça, comme s'il voulait qu'il s'habitue.

« Ça a duré deux ans... Pendant deux ans, il est venu parler à son fils, deux, trois, quatre fois par semaine. Même quand l'enfant dormait, il ne s'arrêtait pas : " Laville-Saint-Jour t'attend... Laville-Saint-Jour t'accueillera. " Non, il ne s'arrêtait jamais...

Un soupir... le regard toujours fixe, la femme dans le fauteuil ferma les yeux, et Suzy Belair se demanda si elle voulait échapper aux images qui revenaient la hanter, ou s'adonner au contraire à une nostalgie morbide. Sans doute un peu des deux. Neptune accueille volontiers dans son sérail les anges autant que les démons, les bourreaux et les martyrs sacrificiels... les macs et les putes.

— Un jour, l'enfant a eu l'âge d'aller à l'école, et il n'a pas trouvé de solution pour garder le lien. Alors il est reparti. Le dernier jour, il m'a dit : tu auras toujours de nos nouvelles... nous ne t'oublierons pas. Mais cela prendra des années... Oui, après l'affaire Talcot, il faudra des années pour reconstruire. Mais je reviendrai. Nous reviendrons...

« Depuis ce jour, je ne l'ai jamais revu.

Un long silence humide, épais : la femme dans le fauteuil pleurait, des larmes muettes coulaient sur ses joues avinées.

Suzy Belair se leva – inutile de rester davantage. Elle avait les noms. Elle avait les réponses. Il ne restait plus qu'à rentrer à Laville-Saint-Jour. À contacter les parents de l'enfant – enfin le père. Et éventuellement : Antoine Rochefort... L'homme se serait-il finalement rangé de leur côté ? C'était bien lui, celui qui avait soufflé la piste de Bastien au téléphone...

Oui, au fond, cela allait être assez simple. Une fois l'enfant soustrait à Andremi, il ne pourrait plus rien. Du moins pouvait-on le penser dans l'ignorance des événements en train de se produire en Bourgogne...

# 80

Nicolas s'engagea dans le tunnel – incroyable ! songeait-il : Antoine ne l'avait pas fait boucher. Oh ! l'accès n'était pas aussi aisé que par le passé : il fallait se glisser derrière les cuisines du réfectoire, dans une sorte de soupirail dérobé au pied d'un petit muret moussu. Mais enfin : Saint-Ex ouvrait toujours une porte vers les tréfonds.

Les tréfonds, en l'espèce, Nicolas le comprit dès qu'il s'y avança, n'étaient pas déserts : les premiers mètres baignaient certes dans une obscurité quasi totale, mais il distinguait, à un coude qu'il estima à une bonne centaine de mètres, une lueur. Si la lumière était allumée, c'est que quelqu'un avait pris le temps de faire du feu. Oui, quelque part dans les entrailles du grand pentacle au-dessus duquel la ville s'était bâtie, des torches étaient en train de brûler.

Nicolas s'avança – se félicitant de porter de vieilles chaussures de sport aussi silencieuses que des pantoufles. Il tenait son revolver à deux mains, ainsi qu'il l'avait appris au tir. Il réfléchissait à la situation, s'efforçant de l'évaluer : il pouvait se trouver n'importe quoi au bout de cette galerie. Bastien Moreau... Ou des compagnons d'armes de Pierre... Pierre lui-même... Qu'allait-il faire exactement ? Il n'en avait aucune idée. Cette fois, la maîtrise du script lui échappait.

Machinalement, il se retourna pour vérifier qu'il n'était pas suivi. Il observa alors ce phénomène : la brume semblait... entrer dans le tunnel. Et même : le suivre ! Il frissonna. Il savait ce qu'on disait de la brume. Certes, aucun Villois ne craint les ombres blanches, de jour. Seul, de nuit, au fond des tunnels qui avaient traversé des siècles d'horreur, c'était une autre affaire. Et même quand on n'avait jamais vraiment *vu* de gosses dans la brume, on ne pouvait ignorer, dans certaines circonstances, la crainte de voir apparaître à la faveur d'un tourbillon la silhouette d'un gamin aux yeux vides quémandant un peu de paix...

Nicolas resta quelques secondes à observer le phénomène : mais oui, la brume descendait au fond des caves. Elle glissait, comme si des créatures intrépides se détachaient du banc, s'infiltraient, couraient au sol. Il avisa justement du regard une écharpe blanche en train de... nager ! vers la lumière et entreprit de la suivre.

Il marcha ainsi deux ou trois minutes, le flingue en l'air, le dos collé à l'une des parois. Aucun son ne lui parvenait, aucune trace de vie – sinon cette brume comme aspirée par un courant. Un instant, tandis qu'il progressait, il songea à Audrey, se demanda s'il avait eu raison de la laisser seule, si elle ne risquait pas de faire une bêtise. Puis la lumière au coin s'intensifia et chassa ses doutes. Il parcourut les derniers mètres presque en courant, se posta à l'angle, hasarda un œil : on avait bien allumé des torches, mais apparemment la voie était libre : le long boyau qui s'ouvrait devant lui était désert et Nicolas situa tout de suite où il conduisait : à une des cachettes de Pierre quand il était adolescent.

* * *

Une partie de Bastien écoutait le monstre lui raconter une histoire qu'il connaissait déjà – du moins dans ses grandes lignes. Une autre observait, de loin, la scène avec une saisissante impression de déjà-vu : eux deux, ici, dans un trou éclairé aux flambeaux, dans les boyaux d'une ville engloutie par le brouillard. L'homme lui avait dit être son père et Bastien l'avait cru, n'avait pas douté une seconde, même s'il s'agissait d'un savoir qui ne provoquait aucune émotion particulière en lui, sinon un certain détachement, l'impression d'une vérité coupée de toute réalité tangible. L'homme lui avait raconté les longues heures passées ensemble quand il était bébé, et la froide partie de lui-même qui analysait la scène trouvait là confusément, malgré son jeune âge, les raisons de ses cauchemars, de ses visions, des tableaux dans la remise, de la voix dans sa tête. L'homme lui apprit enfin qu'il s'appelait Andremi – un nom pas complètement inconnu mais, semblait-il à Bastien, pour d'autres motifs – et qu'il appartenait, enfin que *tous deux* appartenaient, à une longue lignée de créatures destinées à régner sur un monde souterrain, un monde que Bastien ne se représentait pas encore bien et qui lui évoquait une armée de vampires doués de pouvoirs occultes et de vie éternelle.

L'homme était un monstre. L'homme était fou. Son âme devait répondre à son visage, ou l'inverse, c'est-à-dire à rien d'humain. C'étaient, là encore, des évidences dont Bastien ne douta pas une seconde. C'était également le meurtrier de son père – le seul, le vrai dans son cœur – et, brièvement, l'idée l'effleura même que l'homme avait tué Jules et qu'il était l'auteur des messages signés du nom de son frère. Enfin, l'homme connaissait César Mendel, et était impliqué, d'une manière pour l'heure indéfinie, dans la disparition mystère d'Opale.

Enfin, l'homme brûlait – si l'on peut dire – du désir de le retrouver, le prendre, le garder avec lui. De fait : l'homme était extrêmement dangereux, et cela seul comptait. Plus tard, savait Bastien, il serait temps de pleurer, de comprendre – peut-être même, avec l'âge, et l'expérience, finirait-il par découvrir que l'attitude qu'il avait eue face à son père-monstre, ce soir-là, était au fond parfaitement normale : les stimulations, les heures d'histoires contées au berceau, les révélations entendues trop tôt, avaient développé chez lui une conscience et une perception hors du commun. À sa manière, il était devenu ce que l'on appelle un enfant précoce, sans le savoir, sans que quiconque l'eût jamais remarqué. Peut-être parce que sa vraie nature n'avait pu complètement s'exprimer qu'à l'instant précis où les fragments épars de lui-même s'étaient recomposés en un tout cohérent, quand l'homme lui avait annoncé : « Je t'attendais, mon fils... »

Pour l'heure, Bastien ne se posait aucune question quant à lui-même ou ses capacités à garder ses émotions sous contrôle. Seules comptaient les possibilités de sortir de ce guêpier. Et de retrouver Opale.

Or, à propos d'Opale, l'homme n'avait pas répondu. Juste : « Je t'expliquerai plus tard ».

— Tu ne dis rien, dit soudain l'homme à Bastien.

Le garçon réfléchit : il ne fallait pas le provoquer. Mais il fallait un peu le désarçonner... gagner du temps. Le faire parler davantage.

— Pourquoi n'es-tu pas venu me voir ? Pourquoi écrire à la place de Jules ?

Quelque chose passa dans les yeux de l'homme – son visage n'exprimait bien sûr que l'horreur qui lui avait été infligée, mais ses yeux en revanche, disaient beaucoup.

— Je n'avais pas le choix, murmura l'homme avec une pointe incompréhensible de regret dans la voix. Je ne suis pas... de ce monde. Je ne lui appartiens pas. Et toi non plus d'ailleurs. Je t'y ai laissé car je n'avais pas le choix. Ce qui m'est arrivé prend... (il toucha son visage)... ce qui m'est arrivé prend du temps.

Bastien approuva d'un hochement de tête. C'est alors qu'il la remarqua : la brume. Doucement, presque subrepticement, des filaments blanchâtres comme les soies d'une araignée commençaient à se glisser par la porte, à tisser une toile transparente et mobile à leurs pieds. *Les ombres blanches !* s'exclama-t-il intérieurement. Ses alliés... ou les alliés de l'homme ? Ou leurs alliés à tous deux ? Après tout, le même sang coulait dans leurs veines.

— Quand à Jules... Je suis Jules. Je ne t'ai pas menti. Jules vit en moi... Jules et d'autres. Les enfants sans lumière vivent en moi. Ceux qui sont morts trop tôt. Et un jour, ils vivront en toi aussi. Un jour, tu retrouveras Jules et...

— NE BOUGE PLUS, PIERRE !

Bastien sursauta autant que l'homme. Tous deux tournèrent la tête vers la porte et Bastien y découvrit quelque chose de tout à fait hallucinant : l'écrivain de la conférence tenait son « père » en joue avec un revolver !

* * *

Pierre Andremi observa son ancien ami – oui, c'était le terme : ami. Comme Caroline avait été son seul amour, Nicolas le Garrec avait été le seul garçon auquel Pierre n'avait jamais pu se lier. Sans doute Nicolas représentait-il ce qu'il aurait voulu être dans une autre vie, c'est-à-dire, en quelque sorte : normal... Ou différent, selon que l'on se plaçait du côté de Laville-Saint-Jour ou dans le reste du monde. Innocent aussi. Et d'une certaine façon : protégé... Protégé par sa mère qui, aussi péniblement qu'elle l'avait pu, l'avait épargné. C'est pourquoi Pierre lui avait offert la tête de son beau-père. C'est pourquoi aussi, il avait essayé d'amener Nicolas jusqu'à eux : on ne peut purifier ce qui a été souillé. L'inverse, en revanche, est possible. Et délicieux.

Mais Nicolas avait résisté – et Pierre l'avait plus envié encore. Davantage détesté aussi. Nicolas restait un échec : à contempler Nicolas à présent, sa belle gueule intacte, ses cheveux aussi noirs que ceux de Bastien et que lui-même les avait eus quand il ne restait plus aujourd'hui sur son crâne qu'une chair blanchâtre et pelée, c'était même le plus cuisant de tout : il avait toujours pensé que si Nicolas avait franchi la frontière, le chemin aurait été différent. Damner son ami pour se sauver : ainsi se résumait l'équation. Et d'une certaine façon elle restait vraie aujourd'hui. Voilà pourquoi il n'avait pas renoncé. Voilà pourquoi il lui avait annoncé son retour. Voilà pourquoi une soudaine vérité lui apparaissait : celui des deux qui semblait désormais le vrai père de Bastien, c'était Nicolas. L'homme face à lui personnifiait le double idéalisé que son inconscient lui projetait. Celui qu'il aurait dû être si Laville-Saint-Jour ne lui avait imposé un autre destin...

— Il ne manquait plus que toi, Nicolas... Je te croyais occupé à écrire. Les écrivains n'agissent pas en principe, ou je me trompe ? Ils sont plutôt du genre à subir.

Nicolas fixa le monstre sans visage – la vision allait au-delà du choquant. Un bref instant, son cœur se serra : voilà ce que Pierre était devenu. Voilà ce qu'il restait de sa jeunesse à Laville-Saint-Jour...

## 81

Cléance Rochefort arrêta la voiture juste devant l'entrée des cuisines de Saint-Ex, descendit en remontant le col de sa fourrure, palpa dans son sac la forme de la petite arme qu'elle portait toujours sur elle.

Elle marcha d'un pas décidé en direction du porche, insensible aux bourrasques de brume, ses talons claquant contre les pavés, toute à sa colère. Pierre lui avait raccroché au nez – une attitude qui la mettait hors d'elle autant qu'elle l'avait enchaînée à lui à jamais, elle qui avait toujours vu ses désirs satisfaits, à qui personne ne résistait. Depuis il était injoignable. Pourquoi ? Elle n'en avait aucune idée : en principe, son téléphone satellite fonctionnait en toutes circonstances, alors peut-être l'avait-il coupé... ou bien les brumes de Laville-Saint-Jour produisaient-elles des perturbations (elle n'était pas superstitieuse, enfin bien moins que la plupart des Villois, mais en tout état de cause, on ne pouvait sous-estimer le pouvoir des ombres blanches, n'est-ce pas ?).

Peu importait : elle devait le prévenir. D'une part la maison des Moreau – enfin, la maison de Pierre ! – venait d'être à demi soufflée par une explosion. D'autre part – surtout ! – juste avant de mettre le feu à ses croûtes, la mère du morveux avait reçu la visite de la prof accompagnée de Nicolas. Audrey Miller avait donc visiblement remonté, avec l'aide du... du traître !... la piste jusqu'à Bastien. Où les deux couraient-ils à présent ? Cléance l'ignorait – les caméras dont elle disposait ne couvraient que la Talcotière et l'ancienne maison des Andremi. Pierre, en tout état de cause, devait être alerté au plus vite, puisque apparemment les menaces qui pesaient sur Audrey ne l'avaient pas dissuadée d'agir contre leurs intérêts.

Oh ! bien sûr, elle aurait pu appeler Antoine pour qu'il délivrât le message à sa place – après tout, il devait encore se trouver dans les parages – mais elle ne lui accordait plus aucune confiance : son faux pas, un parmi d'autres, avec la prof témoignait de son peu d'attachement à la cause. Si bien qu'elle avait décidé d'accourir ici au plus vite, même si elle n'avait pas emprunté l'entrée de service depuis près de vingt ans, même si elle n'imaginait pas bien comment se glisser dans les tréfonds du pentacle.

Au moment de passer le porche, un bruit l'attira dans son dos. Elle se retourna, balaya la rue d'un long regard. Impossible de distinguer quoi que ce fût : la brume charriait, dans ses soubresauts, des éclats de lumière volés aux lampadaires et des fragments de vie aussitôt engloutis.

Elle se figea quelques instants, haussa les épaules, entra dans Saint-Ex, vaguement incommodée par les relents de cantine qui s'échappaient des bouches d'aération. L'école semblait déserte – la petite cour des cuisines n'était plus éclairée que par les lettres pâles des issues de secours. Elle contourna le réfectoire, dépassa les cuisines pour gagner le petit muret et chercher le soupirail. Surprise, elle le trouva ouvert (mais comment allait-elle entrer là-dedans ?), se pencha pour scruter la bouche noire et sursauta en découvrant ce phénomène : des filaments de brume se détachaient de la masse pour plonger dans l'ouverture, filer dans le tunnel comme des anguilles.

— Où est mon fils ?

Cléance Rochefort se figea. Elle connaissait cette voix. Bien sûr, qui d'autre ? Ils étaient donc venus là... Eux aussi. Comment n'y avait-elle pas pensé ?

Lentement, elle plongea la main dans son sac, serra la crosse du minuscule revolver – un gadget, un jouet presque. Qui pouvait faire très mal.

Elle se retourna lentement, planta ses yeux dans ceux, hagards, d'Audrey Miller. C'était donc elle, le bruit dans son dos. Elle devait déjà être stationnée quand Cléance était arrivée et elle l'avait suivie. Seule. Elle tenait à la main ce qui semblait être une pelle, qu'elle avait dû récupérer en chemin – les factotum de Saint-Ex laissaient toujours traîner des outils dans cette partie de l'école réservée au service.

Cléance évalua rapidement la situation, le temps nécessaire pour sortir le revolver du sac (et, peu expérimentée, elle se demanda soudain si elle avait ôté la sécurité). Elle décida de jouer la prudence et de gagner du temps.

— Je l'ignore, dit-elle. Ce ne sont pas mes affaires.

— Oh ! si, ce sont vos affaires... C'est vous qui m'avez expliqué ce matin le danger que je faisais courir à mon fils ! Vous mieux que quiconque savez où il se trouve.

— Je vous le répète, Audrey, je ne sais pas où il est. Je ne m'occupe pas de ces... choses.

Cléance Rochefort vit une folle fureur passer dans les yeux de son ennemie.

— Je me fous de savoir si vous donnez les ordres ou les exécutez ! Mon ordure de mari est de votre côté, avec Andremi ! Comment croyez-vous pouvoir en sortir ! ? On sait qui vous êtes. ON SAIT QUI VOUS ÊTES ! La police est déjà prévenue, c'est une question de minutes avant qu'ils n'arrivent ici ! On a les lieux, les noms, tout !

Cléance Rochefort aperçut une silhouette s'encadrer dans le dos de la prof, marchant vers elles deux – une silhouette qu'elle reconnaissait même dans la brume – et un sourire de triomphe lui échappa.

— Espèce de misérable petite traînée, feula-t-elle, vous n'avez prévenu personne et vous n'avez rien fait. Vous le savez et je le sais. Et vous voulez la vérité : votre fils est perdu ! PERDU, vous m'entendez ? ! Jocelyn nous l'a confié, Jocelyn nous l'a offert... Et au prochain solstice, nous l'offrirons à notre tour. Et vous devriez être flattée ! Oui, flattée de l'honneur que l'on vous fait, que Pierre vous fait !

Elle vit les yeux de la prof s'agrandir sous la violence du choc. Puis Audrey Miller poussa un hurlement et leva la pelle avec une force surprenante pour un gabarit aussi fin. Cléance Rochefort recula, trébucha, sentit un talon se briser contre un pavé, se vit assommée, là dans une seconde, dans son école, à dix mètres des poubelles et...

PLOP.

La discrétion du bruit fut à la mesure de la douleur qui éclata dans le dos d'Audrey, juste au-dessus des reins. Son geste se brisa, la pelle lui échappa, elle sentit une part fondamentale d'elle-même céder sous l'impact. Son corps s'affaissa dans une éclaboussure de brume, et un liquide chaud plaqua ses vêtements au sol. Puis la douleur disparut, et le monde devint blanc. Elle ne s'aperçut pas que sa bouche crachait du sang, pas plus qu'elle ne remarqua le brouillard glisser au sol, contre son corps pour plonger dans le soupirail. Tout juste reconnut-elle le visage d'Antoine se penchant sur elle, sa voix lui susurrer de froides excuses dans le creux de l'oreille. Elle ferma les yeux pour lui échapper, et des images la traversèrent, l'accompagnèrent vers la mort : le flot d'amour qui l'avait inondée à la naissance de son fils, sa petite bouche en train de prononcer « Maman... », et le blouson bleu qu'elle lui avait acheté une semaine plus tôt pour affronter les froids de Laville, et sa main qui caressait son visage quand elle le bordait avant d'aller dormir... Juste avant de succomber, elle adressa une ultime prière à Nicolas : *Sauve-le... Trouve mon fils et sauve-le...*

* * *

Cléance Rochefort posait sur son mari un regard entre froideur et étonnement.

— Un silencieux ? observa-t-elle en fixant le canon de son arme. Je ne te savais pas si équipé...

Antoine Rochefort était agenouillé devant Audrey à vérifier son état. Il se releva, satisfait. Cléance remarqua qu'il portait des gants, ce qui était inhabituel chez lui.

— Il y a beaucoup de choses que tu ne sais pas.

Elle hocha la tête – il n'avait pas tort. Il y en avait beaucoup, également, qu'elle eût préféré ignorer. Tandis qu'il ramassait la pelle, elle lui demanda, d'un ton cassant-agacé :

— Bon, et maintenant, qu'est-ce qu'on fait ?

En guise de réponse, Antoine se retourna et lui assena un brusque coup de pelle sur la tête. Elle n'eut même pas le temps d'avoir mal, s'effondra à quelques mètres du corps de son ancienne maîtresse. Comme il l'avait fait avec cette dernière, il vérifia son pouls : sa femme vivait encore, mais elle serait sans doute HS plusieurs minutes. Parfait...

Il évalua l'angle qui séparait les deux femmes, arrangea la scène – la position de la pelle telle qu'elle aurait dû être si Audrey avait été l'auteur du coup, le corps de son épouse – telle qu'il venait de la concevoir, à la seconde où il avait vu les deux femmes s'affronter. L'occasion était trop belle.

Il plaça son revolver dans la main de Cléance, retira de son sac le jouet qu'elle s'amusait à promener avec elle. Bon, à présent, c'était quitte ou double. Au pire, ce serait sa parole contre la sienne. Au final, si la chance était au rendez-vous, c'est lui qui prendrait le contrôle de l'école, des laboratoires, et du reste... Tels étaient les accords passés il y a longtemps entre eux, un pacte devant notaire qui devait assurer la continuité des affaires si l'un des deux venait à en être incapable. Cléance avait sans doute vu là l'opportunité de poursuivre l'œuvre de Pierre... aux côtés de Pierre. Quoi qu'il lui advînt. Mais ainsi qu'il le lui avait dit, sa femme, pour s'être moralement dédiée à un autre, préservée d'une certaine façon, ignorait tout de la véritable nature de son mari.

Il sortit son téléphone portable de la poche de son manteau et composa le numéro de la police. Ce fut à cet instant que l'écho de trois coups de feu s'échappa du soupirail et qu'il remarqua la brume en train de s'y jeter en cascade...

# 82

Bertegui s'avança en direction de la lumière, là d'où semblait lui parvenir le lointain écho de voix, confus, indistinct. Depuis quand cheminait-il dans le dédale obscur ? Il l'ignorait. Le temps n'avait plus cours... La journée de la veille, le sourire sain de sa femme, le rire de sa fille, appartenaient à une autre vie.

— ... ier !

Un éclat de voix plus fort ! Bertegui se figea : elles étaient là... Quelque part, à sa portée. Il en était certain !

*au cœur du Pentacle...*

*les tunnels pour se rendre aux sabbats...*

Il fallait penser comme eux ! Penser comme eux !

Il accéléra la cadence, gagna les derniers mètres qui le séparaient des lumières mouvantes.

Il se plaqua contre le mur, attendit – toujours au loin, des voix... Il jeta un œil dans la salle : une sorte de hall qui ouvrait sur des corridors, nimbé du feu vacillant de torches fixées au mur. Une véritable antichambre de galerie des horreurs. Le lieu semblait désert, immobile... Et en fait non : le Sanglier observa la brume qui glissait au sol, gonflait même, entre les parois, comme si elle voulait recouvrir les murs. Comment la brume pouvait-elle venir jusqu'ici ? Au point même... mais oui ! de presque engloutir ses chaussures. Il suivit le mouvement du brouillard qui ondulait en soubresauts écœurants et s'aperçut qu'il filait dans une seule direction, comme commandé par le flux d'une marée.

Bertegui n'hésita pas – suivre la brume était un comportement irrationnel, mais depuis deux heures, ce genre de considérations étaient devenues vaines. Il s'engagea dans le corridor, se figea à nouveau quand un nouvel écho résonna jusqu'à lui. Le Garrec ? Reconnaissait-il la voix de l'écrivain ?

Elles étaient ici ! Elles étaient là, il le savait ! Et Le Garrec le savait aussi ! Et ce salaud ne lui avait rien dit ! Et ce salaud était compl...

Un mouvement derrière lui. Bertegui se retourna, à temps non pour éviter le coup, mais le dévier. L'arme se planta dans sa cuisse. Il vacilla sous la douleur, lâcha son flingue, leva la tête pour découvrir son assaillant. Une vision de cauchemar s'offrit à lui : un adolescent, aussi blond qu'un jeune enfant, barbouillé jusqu'aux lèvres d'un sang que Bertegui devina ne pas être à lui, ses yeux d'un bleu quasi luminescent possédés, ivres de folie et de haine.

Les deux adversaires s'affrontèrent du regard, et Bertegui fut saisi d'un vertige, d'une distorsion : ce qu'il était en train de vivre n'était pas réel. Il ne pouvait pas se trouver là, dans une tunnel dallé éclairé aux flambeaux, à la recherche de sa femme et de sa fille kidnappées, face à... cette créature sortie tout droit d'un film d'horreur, sous une brume qui continuait à courir au sol, et à monter le long des murs.

L'adolescent bougea, son arme toujours en main, la douleur l'élança soudain plus violemment dans le haut de sa cuisse, et Bertegui comprit qu'il fallait agir vite. Dans une seconde, le gosse allait se jeter sur lui. Dans une seconde, la douleur pouvait aussi l'avoir paralysé – impossible de savoir si l'artère fémorale était touchée. Il chercha son flingue des yeux : il était à quelques mètres. Si son assaillant ne s'était pas trouvé en ce moment en plein raptus, sans doute l'aurait-il aussi aperçu. Et éloigné, ou ramassé. Mais le gosse ne voyait rien d'autre que sa proie et un frisson d'horreur secoua Bertegui à cette pensée.

Il prit une inspiration, lutta pour ne pas poser un genou au sol malgré la douleur. À l'instant où l'ange blond de la mort se jeta sur lui, Bertegui mit toute son énergie pour se projeter vers le flingue. Il retomba comme un sac et la décharge dans sa cuisse lui arracha un cri, mais il s'empara du flingue. Juste à temps pour se retourner et tirer trois coups sur la face de zombie qui se ruait à nouveau sur lui pour le saigner comme un porc.

* * *

Nicolas tenait toujours le revolver, ne cédait pas à l'apparent amusement d'Andremi.

— Écarte-toi de Bastien, Pierre...

Une grimace blafarde apparut sur le visage d'Andremi – un sourire, comprit Nicolas.

— Tu ne peux rien, Nicolas... même avec une arme. Même avec dix... Si tu me tues, tu ne sauras jamais – JAMAIS ! – où se trouve l'enfant de ton amie. Car c'est ton amie, n'est-ce pas ?

Nicolas tiqua – il n'avait pas pensé à cet aspect des choses et c'était une erreur. Il connaissait suffisamment la détermination de Pierre pour savoir que la peur de mourir ne pouvait le faire plier. Seule celle de perdre avait cet effet. Et pour ne pas risquer la défaite, Andremi avait assurément tout prévu.

— Tu as l'air surpris, Nicolas mais enfin... réfléchis. Je ne suis pas seul dans cette affaire et pourtant... tu as vu quelqu'un ? Je veux dire, une protection quelque part ? Eh non, personne... Et tu sais pourquoi ? C'est inutile. Je voulais cette rencontre avec mon fils unique, et privée... Et ici. Car c'est ici que tout commence et tout finit. Et je n'ai besoin de personne pour assurer ma protection car aucun de vous n'a le choix : me tuer ne servira qu'à précipiter la chute de vos proches... M'enfermer aura le même effet. Tu saisis ?

Nicolas ne souffla mot – un soudain sentiment d'impuissance pesa lourd sur les bras qui tenaient l'arme. Il jeta un œil à Bastien – le gosse montrait ce calme hébété des gens en état de choc qui ne vivent pas l'instant mais s'en détachent pour le supporter. Puis il avisa soudain des mouvements étranges contre les parois étouffantes du refuge de Pierre. La brume, s'étonna-t-il. La brume était venue jusqu'ici, jusqu'à eux et... elle rampait contre les murs. Pierre s'en était-il aperçu ?

Il fallait gagner du temps.

— Pourquoi m'as-tu écrit, Pierre, demanda-t-il. Qu'espérais-tu ?

Une drôle de lueur passa dans le regard de l'homme sans visage – des regrets se demanda Nicolas. Il s'apprêtait à répondre quand trois coups de feu résonnèrent à quelques mètres d'eux. Nicolas sursauta, tourna la tête.

— Attention ! hurla Bastien.

Une seconde plus tard, Pierre Andremi se jetait sur lui de tout son poids.

* * *

Les deux hommes roulèrent au sol. Bastien chercha des yeux le revolver – l'arme avait dû tomber quelque part, forcément. Il la repéra sous la petite table de bois vermoulu, devant le fauteuil. Il allait se précipiter pour la ramasser – sans bien savoir du reste quoi en faire –, lorsque le corps de son « père » roula et le devança.

Pierre Andremi se redressa d'un bond, arme au poing.

— On ne bouge plus ! intima-t-il à Le Garrec.

Bastien se figea, tourna la tête vers l'écrivain, salement amoché, le visage en sang.

— À ne pas vouloir perdre ton âme, Nicolas, tu vas perdre la vie. Regarde : je n'étais même pas armé. Je n'ai même pas imaginé que tu viendrais jusqu'ici – d'une certaine façon, quand j'ai su que tu ne disais rien à notre ami commissaire, j'ai pensé que tu étais définitivement hors jeu. J'avais tort mais je crois que le moment est venu de ...

Les mots de Pierre Andremi se figèrent. Bastien suivit son regard : les murs... *bougeaient*. La brume...

— Bastien, viens avec moi.

L'adolescent fixa son père – la bouillie qu'était devenu son visage après l'immolation ne pouvait produire le moindre étonnement mais une voix mal assurée lui échappait.

— Bastien, tu-viens-avec-moi.

Bastien ne bougea pas. Ses yeux glissèrent de son père... aux murs. La pierre n'était plus visible : elle était entièrement recouverte de brume. Une brume dont il reconnaissait les compulsions : il avait déjà vu le phénomène dans son jardin, la nuit de la fille sur la balançoire.

Il reporta son attention sur Andremi. Le défia du regard. Le criminel inclina la tête comme un chien étonné, répéta, les dents serrées, en détachant chaque syllabe :

— TU-VIENS-AVEC-MOI !

Bastien resta immobile – il avait compris que, pour d'obscures raisons, Pierre Andremi avait besoin de lui et ne lui ferait pas de mal – enfin, rien de fatal.

— TU VIENS AVEC MOI SALE PETITE MERDE OU JE LE CRÈVE LÀ, DEVANT TOI, ET JE TE FAIS BOUFFER SON CŒUR ! hurla-t-il en agitant l'arme au nez de l'écrivain.

Bastien sursauta, jeta un œil à Le Garrec : un éclair de complicité les traversa. Andremi venait de leur montrer son vrai visage.

Il revint aux murs. Les pulsations commençaient à crever la surface du tapis qui recouvrait les parois de pierre. Andremi l'avait vu aussi et Bastien devina ses craintes. Alors de soudaines images lui vinrent : Harry Potter et ses *patronus*... Et Carrie qui commandait les objets... Et Charlie Firestarter qui contrôlait le feu... Et les acteurs de *Heroes*, la série qu'il chargeait sur Internet... Il était maître de la brume. Il pouvait la diriger... lui commander. Les ombres blanches allaient l'aider. Elles étaient venues pour lui.

Sans aucune crainte, sans aucune hésitation quant à son... pouvoir, il ferma les yeux.

*Prenez-le*

*Prenez-le*

*PRENEZ-LE*

Il attendit... lutta pour garder les yeux clos. Le silence lui parut étouffant et de brèves images polluèrent son esprit : Andremi d'abord surpris par ce changement d'attitude, en train de s'avancer vers lui ; l'écrivain au sol peut-être en train de ramper pour préparer une riposte, ou fuir. Il les repoussa, se concentra. Ne pas ouvrir les yeux... vider son esprit de toute autre pensée : les ombres blanches vont apparaître... doivent se matérialiser, maintenant. Je leur commande ! Je leur commande ! Et je les vois, bien claires, dans ma tête... L'armée des victimes de Laville-Saint-Jour, ivre de revanche ! Les enfants sacrifiés, revenus là où tout a commencé, et qui se décollent des murs, se détachent du plafond, et...

... cela vint : d'abord un petit picotement électrique ; puis une onde qui hérissa ses cheveux et le duvet sur son corps.

L'énergie... l'énergie coulait en lui. Un flux qui gagnait en puissance. Une force commandée par la rage, et la haine, et une détermination sans faille. Une volonté si acharnée qu'un instant, l'idée effleura Bastien qu'elle allait le consumer, le laisser exsangue, mort peut-être. Aucune importance... Il fallait... *détruire* Andremi. Détruire le mal... lui aussi était un *Hero* ! Lui aussi criait sa colère !

Il entendit Pierre Andremi étouffer un hoquet de surprise :

— Qu'est-ce que ?

Il garda les yeux fermés, même quand il perçut un brusque mouvement dans sa direction. Aussi fort qu'il pouvait pousser un cri mental, il hurla : PREEENEEEZ-LEEEE ! ! ! ! ! ! ! !

La brume... gronda. Bastien l'entendit distinctement – dans sa tête plutôt que par ses oreilles, mais il perçut le ululement sourd, comme lors de sa séance seul avec les ombres blanches à la Chowder. Andremi poussa un petit cri et Bastien sut qu'il pouvait ouvrir les yeux.

La pièce était entièrement blanche, comme enfumée. Au cœur du magma, deux silhouettes sombres : une qui se levait doucement du sol, une autre en train de se débattre avec ce qui semblait un tentacule blanc et compact.

— QU'EST-CE QUE TU AS FAIT ? hurla Andremi.

Mais Bastien ne l'écouta pas. Il ignora aussi l'écrivain qui s'approchait de lui, se concentra sur les formes qui jaillissaient des murs dans des plop d'accouchement, les corps vaporeux en train de s'extraire de la pierre comme les gargouilles de Notre-Dame pour gonfler et renforcer encore l'énergie dans la pièce.

PRENEZ-LE ! hurla-t-il dans sa tête. PRENEZ-LE ! !

Doucement, le long tentacule qui enserrait son géniteur s'étira en deux parties – Bastien crut déceler, dans le chaos ouaté, la silhouette de deux enfants flottant au-dessus du crâne d'Andremi, deux diables moqueurs. Il tourna la tête : de toutes parts, d'autres corps prenaient forme. Il aperçut des bouches carnassières, les cavités noires et furieuses des yeux, les menottes tendues vers l'ennemi. Avec la lenteur aérienne qui les caractérisait, les ombres blanches entouraient à présent Andremi, essayaient de l'engloutir, de l'étouffer. Puis les corps se fondirent à nouveau en un tout furieux, et la pièce bascula dans l'invisible, asphyxiée par un nuage tourbillonnant de blancheur compacte, épaisse, quasi matérielle qui souleva les rares objets dans la pièce, souffla un vent glacé entre les quatre murs...

Pierre Andremi poussa un nouveau cri de rage mais Bastien l'entendit à peine, assourdi par le vacarme des bourrasques, étouffé soudain par la sensation de manquer lui-même d'oxygène, et de vie, comme si la brume se nourrissait de lui, puisait dans ses forces vives pour gagner encore en puissance.

Un coup de feu explosa, le garçon sentit la balle siffler à son oreille, puis le revolver vola. Pierre Andremi était enseveli – une forme se battant à tâtons contre des forces occultes, dans les bruits épars d'objets qui volent.

Bastien sentit soudain une main toucher son bras. La voix de Nicolas le Garrec lui parvint :

— Il faut partir... viens, cours, cours !

L'homme n'était plus distinct, mais il sentit sa prise s'affermir.

— Où est la porte ? cria Le Garrec. Où est la porte ?

Bastien l'ignorait. Il ne voyait plus rien à présent : ni son père, ni l'écrivain, ni la sortie... Il ne pouvait même pas apercevoir son propre corps, le monde n'apparaissait plus derrière le rideau opaque déchaîné comme un océan. Il comprit qu'il venait de déclencher des forces échappant à son contrôle, comme lors de sa séance à la Chowder Society, quand tout avait dérapé... Mais cette fois ils allaient mourir, car JR n'était pas là pour lui donner un coup de poing et arrêter les ombres blanches devenues folles, et déjà il se laissait glisser dans une transe quasi somnolente si bien qu'il ne perçut pas le nouveau coup de feu, ni les incantations incompréhensibles de Pierre Andremi dans une langue inconnue.

— Prends ma main ! hurla l'écrivain.

Bastien sursauta. Il sentit une paume froide descendre de son bras à sa main. Il la serra, s'y ancra pour ne pas perdre pied. Un nouveau cri le tira de son hébétude et durant une poignée de secondes, il distingua les contours de la silhouette d'Andremi au centre de la pièce, comme si l'homme avait réussi à repousser ses assaillants. Un instant plus tard, alors que les ombres en furie s'agglomeraient à nouveau en fondant là où le meurtrier se tenait, quelque chose passa à quelques centimètres de lui, traversa la pièce, puis une cavalcade de pas leur parvint de l'extérieur : Andremi était déjà dehors.

Une force le tira violemment – l'écrivain avait lui aussi repéré la sortie. Bastien se fia à lui, se laissa emporter. Au moment où il crut passer la porte, il se retourna : il aperçut un fauteuil en lévitation tournoyante et, au cœur du chaos, reconnut distinctement la forme d'une petite fille, sa robe flottant autour d'elle, sa chevelure déployée en mèches aériennes, qui lui adressa un coucou joyeux et complice.

# 83

Le lieutenant Clément observait la femme assise face à lui, laquelle fixait le mur avec une froideur impassible qui forçait le respect, eu égard aux circonstances. De toute façon, il est souvent, dans les petites villes, des noms, des gens, dont on découvre avec surprise qu'ils exercent un pouvoir sur vous, que leur notoriété locale leur donne un ascendant. C'était assurément le cas de Cléance Rochefort, même accusée d'à peu près tous les crimes possibles, même démaquillée, même encore tuméfiée suite à une rixe dont les conditions restaient à élucider – ce n'était évidemment pas le moindre des mystères qui avaient frappé Laville-Saint-Jour.

— Je vous le redemande, madame Rochefort : où se trouve Pierre Andremi...

Cléance Rochefort ne bougea pas d'un pouce – elle fit simplement glisser son regard jusqu'au lieutenant, qui parvint à ne pas s'empourprer – après des heures d'interrogatoire, il avait fini par s'habituer à l'air méprisant qu'elle lui rendait, cette ombre de sourire quand elle s'attardait sur ses oreilles.

— Et moi je vous le répète : je-ne-sais-pas.

Clément soupira.

— Vous vous moquez de moi alors on va tout reprendre, dit-il en jetant un œil au paquet de notes devant lui : votre bureau est équipé d'un système de surveillance relié à des caméras qui filment une partie de la Talcotière – dont vous êtes propriétaire – et qui filmaient également une maison, vous appartenant, laquelle maison a explosé après que l'actuelle locataire a mis fin à ses jours. Caroline... (Clément se pencha sur ses notes)... Moreau était l'épouse de Daniel Moreau, un de vos récents employés dont on n'a retrouvé aucune trace – l'homme semble avoir disparu depuis plusieurs jours. De même que son fils, inscrit dans une école qui vous appartient elle aussi. Lors de sa visite à la Talcotière, le commissaire Bertegui a découvert qu'il était filmé et, surtout, que sa femme et sa fille avaient été kidnappées par Pierre Andremi...

— Vous avez des preuves ? demanda calmement Cléance Rochefort.

— De quoi ?

— Qu'il s'agissait de Pierre Andremi.

— Nous attendons des résultats du laboratoire... Nous serons aussi peu surpris que vous quand nous découvrirons que les relevés effectués dans le lit du petit bureau de la chapelle, à la Talcotière, nous confirment sa présence dans votre propriété, sous vos caméras.

Une légère contraction des mâchoires fut la seule réponse de Cléance Rochefort.

— Par la suite, nous vous retrouvons à Saint-Exupéry, à une centaine de mètres du commissaire Bertegui – plus précisément, à côté d'une... bouche, conduisant à des tunnels qui passent sous le bois du Parc et dans toute cette partie de la ville. Là où l'on découvre également le corps d'Audrey Miller, grièvement blessée par une balle tirée depuis un revolver sur lequel on retrouve vos empreintes. Mme Miller se trouve par ailleurs être la maîtresse de votre mari… et, ironie du sort, la prof de lettres de Bastien Moreau. Alors bon Dieu ! vous allez me dire ce que c'est que ce bordel !

Clément tapa du poing sur la table – un gobelet vide de café et deux crayons sursautèrent avant de tomber. Cléance Rochefort ne bougea pas un cil.

Il prit une inspiration, s'essaya à la méthode douce – lui et les collègues les alternaient en se relayant, sans aucun résultat :

— Je ne sais pas si vous comprenez dans quel pétrin vous vous trouvez, dit-il. Vous allez en prendre pour… (il eut un geste las). Le seul moyen pour vous d'alléger la peine, c'est de la partager, vous saisissez ? Merde, c'est de la femme et la fille d'un commissaire de police, dont on parle. Si grâce à vous on les retrouve vivantes, si vous nous donnez Andremi, les juges en tiendront compte. On comprendra que… que c'était votre amour de jeunesse, que vous l'aimiez encore, qu'il vous avait envoûtée. On sait qui c'est, madame Rochefort. On sait par ici le… l'impact qu'il avait. Mais laissez-nous vous aider.

Cléance Rochefort eut une réaction – un soupir, une plainte. Clément sut immédiatement ce qui l'avait provoqué : la référence à son affection pour cette pourriture de tueur de gosse. Le Sanglier avait donc raison : elle avait fait tout ça (et il ne savait pas bien au juste ce que représentait le « ça », ne parvenait même pas à en évaluer l'ampleur), par amour. Oui, Bertegui avait vu juste. Mais Bertegui ne pouvait pas l'interroger – dès qu'il s'en était approché, il avait tout simplement essayé de l'étrangler et si Bertegui se tenait, à cet instant, derrière la vitre sans tain, ce n'était que grâce à la présence des caméras, des collègues, et des quatre ou cinq Temesta qu'il avait dû s'enfiler au cours des dernières heures.

— Vous avez interrogé mon mari, je suppose…

Clément haussa les épaules.

— Oui… Et on continue. De toute façon, il a un alibi pour l'heure à laquelle Audrey Miller a été attaquée…

C'était la seule chose qu'elle eût tentée pour l'instant : charger le mari. En vain… c'était du reste un miracle qu'Audrey Miller n'ait pas succombé à sa blessure, et elle était pour l'heure dans le coma. Avec un peu de malchance, la tentative d'homicide allait être requalifiée en homicide pur et simple.

En attendant, la perquisition au domicile n'avait rien donné. À son bureau, en revanche, dans les labos, la présence du système de surveillance avait été accablante et l'impliquait elle, directement. C'était même, à dire vrai, l'élément le plus probant – ils n'avaient pas encore reconstitué la scène de crime, mais dès qu'il était arrivé sur les lieux, Clément avait suspecté la mise en scène : quelque chose ne cadrait pas entre le spectacle sous leurs yeux et le point d'entrée de la balle qui avait blessé la prof de lettres. Peu importait pour l'instant : le plus urgent, c'était de retrouver Andremi. Et la famille du Sanglier. Et cette salope devant lui ne cédait rien. Un mur !

— Mon mari, un alibi ? s'étonna Cléance Rochefort. Quel alibi ?

Et voilà, elle en revenait au mari – typique de ces histoires de crime passionnel qui se jouaient à trois paires de mains.

— Ce n'est pas votre affaire, vous verrez ça avec le juge... Madame Rochefort, je vous le demande une dernière fois : où se trouve Pierre Andremi ?

Cléance Rochefort détourna le regard – une bouffée d'espoir enflamma Clément car il vit son visage se froncer comme si elle était prête à pleurer. Il la vit lutter avec sa conscience, puis elle baissa les yeux, la tête, s'affaissa.

— Je ne sais pas... Je n'ai pas vu Pierre Andremi depuis plus de vingt ans.

* * *

Clément sortit de la pièce d'interrogatoire – déjà, un collègue prenait le relais. Il s'approcha de Bertegui, affalé sur une chaise, abattu par les cachets et le désespoir.

— Je ne pige pas, dit-il simplement. Je ne sais pas ce qu'elle a à y gagner – je ne peux pas comprendre pourquoi elle s'évertue à couvrir un type qui doit avoir la tête d'un cratère de volcan...

Bertegui se redressa et planta ses yeux dans ceux de son collègue – Seigneur, songea Clément, il a pris dix ans en deux jours.

— Aucune trace de Le Garrec ? demanda-t-il.

Clément eut un non désolé de la tête. Dans les heures qui avaient suivi le coup de fil les informant d'un meurtre à Saint-Ex, la plus grande désorganisation avait régné. D'abord, il y avait eu la brume. Une tempête comme Clément n'en avait jamais vue, comme aucun Villois vivant ne se rappelait avoir traversé – d'autant plus étrange que plusieurs témoins, habitant aux abords de Saint-Ex, avaient rapporté ce phénomène d'une sorte de torrent de brouillard en train de filer à l'intérieur de l'école – la même anomalie avait été observée aux abords du bois du Parc et, fait troublant, à proximité de la maison d'Odile le Garrec, là où Bertegui s'était rendu pour pénétrer dans les catacombes... Toujours est-il qu'entre les lignes électriques qui avaient sauté par endroits, l'explosion de la maison, la visibilité impossible, les secours avaient été retardés... Ensuite, il avait fallu composer avec Cléance Rochefort, puis avec le récit hystérique, pour ne pas dire délirant, d'un Bertegui retrouvé en train de se vider de son sang, non loin du soupirail où Audrey Miller luttait entre la vie et la mort... Il était question du kidnapping de sa famille, de la Talcotière, de Pierre Andremi, de la brume qui l'avait... agressé ! dans les couloirs souterrains, juste après qu'il avait dessoudé un gosse (aujourd'hui identifié comme étant César Mendel et sur l'ordinateur duquel les premières fouilles révélaient des choses pour le moins troublantes), lequel gosse aurait essayé de le tuer tandis qu'il pourchassait Andremi... Selon Bertegui, Andremi était passé juste à côté de lui – cela restait à confirmer : il n'avait pas vu son visage. « Tu ne piges pas, avait-il dit à Clément, on ne pouvait RIEN voir, absolument rien ! Même pas ses propres mains... mais je l'ai... SENTI passer à côté de moi. J'ai senti sa présence... il courait comme s'il avait le diable à ses trousses ! » (sauf que Clément s'était dit : mais le diable, c'est lui de toute façon).

Enfin, il avait fallu démêler cet écheveau dont ils tiraient encore les fils – auxquels il fallait ajouter le gosse tué par

Bertegui, et un autre cadavre retrouvé dans ces catacombes qui ressemblaient à un train fantôme : celui d'une adolescente à qui l'on avait fait subir l'innommable – apparemment, le meurtrier n'était autre que l'assaillant de Bertegui. Une adolescente que Clément connaissait indirectement : la sœur du jeune suicidé cinq semaines plus tôt... la fille des Camerlin, qu'il avait lui-même interrogés des années plus tôt. Enfin, les trois gosses – le fils de la suicidée, le jeune meurtrier, la gamine massacrée, étaient dans la même classe... Et avaient comme prof de lettres Audrey Miller...

Dans ces conditions hallucinantes – et Clément ne se faisait aucune illusion : ce mystère-là allait rejoindre les nombreux autres qui composaient la légende secrète de Laville-Saint-Jour, celle que l'on se raconte la nuit pour se faire peur –, dans ces conditions, donc, les recherches pour retrouver Le Garrec n'avaient pas constitué une priorité et ils avaient perdu du temps avant de les lancer. Au final, il ne leur restait que Cléance Rochefort, l'espoir qu'Audrey Miller allait sortir du coma pour éclairer leur lanterne, et cette drôle d'impression que, comme les nuits de pleine lune, la ville avait été prise de folie en cette soirée de pleine brume.

— Il y a un réseau derrière, dit Bertegui. Il y a forcément un réseau dormant qui a pris Andremi en charge pendant toutes ces années. Un réseau dans lequel Le Garrec est impliqué jusqu'au cou. Il faut le retrouver. Putain, Clément, un gars défiguré et un écrivain célèbre... ÇA SE RETROUVE, MERDE !!!

Clément vit des larmes affleurer aux paupières de son patron, lui mit la main sur l'épaule, parce que c'était tout ce qu'il pouvait faire – personne, songeait-il, personne ne pouvait se remettre d'une épreuve aussi terrible.

— Je sais qu'il y a un réseau, dit Clément. On va trouver, vous verrez...

Mais Clément n'y croyait pas : à l'instar de l'affaire Talcot, quand ils avaient réussi à coincer quelques éléments parmi les plus visibles, cette affaire-là – tous ces morts et ces disparus appartenaient bien à la même histoire n'est-ce pas ? – cette affaire-là ne leur livrerait que quelques têtes.

Peut-être même qu'une seule, emblématique à sa manière comme l'avait été celle de Madeleine Talcot. Pourquoi ? se demandait Clément. Il n'avait pas la réponse : peut-être ceux qu'ils capturaient avaient-ils peur de parler – d'ailleurs ils ne faisaient jamais de vieux os, même en prison... Ou alors... ou alors il lui semblait parfois que la brume réglait ses affaires elle-même, qu'elle tenait à l'écart ceux qui n'étaient pas impliqués. Oui, la brume de Laville-Saint-Jour : coupable et justicière...

# 84

*... étais Harry Potter pourrais la faire guérir... j'aurais une formule...*

— *Oui David, mais la vie n'est pas comme ça...*

— *Elle va mourir ?*

Son fils... David parlait avec Joce. Pourquoi les voix lui parvenaient-elles depuis un long couloir, ou à travers une cloison ? De qui était-il question ? Qui David voulait-il guérir ?

Audrey entrouvrit les paupières – étrange impression de réintégrer son corps après un voyage astral dans des limbes tièdes, matricielles. Les referma aussitôt – la lumière trop vive vrillait un point dans le cerveau, même si elle baignait encore dans un cocon de bienheureuse inconscience. Durant quelques instant, elle s'efforça de reprendre contact avec son corps, d'éprouver des sensations, mais l'immense fatigue qui l'écrasait anesthésiait toute réalité physique. Tout juste ressentait-elle la mollesse pâteuse de ses membres, et un inconfort au bras, et aussi dans le bas du dos... Pourquoi se sentait-elle aussi lasse, aussi *délicieusement* épuisée ? S'était-elle droguée ? Mais à quoi ? Comment ?

À nouveau, elle laissa filtrer un rai de lumière entre ses cils, s'y accoutuma. Elle discerna des draps blancs, la forme indistincte d'une boîte noire tenue par un bras se déployant depuis le mur... une télé? Une télé de... de chambre d'hôpital? De quoi souffrait-elle??

Elle ouvrit plus franchement les yeux – les rideaux devaient être tirés mais elle devinait un beau soleil de printemps – quelle date était-ce au juste? –, tourna imperceptiblement la tête : Joce était assis et lisait une revue, et c'était étrange car Joce avait l'air plus vieux que dans son souvenir, ses cheveux plus gris. À ses côtés, David battait des jambes dans un fauteuil trop haut pour lui et... et David était plus grand aussi! et quelque chose n'allait pas, pas du tout, des images se brouillaient dans sa mémoire, le souvenir d'une douleur, et la peur viscérale d'une menace sur David et...

— Maman!

David sauta du fauteuil et courut vers elle.

— Maman tu es réveillée!

— David, doucement avec ta mère!

L'enfant se figea à mi-course en entendant la voix autoritaire de son père – pendant une poignée de secondes, un silence tomba dans la chambre, seulement troublé de cliquetis électroniques reliés à Audrey par des tuyaux. Elle avisa l'air hostile que Joce lui rendait, l'évident malaise de son fils, et brutalement, une violente poussée de sa mémoire la propulsa dans le réel : Laville-Saint-Jour... Nicolas le Garrec... l'enlèvement de son fils... Saint-Ex... Cléance Rochefort, la bave aux lèvres... la douleur qui explose dans son dos... le cauchemar! Elle resta hébétée par la puissance de ses émotions, la confusion entre l'horreur de la situation et la mollesse de ses perceptions, incapable encore d'y voir clair, de tout saisir...

David vint à elle, et une irrépressible envie de le prendre dans ses bras et d'éclater en sanglots de bonheur, de soulagement, la secoua – malgré l'horreur qu'elle ressentait à la présence de Joce dans cette pièce, de sa proximité avec son fils.

— Ça va maman? Tu es réveillée? J'ai eu peur, tu sais!

Son fils déposa un baiser sur sa joue, elle voulut bouger, et prit alors conscience de la sonde dans son bras, des électrodes, de la tension au creux des reins, même si le monde restait flottant, la lumière aveuglante...

— David, tu veux aller au bureau prévenir une infirmière ?

Audrey tressaillit – elle faillit hurler à son fils de ne pas la laisser seule avec son père, mais les mots moururent dans sa gorge. Ses pensées étaient toujours confuses mais elle comprit qu'elle ne courait pour l'heure aucun risque : Joce ne ferait rien pendant que David allait prévenir le corps médical de son réveil – puisqu'à l'évidence, elle avait dormi longtemps, on l'avait veillée même.

David se tourna vers son père, surpris par la responsabilité qu'on lui confiait, visiblement déçu de devoir écourter les retrouvailles avec sa mère.

— Tu sais, insista son père, tu vas chercher Jacqueline, c'est la dame blonde qui est venue faire une piqûre à ta mère il y a dix minutes...

À contrecœur, le gosse traîna des pieds jusqu'à la porte. Au moment de l'ouvrir, il se tourna et hocha sa petite tête avec un air suspicieux – lui aussi pressentait que... *quelque chose* n'allait pas. Finalement, il sortit, annonçant au policier posté à l'entrée que sa maman « ... allait beaucoup mieux » et que c'était super !

Un silence les isola de nouveau dans les vagues parfums d'alcool qui emplissaient la pièce – Audrey voulut s'éclaircir la gorge, toussota, fut saisie d'un bref vertige. Puis le décor reprit sa place.

— Tu as eu de la chance, lui annonça Joce.

Elle déglutit – déplaisante impression d'une pelote d'étoupe dans la gorge, lente montée encore de la douleur dans ses reins.

— Beaucoup de chance, reprit-il. Tu aurais pu y passer. Tu aurais dû y passer, même, corrigea-t-il. La police n'aurait jamais été prévenue si on avait su que tu pouvais t'en tirer.

Elle ferma les yeux – son ex-mari, l'homme qu'elle avait le plus aimé, était-il vraiment en train de lui dire ça ? Était-ce lui qui avait frappé ? Elle l'ignorait... Elle ne savait même pas de quoi elle souffrait.

— Le médecin assure que c'est un miracle. Et visiblement, c'en est un de plus si on considère que ton coma n'a duré que trois jours... Enfin je te rassure, l'opération est un succès. Il te reste un rein en parfait état de fonctionnement. Et la transfusion t'a sauvé la vie. Quant au cerveau, les quelques minutes où on t'a crue morte n'ont pas laissé de séquelles. Voilà pour les bonnes nouvelles.

La pression au bas du dos pulsait en ondes chaudes, brûlantes même, mais ce n'était rien de comparable au désarroi qu'elle ressentait.

Joce se leva et elle tressaillit. Il s'approcha du lit – stature droite, cheveux striés de blanc, regard dur pris dans un réseau de ridules : c'était cette même détermination, cette force de métal, qui l'avait conduite dans ses bras.

— Tu ne diras rien, Audrey, dit-il en s'asseyant sur le lit. Pas un mot. Enfin pas un mot que tu n'aies d'abord répété avec moi. À commencer par ton assaillant : il s'agit de Cléance Rochefort, et c'est à propos d'Antoine autant que de Nicolas le Garrec que vous avez eu cette altercation : après tout, tu as été la maîtresse des deux amours de sa vie, ça justifie un peu sa colère. Pour le reste, pas un mot. Tu n'es au courant de rien... Et bien sûr, David ne doit jamais être mis en cause. Ni moi cela va sans dire.

Elle voulut parler encore, protester, lui demander des explications, mais les mots ne sortirent pas, étouffés par la sécheresse dans sa gorge, et sa langue semblait ne pas vouloir répondre.

— Tu ne diras rien, car c'est la seule condition pour que tu continues à voir David... Et pour le protéger. C'est la seule condition pour qu'il... vive, Audrey. Tu comprends ?

Elle ferma brièvement les yeux. Oui, elle comprenait. Son silence contre la vie de son fils : le chantage était odieux mais elle aurait accepté n'importe quel marché.

— Nous sommes nombreux, Audrey... Et puissants. Rien n'est fini... tout ne fait que commencer. Retourne-toi contre moi, et aussitôt, ta vie deviendra un enfer. *Ton* fils est sauf. Pour l'instant. La décision t'appartient. Sache que même si tu parvenais à m'incriminer dans cette affaire, où que tu ailles... ils te retrouveront.

Mille questions l'assaillaient : Nicolas le Garrec? Qu'est-il devenu? Est-il vivant? Bastien Moreau? Et comment vais-je organiser ce mensonge pour ne pas éveiller les soupçons? Que dois-je dire exactement à la police?

Oh! comme la présence de Nicolas lui manquait... Sa chaleur... son regard velouté, sombre et bon en même temps... et cette évidence de s'appartenir l'un à l'autre, que leur vie était liée par le destin...

Comme s'il avait deviné ses pensées, Joce reprit :

— Que tu le veuilles ou non, tu es liée à nous désormais. Et au fond, c'est parfait. Parce que c'est ainsi que ça aurait dû être dès le départ.

Audrey le fixa et vit passer dans ses yeux une haine froide et un amour ardent – ou l'inverse. Au prix d'un douloureux effort, elle prononça ce mot :

— Pourquoi?

Ce fut l'instant que choisit l'infirmière Jacqueline pour faire son entrée, suivie des petits pas précipités de David.

— Eh bien, vous nous en avez fait des frayeurs! s'exclama la blonde matrone. Le docteur Maltos arrive dans une seconde, mais on est bien contents de vous retrouver parmi nous... poursuivit-elle en s'agitant autour des sondes, tuyaux, goutte à goutte... Votre mari vous a expliqué la situation?

Elle s'arrêta brutalement tandis qu'elle vérifiait le tensiomètre et se tourna vers Audrey avec un lumineux sourire.

— En tout cas, vous avez une sacrée chance d'avoir un mari comme ça, dit-elle sur un ton de confidence. Il n'a pour ainsi dire pas quitté votre chevet depuis que vous êtes arrivée ici...

Audrey lui rendit un regard de froide colère – un regard que la matrone n'avait jamais surpris chez aucun comateux qui se réveille et qui la fit presque reculer. Elle se figea, fixa le mari, la femme, l'enfant. Saisit confusément un malaise avant de baisser les yeux. Elle entendit alors sa patiente prononcer, d'une voix faible mais d'un ton déterminé :

— À une condition... Je récupère David à temps plein. Et c'est non négociable.

# 85

Claudio Bertegui sortit du commissariat en boitant – titubant presque, car si les cachets ne pouvaient rien contre la douleur, il était quand même obligé de les prendre pour ne pas hurler d'angoisse, et ils induisaient une sensation de vertige permanent. Dehors, un aveuglant soleil brillait – mais Bertegui n'en ressentit ni la chaleur, ni l'éclat. Il avait chaussé des lunettes noires, et de toute façon, il ne voulait pas le voir ce soleil. La veille, tandis qu'il attendait des soins à l'hôpital, une vieille folle l'avait gentiment pris à partie : « C'est toujours comme ça, avait-elle chuchoté. Toujours comme ça après la pleine brume. On dirait que le brouillard... il prend des gens, et qu'ensuite il est calmé. Ouais... C'est pour ça qu'il fait beau : la ville, elle est contente. » Il lui était apparu que sa femme et sa fille étaient celles qui avaient égayé la petite ville, que le prix à payer pour ce beau soleil c'étaient les images de tortures qui le hantaient et alternaient avec celles des mille petits bonheurs qu'il avait traversés à leurs côtés, les éclats de rire de Jenny, ses questions incessantes, le regard tendre de sa femme quand elle regardait sa fille, et amoureux quand elle parlait de son Sanglier... Et il avait pleuré à l'hôpital, devant la femme, puis chez lui, au commissariat, partout, ça ne s'arrêtait jamais, jamais... voilà pourquoi les lunettes noires. Pour ne plus exhiber sa douleur. Et pour ne pas voir cette saloperie de soleil !

Il se ressaisit – il avait encore failli s'effondrer, là, à cinquante mètres du boulot, à trois de sa voiture... Mais ça allait cesser. C'était une question de temps, de jours. Le temps de se ressaisir... Le temps de pouvoir arrêter les cachets pour reprendre l'enquête. Oh, il ne ferait rien d'officiel : il avait vu l'interrogatoire de Clément, et des autres. Des mous ! Pire : des Belges en train d'interroger Dutroux ! Et le réseau de Dutroux, dix ans après, on avait renoncé à le chercher, non ?

Il allait agir seul. Et il serait sans pitié. Antoine Rochefort avait un alibi : on verrait s'il allait le confirmer avec un flingue sous le nez. Lui, et d'autres. Les noms que Rochefort allait lui livrer. Oui, il remonterait la piste. Jusqu'à lui. N'importe où. Au bout du monde... De toute façon, que pouvait-il faire d'autre ? Les abandonner ?

Il ouvrait la portière de sa voiture quand on l'appela.

— Commissaire Bertegui ?

Il se retourna, ajusta un peu sa vision derrière les lunettes – car oui, bon Dieu, ses yeux venaient encore de se mouiller –, une crinière blanche, un visage transparent. L'astrologue.

— Je voulais vous parler, commissaire...

Bertegui hésita, ôta finalement ses lunettes.

— De quoi ? demanda-t-il en aboyant.

Suzy Belair ne sembla pas s'en formaliser.

— J'ai... j'ai appris ce qui vous est arrivé.

Bertegui hocha la tête – était-elle venue lui présenter ses condoléances ? Déjà ? !

— Je... je pense que j'aurais dû vous parler avant, dit-elle avec un pâle sourire, un air navré qui ne ressemblait pas au fantôme impassible qui l'avait accueilli la première fois. Je ne sais pas si je peux vous aider à retrouver celui que vous cherchez mais... je peux sans doute vous aider en tout cas à comprendre ce qui s'est passé. Vous ne voulez pas que l'on aille s'asseoir quelque part ?

## Épilogue

## *Un jour, la mer...*

Nicolas entendit des gémissements et abandonna aussitôt l'ordinateur sur lequel il était en train de travailler.

Il se leva, traversa la petite cahute, entra dans la chambre. Sous le grand ventilateur, Bastien était en train de s'agiter dans son lit. Nicolas s'approcha, l'appela doucement – toujours en douceur, sinon le gosse s'éjectait du sommeil en poussant des hurlements. Bastien ne se réveilla pas, alors il s'assit au bord du matelas, posa une main sur le front bouillant.

— Bastien, murmura-t-il encore. Bastien, réveille-toi... Tout va bien c'est un cauchemar... Juste un cau...

Bastien ouvrit les yeux en prenant une grande goulée d'air. Pendant une poignée de secondes, il fixa l'écrivain sans le voir, puis promena un air égaré sur la pièce : le mobilier sommaire et exotique, les rideaux clairs agités d'un vent tiède, les bambous... Au-dehors, le clapotis d'un océan apaisé rafraîchissait l'atmosphère tropicale et c'est ce bruit-là qui sortit Bastien de son hébétude.

Les deux compagnons échangèrent un regard. Nicolas sourit. C'est lui qui avait tenu la main de Bastien pour le guider dans le couloir sous la brume... Lui encore qui l'avait porté quand il avait perdu connaissance, calmé quand le gosse avait piqué une crise de nerfs à peine sorti du caveau – une crise à s'arracher la peau du visage à grandes griffures rageuses... Lui toujours qui lui avait fait la promesse de ne jamais – jamais ! – le laisser. Ni aux policiers, ni à la DDASS, ni à Laville-Saint-Jour... ni bien sûr à Andremi. Il avait tenu parole. Il tiendrait parole jusqu'au bout.

— Ça va, dit Bastien.

Depuis quelque temps, sa voix était modulée des premiers couacs, et le gosse lui rappelait de plus en plus l'adolescent qu'il avait été lui-même – un adolescent qui faisait des cauchemars, condamné à surmonter l'infranchissable. Aux joues trop creuses pour son âge, aux cernes bistres sous le hâle. D'ailleurs, partout où ils allaient – de plage en plage, d'îles en baies – on les prenait pour le père et le fils. C'était aussi bien, même si les premiers mois à vivre comme des fugitifs avaient été éprouvants – les faux papiers, les avions pris le cœur durci d'angoisse...

— C'est fini ? demanda-t-il.

Nicolas ne demanda pas de quoi il s'agissait. Il le savait : son nouveau roman...

— À l'instant... je viens de boucler. Les dernières phrases... L'épilogue.

— C'est bien, dit Bastien. Tu auras peut-être le temps de jouer aux raquettes avec moi, maintenant.

C'était dit avec ironie mais des larmes montèrent aux yeux de Nicolas, malgré lui. Retrouver une vie normale était une épreuve de chaque jour. Même au soleil, au bord de la mer, l'irruption du quotidien, des petits bonheurs simples de la vie, le ramenait à Laville-Saint-Jour, à Audrey... Mais Bastien avait raison : à présent, ils auraient le temps de jouer aux raquettes, sur la plage... Et de ramasser des coquillages, pêcher dans la baie, partager une sorte de félicité factice, triste et azuréenne... riche d'espoirs aussi : reprendre la lutte. À eux deux, ils n'en avaient pas le pouvoir. Mais dehors, ailleurs, la résistance s'organisait...

— Oui, maintenant je vais avoir plein de temps.

Dans la pénombre, Bastien ne remarqua pas ses yeux embués et c'était bien.

— Tu vas la faire venir ? demanda-t-il après un temps.

Nicolas sourit. Ils ne parlaient presque jamais de l'affaire – les images les hantaient tous les deux, mais séparément, et probablement des images différentes : ils n'avaient pas vu la même chose – même si Nicolas savait le phénomène qui les avait sauvés d'Andremi surnaturel, ou à tout le moins inexplicable, il n'avait pas distingué de silhouette dans la brume, pas davantage entendu de plainte ou de grondement, enfin aucune des manifestations rapportées par Bastien. Que s'était-il vraiment passé dans les entrailles de Laville-Saint-Jour ? Nicolas l'ignorait, avait conclu que, de toute façon, aux portes de l'enfer, tout était possible.

Et d'ailleurs, était-ce vraiment important ? Ils avaient bien trop à surmonter – la perte de ses parents pour Bastien, et d'Opale, le traumatisme ; pour lui, la prison dans laquelle Audrey était tenue par son mari –, bien trop à reconstruire aussi, et de dangers à éviter, pour essayer de mettre en mots, en théories, l'impossible...

— C'est à ça que va servir le livre non ? insista Bastien. Enfin, tu ne l'as pas seulement écrit pour ton éditeur...

Un flot d'affection pour le gosse surprit Nicolas : chaque jour, Bastien l'étonnait par sa maturité, sa perspicacité. Sa force aussi... Comment le jeune avait-il compris que le livre ne serait pas juste un moyen de leur assurer de quoi vivre des années – nul doute que sa version de l'affaire, une affaire qui avait mobilisé les médias des mois durant, passionnerait le public, mais effectivement, ces longues heures d'écriture fiévreuse, compulsive, servaient aussi d'autres desseins.

— Oui tu as raison, dit-il. C'est aussi, et surtout, à ça que le livre va servir... Et je pense qu'on va y arriver. Je vais la faire venir. Et elle aussi elle jouera aux raquettes, ou on lui apprendra...

— Le volley aussi, peut-être... les filles ça aime bien le volley.

Nicolas eut un petit rire – cette conversation était tellement incongrue. Et comment Bastien pouvait-il appeler Audrey une « fille » ? Il imagina la silhouette bronzée d'Audrey plongeant dans le sable pour rattraper un ballon, son rire quand elle le manquerait...

— Et je suis sûr qu'elle va adorer les langoustes, ajouta-t-il.

— Bon, c'est cool, dit Bastien. Ben tu peux y aller... mettre le mot FIN. Ça va, maintenant.

Nicolas hocha la tête, lui ébouriffa la tête. Ce fut le cœur plein d'un nouvel élan qu'il retourna à son ordinateur écrire la lettre pour le véritable destinataire du roman.

* * *

Quarante-deux jours plus tard, Claudio Bertegui était étendu dans son lit dans un petit deux pièces parisien qu'il occupait sous un faux nom et refermait le manuscrit porté une dizaine d'heures plus tôt par un mystérieux coursier. Il l'avait lu d'une traite, s'efforçant de ne pas sauter les pages, l'esprit consumé d'impatience. Longtemps, il resta silencieux, muré dans sa douleur comme il l'était depuis sept mois, loin du monde même s'il s'était installé à deux pas de la République, loin même de l'instruction – il avait compris depuis longtemps le silence de Cléance Rochefort scellé à jamais par un secret au-delà des mots : d'elles, il ne restait plus de souvenirs que dans la gangue de sa douleur. Il avait tout donné ; jeté le reste. Sept mois donc, pour disparaître à son tour... Sept mois à suivre Audrey Miller, à essayer de briser son secret à elle... À présent donc, il comprenait.

Avec un soupir – du soulagement, de la lassitude, une plainte étouffée ? lui-même l'ignorait – il reposa le manuscrit sur la table de chevet Ikea et s'empara de la lettre qui y était posée. Pour la sixième ou septième fois depuis que le paquet avait été déposé, il parcourut l'écriture serrée et nerveuse, celle-là même qui ornait encore un petit bristol qui lui avait été donné sur un coin de table de bistrot, dans une autre vie lui semblait-il.

*Cher commissaire,*

*Ces explications, vous les avez attendues il y a longtemps – bien trop, et j'en suis le premier coupable. Je sais combien ma faute est grande de ne pas m'être ouvert, confié, quand il était encore temps. Je porte en moi cette culpabilité à jamais – cette immense culpabilité.*

*Mon nom fait aujourd'hui la une des journaux – mon nom et le vôtre, notamment pour évoquer votre disparition mystérieuse. Vous retrouver n'a pas été chose aisée : croyez bien que si j'y suis parvenu, d'autres en auront aussi l'occasion.*

*Y a-t-il une quelconque vérité dans les théories paranormales qui circulent en ce moment quant aux événements ? Franchement, je l'ignore.. Peut-être avez-vous une théorie. J'ai saisi, en suivant l'affaire dans la presse, que vous vous trouviez à quelques dizaines de mètres du lieu où notre rencontre, à tous les trois, a eu lieu... Vous aussi avez été pris dans la tempête...*

*Comprenez bien, en tout cas, que mon départ n'a jamais eu pour but de fuir mes responsabilités, d'échapper à la justice. Coupable, vous ai-je dit : je ne le suis que trop. Mais ce que j'ai fait, je l'ai fait avant tout pour protéger un enfant qui ne sera pas en paix tant que Pierre Andremi ne sera pas pris. L'homme, comme vous le soupçonnez sans doute, a des connections dans le monde entier. Et Bastien, j'en suis certain, reste pour lui une priorité. C'est pourquoi, commissaire, vous ne trouverez aucune adresse de retour à ce manuscrit – pour information, il a transité par de nombreux pays avant d'arriver jusqu'à vous. Nous ne sommes plus seuls aujourd'hui : je ne peux condamner Bastien à vivre comme une bête traquée, et peu à peu, avec le temps, la résistance s'organise pour assurer sa protection... Loin de Laville-Saint-Jour évidemment. Et avec toutes les aides de bonne volonté que l'on rencontre au cours de notre périple.*

*Voici donc mon témoignage : les choses telles que je les ai vécues... Mon histoire... Et hélas, aussi : la vôtre, celle d'Audrey Miller, de Bastien Moreau... Ce témoignage, c'est à vous que je le devais en priorité. Plus tard, quand tout sera fini, il sera temps de le livrer au public.*

*En me lisant, vous vous êtes dans doute interrogé sur l'attitude d'Audrey Miller, son silence, ses déclarations un peu contradictoires depuis sa sortie de l'hôpital. Je crois qu'à présent, vous avez la clé. Audrey est, à sa manière, prisonnière. Vous avez le pouvoir de la libérer. Vous avez aussi celui, si vous le souhaitez, de vous venger – j'ignore si cette perspective a le pouvoir d'amoindrir une souffrance de chaque instant, mais si tel est le cas, je vous offre la possibi-*

*lité de nous rejoindre. Je ne pensais pas vous demander votre aide – de quel droit d'ailleurs, puis-je même y songer ? – mais Suzy Belair m'a convaincu du contraire. Elle a eu ces mots : « Il a perdu sa femme et sa fille... Il ne laissera pas une femme et un enfant prisonniers de ces monstres... » Vous connaît-elle si bien ? J'ose l'espérer...*

*Dans quelques jours, on prendra contact avec vous... Un des nombreux intermédiaires, sur une route longue qui vous conduira à moi, à nous. Libre à vous de l'emprunter. Votre aide, dans cette affaire, est plus que précieuse : légitime.*

*Nous nous en remettons à vous.*

*Pardonnez-moi,*

*Nicolas le Garrec.*

Claudio Bertegui lut encore plusieurs fois la lettre – comme si quelque message codé en filigrane pouvait lui apparaître. Finalement, il reposa le papier, ôta ses lunettes, laissa sa tête sur l'oreiller, les yeux clos... Des images lui vinrent – il pleura – et d'autres encore après, celles d'une femme aperçue brièvement un frais matin de brume à la cafétéria de Saint-Exupéry qu'il suivait désormais depuis des mois, embrassant son fils avec une affection éperdue dès lors qu'elle se trouvait avec lui, et dont le regard sombre brillait d'une lueur nostalgique quand il se posait sur l'enfant... D'autres enfin, d'une confrontation rêvée avec un homme sans visage, vêtu de noir, une ombre dans la brume... Il se rappela la force de Suzy Belair, son soutien indéfectible, quand dix jours après la tempête de brouillard, ils avaient découvert les deux corps – une femme, une petite fille – massacrés, sans visage, dans les bois qui cernaient la Talcotière.

Auprès d'elle, à ses côtés, il avait pu déverser sa douleur... Avec elle, il avait compris pourquoi Andremi les lui avait prises et jamais rendues : « *Il ne pouvait pas faire autrement*, lui avait expliqué l'astrologue. *Il ne vibre que pour le sang, et s'il a pu contrôler ses pulsions tant qu'il était dans les parages afin de ne pas éveiller l'attention, les forces sauvages qui l'habitent l'ont vaincu... comme elles le vaincront toujours. Il les a kidnappées pour vous réduire au silence. Il les a sacrifiées car elles lui ont fourni la force de s'échapper quand tout autour de lui était en train de s'effondrer. C'est un vampire... Nous affrontons un vampire...* » Elle disait vrai bien sûr, et comprendre n'avait en rien allégé la peine de Bertegui : tout juste la vérité lui avait-elle donné la force de survivre.

Les images s'estompèrent et il réfléchit à la façon dont il faudrait procéder pour extraire la mère et l'enfant : ce serait compliqué mais pas impossible, si on comptait sur un réseau solide, et quelques collègues révoltés par la façon dont était menée l'enquête. Et puis, un jour, peut-être pas la guérison, mais enfin : un certain apaisement, qu'il ne trouverait que dans le sang qu'il ferait couler... Celui d'Andremi, et de tous ceux qui l'avaient aidé. Le Garrec lui avait déjà fourni des noms qui lui manquaient... Et il en obtiendrait d'autres. Du reste, Bertegui avait-il le choix ?

Il rouvrit les yeux, piocha son portable sur la table de nuit, lança un numéro qu'il était le seul à connaître. Après trois sonneries, une voix calme, impassible même, s'annonça. Bertegui eut juste ces mots :

— Vous aviez raison Suzy... C'est un destin terrible... Mais je l'accepte. Oui Suzy, je l'accepte.

*Cet ouvrage a été composé et imprimé par*

FIRMIN DIDOT

GROUPE CPI

*Mesnil-sur-l'Estrée*

*en septembre 2007*

*Imprimé en France*
Dépôt légal : septembre 2007
N° d'édition : 1252/01 – N° d'impression : 85387